KB116515

악령

악령 _하

Бесы

표도르 도스또예프스끼 장편소설 박혜경 옮김

BESY
by FEDOR DOSTOEVSKII (1873)

일러두기

1. 러시아어의 로마자 표기와 우리말 표기는 〈열린책들〉에서 정한 표기안(2018년 개정)을 따랐다.

2. 본문 속 성서 텍스트는 『공동번역성서』에서 인용하는 것을 원칙으로 하되, 본문 내용에 맞게 자체적으로 번역한 부분도 있다.

제3부

제1장 축제, 제1부   9

제2장 축제의 종말   57

제3장 끝나 버린 연애 사건   105

제4장 최후의 결정   142

제5장 나그네 여인   181

제6장 분주한 밤   233

제7장 스쩨빤 뜨로피모비치의 최후의 방랑   287

제8장 결말   345

부록   찌혼의 암자에서   365

역자 해설 허무주의의 악령들과 스따브로긴의 비극   421

작품 평론 악의 비극: 스따브로긴 형상의 철학적 의미
       S. I. 게센/박혜경 옮김   455

『악령』줄거리   491

도스또예프스끼 연보   503

『악령』 등장인물

스따브로긴(니꼴라이 프세볼로도비치, 니콜라, 니꼴렌까)
바르바라 뻬뜨로브나 스따브로기나   그의 어머니.

스쩨빤 뜨로피모비치 베르호벤스끼   스따브로긴의 가정 교사. 시인.
뾰뜨르 스쩨빠노비치 베르호벤스끼(뻬뜨루샤, 뻬뜨루시까, 피에르)   그의 아들.

쁘라스꼬비야 이바노브나 드로즈도바   과부.
리자베따 니꼴라예브나(리자, 리즈)   그녀의 딸.
마브리끼 니꼴라예비치 드로즈도프   장교. 리자베따의 약혼자.

폰 렘쁘께(안드레이 안또노비치)   신임 현지사.
율리야 미하일로브나 폰 렘쁘께(쥘리)   그의 아내.

끼릴로프(알렉세이 닐리치)   건축 기사.
리뿌쩐   관리. 5인조 중 한 명.
럄신   관리. 5인조 중 한 명. 협잡꾼. 음악가.
비르긴스끼   관리. 5인조 중 한 명.
아리나 쁘로호로브나 비르긴스까야   그의 아내.

이반 샤또프(샤뚜시까)   대학생.
마리(마리야 이그나찌예브나 샤또바)   그의 아내.
다샤(다리야 빠블로브나 샤또바, 다셴까, 다시까)   그의 여동생.

레뱟낀   대위. 술주정뱅이.
마리야 찌모페예브나 레뱟끼나   그의 여동생.

똘까첸꼬   5인조 중 한 명.
시갈료프   5인조 중 한 명.
에르껠   혁명 사상의 신봉자.
폐찌까   유형수.

까르마지노프(세묜 예고로비치)   유명 작가.
알렉세이 예고로비치(예고리치)   하인.

제3부

제1장
축제, 제1부

1

〈시뻬굴린〉 사태 당시 벌어졌던 온갖 의혹에도 불구하고 축제는 성사되었다. 만약 그날 밤 렘쁘께가 사망했다고 하더라도 축제는 어쨌든 다음 날 아침 성사되었을 것이라고 생각하는데, 그 정도로 율리야 미하일로브나는 그 행사에 어떤 특별한 의미를 부여하고 있었던 것이다. 아아, 그녀는 마지막 순간까지도 사태 파악을 제대로 하지 못했고, 사회 분위기도 이해하지 못했다. 결국에 가서는 이 경축일이 어떤 거대한 사건 없이, 누군가 미리 악의를 품고 표현한 대로 〈파국〉 없이 지나가리라고 믿는 사람은 아무도 없었다. 사실 많은 사람들이 얼굴을 심하게 찌푸리고 뭔가 정치적인 태도를 취하려고 애쓰고 있었다. 그러나 대체로 사회적으로 추문에 가까운 혼란이라면 그것이 어떤 것이든 러시아인들을 극도로 즐겁게 만드는 법이다. 그런데 사실 우리에게는 추문에 대한 단순한 갈망보다 훨씬 더 진지한 무언가가 있었다. 전반적인 격앙 상태, 억누를 수 없을 정도로 악의에 찬 무언가가 있었던 것이다. 모든 사람이 모든 일에 극도로 염증이 나 있는 것 같았다. 전반적으로 모순에 찬 냉소주의, 지나치게 팽팽해 보이는 과도할 정도의 냉소주의가 만연해 있었다. 부인들만은 일관된 태도를 보였는데, 그것도 율리야 미하일로브나에 대한 가차없는 증오라는 점에서만 그러했다. 모든 여성이 이 점에서 일치하는 경향을 보였다. 그러나 불쌍한 당사자는 이에 대해 의심조차 못하고 있었다. 그녀는 마지막 순간까지도 자기는 〈추종자들에 둘러싸여〉 있고, 그들은 자기에게 여전히 〈광적으로 충실〉하다고 확신하고 있었다.

우리 도시에 여러 종류의 저급한 인간들이 나타났다는 것은 이미 언급했다. 불안정한 혼란의 시대나 과도기에는 어디서든 항상 여러 종류의 저급한 인간들이 나타나기 마련이다. 나는 항상 다른 사람들보다 앞서 나가는(이것은 그들의 주요 관심사다), 상당히 자주 어리석게 행동하긴 하지만 그래도 다소 일정한 목적을 가지고 있는 소위 〈선구자〉들을 말하는 것이 아니다. 아니, 나는 다만 불한당 같은 놈들에 관해 말하고 있는 것이다. 과도기에는 언제든 이런 불한당 같은 놈들이 두각을 드러내기 마련인데, 그들은 어떤 사회에나 존재하며, 아무런 목적도 없을 뿐만 아니라 사상의 징조 같은 것도 없이 온 힘을 다해 불안과 초조만을 표현할 뿐이다. 그런데 이 불한당 같은 놈들은 자신들도 알지 못하는 사이 거의 항상 소수의 〈선구자〉 무리의 지휘를 받는 상황에 처하는데, 이 소수의 무리는 일정한 목적을 가지고 행동하며, 만약 그들이 완벽한 바보들로만 구성되어 있는 것이 아니라면, 물론 그런 경우도 있긴 하지만, 이 쓰레기들을 어디로든지 향하게 할 수 있다. 이미 모든 일이 끝난 지금, 우리 도시에서는 뾰뜨르 스쩨빠노비치를 조종한 것은 인터내셔널이지만, 뾰뜨르 스쩨빠노비치는 율리야 미하일로브나를 조종했고, 그녀는 그의 지시를 받고 모든 불한당 같은 놈들을 조종한 것이라고 이야기들 하고 있다. 우리 중에 가장 견고한 지성을 가진 사람들도 이제 와서는 어떻게 그때 그런 과오를 범했는지 스스로에게 놀라고 있다. 혼란의 시대는 대체 무엇이었으며, 과도기란 무엇에서 무엇으로 넘어가는 것이었는지 나는 잘 모르겠다. 내 생각에는 제3자의 입장에 있는 몇몇 외부인들을 제외하면 아무도 모를 것 같다. 그사이 가장 쓸모없는 나쁜 놈들이 갑자기 우위를 점했고, 이전 같으면 감히 입도 열지 못하던 자들이 모든 신성한 것들을 큰 소리로 비판하기 시작했다. 그러자 그때까지 순조롭게 우위를 점하고 있던 일류 인사들은 갑자기 그들의 말에 귀를 기울이며 침묵을 지키기 시작했고, 그들 중 몇몇은 정말 수치스럽게도 맞장구치며 킬킬거리기도 했다. 럄신이나 쩰랴뜨니꼬프, 지주 쩬쩨뜨니꼬프,[1] 우물 안 개구리에 불과한 풋내기 작가 라지셰프[2] 같은 사람들, 애처로우면서도 거만한 표정으로 웃고 있는 유대인들, 시끄럽게 웃어 대는 여행자들, 경향성을 띤 수도 출신 시인들, 경향이나 재능 대신에 반코트를 입고 기름칠한 부츠를 신고 있는 시인들, 자기 계급의 무의미함을 비웃으며 1루블이라도 더 주는 곳이라면 바로 장검을 버리고 몰래 철도 서기로 자리를 옮길 준비가 되어 있는 소령과 대령들, 재빨리 변호사로 전업하는 장군들, 지적으로 발달한 중개업자들, 발전하고 있는 상

---

1 고골의 『죽은 혼』 2부에 등장하는 인물. 계몽된 게으름뱅이 자유주의자라는 의미이다.

2 Aleksandr Radishchev(1749~1802). 러시아 계몽주의 작가.

인들, 무수히 많은 신학생들, 여성 문제를 구현하고 있는 여성들, 이러한 사람들이 갑자기 완전히 우위를 점하기 시작했다. 그런데 대체 누구에 대한 우위인가? 그것은 클럽들, 존경받는 고관들, 의족을 하고 있는 장군들, 가장 엄격하고 범접하기 어려운 우리의 숙녀 사회에 대한 우위였다. 바르바라 뻬뜨로브나조차 아들과의 참사가 있기 전에는 이 불한당 같은 놈들의 심부름을 하는 상황이었으니, 우리의 다른 미네르바들이 당시 정신이 나갔던 것은 어느 정도 용납되기도 한다. 앞서 이야기한 대로 지금은 모든 것을 인터내셔널 탓으로 돌리고 있다. 이 생각이 너무 뿌리 깊이 박혀 있어서 우리 도시를 찾아온 관계없는 방문객들에게조차 이런 식으로 이야기를 해줄 정도다. 그 밖에도 얼마 전에는 스따니슬라프 훈장을 목에 건 예순두 살의 고문관 꾸브리꼬프가 초대한 사람도 없는데 찾아와서 자기가 꼬박 3개월 동안 인터내셔널의 영향을 받았다고 도취된 목소리로 밝히기도 했다. 사람들이 그의 나이와 공로에 대한 존경심으로 더 만족할 만한 설명을 해달라고 초대했을 때, 그는 〈자신의 모든 감각으로 느꼈다〉라는 말 외에는 그 어떤 증거 서류도 제시하지 못했다. 하지만 그럼에도 불구하고 그가 자신의 선언을 확고하게 고집했기 때문에 더 이상 캐묻지 않았다.

다시 한번 말하겠다. 우리 중에는 아주 처음부터 거리를 두고 심지어 자물쇠로 문을 잠근 채 틀어박혀 있던 신중한 한 무리의 인사들도 있었다. 그러나 어떤 자물쇠가 자연법칙 앞에 견딜 수 있겠는가? 가장 조심스러운 가정에서도 마찬가지로 소녀들은 자라고 그들은 춤을 출 수밖에 없기 마련이다. 그래서 결국 이 모든 인사들도 가정 교사를 위한 기부금을 낼 수밖에 없었다. 무도회는 휘황찬란하고 대단할 것으로 예상되었다. 기적 같은 이야기들이 들려왔다. 오페라 안경을 든 타지에서 온 공작들, 왼쪽 어깨에 리본을 달고 무도회의 파트너가 될 하나같이 젊은 열 명의 간사들, 그리고 뻬쩨르부르끄에서 오는 어떤 거물들에 관한 소문이 돌았다. 까르마지노프가 기부금 수입을 늘리기 위해 우리 현의 가정 교사 복장을 하고 「메르시」를 읽는 데 동의했다거나, 다른 사람들 역시 모두 변장을 하고 그 변장으로 각자 특정 경향성을 드러내는 〈문학 카드리유〉가 열릴 것이라거나 하는 소문도 들려왔다. 마지막으로 어떤 〈정직한 러시아 사상〉이 의상을 입고 춤을 출 것이라는 소문이 있었는데, 이거야말로 그 자체로 완전한 뉴스였다. 그러니 어떻게 신청하지 않을 수 있겠는가? 모든 사람들이 신청했다.

2

프로그램에 따르면 축제는 2부로 나뉘어 있었다. 정오부터 4시까지 문학 공연이 있고, 9시부터 밤새 무도회가 열릴 예정이었다. 그러나 바로 이러한 조치 속에 이미 혼란의 발단이 숨어 있었다. 첫째, 애초부터 사람들 사이에는 문학 공연 직후, 혹은 그 중간에 일부러 마련된 휴식 시간에라도 식사가 제공되리라는 소문이 확고하게 자리 잡고 있었다. 물론 식사는 프로그램에 들어가 있어 무료이며 샴페인도 함께 제공된다는 것이었다. 고가의 입장료(3루블)가 그런 소문을 더 확고하게 조장했다. 〈그게 아니라면 내가 헛돈을 기부한 것이게? 축제가 하루 종일 진행된다니 먹게는 해주어야지. 아니면 사람들이 다 굶어 죽을걸.〉 우리들 사이에서는 모두 그렇게 판단하고 있었다. 사실을 말하자면, 율리야 미하일로브나의 경박함이 이런 파멸을 초래할 소문을 조장했다. 한 달쯤 전 이 위대한 구상에 처음 매료되어 있을 때 그녀는 처음 만나는 사람에게도 자신의 축제에 대해 주절거렸고, 한 수도 신문에는 건배 행사가 준비될 것이라는 내용을 알리기까지 했다. 당시에는 이 건배가 무엇보다 그녀를 사로잡았으며, 그녀는 자신이 건배를 제의하고 싶어서 미리 건배사까지 만들어 놓고 있었다. 그 건배사는 우리의 주요 기치(어떤 기치? 자신 있게 말하는데 이 불쌍한 부인은 그 어떤 건배사도 만들어내지 못했다)를 밝혀야 하고, 통신문의 형식으로 수도의 신문들에 전달되어야 하고, 고위 관리들을 매혹시키고 감동을 주어야 하며, 그 후 다른 현으로 빠르게 퍼져 나가 놀라움과 모방을 불러일으켜야 했다. 그러나 건배를 위해서는 샴페인이 필요한데, 샴페인은 또 공복에 마실 수 없으니 자연히 식사도 반드시 준비되어야 했다. 그녀의 노력으로 위원회가 조직되고 진지하게 작업에 착수하고 보니, 만약 연회를 꿈꾼다면 아주 많은 수입을 거두어들인다 해도 가정 교사들을 위한 돈이 얼마 남지 않으리라는 것이 금방 명백하게 밝혀졌다. 따라서 이 문제는 다음과 같이 두 가지 해법이 제시되었다. 벨사살[3]의 향연을 열어 건배하고 가정 교사에게는 90루블 정도만 주든지, 아니면 축제를 그냥 형식적으로만 치르고 엄청

---

3 구약성서 「다니엘서」 5장에 나오는 인물, 바빌로니아의 왕으로 향락을 일삼다 몰락했다. 여기서는 불행을 예감하지 못하고 무사태평하게 사치스러운 향락을 즐긴다는 의미이다.

난 수입을 거두는 것이었다. 하지만 이것은 위원회가 겁만 주려고 한 것일 뿐, 자기들끼리는 당연히 절충적이고 분별 있는 제3의 해결책을 생각해 냈다. 즉, 모든 점에서 매우 괜찮은 축연을 열되 샴페인을 없애면, 90루블이 훨씬 넘는 상당한 액수를 남길 수 있다는 것이었다. 그러나 율리야 미하일로브나는 동의하지 않았다. 그녀는 성격상 소시민적인 절충안을 경멸했기 때문이다. 그녀는 곧장 첫 번째 안을 실행할 수 없다면 즉각 정반대의 길로 돌진해야 한다고, 즉 모든 현이 부러워할 정도로 어마어마한 돈을 모으면 된다고 정해 버렸다. 「결국 사람들도 이해해 주어야만 해요.」 그녀는 이렇게 열정적인 위원회다운 말로 마무리 지었다. 「범인류적인 목적을 달성하는 것은 순간적인 육체적 쾌락과 비교할 수 없을 정도로 고상한 것이며, 축제는 사실 위대한 사상의 선언일 뿐이니, 만일 그런 진절머리 나는 무도회 없이 진행하는 것이 불가능하다면 그냥 상징적으로 경제적인 독일식 무도회로 만족하면 돼요!」 그녀는 이런 식으로 갑자기 무도회를 증오하기 시작했다. 그러나 결국 사람들은 그녀를 진정시켰다. 그러면서 육체적 쾌락을 대체하기 위해, 예를 들어 〈문학 카드리유〉나 그 밖의 예술적 행사들을 생각해 내어 부인에게 제안했다. 바로 그때 까르마지노프도 「메르시」를 낭독하기로 최종 동의했고 (그때까지는 계속 노심초사하면서 머뭇거리고 있었다), 그렇게 해서 우리의 자제력 없는 대중들의 머릿속에서 음식에 관한 생각 자체를 아예 근절시켜 버리기로 했다. 이렇게 해서 무도회는 처음 계획과 달라졌지만, 어쨌든 아주 호화로운 축전이 될 수 있었다. 그래도 현실과 완전히 동떨어지면 안 되기에 무도회 초반에 레몬이 든 차와 둥근 과자, 그다음에 아몬드 시럽과 레모네이드, 마지막으로 아이스크림까지 대접하는 것으로 결정되었다. 그러나 그것이 전부였다. 그런데 어디서든 항상 배고픔과 특히 갈증을 느끼는 사람들이 꼭 있으므로 그런 사람들을 위해 쭉 늘어져 있는 방들 중 제일 끝 방에 특별히 뷔페식당을 열고 쁘로호리치(클럽 주방장)가 그곳을 담당하기로 했다. 하지만 위원회의 엄격한 감시를 받아야 하고, 무엇이든 내주어도 좋지만 별도의 요금을 지불해야 하며, 이를 위해 홀 문에 뷔페는 프로그램에서 제외라는 안내문을 붙여 따로 공지하기로 했다. 그러나 아침에는 뷔페식당을 전혀 열지 않기로 결정했는데, 식당은 까르마지노프가 「메르시」를 낭독하기로 한 화이트홀에서 다섯 칸이나 떨어진 방에 마련되어 있었지만, 어쨌든 그의 낭독을 방해하지 않기 위해서였다. 이 행사, 즉 「메르시」 낭독에 위원회 사람들, 그리고 지극히 현실적인 사람들조차 그렇게 엄청난 의미를 부여했다는 것이 정말 이상한 일이었다. 정서가 풍부한 사람들의 경우, 예를 들어 귀족 단장의 아내 같은 경우에는 까르마지노프에게 공언하기를 그의 낭독이 끝나면 바로 자기 집 화이트홀 벽에 금박 글씨가 새겨진 대리석 판을 끼워 넣겠다고 했다. 그 내용은 모년 모월 모일 이곳에서 러시아 및 유럽의 위대한 작가가 펜을 내려놓으며 「메르시」를 낭독했고, 그것으로 우리 도시의 대표자들을 통해 러시아 대중과 처음으로 작별을 고하였노라는 것이었다. 그리고 이 문구를 무도회에 참석했던 모든 사람이, 「메르시」가 낭독된 지 다섯 시간만에 모두 읽게 될 것이라고 했다. 내가 알기로는 분명 몇몇 위원회 사람이 우리 도시의 풍속에 전혀 맞지 않는다고 지적했음에도 불구하고, 까르마지노프는 자기가 낭독하는 동안 아침에는 무슨 일이 있어도 뷔페를 열지 말아 달라고 요구했다.

사정이 이렇게 되었는데도 우리 도시 사람들은 여전히 벨사살의 향연, 즉 위원회의 뷔페가 열릴 것이라고 계속 믿고 있었으며, 마지막 순간까지도 그렇게 믿었다. 귀족 아가씨들조차 수많은 달콤한 디저트와 잼, 그 밖에 들어 보지도 못한 먹을 것들을 상상하고 있었다. 모두들 모금액이 엄청나다는 것, 온 도시가 밀려들고 있다는 것, 주변 군에서 사람들이 오고 있는데 입장권이 부족하다는 것을 알고 있었다. 또한 정해진 입장료 수입 이상으로 상당한 기부금이 모였다는 것도 잘 알려져 있었다. 예를 들어 바르바라 뻬뜨로브나는 입장권에 3백 루블을 지불했으며, 홀 장식에 필요한 꽃을 전부 자신의 온실에서 공급해 주었다. 귀족 단장의 부인(위원회 멤버)은 자기 집과 조명을 제공했으며, 클럽은 음악과 하인들을 제공했고, 이날 하루 쁘로호리치를 양보했다. 그 밖에 그다지 큰 금액은 아니지만 다른 기부들도 있었기 때문에 처음 정해진 3루블의 입장권을 2루블로 낮추자는 의견까지 나왔다. 위원회는 사실 처음에는 3루블로는 아가씨들이 오지 않을 것이라는 걱정이 들어 가족 입장권 같을 것을 만들자는, 즉 가족이 딸 한 명의 입장료를 지불하면 그 가족에 속해 있는 나머지 딸들은 그 수가 열 명이 되더라도 무료로 입장하게 하자는 제안을 했다. 그러나 그런 우려는 기우로 밝혀졌다. 오히려 찾아온 쪽은 아가씨들이었던 것이다. 가장 가난한 관리들조차 자기 딸들을 데리고 왔는데, 딸들이 없었다면 그들 머릿속에 참가 신청을 하겠다는 생각조차 들지 않았을 것이 너무나 명백했다. 아주 보잘것없는 한 서기는 딸 일곱 명을 다 데리고 왔다. 물론 아내는 계산에 넣지 않았지만 조카딸까지 데리고 왔으며, 이들은 각자 3루블짜리 입장권을 손에 쥐고 있었다. 그러니 도시에 얼마나 큰 난리 법석이 있었는지 상상할 수 있을 것이다! 축제는 두 부분으로 나뉘어 있었기 때문에 부인들의 의상도 낭독회 때 입을 오전 의상과 춤출 때 입을 야회복 두 가지가 있어야 했다. 나중에 밝혀졌지만, 많은 중류 계급에서는 이날을 위해 가지고 있는 모든 것, 즉 가족용 내의, 시트, 거의 매트리스까지 유대인들에게 저당 잡혔다. 유대인들은 공교롭게도 이미 2년 전부터 굉장히 많은 사람들이 우리 도시에 정착하고 있었으며, 시간이 갈수록 더 많이 몰려들고 있었다. 거의 모든 관리들은 급료를 가불했고, 몇몇 지주는 없어서는 안 될 가축을 팔았는데, 그것은 오직 자신의 딸들을 후작 부인처럼 치장시켜 데려가고 그 누구에게도 뒤지지 않게 하기 위해서였다. 이번과 같은 화려한 의상은 이곳에서 들어 본 적도 없는 것들이었다. 도시에서는 이미 2주일째 온갖 가족의 일화가 떠돌아다녔고, 그런 이야기들은 곧바로 우리의 익살꾼들에 의해 율리야 미하일로브나에게 전해졌다. 가정의 이야기를 다룬 풍자만화들도 돌아다니기 시작했다. 나도 율리야 미하일로브나의 앨범에서 그런 종류의 삽화를 몇 개 본 적이 있다. 이런 일화들의 출처가 된 가정들 역시 모든 사실을 너무나 잘 알고 있었으며, 바로 그런 이유로 최근 들어 각 가정마다 율리야 미하일로브나에 대한 증오가 증가한 것 같다. 지금은 모두가 욕을 해대고, 그때를 회상하며 이를 갈고 있다. 만약 위원회가 그 상황에서 사람들에게 만족을 주지 못하거나, 무도회에서 어떤 실수라도 벌어진다면, 전례 없는 분노가 폭발하리라는 것은 진작부터 예상할 수 있는 일이었다. 바로 그런 이유로 누구든지 속으로는 한바탕 소동이 일어나기를 기다리고 있었다. 이렇게까지 기다리는 데 어찌 일어나지 않을 수 있겠는가?

낮 12시 정각에 오케스트라가 울려 퍼졌다. 나는 간사의 한 사람으로서, 즉 열두 명의 〈리본을 단 젊은 사람들〉 중 하나로서 이 수치스러운 기억의 하루가 어떻게 시작되었는지 두 눈으로 직접 보았다. 입구에서부터 엄청난 북새통이 시작되었다. 경찰부터 시작하여 모든 것이 첫 단계에서부터 잘못되었으니, 대체 어떻게 이런 일이 벌어졌을까? 나는 순수한 의미의 참석자들을 비난하려는 것이 아니다. 아버지들은 자신들의 관등에도 불구하고 서로 밀치지도 않았고 다른 사람들을 밀어내지도 않았으며, 오히려 반대로 우리 도시로서는 유례없이 밀려드는 무리를 바라보며 일찍이 길에서부터 당황했다고 한다. 사람들은 현관 입구를 둘러싸고 그냥 입장하는 것이 아니라 돌격하듯 달려들고 있었던 것이다. 그사이 마차들도 연신 도착해, 결국 도로를 가득 메워 버렸다. 지금 이 글을 쓰고 있는 나는 우리 도시의 몇몇 추악한 패거리들이 럄신이나 리뿌찐에 의해 입장권도 없이 입장했다고 확신할 만한 확고한 증거를 가지고 있는데, 아마 나처럼 간사 역할을 맡은 누군가에 의해서도 그런 일은 가능했을 것이다. 어쨌든 다른 군에서 왔거나 어디서 왔는지도 모르는 완전히 낯선 사람들도 등장했다. 이 야만인들은 홀에 들어서자마자 곧장 한목소리로(사주라도 받은 듯) 뷔페는 어디 있느냐고 물었고, 그러다 뷔페가 없다는 것을 알고 나서는 전혀 통제도 되지 않고, 지금까지 우리 도시에서 본 적 없는 불손한 태도로 욕설을 퍼붓기 시작했다. 사실 그들 중에는 취한 상태로 온 사람도 몇 명 있었다. 몇몇 사람은 진짜 야만인처럼 귀족 단장 부인 저택의 호화로운 홀을 보자 큰 충격을 받기도 했는데, 그런 것을 한 번도 본 적이 없었기 때문이며, 그래서 안으로 들어서면서 한동안 말도 못하고 입을 벌린 채 둘러보기만 했다. 이 커다란 화이트홀은 이미 상당히 낡았지만, 정말로 호화로웠다. 엄청난 규모의 홀에는 상하 두 단으로 된 창문, 고풍스러운 스타일로 무늬를 그려 넣고 금박으로 장식한 천장, 합창석, 창문과 창문 사이의 거울 벽, 흰색 바탕에 붉은색이 섞인 커튼, 대리석 조각상들(뭔지 모르겠지만 어쨌든 조각상들이었다), 금이 박히고 붉은색 벨벳을 씌운 오래되고 무거운 나폴레옹 시대의 흰색 가구 등이 채워져 있었다. 묘사되고 있는 그 순간에 홀 끝에는 문학 강연자들을 위한 높은 연단이 세워졌고, 홀 전체는 극장의 1층 중앙 좌석처럼 의자들로 가득 채워졌으며, 그 사이에 사람들이 지나갈 수 있도록 넓은 통로가 마련되었다. 그러나 첫 순간의 감탄이 지나자 아주 무의미한 질문이나 의견들이 나타나기 시작했다. 〈우린 아무래도 아직 낭독 같은 건 듣고 싶지 않은 걸지도 몰라…… . 우리가 돈을 지불했는데…… . 사람들을 뻔뻔하게 속이다니…… . 주인은 우리지, 렘쁘께 부부가 아니라고!〉한마디로, 꼭 이런 말을 하라고 그들을 입장시킨 것 같았다. 특히 한 가지 충돌이 기억나는데, 어제 아침에 율리야 미하일로브나의 객실에서 빳빳하게 세워진 옷깃에 나무 인형 같은 모습을 하고 있던, 외지에서 온 그 공작이 수완을 발휘했다. 그 역시 부인의 완강한 부탁으로 왼쪽 어깨에 리본을 달고 우리의 간사 역할을 하는 데 동의하지 않을 수 없었다. 용수철 달린 벙어리 밀랍 인형 같은 이 사람은, 말만 하지 않는다면 나름대로 영향력을 발휘할 수 있는 것으로 드러났다. 얼굴에 마마 자국이 있는 거대한 덩치의 한 퇴역 대위가 자기 뒤에 무리 지어 서 있는 건달패거리들의 위세를 믿고 뷔페식당으로 가려면 어디로 가야 하느냐고 그에게 끈덕지게 물어 오자 그는 경찰에게 눈짓을 했다. 그의 지시는 지체 없이 실행되었다. 욕설에도 불구하고 술 취한 대위는 홀 밖으로 끌려 나가고 말았다. 그사이 마침내 〈진짜〉 청중이 나타나 의자들 사이 세 개의 통로를 따라 세 줄로 길게 늘어섰다. 제멋대로인 부류들은 조용해지기 시작했지만, 가장 〈순수한〉 사람들조차 불만족스럽고 당황한 표정이 역력했다. 부인들 중 몇몇은 정말로 겁을 먹기도 했다.

드디어 모두 자리에 앉았다. 음악 소리도 멎었다. 사람들은 코를 풀기도 하고 주위를 둘러보기도 했다. 다들 지나치게 엄숙한 모습으로 기다리고 있었다. 이런 것은 그 자체로 항상 불길한 징조인 것이다. 그러나 〈렘쁘께 부부〉는 아직 도착하지 않고 있었다. 실크, 벨벳, 다이아몬드가 사방에서 번쩍번쩍 빛났고, 공기 중엔 좋은 향기가 감돌았다. 남자들은 훈장이란 훈장을 다 달고 나왔고, 노인들은 제복까지 입고 있었다. 드디어 귀족 단장의 부인이 리자와 함께 등장했다. 리자는 이날 아침만큼 그렇게 눈부실 정도로 매혹적인 적도 없고, 그렇게 화려하게 화장을 한 적도 없었다. 그녀의 머리는 풍성하게 구불거렸고, 눈은 반짝거렸으며, 얼굴은 미소로 빛났다. 그녀는 강한 인상을 불러일으킨 것이 분명했다. 사람들은 그녀를 훑어보았고 그녀에 대해 속삭였다. 그녀가 눈으로 스따브로긴을 찾고 있다는 말들도 오갔지만, 스따브로긴도 바르바라 뻬뜨로브나도 아직 그 자리에는 없었다. 나는 그때 그녀의 얼굴 표정을 이해할 수 없었다. 어째서 그녀의 얼굴에는 그렇게나 행복과 기쁨, 활기, 힘이 넘쳐흘렀을까? 나는 전날의 상황이 떠올라 당황하고 말았다. 그러나 〈렘쁘께 부부〉는 여전히 나타나지 않고 있었다. 이것부터가 이미 실책이었다. 나는 나중에 알게 되었지만, 율리야 미하일로브나는 마지막 순간까지 뾰뜨르 스쩨빠노비치를 기다리고 있었다. 최근 들어 그녀는 스스로 결코 인정한 적은 없지만 그가 없으면 한 발짝도 내딛을 수 없었던 것이다. 겸해서 말하자면, 뾰뜨르 스쩨빠노비치는 전날 마지막 위원회 회의에서 간사의 리본을 거부해 그녀를 눈물 흘릴 정도로 슬프게 만들었다. 놀랍게도, 그리고 나중에는 대단히 당황스럽게도(나는 이 사실을 미리 알려 둔다) 뾰뜨르는 이날 아침 내내 자취를 감추었고 문학 강연에도 전혀 나타나지 않았으며, 그래서 결국 그날 저녁까지 아무도 그를 보지 못했다. 마침내 사람들은 초조함을 드러내기 시작했다. 연단에는 아무도 등장하지 않았다. 뒤쪽 줄에서는 극장에서처럼 사람들이 박수를 치기 시작했다. 노인들과 부인들은 얼굴을 찌푸렸다. 〈렘쁘께 부부〉가 너무 거드름을 피우는 게 분명했던 것이다. 가장 점잖은 사람들 사이에서도 축제는 실제로 열리지 않을지도 모른다느니, 렘쁘께가 실제로 건강이 안 좋은 것 같다느니 하는 말도 안 되는 속삭임들이 나타나기 시작했다. 그러나 다행히도 렘쁘께가 드디어 모습을 나타냈다. 그는 아내의 팔짱을 끼고 들어왔다. 솔직히 말해 나도 그들이 나타나지 않으면 어쩌나 대단히 걱정되긴 했다. 그러나 결국 허튼소리는 다 사라지고, 진실이 제자리를 찾았다. 군중은 안도의 한숨을 내쉬는 것 같았다. 렘쁘께는 완전히 건강해 보였으며, 내 기억으로는 모두 그렇게 결론을 내린 것 같았다. 얼마나 많은 시선이 그에게 향했는지 보면 알 수 있었다. 사람들의 성향을 설명하기 위해 한가지 지적하자면, 우리의 상류 사회 사람들 중 렘쁘께의 건강에 문제가 있다고 생각하는 사람은 거의 없었다. 그의 행동은 완전히 정상이라고 인정받았으며, 어제 아침 광장에서의 사건은 칭찬까지 받았다. 「처음부터 그렇게 해야 했어.」 고관들은 이렇게 말했다. 「그렇지 않으면 부임할 때 박애주의자로 왔다가 결국 저런 식으로 끝나고 마는 거지. 박애 자체를 위해서도 그렇게 해야 한다는 것을 알아차리지 못한 채 말일세.」 적어도 클럽에서는 이렇게 판단했다. 다만 그가 지나치게 흥분했던 것에 대해서는 질책했다. 「이번 경우엔 좀 더 냉정했어야 하는데. 뭐, 하긴 새로 부임해 왔으니.」 유식한 사람들은 이렇게 말했다. 사람들의 시선은 똑같은 열의를 보이며 율리야 미하일로브나에게 향했다. 물론 그 누구도 화자인 나에게 어떤 한 가지 점에 대해 지나치게 정확하고 자세한 설명을 요구할 권리는 없다. 여기에는 비밀이 있고, 또 여성과 관련된 문제이기 때문이다. 그러나 나는 한 가지만은 알고 있다. 전날 저녁 무렵에 그녀는 안드레이 안또노비치의 서재로 들어가 자정이 훨씬 넘어서까지 그와 함께 머물렀다. 안드레이 안또노비치는 용서도 받고 위로도 받았다. 부부는 모든 점에서 합의를 보았고, 모든 일은 잊혔으며, 해명이 끝날 때쯤 폰 렘쁘께가 겁에 질려 그저께 밤의 그 핵심적인 마지막 사건을 떠올리며 무릎을 꿇자, 아내의 매혹적인 손과 그 뒤를 이어 그녀의 입술이 기사처럼 섬세하지만 감격으로 심약해진 남자가 토로하는 열정적인 참회의 말들을 막아 버렸다. 사람들은 그녀의 얼굴에서 행복을 보았다. 그녀는 화려한 의상을 입고 솔직한 표정으로 걸어갔다. 그녀는 희망의 절정에 서 있는 것 같았다. 그녀의 정치적 야망의 목표이자 영예인 축제가 드디어 실현된 것이었다. 연단 바로 앞 자기들 자리로 가면서 렘쁘께 부부는 사람들의 인사에 허리를 굽혀 답했다. 그들은 곧바로 사람들에게 둘러싸였다. 귀족 단장 부인이 그들을 맞이하기 위해 자리에서 일어섰다……. 그러나 이때 추악한 말썽이 하나 발생했다. 오케스트라가 느닷없이 요란하게 환영곡을 연주하기 시작한 것이다. 그것은 무슨 행진곡 같은 것이 아니라 그냥 식당에서 연주하는 환영곡으로서, 우리 클럽에서 공식 만찬을 하는 동안 누군가의 건강을 위해 건배를 들 때 나오는 그런 음악이었다. 나는 지금은 알고 있지만, 이것은 람신이 간사 자격으로 입장하는 〈렘쁘께 부부〉에게 경의를 표하기 위해 수고를 한 것이었다. 물론 그는 언제든 어리석은 짓을 했다거나, 열성이 지나쳤다고 변명할 수도 있었다……. 아아, 슬프게도 나는 그때 그들이 이미 변명 같은 건 신경 쓰지도 않았으며, 모든 일을 그날로 끝내 버리려 했다는 것을 아직 알지 못하고 있었다. 그러나 환영곡만으로 끝나지는 않았다. 청중의 짜증 섞인 의혹이나 미소와 함께 갑자기 홀 끝과 합창석에서 역시 렘쁘께에 대한 경의의 표시인 듯 〈만세〉 하는 소리가 울려 퍼졌다. 많은 사람의 목소리는 아니었지만, 솔직히 말해 한동안 계속되긴 했다. 율리야 미하일로브나는 발끈했고, 그녀의 두 눈이 번뜩이기 시작했다. 렘쁘께는 자기 자리에 멈춰 서더니 소리가 나는 쪽을 향해 돌아서서 당당하고 엄격한 시선으로 홀을 둘러보았다……. 사람들이 그를 서둘러 자리에 앉혔다. 나는 또다시 공포에 질려 그의 얼굴에 나타난 예의 그 위험한 미소, 어제 아침에 그가 아내의 거실에서 스쩨빤 뜨로피모비치를 보고 그에게 다가가기 전에 보였던 그 미소를 지켜보았다. 지금도 그의 얼굴에서는 뭔가 불길한 표정이 엿보였는데, 무엇보다 좋지 않았던 것은 그 표정이 약간 우스꽝스러웠다는 것이다. 그것은 단지 아내의 고상한 목적을 만족시키기 위해 스스로를 희생시킬 수밖에 없는 존재의 표정이었다……. 율리야 미하일로브나는 급하게 나를 손짓으로 부르더니 까르마지노프에게 뛰어가서 제발 빨리 시작하게 해달라고 속삭였다. 그런데 내가 막 몸을 돌리자마자 또 다른 추악한 일이, 그것도 첫 번째보다 정말 훨씬 더 추악한 일이벌어졌다. 연단 위에, 이 순간까지 모든 사람의 시선과 기대가 집중되어 있던, 그리고 크지 않은 탁자와 그 앞의 의자, 탁자 위 은쟁반에 놓인 물컵만이 보이던 빈 연단 위에 갑자기 연미복을 입고 흰 넥타이를 맨 레뱟낀 대위의 거대한 모습이 어른거리기 시작했다. 나는 너무 놀라서 내 눈을 믿을 수가 없었다. 대위는 당황한 듯 연단 안쪽 깊숙한 곳에 멈춰 섰다. 갑자기 청중 속에서 〈레뱟낀! 정말 너냐?〉라는 외침 소리가 들려왔다. 대위의 바보 같은 붉은 낯짝(그는 완전히 취해 있었다)이 이런 반응에 멍청한 미소를 지으며 넓어졌다. 그는 손을 들어 이마를 문지르며 텁수룩한 머리카락을 흔들어 대더니 모든 것을 결심한 듯 두 걸음 앞으로 걸어 나왔다. 그러고는 갑자기 콧김을 내뿜으며, 크진 않지만 쩌렁쩌렁 울리는 길고 행복한 웃음을 터뜨렸다. 그로 인해 그의 육중한 몸집이 흔들리기 시작했고 두 눈이 가늘게 모여들었다. 이 모습에 반 정도의 청중은 웃기 시작했고, 스무 명 정도는 박수를 치기 시작했다. 진지한 사람들은 침통한 표정으로 서로를 쳐다보았다. 그러나 이런 반응은 30초도 채 넘지 않았다. 연단 위로 갑자기 간사 리본을 단 리뿌찐과 두 명의 하인이 뛰어 올라갔던 것이다. 그들은 조심스럽게 대위의 팔을 잡았으며, 리뿌찐은 그에게 뭐라고 속삭였다. 대위는 얼굴을 찌푸리며 〈아, 뭐, 그렇다면〉이라고 중얼거리더니 손을 흔들며 청중 쪽으로 거대한 등을 돌린 채 호송자들과 함께 사라졌다. 그러고 나서 곧바로 리뿌찐이 다시 연단으로 뛰어 올라왔다. 그의 입가에는 보통 설탕 섞은 식초를 연상시키는 평상시 그의 미소 중에서도 가장 달콤한 미소가 감돌았고, 손에는 편지지 한 장을 들고 있었다.

「여러분,」그는 청중을 향해 말했다. 「부주의로 인해 우스꽝스러운 오해가 생겼습니다만, 잘 해결되었습니다. 그런데 저는 여기 우리 지방에 있는 한 시인으로부터 위임과 깊은 곳에서 우러나오는 가장 존경할 만한 부탁을 받았기에 다소 희망을 가지고 수락하기로 했습니다…… 인도주의적이고 고상한 목적으로 충만한 그는…… 자신의 외모에도 불구하고…… 우리 모두를 결합시키겠다는 목적만으로…… 즉, 우리 현의 가난하지만 교육받은 아가씨들의 눈물을 닦아 주겠다는 목적으로…… 이분은, 그러니까 제가 하고 싶은 말은, 이곳의 시인인 이분은…… 익명이 지켜지기를 바라면서…… 자신의 시가 무도회 시작에 앞서 읽히는 것을…… 그러니까 제 말은, 낭독되는 것을…… 보았으면 하는 간절한 마음을 가지고 있습니다. 비록 이 시는 프로그램에도 없고 그 안에 포함될 수도 없겠지만…… 왜냐하면 그것은 30분 전에 전달되었거든요……. 그러나 **우리** 생각에(우리는 누구인가? 나는 그의 띄엄띄엄하고 앞뒤가 맞지 않는 연설을 한마디 한마디 그대로 옮기고 있다) 뛰어난 즐거움과 결합된 역시 뛰어난 순진한 감정 때문에 이 시는 읽혀도 괜찮겠다고, 그러니까 뭔가 진지한 것으로서가 아니라 축전에 걸맞은 것으로서…… 한마디로 이념에 걸맞은 것으로서…… 하물며 몇 줄 되지 않으니…… 청중께서 호의를 보여 허락해 주시기를 바랍니다.」

「읽어 보시오!」홀 끝에서 고함 소리가 들렸다.

「그럼 읽어도 되겠습니까?」

「읽어 보시오, 읽어 보시오!」많은 사람의 목소리가 울려 퍼졌다.

「그럼 청중의 허락을 받았으니 읽도록 하겠습니다.」리뿌찐은 계속해서 예의 그 달콤한 미소를 지으며 또다시 입을 씰룩거렸다. 그래도 그는 여전히 결심하지 못한 것 같았으며, 그가 흥분한 것 같다는 생각까지 들었다. 이런 인간들은 온갖 불손한 짓을 다 하면서도 가끔씩 이렇게 우물거리기도 한다. 하기야 신학생 같으면 우물거리지도 않겠지만, 리뿌찐은 아무래도 구시대 사회에 속해 있었다.

「미리 주의를 드리자면, 그러니까 미리 주의를 드릴 수 있는 영광을 주신다면, 이것은 어쨌든 이전에 축제를 위해서 쓴 송시 같은 것이 아니라, 말하자면 거의 농담이라고 할 수 있는, 그러나 장난기 많은 즐거움과 결합된 어떤 감정이 확실히 들어 있는, 다시 말해 가장 현실적인 진실이 들어 있는 농담입니다.」

「읽어라, 읽어!」

그는 종이를 펼쳤다. 물론 아무도 그를 말리지 못했다. 더욱이 그는 간사 리본을 달고 나타났으니 말이다. 그는 낭랑한 목소리로 낭독을 시작했다.

이곳에 계신 조국의 가정 교사들에게, 축제를 맞이하여, 시인으로부터,

안녕, 안녕, 가정 교사 아가씨!
흥겹게 놀고 마음껏 즐겨요.
보수주의자건 조르주 상드건
무슨 상관, 지금은 마음껏 환호해요!

「그래, 이건 레뱃낀 거다! 레뱃낀 게 분명해!」 몇몇 사람의 목소리가 울려 퍼졌다. 많은 수는 아니었지만, 웃음소리와 박수갈채까지 터져 나왔다.

코흘리개 아이들에게
프랑스어 철자를 가르치지만,
성당지기라도 낚아 볼까 하고
눈짓도 마다않겠지!

「만세! 만세!」

그러나 우리의 위대한 개혁의 시대엔
성당지기도 받아 주지 않네.
아가씨, 〈한 푼〉이라도 필요하다오,
아니면 다시 철자에 매달려야지.

「바로 그거야, 바로 그거. 이런 게 바로 현실적이지. 〈한 푼〉이라도 없으면 한 발짝도 움직일 수 없다니까!」

그러나 지금 연회를 열어서,
우리는 기금을 모았으니,
춤을 추며 이 지참금을,
이 홀에서 당신에게 보내 드리리다—

보수주의자건 조르주 상드건,
무슨 상관, 지금은 마음껏 환호해요!
지참금을 가진 당신, 가정 교사 아가씨,
침이나 뱉어 주고 마음껏 즐겨요!

솔직히 나는 내 귀를 믿을 수가 없었다. 너무 노골적이고 뻔뻔해서, 리뿌찐이 아무리 어리석다고 해도 용서할 수가 없었다. 그런데 리뿌찐은 그렇게 어리석지 않았다. 그의 의도가 적어도 내게는 분명하게 읽혔다. 그들은 서둘러 혼란을 야기하려는 것 같았다. 이 어리석은 시의 몇 구절, 예를 들어 마지막 구절은 아무리 어리석은 사람이라도 용납할 수 없는 성질의 것이었다. 리뿌찐 자신도 도가 지나쳤다고 느낀 것 같았다. 자신의 위업을 달성한 뒤, 그는 자신의 뻔뻔함에 어리둥절해졌는지 연단에서 나가지도 못하고 뭔가 덧붙이고 싶은 듯 자리에 서 있었다. 그는 틀림없이 뭔가 다른 결과를 예상한 것 같았다. 이런 비상식적인 일이 벌어지는 동안 박수를 치며 소란을 피우던 무리들조차 역시 어리둥절해진 듯 갑자기 입을 다물었다. 무엇보다 어리석은 것은 그들 중 상당수가 이 행위를 감동적으로, 즉 풍자문 같은 게 아니라 실제로 가정 교사들에 대한 실체적인 진실을 담은 것으로, 어떤 경향성을 띤 시로 받아들였다는 것이다. 그러나 시구절의 도를 넘은 뻔뻔함은 결국 그들마저 경악하게 했다. 일반 청중에 대해 말하자면, 홀 전체가 분개했을 뿐만 아니라 모욕을 느끼고 있는 것 같았다. 내가 당시의 인상을 전하는 데 있어서 실수를 하고 있는 것은 아니다. 나중에 율리야 미하일로브나는 한순간만 더 있다간 거의 기절해서 쓰러졌을 것이라고 말했다. 가장 존경받는 노인들 중 한 사람은 자기 부인을 일으켜 세웠고, 그렇게 두 사람은 청중의 불안한 시선을 받으며 함께 홀을 떠났다. 만약 그 순간 연단에 연미복과 흰색 넥타이를 하고 손에는 공책을 든 까르마지노프가 직접 등장하지 않았다면, 그들에 이끌려 몇 사람이나 더 따라 나갔을지 모르는 일이다. 율리야 미하일로브나는 마치 구세주라도 되는 듯 그에게 환희에 찬 시선을 보냈다……. 그러나 나는 이미 무대 뒤로 돌아가 있었다. 리뿌찐에게 볼일이 있었기 때문이다.

「당신 일부러 그런 거지!」 나는 분개한 나머지 그의 팔을 잡으면서 말했다.

「맹세코 그런 일은 생각도 못했소.」 그는 몸을 움츠리고 불쌍한 표정을 지으며 바로 거짓말하기 시작했다. 「시는 방금 전달받은 거요. 나는 그냥 유쾌한 농담 정도로 생각해서……」

「당신은 전혀 그렇게 생각하지 않았어. 정말 이 형편없는 쓰레기를 유쾌한 농담 정도로 생각했다고?」

「그렇소, 그렇게 생각했소.」

「당신은 지금 거짓말을 하고 있어. 방금 전달받은 게 아니야. 아마도 추문을 일으키려고 어제 레뱟낀과 함께 이걸 직접 썼겠지. 마지막 구절은 분명 당신 거야, 성당지기 내용도 그렇고. 그는 어째서 연미복을 입고 나온 거지? 결국 그가 잔뜩 취하지 않았다면 그에게 읽게 하려고 준비한 거잖나?」

리뿌찐은 냉랭하고 독살스럽게 나를 쳐다보았다.

「그게 당신과 무슨 상관이오?」그가 갑자기 이상할 정도로 침착하게 물었다.

「무슨 상관이라니? 당신도 리본을 매고 있잖아……. 뾰뜨르 스쩨빠노비치는 어디 있지?」

「모르겠소. 여기 어디 있겠지. 그런데 왜 그러시오?」

「내가 이제 모든 걸 꿰뚫어 볼 수 있게 되었기 때문이지. 이건 결국 오늘 하루 추문을 일으켜서 율리야 미하일로브나에게 망신을 주려는 음모겠지…….」

리뿌찐은 또다시 나를 홀긋 쳐다보았다.

「그게 당신한테 무슨 상관이오?」그는 히죽 웃으며 어깨를 으쓱하더니 다른 쪽으로 가버렸다.

나는 찬물을 뒤집어쓴 것 같은 기분이었다. 모든 의심이 사실로 드러났던 것이다. 그런데도 난 여전히 내가 틀렸기를 바랐다! 어떻게 해야 한단 말인가? 스쩨빤 뜨로피모비치와 의논해 볼까 생각했지만, 그는 거울 앞에 서서 여러 가지 미소를 지으며 이미 많은 표시가 되어 있는 종이를 들고 씨름하고 있었다. 그는 지금 까르마지노프 다음으로 연단에 나가야 했기 때문에 나와 이야기할 상황이 아니었다. 율리야 미하일로브나에게 달려가야 하나? 그러나 그녀에게 알리기엔 아직 일렀다. 그녀가 자신에 대한 〈추종〉이나 그들의 〈열광적인 충성〉을 확신하고 있는 상태를 치료하려면 훨씬 더 독한 수업이 필요했다. 그녀는 내 말을 믿지 않고 나를 망상가라고 생각할 것이었다. 게다가 그녀가 뭘 도와줄 수 있겠는가? 〈에이,〉나는 생각했다. 〈정말이지, 사실 이게 나와 무슨 상관이야. **사태가 벌어지면** 리본을 떼어 버리고 집에 가면 되지.〉나는 정말로 〈사태가 벌어지면〉이라는 말을 했고, 지금도 그것을 기억하고 있다.

그러나 까르마지노프의 낭독을 들으러 가야만 했다. 나는 마지막으로 무대 뒤를 둘러보다가 별 관계도 없는 사람들이 이리저리 돌아다니고 있으며, 여자들도 드나들고 있는 것을 알아차렸다. 이곳 〈무대 뒤〉는 빈틈없이 커튼을 쳐서 청중과 구분한 상당히 좁은 공간으로, 뒤쪽에 있는 복도를 통해 다른 방과 연결되어 있었다. 이곳에서 우리의 연사들은 자기 순서를 기다렸다. 이 순간 스쩨빤 뜨로피모비치의 다음 강연자가 나를 특히 놀라게 했다. 그 역시 무슨 교수라고 했는데(그가 어떤 사람인지는 지금도 정확히 모르겠다), 어딘가 학교에서 학생 소요가 일어나자 자진해서 사직했으며, 며칠 전 무슨 이유에서인지 우리 도시를 찾아온 사람이었다. 그 역시 율리야 미하일로브나에게 소개되었는데, 그녀는 그를 공경하는 태도로 맞이했다. 나도 지금은 알고 있지만, 그는 낭독회 전에 겨우 하룻저녁 그녀를 방문해서 저녁 내내 입을 다문 채 율리야 미하일로브나를 에워싸고 있는 사람들의 농담이나 말투에 애매하게 미소를 짓고 있었으며, 거만하면서도 소심할 정도로 예민한 표정으로 모두에게 불쾌한 인상을 불러일으켰다. 그에게 낭독을 해달라고 끌어들인 사람은 율리야 미하일로브나 자신이었다. 지금 그는 스쩨빤 뜨로피모비치처럼 방 안 구석구석을 돌아다니며 혼자 중얼거리고 있었지만 거울이 아니라 바닥을 보고 있었다. 그는 자주 능글맞은 미소를 짓긴 했지만 웃음을 연구하거나 하진 않았다. 그와도 이야기를 할 수 없음은 분명했다. 그는 키가 작고 마흔 정도 되어 보였으며, 머리는 벗겨지고, 잿빛 턱수염을 기르고, 복장은 단정했다. 그러나 무엇보다 재미있던 것은 그가 방향을 돌 때마다 오른쪽 주먹을 위로 쳐들고 머리 위 허공을 향해 휘두르다가 무슨 적수를 분쇄해 버리기라도 하려는 듯 갑자기 아래로 내리친다는 것이었다. 그는 이런 괴상한 동작을 계속했다. 나는 오싹해졌다. 그래서 서둘러 까르마지노프의 낭독을 들으러 뛰어갔다.

3

홀에서는 또다시 좋지 않은 기운이 감돌고 있었다. 미리 밝혀 두지만, 나는 위대한 천재 앞에서는 고개를 숙이는 사람이다. 그런데 어째서 우리의 천재 양반들은 영광스러운 생애 마지막에 이르면 이따금 그렇게 완전히 어린아이처럼 행동하는 것일까? 까르마지노프가 다섯 명의 시종을 거느리기라도 한 듯 위엄 있는 태도로 걸어 나온다고 해서 그것이 무슨 문제겠는가? 그런데 과연 글 하나로 우리 같은 청중을 한 시간이나 이끌고 갈 수 있을까? 대체로 내가 관찰한 바로는 아무리 대단한 천재라도 가벼운 대중 문학 강연에서 청중을 20분 이상 별 탈 없이 집중시킬 수는 없다. 사실 위대한 천재의 등장은 더할 나위 없이 정중하게 받아들여졌다. 가장 깐깐한 노인들조차 그를 인정하며 호기심을 보였고, 부인들은 약간의 환희마저 드러냈다. 하지만 박수 소리는 짧았고, 어쩐지 들쑥날쑥 제멋대로였다. 그러나 까르마지노프 씨가 입을 여는 순간까지는 뒷줄에서도 아무런 불손한 행동을 하지 않았으며, 특별히 불쾌한 일도 일어나지 않았고, 약간의 오해 정도만 있었을 뿐이다. 그의 목소리는 지나치게 날카로워 약간 여자 목소리 같기도 했으며, 귀족 출신 특유의 혀 짧은 소리를 낸다는 것은 앞에서도 이미 언급했다. 그가 몇 마디 시작하자마자 갑자기 누군가 큰 소리로 웃기 시작했다. 아마 아직까지 상류 사회에 대해서는 아무것도 본 것이 없으며, 태어날 때부터 실없이 잘 웃는 철없는 바보인 것 같았다. 그러나 도발한다는 느낌은 전혀 들지 않았다. 반대로 사람들이 그 바보에게 쉿 하는 소리를 내자 그는 수그러들었다. 그러나 바로 이때 까르마지노프 씨가 거드름을 피우며 고상을 떠는 목소리로 자기는 〈처음에는 무슨 일이 있어도 낭독을 승낙하지 않으려 했다〉고 밝혔다(그 사실을 꼭 밝혀야 했던 건가!). 〈가슴에서 우러나오기 때문에 결코 말할 수 없고, 따라서 그만큼 신성하기에 결코 청중 앞에 공개할 수 없는 그런 문장들이 있다.〉 (그럼 대체 왜 공개하려 하는가?) 〈그러나 그는 간청을 거절할 수 없어 이렇게 가지고 나왔으며, 더욱이 그는 영원히 펜을 내려놓고 무슨 일이 있어도 더 이상 글을 쓰지 않겠다고 맹세했기 때문에, 이 마지막 작품을 쓰게 된 것이다. 그는 무슨 일이 있어도 청중 앞에서 결코 아무것도 낭독하지 않겠다고 맹세했기 때문에, 이 마지막 글을 청중 앞에서 읽기로 한 것이다.〉 등등, 전부 이런 식이었다.

그러나 이런 것들은 상관없다. 누가 작가의 머리말이란 것을 모르겠는가? 내가 이렇게 지적하고 있기는 하지만, 교육 수준이 낮은 우리의 청중이나 뒷줄 사람들의 짜증을 생각한다면, 이 모든 것 또한 영향을 미쳤다고 할 수는 있을 것이다. 차라리 짧은 중편이나, 그가 전에 쓰곤 했던 그런 종류의 아주 짧은 단편, 즉 기교가 많고 가식적이긴 하지만 가끔은 기지 넘치는 이야기들을 읽는 것이 더 낫지 않았을까? 그랬다면 모든 일이 잘되었을지도 모른다. 그러나 천만에, 그런 일은 없었다! 지루한 설교가 시작되고 말았다! 맙소사, 여기에 무슨 소린들 안 들어갔겠는가! 분명히 말하지만 우리의 청중뿐만 아니라 수도의 청중이라도 정신이 혼미해졌을 것이다. 대단히 가식적이고 무용한 장광설이 30페이지 넘게 계속된다고 상상해 보라. 게다가 이 신사는 동정을 베푼다는 듯 침울하면서도 어쩐지 깔보는 듯이 낭독을 했기 때문에 청중에게는 심지어 모욕으로 들렸다. 주제는…… 누가 그 주제를 이해할 수 있었을까? 그것은 어떤 인상인가 어떤 회상에 대한 보고서 같은 것이었다. 그러나 무슨 보고서? 그러나 무엇에 관해서? 우리 현 사람들은 낭독 절반까지 아무리 이마를 찌푸리며 이해하려 해도 아무것도 따라잡을 수가 없었으며, 그래서 후반부는 그냥 예의상 듣고 있었다. 사실 사랑에 대해서, 즉 한 귀부인에 대한 천재의 사랑에 대해서 많은 이야기를 하고 있었지만, 솔직히 그 이야기는 다소 어색했다. 내가 보기에 키 작고 뚱뚱한 모습의 이 천재 작가에게 그의 첫 키스에 대한 이야기는 어쩐지 어울리지 않는 것 같았다……. 게다가 불쾌했던 것은 그의 키스가 보통 인간 사회에서와 좀 다른 방식으로 일어났다는 것이다. 우선 주변에는 반드시 금작화가 자라고 있다(반드시 금작화이거나, 아니면 식물 사전에서 찾아 봐야 할 뭐 그런 종류의 풀이다). 이때 하늘은 반드시 보랏빛 음영을 띠고 있어야 하는데, 보통 사람들이라면 아직 한 번도 주목한 적이 없는, 즉 모두 보긴 했지만 주의를 기울인 적이 없는 음영으로서 마치 〈나는 그것을 보았고, 너희 바보들을 위해 가장 평범한 것을 묘사하듯 그렇게 묘사하고 있는 것이다)라고 말하는 듯했다. 흥미로운 한 쌍의 남녀가 그 밑에 자리 잡고 있는 나무는 반드시 오렌지빛 같은 것을 띠고 있어야 한다. 그들은 독일 어딘가에 앉아 있다. 두 사람은 갑자기 전투를 앞둔 폼페이우스[4]나 카시우스[5]를 보게 되고,[6] 그러면 환희의 냉기가 두 사람을 파고든다. 루살까[7]가 숲속에서 끽끽거리는 소리를 낸다. 글루크[8]는 갈대밭에서 바이올린을 연주하기 시작한다. 그가 연주하는 작품의 제목이 *en toutes lettres*(완전히) 소개되지만, 아무도 모르는 곡이므로, 이것 역시 음악 사전에서 찾아봐야 할 것 같다. 그사이 안개가 피어오르기 시작하는데, 피어오르고, 피어오르고 하는 바람에 안개라기보다는 1만여 개의 베개에 더 가까워졌다. 그러다 갑자기 모든 것이 사라지고, 위대한 천재는 겨울 해빙기에 볼가강을 건너고 있다.[9] 두 페이지 반에 걸쳐 강을 건너는 장면이 계속되지만, 결국은 얼음 구멍으로 빠지고 만다. 천재는 가라앉는다. 당신들은 그가 익사했다고 생각하는가? 천만에, 이것은 모두 그가 물속에 가라앉으며 허우적대고 있을 때 그의 눈앞에 얼음 조각이, 완두콩만큼 아주 작지만 〈얼어 버린 눈물처럼〉 깨끗하고 투명한 얼음 조각이 어른거리게 하기 위한 과정이었다. 그 얼음 조각 안에는 독일이, 더 정확히 말

4 Pompeius(B.C. 106~B.C. 48). 로마 공화정 말기 장군이자 정치가로, 카이사르와의 내전에서 패해 죽었다.

5 Cassius(?~B.C. 42). 로마 공화정 말기 장군이자 정치가로, 카이사르 암살 주동자의 한 사람이다.

6 뚜르게네프의 『환영들』제8장에 대한 풍자적 암시이다.

7 고대 슬라브 신화에 나오는 숲과 물의 정령. 인간을 물에 빠뜨려 죽게 만드는 해로운 혼령이다.

8 Christoph Gluck(1714~1787). 독일 고전주의 작곡가.

9 뚜르게네프의 『충분해』제7장과 유사한 모티프이다.

해 독일의 하늘이 비치고 있으며, 무지개처럼 춤추는 그 어른 거림은 그에게 한 가지 눈물을 떠올리게 했다. 그것은 〈우리가 에메랄드빛 나무 아래 앉아 있던 중 당신이 《죄는 없어요!》라고 기쁘게 외치자, 나 역시 눈물 사이로 《그래요, 하지만 그렇다면 이 세상에 경건한 사람도 없지 않겠습니까》라고 대답했지요. 그때 당신 눈에서 떨어지던 그 눈물을 기억합니까? 우리는 흐느껴 울다가 영원히 헤어졌지요〉[10]라는 상황을 떠올리게 하는 눈물이었다. 여자는 어딘가 바닷가로 떠나고, 그는 어느 동굴로 들어가 버린다. 이렇게 그는 모스끄바의 수하레프 탑[11] 밑으로 내려가고, 내려가고, 3년을 내려가다가 갑자기 땅속 한가운데 동굴 속에서 현수등과 그 현수등 앞에 있는 은자를 발견한다.[12] 그는 기도를 드리고 있다. 천재는 아주 작은 격자창에 귀를 댔다가 갑자기 한숨 소리를 듣는다. 당신들은 이것이 은자의 한숨 소리라고 생각하는가? 그가 당신들의 은자를 필요로 할 리가! 천만에, 이 한숨 소리는 단지 〈그에게 37년 전 그녀의 첫 번째 한숨 소리를 기억나게 했을 뿐이다〉. 그것은 〈기억하고 있겠지, 우리가 독일에서 마노빛 나무 아래 앉아 있을 때 당신이 내게 《사랑이 왜 필요하죠? 보세요. 주위에는 붉은 꽃이 자라고 있고, 나는 사랑을 하고 있어요. 하지만 저 붉은 꽃들이 시들 때 내 사랑도 끝날 거예요》》라고 하며 내쉬던 한숨이다. 이때 또다시 안개가 뭉게뭉게 피어오르고 호프만[13]이 나타나고, 루살까는 쇼팽의 곡을

10 뚜르게네프의 『충분해』제11장에 대한 풍자적 암시이다.
11 1695년 모스크바에 세워진 기념비적 건축이지만 1934년 도시 재건 계획에 따라 파괴되었다.
12 뚜르게네프의 『충분해』제4장에 대한 풍자적 암시이다.
13 Ernst Hoffmann(1776~1822). 공상적이고 괴기한 이야기를 주로 쓰던

휘파람으로 불고, 갑자기 안개 속에서 월계관을 쓴 앙쿠스 마르키우스[14]가 로마의 지붕 위로 나타났다. 〈환희의 냉기가 우리의 등줄기를 타고 흘러내렸고, 우리는 영원히 헤어졌다〉운운. 한마디로 말해서, 내가 제대로 전달하지 못했는지도 모르고 내겐 그럴 능력도 없지만, 어쨌든 그의 장광설의 의미는 꼭 이런 식이었다. 그리고 마지막으로, 우리네 위대한 지성들이 고상한 의미의 말장난에 대해 가지는 열정은 얼마나 수치스러운지! 유럽의 위대한 철학자, 위대한 학자, 발명가, 노동자, 순교자, 즉 무거운 짐을 짊어지고 수고하는 그 모든 사람들[15]이 우리의 위대한 천재에게는 자기 부엌에 있는 요리사 정도일 뿐인 것이다.[16] 그는 나리이고, 그들은 요리사 모자를 손에 들고 그를 찾아와 지시를 기다린다. 사실 그는 러시아에 대해서도 거만하게 냉소를 보내고 있으며, 그에게는 유럽의 위대한 지성들 앞에서 모든 면에서 러시아의 파산을 알리는 것보다 더 기분 좋은 일은 없다. 그러나 그 자신과 관련해서 보면, 천만에, 그는 이미 위대한 유럽의 지성들을 능가했다. 그들은 모두 그의 말장난을 위한 재료에 불과하다. 그는 다른 사람의 사상을 가져다가 거기에 대립구를 덧붙인다. 그러면 말장난이 준비되는 것이다. 범죄는 존재한다, 범죄는 존재하지 않는다, 진실은 없다, 올바른 사람은 없다, 무신론, 다윈주의, 모스끄바의 종(鐘) 등…… 그러나 슬프게도 그는 이미 모

독일의 낭만주의 소설가.

14 Ancus Marcius(B.C. 675~B.C. 616). 고대 로마의 네 번째 왕. 뚜르게네프의 『환영들』 제8장에 대한 패러디적 암시이다.

15 「마태오의 복음서」 11장 28절에 나오는 내용이다.

16 뚜르게네프가 자신의 작품 속에서 유럽의 유명한 사상가, 철학자, 작가, 작곡가 들의 작품을 인용하고 있는 것에 대한 풍자적 독설이다.

스꾸바의 종을 믿지 않는다. 로마, 월계관…… 그러나 그는 월계관조차 믿지 않는다……. 여기에 바이런적 우수의 상투적인 발작, 하이네에게서 가져온 찡그림, 뻬초린에게서 가져온 무언가도 있다.[17] 그렇게 기계는 요란한 소리를 내며 나아가고, 또 나아갔다……. 〈하지만 칭찬해 주십시오, 칭찬해 주십시오. 나는 그것을 엄청 좋아하니까요. 내가 펜을 내려놓겠다고 한 것은 그냥 해본 말입니다. 잠깐만요, 나는 당신들을 3백 배는 더 귀찮게 하겠습니다. 내 글을 읽느라 지치도록 말입니다……〉라고 말하는 것 같았다.

물론 그다지 순조롭게 마무리되지는 않았다. 그러나 무엇보다 좋지 않았던 것은 소란이 그에게서 시작되었다는 것이다. 이미 오래전부터 발 꾸는 소리, 코 푸는 소리, 기침 소리 등 문학 낭독회에서 누구든 20분 이상 청중을 붙잡고 있으면 나타나는 현상이 시작되었다. 그러나 천재적인 작가는 이런 것을 전혀 눈치채지 못하고 있었다. 그는 청중에 대해 전혀 관심을 두지 않고 혀 짧은 소리로 계속 중얼거렸으며, 그래서 결국 모두 당황하고 말았다. 그때 갑자기 뒷줄에서 한 사람이 큰 소리로 이렇게 말했다.

「맙소사, 이 무슨 헛소리들이람!」

이것은 무의식중에 튀어나온 소리로, 어떤 시위의 뜻이 담겨 있지는 않았다고 나는 확신한다. 그 사람은 그냥 피곤했던 것이다. 그러나 까르마지노프 씨는 낭독을 멈추고 비웃듯 청

---

17 바이런은 영국의 낭만주의 시인, 하이네는 독일의 낭만주의 서정시인, 뻬초린은 리시아 낭만주의 작가 레르몬또프의 소설 『우리시대의 영웅』의 주인공이다. 이 작가들의 작품은 우수, 환멸, 불만, 아이러니즘 등 낭만적 모티프를 특징으로 하고 있으며, 여기서는 뚜르게네프 작품에 대한 풍자적 암시로 사용되고 있다.

중을 쳐다보더니 갑자기 모욕당한 시종처럼 위엄 있는 태도를 보이며 혀 짧은 소리로 말했다.

「여러분, 내가 당신들을 상당히 지루하게 한 모양이지요?」

이때 그가 먼저 입을 연 것이 바로 그의 잘못이었다. 이런 식으로 답을 요구하는 듯한 발언을 함으로써 무뢰한들에게도 아주 당당하게 입을 열 기회를 주었기 때문이다. 그가 좀 참았더라면 그들은 코나 풀고 있었을 테고, 그러면 상황은 어떻게든 지나갔을 텐데 말이다…… 아마도 그는 자신의 질문에 대한 대답으로 박수를 기대하고 있었을 것이다. 그러나 박수 소리는 울리지 않았다. 반대로 모두 깜짝 놀란 듯 몸을 움츠리며 조용해졌다.

「당신은 결코 앙쿠스 마르키우스를 본 적이 없어. 그건 전부 당신의 글일 뿐이오.」 갑자기 짜증스럽고 신경질적이기까지 한 목소리가 울려 퍼졌다.

「그렇고말고.」 이때 다른 목소리가 이어졌다. 「요즘 시대에 환영 같은 건 없소, 자연 과학만 있을 뿐이지. 자연 과학을 한번 참조해 보시오.」

「여러분, 나는 그런 반박이 있으리라고는 예기치도 못했습니다.」 까르마지노프는 정말 놀랐다. 위대한 천재는 카를스루에에 있는 동안 조국과 완전히 멀어진 것이다.

「우리 시대에 세상이 세 마리 물고기 위에 서 있다는 것을 읽는 것은 창피한 일이에요.」 갑자기 한 아가씨가 큰 소리로 말했다. 「까르마지노프 씨, 은자가 있는 동굴로 내려가다니, 있을 수 없는 일이에요. 게다가 누가 요즈음 은자 이야기를 한단 말이에요?」

「여러분, 그렇게 진지하게 받아들이다니 무엇보다 놀랍군요. 하지만…… 하지만 당신들은 전적으로 옳습니다. 나보다 더 실제적인 진실을 존중하는 사람은 없을 겁니다…….」

그는 비꼬듯 웃었지만, 심하게 충격을 받았다. 그의 얼굴은 〈나는 당신들이 생각하는 그런 사람이 아니오. 나는 당신들 편이오. 그러니 나를 칭찬해 주시오. 많이, 가능하면 더 많이 칭찬해 주시오. 나는 그걸 엄청 좋아하오……〉라고 말하는 것 같았다.

「여러분,」 이미 완전히 자존심이 상한 그는 마침내 이렇게 소리쳤다. 「내 불행한 서사시가 장소를 잘못 찾은 것 같군요. 나 역시 장소를 잘못 찾아온 것 같습니다.」

「까마귀를 겨누었는데 암소에 맞은 격이군.」 어떤 멍청이가 목청껏 소리를 질렀다. 아마 술에 취한 것 같았는데, 물론 그에게 주의를 기울일 필요는 없었다. 하지만 무례한 웃음소리를 불러일으킨 것은 사실이었다.

「암소라고 했습니까?」 까르마지노프는 바로 말을 받았다. 그의 목소리가 더 심하게 갈라지기 시작했다. 「여러분, 까마귀와 암소에 대해서는 언급을 자제하겠습니다. 나는 어떤 청중이건 존중하기 때문에, 비록 악의 없는 것이라 해도 그런 비유를 입에 담고 싶지는 않군요. 그러나 내 생각에…….」

「하지만 친애하는 나리, 당신이 그렇게 심하지만 않았더라도…….」 뒷줄에서 누군가가 소리쳤다.

「그러나 내가 펜을 내려놓고 독자들과 이별을 고하는 자리이니 당신들이 경청해 주리라 생각했습니다만…….」

「아니, 아니, 우리는 듣고 싶습니다. 듣고 싶어요.」 마침내 첫 줄에서 용기 내어 말하는 몇 사람의 목소리가 들려왔다.

「읽어 보세요, 읽어 보세요!」 신난 몇몇 부인들의 목소리가 그에 맞장구를 쳤다. 마침내 박수 소리도 터졌지만, 사실 그것은 소리도 작고 산발적이었다. 까르마지노프는 씁쓸하게 웃으면서 자리에서 일어났다.

「정말이에요, 까르마지노프 씨. 우리는 영예롭게 생각하고 있어요…….」 귀족 단장의 부인도 참지 못하고 한마디 했다.

「까르마지노프 씨,」 갑자기 홀 한가운데서 젊고 풋풋한 목소리가 들려왔다. 그것은 아주 젊은 군립 학교 선생의 목소리로, 그는 우리 도시를 찾은 지 얼마 안 되는 잘생긴 외모에 조용하고 점잖은 젊은이였다. 그는 자리에서 일어나기까지 했다. 「까르마지노프 씨, 만약 제가 당신이 묘사한 것 같은 사랑의 행복을 경험했다 하더라도, 대중 낭독회를 위한 글에 저의 사랑 이야기를 넣지는 않았을 겁니다…….」

그는 얼굴이 새빨개졌다.

「여러분,」 까르마지노프가 소리쳤다. 「저는 그만하겠습니다. 끝부분은 생략하고 퇴장하겠습니다. 다만 종결부 여섯 줄만 읽게 해주십시오.」

「그러면, 나의 친구 독자여, 안녕히!」 그는 안락의자에 앉지도 않고 바로 원고를 들고 읽기 시작했다. 「안녕히, 독자여. 우리가 친구로서 이별하기를 고집하는 것은 아닙니다. 사실 무엇 때문에 그대를 괴롭히겠습니까? 욕이라도 하십시오, 오, 그걸로 그대가 조금이라도 만족스럽다면 원하는 만큼 얼마든지 욕을 해도 좋습니다. 그러나 우리가 서로를 영원히 잊게 된다면 더할 나위 없이 좋겠지요. 그런데 독자들이여, 그대들 모두가 갑자기 대단히 선량해져서 내게 무릎을 꿇고 눈물을 흘리며 〈써주시오, 오, 우리를 위해 써주시오, 까르마지노프, 조국을 위해, 후손을 위해, 월계관을 위해〉라고 호소한다 해도, 나는 물론 매우 정중하게 감사드리겠지만, 〈아니요, 친애하는 동포 여러분, 우리 인연은 이미 충분합니다, *Merci*(고맙습니다)! 우리는 각자의 길을 갈 때가 되었습니다. *Merci*(고맙습니다), *Merci*(고맙습니다), *Merci*(고맙습니다)!〉라고 대답할 것입니다.」

까르마지노프는 격식을 차려 인사한 뒤, 불에 달구어진 것처럼 얼굴이 새빨개져서 무대 뒤로 물러났다.

「아마 아무도 무릎을 구부리지 않을걸. 기이한 상상을 하고 있군.」

「이 무슨 대단한 자만심이야!」

「이건 그냥 유머겠지.」누군가가 좀 더 그럴듯한 설명을 덧붙였다.

「아니, 그런 유머라면 사양하겠어.」

「하지만 정말 뻔뻔도 하군요, 여러분.」

「적어도 이제 끝난 거지.」

「에이, 지겨워 죽는 줄 알았네!」

그러나 뒷줄의 이러한 무례한 고함 소리는(물론 뒷줄에서만 나지는 않았지만) 다른 쪽 청중의 박수 소리에 묻혀 버렸다. 그것은 까르마지노프를 부르는 소리였다. 율리야 미하일로브나와 귀족 단장 부인을 필두로 몇몇 부인들이 연단 위로 모여들었다. 율리야 미하일로브나의 손에는 흰색 벨벳 쿠션 위에 장미꽃 화관으로 둘러싼 화려한 월계관이 들려 있었다.

「월계관이군요!」까르마지노프는 미묘하면서도 약간 신랄한 미소를 띠며 말했다.「저는 물론 감동받았고, 미리 준비된 것이지만 아직 채 시들지 않은 이 화관을 진심을 다해 받아들이겠습니다. 그러나 *mesdames*(숙녀 여러분), 분명히 말씀드리지만, 저는 갑자기 현실주의자가 되었기 때문에 우리 시대에 월계관은 저보다 숙련된 요리사의 손에 들어가야 훨씬 더 적절하리라 생각합니다……」

「그래요, 그건 요리사에게 더 유용할 거요.」 비르긴스끼의 집에서 열린 〈회의〉에 참석했던 그 신학생이 소리쳤다. 질서가 다소 무너졌다. 월계관 증정식을 보려고 여러 줄에서 사람들이 벌떡 일어섰다.

「나는 이제부터 요리사를 위해 3루블을 더 내겠소.」 또 다른 사람이 크게, 지나칠 정도로 크고 완강할 만큼 큰 소리로 맞장구를 쳤다.

「나도.」

「나도.」

「그런데 여기 정말 뷔페식당은 없는 거요?」

「여러분, 이거 완전 사기인데요…….」

하지만 여기서 제멋대로 구는 사람들도 아직은 홀에 있던 우리의 고관들이나 경찰들을 심하게 두려워하고 있었다는 점은 밝혀 두어야겠다. 그럭저럭 10분 정도 지나 모두들 다시 자리에 앉았지만, 이전의 질서는 더 이상 회복되지 않았다. 그리고 바로 이렇게 시작된 혼돈에 불쌍한 스쪠빤 뜨로피모비치가 맞닥뜨린 것이었다.

4

그래도 나는 또 한 번 무대 뒤에 있는 그에게 뛰어가서 흥분한 상태로, 내 생각에는 모든 일이 틀어져 버렸으니 지금은 연단에 나가지 말고, 복통이라도 난 것 같다는 핑계를 대고 집으로 돌아가는 것이 낫겠다, 그러면 나도 리본을 떼어 버리고 함께 가겠다고 가까스로 이야기해 줄 수는 있었다. 그는 이 순간 이미 연단을 향해 걸어가고 있었는데, 갑자기 멈춰서서 나를 거만한 시선으로 머리끝에서 발끝까지 훑어보더니 엄숙하게 한마디 했다.

「이보게, 자네는 대체 왜 나를 그런 비열한 행동을 할 인간으로 생각하나?」

나는 뒤로 물러섰다. 나는 그가 아무런 참사 없이 그곳을 빠져나오지 못하리라는 것을 2 곱하기 2는 4만큼이나 분명하게 확신했다. 내가 완전히 낙담해서 서 있는 사이 눈앞에는 또다시 타지에서 온 그 교수의 모습이 어른거렸다. 그가 나갈 순서는 스쩨빤 뜨로피모비치의 다음으로, 그는 조금 전부터 계속해서 주먹을 위로 들었다가 아래로 힘껏 내리치고 있었다. 여전히 깊은 생각에 잠겨 얼굴에는 독기 서린 의기양양한 미소를 지으며 혼자 뭐라고 중얼거리면서 앞뒤로 왔다 갔다하고 있었다. 나는 어쩌다가 거의 무의식적으로(또 쓸데없는 짓을 하고 말았다) 그에게 다가갔다.

「잠시만요,」 내가 말했다. 「많은 예를 볼 때, 낭독자가 청중을 20분 이상 붙잡아 두면 그들은 더 이상 듣지 않을 겁니다. 아무리 유명 인사라 해도 30분을 잡아 두지는 못하지요…….」

그는 갑자기 걸음을 멈추고 분노에 온몸을 떠는 것 같았다. 그의 얼굴에 극도의 거만함이 나타났다.

「걱정하지 마시오.」 그는 경멸하듯 중얼거리며 내 옆을 지나갔다. 이 순간 홀에서 스쩨빤 뜨로피모비치의 목소리가 들려왔다.

〈에이, 당신들 모두 그냥!〉 나는 이런 생각을 하며 홀로 달려갔다.

스쩨빤 뜨로피모비치는 아직 혼란이 남아 있는 상황에서 안락의자에 앉아 있었다. 보아하니 앞줄에 있는 사람들은 그를 그다지 호의적이지 않은 시선으로 맞이하는 듯했다(최근 클럽에서는 어쩐 일인지 그를 더 이상 좋아하지 않게 되었으며, 그에 대한 존경도 이전보다 훨씬 더 줄어들었다). 휘파람을 불며 야유하지 않은 것이 그나마 다행이었다. 어제부터 나는 이상한 생각이 들었는데, 그가 모습을 드러내자마자 사람들이 바로 그에게 휘파람을 불며 야유할 것 같다는 것이었다. 그런데 아직 남아 있는 혼란의 여파로 그는 지금 주목도 받지 못하고 있었다. 까르마지노프도 그런 일을 당했는데, 이 사람은 뭘 더 기대할 수 있었겠나? 그의 얼굴이 창백했다. 10년 동안 청중 앞에 모습을 드러낸 적이 없었던 것이다. 그의 흥분 상태나 내가 너무나 잘 알고 있는 그의 모든 것으로 판단해 볼 때, 그가 연단 위 자신의 등장을 운명의 결정적 순간이나 그와 유사한 것으로 간주하고 있음이 분명해 보였다. 나는 바로 그것이 두려웠다. 그는 내게 소중한 사람이었다. 그러니 그가 입을 열어 그의 첫마디를 들었을 때 내 마음이 어떠했겠는가!

「여러분!」 그는 모든 것을 결심한 듯, 하지만 동시에 불쑥 튀어나온 것 같은 목소리로 갑자기 말하기 시작했다. 「여러분! 오늘 아침 내 앞에는 최근 이곳에 살포된 불법적인 전단지 한 장이 놓여 있었고, 나는 〈이 전단의 비밀은 뭘까?〉 하고 수없이 자문해 보았습니다.」

홀은 순식간에 조용해졌고 모든 시선이 그를 향했는데, 어떤 사람들은 몹시 놀란 시선으로 쳐다보았다. 말할 필요도 없이 그는 첫마디부터 사람들의 호기심을 불러일으키는 방법을 알고 있었다. 무대 뒤에서조차 머리들이 불쑥 튀어나왔다. 리뿌쩐과 럄신이 신경을 곤두세우고 귀를 기울이고 있었던 것이다. 율리야 미하일로브나가 내게 다시 손짓을 했다.

「그를 중지시켜요. 무슨 일이 있어도 중지시켜요!」 그녀는 불안해하며 내게 속삭였다. 나는 어깨를 으쓱할 뿐이었다. **단호한 결심**을 한 사람을 어떻게 멈추게 할 수 있단 말인가? 아아, 나는 스쩨빤 뜨로피모비치를 잘 알고 있었다.

「이런, 격문에 대한 이야기네!」 청중들 속에서 수군거림이 시작되었다. 홀 전체가 술렁거렸다.

「여러분, 나는 모든 비밀을 풀었습니다. 그들이 거둔 효과의 비밀은 모두 그들의 어리석음에 있었습니다! (그의 눈이 번뜩이기 시작했다.) 그런데 여러분, 이것이 만약 계획적으로 조작된 고의적인 어리석음이라면, 오, 그것은 천재적이라고도 할 수 있겠지요! 그러나 그들에 대해서는 완전히 정당한 평가를 내려야 합니다. 그들은 아무것도 조작하지 않았습니다. 그것은 전혀 숨김이 없고, 가장 순진무구하고, 가장 얕은 수준의 어리석음입니다. *C'est la bêtise dans son essence la plus pure, quelque chose comme un simple chimique*(그것은 가장 순수한 본질의 어리석음으로, 화학 원소와 비슷한 것입니다). 만약 그들이 자신들의 어리석음을 아주 조금이라도 더 영리하게 표현해 버리면, 사람들은 누구나 이 하찮은 어리석음의 부족함을 바로 알아볼 것입니다. 그러나 지금은 모두 당황한 상태입니다. 그것이 그렇게 본래 어리석은 것이었다고는 아무도 믿지 못하고 있으니까요.〈여기에 더 이상 아무

47

것도 없다니, 그럴 리 없어.〉 누구나 혼자 이런 말을 하며, 숨겨진 의미를 밝히고 비밀을 찾으려 하고, 그 속뜻을 읽고 싶어 하니, 어쨌든 효과는 달성한 것이지요! 오, 어리석음이 그동안 정말 자주 보상을 받아 오기는 했지만 말입니다. 지금처럼 성대한 보상을 받은 적은 한 번도 없습니다⋯⋯. 왜냐하면 *en parenthèse*(말이 나왔으니 말이지만), 어리석음은 가장 위대한 천재와 마찬가지로 인류의 운명에 똑같이 유용하기 때문입니다⋯⋯.」

「40년대[18]식 말장난이군!」 이런 말소리가 들려왔다. 하지만 굉장히 겸손한 말투였다. 그러나 뒤이어 모든 것이 툭 터져 버린 것처럼 모두들 웅성거리며 떠들어 대기 시작했다.

「여러분, 만세! 어리석음을 위한 건배를 제안합니다!」 스쩨빤 뜨로피모비치는 홀에 있는 사람들은 거들떠보지도 않은 채 완전히 흥분해서 소리쳤다.

나는 그에게 물을 따라 준다는 핑계로 그를 향해 달려갔다.

「스쩨빤 뜨로피모비치, 그만하세요. 율리야 미하일로브나께서 간청하고 계십니다⋯⋯.」

「아니, 자네야말로 나를 내버려 두게, 이 나태한 젊은이야!」 그는 목이 터져라 소리 지르며 내게 욕을 했다. 나는 도망쳐 나왔다. 「*Messieurs*(여러분),」 그는 계속했다. 「지금 내 귀에 들리는 이 흥분은 무엇 때문이며, 분노의 외침은 무엇 때문입니까? 나는 올리브 나뭇가지[19]를 가지고 왔습니다. 나는 최후의 말을 가지고 왔습니다. 왜냐하면 이 문제에 있어 최후의 말은 내가 가지고 있으니까요. 그러니 우리 화해합시다.」

18 1840년대를 말한다.
19 화해의 상징.

「꺼져라!」 누군가 소리쳤다.

「조용, 들어 봅시다, 끝까지 들어 봅시다.」 다른 쪽에서 누군가 소리 질렀다. 한번 용기를 내 말을 꺼내더니 더 이상 멈출 수 없다는 듯 젊은 선생이 특히 흥분하고 있었다.

「*Messieurs*(여러분), 이 일에 있어 최후의 말은 모든 것을 용서하라는 것입니다. 나는 살 만큼 산 노인으로서, 삶의 정신은 여전히 숨 쉬고 있으며, 생동감 넘치는 힘은 젊은 세대 안에서 아직 고갈되지 않았다고 당당하게 선언합니다. 현대 청년의 열광은 우리 시대만큼이나 빛나고 순수합니다. 변화가 있다면 단 하나입니다. 그것은 목적의 자리바꿈이며, 즉 하나의 미를 다른 미로 교체했다는 것입니다! 모든 의혹은 무엇이 더 아름다운가 하는 것에만 놓여 있습니다. 즉, 셰익스피어인가 구두인가, 라파엘인가 석유인가?[20]」

「그건 밀고인가?」 한 패가 투덜거렸다.

「그런 질문은 명예 훼손이다!」

「*Agent-provocateur*(앞잡이 선동가군)!」

「나는 선언합니다.」 스쩨빤 뜨로피모비치는 마지막 한계에 이른 듯 흥분하며 고함을 질렀다. 「셰익스피어와 라파엘은 농노 해방보다 높고, 민족성보다 높고, 사회주의보다 높고, 젊은 세대보다 높고, 화학보다 높고, 거의 모든 인류보다 높다는 것을 선언합니다. 왜냐하면 그들은 결실, 즉 모든 인류의 결실이며, 아마도 존재할 수 있는 것들 중 최고의 결실일 것이기 때문입니다! 이미 달성된 미의 형식, 그러한 달성

---

20 예술에 대한 공리주의적 태도를 풍자적으로 언급하고 있다. 특히 석유는 1871년 파리 코뮌 참가자들이 튀일리궁 방화에 가담했다는 이유로 석유주의자*Petroleishiki*로 불렸다는 사실에 기인한다.

이 없다면 나는 아마 살아가는 것조차 동의하지 않을지도 모릅니다……. 오, 맙소사!」 그는 손뼉을 탁 쳤다. 「10년 전 나는 뻬쩨르부르끄의 한 연단에서 정확하게 이와 똑같은 말로 정확히 지금처럼 소리친 적이 있습니다만, 그들 또한 똑같이 아무 말도 이해하지 못하고 지금처럼 휘파람을 불면서 비웃었지요. 단순한 사람들이여, 당신들은 무엇이 부족해서 나를 이해하지 못하는 겁니까? 혹시 그것 아닙니까, 혹시 아시는지요. 영국인이 없어도 인류는 살아갈 수 있고, 독일인이 없어도 살아갈 수 있고, 러시아인이 없으면 더할 나위 없이 가능하며, 과학이 없어도 빵이 없어도 살아갈 수 있지만, 단 하나, 아름다움이 없으면 살아갈 수 없습니다. 왜냐하면 이 세상에서 할 일이 완전히 없어질 것이기 때문입니다! 모든 비밀은 여기에 있고, 모든 역사는 여기에 있습니다! 과학 또한 아름다움이 없으면 단 1분도 유지되지 못할 것입니다. 비웃는 자들이여, 여러분은 이것을 알고 계십니까? 과학은 야만의 상태로 전락해서 못도 발명하지 못하게 될 것입니다……! 나는 양보하지 않겠습니다.」 그는 끝으로 이렇게 황당하게 소리치며 온 힘을 다해 주먹으로 탁자를 내리쳤다.

그러나 그가 의미도 없고 맥락도 없이 비명을 지르는 동안 홀의 질서는 무너지기 시작했다. 많은 사람이 자리에서 벌떡 일어났고, 그중 몇 사람은 연단을 향해 앞으로 몰려나왔다. 전반적으로 이 모든 일은 내가 지금 묘사하고 있는 것보다 훨씬 더 빠른 속도로 발생했기에 조치를 취할 겨를도 없었다. 어쩌면 모두 그러고 싶지도 않았을 것이다.

「당신들이야 모든 것이 갖추어져 있으니 좋겠습니다, 이 수다쟁이 양반아!」 예의 신학생이 연단 근처에서 재미있다는 듯 스쩨빤 뜨로피모비치를 향해 이를 드러내고 웃으며 큰 소리로 말했다. 선생은 그 말을 듣고 연단 끝으로 뛰어갔다.

「젊은 세대의 열광은 과거와 마찬가지로 빛나고 순수한데, 그들은 다만 아름다움의 형식에서 실수했기 때문에 몰락해 가고 있다고 선언한 사람이 내가 아니던가? 응, 내가 아니던 가? 자네들에게는 그것으로도 부족한가? 이렇게 선언한 사 람이 모욕당하고 낙담한 아버지라는 것을 고려한다면, 정말 로 — 오, 단순한 사람들아 — 정말로 이 이상 공정하고 냉정 한 시선을 요구할 수는 없는 것 아닌가……? 은혜를 모르는 인 간들…… 불공정한 인간들 같으니…… 무엇 때문에, 무엇 때문 에 자네들은 화해를 원하지 않는가……!」

그는 갑자기 신경질적으로 눈물을 터뜨렸다. 그러더니 흐 르는 눈물을 손가락으로 닦아 냈다. 흐느낌 때문에 그의 어깨 와 가슴이 들썩거렸다……. 그는 세상만사를 잊고 말았다.

청중은 결정적으로 경악에 휩싸였고, 거의 모든 사람이 자 리에서 일어났다. 율리야 미하일로브나도 벌떡 일어나며 남 편의 팔을 잡아 의자에서 일으켜 세웠다……. 소동은 걷잡을 수 없게 되어 버렸다.

「스쩨빤 뜨로피모비치!」 신학생이 즐겁다는 듯 큰 소리로 말했다. 「지금 이 도시와 주변에는 감옥에서 도망쳐 나온 유 형수 페찌까가 돌아다니고 있습니다. 그는 강도짓을 하다가 최근에는 새롭게 살인까지 저질렀지요. 한 가지 묻겠습니다. 만약 당신이 15년 전에 카드 빚을 갚기 위해 그를 신병으로 넘기지 않았다면, 즉 간단히 말해 카드놀이에서 패하지 않았 다면, 그가 징역에 처해질 리 있었을까요? 말씀해 보십시오. 지금처럼 생존을 위한 투쟁 속에서 사람을 칼로 베어 살해했을까요? 뭐라고 말씀하시겠습니까, 미학자 선생님?」

그다음 장면은 묘사하지 않으려 한다. 우선 맹렬한 박수 소리가 울려 퍼졌다. 모두가 박수를 친 것은 아니며 홀에 있던 5분의 1 정도였지만, 어쨌든 박수 소리는 맹렬했다. 나머지 청중들은 모두 출구로 쏟아져 나왔지만, 박수를 치던 무리들은 여전히 연단 앞으로 밀려들었기 때문에 일대 혼란이 벌어졌다. 부인들은 비명을 질렀고 몇몇 아가씨들은 울음을 터뜨리며 집에 가자고 간청하기도 했다. 렘쁘께는 제자리에 서서 횡포한 시선으로 자꾸 주위를 둘러보았다. 율리야 미하일로브나는 완전히 혼이 나갔다. 우리의 사교계에 있는 동안 처음으로 겪는 일이었기 때문이다. 스쩨빤 뜨로피모비치는 어땠는가 하면, 처음에는 문자 그대로 신학생의 말에 압도된 것 같았다. 그러나 갑자기 양팔을 청중 위로 펼치듯 들어 올리고 부르짖기 시작했다.

「내 발의 먼지를 털고[21] 너희를 저주하겠다…… 이제 끝이다…… 끝이야.」

그러고는 몸을 돌리더니 위협적으로 두 손을 흔들며 무대 뒤로 뛰어가 버렸다.

「그는 우리 사회를 모욕했다……! 베르호벤스끼를 잡아라!」 광란에 휩싸인 사람들이 울부짖기 시작했다. 사람들은 그를 쫓아가려고까지 했다. 적어도 그 순간만은 그들을 진정시키기가 불가능했다. 그런데 갑자기 마지막 재앙이 마치 폭탄처럼 모여 있는 사람들 위에서 폭발하더니 그들 사이로 마구 터져 나갔다. 세 번째 낭독자, 바로 무대 뒤에서 계속 주먹을 휘

21 「마태오의 복음서」 10장 14절, 「마르코의 복음서」 6장 11절, 「루가의 복음서」 9장 5절에 나오는 내용이다.

두르던 그 미치광이[22]가 갑자기 무대로 뛰어나왔던 것이다.

그의 모습은 완전히 미친 사람 같았다. 그는 승리자처럼 만면에 미소를 띠고 터무니없이 자신만만한 태도로 동요하는 홀을 둘러보았다. 그는 그 혼란을 기뻐하는 것 같았다. 그런 북새통 속에서 낭독을 해야 한다는 것이 그를 조금도 당황하게 만들지 않았으며, 오히려 그를 기쁘게 한 것이 분명했다. 그것이 너무 명백해 보였기 때문에 곧 사람들의 주의를 끌었다.

「이건 또 뭐야?」 이런 질문들이 들려왔다. 「이건 또 누구야? 쉿! 무슨 말을 하려는 거지?」

「여러분!」 미치광이는 연단 맨 끝에 서 있는 힘을 다해 소리치고 있었는데, 그는 까르마지노프처럼 거의 여자같이 째지는 목소리로 소리를 질러 댔으나, 다만 귀족적인 혀 짧은 소리는 없었다. 「여러분! 20년 전, 유럽의 절반과 전쟁을 앞둔 전야에 러시아는 5등 문관이나 3등 문관의 눈에 이상적인 국가로 보였습니다. 문학은 검열에 봉사했고, 대학에서는 군사 훈련을 시켰으며, 군대는 발레단이 되었고, 민중은 농노제의 채찍 아래 세금을 바치면서도 침묵을 지키고 있었습니다. 애국주의는 산 사람에게서도 죽은 사람에게서도 뇌물을 갈취하는 것으로 의미가 변질되었습니다. 뇌물을 받지 않는 사람들은 화합을 깨뜨린다며 폭도로 간주되었지요. 자작나무 숲은 질서 유지라는 명목으로 벌목되었습니다. 유럽은 몸을 떨었습니다…… 그러나 러시아는 지난 1천 년의 종잡을 수

22 이 인물의 원형은 자유주의 역사 교수 빠블로프P. V. Pavlov이다. 도스또예프스끼는 빠블로프가 1862년 문학 재단을 위한 문학의 밤 행사에서 낭독한 〈러시아의 천 년〉을 풍자하고 있다.

없는 역사 속에서도 결코 이와 같은 수치스러운 상황에 빠진 적은 없었습니다…….」

그는 주먹을 들고 신나서 위협적으로 머리 위로 흔들다가 갑자기 적을 분쇄해 버리려는 듯 난폭하게 아래로 떨어뜨렸다. 광란의 울부짖음이 사방에서 들려왔고, 귀가 멀 것 같은 박수 소리가 울려 퍼졌다. 홀에 있던 거의 절반 정도의 사람들이 박수를 치고 있었다. 아주 순진하게도 매료되었던 것이다. 러시아가 공개적으로 사람들 앞에서 명예를 훼손당했으니, 과연 그 환희에 소리를 지르지 않고 배길 수 있겠는가?

「바로 그거야! 그래야지! 만세! 아니, 이건 이미 미학이 아니야!」

미치광이는 완전히 도취되어 계속했다.

「그 뒤로 20년이 흘렀습니다. 대학들이 설립되고 그 수도 늘어났습니다. 군사 훈련은 전설로 변해 버렸고, 장교들은 수천 명의 정원이 부족한 상태가 되었습니다. 철도는 모든 자본을 먹어 치우고 러시아를 거미줄처럼 뒤덮어, 15년쯤 지나면 아마 어디로든 다닐 수 있을 것입니다. 다리들은 가끔씩만 불에 타지만, 도시들은 화재 철이 되면 정해진 순서에 따라 질서 있게 규칙적으로 불에 타고 있습니다. 재판소에서는 솔로몬의 판결이 내려지고, 배심원들은 생존을 위한 투쟁 상황에서만, 즉 배고픔에 죽을 수밖에 없을 때만 뇌물을 받습니다. 농노들은 자유를 얻었고, 이제는 과거의 지주 대신 자기들끼리 채찍으로 서로 치고받고 있습니다. 바다나 대양처럼 많은 양의 보드까가 정부 예산에 도움을 주기 위해 소비되고 있습니다. 노브고로뜨에서는 쓸모없어진 고대 소피야 성당 맞은편에 지난 1천 년의 무질서와 혼란을 기념하기 위해 거대한 청동구[23]가 장엄하게 건립되고 있습니다. 유럽은 눈살을 찌푸리며 다시 걱정하기 시작했습니다……. 개혁한 지 15년! 그러나 러시아는 가장 희화적인 혼란의 시대에도 결코 이렇게까지는…….」

마지막 말은 군중의 고함 소리로 알아들을 수도 없었다. 그가 다시 손을 들었다가 위풍당당하게 내리는 것만 보였다. 청중의 환희는 이미 절정을 넘어섰다. 그들은 고함을 지르고 손뼉을 쳤으며, 부인들 중에서는 〈이제 그만! 더 이상은 말씀하지 않는 게 좋겠어요!〉라고 소리 지르는 사람들까지 있었다. 모두 술에 취한 것 같았다. 연설가는 사람들을 한번 둘러보더니 자신의 승리에 도취된 것 같았다. 나는 렘쁘께가 말할 수 없는 흥분 상태에서 누군가에게 뭐라고 지시하는 것을 얼핏 보았다. 율리야 미하일로브나는 새파랗게 질려서 자기에게 뛰어온 한 공작에게 뭐라고 서둘러 말하고 있었다……. 그러나 이 순간 여섯 명 정도의 공직 수행자 같은 한 무리의 사람들이 무대 뒤에서 연단으로 난입하더니 연설자를 붙잡고 무대 뒤로 끌고 갔다. 그가 어떻게 그들을 뿌리치고 빠져나올 수 있었는지 모르지만, 그는 어쨌든 빠져나와 다시 연단 끝으로 뛰어올라 주먹을 휘두르며 있는 힘을 다해 소리치기 시작했다.

「그러나 러시아는 결코 이렇게까지는…….」

그러나 그는 또다시 끌려갔다. 열다섯 명 정도 되는 사람들이 그를 구출하기 위해 무대 뒤로 돌진하는 것이 보였는데, 그들은 연단을 통하지 않고 옆쪽으로 가벼운 칸막이를 부수

23 러시아의 천 년을 기념하기 위해 조각가 미께신M. O. Mikeshin이 1862년 노브고로뜨에 세운 기념비.

고 달려들었기 때문에 칸막이가 무너지고 말았다……. 그 뒤에 나는 내 눈을 믿을 수 없게 갑자기 어디선가 나타난 여대생(비르긴스끼의 친척)이 여전히 겨드랑이 밑에 서류 뭉치를 끼고, 전과 같은 옷차림에, 여전히 빨간 얼굴과 통통한 몸매를 하고서, 두세 명의 여자와 두세 명의 남자에게 둘러싸인 채, 자신의 철천지원수인 김나지움 학생을 대동하고 연단 위로 뛰어 올라가는 것을 보았다. 나는 그녀가 이런 말을 하는 것까지 들을 수 있었다.

「여러분, 저는 불행한 대학생들의 고통을 알리고, 전국 각지에서 그들의 저항 운동을 불러일으키기 위해 왔습니다.」

그러나 나는 달아나고 있었다. 리본을 주머니에 숨기고, 이미 내가 잘 알고 있는 뒤쪽 통로를 통해 집에서 거리로 빠져나왔다. 그러고는 물론 가장 먼저 스쩨빤 뜨로피모비치에게 달려갔다.

제2장
축제의 종말

1

그는 나를 만나 주지 않았다. 방 안에 틀어박혀서 뭔가 쓰고 있기만 했다. 내가 계속해서 문을 두드리고 그를 부르자 문 안에서 이렇게 대답했다.

「친구, 나는 모든 걸 끝냈네. 누가 내게 뭘 더 요구할 수 있겠나?」

「당신은 아무것도 끝내지 않았어요. 모든 것이 무너지는 과정에 일조했을 뿐이지요. 스쩨빤 뜨로피모비치, 제발 말장난 그만하고 문 좀 열어 주세요. 대책을 강구해 봐야지요. 사람들이 계속 당신을 찾아와서 모욕할 수도 있다고요…….」

나는 내가 무엇보다 엄격하고 심지어 까다롭게 굴 권리가 있다고 생각했다. 나는 그가 더 정신 나간 짓을 하지 않을까 두려웠던 것이다. 그러나 놀랍게도 평소와 다른 단호함에 부딪혔다.

「자네야말로 먼저 나를 모욕하지 말게. 지난 모든 일에 대해서는 자네에게 고맙게 생각하네만, 다시 말하지만 나는 좋은 사람이건 나쁜 사람이건, 모두와 끝을 냈단 말이네. 나는 지금까지 용서받기 어려울 정도로 잊고 있었던 다리야 빠블로브나에게 편지를 쓰는 중일세. 자네만 괜찮다면 이 편지를 내일 전해 주게나, 하지만 지금은 *merci*(고맙네).」

「스쩨빤 뜨로피모비치, 분명히 말씀드리지만, 생각하시는 것보다 상황이 더 심각합니다. 당신은 그곳에서 누군가를 박살 냈다고 생각하십니까? 당신은 아무도 박살 내지 못했습니다. 오히려 당신이 빈 병처럼 산산조각 났단 말입니다(오, 나는 얼마나 불손하고 무례했던지. 지금도 그 일을 생각하면 슬프다!). 다리야 빠블로브나에게 편지를 쓸 이유는 전혀 없습니다……. 그리고 당신은 지금 나를 두고 어디로 숨어 버리겠단 말입니까? 실생활에 대해선 뭘 좀 아시나요? 당신은 분명 무언가를 꾸미고 계시겠지요? 만약 또다시 무언가를 꾸미고 있다면, 당신은 또 한 번 파멸하게 될 뿐일 겁니다…….」

그는 일어나서 문 가까이로 걸어왔다.

「자네는 그들과 오래 어울린 것도 아닌데, 그들의 말투나 어조에 물들었군. *Dieu vous pardonne, mon ami, et Dieu vous garde*(부디 신께서 자네를 용서해 주기를, 친구여, 또한 자네를 보호해 주기를). 그러나 나는 항상 자네에게서 예의 바름의 조짐은 보아 왔다네. 그러니 자네는 아마 정신을 차리게 되겠지. 물론 우리 모든 러시아인처럼 *après le temps*(때가 되면 말일세). 나의 비현실성에 대한 자네의 지적과 관련해서 내가 오래전부터 가지고 있던 생각을 하나 알려 주지. 우리 러시아에서는 자기를 제외한 모든 사람을 비난하며, 마치 여름철 파리처럼 맹렬하고 특히 짜증 나게 타인의 비현실성을 공격하는 일에 몰두하는 사람이 무수히 많네. *Cher*(이보게),

내가 지금 흥분 상태라는 것을 염두에 두고 나를 괴롭히지 말아 주게. 다시 한번 모든 일에 대해 자네에게 *merci*(고맙네), 그러니 이제 까르마지노프와 청중처럼 우리도 그렇게 헤어지세. 그러니까 가능하면 관대한 마음으로 서로를 잊도록 하지. 그가 과거의 자기 독자들에게 자신을 잊어 달라고 그렇게까지 요청하다니, 그것은 그가 잔꾀를 부린 것이라네. *Quant à moi*(나로 말하자면), 나는 그렇게 자만하지 않으며, 무엇보다 자네의 아직 미숙한 젊은 마음에 희망을 걸고 있네. 자네가 이런 쓸모없는 노인을 오래 기억할 필요가 뭐 있겠나? 〈오래오래 살게나〉, 친구, 지난번 내 명명일에 나스따시야가 해준 말이라네[*Ces pauvres gens ont quelquefois des mots charmants et pleins de philosophie*(이처럼 보잘것없는 사람들도 가끔은 철학적 의미로 충만한 매력적인 표현을 할 때가 있지)]. 자네에게 많은 행복을 기원하지는 않겠네. 지루할 테니. 불행을 바라지도 않네. 민중의 철학을 따라 그냥 다시 한번 말하지. 〈오래오래 살게나〉, 그리고 어떻게든 너무 지루한 삶이 되지 않도록 노력하게나. 이 쓸데없는 소망은 내가 덧붙여 주는 것이네. 그럼, 잘 가게, 진심으로 잘 가게. 그리고 문 앞에 서 있지 말게. 문을 열지 않을 테니.」

그는 문에서 멀어졌으며, 나는 더 이상 아무것도 얻지 못했다. 〈흥분〉했음에도 불구하고 그는 서두르지 않고 유창하게, 내게 깊은 인상을 심어 주려는 듯 무게감 있게 말했다. 물론 그는 어제의 〈호송 마차〉라든가 〈양쪽으로 갈라지는 바닥〉 때문에 계속 내게 약간 유감이 남아 있어 간접적으로 복수를 했을 수도 있었다. 오늘 아침 청중 앞에서 흘린 눈물은 일종의 승리로 볼 수 있기도 했지만, 그를 약간 우스꽝스러운 입장에 처하게 했으며, 그도 이것을 알고 있었다. 그런데 스쩨빤 뜨로피모비치만큼 친구들과의 관계에서 아름다움이나 형식의 엄격성에 신경 쓰는 사람도 없을 것이다. 오, 나는 그를 비난하는 것이 아니다! 그러나 이 모든 충격적인 상황 속에서도 그가 이런 까다로움과 냉소를 잃지 않을 수 있었다는 것이 나를 안심시켜 주기는 했다. 보아하니 평소와 비교해 거의 변함이 없는 사람이 그 순간 뭔가 비극적이거나 놀랄 만한 것에 사로잡힐 리는 물론 없기 때문이었다. 그때 나는 이렇게 판단했지만, 오 맙소사, 이 무슨 착각이었단 말인가! 나는 눈앞에서 너무 많은 것을 놓쳤던 것이다…….

이후의 사건을 기록하기에 앞서 다리야 빠블로브나가 그다음 날 실제로 받았던 편지의 첫 몇 줄을 인용해 보고자 한다.

Mon enfant(나의 어린 친구여), 내 손은 떨리고 있지만, 나는 모든 것을 끝냈소. 당신은 나와 세상 사람들의 마지막 접전에 모습을 드러내지 않았소. 당신은 〈낭독회〉에 오지 않았는데, 그것은 잘한 일이오. 그러나 강직한 사람이 부족해진 우리 러시아에서 용기 있는 한 사람이 자리에서 일어나 사방에서 쏟아지는 죽음의 위협을 무릅쓰고 이 바보들에게 그들의 진실, 즉 그들은 어리석은 인간들이라는 것을 말해 주었다는 사실을 듣게 될 것이오. *O, ce sont des pauvres petits vauriens et rien de plus, des petits*(오, 그들은 불쌍하고 하찮은 무뢰한일 뿐, 그 이상은 아무것도 아니오, 불쌍한) 바보들 — *voilà le mot*(바로 그거요)! 주사위는 던져졌소. 나는 이 도시를 영원히 떠나려 하지만 어디로 갈지는 모르오. 내가 사랑했던 사람들은 모두 내게 등을

돌렸소. 그러나 당신, 순수하고 순진한 피조물인 당신, 변덕스럽고 전제적인 마음을 가진 한 사람에 의해 나와 함께할 운명에 처할 뻔했던 유순한 당신, 끝내 성사되지 못한 우리 결혼식 전날 밤 내가 소심한 마음에 눈물을 흘렸을 때 어쩌면 나를 경멸적으로 쳐다보았을 당신, 당신이 아무리 좋은 사람이라 하더라도 나를 우스꽝스러운 인물이라고밖에 볼 수 없는 당신, 오, 내 심장 최후의 절규는 당신을 위한 것, 나의 마지막 의무는 당신을 위한 것, 오직 당신만을 위한 것이오! 나는 당신이 나를 영원히 은혜를 모르는 멍청이, 교양 없는 인간, 이기주의자라고 생각하게 내버려둘 수는 없소. 아마도 은혜를 모르는 잔인한 마음을 가진 한 사람이 매일 당신에게 나에 대해 그렇게 확신시키겠지만 말이오. 그런데 아아, 나는 그 사람을 잊을 수가 없으니…….

운운, 운운하는 내용이 대형 편지지 네 장 가득 적혀 있었다.
나는 그의 〈열어 주지 않겠다〉는 말에 대한 대답으로 문을 세 번 주먹으로 두드리면서, 오늘 나를 부르러 나스따시야를 세 번이나 보내겠지만 이제는 오지 않겠다고 소리 지른 뒤, 그를 버려 두고 율리야 미하일로브나에게 달려갔다.

2

이곳에서 나는 매우 분개할 만한 장면의 목격자가 되었다. 불쌍한 여자가 내 눈앞에서 기만당하고 있었지만, 나는 아무것도 할 수가 없었다. 사실 내가 그녀에게 무슨 말을 할 수 있었겠는가? 정신을 좀 차리고 생각해 보니, 내게는 어떤 느낌이나 의심스러운 예감만 있을 뿐 그 이상은 아무것도 없다는 것을 알게 되었다. 내가 들어갔을 때 그녀는 거의 히스테리 상태로 눈물범벅이 되어 오드콜로뉴 향수로 찜질하며 물을 마시고 있었다. 그녀 앞에는 쉴 새 없이 지껄이는 뾰뜨르 스쩨빠노비치와 입을 자물쇠로 채운 것처럼 말이 없는 공작이 서 있었다. 그녀는 눈물을 흘리며 날카로운 소리로 뾰뜨르 스쩨빠노비치의 〈변심〉을 질책하고 있었다. 그녀가 이날 아침의 모든 실패와 치욕을, 한마디로 모든 것을 오로지 뾰뜨르 스쩨빠노비치의 부재 탓으로 돌리는 것에 나는 놀라고 말았다.

　나는 그에게서 한 가지 중요한 변화를 눈치챘다. 그는 뭔가로 인해 너무도 걱정스러운 듯했으며, 매우 심각해 보였다. 보통 그는 좀처럼 심각해 보이는 일이 없었으며, 화가 났을 때조차 항상 웃었다. 화를 자주 내기는 했지만 말이다. 오, 그는 지금도 악의에 차서 퉁명스럽고 무례하게 짜증을 내며 초조하게 말하고 있었다. 그는 아침 일찍 우연히 들렀던 가가노프의 집에서 두통과 구역질로 몸이 안 좋았다고 열심히 해명하고 있었다. 아아, 불쌍한 여자는 또다시 정말로 속아 주고 싶어 했다! 내가 들어갔을 때 그들이 자리에 앉아 의논하던 주요 문제는 무도회를 할 것인가 말 것인가, 즉 축제 2부를 어떻게 할 것인가 하는 문제였다. 율리야 미하일로브나는 무슨 일이 있어도 〈조금 전과 같은 모욕〉을 당한 뒤 무도회에 나갈 수는 없다고 했다. 다른 말로 하면 강권에 의해, 무엇보다 뾰뜨르 베르호벤스끼의 강권에 의해 참석할 수밖에 없기를 강력하게 원하고 있었다. 그녀는 신탁을 기대하듯 그를 바라보았다. 만약 그가 지금 그냥 가버린다면 그녀는 침대에 몸 져누울 것만 같았다. 그러나 그도 자리를 뜨려 하지는 않았 다. 오늘 무도회가 열리고 율리야 미하일로브나가 참석하는 것이 그에게도 절실히 필요했기 때문이다……

「아니, 왜 우시는 거예요? 꼭 이런 소란을 피우셔야겠습니 까? 누군가에게 분풀이라도 하고 싶으신 건가요? 그러면 내 게 하십시오. 다만 서둘러 주세요. 시간은 흘러가는데, 결정 을 해야 하니까요. 낭독회가 망했으니, 무도회로 회복하는 겁 니다. 여기 공작님도 그런 의견이시고요. 정말이지, 공작님이 안 계셨으면 부인은 그곳에서 어떻게 되었을까요?」

공작은 처음에는 무도회에 반대했다(즉, 그는 율리야 미하 일로브나가 무도회에 참석하는 것을 반대했다. 무도회야 어쨌 든 열릴 수밖에 없었으니 말이다). 그러나 두세 번 자기 의견 이 이렇게 인용되자, 조금씩 동의한다는 표시로 웅얼거리기 시작했다.

평소와 너무 다른 뾰뜨르 스쩨빠노비치의 무례한 어조에 나는 또한 놀라고 말았다. 오, 나는 율리야 미하일로브나와 뾰뜨르 스쩨빠노비치 사이에 어떤 관계가 있는 것 같다고 나 중에 사람들 사이에 퍼졌던 비열한 유언비어에 대해서는 분 연히 거부한다. 그런 일은 전혀 없었으며, 있을 수도 없었다. 그는 애초부터 사회와 정부에 영향을 미치려는 그녀의 몽상 에 열심히 맞장구쳐 주는 것만으로 그녀에게 지배력을 행사 했고, 그녀의 계획에 참여해 대신 계획을 짜주기도 하면서 역 겨운 아첨으로 영향력을 발휘했으며, 머리끝부터 발끝까지 그녀를 완전히 사로잡아 마치 공기처럼 그녀에게 없어서는 안 될 존재가 되었던 것이다.

그녀는 나를 보자 두 눈을 반짝거리며 소리쳤다.

「저기 저분에게 물어보세요. 저분도 공작처럼 내 옆에서 잠시도 떠나지 않았으니까요. 한번 말해 보세요, 이 모든 것이 음모라는 게, 나와 안드레이 안또노비치에게 가능한 해를 끼치려는 비열하고 교활한 음모라는 것이 명백하지 않나요? 오, 그들이 꾸민 짓이에요! 이건 그들의 계획이었어요. 이건 정치적 음모예요, 완전한 정치적 음모라고요!」

「당신은 항상 그렇듯 너무 과장하고 있습니다. 당신 머릿속엔 언제나 시적 상상이 들어 있군요. 하지만 나도 이분을 뵈니 반갑네요……. (그는 내 이름을 잊어버린 척했다.) 이분이 자기 의견을 말해 줄 것입니다.」

「제 의견은,」 나는 서둘러 말했다. 「모든 점에서 율리야 미하일로브나의 의견에 동의합니다. 음모라는 것은 너무도 명백합니다. 저는 이 리본을 반환하려고 왔습니다. 율리야 미하일로브나. 무도회를 여느냐 마느냐 하는 것은 물론 제가 관여할 일이 아닙니다, 그건 제 권한이 아니니까요. 그러나 간사로서의 제 역할은 끝났습니다. 제 성급함을 용서해 주십시오. 그러나 제 상식이나 신념에 손상을 주는 행동은 할 수가 없습니다.」

「들으셨지요, 들으셨지요?」 그녀가 손뼉을 쳤다.

「들었습니다만, 당신께 한 말씀 드려야겠군요.」 그는 나를 향해 돌아섰다. 「당신들은 모두 뭔가 잘못 먹고 헛소리를 하고 있는 것 같네요. 내 견해로는 아무 일도 일어나지 않았습니다. 그런 일은 이 도시에서 과거에도 없었고, 언제가 되었든 결코 일어날 수 없는 일입니다. 무슨 음모라는 겁니까? 보기 흉하고 수치스러울 정도로 어리석은 사태이긴 했지만, 대체 어디에 음모가 있다는 건가요? 이것이 율리야 미하일로브나에게 맞서려는 행동이었다고요? 그들의 응석을 받아 주고, 그들을 보호해 주고, 한없이 그들의 어린아이 같은 장난을 용서해 준 그녀에게 말입니까? 율리야 미하일로브나! 내가 한 달 내내 당신에게 뭐라고 쉴 새 없이 지껄였습니까? 뭐라고 경고했습니까? 대체 무엇 때문에, 무엇 때문에 당신은 이 사람들을 필요로 하는 건가요? 이런 인간쓰레기들과 엮일 필요가 있습니까? 대체 왜, 무엇 때문에요? 사회를 결합시키기 위해서요? 과연 그들이 결합될까요? 그만두시지요.」

「대체 언제 당신이 나한테 경고했다는 건가요? 오히려 당신은 찬동하고 요구까지 했으면서……. 솔직히 나는 너무 놀라서……. 당신이 직접 그 많은 이상한 사람들을 나한테 끌고 왔다고요.」

「오히려 나는 당신과 언쟁을 했지, 찬동하지는 않았습니다. 그런데 끌어들였다는 건, 그래요, 끌어들인 건 맞습니다. 하지만 이미 그놈들이 스스로 열 놈 이상씩 잔뜩 몰려온 상황이었고, 또 〈문학 카드리유〉를 조직하기 위해 아주 최근에야 그런 거지요. 그런 멍청이들이라도 없으면 어떻게 할 수 없으니까요. 그러나 분명히 말씀드리지만, 오늘 또 다른 막돼먹은 놈들을 열 명씩 스무 명씩 입장권이 없는데도 받아들인 자들이 있습니다!」

「그건 확실합니다.」 내가 맞장구쳤다.

「그것 보십시오, 당신도 이미 동의하고 있군요. 최근에 이곳의, 그러니까 이 작은 도시 전체의 분위기가 어땠는지 한번 기억해 보십시오. 정말 모든 것이 철면피 같고 파렴치하게 변해 버렸습니다. 정말이지 이건 마치 모든 종(鐘)이 한꺼번에

쉴 새 없이 울려 대는 것과 같은 소동이었다고요. 그런데 그걸 누가 부추겼습니까? 누가 자신의 권위로 엄호해 주었습니까? 누가 모든 사람을 혼란에 빠뜨렸습니까? 누가 거리의 조무래기들을 화나게 했습니까? 당신의 앨범에는 이곳 가정들의 모든 비밀이 실려 있지 않습니까. 당신네 시인들과 화가들의 머리를 쓰다듬어 준 사람은 당신 아닙니까? 손에 입 맞추도록 롐신에게 손을 내준 사람도 당신 아닙니까? 신학생이 4등 문관에게 욕설을 하고 그 따님의 드레스를 타르 칠한 구두로 더럽힌 것도 당신의 면전에서 일어난 일 아닙니까? 그런데 대중이 당신에게 반기를 든다고 뭘 그렇게 놀라시는 겁니까?」

「하지만 그것은 모두 당신이, 당신이 직접 한 거잖아요! 오, 맙소사!」

「아니죠, 나는 당신에게 경고했고, 우리는 논쟁까지 했습니다. 아시겠습니까, 논쟁까지 했었다고요!」

「이런, 당신은 사람을 눈앞에 두고 거짓말을 하는군요.」

「뭐, 물론, 당신은 무슨 말이라도 하실 수 있겠지요. 지금은 누구든 분풀이할 희생양이 필요할 테니까요. 그럼 이미 말씀드렸다시피, 내게 하십시오. 나는 차라리 이분께 말씀드리는 편이 낫겠군요, 저기…… (그는 여전히 내 이름을 기억하지 못했다.) 우리 하나하나 따져 봅시다. 나는 확신합니다만, 리뿌찐을 제외하곤 여기엔 그 어떤 음모 같은 것도 없었습니다, 절-대-로요! 내가 증명해 드리지요. 우선 리뿌찐부터 분석해 보자고요. 그는 멍청이 레뱟낀의 시를 들고 나왔습니다만, 당신 생각에는 이것도 음모입니까? 리뿌찐에게는 그것이 그저 재치 있는 행동으로 여겨졌을 것이라고 생각되진 않나요? 그는 진심으로, 진심으로 재치 있다고 생각했을 겁니다. 그저 모든 사람을 웃기고 재미있게 해주려는 목적으로, 그중에서도 첫 번째는 자신들의 보호자인 율리야 미하일로브나를 웃게 하기 위해 나왔던 것입니다. 그것뿐입니다. 못 믿으시겠습니까? 그런데 지난 한 달 동안 이곳에서 일어났던 모든 것이 그런 식 아니었습니까? 원하신다면 전부 말씀드리지요, 분명 다른 상황에서라면 아무런 문제도 없이 지나갔을 것입니다! 거칠기도 하고, 좀 추잡하기도 한 농담이었지만, 그래도 우습지 않았나요? 정말로 우습지 않았습니까?」

「뭐라고요! 당신은 리뿌찐의 행동이 재치 있다고 생각하나요?」 율리야 미하일로브나가 무섭게 화를 내며 소리쳤다. 「그런 어리석음, 그런 둔감함, 그런 야비함과 비열함, 그런 기획, 오, 이 모든 것이 고의였다니! 그렇다면 당신도 그들과 함께 음모를 꾸민 거군요!」

「그렇고말고요, 뒤에 앉아 몸을 숨기고서 모든 기계를 조종했지요! 그래, 만약 내가 음모에 가담했다면 — 이것만은 알아 두십시오! — 리뿌찐 한 사람만으로는 끝나지 않았을 것입니다! 그러면 당신은 내가 내 아버지와도 결탁해서 일부러 그런 소동을 일으키게 했다고 생각하시겠지요? 그런데 그에게 낭독을 하도록 허락한 사람은 대체 누구지요? 어제 당신을 말린 사람은 누구고요? 바로 어제, 어제 말입니다.」

「*Oh, hier il avait tant d'esprit*(오, 어제 그분은 정말 재치가 넘쳤어요). 나는 정말 기대하고 있었고, 게다가 그분은 매너도 좋았다고요. 내 생각에 그와 까르마지노프는…… 그런데 그만 이렇게!」

「네, 이렇게 되고 말았죠. 그러나 *tant d'esprit*(그 모든 재치에도) 불구하고 아버지는 기대를 저버리고 말았고, 만약 내가 그가 그렇게 기대를 저버릴 거라는 것을 미리 알고 있었다면, 틀림없이 당신의 축제에 반대하는 음모에 가담하고 있는 나로서는 어제 당신에게 염소를 채소밭에 풀어놓지 말라고 설득할 리가 전혀 없었겠지요. 그렇지 않습니까? 하지만 나는 어제 당신을 만류했어요. 뭔가 예감이 들어서 만류했던 것입니다. 물론 모든 것을 미리 내다보기란 불가능했지요. 아마 아버지 자신도 입을 불쑥 열기 1분 전까지도 몰랐을 겁니다. 이런 신경질적인 노인네들에게 과연 사람 같은 데가 어디 있겠습니까! 그러나 아직은 빠져나갈 방법이 있습니다. 내일이라도 청중을 만족시킬 수 있게 행정적인 절차에 따라, 그리고 만반의 준비를 갖추어 두 명의 의사를 그에게 보내 건강 상태를 알아보게 하는 겁니다. 오늘이라도 가능한데, 곧장 그를 병원으로 이송해서 얼음찜질이라도 하도록 하는 거죠. 그러면 최소한 사람들은 크게 웃어 대며 화낼 일이 없다는 것을 알게 될 것입니다. 나는 그의 아들로서 오늘이라도 당장 무도회에서 이 사실을 공표하겠습니다. 까르마지노프는 다른 문제입니다. 그는 풋내기 멍청이처럼 등장해서 자기 글을 가지고 꼬박 한 시간을 질질 끌었습니다. 이거야말로 의심할 바 없이 나와 함께 음모를 꾸민 것이지요! 율리야 미하일로브나를 골탕 먹이기 위해 어디 한번 난장판을 만들어 볼까, 이렇게 말입니다!」

「오, 까르마지노프, *quelle honte*(얼마나 창피하던지)! 나는 청중 앞에서 너무 창피해서 얼굴이 타버리는 줄 알았다니까요!」

「글쎄요, 나라면 타버리지 않고 오히려 그를 불태워 버렸을 겁니다. 청중이야말로 정말로 옳았습니다. 그런데 또다시, 까르마지노프의 경우에는 누구에게 잘못이 있을까요? 내가 그를 당신에게 떠밀기라도 했습니까? 그를 숭배하는 일에 내가 참여라도 했습니까? 뭐, 빌어먹을, 그는 그렇다 치고, 여기 세 번째 미치광이, 정치광이 있습니다만, 그건 전혀 다른 문제입니다. 이처럼 모두가 실수했습니다만, 그건 나 혼자만의 음모가 아닙니다.」

「이제 그만하세요. 정말 끔찍해요, 끔찍해! 이번 일은 다 내 책임이에요!」

「물론 그렇습니다만, 이 문제에서 저는 당신을 변호해 드리겠습니다. 에이, 그렇게 뻔뻔한 태도를 가진 인간들을 누가 감시하고 있겠습니까! 뻬쩨르부르끄에서도 그런 인간들에게서 자신을 보호하지는 못할 것입니다. 그런데 그는 추천을 받아서 당신에게 온 게 아닙니까? 게다가 얼마나 대단한 추천장이던지! 그러니 이제 당신이 무도회에 참석할 의무가 있다는 것을 인정하시지요. 이것은 정말 중요한 문제입니다, 당신이 그를 연단으로 끌어올렸으니까요. 이제 당신은 공개적으로 그와 아무런 관련이 없다, 그 인간은 이미 경찰의 손에 넘어갔다, 당신은 말할 수 없을 정도로 기만당했다고 알려야만 합니다. 당신은 미친 인간의 희생자였다고 분개한 어조로 발표해야 합니다. 왜냐하면 그는 정말 미친 인간이었고, 더 이상 아무것도 아니기 때문입니다. 그에 대해서는 그렇게 알려 놓아야 합니다. 나는 그런 식으로 물고 늘어지는 인간들을 참을 수가 없다니까요. 나도 더 심한 말을 하긴 하지만, 사실 연단에서는 하지 않지요. 그런데 요즈음 때마침 한 원로원 의원과 관련해서 시끄럽게 떠들고 있더군요.」

「원로원 의원이라니요? 누가 떠들어 대는데요?」

「실은 나도 이해가 되지 않습니다. 율리야 미하일로브나,
원로원 의원과 관련해서 아무것도 모르십니까?」

「원로원 의원이라니요?」

「실은 한 원로원 의원이 이곳 지사로 임명되어 올 것이고,
당신들은 뻬쩨르부르끄로부터 경질당할 것이라고 다들 확신
하고 있던데요. 나는 여러 사람에게서 들었습니다.」

「저도 들었습니다.」 나는 그 말을 확인해 주었다.

「누가 그런 소리를 하던가요?」 율리야 미하일로브나의 얼
굴이 새빨개졌다.

「누가 처음으로 그 말을 했냐는 거지요? 내가 어찌 알겠습
니까. 다들 그렇게 말하고 있더군요. 많은 사람들이 그런 말
을 하고 있습니다. 어제는 특히 더하더군요. 아무것도 알아들
을 수 없었지만, 어쩐지 다들 아주 심각해 보였습니다. 물론
좀 더 영리하고 좀 더 식견 있는 사람들은 말하지 않지만, 그
들 중에서도 귀를 기울이는 사람들은 있지요.」

「어쩜 그리 야비할 수가! 게다가…… 얼마나 멍청한지!」

「그러니 바로 이 바보들한테 보여 주기 위해서라도 당신은
이제 참석해야만 합니다.」

「솔직히 나도 그래야 한다고 느끼고 있어요. 그런데…… 만
약 다른 수치스러운 일이 기다리고 있으면 어쩌죠? 사람들이
모이지 않으면 어떡해요? 틀림없이 아무도 오지 않을 거예
요, 아무도, 아무도!」

「이렇게까지 흥분하시다니! 그들이 정말 오지 않을 거라
고 생각하십니까? 그럼 새로 만든 드레스는 어떡하고, 아가
씨들 옷은 또 어떡합니까? 그런 말씀을 하시다니, 이제부터

당신을 여성으로 간주하지 않겠습니다. 그런 건 인지상정 아닙니까.」

「귀족 단장 부인은 오시지 않을 거예요, 오시지 않을 거라고요!」

「그런데 대체 무슨 일이 일어났다는 건데요? 왜 사람들이 안 온다는 겁니까?」 그는 마침내 초조한 듯 화를 내며 소리질렀다.

「불명예와 수치, 바로 그런 일들이 일어났지요. 무슨 일이 있었는지는 나도 잘 모르겠지만, 그런 일이 있고 나서 내가 다시 들어갈 수는 없는 노릇이지요.」

「아니, 왜요? 대체 당신께서 뭘 잘못하셨는데요? 왜 스스로 죄를 뒤집어쓰려 하십니까? 오히려 청중이, 당신네 어르신들이, 가정의 가장들이 잘못한 것 아닙니까? 그들이 그런 불한당이나 장난치는 놈들을 제지했어야만 합니다. 왜냐하면 그곳에는 장난치는 놈들과 불한당들만 있었을 뿐, 심각한 일은 아무것도 없었으니까요. 어느 사회에서나 어디에서건 경찰력만으로는 감당이 되지 않습니다. 그런데 우리 나라에서는 사람들이 어디를 가건 자신을 보호해 줄 특수 경찰을 파견해 달라고 요구합니다. 그들은 자기 몸은 스스로 보호해야 한다는 것을 이해하지 못합니다. 그런데 우리의 가장이나 고관들, 아내와 딸들은 그런 상황에서 어떻게 하고 있습니까? 입 다물고 부루퉁해 있기만 합니다. 심지어 장난치는 놈들을 억제할 만큼의 사회적 결단력도 부족합니다.」

「아, 그건 더할 나위 없는 진실이네요! 입 다물고 부루퉁해서…… 두리번거리기만 하지요.」

「이것이 진실이라면, 당신은 그것을 큰 소리로 당당하고 엄격하게 말해야 합니다. 바로 당신이 무너지지 않았다는 것을 보여 주어야 합니다. 바로 그 노인들과 어머니들에게요. 오, 당신은 그럴 능력이 있습니다, 당신은 머리가 맑을 때는 천부적인 재능이 있습니다. 그들을 한자리에 모아 놓고 큰 소리로, 큰 소리로 말하는 겁니다. 그다음에는 『목소리』나 『증권 소식』[24]에 기고하는 거지요. 잠깐, 내가 직접 하겠습니다. 당신을 위해 모든 것을 처리해 드리겠습니다. 물론 더 많은 주의를 기울여야 하고, 뷔페도 지켜봐야 합니다. 공작에게도 부탁하고, 이분에게도…… *Monsieur*(선생), 모든 것을 새로 시작해야 하는 이때 우리를 모른 체하시지는 않겠지요. 아, 그리고 마침내 당신이 안드레이 안또노비치와 팔짱을 끼고 등장하는 겁니다. 그런데 안드레이 안또노비치의 건강은 어떠십니까?」

「오, 당신은 그 천사 같은 사람을 얼마나 부당하고, 얼마나 그릇되고, 얼마나 모욕적으로 평가했던지!」 율리야 미하일로브나는 갑자기 예기치 않았던 발작을 일으키며 눈물이라도 흘릴 것처럼 손수건을 눈으로 가져가면서 소리쳤다. 뾰뜨르 스쩨빠노비치는 일순간 말문이 막혔다.

「아니, 그럴 리가요, 나는…… 그러니까 내가 뭘…… 나는 항상…….」

「단 한 번도, 단 한 번도요! 당신은 단 한 번도 그를 정당하게 평가해 준 적이 없어요!」

「여자들은 결코 이해할 수가 없군요!」 뾰뜨르 스쩨빠노비치는 쓴웃음을 지으며 투덜거렸다.

「그는 가장 올바르고, 가장 섬세하고, 가장 천사 같은 사람

---

24 뻬쩨르부르끄에서 1861~1879년 발행되던 정치, 경제, 문학 신문.

이에요! 가장 선량한 사람이라고요!」

「잠깐만요, 그의 선량함에 관해서 내가 뭘 어쨌다고요⋯⋯. 나는 항상 선량함을 인정해 왔습니다만⋯⋯.」

「그런 적은 없었지요! 하지만 그 이야기는 그만하죠. 그를 옹호한다는 게 너무 어색하게 돼버렸네요. 방금 전에는 그 위선자 같은 귀족 단장 부인이 어제 일에 대해 역시 몇 가지 냉소적으로 비꼬더군요.」

「오, 그분은 어제 일에 대해 뭐라고 할 겨를이 없을 텐데요, 지금 일로 걱정하느라. 그런데 그분이 무도회에 오지 못하는 것을 왜 그렇게 신경 쓰시나요? 그런 추문에 말려들었다면 당연히 오지 못하지요. 아마도 그분은 죄가 없겠지만, 어쨌든 평판이라는 게 있으니까요. 손이 더러워졌잖아요.」

「무슨 말인지 이해가 안 되는데요. 왜 손이 더러워졌다는 건가요?」 율리야 미하일로브나는 의아해하며 쳐다보았다.

「그러니까 나도 확실히는 모르지만, 시내에서는 이미 그분이 나서서 만나게 해주었다는 소문이 돌던데요.」

「그게 무슨 말이에요? 누구를 만나게 해주었는데요?」

「에이, 정말 아직 모르고 계시나요?」 그는 아주 교묘하게 놀란 척하며 소리쳤다. 「스따브로긴과 리자베따 니꼴라예브나 말입니다!」

「뭐라고요? 어떻게?」 우리 모두 소리쳤다.

「아니, 정말 모르고 계신 겁니까? 휴우! 정말 비극적인 연애 사건이 터진 것이지요. 리자베따 니꼴라예브나는 귀족 단장 부인의 마차에서 곧장 스따브로긴의 마차로 옮겨 타고 〈바로 그 남자〉와 함께 백주 대낮에 스끄보레시니끄로 가버렸습니다. 겨우 한 시간 전에, 아니 한 시간도 안 되었네요.」

우리는 그 자리에서 굳어 버렸다. 물론 우리는 계속해서 질문을 쏟아 냈지만, 놀랍게도 그는 〈우연히〉 목격자가 되었음에도 불구하고 무엇 하나 제대로 설명하지 못했다. 사건은 이렇게 일어난 것 같았다. 귀족 단장 부인이 리자와 마브리끼 니꼴라예비치를 〈낭독회〉장에서 리자의 어머니(그녀는 여전히 다리가 아픈 상태였다) 집으로 데려다주고 있었는데, 현관 입구에서 스물대여섯 걸음 떨어진 멀지 않은 곳에 한쪽 옆으로 누군가의 마차가 기다리고 있었다. 리자는 현관 입구에 뛰어내리자마자 곧장 이 마차를 향해 달려갔다. 마차 문이 열렸다가 쾅 하고 닫혔다. 리자는 마브리끼 니꼴라예비치를 향해 〈저를 용서해 주세요!〉라고 소리쳤다. 그러고 나서 마차는 전속력으로 스끄보레시니끼로 달려갔다. 〈그것은 사전에 합의된 것인가요?〉, 〈마차에는 누가 타고 있었는데요?〉라는 우리의 조급한 질문에 뾰뜨르 스쩨빠노비치는 아무것도 모른다고 대답했다. 물론 사전에 합의된 일이겠지만, 스타브로긴이 마차 안에 있었는지는 확인하지 못했다는 것이다. 노복인 알렉세이 예고리치가 타고 있을 수도 있었다. 〈그런데 당신은 어떻게 갑자기 그곳에 있었던 건가요? 왜 그녀가 스끄보레시니끼로 갔다고 확신하십니까?〉라는 질문에 대해서는 그곳을 지나가고 있었기 때문에 우연히 그 자리에 있게 된 것이라고 대답했다. 마침 리자를 보고 마차 쪽으로 뛰어갔는데(그의 호기심에도 불구하고 어쨌든 마차 안에 누가 있는지 알아보지 못했다니!), 마브리끼 니꼴라예비치는 그 뒤를 쫓아가지도 않았고, 리자를 멈추려는 시도도 하지 않았으며, 심지어 〈그 애는 스따브로긴에게 갔어요, 스따브로긴에게 갔다고요!〉라고 있는 힘을 다해 소리 지르는 귀족 단장 부인을 손으로 꽉 잡고 있었다는 것이다. 이때 나는 도저히 참을 수가 없어서 갑자기 미친 듯이 뾰뜨르 스쩨빠노비치에게 소리쳤다.

「이 불한당, 그건 모두 네가 꾸민 짓이야! 그러느라고 아침을 다 써버렸겠지. 네가 스따브로긴을 도와준 거야, 네가 마차를 타고 와서, 네가 그녀를 태워 준 거라고……. 너, 너, 네가 말이야! 율리야 미하일로브나, 이 인간은 당신의 적입니다. 이 인간은 당신을 파멸시킬 거예요. 조심하십시오!」

그리고 나는 황급히 그 집을 빠져나왔다.

내가 그때 그에게 어떻게 그런 소리를 지를 수 있었는지 지금까지도 이해가 안 되고 놀랍기만 하다. 그러나 내 추측은 전적으로 옳았다. 나중에 밝혀진 것을 보면 거의 모든 상황이 내가 말한 그대로 일어났다. 중요한 점은 그가 이 소식을 전할 때 보였던 부자연스러운 태도가 너무나 눈에 띄었다는 것이다. 그는 집에 들어서면서 주요하고 엄청난 소식으로서 이 이야기를 바로 하지도 않았고, 자기가 이야기해 주지 않아도 우리가 이미 알고 있으리라는 태도를 취했다. 그 짧은 시간에 그러기란 불가능한데 말이다. 만약 우리가 알고 있었다면 어쨌든 그가 입을 열 때까지 침묵을 지키고 있었을 리 없지 않은가? 또한 시내에서 이미 귀족 단장 부인에 대한 〈소문이 돌고 있다〉는 것 역시 그렇게 짧은 시간에 들을 수는 없는 것이었다. 게다가 그는 이야기하면서 분명 우리를 자신의 말에 속아 넘어간 바보라고 생각하는 듯 두 번 정도 비열하고 경박한 웃음을 지었다. 그러나 그를 신경 쓸 겨를이 없었다. 나는 사건의 주요 사실은 믿었기에 극도로 흥분해서 율리야 미하일로브나 집에서 뛰어나왔던 것이다. 사건의 파국은 내 심장에까지 강한 충격을 주었다. 나는 거의 눈물이 날 만큼 고통스러웠으며, 아마 울었을지도 모르겠다. 나는 뭘 해야 할지 전혀 알 수가 없었다. 스쩨빤 뜨로피모비치에게 달려갔지만, 화가 나 있던 그는 여전히 문을 열어 주지 않았다. 나스따시야는 공손하게 속삭이는 소리로 그가 지금 주무신다고 말해 주었지만 나는 믿지 않았다. 리자의 집에서는 하인에게 이것저것 물어볼 수 있었다. 그러나 리자의 도주 소식은 확인해 주었지만, 그 외에는 그들도 모르고 있었다. 그 집에서는 대소동이 벌어지고 있었다. 병환 중인 부인은 자꾸 기절했지만, 그녀 옆을 마브리끼 니꼴라예비치가 지키고 있었다. 마브리끼 니꼴라예비치를 불러내는 것은 불가능할 것 같았다. 뾰뜨르 스쩨빠노비치에 대해서 캐묻자 그가 최근에 이 집에 자주 들락거렸으며, 어떨 때는 하루에 두 번이나 왔다고 확인해 주었다. 하인들은 침통해했고, 리자에 대해서는 특히 공손한 태도로 말했다. 모두 그녀를 사랑하고 있었던 것이다. 그녀가 파멸했다는 것은, 완전히 파멸했다는 것은 의심의 여지가 없었다. 그러나 특히 어제 그녀와 스따브로긴의 그런 장면을 보고 난 뒤라서 더 그런지, 이 사건의 심리적인 측면은 좀처럼 이해가 되지 않았다. 시내를 뛰어다니거나, 물론 지금은 이미 소식이 전해져서 고소해할 지인들 집을 찾아다니며 문의하는 것은 별로 내키지 않았다. 그것은 리자에게도 모욕적이었다. 그런데 내가 생각해도 이상하게 나는 다리야 빠블로브나에게도 잠깐 들렀다. 하지만 그녀는 나를 만나 주지 않았다 (스따브로긴 집에서는 어제 이후 아무도 받아들이지 않고 있었다). 내가 그녀에게 무슨 말을 할 수 있을지, 무엇 때문에 그녀에게 들렀는지는 나도 모르겠다. 나는 그곳에서 나와 그녀의 오빠 집으로 향했다. 샤또프는 말없이 언짢은 표정으로 내 말을 들어 주었다. 한 가지 지적하자면, 내가 찾아갔을 때 그는 전에 없이 음울한 기분이었다. 그는 지독히도 깊은 생각에 잠겨 내 말도 간신히 듣고 있는 것 같았다. 그러더니 거의 한마디도 하지 않고 작은 방 안을 이리저리, 이 구석 저 구석 보통 때보다 더 크게 구두 소리를 내며 돌아다녔다. 내가 이미 계단을 다 내려왔을 때쯤, 그는 내 뒤에 대고 리뿌찐을 찾아가면 〈다 알게 될 걸세〉라고 소리 질렀다. 그러나 나는 리뿌찐에게 들르지 않고 이미 한참 가던 길을 되돌아가서 다시 샤또프를 찾아가, 그의 방에 들어가지는 않고, 그냥 방문을 반쯤 열고서 별다른 설명 없이 간결하게 〈오늘 마리야 찌모페예브나 집에 가보지 않겠나?〉 하고 제안했다. 이 말에 샤또프는 욕설을 퍼부었고, 나는 그 자리를 떠났다. 잊어버리지 않도록 여기에 써두자면, 그는 그날 밤 오랫동안 보지 못한 마리야 찌모페예브나를 만나기 위해 일부러 도시 끝까지 갔다 왔던 것이다. 그가 갔을 때 그녀는 더할 나위 없이 건강하고 기분 좋은 상태였으며, 레뱟낀은 죽은 사람처럼 술에 취해 입구 쪽 방 소파에 잠들어 있었다. 그때가 정각 9시였다. 이것은 다음 날 길에서 그를 잠시 만났을 때 직접 내게 전해 준 내용이었다. 이미 9시가 넘어 나는 무도회에 가보기로 결정했다. 그러나 〈청년 간사〉 자격으로서가 아니라(게다가 리본은 율리야 미하일로브나의 집에 두고 온 상황이었으므로), 우리 도시에서는 이 모든 사건에 대해 대체로 뭐라고 이야기하는지 들어 보고 싶은(질문은 하지 않고) 억제할 수 없는 호기심 때문이었다. 게다가 멀리서나마 율리야 미하일로브나를 보고 싶기도 했다. 나는 아까 그녀의 집에서 그런 식으로 뛰어나온 것을 몹시 자책하고 있었다.

3

거의 터무니없는 사건들로 점철된 이 밤, 새벽녘에야 공포의 〈대단원〉이 내린 이 밤은 지금까지도 추악한 악몽처럼 떠오르며, 적어도 내게는 이 기록의 가장 괴로운 부분을 이루고 있다. 나는 무도회에 좀 늦긴 했지만, 어쨌든 끝나 갈 무렵 도착했다. 그것은 그렇게 빨리 끝나야 할 운명이었던 것이다. 내가 귀족 단장 부인 댁 현관 입구에 도착했을 때는 이미 10시가 넘어 있었으며, 오늘 오전 낭독회가 열렸던 화이트홀은 그 짧은 시간에 이미 정리가 끝나고, 이제 온 도시 사람들을 수용하기라도 하려는 듯 주 무도회장으로 사용할 준비가 다 되어 있었다. 내가 이날 아침 무도회에 대해 아무리 회의적인 생각을 가지고 있었다 할지라도, 어쨌든 나는 그것이 완전한 사실이 되리라고는 예감하지 못하고 있었다. 상류 계층에서는 단 한 가정도 나타나지 않았으며, 관리 중에서도 좀 저명한 사람들은 불참했으니, 이것은 이미 분명한 징후였다. 부인이나 아가씨들과 관련해서도, 조금 전 뾰뜨르 스쩨빠노비치의 계산은(지금 보면 그것도 분명 교활한 기만이었다) 완전히 틀린 것으로 드러났다. 극히 적은 인원만 모여들었는데, 남자 네 명당 숙녀 한 명 정도밖에 되지 않았으며, 게다가 그 숙녀들도 참! 연대 위급 장교의 〈아내라는〉 사람들, 각종 우체국 여직원들, 여성 하급 관리들, 딸들을 데리고 온 세 명의 약사 부인, 두세 명의 가난한 여지주, 앞에서 한 번 언급했던 그 서기의 딸 일곱 명과 여자 조카 한 명, 상인 마누라들뿐이었다. 율리야 미하일로브나는 과연 그런 사람들을 기대했던 것일까? 상인들조차 반 정도는 오지 않았다. 남자들로 말할 것 같으면, 우리 도시 명사들의 대규모 불참에도 불구하고 어쨌든 사람들은 꽤 빽빽했다. 그러나 그들은 애매하고 수상한 인상을 불러일으켰다. 물론 여기에는 아내를 동반한 매우 조용하고 존경할 만한 장교도 몇 명 있었고, 일곱 명의 딸과 함께 온 바로 그 서기 가족처럼 매우 온순한 아버지도 몇 명 있었다. 온순하면서 보잘것없는 이 모든 사람들은 그 신사들 중 한 명의 표현대로, 말하자면 〈어쩔 수 없어서〉 온 것이었다. 그러나 다른 한편으로 시끌벅적한 사람들의 무리라든가, 그밖에 나와 뾰뜨르 스쩨빠노비치가 조금 전 입장권 없이 들어왔다고 의심했던 사람들의 무리는 오전보다 훨씬 더 늘어난 것 같았다. 그들은 지금 모두 뷔페식당에 앉아 있었는데, 미리 자리 예약이라도 해놓은 것처럼 들어서자마자 곧장 뷔페식당으로 향했다. 적어도 내게는 그렇게 생각되었다. 뷔페식당은 제일 끝 쪽 방 넓은 홀에 마련되어 있었으며, 그곳에서는 쁘로호리치가 클럽 식당에서 가져온 매혹적인 물건들 사이에 안주와 술을 유혹적으로 펼쳐 놓고 자리 잡고 있었다. 나는 여기서 거의 구멍 나기 직전의 프록코트를 입고 무도회에는 전혀 어울리지 않는 매우 의심스러운 복장을 하고 있으며, 아주 잠깐 동안 간신히 술에 취하지 않고 버티고 있는 것이 분명한 몇몇 인간들을 보게 되었는데, 그들은 어디서 왔는지 알 수 없는 타지방 사람들이었다. 물론 나는 율리야 미하일로브나의 생각에 따라 가장 민주적인 무도회를 개최할 예정임을, 〈소시민이라도 누구든 입장권을 구매하기만 한다면 거절하지 않으리라는〉 것임을 알고 있었다. 그녀는 우리 도시의 소시민들, 그 하나같이 가난한 사람들 중 그 누구의 머릿속에도 표를 사겠다는 생각이 떠오르지 않을 것이라고 전적으로 확신했기 때문에 위원회에서 이 말을 대담하게 할 수 있었던 것이다. 그러나 나는 위원회의 민주주의에도 불구하고, 어쨌든 이렇게 음울하고 다 떨어진 프록코트를 입고 있는 사람들을 어떻게 입장시킬 수 있었는지 여전히 의심스러웠다. 그런데 대체 누가 무슨 목적으로 그들을 입장시켰을까? 리뿌찐과 럄신은 이미 간사 리본을 빼앗긴 상태였다(비록 〈문학 카드리유〉에 참여하느라 홀에 있긴 했지만). 놀랍게도 리뿌찐의 간사 자리는 무엇보다 스쩨빤 뜨로피모비치와의 다툼으로 〈아침 낭독회〉를 추문으로 몰아넣었던 그 신학생이 차지하고 있었다. 럄신의 자리는 뾰뜨르 스쩨빠노비치가 차지하고 있었고, 이런 상황이니 대체 뭘 기대할 수 있었겠는가? 나는 사람들의 대화를 들어 보려고 애썼다. 어떤 사람들의 의견은 너무 어처구니없어서 나를 깜짝 놀라게 했다. 예를 들어 한 무리의 사람들은 스따브로긴과 리자 사이의 사건은 모두 율리야 미하일로브나가 꾸민 것이며, 그녀가 그 대가로 스따브로긴에게서 돈을 받았다고 확신하고 있었다. 그들은 돈의 액수까지 말했다. 심지어 축제도 이 목적을 위해 마련된 것이라고 확신했다. 그래서 도시 인구의 절반이나 되는 사람이 무슨 일인지 알고 나서 나타나지 않은 것이며, 렘쁘께는 너무 놀라서 〈정신이 이상해졌고〉, 그녀는 지금 그 미친 사람을 〈조종하고〉 있다는 것이었다. 그러자 많은 사람이 쉰 목소리, 거칠고 교활한 목소리로 집이 떠나가라 웃어 댔다. 무도회에 대해서도 모두 무섭게 비판했으며, 율리야 미하일로브나에 대해서는 조금의 예의도 차리지 않고 욕을 해댔다. 전반적으로 그들의 수다는 무질서하고, 단편적이고, 술에 취한 것 같고, 불안정해서 알아듣기도 어려웠고, 무슨 결론을 끌어내기도 어려웠다. 이 순간 뷔페식당은 그저 웃고 떠들기만 하는 사람들이 차지하고 있었는데, 그들 중에는 절대 놀라는 법도 없고 두려움도 모르며, 굉장히 애교 많고 활달한 부인들도 몇 명 있었다. 그들은 대부분 남편과 함께 온 장교의 부인들이었다. 그들은 여기저기 식탁에 무리를 이루고 앉아서 대단히 흥겹게 차를 마시고 있었다. 뷔페식당은 방문객들의 거의 반 이상을 위한 따뜻하고 편안한 휴식처가 되고 말았다. 하지만 잠시 뒤면 이 많은 사람들이 홀로 밀려들 것이 틀림없었다. 생각만 해도 두려웠다.

　그사이 화이트홀에서는 공작이 참여한 변변찮은 세 번의 카드리유가 진행되고 있었다. 젊은 아가씨들은 춤을 추었고, 부모들은 그것을 기쁘게 바라보았다. 그러나 여기서도 존경 받을 만한 고관들 중 많은 사람들은 자기 딸들이 조금 즐기게 두었다가 때가 되면, 즉 〈사태가 시작되기〉 전에 어떻게든 이 자리를 떠나야겠다고 궁리하기 시작했다. 모든 사람들이 예외 없이 사태가 반드시 시작될 것이라고 확신하고 있었다. 나로서는 율리야 미하일로브나의 정신 상태를 설명하기가 어려울 것 같다. 그녀에게 상당히 가까이 다가갔음에도 불구하고 나는 말을 걸지 못했다. 홀에 들어서면서 인사를 했지만 그녀는 나를 알아보지 못한 듯 답례도 하지 않았다(그녀는 실제로 나를 알아보지 못했다). 그녀의 얼굴은 병적인 표정을 드러내고 있었고, 시선은 경멸적이고 거만했지만 이리저리 불안하게 움직이고 있었다. 그녀는 눈에 띌 정도로 고통스러워하며 스스로를 억누르고 있었는데, 대체 뭘 위해서, 누구를 위해서란 말인가? 그녀는 반드시 그 자리를 떠나야 했으며, 무엇보다 남편을 데리고 가야만 했다. 그러나 그녀는 계속 남아 있었다! 이미 그녀의 얼굴 표정에서 그녀의 두 눈이 〈완전히 뜨였으며〉, 더 이상 아무것도 기대하지 않는다는 것을 알아챌 수 있었다. 그녀는 뾰뜨르 스쩨빠노비치를 자기 쪽으로 부르지도 않았다(이쪽에서도 그녀를 피하고 있는 것 같았다. 나는 그를 뷔페식당에서 봤는데, 그는 굉장히 즐거워하고 있었다). 그녀는 어쨌든 무도회에 남아 있었으나, 단 한순간도 안드레이 안또노비치를 놓아주려 하지 않았다. 오, 그녀는 마지막 순간까지 진심으로 분개하면서 남편의 건강에 나타난 어떤 암시든지 부정하려 들었을 것이다. 이날 아침에만 해도 말이다. 그러나 이제 그녀의 눈은 이 문제와 관련해서도 뜨인 것이 분명했다. 내 생각을 말하자면 나는 첫눈에 안드레이 안또노비치가 이날 아침보다 더 나빠 보인다는 것을 알수 있었다. 그는 어쩐지 멍한 상태로, 자기가 어디에 있는지도 전혀 인식하지 못하는 것 같았다. 가끔씩 예기치 않은 엄격한 시선으로 갑자기 주위를 둘러보았는데, 예를 들어 나를 두 번 정도 그렇게 쳐다보기도 했다. 한번은 뭔가 말해 보려고 큰 소리로 쩌렁쩌렁 울리게 이야기를 시작했지만 결국 끝 맺지 못하고 마침 옆에 있던 한 온순한 늙은 관리를 거의 경악하게 만들었다. 그러나 화이트홀에 있던 절반가량의 온순한 사람들조차 겁을 먹고 무뚝뚝한 표정으로 율리야 미하일로브나를 피하고 있었고, 동시에 그녀의 남편을 향해 굉장히 이상한 시선을 보냈다. 그 노골적인, 뚫어져라 쳐다보는 그들의 시선은 이 사람들이 보였던 경악과 너무도 어울리지 않았다.

「바로 이때 그 특이한 시선들이 나를 찔렀고, 그래서 나는 갑자기 안드레이 안또노비치에 대해 생각해 보기 시작했어요.」 율리야 미하일로브나는 나중에 나에게 이렇게 고백했다.

그렇다, 그녀는 이 점에서도 또다시 잘못이 있는 것이다! 틀림없이 조금 전 내가 뛰쳐나온 이후 그녀는 뾰뜨르 스쩨빠노비치와 함께 무도회는 열려야 하며 무도회에 참석해야 한다고 결정했을 것이고, 틀림없이 〈낭독회〉 이후 완전히 〈정신이 나간〉 안드레이 안또노비치의 서재를 다시 찾아가서 자신의 모든 유혹 기술을 다시 한번 사용해 그를 넘어오게 했을 것이다. 그러나 지금은 얼마나 괴로워하고 있을지! 그렇지만 그녀는 자리를 떠나지는 않았다! 자존심이 그녀를 괴롭힌 것인지, 아니면 그냥 당황해서 그런 것인지는 잘 모르겠다. 그녀는 평소의 거만한 태도와 달리 겸손하게 웃음까지 지으며 다른 부인들과 이야기해 보려 했지만, 그 부인들이 바로 당황해하며 의심스럽다는 듯 간단하게 〈그렇습니다〉와 〈아닙니다〉라는 짧은 대답만 하는 것을 보니, 그녀를 피하는 것 같았다.

우리 도시의 이론의 여지가 없는 고관들 중에서 무도회에 나타난 사람은 한 명뿐이었다. 그는 내가 전에 한 번 이야기했던 사람으로, 스따브로긴과 가가노프 사이의 결투 후 귀족 단장 부인의 집에서 〈초조해하는 대중에게 문을 활짝 열어 준〉, 바로 그 가장 권위 있는 퇴역 장군이었다. 그는 무게를 잡고 홀마다 돌아다니면서 주의 깊게 쳐다보거나 귀를 기울였고, 자신의 분명한 만족을 위해서라기보다는 관습을 지키기 위해 왔다는 태도를 보여 주려 했다. 그러다가 결국 율리야 미하일로브나 옆에 자리를 잡더니 그녀를 격려하고 안심시키려는 듯 한 발짝도 떠나지 않았다. 그는 의심할 나위 없이 가장 선량하고, 신분도 높은 사람이며, 이미 나이도 지긋한 노인인지라 그의 동정 정도는 참아줄 만했다. 그러나 그녀로서는 이 늙은 수다쟁이가 자신의 참석이 그녀에게는 명예가 될 것이라 생각하며 감히 그녀를 동정하고 거의 보호자 행세를 한다는 것을 스스로 인정하려니 너무도 짜증이 났다. 그러나 장군은 옆을 떠나지도 않고 쉴 새 없이 떠들어 댔다.

「도시는 일곱 명의 의인이 없으면 존재할 수 없다는 말이 있지요……[25] 일곱 명인 것 같은데, 정-확-한 숫자는 기억이 안 나는군요. 그런데 우리 도시의 이 일곱 명 중…… 의심할 바 없는 이 의인 중 몇 명이나 부인의 무도회에 참석하는 영광을 가졌는지 모르겠습니다만, 그들의 참석에도 불구하고 저는 안전하지 않다는 느낌이 들었습니다. *Vous me pardonnerez, charmante dame, n'est-ce pas*(미안합니다만, 아름다운 부인, 그렇지 않습니까)? 비-유-적으로 말씀드리는 것입니다만, 조금 전 뷔페식당에 들렀는데 무사히 돌아오게 되어 기쁠 따름입니다……. 우리의 귀중한 쁘로호리치는 그곳에 적합한 사람이 아니더군요. 내일 아침이면 그의 매점은 다 휩쓸려 가고 남아 있는 게 없겠던걸요. 그냥 농담입니다. 저는 그저 〈문-학 카드리유〉가 어떤 것일까 기다리고 있습니다. 그러고 나서 슬슬 잠자리에 들어야죠. 이 늙은 통풍 환자를 용서해 주십시오. 저는 일찍 잠자리에 들거든요. 게다가 부인께도 *aux enfants*(아이들에게) 하듯이 〈꿈나라로 안녕〉이라고 말씀드리고 싶군요. 사실 저는 젊은 미녀들을 보러 왔습니다……. 물론 이 장소 말고는 그렇게 다양하게 갖춰진 미인들

25 성서에서 하느님이 소돔 사람들의 죄악과 불법에 대해 도시 전체를 멸하기로 결정하자 아브라함이 도시에 의인이 열 명이라도 있으면 파괴하지 말아 달라고 간청하는 내용(「창세기」 18장 23~33절)에 대한 불분명한 인용이다.

을 볼 수 있는 곳이 없지요…… 모두 강 건너에서 왔던데, 저는 그곳에 가본 적이 없습니다. 아마 엽총부대 소속이었던 가…… 한 장교의 아내가…… 상당히 괜찮았습니다, 상당히 요……. 본인도 잘 알고 있더군요. 이 교활한 여자하고 이야기를 나누어 보았습니다만, 활발하고 또…… 거참 아가씨들도 상큼하더군요. 그러나 그뿐이었습니다. 상큼함 말고는 아무 것도 없었습니다. 하지만 저는 호감이 갔습니다. 꽃봉오리 같은 아가씨들도 있었습니다만, 입술이 좀 두껍더군요. 대체로 러시아 미인들의 얼굴에 규칙성 같은 것은 거의 없지만…… 블린[26]을 약간 닮긴 했지요……. *Vous me pardonnerez, n'est-ce pas*(미안합니다만, 그렇지 않습니까)……? 하지만 눈은…… 웃을 때 눈은 예쁘지요. 이런 꽃봉오리 같은 아가씨들도 젊은 시절 2년 정도는 매-력-적입니다, 한 3년 정도까지도요……. 그 후에는 영원히 뚱뚱해지기만 해서…… 남편들에게 슬픈 무관심만 불러일으키게 되지요……. 그 무관심은 또 그만큼 여성 문제의 발전을 조장하고요……. 제가 이 문제를 제대로 이해하고 있다면 말입니다……. 흠, 여기 홀은 좋군요. 방의 장식도 그리 나쁘지 않아요. 더 나쁠 수도 있었을 텐데 말입니다. 음악도 훨씬 더 나쁠 수 있었을 텐데…… 그래야 한다는 건 아닙니다만. 전반적으로 부인들이 부족하다는 것은 좋지 않은 인상을 주는군요. 복장에 대해서는 언-급-하지 않겠습니다. 회색 바지를 입고 저렇게 노골적으로 캉캉 춤을 추고 있는 저 남자는 역겨워 보이네요. 만약 그가 즐거워서 그러는 거라면 상관하지 않겠습니다. 그는 이곳의 약제사니까요……. 그러나 약제사라도 밤 10시면 어쨌든 이른 시간이

26 러시아 팬케이크.

85

지요……. 뷔페식당에선 두 사람이 싸우고 있던데 끌어내지도 않더군요. 사람들의 관습이 어떤 것이든, 10시라면 싸움꾼을 끌어내야 마땅하지요……. 새벽 2시라면 말도 하지 않겠습니다. 그때는 이미 여론에 양보해야 하니까요. 다만 이 무도회가 2시까지 이어진다면 말입니다. 그런데 바르바라 뻬뜨로브나는 약속을 어기고 꽃을 보내지 않았군요. 흠, 꽃에 신경 쓸 경황이 없겠지요. *pauvre mère*(불쌍한 어머니 같으니)! 그런데 불쌍한 리자는, 당신도 들으셨습니까? 비밀스러운 이야기라고들 하던데……. 또다시 스따브로긴의 무대 안으로 들어가게 되었다는……. 흠, 이제 자러 가야겠습니다……. 너무 졸려 고개가 꾸벅꾸벅하네요. 그런데 그 〈문-학 카드리유〉는 대체 언제 열리나요?」

마침내 〈문학 카드리유〉도 시작되었다.[27] 최근 들어 이 도시에서는 다가올 무도회에 관한 이야기가 시작되기만 하면 화제는 어김없이 〈문학 카드리유〉로 이어졌다. 그것이 대체 뭔지 아무도 상상할 수 없었기 때문에 과도할 정도의 호기심을 불러일으켰던 것이다. 일의 성공에 있어서 이것보다 더 위험한 것은 있을 수 없었으니, 그 환멸이 어떠했겠는가!

지금까지 잠겨 있던 화이트홀의 양쪽 문이 열리고 갑자기 몇몇 가면을 쓴 사람들이 나타났다. 사람들은 열렬히 그들을 에워쌌다. 뷔페식당에 있던 사람들이 한 사람도 빠짐없이 한꺼번에 홀로 몰려들었다. 가면 쓴 사람들은 춤을 추기 위해 자리를 잡았다. 나는 사람들을 비집고 맨 앞까지 나가는 데 성공했으며, 율리야 미하일로브나와 폰 렘쁘께, 그리고 장군

27 이 문학 카드리유의 실제 원형은 1869년 2월 모스크바 귀족 회의에서 개최되었던 가장무도회이다.

바로 뒤에 자리 잡았다. 이때 지금까지 사라졌던 뾰뜨르 스쩨빠노비치가 율리야 미하일로브나 앞으로 튀어나왔다.

「저는 계속해서 뷔페식당에서 지켜보고 있었습니다.」 그는 잘못을 저지른 학생 같은 표정으로 작게 속삭였다. 하지만 그것은 그녀를 더욱 화나게 만들기 위해 일부러 꾸민 것 같은 표정이었다. 그녀는 분노로 얼굴이 새빨개졌다.

「이제부터라도 거짓말을 그만했으면 좋겠군요, 이 철면피한 인간 같으니!」 그녀가 큰 소리로 내뱉었기 때문에 다른 사람들도 다 들었다. 뾰뜨르 스쩨빠노비치는 대단히 만족한 것 같은 표정을 지으며 옆으로 물러섰다.

이 〈문학 카드리유〉보다 더 비참하고 더 저속하고 더 서툴고 더 무미건조한 풍자는 상상하기도 어려울 정도였다. 이것보다 더 우리 청중에게 어울리지 않는 것은 생각해 낼 수도 없을 터였다. 그런데 사람들 말에 따르면 이것은 까르마지노프가 고안한 것이었다. 사실 이것은 리뿌찐이 비르긴스끼 집 파티에 있던 바로 그 절름발이 선생과 상의해서 마련한 것이었다. 그러나 어쨌든 아이디어는 까르마지노프가 제공했으며, 사람들 말로는 그 자신도 복장을 갖춰 입고 뭔가 특별하고 독자적인 역할을 하고자 했다고 한다. 카드리유는 여섯 쌍의 볼품없는 가면 쓴 사람들로 이루어져 있었다. 심지어 그들은 다른 사람들과 똑같은 옷을 입고 있었기 때문에 가장이라고 할 것도 없었다. 예를 들어 크지 않은 키에 연미복을 입은 ─ 한마디로 다른 사람들과 똑같은 복장을 한 ─ 한 중년 신사는 덕망 있어 보이는 희끗희끗한 턱수염을 붙이고(이것이 그가 꾸민 가장의 전부였다) 춤을 추었는데, 위엄 있는 얼굴 표정으로 같은 자리에서 거의 이동하지 않은 채 잰걸음으로 자주 발을 바꾸며 쉴 새 없이 움직이는 게 전부였다. 그는 별로 크지 않은 저음의 쉰 목소리로 계속 무슨 소리를 내고 있었는데, 유명한 신문 중 하나를 의미하는 것임에 틀림없었다.[28] 가면 맞은편에서는 X와 Z라는 두 거인이 춤을 추었고, 글자들은 연미복에 핀으로 고정되어 있었지만, X와 Z가 무엇을 의미하는지에 대한 설명은 없었다. 〈정직한 러시아 사상〉은 안경을 쓰고, 연미복을 입고, 장갑을 끼고, 수갑을 찬 (진짜 수갑이었다) 중년 신사의 모습으로 묘사되었다. 이 사상은 겨드랑이 밑에 어떤 〈사건〉[29]이 든 가방을 끼고 있었다. 주머니에는 〈정직한 러시아 사상〉의 정직함을 의심하는 사람들에게 보여 줄 증명서가 들어 있는 외국에서 온 편지 한 통이 개봉된 채 비죽 나와 있었다. 이런 내용은 간사들이 구두로 전해 준 것이었는데, 사실 주머니에서 삐져나온 편지를 읽기란 불가능했기 때문이다. 〈정직한 러시아 사상〉은 들어 올린 오른손에 마치 건배를 외치려는 것처럼 술잔을 들고 있었다. 그 양쪽에는 머리가 짧은 두 명의 여성 니힐리스트가 그와 나란히 서서 빠르게 발을 놀리며 춤을 추었고, *vis-à-vis*(맞은편)에서는 한 중년 신사가 역시 연미복을 입고 춤을 추었다. 그러나 그의 손에는 뻬쩨르부르ㄲ에서 출간되는 것이 아닌, 하지만 굉장히 무서운 잡지[30]를 표현하려는 듯 무거운 곤봉이 들려 있었다. 〈한 대 내리치면 흠씬 젖게 될 거다〉라고 말하

28 이 중년 신사와 유명한 신문은 문학 사업가 ㄲ라예프스끼A. A. Kraevskii 와 그가 편집자로 있던 신문 『목소리』를 암시한다.

29 블라고스베뜰로프G. E. Blagosvetlov에 의해 1866년에서 1888년까지 뻬쩨르부르ㄲ에서 발행되던 민주주의 잡지 『사건』을 암시한다.

30 모스ㄲ바에서 1827년에서 1830년까지 발간되던 철학 잡지 『모스ㄲ바 통보』를 암시한다.

는 것 같았다. 그러나 곤봉을 들고 있음에도 불구하고 그는 뚫어져라 자신을 향하고 있는 〈정직한 러시아 사상〉의 안경을 도저히 견딜 수 없어 계속 다른 쪽을 쳐다보려 했고, *pas de deux*(파드되)[31]를 할 때는 몸을 구부리거나 빙빙 돌면서 어찌할 바를 몰랐다. 틀림없이 양심의 가책을 느끼고 있는 것 같았다……. 하지만 이런 멍청한 내용은 더 이상 언급하지 않겠다. 그것들은 전부 비슷해서 결국 너무나 부끄러운 느낌이 들었던 것이다. 그런데 바로 이와 똑같은 부끄러워하는 인상이 모든 청중의 얼굴에, 심지어 뷔페식당에 있다가 나온 무뚝뚝한 사람들의 얼굴에도 드러났다. 잠시 동안 모든 사람들이 말없이 화가 난 의혹의 표정으로 바라보고 있었다. 사람들은 부끄러우면 보통 화를 내다가 결국 냉소적으로 바뀌는 경향이 있다. 우리의 청중은 조금씩 웅성거리기 시작했다.

「이게 대체 뭐야?」 무리 중에서 식당에 있다가 나온 사람이 중얼거렸다.

「한심하기 짝이 없군.」

「무슨 문학인 모양인걸.『목소리』를 비판하고 있는데.」

「그게 나한테 무슨 상관이야.」

또 다른 무리에서는 이런 말들이 들려왔다.

「멍청한 놈들!」

「아니, 저들이 멍청이가 아니라, 우리가 멍청이지.」

「왜 네가 멍청이인데?」

「내가 멍청이라는 게 아니야.」

「네가 멍청이가 아니라면, 나는 더더욱 아니지.」

세 번째 무리에서도.

31 발레에서 남성과 여성이 함께 추는 2인무.

「저놈들을 다 뒤에서 발로 차서 혼구녕을 내줘야해!」

「홀 전체를 뒤흔들어야지!」

네 번째 무리에서도.

「아니, 렘쁘께 부부는 이걸 보고 있는 게 부끄럽지도 않나?」

「그들이 부끄러울 이유가 뭐 있겠어? 그런데 너는 부끄럽지 않냐?」

「그래, 나도 부끄럽지만, 그래도 그는 지사잖아.」

「너는 돼지 같은 놈이지.」

「내 평생 이렇게 평범한 무도회는 본 적이 없어요.」 율리야 미하일로브나 근처에 있던 한 부인이 분명 일부러 들으라는 듯 표독스럽게 말했다. 마흔 살 정도인 이 부인은 뚱뚱한 몸집에 진한 화장을 하고 선명한 색깔의 실크 드레스를 입고 있었다. 이 도시에서는 그녀를 모르는 사람이 거의 없었지만, 아무도 그녀를 손님으로 맞이하지는 않았다. 그녀는 5등 문관의 미망인으로, 목조 주택과 빈약한 연금을 유산으로 물려받았지만, 생활 수준도 좋았고 마차도 소유하고 있었다. 그녀는 두어 달 전에 율리야 미하일로브나를 먼저 방문했으나 율리야 부인은 그녀를 받아들이지 않았다.

「딱 이럴 거라고 예측이 되더라니까요.」 그녀는 율리야 미하일로브나의 눈을 뻔뻔하게 바라보며 이렇게 덧붙였다.

「그렇게 예측했다면, 대체 왜 오셨나요?」 율리야 미하일로브나는 참지 못하고 물었다.

「그러니까 제가 너무 단순해서요.」 이 기민한 부인은 순식간에 되받아치며 굉장히 흥분하기 시작했다(정말 한번 맞붙어 싸워 보려는 것 같았다). 그러나 장군이 그 둘 사이에 끼어

들었다.

「*Chère dame*(친애하는 부인).」 그는 율리야 미하일로브나에게 몸을 숙여 말했다. 「이제 그만 가시는 게 좋을 것 같습니다. 우리가 저 사람들을 구속하고 있는 것 같으니, 우리가 없으면 제대로 즐길 겁니다. 부인께선 본인의 역할을 다하셨고, 무도회도 열어 주셨으니, 이제는 그들을 가만히 내버려 두시지요…… 게다가 안드레이 안또노비치께서도 기분이 그리 좋-으-신 것 같지 않으니…… 무슨 문제가 생기기 전에요, 네?」

그러나 이미 늦었다.

안드레이 안또노비치는 카드리유 내내 춤추는 사람들을 화가 난 듯 의혹의 시선으로 쳐다보다가 청중 사이에서 비평이 들리자 불안하게 주변을 훑어보기 시작했다. 이때 처음으로 뷔페식당에 있던 몇몇 사람이 그의 눈에 띄었다. 그의 시선에 엄청난 놀라움이 나타났다. 이때 갑자기 카드리유의 한 장난스러운 장면을 보고 요란한 웃음소리가 터져 나왔다. 손에 곤봉을 들고 춤을 추던 〈공포의 비(非)뻬쩨르부르끄 출판물〉의 발행인이 결국 자신을 향하고 있는 〈정직한 러시아 사상〉의 안경을 더 이상 견딜 수 없다고 느끼자, 그것을 피해 어디로 숨어야 할지 몰라 하다가 마지막으로 안경을 향해 물구나무를 서서 다가갔던 것인데, 그것으로 〈공포의 비(非)뻬쩨르부르끄 출판물〉의 상식을 뒤집는 지속적인 왜곡을 지적하려고 했던 것이 틀림없다. 그런데 물구나무서서 다닐 수 있는 사람은 럄신밖에 없었기 때문에 그가 곤봉을 든 발행인 역할을 맡았다. 율리야 미하일로브나는 그들이 물구나무를 서서 다닐 것이라고는 꿈에도 생각지 못했다. 「그들은 나에게 숨겼어요, 숨겼다고요.」 그녀는 나중에 분노와 절망에 휩싸여 나에게 되풀이해서 말했다. 군중의 폭소는 물론 아무에게도 상관없는 그 풍자를 환영한 것이 아니라, 꼬리 달린 연미복을 입고 물구나무서서 다니는 것을 보고 터진 것이었다. 렘쁘께는 벌컥 화를 내며 온몸을 떨기 시작했다.

「이 불한당!」 그는 람신을 가리키며 소리 질렀다. 「저 파렴치한 놈을 당장 잡아서 뒤집어 세워라. 다리를 돌려 버려……. 머리를…… 머리가 위로 오도록…… 위로 오도록!」

람신은 뛰어 일어나서 두 다리로 섰다. 폭소는 더 커졌다.

「웃고 있는 저 파렴치한 놈들을 당장 쫓아내!」 렘쁘께가 갑자기 명령을 내렸다. 군중은 웅성거리다가 큰 소리로 웃기 시작했다.

「그건 안 됩니다, 각하.」

「군중을 비난해서는 안 되지요.」

「당신이야말로 머저리지!」 어딘가 한쪽 구석에서 이런 소리가 들려왔다.

「해적 같은 놈들!」 다른 쪽 끝에서 누군가 소리쳤다.

렘쁘께는 재빨리 소리 나는 쪽으로 돌아섰다가 얼굴이 창백해졌다. 멍청한 미소가 그의 입술에 나타났다. 갑자기 그는 뭔가 알아채고 기억해 낸 것 같았다.

「여러분,」 율리야 미하일로브나는 남편의 손을 잡아끄는 동시에 밀려드는 군중을 향해 이렇게 말했다. 「여러분, 안드레이 안또노비치를 용서해 주세요. 안드레이 안또노비치가 몸이 좀 안 좋아요……. 미안합니다……. 그를 용서해 주세요, 여러분!」

나는 그녀가 〈용서해 주세요〉라고 하는 소리를 분명 들었다. 상황은 정말 빠르게 돌아갔다. 그러나 나는 군중의 일부가 이미 이 순간, 즉 율리야 미하일로브나의 말이 끝난 직후 놀란 것처럼 홀에서 달려 나가기 시작했다는 것을 분명히 기억하고 있다. 한 여성이 히스테리를 일으키며 이렇게 울부짖었던 것도 기억난다.

「아, 또다시 아까처럼!」

그때 갑자기 막 시작되던 대혼잡 상황에서 〈또다시 아까처럼〉 폭탄이 터졌다.

「불이야! 자레치예[32]가 온통 타고 있다!」

어디서 처음 이 무서운 외침이 터져 나왔는지는 기억나지 않는다. 홀에서 시작되었거나, 아니면 누군가 계단에서 현관으로 뛰어나가며 소리친 것 같은데, 어쨌든 그 뒤로 도저히 말로 설명할 수 없는 엄청난 소동이 벌어졌다. 무도회에 모여든 군중의 절반 이상은 자레치예에서 온 사람들로, 그곳 목조 가옥의 주인이거나 거주자들이었다. 그들은 창가로 달려가 순식간에 가림막을 열고 커튼을 잡아 뜯었다. 자레치예가 활활 타오르고 있었다. 사실 화재는 이제 막 시작되었을 뿐이었지만, 전혀 다른 세 곳에서 동시에 불이 나고 있었다. 이것이 또한 사람들을 놀라게 했다.

「방화다! 시뻬굴린 놈들이야!」 군중 속에서 이런 울부짖음이 들렸다.

나는 그중에서 몇몇 매우 특징적인 고함 소리를 기억하고 있다.

「방화가 일어나리라고 마음속으로 예감하고 있었어. 지난 며칠 동안 그런 느낌이 들었다니까!」

「시뻬굴린 놈들이다, 시뻬굴린 놈들이야. 그게 아니면 누

32 〈강 건너 마을〉이라는 뜻의 마을 이름.

구겠어!」

「저기다 불을 지르려고 우리를 이곳에 일부러 모아 놓은 거야!」

마지막의 이 가장 놀라운 외침은 여성의 목소리로, 세간살이가 다 타버린 꼬로보치까[33]에게서 본의 아니게 무의식적으로 튀어나온 소리였다. 모두가 출구로 몰려 나갔다. 현관에서 모피 코트와 스카프, 부인용 외투를 찾느라 벌어진 난리법석과 겁먹은 여자들의 비명 소리, 그리고 아가씨들의 눈물은 묘사하지 않겠다. 설마 도둑질이 있었던 것은 아니겠지만, 그 정도 무질서 속에서 몇몇 사람이 자기 옷을 찾지 못하고 따뜻한 옷을 입지도 못한 채 떠난 것은 놀랍지도 않다. 그것에 관한 이야기는 이후로도 오랫동안 도시에서 전설처럼 과장되어 떠돌아다녔다. 렘쁘께와 율리야 미하일로브나는 문 앞에서 사람들에게 거의 압사당할 뻔했다.

「모두 멈춰 세워라! 단 한 사람도 내보내지 마!」 렘쁘께는 밀려드는 군중을 향해 위협적으로 팔을 뻗으면서 절규했다. 「한 사람 한 사람 모두 엄격하게 수색해, 당장!」

홀에서 욕설을 퍼붓는 소리가 들려왔다.

「안드레이 안또노비치! 안드레이 안또노비치!」 율리야 미하일로브나는 완전히 절망해서 소리 질렀다.

「이 여자를 먼저 체포하라!」 렘쁘께는 그녀에게 위협적으로 손가락질하며 소리쳤다. 「이 여자를 먼저 수색하라! 무도회는 방화 목적으로 열린 것이다…….」

그녀는 비명을 지르고 그만 기절하고 말았다(오, 물론 진

---

33 고골의 『죽은 혼』에 등장하는 인색하고 속 좁은 여지주의 이름으로, 여기서는 그러한 성격을 가진 인물을 의미한다.

짜 기절한 것이었다). 나와 공작, 장군은 그녀를 도와주려고 달려들었다. 이 어려운 순간에 우리를 도와준 다른 사람들도 있었다. 그중에는 부인도 몇 명 있었다. 우리는 불행한 이 여인을 지옥에서 데리고 나와 마차로 옮겼다. 그러나 그녀는 집 현관에 도착하자 정신을 차렸고, 그러면서 처음 외친 소리가 또다시 안드레이 안또노비치에 관한 것이었다. 그녀의 환상이 모두 무너져 버린 뒤 그녀 앞에는 안드레이 안또노비치만이 남아 있었기 때문이다. 의사를 부르러 사람을 보낸 뒤 나는 그녀 옆에서 꼬박 한 시간을 기다렸으며, 공작도 마찬가지였다. 장군은 갑자기 충동적인 관대함으로(비록 그 자신도 몹시 놀라긴 했지만) 밤새 〈불행한 여인의 병상〉을 떠나고 싶지 않다고 했다. 그러나 10분 뒤 그는 의사를 기다리는 동안 홀에서 잠들어 버렸으며, 우리는 그를 그대로 내버려 두었다.

무도회에서 화재 현장으로 서둘러 달려갔던 경찰서장은 우리 뒤를 따라 간신히 안드레이 안또노비치를 홀에서 데려오는 데 성공했다. 그는 온 힘을 다해 각하에게 〈안정을 취하셔야 한다〉고 설득하면서 율리야 미하일로브나의 마차에 태우려고 했다. 그러나 이유는 모르겠지만, 강제하지는 않았다. 물론 안드레이 안또노비치가 안정을 취하라는 말은 들으려고도 하지 않고 화재 현장으로 달려가려 했지만, 이것은 이유가 되지 않는다. 결국 그는 렘쁘께를 자신의 사륜마차에 태워 화재 현장으로 데리고 가게 되었다. 나중에 그가 전해 준 바에 따르면 렘쁘께는 가는 도중 계속 손짓하면서 〈너무 기이해서 도저히 실행에 옮길 수 없는 생각들을 계속 외치셨다〉고 한다. 나중에 각하는 그 순간 이미 〈갑작스러운 충격〉으로 의식이 섬망 상태에 빠졌다고 공식적으로 보고되었다.

무도회가 어떻게 끝났는지는 말할 필요도 없다. 몇십 명의 놀기 좋아하는 사람들과 몇 명의 숙녀들만이 떠나지 않고 홀에 남았다. 경찰 같은 것은 없었다. 그들은 악단도 돌려보내지 않았고, 떠나려던 연주자들을 흠씬 두들겨 패기도 했다. 아침 무렵 〈쁘로호리치의 간이매점〉은 완전히 휩쓸려 남은 것이 없었다. 그들은 기억나지 않을 만큼 술을 마시고 제멋대로 까마린스끼 춤을 추거나 방을 어지럽혔으며, 새벽이 되자마자 패거리 일부는 완전히 술에 취한 상태로 새로운 소란을 피우러 이미 다 타버린 화재 현장으로 때맞춰 몰려갔다……. 나머지 반은 홀에서 죽은 듯이 취한 상태로 모든 결과물들과 함께 벨벳 천 소파나 바닥 위에 쓰러져 잠이 들었다. 아침이 되자 그들은 곧장 발이 질질 끌리며 거리로 쫓겨났다. 그렇게 해서 우리 현의 가정 교사들을 위한 축제는 끝나고 말았다.

4

화재는 방화가 분명했기에 강 건너에서 왔던 사람들을 깜짝 놀라게 했다. 여기서 주목할 것은 〈불이야〉라는 첫 외침 소리 이후 곧장 〈시뻬굴린 놈들이 불을 냈다〉는 외침이 울려퍼졌다는 것이다. 실제로 세 명의 시뻬굴린 노동자가 방화에 가담했다는 것이 지금은 너무도 분명하게 밝혀졌지만, 그러나 그들뿐이었다. 나머지 공장 노동자들은 여론으로나 공식적으로나 완전히 무죄라는 것이 입증되었다. 그 세 명의 불한당(그중 한 명은 체포되어 자백했고, 나머지 두 명은 아직 도망 중이다) 외에 유형수 페찌까가 방화에 가담했다는 것 역시 의심의 여지가 없었다. 현재까지 화재 발생에 관해 정확하게 알려진 사실은 이것이 전부다. 여러가지 억측들이 있는데 그것은 전혀 별개의 문제다. 이 세 명의 불한당은 어떤 지침에 따른 것일까, 누군가의 사주를 받은 것은 아닐까? 이런 물음에 대해서는 지금도 대답하기가 정말 어렵다.

불은 바람이 강하게 부는 데다 자레치예 건축물이 거의 예외 없이 목조이고 세 군데에서 방화가 일어나는 바람에 빠른 속도로 퍼져 나갔고, 믿을 수 없을 정도의 위력으로 지역 전체를 휩싸고 말았다(하지만 방화는 두 군데 끝에서 시작되었다고 해야겠다. 세 번째는 불길이 시작되자마자 바로 잡혀서 진화되었기 때문인데, 이에 대해서는 나중에 말하겠다). 그러나 수도의 신문들에서는 어쨌든 우리의 불행을 과장해서 보도했다. 사실 대충 짐작해 보아도 자레치예 전 지역 중 기껏해야 4분의 1 정도가(어쩌면 더 적을지도 모르겠다) 불에 탔을 뿐이었다. 우리 소방대는 도시의 규모나 인구수에 비하면 매우 빈약했음에도 불구하고 대단히 정확하고 희생적인 활동을 보였다. 그러나 새벽녘에 갑자기 약해진 바람의 방향이 아침 무렵 바뀌지 않았다면, 소방대는 주민들의 적극적인 협력에도 불구하고 많은 것을 해내지 못했을 것이다. 내가 무도회에서 도망 나와 한 시간 지난 뒤 자레치예에 도착했을 때 불은 이미 최고의 위력을 발휘하고 있었다. 강과 나란히 나 있는 도로 전체가 불바다였다. 대낮처럼 환했다. 화재 장면을 상세하게 묘사하지는 않겠다. 루시에서 누가 그걸 모르겠는가? 불이 난 거리 가까운 골목길들은 엄청나게 소란하고 북적거렸다. 여기서는 불이 번질 것을 각오하고 주민들이 가재도구들을 끌어내고 있었다. 그러나 아직은 집을 떠나지 못하고 미련이 남아 각자 자기 집 창문 아래에서 끌어내 온 트 렁크나 이불 위에 앉아 있었다. 일부 남자들은 울타리를 마구 부수거나 불 가까이 바람 방향으로 서 있는 판잣집을 통째로 무너뜨리면서 애를 썼다. 잠에서 깬 아이들은 울기만 했고, 낡은 세간살이를 이미 다 끌어낸 여자들은 통곡하며 울부짖 었다. 아직 다 끌어내지 못한 사람들은 아무 말도 하지 않은 채 열심히 끌어내고 있었다. 불꽃과 불똥이 멀리까지 날아다 녔고, 사람들은 할 수 있는 한 그것을 막으려 했다. 화재 현장 은 도시 사방에서 몰려든 구경꾼들로 북적거렸다. 어떤 사람 들은 불 끄는 것을 도와주었고, 어떤 사람들은 재미있다는 듯 지켜보기만 했다. 밤에 일어나는 대형 화재는 항상 초조하면 서도 즐거운 인상을 불러일으킨다. 불꽃놀이도 이에 근거하 고 있는 것이다. 그러나 불꽃놀이의 불꽃은 매력적이고 규칙 적인 형태로 배열되며 전혀 위험이 없기 때문에 샴페인을 한 잔하고 난 뒤와 같은 즐겁고 가벼운 인상을 불러일으킨다. 그 러나 진짜 화재는 문제가 다르다. 이 경우에는 이미 잘 알려 져 있는 한밤중 화재의 즐거운 인상과 더불어 공포감과 개인 적인 위험에 대한 어떤 감각이 구경꾼(물론 실제로 화재를 입은 사람들은 아니다)에게 뭔가 뇌의 전율 같은 것을 불러일 으키고, 그 자신의 파괴 본능을 자극시킨다. 그러한 본능은, 아아, 누구의 마음속에든, 심지어 가정이 있는 온순한 9등 문 관의 마음속에도 숨어 있는 것이다……. 이 음울한 감각은 거 의 항상 황홀하다. 〈사실 화재를 일종의 만족감 없이 바라볼 수 있을지 잘 모르겠네.〉 이것은 스쩨빤 뜨로피모비치가 언 젠가 우연히 한밤중 화재 현장을 맞닥뜨렸다가 그것을 목격 한 첫인상을 가지고 돌아와 내게 했던 말을 단어 하나 안 틀리고 그대로 옮긴 것이다. 물론 한밤중 화재를 좋아하는 사람도 불에 타고 있는 아이나 노파를 구하기 위해 불속으로 달려든다. 그러나 그것은 이미 전혀 다른 이야기다.

나는 아무것도 캐묻지 않고 호기심에 가득 찬 인파 뒤를 바짝 따라가다가 가장 중요하고 위험한 장소에 도달했는데, 바로 그곳에서 율리야 미하일로브나의 의뢰로 찾아다니던 렘쁘께를 결국 만나게 되었다. 그의 상태는 놀랍고도 이상했다. 그는 울타리 잔해 더미 위에 서 있었다. 그의 왼쪽으로 30보쯤 떨어진 곳에는 이미 거의 다 타버린 2층 목조 주택의 검은 뼈대가 우뚝 솟아 있었는데, 두 층 모두 창문 대신 구멍만 남아 있었고, 지붕은 무너져 내렸으며, 새카맣게 탄 대들보를 따라 여전히 불꽃이 날름거렸다. 다 타버린 집에서 20보쯤 떨어진 마당 한가운데에서는 역시 2층으로 된 곁채에 불이 번지고 있었으며, 그 위에서 소방대가 온 힘을 다해 애쓰고 있었다. 오른쪽에서는 소방대와 사람들이 아직 타기 시작하지는 않았지만 이미 몇 번 불이 옮겨붙었던, 그리고 결국 타버릴 운명인 상당히 큰 목조 건물을 지켜 내려 애쓰고 있었다. 렘쁘께는 얼굴을 곁채로 향한 채 소리를 지르고 몸짓을 해가면서 아무도 실행할 수 없는 명령을 내리고 있었다. 나는 사람들이 그를 여기 내버려 두고 완전히 포기해 버린 건 아닌가 하는 생각까지 들었다. 적어도 그를 빽빽이 둘러싸고 있던 굉장히 다양한 신분의 사람들, 평민들과 더불어 신사들이나 성당 신부들까지 모두 놀랍고 신기한 듯 그의 말을 듣고 있었지만, 단 한 사람도 그와 말하지 않았고 그를 끌어 내리려 하지도 않았다. 렘쁘께는 창백한 얼굴로 눈을 번득이며 매우 놀라운 이야기를 하고 있었다. 게다가 모자도 쓰지 않고 있었는데, 이미 오래전에 잃어버렸던 것이다.

「모든 것이 방화다! 이것은 허무주의다! 만약 무언가 타오르고 있다면, 그것은 허무주의다!」 나는 이 말을 듣고 거의 공포에 휩싸였다. 비록 더 이상 놀랄 것이 없다 할지라도 적나라한 현실은 항상 뭔가 강한 충격을 주는 법이다.

「각하,」 경관 한 명이 그의 곁에 나타났다. 「댁으로 돌아가서 안정을 취하시는 것이 어떠실지요……. 여기 서 계시는 것만으로도 각하께 위험합니다.」

나중에 알게 되었지만, 이 경관은 안드레이 안또노비치를 지켜보며 온 힘을 다해 집으로 데려가려 노력하고, 위험할 경우에는 강제로라도 그렇게 하라는 경찰서장의 지시를 받고 일부러 그의 옆에 남아 있었던 것이다. 그러나 이 임무는 분명 수행자의 역량을 넘어서는 것이었다.

「집이 불에 탄 사람들의 눈물은 마르겠지만, 도시는 다 타버릴 것이다. 이것은 모두 네 놈의 악당, 네 놈 반의 짓이다. 악당을 체포하라! 이건 그 악당 놈이 한 짓이고, 네 놈 반은 그놈에게 무고를 당한 것이다. 그놈은 명예로운 한 가정을 비집고 들어갔다. 집을 불태우기 위해 가정 교사를 이용한 것이다. 이것은 비열한 짓이다, 비열한 짓이다! 아니, 저 사람은 뭘 하고 있는 건가?」 그는 갑자기 불에 타고 있는 곁채 지붕 위에 소방관이 있는 것을 발견하고 소리쳤다. 그 지붕은 이미 불에 다 탔고 사방에서 불길이 솟아오르고 있었다. 「그를 끌어 내려라, 끌어 내려. 저러다 떨어지겠다, 불에 타버리겠어. 그를 진정시켜라……. 저기서 뭘 하고 있는 거지?」

「불을 끄고 있습니다, 각하.」

「그럴 리 없다. 화재는 건물 지붕이 아니라 사람들 머릿속에 있어. 그를 끌어 내리고 모든 것을 그만둬! 그만두는 게 더 낫다, 그만두는 게 더 나아! 어떻게든 될 대로 되라고 해! 아, 누가 또 울고 있는 거냐? 노파로군! 노파가 울부짖고 있는데, 너희는 왜 노파를 잊고 있었나?」

실제로 불에 타고 있는 곁채 아래층에서 이 집 주인인 상인의 친척, 여든 살 먹은 노파가 사람들에게 잊힌 채 소리를 지르고 있었다. 그러나 노파는 잊힌 것이 아니라, 아직 가능할지도 모른다는 생각에 구석 작은 방에서 불붙지 않은 자신의 깃털 이불을 끌고 나오겠다는 무모한 목적을 가지고 불에 타고 있는 집 안으로 되돌아갔던 것이다. 작은 방도 불이 붙었기 때문에 연기로 숨이 막히고 불길 때문에 비명을 지르면서도 노파는 어떻게든 온 힘을 다해 말라비틀어진 두 손으로 부서진 창틀 밖으로 깃털 이불을 밀어내려 애쓰고 있었다. 렘쁘께는 노파를 도와주기 위해 달려갔다. 모두들 그가 창문으로 뛰어가 이불 끝을 잡고 온 힘을 다해 노파를 창밖으로 끌어내리려는 것을 보았다. 그런데 공교롭게도 그 순간 지붕에서 부서진 판자 하나가 날아와 이 불행한 사람을 덮치고 말았다. 판자는 떨어지면서 끝으로 그의 목을 살짝 스치기만 했을 뿐 그를 죽이지는 않았지만, 적어도 우리 도시에서 안드레이 안또노비치의 경력은 끝나고 말았다. 그 충격으로 그는 넘어지면서 의식을 잃고 말았다.

마침내 우울하고 암담한 새벽이 다가왔다. 화재는 많이 약해졌다. 밤새 불던 바람도 갑자기 잠잠해졌고, 그러다가 체에 거른 것 같은 가랑비가 천천히 내리기 시작했다. 나는 그때 이미 렘쁘께가 쓰러진 장소에서 멀리 떨어진 자레치예의 다른 구역에 있었는데, 사람들 사이에서 아주 이상한 이야기를 들었다. 한 가지 이상한 사실이 드러났던 것이다. 이 구역 가장 끝 쪽 채소밭 뒤 공터에 다른 건물들과 50보 정도 떨어진 곳에 지은 지 얼마 안 된 작은 목조 가옥이 한 채 서 있었는데, 이 외진 집이 가장 먼저 타오르기 시작했다는 점이었다. 만약 이 집에 불이 났다 해도 거리 때문에 불은 시내 건물 어디로도 옮겨 갈 리 없었으며, 반대로 강 건너 모든 곳이 타버렸더라도 이 집만은 아무리 바람이 불어도 무사했을 것이었다. 결국 이 집은 따로 독자적으로 불이 난 것이며, 결국 그럴 만한 이유가 있다는 의미였다. 그러나 중요한 것은 그 집이 다 타지 않았으며, 새벽녘 그 집 안에서 놀라운 사실이 드러났다는 데 있다. 이 새집의 주인은 근처 마을에 살고 있던 소시민이었는데, 그는 자기 새집에 불이 난 것을 보자마자 달려와 이웃들의 도움으로 옆쪽 벽에 쌓여 있던 불붙은 장작을 다 집어 던지고 집을 지켜 내는 데 성공했다. 그런데 이 집에는 세 입자가, 즉 이 도시에서 유명한 그 대위와 여동생, 그리고 그들의 나이 든 하녀가 살고 있었는데, 이 세 사람은 그날 밤 모두 칼에 찔려 살해당했으며, 틀림없이 강도를 당한 것 같았다 (렘쁘께가 깃털 이불 노파를 구하고 있을 때 경찰서장은 바로 이곳에 오느라 화재 현장을 떠났던 것이다). 아침이 되자 이 소식은 사방으로 퍼져 나갔고, 사람들은 너 나 할 것 없이, 심지어 화재를 겪은 자레치예 주민들까지 엄청난 규모로 이 새집이 있는 공터로 몰려들었다. 너무 많은 사람들이 몰려들어 지나가기도 어려울 정도였다. 나는 곧장 대위가 옷을 입은 채 침상에서 목이 잘린 상태로 발견되었다는 것과, 아마 죽은 사람처럼 술에 곯아떨어져 있는 동안 도살당했을 것이기 때문에 아무 소리도 듣지 못했을 것이고, 그에게서 피가 〈도살

당한 황소처럼〉 엄청나게 흘러나와 있었다는 이야기를 들었다. 그의 여동생 마리야 찌모페예브나는 〈온몸이 칼에 찔려〉 문 옆 마룻바닥 위에 쓰러져 있었다고 하는데, 그걸 보니 살인자와 실제로 맞붙어 싸우고 함께 뒹군 것이 분명했다. 하녀 역시 분명 잠에서 깨어났던 듯 머리가 완전히 박살 나 있었다. 집주인 말에 따르면 대위는 전날 아침 완전히 취해서 그를 찾아와 2백 루블이나 되는 많은 돈을 보여 주며 자랑했다고 한다. 대위의 오래되고 낡은 녹색 지갑은 텅 빈 채 마루 위에서 발견되었다. 그러나 마리야 찌모페예브나의 트렁크에는 손도 대지 않았고, 은으로 된 성상 덮개와 대위의 옷 역시 그대로 있었다. 도둑은 몹시 서둘러 댔고, 대위의 집 안 사정을 잘 아는 자로서, 돈만을 노리고 찾아왔으며 그 돈이 어디 있는지도 잘 알고 있었던 게 분명했다. 만약 주인이 그 순간 달려오지 않았다면 장작에 불이 붙어 아마 집을 다 태워 버렸을 것이고, 결국 〈새카맣게 탄 시체만 남아 진실을 알아내기 어려웠을 것이다〉.

이 사건은 내게 그렇게 전해졌다. 그리고 또 다른 정보가 하나 첨가되었다. 대위와 그의 여동생을 위해 이 집을 빌린 사람은 바로 스따브로긴 씨, 스따브로기나 장군 부인의 아들인 니꼴라이 프세볼로도비치로, 그가 직접 집을 빌리러 와서 주인을 무척이나 설득했다는 것이다. 주인은 이 집을 선술집으로 쓸 예정이라서 빌려주지 않으려 했으나, 니꼴라이 프세볼로도비치가 돈을 아까워하지 않고 반년치를 선불로 지불했던 것이다.

「우연히 일어난 화재가 아닌데.」 사람들 사이에서 이런 소리가 들려왔다.

그러나 대부분은 침묵을 지키고 있었다. 그들의 얼굴은 침울했지만, 눈에 띌 정도로 흥분하는 기색은 찾아볼 수 없었다. 하지만 주위에서는 계속해서 니꼴라이 프세볼로도비치에 관한 이야기, 즉 살해당한 여자는 그의 아내라는 것, 그는 어제 이 도시에서 가장 지체 높은 가문인 드로즈도바 장군부인 댁에서 그 따님을 〈부정한 방법〉으로 꾀어냈으며, 따라서 그 집안에서는 뻬쩨르부르끄에 그를 제소하리라는 것, 하지만 아내가 살해당한 것을 보면 분명 그가 드로즈도바 양과 결혼하려고 그런 것이라는 등의 이야기가 계속되었다. 스끄보레시니끼는 이곳에서 2.5베르스따 정도밖에 떨어져 있지 않았는데, 나는 그때 그곳에 소식을 전하러 가야 하는 건 아닐까 하는 생각을 했던 기억이 난다. 하지만 특별히 누군가 사람들을 선동한다거나 하는 것은 눈에 띄지 않았으며, 비록 〈뷔페식당 패거리〉들 중 아침에 화재 현장에 나타났기 때문에 바로 알아볼 수 있었던 두세 명의 얼굴이 내 눈 앞에서 어른거리고 있었지만 나는 과오를 범하고 싶지 않았다. 그러나 마르고 키가 큰 한 소시민 계급의 젊은 남자만은 특별히 기억나는데, 그는 술을 진탕 마신 것 같은 표정에 곱슬머리였고 얼굴은 검댕을 바른 것처럼 새까맸으며, 나중에 알고 보니 자물쇠 수리공이었다. 그는 취하지는 않았지만, 음울하게 서 있는 다른 사람들과 달리 극도로 흥분한 것 같았다. 그의 말이 기억나지는 않지만, 그는 계속해서 사람들을 향해 떠들어 댔다. 그나마 조리 있게 했던 말은 〈형제들, 이게 대체 뭡니까? 앞으로도 이 모양이란 말입니까?〉가 전부였다. 그러면서 그는 두 팔을 휘저었다.

제3장

끝나 버린 연애 사건

1

스끄보레시니끼의 큰 홀(바르바라 뻬뜨로브나와 스쩨빤 뜨로피모비치의 마지막 상봉이 이루어졌던 바로 그곳)에서는 화재 현장이 손바닥 보듯 환하게 보였다. 동틀 무렵 새벽 5시경에 리자는 오른쪽 끝 창문 앞에 서서 꺼져 가는 불빛을 뚫어지게 바라보았다. 방 안에는 그녀 혼자였다. 그녀는 어제 낭독회에 갈 때 입었던 밝은 녹색의 화려하고 온통 레이스로 장식된 그 파티 드레스를 입고 있었지만, 이미 마구 구겨져 있고 서둘러 되는 대로 걸친 듯한 모습이었다. 그녀는 갑자기 가슴 위 단추가 제대로 잠겨 있지 않은 것을 알아채고서 얼굴을 붉히며 서둘러 옷매무새를 가다듬고는 어제 방에 들어오면서 안락의자에 던져 두었던 붉은색 스카프를 집어 목에 둘렀다. 마구 헝클어진 풍성한 곱슬머리가 스카프 밑으로 빠져나와 오른쪽 어깨 위로 드리워졌다. 그녀의 얼굴은 피곤하고 근심스러워 보였지만, 눈은 찌푸린 눈썹 밑에서 활활 타올랐다. 그녀는 다시 창가로 다가가 차가운 유리에 뜨거운 이마를 갖다 댔다. 문이 열리고 니꼴라이 프세볼로도비치가 들어왔다.

「방금 급사를 말에 태워 보냈소.」 그가 말했다. 「10분쯤 뒤면 모든 것을 알게 되겠지만, 사람들 말로는 자레치예 일부가, 강변 가까이 다리 오른쪽으로 불이 났다고 하더군. 어젯밤 11시에 불이 시작되었는데, 이제는 진정된 모양이오.」

그는 창가로 다가가지 않고 그녀에게서 세 걸음쯤 뒤에 멈춰 섰다. 그러나 그녀는 그에게로 돌아서지 않았다.

「달력에 따르면 이미 한 시간 전에 날이 밝았어야 하는데, 아직도 거의 밤중이네요.」 그녀가 유감이라는 듯 말했다.

「달력들은 모두 거짓말을 하지.」 그는 상냥한 미소를 띠며 이렇게 말했지만, 곧 창피한 생각이 들어 서둘러 덧붙였다. 「달력에 따라 사는 것은 지루한 일이오, 리자.」

그러나 그는 자기 말의 진부함에 짜증이 나서 결국 입을 다물었다. 리자는 입술을 일그러뜨리며 미소 지었다.

「당신은 나하고 무슨 말을 해야 할지도 모를 만큼 우울한 기분인가 보군요. 하지만 걱정하지 마세요. 당신 말이 맞으니까요. 나는 항상 달력에 따라 살고 있어요. 내 걸음 하나하나는 달력에 따라 계산된 것이지요. 놀랐나요?」

그녀는 재빨리 돌아서서 안락의자에 앉았다.

「당신도 여기 앉아 보세요. 우리가 함께할 시간이 길지 않으니, 내가 하고 싶은 이야기를 다 해야겠어요……. 당신도 하고 싶은 이야기를 다 하는 게 어때요?」

니꼴라이 프세볼로도비치는 그녀 옆에 앉아 겁먹은 듯 조용히 그녀의 손을 잡았다.

「그 말이 무슨 뜻이오, 리자? 갑자기 왜 그런 말을? 〈우리가 함께할 시간이 길지 않다니〉, 그게 무슨 의미지? 당신은 잠에서 깬 지 30분 만에 벌써 두 번이나 수수께끼 같은 말을 하고 있군.」

「내 수수께끼 같은 말을 세기 시작한 건가요?」 그녀가 웃기 시작했다. 「어제 이곳에 들어오면서 나는 이미 죽은 사람이라고 했던 말 기억하나요? 당신은 그 말을 잊어야겠다고 생각한 것 같네요. 잊어버리거나 아니면 주의를 기울이지 않거나.」

「기억나지 않소, 리자. 어째서 죽은 사람이라는 거요? 살아야지…….」

「또 말을 중단한 건가요? 당신의 화려한 언변은 완전히 사라졌네요. 나는 이 세상에서 나의 시간을 모두 살았으니, 이제 충분해요. 혹시 흐리스또포르 이바노비치 기억나세요?」

「아니, 기억나지 않는데.」 그는 얼굴을 찌푸렸다.

「로잔에서 만났던 흐리스또포르 이바노비치요. 당신은 그 사람을 지독히도 귀찮아했지요. 그는 문을 열고 항상 〈잠시 들렀습니다〉라고 말하고는, 하루 종일 머물러 있었잖아요. 나는 흐리스또포르 이바노비치가 했던 것처럼 하루 종일 머물러 있고 싶지는 않아요.」

고통스러운 표정이 그의 얼굴에 나타났다.

「리자, 그런 기운 빠지게 하는 말을 들으니 고통스럽소. 그렇게 찡그리고 있으면 당신도 힘들 텐데. 왜 그러는 거요? 무엇 때문에?」

그의 눈이 타오르기 시작했다.

「리자,」 그가 소리 질렀다. 「맹세하지만, 나는 당신이 어제 나에게로 왔던 때보다 지금 더 많이 당신을 사랑하고 있소!」

「정말 이상한 고백이네요! 어제니 오늘이니 하는 비교가 왜 필요하죠?」

「당신은 나를 버리지 않겠지?」 그는 거의 절망하여 말을 계속했다. 「우리는 함께 떠나는 거요, 오늘 당장. 그렇지 않소? 그렇지 않소?」

「아, 손을 아프게 꽉 쥐지 말아요! 우리가 오늘 당장 어디를 가야 한다는 거죠? 또다시 〈부활〉하기 위해 어딘가로 가야 한다는 건가요? 아니요, 이제 시험은 충분해요……. 게다가 나한테는 너무 오래 걸리는 일이에요. 나는 그럴 능력도 없어요. 나에게는 너무 높은 일이에요. 만약 떠나야 한다면 모스끄바로 가겠어요. 그곳에서 사람들을 방문하고 방문도 받고, 알다시피 그것이 나의 이상이에요. 내가 어떤 사람인가는 이미 스위스에 있을 때부터 당신에게 숨기지 않았어요. 그런데 당신에겐 아내가 있으니 우리가 함께 모스끄바로 가서 사람들을 방문하는 것은 불가능하므로, 더 이상 할 얘기도 없네요.」

「리자! 어제 대체 무슨 일이 있었던 거요?」

「일어났던 그 일이 있었던 거지요.」

「그럴 수는 없어! 그건 너무 잔인하오!」

「잔인하다니, 어쩔 수 없죠. 잔인하다면 그냥 참아 보세요.」

「어제 자신의 환상 때문에 내게 복수하고 있군…….」 그는 악의에 찬 웃음을 지으며 중얼거렸다. 리자는 얼굴을 붉혔다.

「어쩜 그렇게 비열한 생각을!」

「그렇다면 당신은 대체 왜 내게…… 〈그런 큰 행복〉을 선물한 거요? 나도 그것을 알 권리가 있지 않겠소?」

「아니요, 어떻게든 권리라는 말은 빼는 게 좋겠어요. 당신의 비열한 제안을 어리석음으로 마무리 짓지 마세요. 당신은 오늘 일이 잘 안 되고 있네요. 그건 그렇고, 당신은 세상 사람들의 의견을, 즉 〈그런 큰 행복〉에 대해 당신을 비난할까 봐 두려워하고 있는 것 아닌가요? 오, 만약 그렇다면, 부디 걱정하지 마세요. 당신은 그 어떤 일에도 잘못이 없으며, 누구에게도 책임질 일은 없어요. 내가 어제 당신 방문을 열었을 때, 당신은 누가 들어오는지조차 모르고 있었으니까요. 여기에는 바로 방금 당신의 표현대로 나의 환상만이 있을 뿐이지요. 그뿐이에요. 당신은 사람들을 대담하고 자신만만하게 쳐다볼 수 있을 거예요.」

「당신의 말과 그 웃음은 이미 한 시간 동안이나 나에게 차가운 공포를 안겨 주고 있소. 당신이 그렇게 미친 듯 흥분해서 말하는 그 〈행복〉은 나에게…… 모든 것이오. 이제 나는 과연 당신을 잃고 살아갈 수 있을까? 맹세코 나는 어제 당신을 이보다 덜 사랑했소. 그런데 대체 왜 오늘 내게서 모든 것을 빼앗아 가려는 것이오? 그것이, 그 새로운 희망이 내게 얼마나 많은 대가를 치르게 했는지 당신은 알고 있을까? 나는 그것을 위해 목숨을 바쳤소.」

「자신의 목숨인가요, 아니면 타인의 목숨인가요?」

그는 재빨리 자리에서 일어났다.

「그게 무슨 의미요?」 그는 꼼짝도 않고 그녀를 쳐다보며 말했다.

「당신의 목숨을 바친 것인지 내 목숨을 바친 것인지, 그걸 묻는 거예요. 아니면 지금 내 말을 전혀 이해하지 못하게 된 건가요?」 리자는 얼굴이 새빨개졌다. 「왜 그렇게 갑자기 일어나세요? 왜 그런 표정으로 쳐다보는 거죠? 당신은 나를 놀라게 하고 있어요. 뭘 두려워하는 거죠? 나는 이미 오래전에 당신이 두려워하고 있다는 것을, 바로 지금도, 바로 이 순간에도 두려워하고 있다는 것을 눈치채고 있었어요. 맙소사, 당신 너무 창백해졌어요!」

「만약 당신이 뭔가 알고 있다면, 리자, 맹세코 **나는** 모르는 일이오…… 내가 지금 목숨을 바쳤다고 했던 말은 전혀 **그 일**이 아니오…….」

「나는 당신을 전혀 이해하지 못하겠어요.」 그녀는 겁을 먹은 듯 더듬거리며 말했다.

마침내 생각에 잠긴 듯한 미소가 천천히 그의 입술에 나타났다. 그는 조용히 자리에 앉아 팔꿈치를 무릎 위에 괴고 두 손으로 얼굴을 감쌌다.

「악몽이고 잠꼬대였어……. 우리는 서로 다른 이야기를 하고 있었던 거야.」

「당신이 무슨 말을 하는지 전혀 모르겠어요. 정말로 당신은 어제 내가 오늘 당신을 떠나리라는 것을 몰랐나요? 알고 있었나요, 몰랐나요? 거짓말하지 마세요. 알고 있었나요, 몰랐나요?」

「알고 있었소…….」 그가 조용히 말했다.

「그럼 당신에게 뭐가 더 필요하죠? 당신은 알고 있었고, 자신을 위해 그 〈순간〉을 남겨 두었잖아요. 여기에 더 이상 계산할 게 뭐 있겠어요?」

「모든 진실을 말해 주시오.」 그는 깊은 고통을 느끼며 소리쳤다. 「어제 내 방 문을 열었을 때, 당신은 오직 한 시간을 위해 문을 열고 있다는 걸 알고 있었소?」

그녀는 증오의 시선으로 그를 쳐다보았다.

「가장 진지한 사람이 가장 놀라운 질문을 할 수 있다는 말이 사실이네요. 뭘 그렇게 걱정하세요? 당신이 여자를 버린 것이 아니라 여자가 당신을 버려서 자존심이 상한 건가요? 그런데요, 니꼴라이 프세볼로도비치, 나는 당신 집에 머무는 동안 당신이 내게 끔찍할 정도로 관대하다는 것을 확실히 알게 되었어요. 하지만 바로 그것 때문에 당신을 견딜 수가 없어요.」

그는 자리에서 일어나 방 안을 몇 걸음 돌아다녔다.

「좋소, 이렇게 끝이 나야 한다면 그렇게 합시다……. 그런데 어떻게 이런 일들이 일어난 것일까?」

「또 걱정이시네요! 하지만 가장 중요한 것은 당신 자신이 이것을 손가락으로 헤아리듯 잘 알고 있고, 이 세상 누구보다 더 잘 이해하고 있으며, 스스로 기대하고 있었다는 것이죠. 나는 귀족 아가씨이고, 내 마음은 오페라를 통해 길러졌어요. 바로 이 때문에 모든 것이 시작된 것이고, 이제 수수께끼는 다 풀렸어요.」

「아니오.」

「여기에 당신 자존심을 괴롭힐 만한 것은 아무것도 없어요. 그리고 모든 것은 완벽한 진실이에요. 내가 견딜 수 없어 했던 그 아름다운 순간부터 시작된 것이지요. 그제께 내가 공개적으로 당신에게 〈모욕을 주었을〉 때, 당신은 내게 정말 기사처럼 대답해 주었어요. 나는 집으로 돌아오자마자 바로 당신이 나를 피한 것은 결혼을 했기 때문이지, 사교계의 아가씨로서 내가 무엇보다 두려워하고 있던, 나에 대한 경멸 때문이 절대 아니라는 것을 깨달았어요. 나는 당신이 나를 피하면서 결국 분별없는 나를 보호해 주었다는 것을 알게 되었어요. 자,

보시죠, 내가 당신의 관대함을 얼마나 높게 평가하는지. 바로 그때 뾰뜨르 스쩨빠노비치가 뛰어 들어와서 곧바로 모든 것을 설명해 주었어요. 그가 솔직히 털어놓기를, 위대한 사상이 당신을 흔들어 놓고 있는데, 그 사상 앞에서 그 사람이나 나는 정말 아무것도 아니며, 나는 어쨌든 당신의 길을 가로막고 있다고 하더군요. 그는 자신도 거기에 포함시켰어요. 그는 반드시 셋이 함께하기를 원했고, 무슨 러시아 민요에 나오는 큰 배에 대해, 그리고 단풍나무로 된 노에 대해 초환상적인 이야기를 해주었어요. 내가 그를 칭찬해 주고 그에게 시인이라고 말해 주었더니, 마법의 동전[34]이라도 되는 것처럼 받아들이더군요. 하지만 그게 아니더라도 이미 오래전부터 내게는 한 순간만 있으면 충분하다는 걸 알고 있었기 때문에 받아들이기로 결심했지요. 자, 이게 전부이니 이제 그만하지요. 제발, 더 이상은 설명하지 않겠어요. 이러다 또 말다툼하게 될 것 같아요. 아무도 두려워하지 마세요, 내가 다 책임질 테니. 나는 못됐고, 변덕스러우며, 오페라에 나오는 배에 유혹당한 귀족 아가씨지요…… 그런데 나는 여하튼 당신이 나를 끔찍이 사랑한다고 생각하고 있었어요. 이 바보 같은 여자를 경멸하지 마세요. 방금 흘린 이 눈물 한 방울도 비웃지 말아 주세요. 나는 〈자기 연민으로〉 눈물 흘리는 것을 정말 좋아하거든요. 자, 이제 그만, 그만해요. 나는 그 어떤 것도 할 능력이 없고, 당신 또한 그 어떤 것도 할 능력이 없어요. 양쪽에서 서로를 상처 입힌 셈이니, 그걸로 위로하죠. 적어도 각자 자존심이 손상당하지는 않았으니까요.」

「이건 꿈이고 잠꼬대야!」 니꼴라이 프세볼로도비치는 두

---

34 옛날이야기에 나오는 아무리 써도 줄어들지 않는 돈을 의미한다.

손을 비비면서 방 안을 돌아다니며 소리쳤다. 「리자, 아 불쌍한 당신, 대체 자신에게 무슨 짓을 한 거요?」

「촛불에 좀 덴 것뿐이에요. 이런, 당신 울고 있는 건 아니죠? 좀 더 점잖아지세요, 좀 더 무관심해지라고요…….」

「어째서, 어째서 당신은 나를 찾아왔소?」

「당신은 결국 그런 질문을 함으로써 사교계 사람들의 관점에서 보면 스스로를 얼마나 우스꽝스러운 입장에 처하게 하는지 이해하지 못하는 건가요?」

「당신은 어째서 그토록 끔찍하게, 그토록 어리석게 자신을 파멸시켰소? 이제 어떻게 해야 한단 말이오?」

「이 사람이 정말 스따브로긴인가요, 당신에게 반한 이곳의 한 부인이 부른 대로 그 〈흡혈귀 스따브로긴〉이란 말인가요! 이미 당신에게 말했잖아요. 나는 내 인생을 단 한 시간으로 환산했기 때문에 지금은 평온해요. 당신도 당신의 인생을 환산해 보세요……. 하지만 당신은 그럴 필요 없겠네요. 당신에게는 아직 다양한 〈시간〉과 〈순간〉이 많이 있을 테니까요.」

「당신에게 있는 만큼의 시간만 있을 뿐이오. 나는 엄숙하게 맹세하지만, 당신에게 있는 것보다 단 한 시간도 더 있지 않소!」

그는 계속 걷고 있었기 때문에 갑자기 기대감으로 빛나는 것 같은 그녀의 빠르고 날카로운 시선을 보지 못했다. 그러나 그 빛은 순식간에 사라졌다.

「당신이 지금 나의 이 **불가능한** 진심을 알아준다면, 리자, 당신에게 털어놓을 수만 있다면…….」

「털어놓는다고요? 내게 뭔가 털어놓고 싶으세요? 당신의 고백이라니 당치도 않아요!」 그녀는 거의 공포에 질려 말을 막았다.

그는 멈춰 서서 불안하게 기다렸다.

「나도 고백할 게 있는데, 나는 이미 스위스에 있을 때부터 당신의 영혼 속에 무언가 끔찍하고 불결하고 피비린내 나는…… 그러면서 동시에 당신을 굉장히 우스꽝스러워 보이게 만드는 무언가가 있다는 생각을 확실히 가지게 되었어요. 그러니 만일 그것이 사실이라면 나한테 털어놓는 것을 조심하셔야 돼요. 내가 웃어 버릴 수도 있으니까요. 당신의 일생에 대해 큰 소리로 웃어 버릴 거예요…… 어머, 또다시 창백해진 건가요? 웃지 않을게요, 웃지 않을게요. 이제 가야겠어요.」 그녀는 까다로우면서도 경멸스럽다는 듯한 움직임으로 의자에서 벌떡 일어났다.

「나를 괴롭히고 나를 벌하시오, 당신의 원한을 내게 풀어요.」 그는 절망에 빠져 소리쳤다. 「당신은 충분히 그럴 만한 권리가 있소! 나는 내가 당신을 사랑하지 않는다는 것을 알고 있었고, 당신을 파멸시켰소. 그래요, 〈나는 스스로를 위해 그 순간을 남겨 두었던 것이오〉. 나는 한 가닥 희망을 가지고 있었소…… 이미 오래전부터…… 최후의 희망을…… 당신이 어제 스스로, 혼자서, 먼저 내 방에 들어왔을 때, 내 심장을 환하게 비추던 그 빛에 나는 도저히 저항할 수가 없었소. 나는 갑자기 믿게 된 거요……. 아마 지금도 믿고 있는 것 같소…….」

「그런 고결한 솔직함에 똑같은 솔직함으로 대답해 드리지요. 나는 당신의 동정심 많은 간호사가 되고 싶지 않아요. 그런데 만약 내가 오늘 때마침 죽지 못한다면, 실제로 간병인이 될 수 있을지도 모르겠네요. 그러나 간병인이 된다 해도 당신에게는 가지 않을 거예요. 물론 당신이 다리가 없거나 팔이 없는 사람 못지않을 정도라 하더라도 말이에요. 나는 항상 당신이 나를 사람 키만 한 거대하고 사악한 거미가 살고 있는 곳으로 데려가고, 우린 둘이서 평생 그걸 쳐다보며 두려워하고 있을 것만 같다는 생각이 들었어요. 우리의 사랑도 그러면서 지나가 버리겠지요. 다셴까에게 부탁해 보세요. 그녀라면 당신이 원하는 곳에 함께 가줄 거예요.」

「이런 상황에서도 그녀를 떠올리지 않을 수는 없는 거요?」

「불쌍한 강아지 같으니! 그녀에게 안부 전해 주세요. 그런데 당신이 스위스에 있을 때부터 늘그막에 옆에 둘 사람으로 그녀를 정해 놓았다는 것을 그녀는 알고 있나요? 얼마나 꼼꼼한지! 얼마나 대단한 선견지명인지! 아니, 저건 누구죠?」

홀 안쪽에서 문이 살짝 열리더니, 누군가의 머리가 잠깐 나타났다가 서둘러 사라졌다.

「자넨가, 알렉세이 예고리치?」 스따브로긴이 물었다.

「아니, 그냥 나뿐이네.」 뾰뜨르 스쩨빠노비치가 다시 몸을 반쯤 내밀었다. 「안녕하세요, 리자베따 니꼴라예브나. 여하튼 좋은 아침입니다. 두 사람이 이 홀에 있을 줄 알았습니다. 아주 잠깐만 시간을 내주게, 니꼴라이 프세볼로도비치. 무슨 일이 있어도 몇 마디 해야겠기에 급하게 왔네…… 꼭 필요한 일일세…… 아주 잠깐만!」

스따브로긴은 서너 걸음 걸어 나가다가 리자에게 되돌아왔다.

「지금 당신이 무슨 소리를 듣게 된다면, 리자, 그건 모두 내 잘못이라는 걸 알아주시오.」

그녀는 부르르 몸을 떨며 겁에 질려 그를 쳐다보았다. 그러나 그는 서둘러 나가 버렸다.

2

뾰뜨르 스쩨빠노비치가 고개를 내밀었던 방은 커다란 타원형의 현관방이었다. 그가 오기 전에 알렉세이 예고리치가 앉아 있었지만, 그는 하인을 내보냈다. 니꼴라이 프세볼로도비치는 자기 뒤로 홀 문을 살짝 닫고 서서 상대의 말을 기다렸다. 뾰뜨르 스쩨빠노비치는 뭔가 탐색하듯 빠른 시선으로 그를 훑어보았다.

「그래서?」

「즉, 자네가 이미 알고 있다면,」 뾰뜨르 스쩨빠노비치는 시선으로 영혼까지 뛰어들기라도 하려는 것처럼 서둘러 말했다. 「물론 우리 중 그 누구도 아무런 죄가 없네, 특히 누구보다 자네가. 왜냐하면 이것은 그냥 일치…… 우연의 일치였으니……. 한마디로, 법률적으로는 자네와 연관이 될 수 없다는 것이지. 그걸 알려 주려고 급하게 달려왔네.」

「불에 탔나? 살해당했나?」

「살해당하긴 했는데 불에 타지는 않았네. 이게 좀 꺼림칙하지만, 내 명예를 걸고 맹세하는데, 자네가 아무리 나를 의심한다 해도 나는 이 일에 죄가 없네. 자네가 나를 의심하는 것 같아서 하는 말이네만, 아닌가? 모든 진실을 듣고 싶다면, 이보게, 나한테는 사실 한 가지 생각이 잠깐 떠오르긴 했었네. 그것은 자네가 암시해 준 것으로, 진지하진 않았지만 나를 자극하긴 했지(자네가 그런 일을 진지하게 암시할 리는 없을 테니). 그러나 나는 결심하지 못했네. 무슨 일이 있어도, 1백 루블을 받는다 해도 결심하지 못했을 거야. 득이 될 일은 아무것도 없으니, 즉 나에게, 나에게 말일세……. (그는 굉장히 서두르며 딱따기 같은 소리로 말했다.) 그런데 자, 이 얼마나 대단한 우연의 일치란 말인가. 나는 내 돈으로(알겠지, 내돈으로 말일세, 자네 돈은 한 푼도 안 들어갔네. 중요한 것은 자네도 이것을 알고 있다는 것이지) 그 주정뱅이 머저리 레뱟낀에게 230루블을 그저께, 그것도 저녁에 건네주었네. 알겠지, 어제 〈낭독회〉가 끝난 다음이 아니라 그저께 말일세. 이 점에 주의해 두게. 이건 정말 중요한 우연의 일치인데, 왜냐하면 나는 그때까지만 해도 리자베따 니꼴라예브나가 자네에게 올지 안 올지 확실히 알지 못했거든. 내가 내 돈을 건네준 단 한 가지 이유는, 자네가 그저께 엄청난 짓을 해버렸기 때문에, 즉 모든 사람에게 자네의 비밀을 폭로하기로 마음먹었기 때문일세. 뭐, 나는 끼어들지는 않겠네……. 자네 일이니…… 기사도 정신이기도 하고……. 하지만 솔직히 말해, 곤봉으로 이마를 맞은 것처럼 깜짝 놀랐네. 그러나 나는 이런 비극에 심히[35] 싫증 났기 때문에 — 지금 고대 슬라브어 표현을 사용하긴 했지만 진지하게 이야기하고 있다는 것은 알아두게 — 또 이 모든 일이 결국 내 계획에 방해가 될 것 같아서, 무슨 일이 있더라도 레뱟낀 남매를 자네에게 알리지 않고 뻬쩨르부르끄로 쫓아 버릴 결심을 했네. 더욱이 레뱟낀은 그곳에 정말 가고 싶어 했거든. 한 가지 실수는 자네 이름으로 돈을 주었다는 거야. 혹시 내가 실수한 건가? 아마 실수는 아니겠지, 그렇지? 자, 이제 들어 보게, 이 일이 어떻게 돌변했는지 한번 들어 보게…….」 그는 자기 말에 너무 열중한 나머지 스따브로긴에게 바짝 다가가 그의 프록코트 앞깃을 잡으

---

35 뾰뜨르는 여기서 현대 러시아어 〈ves'ma〉 대신 고대 교회 슬라브어인 〈vel'mi〉를 사용하고 있다.

려 했다(맹세코, 일부러 그랬을 것이다). 스따브로긴은 그의 손을 강하게 때렸다.

「이런, 무슨 짓인가…… 그만하게……. 내 손을 부러뜨리겠군……. 여기서 중요한 것은 이 일이 어떻게 돌변했나 하는 거지…….」그는 손을 맞은 것에는 전혀 놀라지도 않고 또다시 딱딱거리며 말하기 시작했다. 「나는 그와 여동생이 다음 날 아침 일찍 떠난다는 조건으로 전날 저녁 돈을 건네주었네. 그들을 태워 보내도록 비열한 리뿌찐에게 이 일을 맡겼지. 그런데 리뿌찐 이 불한당 같은 자식이 청중을 상대로 장난칠 생각을 했던 모양이야. 아마 자네도 들었겠지? 〈낭독회〉 사건 말이네. 그런데 말이야, 한번 들어 보게. 그 둘은 술에 취해 시를 썼고, 그중 반은 리뿌찐이 쓴 거라네. 그는 대위에게 연미복을 입히고, 그사이 나한테는 이미 아침에 떠나보냈다고 말해 놓고는, 그를 연단으로 내보내기 위해 뒷골방 어딘가에 숨겨 두었던 모양이야. 그런데 이 대위가 예상외로 너무 빨리 취해 버린 거지. 그다음 그 유명한 소동이 일어났고, 그 후 사람들이 인사불성된 대위를 집으로 데려가는 동안 리뿌찐은 그의 주머니에서 조용히 2백 루블을 꺼내고 잔돈만 남겨 둔 거네. 그런데 불행하게도 대위는 이미 그날 아침부터 주머니에서 2백 루블을 꺼내 들고 아무 데서나 그 돈을 보여 주며 허풍을 떨었다더군. 그런데 뻬찌까는 그걸 기다리고 있었고, 또 끼릴로프의 집에서 들은 말도 있고 해서(자네가 암시했었는데, 기억하나?) 이 기회를 이용하기로 결심했네. 이것이 있는 그대로의 사실일세. 적어도 뻬찌까가 그 돈을 찾지 못해서 기쁘다네. 그 비열한 놈은 1천 루블 정도를 예상하고 있었던 모양이야! 그놈은 서두르다가 본인도 화재에 놀랐던 것 같아……. 믿어 주게, 이 화재는 나한테도 머리를 장작으로 얻어 맞은 것 같은 충격이었네. 아니, 이게 대체 무슨 일인지! 이거 야말로 진짜 독단적인 행동이지……. 이보게, 나는 자네에게 너무도 많은 기대를 걸고 있기 때문에 자네 앞에서는 아무것 도 숨기지 않네. 그래, 내 머릿속에는 이미 오래전부터 화재 에 관한 생각이 자라나고 있었네. 그것은 그 정도로 민중적이 고 인기 있기 때문이지. 그러나 나는 결정적인 시간까지는, 우리가 함께 봉기할 그 귀중한 순간까지는 그 생각을 아껴 두고 있었네……. 그런데 그들은 바로 몸을 숨기고 숨을 죽이 고 있어야 하는 지금 이 순간에, 지시도 없었는데 독단적으로 갑자기 이런 생각을 하고 말았던 것일세. 아니, 이건 정말 독 단적인 행동이고말고……! 한마디로 나는 아직 아무것도 모 르고 있는데, 이곳에서는 두 명의 시뻐굴린 노동자 이야기를 하고 있더군……. 그러나 만약 여기에 **우리 일당**이 섞여 있다 면, 단 한 명이라도 연루되었다면, 그건 정말 곤란한 일이야! 아주 조금이라도 풀어놔 주면 어떻게 되는지 한번 보게나! 아니, 5인조가인가 뭔가 하는 이런 민주주의적인 부랑자들은 제대로 된 버팀목이 되지 못하네. 여기에는 단 하나의 우상과 도 같은 당당하고 전제적인 자유의자가, 우연적이지 않은 무 언가에 의지하고 있고, 모든 것을 초월한 자유 의지가 필요하 네……. 그러면 5인조도 복종의 표시로 아첨하듯 꼬리를 말고 있다가 기회가 되면 쓸모 있는 역할을 하겠지. 뭐, 어쨌건 지 금은 거리에서 스따브로긴이 아내를 불태워 죽여야 했기 때 문에, 그래서 도시에 불을 냈다고 떠나가라고 외쳐 대고 있네 만…….」

「벌써 그렇게 떠나가라고 외치고 있나?」

「그러니까 아직은 그런 일이 전혀 없네. 솔직히 말해 난 아무것도 듣지 못했지만, 사람들이란 게 어찌할 도리가 없잖은가, 특히 화재를 당한 사람들이라면. *Vox populi vox Dei*(민중의 소리가 신의 소리)니 말일세. 어리석은 소문이 바람을 타고 퍼지는 데 시간이 오래 걸릴까……? 그러나 사실 자네는 아무것도 두려워할 필요 없네. 법률적으로도 완전히 결백하고, 양심적으로도 마찬가지니. 자네는 그런 걸 원하지 않았잖은가? 원하지 않았겠지? 어떤 증거도 없고, 단지 우연의 일치일 뿐이네……. 페찌까란 놈이 끼릴로프 집에서 자네가 했던 그 신중하지 못한 말을 기억해 낼 수는 있지만(자네는 그때 왜 그런 말을 한 건가?) 그래 봤자 아무것도 증명하지 못할 걸세. 페찌까는 우리가 처리하겠네. 내가 오늘이라도 처리하지…….」

「그런데 시체는 전혀 타지 않았나?」

「조금도. 이 악당 놈은 제대로 할 줄 아는 게 아무것도 없다니까. 그러나 여하튼 자네가 이렇게 침착하니 기쁘군……. 자네가 이 일에 아무런 잘못도 없고, 또 그런 생각을 한 적도 없다 하더라도, 어쨌든 말일세. 게다가 이번 사태가 자네 문제들을 완벽하게 처리해 줄 수 있다는 것도 인정하게. 자네는 갑자기 자유로운 홀아비가 되었으니, 이제라도 당장 어마어마한 재산을 가진, 게다가 이미 자네 수중에 들어 있는 아름다운 아가씨와 결혼할 수 있게 된 것 아닌가. 단순하고 조잡한 상황들의 우연한 일치가 바로 이런 결과를 만들어 낼 수 있다니, 응?」

「나를 위협하는 건가, 그 어리석은 머리로?」

「이런, 그만하게, 그만해. 지금은 좀 멍청하긴 했지만, 그래도 무슨 말이 그런가? 기뻐하기는커녕, 자네는…… 나는 조금이라도 빨리 알려 주려고 일부러 달려왔는데…… 게다가 내가 뭘로 자네를 위협한단 말인가? 위협이라도 하고 싶을 만큼 자네는 내게 정말 필요하긴 하지! 하지만 나는 자네의 자발적 의지가 필요한 것이지, 공포 때문에 하는 것은 원하지 않네. 자네는 빛이고 태양이야…… 자네에게 극도의 두려움을 느끼고 있는 것은 나지, 자네가 내게 두려움을 느끼고 있는 것은 아니네! 나는 마브리끼 니꼴라예비치가 아니지 않은가…… 그런데 상상이나 할 수 있었겠나, 내가 급하게 마차를 타고 이곳으로 달려오다 보니, 마브리끼 니꼴라예비치가 여기 자네 집 정원 뒤쪽 구석에서 울타리에 기대어 있더군…… 외투를 입은 채 완전히 젖어 있는 모습이 아마 밤새 거기 앉아 있었던 모양일세! 정말 놀랍지 않나! 사람이 그렇게까지 미칠 수 있다니!」

「마브리끼 니꼴라예비치가? 정말인가?」

「정말이고말고. 정원 울타리 옆에 앉아 있네. 여기에서, 여기에서 3백 보쯤 떨어진 곳일 거야, 아마. 나는 서둘러 그의 옆을 지나왔지만, 그는 나를 보았네. 자네 몰랐나? 그렇다면 잊지 않고 전해 줄 수 있어서 아주 기쁘군. 만약 그가 총이라도 가지고 있다면, 이 경우 그런 사람은 누구보다 위험하다네. 게다가 밤이고, 구질구질한 날씨에, 진짜 화가 나 있을 테니 말일세. 왜냐하면 지금 그의 상황이 어떤지 한번 생각해 보게, 하-하! 자네 생각엔 그가 왜 거기 앉아 있을 것 같나?」

「물론 리자베따 니꼴라예브나를 기다리고 있겠지.」

「그-렇군! 하지만 그녀가 무엇 때문에 그가 있는 곳으로 가겠나? 게다가…… 이렇게 비가 오는데…… 정말 바보 같은 녀석이야!」

「그녀는 지금 그에게로 갈 것이네.」

「오호! 이건 또 굉장한 소식인데. 그렇다면…… 하지만 이 보게, 이제 그녀의 상황도 완전히 달라지지 않았나? 지금 그녀에게 마브리끼가 무슨 상관인가? 자네는 자유로운 몸이고, 내일이라도 그녀와 결혼할 수 있는데. 그녀는 아직 모르고 있군. 나한테 맡겨 주게. 곧바로 모든 일을 멋지게 처리해 주지. 그녀는 어디 있나? 기쁘게 해주어야 하는데.」

「기쁘게 해준다고?」

「물론이지. 자, 가세.」

「자네는 그녀가 이 시체들에 대해 아무런 눈치도 채지 못할 거라고 생각하나?」 스따브로긴은 어쩐지 특이하게 눈살을 찌푸렸다.

「물론, 눈치채지 못할 걸세.」 뾰뜨르 스쩨빠노비치는 진짜 바보라도 된 것처럼 이렇게 대답했다. 「왜냐하면 법률적으로는…… 이런, 자네! 게다가 눈치채면 또 어떤가! 여자들은 그런 일에서는 뒤로 아주 잘 빠지는데, 자네는 아직 여자를 모르는군! 그뿐 아니라, 그녀는 어쨌든 스캔들을 일으켰으니 이제 자네와 결혼하면 완전히 이득이지. 그 밖에도 나는 그녀에게 〈큰 배〉에 관한 이야기를 계속 들려주었네. 〈큰 배〉 이야기로 그녀에게 영향을 미칠 수 있었던 걸 보면 결국 그녀도 그런 아가씨였던 거지. 걱정 말게, 그녀는 노래를 흥얼거리면서 그 시체들을 밟고 넘어갈 테니. 더구나 자네는 전혀, 전혀 죄가 없으니 말일세, 그렇지 않나? 그녀는 다만 나중에, 대략 결혼 생활을 한 지 2년쯤 뒤 자네를 괴롭힐 때 사용하려고 이 시체 이야기를 간직해 둘 걸세. 여자들이라면 누구나 결혼할 때 남편의 과거에서 이런 종류의 이야기를 찾아 간직해 둔다네. 하지만 정작 그때가 되면…… 1년쯤 지나서 무슨 일이 일어날까? 하-하-하!」

「자네 마차를 타고 왔다면, 그녀를 지금 마브리끼 니꼴라예비치에게 좀 데려다주게. 그녀는 방금 나를 더 이상 참을 수가 없어 떠나겠다고 말했네만, 물론 내 마차를 타려고 하지는 않을 거야.」

「그-렇군! 그런데 정말로 간다고? 어쩌다 일이 그렇게 된 건가?」 뾰뜨르 스쩨빠노비치는 바보 같은 표정으로 쳐다보았다.

「내가 그녀를 전혀 사랑하지 않는다는 것을 지난밤 어쩌다 눈치챈 것 같네……. 물론 항상 알고 있었겠지만.」

「자네 정말 그녀를 사랑하지 않나?」 뾰뜨르 스쩨빠노비치는 굉장히 놀란 표정을 지으며 말했다. 「그렇다면 어째서 어제 그녀가 자네 방에 들어갔을 때 그대로 머물게 했나? 고결한 사람으로서 왜 사랑하지 않는다고 직접 말하지 않았나? 자네가 이러다니 정말 비열하군. 게다가 그녀의 눈에 내가 얼마나 비열한 모습으로 보이게 만든 건가?」

스따브로긴은 갑자기 큰 소리로 웃었다.

「나는 내 원숭이를 보고 웃은 걸세.」 그는 곧바로 설명했다.

「아! 내가 일부러 어릿광대짓을 했더니 바로 알아차렸군.」 뾰뜨르 스쩨빠노비치도 굉장히 유쾌한 듯 큰 소리로 웃었다. 「자네를 웃기려고 그런 걸세! 실은 자네가 이곳으로 나올 때 얼굴을 보고 무슨 〈불행한 일〉이 있구나 바로 추측했다네. 더욱이 완전한 실패인 것 같은데, 그렇지 않나? 음, 내기라도 하지.」 그는 너무 좋아하며 숨넘어갈 듯 헐떡거리는 소리로 외쳤다. 「당신들 두 사람은 밤새 이 홀에서 의자에 나란히 앉아 그 귀중한 시간을 최고의 고결함에 관해 논쟁하며 보냈겠지…… 이런, 미안하네, 미안해. 내가 무슨 상관이겠나. 하지만 나는 이미 어제 자네 일이 틀림없이 어리석게 끝나리라는 것을 알고 있었네. 내가 그녀를 자네에게 데려온 것은 다만 자네를 즐겁게 해주고, 나와 함께 있으면 지루하지 않으리라는 것을 증명하고 싶어서였네. 이런 일이라면 나는 3백 번이라도 쓸모가 있을 걸세. 나는 사람들을 재미있게 해주는 것을 좋아하는 편이거든. 만약 이제 그녀가 자네에게 필요 없다면, 그런 걸 예상하긴 했지만, 그 때문에 온 것이지만, 정말 그렇다면…….」

「그럼 자네는 단지 나를 즐겁게 해주려고 그녀를 데려왔다는 건가?」

「그게 아니면 뭣 때문이겠나?」

「내가 아내를 죽이게 만들려고 했던 게 아니라?」

「이-런, 그럼 정말 자네가 죽인 건가? 이 얼마나 비극적인 인간인가!」

「마찬가지야, 자네가 죽였으니.」

「뭐, 내가 죽였다고? 이미 말했듯이 나는 이 일에 조금도 관계없네. 하지만 자네 때문에 걱정이 되기 시작하는군…….」

「하던 말이나 계속 해보게. 〈이제 그녀가 자네에게 필요 없다면……〉이라고 하지 않았나?」

「물론 그 일은 나한테 맡겨 두게! 그녀를 아주 멋지게 마브리끼 니꼴라예비치와 결혼시킬 테니. 그건 그렇고, 그를 정원에 앉혀 둔 사람은 결코 내가 아니네. 그런 생각은 머릿속에 떠올리지도 말게. 나는 이제 그가 정말 무서워지는군. 자네는 그녀를 내 마차에 태워 달라고 했네만, 어쨌든 나는 조금 전 그를 지나쳐 왔네…… 그런데 그가 권총이라도 가지고 있다면……? 나도 권총을 가져오길 잘한 것 같군. 자, 여기. (그는 주머니에서 권총을 꺼내 보여 주고는 바로 다시 숨겼다.) 먼 길이 될 것 같아 가져왔네…… 하지만 자네를 위해 당장 일을 처리해 주지. 그녀는 지금 이 순간 마브리끼 니꼴라예비치 때문에 마음이 좀 아플 테니. 어쨌든 틀림없이 마음이 아플 거야…… 그런데 그녀가 약간 불쌍하다는 생각까지 드는군! 그녀와 마브리끼를 결합시켜 주면, 그녀는 곧바로 자네를 회상하기 시작하면서 그에게 자네에 대해 칭찬하고, 그의 면전에 대고 욕을 퍼붓겠지. 여자들의 마음이란! 이런, 자네 또 웃고 있나? 자네가 그렇게 즐거워하니 말할 수 없이 기쁘군. 자, 그럼 가지. 나는 곧장 마브리끼부터 시작하겠네. 그런데 그 일…… 살해당한 사람들에 대해서는…… 그러니까, 지금은 입 다물고 있는 게 좋지 않을까? 어쨌든 나중에 알게 될 테니.」

「뭘 알게 된다는 거죠? 누가 살해당했는데요? 마브리끼 니꼴라예비치에 관해 뭐라고 하셨죠?」 리자가 갑자기 문을 열고 나왔다.

「아! 엿듣고 있었습니까?」

「방금 전 마브리끼 니꼴라예비치에 대해 뭐라고 말씀하신 거죠? 그가 살해당했나요?」

「아! 그렇다면 당신이 다 들은 건 아니군요! 진정하세요. 마브리끼 니꼴라예비치는 살아 있고 건강합니다. 그 점은 당장 확인할 수 있을 겁니다. 그는 지금 여기 바깥, 정원 울타리 옆에 있거든요…… 밤새 그러고 앉아 있었던 것 같습니다. 외투를 입은 채 온통 젖어 있는 걸 보면…… 내가 이곳으로 올

때 그도 나를 보았습니다.」

「그건 거짓말이에요. 당신은 〈살해당했다〉고 말씀하셨잖아요……. 누가 살해당한 거죠?」 그녀는 믿지 못하겠다는 듯 고통스러워하며 고집을 부렸다.

「살해당한 사람은 그저 내 아내와 그녀의 오빠 레뱟낀, 그리고 그들의 하녀요.」 스따브로긴이 단호하게 밝혔다.

리자는 갑자기 몸을 떨며 무섭게 창백해졌다.

「잔혹하고도 이상한 사건입니다, 리자베따 니꼴라예브나. 아주 어리석은 강도 사건이지요.」 뾰뜨르 스쩨빠노비치가 바로 딱딱거리는 말투로 말했다. 「화재가 일어난 틈을 이용한 강도 사건일 뿐입니다. 그것은 유형수 페찌까의 강도 행각으로, 바보 같은 레뱟낀이 사람들에게 자기 돈을 보여 주는 바람에 일어난 일입니다……. 나는 그 소식을 가지고 달려온 거고요……. 돌로 이마를 얻어맞은 것 같았습니다. 스따브로긴은 그 소식을 듣고 제대로 서 있지도 못했습니다. 우리는 지금 당신에게 알려야 할지 말지 상의하고 있었습니다.」

「니꼴라이 프세볼로도비치, 이분 말씀이 사실인가요?」 리자가 간신히 입을 열었다.

「아니, 거짓말이오.」

「거짓말이라니!」 뾰뜨르 스쩨빠노비치는 몸을 부르르 떨었다. 「이건 또 무슨 말인가!」

「맙소사, 머리가 돌 것 같아요!」 리자가 소리쳤다.

「적어도 지금 그가 제정신이 아니라는 것을 이해해 주십시오!」 뾰뜨르 스쩨빠노비치는 온 힘을 다해 소리쳤다. 「어쨌든 그의 아내가 살해당했으니까요. 한번 보십시오, 그가 얼마나 창백한지……. 그는 밤새 당신과 함께 있으며 한순간도 떠난 적이 없지 않습니까? 어떻게 그를 의심할 수 있습니까?」

「니꼴라이 프세볼로도비치, 하느님 앞이라 생각하고 말해 주세요. 당신은 죄가 있나요, 없나요? 맹세코 당신의 말을 하느님 말씀처럼 믿겠어요. 그리고 이 세상 끝까지라도 당신을 따라가겠어요, 오, 따라가겠어요! 강아지처럼 따라가겠어요…….」

「자네는 대체 왜 그렇게 그녀를 괴롭히나, 환상으로 가득 찬 친구 같으니!」 뾰뜨르 스쩨빠노비치는 분노했다. 「리자베따 니꼴라예브나, 거짓말이라면, 맹세코 저를 절구에 넣고 가루로 만들어도 좋습니다만, 그는 죄가 없습니다. 오히려 보시다시피, 스스로 절망해 헛소리를 하고 있습니다. 그는 그 무엇에도, 그 무엇에도, 심지어 마음속으로도 죄를 짓지 않았습니다……! 모든 것은 강도들의 소행일 뿐입니다. 아마도 일주일 뒤면 다 밝혀져 태형이 내려질 겁니다……. 여기에는 유형수 페찌까와 시삐굴린 노동자들이 연루되어 있으며, 이미 온 도시가 그 이야기로 시끌벅적합니다. 그래서 저도 드리는 말씀입니다.」

「정말인가요? 정말인가요?」 리자는 온몸을 부들부들 떨며 최후의 선고를 기다렸다.

「나는 살인하지 않았고, 또 반대했소. 그러나 그들이 살해당할 것을 알고 있으면서도 살인범들을 막지 않았소. 내 곁을 떠나요, 리자.」 스따브로긴은 이 말을 하고서 홀로 들어가 버렸다.

리자는 두 손으로 얼굴을 감싸고 그 집에서 나왔다. 뾰뜨르 스쩨빠노비치는 그녀를 따라 뛰어나가려다 곧바로 홀로 되돌아갔다.

「자네 정말 이럴 건가? 정말 이럴 거냐고? 정말 아무것도 두렵지 않나?」그는 너무 격분해서 제대로 말도 못하고 입에 거품을 문 채 횡설수설 중얼거리며 스따브로긴에게 달려들었다.

스따브로긴은 홀 한가운데 서서 아무런 대답도 하지 않았다. 그는 왼손으로 머리카락을 살짝 움켜쥐고 정신 나간 표정으로 미소를 짓고 있었다. 뾰뜨르 스쩨빠노비치는 그의 소매를 강하게 잡아당겼다.

「자넨 이제 아주 끝장이로군, 안 그래? 이러려고 그런 짓을 했나? 모두 밀고한 뒤 본인은 수도원으로 떠나려 한 모양이군, 빌어먹을⋯⋯. 그러나 어쨌든 나는 자네를 반드시 죽여 버리고 말 거야, 자네가 나를 두려워하지 않는다 해도 말이야!」

「아, 이렇게 딱딱거리고 있는 게 자네였나?」스따브로긴이 마침내 그를 알아보았다. 「빨리 뛰어가 주게.」그는 갑자기 정신을 차렸다. 「그녀를 쫓아가서 마차를 준비해 주게. 그녀를 버려두지 말고⋯⋯ 빨리, 빨리 뛰어가게나! 아무도 모르게, 또 그녀가 그곳에⋯⋯ 시체가⋯⋯ 시체가 있는 곳에 들르지 않도록⋯⋯ 강제로 마차에 태워서⋯⋯ 집까지 데려다주게⋯⋯. 알렉세이 예고리치! 알렉세이 예고리치!」

「잠깐, 소리 지르지 마! 그녀는 이미 마브리끼의 품에 안겨 있을 테니⋯⋯. 마브리끼는 자네 마차를 타려고 하지 않을 거야⋯⋯. 잠깐만! 여기 마차보다 더 중요한 일이 있어!」

그는 다시 권총을 꺼내 들었다. 스따브로긴은 진지한 표정으로 그를 쳐다보았다.

「좋아, 죽이게.」그는 거의 체념한 듯 조용히 말했다.

「휴우, 젠장, 인간은 얼마나 거짓의 가면을 덮어쓰고 있는

지!」뾰뜨르 스쩨빠노비치는 온몸을 떨기 시작했다.「정말 죽여 버려야 하는데! 그녀도 진정으로 자네에게 침을 뱉어 주어야만 했어……! 〈큰 배〉는 무슨, 자네는 구멍 나고 여기저기 파손된 낡은 나무 짐배일 뿐이야……! 악에 받쳐서라도, 진짜 악에 받쳐서라도, 이제 자네는 정신을 차려야만 해! 에잇! 스스로 이마에 총알을 박아 달라고 부탁할 정도라면, 이제 아무래도 상관없지 않은가?」

스따브로긴은 이상한 미소를 지었다.

「만약 자네가 그런 어릿광대가 아니었다면, 나는 아마도 지금 〈그래〉라고 대답했을 텐데. 아주 조금만 더 영리했더라면…….」

「나는 어릿광대에 불과하지만, 나의 중요한 반쪽인 자네가 어릿광대가 되는 것은 원하지 않네! 내 말 이해하겠나?」

스따브로긴은 그의 말을 이해했으며, 아마도 오직 그만이 이해할 수 있을 터였다. 스따브로긴이 샤또프에게 뾰뜨르 스쩨빠노비치에게는 열정이 있다고 말했을 때, 샤또프는 정말로 놀랐었다.

「이제 내게서 썩 물러나 주게. 내일까지는 뭔가 생각을 짜내 볼 테니. 내일 다시 오게.」

「정말인가? 정말인가?」

「내가 어떻게 알아……! 꺼져, 꺼지라고!」

그러고 나서 그는 홀에서 나가 버렸다.

「어쩌면 더 잘된 일인지도 모르지.」뾰뜨르 스쩨빠노비치는 권총을 숨기면서 혼자 중얼거렸다.

3

그는 리자베따 니꼴라예브나를 따라잡으려고 뛰어갔다. 그녀는 아직 멀리 가지 못하고 집에서 몇 걸음 떨어진 곳에 있었다. 하인 알렉세이 예고리치가 연미복 차림에 모자는 쓰지 않고 공손하게 허리를 굽힌 채, 한 걸음 정도 뒤에서 그녀를 따라가며 만류하고 있었다. 그는 마차가 준비될 때까지 기다려 달라고 끈질기게 간청했다. 노인은 너무 놀라서 거의 울 지경이었다.

「가보게. 주인 나리께서 차를 부탁하시는데, 내올 사람이 없더군.」뾰뜨르 스쩨빠노비치는 그를 밀어내고 바로 리자베따 니꼴라예브나의 팔을 잡았다.

그녀는 그 손을 뿌리치지는 않았지만 완전히 이성적인 상태가 아니었으며, 아직도 제정신을 차리지 못하고 있었다.

「우선, 당신은 길을 잘못 가고 계십니다.」뾰뜨르 스쩨빠노비치가 재잘거리며 말하기 시작했다. 「우리는 정원을 지나지 말고 이쪽으로 가야 합니다. 그리고 어쨌든 걸어가는 것은 불가능합니다. 댁까지는 3베르스따나 되고, 옷도 마땅치 않으시니까요. 당신이 아주 조금만 기다려 주시면 좋겠는데요. 실은 내가 마차를 타고 왔는데, 말이 지금 마당에 있습니다. 금방 이리로 데려와서 당신을 태우고 아무도 보지 못하도록 댁에 모셔다 드리지요.」

「당신은 정말 친절하세요…….」리자가 상냥하게 말했다.

「천만에요. 이런 상황에서 나와 같은 입장에 있는 인정 많은 사람이라면 누구라도 이렇게…….」

리자는 그를 쳐다보더니 깜짝 놀랐다.

「어머나, 저는 계속 그 할아범이 있다고 생각했어요!」

「이봐요, 나는 당신이 그런 태도로 이 사건을 받아들여 주어서 정말 기쁩니다. 왜냐하면 이 모든 일은 아주 끔찍한 편견이거든요. 이왕 이렇게 된 바에 그 노인에게 지금 마차를 준비하라고 지시하는 게 좋지 않을까 하는데, 10분 정도면 충분할 테니까요. 우리는 돌아가 현관에서 기다리지요, 네?」

「제가 무엇보다 원하는 건…… 그 살해된 사람들은 어디 있지요?」

「아, 이런, 또 다른 환상이군요! 그럴까 봐 걱정하고 있었습니다……. 아니요, 그런 쓰레기는 한쪽으로 치워 두는 게 낫습니다. 게다가 당신이 볼 것이 못 됩니다.」

「나는 그들이 어디 사는지 알아요. 그 집을 알고 있어요.」

「알고 있으면 어쩌시겠다는 겁니까? 당치도 않습니다. 비도 오고 안개도 끼었는데(이런, 귀찮게도 신성한 의무를 떠안게 되었군!)……. 잠깐만요, 리자베따 니꼴라예브나, 둘 중 하나입니다. 당신이 나와 함께 마차를 타고 가려면 여기서 기다리세요. 단 한 걸음도 앞으로 나가면 안 됩니다. 만약 스무 걸음 정도 더 걸어가면 마브리끼 니꼴라예비치가 즉시 우리를 알아볼 테니까요.」

「마브리끼 니꼴라예비치가요? 어디요, 어디?」

「뭐, 당신이 그와 함께 가고 싶으시다면, 당신을 모시고 가서 그가 앉아 있는 곳을 보여 드릴 수도 있습니다. 나야 순종적인 하인이니까요. 나는 지금 그에게 가까이 가고 싶지 않습니다만.」

「그는 나를 기다리고 있는 거예요, 맙소사!」 그녀는 갑자기 걸음을 멈췄고, 얼굴에는 홍조가 퍼졌다.

「하지만 그럴 리가요, 그가 편견 없는 사람이라면 모르겠지만! 그런데 리자베따 니꼴라예브나, 이건 제가 전혀 상관할 일이 아닙니다. 이 문제에서 나는 완전히 제3자이고, 당신도 그 점을 잘 알고 계시겠지요. 그러나 어쨌든 나는 당신이 잘되었으면 합니다……. 만약 우리의 〈큰 배〉가 성공하지 못한다 하더라도, 만약 그 배가 기껏해야 무너져 버리고 낡고 썩어 빠진 작은 배로 밝혀진다 하더라도…….」

「아, 굉장하군요!」 그녀가 소리쳤다.

「굉장하다면서 당신은 눈물을 흘리고 있군요. 이제 용기가 필요합니다. 어떤 일에서건 남자에게 굴복해서는 안 됩니다. 우리 시대 여성들은…… 쳇, 젠장! (뾰뜨르 스쩨빠노비치는 거의 침을 뱉을 뻔했다.) 중요한 것은, 후회할 일은 아무것도 없다는 겁니다. 결국은 훨씬 더 잘된 일일 수도 있으니까요. 마브리끼 니꼴라예비치는…… 한마디로, 감수성이 예민한 사람이지요. 별로 말이 없긴 하지만, 그것 역시 좋습니다, 물론 그가 편견이 없다는 조건에서요…….」

「굉장하군요, 굉장해요!」 리자는 히스테릭하게 웃어 댔다.

「이런, 젠장…… 리자베따 니꼴라예브나.」 뾰뜨르 스쩨빠노비치는 갑자기 가시 돋친 말을 내뱉기 시작했다. 「나는 정말이지, 당신을 위해 여기 왔습니다만…… 나한테 무슨 상관이라고……. 어제는 당신이 원하시는 대로 도와드렸습니다만, 오늘은…… 이런, 저기 마브리끼 니꼴라예비치가 보이는군요. 저기 앉아 있는데, 우리를 못 본 것 같습니다. 그런데 리자베따 니꼴라예브나, 『뽈린까 삭스』[36] 읽어 보셨습니까?」

---

36 드루지닌 A. V. Druzhinin이 1847년 발표한 소설로, 조르주 상드의 영향을 받은 자연파 작품이다.

「그게 뭐죠?」

「『뿔린까 삭스』라는 소설이 있습니다. 대학생 시절에 읽어 보았습니다만…… 막대한 재산가인 삭스라는 관리가 있는데, 아내가 부정한 짓을 했다고 시골 별장에서 체포해 버렸단 말입니다……. 이런, 젠장, 알게 뭡니까! 두고 보십시오, 마브리끼 니꼴라예비치는 집에 도착하기도 전에 당신에게 청혼할 겁니다. 그는 아직 우리를 보지 못했군요.」

「아, 보지 못하게 해야 돼요!」 리자는 갑자기 미친 사람처럼 소리쳤다. 「가요, 어서! 숲으로든, 들판으로든!」

그녀는 뒤로 돌아 뛰어가기 시작했다.

「리자베따 니꼴라예브나, 너무 소심하시네요!」 뾰뜨르 스쩨빠노비치는 그녀 뒤를 따라 뛰어갔다. 「대체 왜 그가 당신을 보지 못하게 하려는 겁니까? 오히려 그 앞에서 똑바로 당당하게 쳐다보세요……. 만약 당신이 **그 문제**로…… 그러니까 순결 문제로 그런 거라면…… 그거야말로 정말 편견이고, 시대착오 아니겠습니까……? 대체 어디로 가십니까? 어디로 가시나요? 참 내, 이제 뛰어가네! 스따브로긴에게 돌아가는 것이 낫겠습니다. 제 마차를 타시죠……. 대체 어디로 가십니까? 그곳은 들판인데…… 이런, 넘어졌네……!」

그는 걸음을 멈췄다. 리자가 어디로 가는지도 모르면서 나는 새처럼 달려갔기 때문에 뾰뜨르 스쩨빠노비치는 이미 50보 정도 뒤처졌다. 그녀는 흙더미에 걸려 넘어지고 말았다. 그 순간 뒤쪽 어딘가에서 무서운 고함 소리가 들려왔다. 그것은 리자가 뛰어가다 넘어지는 것을 보고 들판을 가로질러 달려오던 마브리끼 니꼴라예비치의 고함 소리였다. 뾰뜨르 스쩨빠노비치는 순식간에 스따브로긴 집 문 안으로 몸을 숨겼다. 서둘러 자기 마차를 타러 가기 위해서였다.

마브리끼 니꼴라예비치는 경악을 금치 못하면서, 일어나 앉은 리자 옆에 서서 몸을 숙이며 그녀의 손을 잡았다. 믿을 수 없는 이 만남의 상황이 그의 이성을 뒤흔들어 놓았고, 눈물이 그의 얼굴을 따라 흘러내렸다. 그는 그렇게나 숭배했던 그녀가 이 시간에, 이런 날씨에, 어제와 같은 드레스 차림으로, 어제는 그토록 화려했지만 지금은 마구 구겨진 데다 넘어져서 진흙투성이가 된 드레스 차림으로 들판을 따라 미친 듯이 뛰어가는 것을 보았다……. 그는 한마디 말도 못하고 자기 외투를 벗어 떨리는 손으로 그녀의 어깨에 걸쳐 주었다. 그는 리자가 자기 손에 입술을 대는 것을 느끼고 갑자기 소리를 질렀다.

「리자!」 그가 소리쳤다. 「나는 아무것도 할 줄 모르지만, 나를 쫓아 버리지는 말아요!」

「오, 그럼요. 빨리 여기서 떠나요. 나를 두고 가지 마세요!」 그러고는 직접 그의 손을 잡고 이끌었다. 「마브리끼 니꼴라예비치,」 그녀는 겁에 질려 갑자기 목소리를 낮췄다. 「저기선 계속 용기 있는 척했는데, 여기 오니까 죽음이 두려워요. 나는 죽을 것 같아요, 이제 곧 죽어 버릴 것 같아요. 하지만 무서워요, 죽는 게 무서워요…….」 그녀는 그의 손을 꽉 잡으면서 이렇게 속삭였다.

「아, 누구라도 있으면 좋겠는데!」 그는 절망에 차서 주변을 둘러보았다. 「지나가는 사람이라도 있으면 좋겠는데! 당신 발이 다 젖었어요. 당신은…… 정신을 잃겠어요!」

「괜찮아요, 괜찮아요.」 그녀는 그를 안심시켰다. 「자, 이렇게, 당신과 있으면 별로 두렵지 않아요. 내 손을 잡고 좀 데려가 주세요…… 이제 우리 어디로 가죠, 집으로 가나요? 아니요, 먼저 죽은 사람들을 보고 싶어요. 그의 아내가 살해당했다고 하던데, 그는 자기가 살해했다고 했어요. 그건 거짓말이겠죠, 거짓말이겠죠? 살해당한 사람들을 직접 보고 싶어요…… 나를 위해서요…… 그들 때문에 그는 오늘 밤 나에 대한 사랑을 끝냈어요…… 내 눈으로 보고, 모든 걸 확인하고 싶어요. 빨리요, 빨리. 나는 그 사람들 집을 알고 있어요…… 그곳에 불이 났어요…… 마브리끼 니꼴라예비치, 내 친구, 나를 용서하지 마세요, 명예를 더럽힌 나를요! 나를 어떻게 용서하겠어요? 당신은 왜 울고 있죠? 제 뺨을 때려 주세요. 개처럼 이 들판에서 죽여 주세요!」

「지금 당신을 심판할 사람은 아무도 없습니다.」 마브리끼 니꼴라예비치는 단호하게 말했다. 「하느님이 당신을 용서하시기를. 하지만 나는 그 누구보다 당신의 심판관이 될 수 없습니다.」

그러나 그들의 대화를 계속 쓴다면 이상해질 것 같다. 그 사이 두 사람은 손을 잡고 급하게 미친 듯이 서두르며 걸어갔다. 그들은 곧장 화재 현장으로 향했다. 마브리끼 니꼴라예비치는 여전히 짐마차라도 만날 수 있지 않을까 하는 희망을 버리지 않았지만, 아무도 만나지 못했다. 가랑비는 주위 사방에 파고 들어와 불빛이나 색채를 모두 집어삼켰고, 모든 것을 연기처럼, 납빛의 형체를 알 수 없는 하나의 덩어리로 바꿔 버렸다. 이미 오래전에 날이 밝았지만, 여전히 동이 트지 않은 것 같았다. 그런데 갑자기 연기와 같은 차가운 안개 속에서 이상하면서도 우스꽝스러운 사람의 형체가 나타나더니 그들을 향해 다가왔다. 지금 그 상황을 상상해 보니, 내가 만약 리자베따 니꼴라예브나 입장에 있었다면 내 눈을 믿지 못했을 것 같다. 그런데 그녀는 다가오는 사람을 바로 알아보고 기쁨에 겨워 소리를 질렀다. 그는 스쩨빤 뜨로피모비치였던 것이다. 그가 어떻게 집을 나갔고, 야반도주라는 정신 나간 공상이 어떤 식으로 실현되었는지에 대해서는 다음에 말하겠다. 한 가지만 언급해 두자면, 이날 아침 그는 이미 열병에 걸린 상태였지만, 병은 그를 막지 못했다. 그는 비에 젖은 땅 위를 단호하게 걷고 있었다. 서재에서만 지내다 보니 경험이 부족한 상태에서 혼자 할 수 있는 한 열심히 이 계획을 생각해 온 것이 분명했다. 그는 〈여행용〉 옷차림을 하고 있었는데, 즉 소매 달린 망토에 버클이 달린 넓은 에나멜가죽 벨트를 하고, 목이 긴 새 부츠를 신고, 바지는 신발 안에 집어넣고 있었다. 아마도 그는 이미 오래전부터 여행자는 이런 차림일 것이라고 상상한 듯, 벨트와 경기병 부츠처럼 윗부분이 번쩍거리고 목이 길어 신고 다니기도 힘들어 보이는 장화를 며칠 전부터 준비해 놓고 있었던 것 같다. 챙이 넓은 모자, 목을 빈 틈없이 감싼 털목도리, 오른손에 든 지팡이, 그리고 왼손에 들린 굉장히 작지만 빽빽하게 채워진 여행 가방이 그의 복장을 완성하고 있었다. 게다가 오른손으로는 우산까지 펼쳐 들고 있었다. 이 세 가지 물건, 우산과 지팡이, 여행 가방은 처음 1베르스따까지는 들고 가기 거북한 정도였지만, 2베르스따부터는 무겁게 느껴졌다.

「정말로 선생님이세요?」 리자는 그를 바라보며 소리쳤다. 처음에 느꼈던 무의식적인 기쁨의 충동은 어느새 슬픈 놀라움으로 바뀌어 있었다.

「리즈,」 스쩨빤 뜨로피모비치 역시 거의 헛소리라도 하듯

이 그녀를 부르며 달려왔다. 「*Chère, chère*(사랑하는 친구),
정녕 당신도…… 이런 안개 낀 날씨에? 저길 봐요, 서광이 비
치고 있어요! *Vous êtes malheureuse, n'est-ce pas*(당신은 불
행하군요, 그렇지요)? 그렇게 보입니다, 그렇게 보여요. 말하
지 않아도 돼요. 하지만 나한테도 묻지 말아요. *Nous sommes
tous malheureux, mais il faut les pardonner tous. Pardonnons,
Lise*(우리는 모두 불행하지만, 그러나 그들 모두를 용서해 주
어야 해요. 용서해 줍시다, 리즈). 그리고 영원히 자유로워집
시다. 세상으로부터 벗어나려면 완전히 자유로워져야 해요.
Il faut pardonner, pardonner et pardonner(용서해야 합니다,
용서하고 또 용서해야 해요).」

「그런데 왜 제게 무릎을 꿇으세요?」

「세상과 작별하면서 당신의 형상 속에 깃들어 있는 나의
모든 과거와도 작별하기 위해서입니다!」 그는 울면서 그녀
의 두 손을 들어 눈물이 흐르고 있는 자신의 눈에 갖다 댔다.
「나는 내 삶에서 가장 아름다웠던 모든 것 앞에 무릎을 꿇고
입을 맞추고 감사드리는 겁니다! 지금 나는 나 자신을 두 동
강 내고 말았습니다. 저쪽에 있는 나는 *vingt deux ans*(22년
동안) 하늘로 날아오르기를 꿈꾸던 미친 사람입니다! 이쪽에
있는 나는 절망에 빠지고 얼어 버린, 늙은 가정 교사……*chez
ce merchand, s'il existe pourtant ce marchand*(상인 집안의
가정 교사입니다, 그런 상인이 존재한다면 말입니다)……. 그
런데 당신도 온통 젖었네요, 리즈.」 그는 땅이 젖어 자신의 무
릎도 축축해진 것을 느끼고 벌떡 일어서며 소리쳤다. 「어떻
게 된 일입니까, 그런 옷을 입고서……? 게다가 이런 들판을
걸어서……. 울고 있습니까? *Vous êtes malheureuse*(당신은

불행한가요)? 이런, 나도 들은 말이 있습니다만⋯⋯. 그런데 지금은 대체 어디서 오는 건가요?」 그는 깊은 의혹의 눈길로 마브리끼 니꼴라예비치를 쳐다보며 겁먹은 표정으로 이런 질문을 쏟아 냈다. 「*Mais savez-vous l'heure qu'il est*(그런데 지금이 몇 시인지는 알고 있습니까)?」

「스쩨빤 뜨로피모비치, 저쪽의 죽은 사람들에 대한 이야기 들으셨어요⋯⋯? 그게 사실인가요? 정말 사실이에요?」

「그런 인간들은! 나는 밤새 그들이 하늘을 붉게 물들이는 것을 보았습니다. 다른 식으론 끝낼 수가 없었던 거지요⋯⋯. (그의 눈이 다시 반짝거리기 시작했다.) 나는 헛소리로부터, 열병에 걸린 악몽으로부터 도망가고 있습니다. 러시아를 찾기 위해 달려가고 있습니다. 그런데 *existe-t-elle la Russie*(러시아는 과연 존재하고 있는 걸까요)? *Bah, c'est vous, cher capitain*(이런, 당신이군요, 친애하는 대위님)! 당신이 어디서든 훌륭한 공적을 세우고 있을 때 당신을 만나게 되리라는 것을 의심한 적이 없습니다⋯⋯. 내 우산을 가져가시지요. 그런데 왜 꼭 걸어가야 합니까? 맙소사, 내 우산이라도 가져가세요. 나는 아무 데서나 마차를 빌리면 되니까요. 사실 내가 걸어 나온 이유는 *Stasie*(스타시, 즉 나스따시야)가 내가 집을 나가는 것을 알면 온 거리가 떠나가라고 소리칠 것 같아서였습니다. 그래서 가능한 한 *incognito*(눈치채지 못하게) 슬쩍 집을 빠져나왔지요. 『목소리』에는 사방에서 약탈 행위가 들끓고 있다고 써 있던데, 내 생각엔 아무래도 그럴 것 같지는 않습니다. 지금 거리로 나오자마자 이곳에 강도가 나타난다니요? *Chère Lise*(친애하는 리즈 양), 방금 누가 누구를 죽였다고 말한 것 같은데, 그렇지요? *O mon Dieu*(오, 맙소사), 당신 몸이 안 좋군요!」

「우리 가요, 가시죠!」 리자는 또다시 마브리끼 니꼴라예비치를 이끌며 발작적으로 소리쳤다. 「잠깐만요, 스쩨빤 뜨로피모비치,」 그녀가 갑자기 그에게 돌아섰다. 「잠깐만요, 불쌍하신 분, 선생님께 성호를 그어 드릴게요. 선생님을 묶어 놓는 게 더 나을지도 모르지만, 저는 차라리 성호를 그어 드릴게요. 선생님도 이 〈가련한〉[37] 리자를 위해 기도해 주세요. 그냥 조금만요. 너무 무리하지는 마시고요. 마브리끼 니꼴라예비치, 이 어린아이 같은 분께 우산을 돌려드리세요. 당장 돌려드리세요. 네, 그렇게요……. 이제 가요! 이제 가요!」

그들이 그 숙명적인 집에 도착했을 때는 집 앞에 빽빽이 모여 있던 군중이 이미 스따브로긴에 대해, 그리고 아내가 살해당한 것이 그에게 얼마나 이익이 될 것인가에 대해 충분히 듣고 난 순간이었다. 그러나 그럼에도 불구하고, 되풀이해서 말하지만, 대다수의 사람은 여전히 말없이 꼼짝 않고 듣고 있었다. 자제력을 잃은 사람들은 고래고래 소리 지르는 술주정꾼들이나 손을 계속 휘젓는 그 소시민처럼 〈참을성이 없는〉 사람들뿐이었다. 그는 평소 조용한 사람으로 알려져 있었지만, 뭔가에 확실히 충격을 받으면 갑자기 자제력을 잃고 폭주하고 마는 것이었다. 나는 리자와 마브리끼 니꼴라예비치가 온 것을 보지 못했다. 그래서 처음 그다지 멀지 않은 사람들 속에 서 있는 리자를 발견하고는 너무 놀라 그 자리에서 몸이 굳어 버렸으며, 처음에는 마브리끼 니꼴라예비치가 있는지도 몰랐다. 아마도 사람들이 가득 모여 있어서 한두 걸음

37 〈가련한〉을 강조하는 이유는 까람진N. H. Karamzin의 동명 소설 『가련한 리자』를 암시하기 위해서이다.

뒤처졌거나 뒤로 밀려난 순간이었던 것 같다. 주변의 아무것도 보지 않고 아무런 주의도 기울이지 않고 사람들을 뚫고 지나가는 리자의 모습은 열병에 걸린 것 같기도 하고 병원에서 도망 나온 것 같기도 해서, 물론 순식간에 사람들의 주의를 끌게 되었다. 사람들은 큰 소리로 떠들다가 갑자기 울부짖기 시작했다. 그때 누군가가 소리쳤다. 「스따브로긴의 여자다!」 그러자 다른 쪽에서 외쳤다. 「죽인 것도 모자라서 보러왔군!」 나는 갑자기 그녀의 뒤에서 머리 위로 누군가의 손이 올라갔다가 내려오는 것을 보았다. 리자는 쓰러졌다. 마브리끼 니꼴라예비치의 무서운 고함 소리가 들려왔다. 그는 리자를 도와주기 위해 급히 뛰어가서 자기와 리자 사이를 가로막고 있던 사람을 있는 힘껏 내리쳤다. 그러나 그 순간 그의 뒤에서 예의 소시민이 두 팔로 그를 꽉 붙잡았다. 이렇게 시작된 난투극 속에서 한동안 아무것도 알아볼 수가 없었다. 리자는 몸을 일으킨 것 같은데, 또 다른 일격에 다시 쓰러지고 말았다. 갑자기 군중이 뒤로 물러섰고, 쓰러져 있는 리자 주변으로 약간의 빈 공간이 생겼다. 피투성이에 완전히 정신이 나간 것 같은 마브리끼 니꼴라예비치는 그녀 옆에 서서 소리를 지르고 울부짖으며 가슴을 쥐어뜯었다. 그다음에 어떻게 되었는지는 정확하게 기억나지 않는다. 갑자기 리자가 운반되어 간 것만 기억난다. 나는 그녀 뒤를 따라 뛰어갔다. 그녀는 아직 살아 있었고, 의식도 있는 것 같았다. 사람들 중에서 소시민과 세 명이 더 체포되었다. 이들 세 사람은 아직도 그 악행에 전혀 가담한 적이 없다고 부인하면서, 자기들은 실수로 체포된 것이라고 끈질기게 주장하고 있다. 그들의 말이 맞을지도 모르겠다. 소시민의 경우에는 분명하게 드러났지만, 별로 총명하지 못한 사람이라 당시 일어난 상황을 아직도 제대로 설명하지 못하고 있다. 나 역시 약간 떨어져 있긴 했지만 목격자로서 사건의 심리 과정에서 증언을 해야만 했다. 나는 이 모든 일은 사람들이 어느 정도 그럴 마음을 가지고 있었다 할지라도, 술에 취해 거의 의식도 없고 전후 맥락도 상실한 상태에서 전적으로 우연히 발생한 것이라고 증언했다. 지금도 그 의견에는 변함이 없다.

제4장

최후의 결정

1

이날 아침에 뾰뜨르 스쩨빠노비치는 많은 사람에게 목격되었다. 그를 본 사람들은 그가 굉장히 흥분한 상태였다고 기억하고 있다. 그는 오후 2시에 겨우 하루 전 시골에서 올라온 가가노프의 집에 들렀는데, 집은 이미 방문객들로 가득 차서 최근 일어난 사건들에 관해 풍부하고 열띤 대화를 하고 있었다. 뾰뜨르 스쩨빠노비치가 누구보다 많은 이야기를 하며 다른 사람들이 그것을 듣지 않을 수 없게 만들었다. 그는 우리 사이에서 항상 〈머리가 좀 이상한 수다쟁이 대학생〉으로 여겨졌지만, 지금은 율리야 미하일로브나에 관한 이야기를 하고 있었으며, 최근의 전반적인 혼란 상황 덕분에 이 주제는 곧 사람들의 마음을 사로잡았다. 그는 최근까지 그녀가 가장 친밀하게 비밀을 털어놓을 수 있는 측근이었던 터라, 그녀에 관한 의외의 새로운 내용을 아주 상세하게 많이 알려 주었다. 그는 무심코(물론 신중하지 못하게) 이 도시의 저명한 인물들에 대한 그녀의 개인적인 평가도 몇 가지 들려주었는데, 그것은 이곳에 있던 사람들의 자존심에 상처를 주고 말았다. 그가 하는 말은 마치 영리하지는 않은, 그러나 정직한 사람으로서 산더미 같은 의혹을 단번에 해명해야 하는 곤란한 상황에 처해 있으면서도 단순한 머리로 그 거북함 속에서 어떻게 시작하고 어떻게 끝내야 할지 모르는 사람의 말처럼 애매하고 앞뒤가 맞지 않았다. 마찬가지로 상당히 신중하지 못하게 그는 율리야 미하일로브나가 스따브로긴의 모든 비밀을 알고 있었고, 바로 그녀가 이 모든 음모를 지휘했다고 슬쩍 언급하기도 했다. 그녀가 그, 즉 뾰뜨르 스쩨빠노비치도 끌어들였는데, 그 자신이 이 불행한 리자에게 깊이 빠져 있었기 때문이며, 하지만 그러는 사이 그는 이 상황에 〈너무 말려들어〉, 다름 아닌 그가 그녀를 마차에 태워 스따브로긴에게 데려간 것이나 **거의** 다름없게 되었다고도 했다. 〈네, 네, 여러분, 당신들이 비웃어도 좋습니다. 하지만 이것이 어떻게 끝날지 알기만 했더라면, 그랬더라면!〉이라고 그는 말을 맺었다. 스따브로긴에 대한 여러 가지 근심스러운 질문에 대해서 그는 레뱟낀에게 일어난 재앙은 순전히 우연이며, 돈을 꺼내 자랑한 레뱟낀 자신이 이 모든 일에 잘못이 있다는 의견을 솔직하게 밝혔다. 그는 이 점을 특히 잘 설명해 주었다. 그러자 듣고 있던 사람들 중 누군가가 그에게 그런 식으로 〈꾸며 봤자〉 쓸데없다고 지적했다. 율리야 미하일로브나의 집에서 먹고, 자고, 거의 잠까지 자놓고 이제 와서 앞장서서 그녀를 중상하다니, 자기 생각에는 정말 보기 안 좋다는 것이었다. 그러나 뾰뜨르 스쩨빠노비치는 곧바로 자신을 변호했다.

「내가 그곳에서 먹고 마시고 한 것은 나한테 돈이 없어서가 아니었으며, 내가 그곳에 초대된 것도 내 잘못은 아니지요. 그 점에 대해 얼마나 감사의 마음을 가져야 하는지는 나 스스로 판단하겠습니다.」

전반적으로 사람들의 인상은 그에게 유리하게 전개되었다. 〈그가 보잘것없고 덜떨어진 데다, 물론 머리가 텅 빈 녀석이라 해도, 율리야 미하일로브나의 어리석은 행동에 대해 그가 대체 무슨 잘못이 있단 말인가? 오히려 그는 그녀를 멈추려고 했던 것 같은데…….〉

2시쯤 되었을 때, 지금까지 그렇게 많은 이야기가 오갔던 스따브로긴이 돌연 정오 기차를 타고 뻬쩨르부르끄로 떠났다는 소식이 갑자기 날아들었다. 이것은 대단한 흥미를 불러일으켰고, 많은 사람들이 눈썹을 찌푸렸다. 뾰뜨르 스쩨빠노비치는 너무 놀라 얼굴색까지 변하며 〈아니, 대체 누가 그를 빠져나가게 해줄 수 있었던 거지?〉라고 이상하게 소리를 질렀다고 한다. 그는 곧바로 가가노프의 집에서 뛰어나갔다. 하지만 그는 두세 군데 집에 더 모습을 드러냈다.

율리야 미하일로브나가 단호하게 그를 만나고 싶어 하지 않았기 때문에 엄청난 노력을 들여야 하긴 했지만, 결국 황혼 무렵에 그는 그녀의 집으로 들어갈 방법을 찾아냈다. 3주가 지나고 나서야 나는 그녀가 뻬쩨르부르끄로 출발하기 전 그녀에게서 직접 그 상황에 대해 알게 되었다. 자세하게 알려주지는 않았지만, 그녀는 그가 〈당시 말도 할 수 없을 정도로 자기를 놀라게 했다〉고 몸서리치며 말했다. 추측건대 그는 만약 그녀가 〈입 밖에 낼〉 생각을 할 경우 그녀를 공범으로 몰아가겠다고 위협해서 놀라게 했을 것이다. 그녀를 위협해야만 했던 이유는 물론 당시 그녀는 모르고 있던 그의 음모와 밀접하게 관련되어 있었는데, 그녀는 나중에 5일 정도 지나고 나서야 그가 왜 그렇게 자신의 침묵에 대해 의심했는지, 왜 그렇게 자신의 새로운 분노의 폭발을 두려워했는지 알게 되었다⋯⋯.

저녁 7시가 지나, 완전히 어두워진 시각에 도시 외곽의 포민 골목길에 있는 작고 기울어진 집의 에르켈 소위 숙소에 **우리 일당** 5인조 한패가 다 모여들었다. 총회는 뾰뜨르 스쩨빠노비치가 직접 소집한 것이었지만, 그는 용서할 수 없을 정도로 도착이 늦어지고 있어, 회원들은 이미 한 시간째 기다리고 있었다. 이 에르켈 소위는 비르긴스끼의 명명일에 줄곧 자기 앞에 수첩을 놓고 손에는 연필을 들고 앉아 있던 바로 그 타지에서 온 젊은 장교였다. 그는 얼마 전 이 도시에 왔으며, 외딴 골목길에 따로 떨어져 있는 소시민 노파 자매의 집을 빌려서 지내고 있었다. 그는 곧 떠날 예정이었다. 그의 집은 가장 사람들 눈에 띄지 않고 모일 수 있는 장소였다. 이 이상한 젊은이는 유달리 말이 없었다. 그는 소란스러운 일행들 속에서 매우 이상한 대화를 들으면서도 자신은 한마디도 하지 않고서, 오히려 굉장히 주의 깊게 아이 같은 눈으로 대화하는 사람들을 주시하고 이야기를 들으면서 열흘을 꼬박 앉아 있을 수 있었다. 그는 얼굴이 아주 잘생기고 영리해 보이기까지 했다. 5인조에는 속해 있지 않았으나 일당들은 그가 어딘가로부터 순전히 집행부와 관련된 특별한 임무를 부여받았다고 추측하고 있었다. 지금은 그가 어떤 임무를 부여받은 적도 없고, 게다가 자신의 상황조차 제대로 이해하지 못하고 있었다는 것이 다 밝혀졌다. 그는 다만 얼마 전에 만난 뾰뜨르 스쩨빠노비치를 숭배하고 있었을 뿐이다. 만약 그가 때를 잘못 만나 누구든 타락한 괴물을 만나게 되어, 그 괴물이 뭔가 사회주의적이고 낭만적인 핑계를 대며 그에게 강도 무리를 결성하라고 선동하고, 시험적으로 처음 만나는 농민을 죽이고 약탈하라고 지시를 내렸다면, 그는 틀림없이 나가서 그 말대로 했을 것이다. 그에게는 어딘가에 병든 어머니가 계셨는데, 어머니를 위해 박봉의 절반을 보내고 있었다. 어머니는 이 불쌍한 아마빛 머리에 얼마나 입을 맞추고, 그것 때문에 얼마나 몸을 떨고, 그 위에 얼마나 기도를 드렸을까! 내가 그에 관해 이렇게 많은 이야기를 장황하게 늘어놓는 것은 그가 너무 안쓰럽기 때문이다.

  우리 일당은 흥분해 있었다. 지난밤에 일어난 사건으로 그들은 깜짝 놀랐으며, 아무래도 겁을 잔뜩 먹은 것 같았다. 지금까지 그렇게 열심히 참여했던 체계적이지만 단순한 그 추악한 사건이 그들의 예상과 전혀 다르게 전개되었던 것이다. 한밤중의 화재, 레뱟낀 남매 살인, 리자에게 가해진 군중의 폭행, 이 모든 것이 자신들의 계획에서는 예상도 못했던 너무 뜻밖의 사건이었다. 그들은 전제와 은폐로 자신들을 조종하던 그 손을 열을 올려 비난했다. 한마디로 그들은 뾰뜨르 스쩨빠노비치를 기다리는 동안 그에게 마지막으로 다시 한번 무조건적인 설명을 요구하기로 결정하고, 만약 그가 지난번처럼 또다시 이를 피한다면, 이 5인조마저 해산하고 그 대신 평등하고 민주적인 원칙에 따라 〈이념 선전〉을 위한 새로운 비밀단체를 결성하기로, 그것도 자신들의 주도로 그렇게 하기로 다 같이 마음먹었다. 리뿌찐과 시갈료프, 민중 전문가가 이 생각을 지지했다. 람신은 동의하는 표정이었지만 아무 말도 하지 않았다. 비르긴스끼는 주저하면서 먼저 뾰뜨르 스쩨빠노비치의 말을 듣고 싶어 했다. 그래서 그들은 뾰뜨르 스쩨빠노비치의 말을 먼저 듣기로 결정했다. 그러나 그는 여전히 오지 않고 있었다. 이런 식의 무성의한 태도는 불에 기름을 붓는 격이었다. 에르겔은 전혀 아무 말도 하지 않고 차를 내오는 일에만 신경 쓰고 있었다. 그는 사모바르도 들이지 않고 하녀도 들어오지 못하게 하고 자기 손으로 직접 여주인에게서 찻잔이 든 쟁반을 받아 들고 왔다.

뾰뜨르 스쩨빠노비치는 8시 반이 되어서야 나타났다. 그는 빠른 걸음으로 사람들이 자리 잡고 있는 소파 앞 둥근 탁자 쪽으로 다가왔다. 모자를 손에 든 채 차도 거절했다. 그의 표정은 악의에 차 있고 엄격하고 거만해 보였다. 아마도 사람들의 얼굴을 보고 〈반역을 꾀하고 있다〉는 것을 바로 눈치챘음에 틀림없었다.

「내가 입을 열기 전에, 당신들이 먼저 털어놔 보시죠. 뭔가 꾸민 것 같은데.」 그는 심술궂은 미소를 지으며 사람들을 둘러보면서 말했다.

리뿌쩐이 〈모두를 대표하여〉 말하기 시작했다. 그는 모욕감에 몸을 부들부들 떨며 〈이런 식으로 계속된다면 우리 스스로 자기 이마를 깨뜨리게 될 것 같습니다〉라고 밝혔다. 오, 그들은 이마가 깨지는 일은 전혀 두려워하지 않으며, 오히려 기꺼이 그럴 준비가 되어 있지만, 다만 공동의 과업을 위해 이런 말을 한다는 것이었다. (전반적인 술렁거림과 찬동.) 그러니 자기들이 항상 먼저 알 수 있도록 그들에게 솔직하게 말해 달라, 〈그렇지 않으면 무슨 일이 벌어지겠는가?〉라고도 했다. (또다시 술렁거림과 몇몇의 헛기침 소리.) 그런 식으로 행동하는 것은 모욕적이기도 하고 위험하기도 하다…… 우리는 전혀 두려워서 그러는 것이 아니라, 만약 한 사람이 행동하고 나머지는 그저 장기의 졸과 같다면, 그 한 사람이 허튼소리할 때 나머지가 다 걸려들게 된다는 것이었다. (환호소리: 옳소, 옳소! 전체적인 지지.)

「젠장, 당신들한텐 대체 뭐가 필요한 거요?」

「스따브로긴 씨의 음모라는 게 대체,」 리뿌찐은 부글부글 끓어오르기 시작했다. 「공동의 과업과 무슨 관계가 있다는 겁니까? 그가 어떤 비밀스러운 방법으로 중앙 본부에 속해 있다고 칩시다. 만약 그런 환상의 중앙 본부가 실제로 존재한다면 말입니다. 그런데 우린 그런 건 알고 싶지도 않아요. 그러는 사이 살인 사건이 발생했고, 경찰이 자극받기 시작했습니다. 실을 따라가다 보면 결국 실타래에 도달하는 법이죠.」

「당신과 스따브로긴이 걸려들면, 우리도 걸려들 거요.」 민중 전문가가 덧붙였다.

「또한 공동의 과업을 위해서도 백해무익하지요.」 비르긴스끼가 음울하게 결론을 내렸다.

「이 무슨 헛소리들이람! 살인은 우연한 사건이었소. 페찌까가 강도짓을 하려다가 발생한 거라고.」

「흠. 그래도 너무 이상한 우연의 일치인걸요.」 리뿌찐은 몸을 움찔했다.

「정 알고 싶다면, 그건 바로 당신들 때문에 생긴 일이오.」

「어째서 우리들 때문이라는 겁니까?」

「첫째, 리뿌찐 자네가 이 음모에 직접 가담했고, 둘째, 중요한 것은 자네가 레뱟낀을 떠나보내라는 지시를 받고 돈까지 건네받았다는 거야. 그런데 어떻게 했지? 자네가 만약 그를 떠나보냈더라면 아무 일도 일어나지 않았을걸세.」

「하지만 그를 연단에 내보내 시를 읽게 하면 좋을 것 같다는 암시를 준 사람은 당신 아닙니까?」

「암시는 지시가 아니네. 내 지시는 떠나보내야 한다는 것이었네.」

「지시라니? 상당히 이상한 일이군요······. 반대로 당신은 출발을 중지시키라고 지시했는데요.」

「자네는 실수를 해놓고 자신의 무지와 전횡까지 드러내는군. 살인은 페찌까의 짓이고, 자기 혼자서 강도를 목적으로 저지른 것이네. 그런데 자네는 사람들이 내는 소문을 듣고 그냥 믿어 버린 거지. 자네는 겁이 난 거야. 스따브로긴은 그렇게 바보가 아니네. 그가 오늘 낮 12시에 부지사와 면담 후 떠났다는 것을 보면 알 수 있지. 만약 무슨 일이 있었다면 그를 이 대낮에 뻬쩨르부르끄로 보내 줄 리가 없었을 걸세.」

「우리도 스따브로긴 씨가 직접 살인을 했다고 확신하고 있는 것은 아닙니다.」 리뿌찐은 독기를 품고 주저하는 빛 없이 이렇게 대꾸했다. 「그분도 나와 마찬가지로 아무것도 몰랐을 수 있겠지요. 내가 가마솥으로 기어 들어가는 양처럼 이 사건에 말려들었다 해도, 아무것도 모르고 있었다는 것을 당신은 잘 알고 있을 겁니다.」

「그럼 자네는 누구를 비난하고 있는 건가?」 뾰뜨르 스쩨빠노비치는 침울하게 그를 쳐다보았다.

「도시를 불태워 버릴 필요를 느낀 바로 그자들이지요.」

「자네가 교묘히 빠져나가려 하는 게 무엇보다 나쁜 일이야. 그런데 이걸 한번 읽어 보고 다른 사람들에게도 보여 주지 않겠나? 그냥 정보로 말일세.」

그는 주머니에서 레뱟낀이 렘쁘께에게 쓴 익명의 편지를 꺼내 리뿌찐에게 건넸다. 그는 편지를 읽고 나서 무척 놀란

듯 깊은 생각에 잠겨 옆 사람에게 건네주었다. 편지는 빠르게
한 바퀴를 돌았다.

「이게 정말 레뱟낀의 필적이오?」시갈료프가 물었다.

「그의 필적이군요.」리뿌찐과 똘까첸꼬(즉, 민중 전문가)
가 공언했다.

「나는 당신들이 레뱟낀을 깊이 동정한다는 것을 알고 그냥
정보로 가져온 겁니다.」뾰뜨르 스쩨빠노비치는 편지를 되돌
려 받으며 다시 한번 말했다. 「여러분, 이렇게 해서 페찌까라
는 놈이 전적으로 우연히 우리를 위험한 인간에게서 구해 주
게 된 겁니다. 바로 이렇게 우연이 가끔은 의미를 가지죠! 정
말 교훈적이지 않습니까?」

회원들은 빠르게 시선을 주고받았다.

「자, 이제 내가 질문할 차례군요.」뾰뜨르 스쩨빠노비치가
점잔을 빼며 말했다. 「당신들은 무슨 까닭으로 허락도 받지
않고 도시에 불을 낼 생각을 했죠?」

「그건 또 무슨 소리요! 우리가, 우리가 도시에 불을 냈다
고? 이런, 머리가 잘못된 것 아냐?」고함 소리가 터져 나왔다.

「당신들 장난이 너무 지나쳤던 것 같군요.」뾰뜨르 스쩨빠
노비치는 끈질기게 계속했다. 「이건 율리야 미하일로브나를
상대로 했던 소동과는 전혀 다르단 말입니다. 내가 당신들을
이곳에 모이게 한 것은, 당신들이 그토록 어리석게 발을 들여
놓는 바람에 당신들 말고도 너무 많은 사람을 위태롭게 하고
있는 그 짓거리가 얼마나 위험한지 설명하기 위해서예요.」

「잠깐만요, 우리는 오히려 당신이 어떻게 회원들도 모르는
사이 그렇게 심각하면서도 동시에 이상한 조치를 취할 수 있
었는지, 그 전횡과 불평등 정도를 밝히려 하고 있었다고요.」

지금까지 침묵을 지키고 있던 비르긴스끼가 거의 격분해서 단호하게 말했다.

「그럼 당신들은 부인한단 말이지요? 하지만 나는 불을 낸 사람들은 당신들, 다른 누구도 아닌 바로 당신들이라고 확신합니다만. 여러분, 거짓말하지 마십시오. 내게는 정확한 정보가 있으니까. 당신들의 그런 독단적인 행동으로 공동의 과업까지 위험에 처하게 됐단 말입니다. 당신들은 기껏해야 무한한 조직망 중 하나의 매듭에 불과하니, 중앙에 맹목적으로 복종해야만 합니다. 그런데도 당신들 중 세 명은 아무런 지시를 받지 못했음에도 불구하고 시뻐굴린 노동자들에게 방화를 선동했고, 그래서 화재가 발생하고 말았어요.」

「세 사람이 누군데요? 우리 중 세 사람이 누구란 말이오?」

「그저께 새벽 3시쯤 똘까첸꼬 당신이 〈물망초〉에서 폼까 자비얄로프를 선동했잖소.」

「당치도 않은 소리.」 그가 펄쩍 뛰었다. 「나는 겨우 한마디 했을 뿐으로, 그것도 별생각 없이, 그날 아침 그가 채찍질을 당했기 때문에 그랬던 거요. 그런데 그가 너무 취한 것을 보고 바로 그만두었단 말이오. 당신이 상기시켜 주지 않았다면 거의 기억도 못했을 거요. 한마디 했다고 불이 날 수는 없지.」

「당신은 작은 불꽃 때문에 화약 공장 전체가 폭발해 버린 것을 보고 깜짝 놀라는 사람처럼 보이는군요.」

「나는 한쪽 구석에서 그의 귀에 대고 작은 소리로 속삭였는데, 당신이 그걸 어떻게 알고 있는 거요?」 똘까첸꼬는 문득 여기에 생각이 미쳤다.

「그곳 탁자 밑에 앉아 있었죠. 여러분, 걱정하지 마십시오, 나는 당신들의 일거수일투족을 다 알고 있으니. 자네는 독기 어린 웃음을 짓고 있군, 리뿌찐 선생? 나는, 예를 들면 자네가 나흘 전 한밤중에 침실에서 잠자리에 들다가 아내를 마구 꼬집은 것도 알고 있네.」

리뿌찐은 새파랗게 질려 입을 벌렸다.

(그는 리뿌찐의 위업에 대해 그 집 하녀인 아가피야를 통해 알게 되었다는 것이 나중에 알려졌다. 그는 처음부터 하녀에게 돈을 주고 염탐 행위를 시켰는데, 지나고 나서야 밝혀진 것이다.)

「한 가지 사실을 검증해 봐도 되겠소?」 갑자기 시갈료프가 자리에서 일어났다.

「해보시죠.」

시갈료프는 자리에 앉아 자세를 바로했다.

「내가 이해하는 한, 또 이해하지 못할 수도 없지만, 당신은 처음에, 그리고 나중에 한 번 더 굉장한 열변을 토해 가며 — 비록 너무 이론적이긴 했지만 — 무한한 조직망으로 뒤덮인 러시아 지도를 펼쳐 놓은 적이 있소. 이렇게 활동하는 각각의 무리들은 각자 추종자들을 만들고 끝없이 지부를 확산시키면서, 체계적인 폭로와 선전을 통해 계속 지방 당국의 권위를 떨어뜨리고, 마을 안에 의혹을 불러일으키며, 냉소와 추문, 무엇에 대한 것이든 완전한 불신, 그리고 보다 나은 것에 대한 갈망을 만들어 내고, 마침내 정해진 시간이 되어 필요하다면 대부분 화재라는 민중적인 수단을 사용해 국가를 절망에 빠뜨리는 것을 임무로 한다. 내가 문자 그대로 기억해 내려고 애쓴 이 말들은 당신이 한 말 아니오? 이것은 아직까지 우리는 전혀 알지 못하며, 거의 환상적이기까지 한, 그 중앙위원회에서 전권을 부여받은 대표로서 당신이 알려 준 행동 강령 아니오?」

「맞는 말이긴 한데, 이야기를 너무 질질 끄는군.」

「누구든 발언권은 있소. 그런데 당신의 말로 추측을 해보면, 이미 러시아를 뒤덮고 있는 개별 매듭들의 전체 조직망이 현재 수백 개에 이르고, 또 당신의 가정을 발전시켜 보면, 각각의 매듭이 자신의 임무를 성공적으로 수행할 경우 전 러시아는 주어진 기한 안에, 신호에 따라…….」

「아, 젠장, 당신 아니라도 할 일이 너무 많다고!」 뾰뜨르 스쩨빠노비치는 안락의자 위에서 몸을 돌렸다.

「알겠소, 이만 줄이고 질문 하나만 하고 끝내지요. 우리는 이미 추악한 행동들을 보았고, 주민들의 불만을 보았고, 이곳 행정부의 몰락에 동참하고 참여했으며, 마지막으로 화재도 직접 보았소. 그런데 대체 뭐가 불만인 거요? 이것은 당신의 강령 아니었소? 무엇 때문에 우리를 비난하는 거요?」

「독단적인 행동 때문이지!」 뾰뜨르 스쩨빠노비치는 격하게 쏘아붙였다. 「내가 여기 있는 동안 당신들은 감히 내 허락 없이 행동해서는 안 되는 거였어. 이제 그만하지. 밀고할 준비가 된 것 같던데, 아마도 내일이나 오늘 밤 안으로 당신들은 체포될 거요. 이런, 큰일인걸. 믿을 만한 소식이라서.」

이 말에 모두들 입을 벌렸다.

「방화 선동자로서뿐만 아니라, 5인조로서도 체포되는 것이지. 밀고자는 이 조직망의 모든 비밀을 알고 있거든. 바로 당신들이 이렇게 만든 거라고!」

「분명 스따브로긴이다!」 리뿌찐이 소리쳤다.

「어떻게……? 스따브로긴이 왜?」 뾰뜨르는 갑자기 말이 막힌 것 같았다. 「에이, 젠장,」 그는 곧바로 정신을 차렸다. 「그건 샤또프란 말이오! 당신들도 이제 모두 알고 있을 것 같은데, 샤또프도 한때 우리 과업에 관여했었소. 이제 당신들에게 털어놔야겠군요. 나는 그가 의심하지 않을 만한 사람을 통해 그를 감시하다가, 놀랍게도 그가 조직망의 구조까지 모르는 게 없다는 것을 알게 되었어요……. 한마디로, 모든 것을 알고 있다는 말이지. 그는 과거에 자신이 참여했다는 이유로 고소당할까 봐, 스스로를 구하기 위해 우리 모두를 밀고할 겁니다. 지금까지는 그가 계속 주저하고 있었기 때문에 나도 그를 봐주었던 건데, 이번 화재로 당신들이 그를 결심하게 만든 거예요. 그는 충격을 받아 더 이상 주저하지 않을 겁니다. 내일이면 우리는 방화범이자 정치범으로 체포될 거요.」

「정말일까? 어떻게 샤또프가 알고 있지?」

흥분은 말로 표현할 수 없을 정도였다.

「모두 완전한 사실이오. 어떻게 밝혀냈는지 당신들에게 출처를 밝힐 권리는 없지만, 현재로서는 이것만이 당신들에게 해줄 수 있는 일이에요. 나는 한 인물을 통해 샤또프에게 영향력을 행사해서, 그가 아무런 의심도 하지 않고 밀고를 늦추게 할 수는 있습니다. 그러나 하루 이상은 안 돼요. 더 이상은 할 수 없어요. 그러니 모레 아침까지 당신들의 안전이 보장된다고 생각하면 됩니다.」

모두들 말이 없었다.

「그럼 결국 그를 처치해 버려야겠군!」 먼저 똘까첸꼬가 소리쳤다.

「이미 오래전에 그렇게 했어야 해!」 럄신이 주먹으로 탁자를 내리치며 독기 어린 말로 끼어들었다.

「그런데 어떻게 처리하지?」 리뿌찐이 중얼거렸다.

뾰뜨르 스쩨빠노비치는 바로 이 질문을 이어받아 자기 계획을 설명했다. 샤또프가 가지고 있는 비밀 인쇄기를 인도받겠다고 하면서 내일 해 질 녘에 그것이 파묻혀 있는 외진 장소로 그를 유인해 〈거기서 처리하면 된다〉는 것이었다. 그는 필요한 여러 가지 세부적인 내용들을 상세하게 파고들었지만, 여기서 그 이야기는 생략하도록 하자. 또한 샤또프의 중앙 본부에 대한 실제로 애매한 관계도 자세히 설명했지만, 그것은 독자들도 이미 잘 알고 있는 내용이다.

「그건 그렇지만,」리뿌찐은 애매하게 말했다. 「그러나 또다시…… 그런 식으로 새로운 사건을 일으키는 것이니…… 민심에 너무 큰 충격을 줄 텐데.」

「틀림없이 그렇겠지.」뾰뜨르 스쩨빠노비치가 맞장구쳤다. 「그러나 그것도 염두에 두고 있었네. 완전히 의심을 피할 방법이 있지.」

그는 앞서와 마찬가지로 끼릴로프에 관해 상세하게, 즉 그는 권총 자살 계획을 가지고 있으며, 신호를 기다리고 있다가 죽기 전에 모든 사건에 대한 책임이 자신에게 있다고 불러 주는 대로 받아 적은 메모를 남기기로 약속했다고 말해 주었다 (한마디로 독자들이 이미 다 알고 있는 내용이다).

「스스로를 죽이겠다는 그의 철학적인, 하지만 내 생각에는 미친 것 같은 그 확고한 의도는 **그쪽**에서도 잘 알고 있어요. (뾰뜨르 스쩨빠노비치는 설명을 계속했다.) **그쪽**에서는 머리카락 하나, 티끌 하나 놓치지 않고, 모든 것을 공동의 과업을 위해 이용하고 있소. 이익이 될 것을 미리 내다보고, 또 그의 의도가 전적으로 진지하다는 확신이 들자 그에게 러시아로 돌아올 수 있는 여비를 제공했고(그는 무엇 때문인지 반드시 러시아에서 죽고 싶어 했거든요), 그가 수행해야 할(물론 수행했죠) 임무를 하나 부여했는데, 무엇보다, 당신들도 이미 알다시피, 지시가 내려지면 바로 그때 자살하겠다는 약속을 하게 했어요. 그는 모든 것을 약속했습니다. 그는 특별한 이유로 이 과업에 관여하고 있지만, 도움이 되기를 바란다는 점에 주목해 주십시오. 더 이상은 당신들에게 공개할 수 없습니다. 내일 **샤또프의 일이 끝나면** 샤또프의 죽음은 그의 책임이라는 메모를 받아쓰게 할 작정입니다. 아주 그럴듯해 보일 거예요. 그들은 친구 사이로 함께 미국에 갔다가 그곳에서 싸움을 했는데, 이 모든 내용을 메모에 설명할 거거든……. 그리고…… 상황을 봐서 그 밖에, 예를 들어 격문이나, 아마 화재 사건의 일정 부분에 대해서도 끼릴로프에게 떠넘기는 내용을 받아 적게 할 수 있을 겁니다. 하지만 이 문제에 대해서는 좀 더 생각해 봐야겠군요. 걱정하지 마십시오, 그는 편견이 없으니까. 뭐든 다 서명해 줄 겁니다.」

의심하는 소리들이 들려왔다. 이야기가 너무 환상적으로 들렸던 것이다. 하지만 다들 끼릴로프에 대해 어느 정도 들은 바가 있긴 했다. 특히 리뿌찐은 다른 사람들보다 더 많이 알고 있었다.

「그가 갑자기 생각을 바꾸어 안 하겠다고 하면,」 시갈료프가 말했다. 「여하튼간에, 어쨌든 그는 미친 인간이니 그런 기대는 정확하지 않은 것 같소.」

「여러분, 걱정하지 마십시오, 그는 한다고 할 테니.」 뾰뜨르 스쩨빠노비치는 말을 딱 잘랐다. 「합의에 따라 나는 그에게 하루 전에, 즉 바로 오늘 미리 알려 주어야 합니다. 리뿌찐이 지금 나와 함께 그에게 가서 확인해 볼 수 있도록 초대하지요. 그는 필요하다면 오늘이라도 돌아와서 내가 말한 것이 사실인지 아닌지 당신들에게 알려 줄 겁니다. 하지만,」그는 갑자기 이런 인간들을 설득하려고 매달려 있는 것이 지나친 영광을 베푼 것이라는 느낌이 들었는지 엄청 짜증을 내며 말을 뚝 끊었다. 「하지만 당신들 하고 싶은 대로 하시죠. 만약 당신들이 결심하지 못한다면 이 연합은 깨지고 말겠지만, 그건 오로지 당신들의 반항과 배신 때문이죠. 그렇게 되면 우리는 이 순간부터 뿔뿔이 흩어지는 겁니다. 그러나 알아 두어야 할 게 있는데, 그러한 경우 당신들은 샤또프의 밀고와 그 결과에 따른 불쾌함 말고도 하나 더 작은 불쾌함을 당하게 될 겁니다. 그에 대해서는 조직이 결성될 때 확실하게 밝혀 두었죠. 그런데 여러분, 나로 말하자면, 당신들이 별로 두렵지 않답니다…… 내가 당신들과 그렇게까지 연결되어 있다고는 생각하지 마십시오…… 하지만 그런 건 아무래도 상관없지요.」

「아니, 우리는 결심했소.」람신이 밝혔다.

「다른 방법은 없으니,」똘까첸꼬가 중얼거렸다. 「다만 리뿌찐이 끼릴로프에 대해 확인해 준다면 말이오……」

「나는 반대요. 나는 그런 피로 물든 해결은 진심으로 반대요!」비르긴스끼가 자리에서 일어섰다.

「그러나?」뾰뜨르 스쩨빠노비치가 물었다.

「**그러나**라니요?」

「당신이 **그러나**라고 해서…… 나는 기다리고 있는데.」

「**그러나**라고 말한 것 같지는 않은데……. 다만 내가 말하고 싶었던 것은, 그런 결정이 내려진다면…….」

「내려진다면?」

비르긴스끼는 입을 다물었다.

「나는 자기 생명의 안전 따위는 등한시할 수 있다고 생각합니다만,」 에르껠이 갑자기 입을 열었다. 「만약 공동의 과업에 해를 끼칠 가능성이 있다면, 감히 자기 생명의 안전을 등한시해서는 안 된다고 생각합니다……」

그는 당황해서 얼굴이 새빨개졌다. 아무리 각자 이야기로 정신이 없었다 하더라도, 그들은 모두 깜짝 놀라며 그를 쳐다보지 않을 수 없었는데, 그 정도로 그 역시 입을 떨리라고는 예상치 못했기 때문이다.

「나는 공동의 과업에 찬성이오.」 비르긴스끼가 갑자기 말했다.

모두 자리에서 일어났다. 내일 정오에 다 함께 모이지는 못하더라도 다시 한번 소식들을 주고받은 뒤, 최종적으로 합의를 보기로 약속했다. 인쇄기가 묻혀 있는 장소가 공개되었고, 각자 역할과 임무가 분배되었다. 리뿌찐과 뾰뜨르 스쩨빠노비치는 지체 없이 끼릴로프의 집으로 함께 출발했다.

2

샤또프가 밀고하리라는 것을 우리 일당은 모두 믿고 있었다. 그러나 뾰뜨르 스쩨빠노비치가 자기들을 장기의 졸처럼 가지고 논다는 것도 믿고 있었다. 그리고 그들 모두는 내일 어쨌든 그 장소에 무리 지어 나타날 것이고, 샤또프의 운명이 결정되리라는 것도 알고 있었다. 그들은 갑자기 거미줄 속의 거대한 거미에게 걸려든 파리가 된 것 같다는 느낌이 들었다. 화가 나면서도 무서움에 몸이 떨렸다.

뾰뜨르 스쩨빠노비치는 의심할 바 없이 그들 모두에게 잘못을 했다. 만약 그가 신경 써서 아주 조금이나마 현실을 미화시켰더라면 모든 일이 훨씬 더 조화롭고 **쉽게** 진행되었을 것이다. 그는 사실을 적당한 빛으로 감싸거나, 고대 로마의 시민다운 방식이나 그와 비슷한 것으로 제시하는 대신, 거친 공포와 자기 신체에 대한 위협을 사용했으니, 이것부터 정말로 무례한 짓이었다. 물론 생존을 위한 투쟁에 다른 원칙이 없다는 것은 누구나 잘 알고 있지만 아무리 그렇다고 하더라도……

그러나 뾰뜨르 스쩨빠노비치는 로마인들을 돌이켜 볼 겨를이 없었다. 그 자신이 궤도를 벗어난 상태였던 것이다. 스따브로긴의 도망은 그에게 강한 충격을 주고 그를 짓눌렀다. 스따브로긴이 부지사를 만났다는 것은 거짓말이었다. 그가 아무도 만나지 않고, 심지어 자기 어머니도 만나지 않고 떠났다는 것이 문제였다. 그가 아무런 제지조차 받지 않았다는 것은 정말 이상한 일이었다(나중에 책임자는 이것 때문에 특별 소명서를 써야만 했다). 뾰뜨르 스쩨빠노비치는 하루 종일 알아내려 했지만, 현재로서는 아무것도 알아내지 못했다. 그는 단 한 번도 그렇게 불안함을 느낀 적이 없었다. 게다가 그가 그렇게 단번에 스따브로긴을 포기할 수 있겠는가, 과연 그럴 수 있겠는가! 바로 그런 이유로 그는 일당에게 그다지 부드럽게 대할 수 없었던 것이다. 게다가 그들은 그의 손발을 얽어매고 있었다. 그는 당장 스따브로긴을 쫓아가야겠다고 결심하고 있었는데, 샤또프가 그의 발목을 잡은 것이다. 만일의 경우에 대비해 5인조를 결정적으로 공고히 해둘 필요가 있었다. 〈혹시라도 쓸모가 있을 수 있으니 그들을 버려서는 안 되지.〉내 생각에 그는 이렇게 판단했던 것 같다.

뾰뜨르는 샤또프에 대해서는 그가 밀고할 것이라고 완전히 확신하고 있었다. 뾰뜨르가 **우리 일당**에게 밀고에 관해 말한 것은 전부 거짓말이었다. 그는 그런 밀고는 본 적도 없고 들은 적도 없었지만 2 곱하기 2는 4처럼 그것을 확신하고 있었다. 그는 샤또프가 무슨 일이 있어도 이 순간을 — 리자의 죽음이나 마리야 찌모페예브나의 죽음을 — 견디지 못할 것이며, 결국 바로 지금 결단을 내릴 것 같다는 생각이 들었다. 그가 그렇게 추측할 만한 근거들을 가지고 있었는지는 아무도 모를 일이다. 또한 그가 샤또프를 개인적으로 증오했다는 것도 잘 알려져 있었다. 언젠가 그들 사이에 언쟁이 있었는데, 뾰뜨르 스쩨빠노비치는 모욕당한 것을 결코 잊는 법이 없었다. 나는 이것이 가장 중요한 이유였을 것이라고 확신한다.

우리 도시의 인도는 좁은 벽돌 길이 대부분이지만 가끔 판자를 깔아 놓은 곳도 있었다. 뾰뜨르 스쩨빠노비치는 인도를 다 차지하고 그 한복판을 걸어가면서 리뿌찐에게는 조금의 주의도 기울이지 않았다. 리뿌찐은 옆에 걸어갈 자리가 없어서 한 걸음 뒤에서 서둘러 따라오거나, 아니면 옆에서 이야기하며 걸어가려면 진흙투성이 도로로 뛰어내려야만 했다. 뾰뜨르 스쩨빠노비치는 문득 얼마 전 지금의 그처럼 인도를 다 차지한 채 길 한복판을 걸어가던 스따브로긴을 따라 서둘러 가려고 지금처럼 똑같이 진흙탕 길을 종종걸음으로 걸어갔던 일이 생각났다. 그는 이 장면이 생각나자 미친 듯이 화가 나서 숨이 막힐 지경이었다.

그러나 리뿌찐도 모욕감에 숨이 막혀 왔다. 뾰뜨르 스쩨빠노비치가 **우리 일당**을 자기 마음대로 대하는 것은 그렇다 하더라도, 어떻게 그에게 이럴 수 있는가? 그는 다른 누구보다 더 많은 것을 **알고 있고**, 그 누구보다 더 이 과업에 가까이 다가가 있고, 더 친밀하게 과업에 관여하고 있으며, 지금까지 간접적이긴 하지만 끊임없이 거기에 참여하지 않았던가. 오, 그는 뾰뜨르 스쩨빠노비치가 지금이라도 **극단적인 경우**에는 그를 파멸시킬 수도 있다는 것을 알고 있었다. 그러나 그는 이미 오래전부터 뾰뜨르 스쩨빠노비치를 증오하고 있었는데, 그것은 위험 때문이 아니라, 그의 거만한 태도 때문이었다. 그런 과업에 대한 결정을 내려야 하는 지금, 그는 일당 모두를 합친 것보다 더 많이 화가 나 있었다. 아아, 그는 자기가 내일이면 틀림없이 〈노예처럼〉 그 장소에 먼저 도착해 있을 것이고, 게다가 다른 사람들도 데려올 것이라는 걸 알고 있었다. 하지만 만약 내일이 되기 전에 지금이라도 자신의 신세를 망치지 않으면서 어떻게든 뾰뜨르 스쩨빠노비치를 죽일 수만 있다면 반드시 그를 죽였을 것이다.

그는 자기감정에 완전히 사로잡혀서 말없이 뾰뜨르의 뒤를 따라 잰걸음으로 걸어가고 있었다. 뾰뜨르는 그에 대해 잊어버린 듯 가끔 부주의하고 무례하게 그를 팔꿈치로 찌를 뿐이었다. 뾰뜨르 스쩨빠노비치는 갑자기 우리 거리 중 가장 번화한 곳에 멈춰 서더니 선술집으로 들어갔다.

「대체 어딜 가는 겁니까?」 리뿌찐이 발끈했다. 「이건 선술집이 아닙니까?」

「비프스테이크를 먹고 싶어서 그러네.」

「그만둬요, 여기는 항상 사람들로 바글바글한데.」

「그래서 어쨌다는 건가?」

「하지만…… 그러다 늦을 텐데요. 벌써 10시입니다.」

「거기 가는 덴 늦고 말고 할 게 없네.」

「내가 늦는다고요! 그들은 내가 돌아오길 기다리고 있단 말입니다.」

「그러라지 뭐. 자네가 그들에게 가는 건 어리석은 짓일 뿐이네. 난 오늘 자네들과 한바탕 소동을 벌이느라 식사도 못했다고. 그리고 끼릴로프한테는 더 늦게 갈수록 만날 확률이 더 높아지거든.」

뾰뜨르 스쩨빠노비치는 별실을 잡았다. 리뿌찐은 화가 나고 분개한 표정으로 한쪽 옆 안락의자에 앉아 그가 먹는 것을 지켜보았다. 반 시간 이상이나 시간이 흘러갔다. 뾰뜨르 스쩨빠노비치는 서두르지 않고 맛있게 식사를 했으며, 벨을 눌러 겨자를 한 번 더, 그다음에는 맥주도 주문했는데, 그러는 내내 한마디도 하지 않았다. 그는 깊은 생각에 잠겨 있었다. 그는 동시에 두 가지 일을 할 수 있었다. 즉, 맛있게 식사하면서 깊은 생각에 잠길 수 있었다. 리뿌찐은 마침내 그가 너무 혐오스러워서 눈을 뗄 수도 없을 정도였다. 그것은 일종의 신경 발작과 유사했다. 그는 상대가 입안으로 집어넣는 비프스테이크 조각들을 하나하나 세면서 그가 입을 벌리는 것, 씹는 것, 기름진 고기 조각을 쭉쭉 빨아 대며 게걸스럽게 먹는 것을 보며 그를 증오했고, 비프스테이크마저 증오했다. 마침내 모든 것이 그의 눈앞에서 서로 뒤엉키기 시작하더니 머리가 약간 어지러워졌고, 열기와 냉기가 차례대로 등을 타고 흘러내렸다.

「자네는 아무것도 하지 않고 있으니, 이거라도 읽게.」 뾰뜨르 스쩨빠노비치는 갑자기 그에게 종이를 던져 주었다. 리뿌찐은 촛불 앞으로 다가갔다. 종이는 아주 자잘한 글자로 가득 메워져 있었는데, 아주 악필에다가 줄마다 수정되어 있었다. 그가 간신히 다 읽고 났을 때, 뾰뜨르 스쩨빠노비치는 이미 계산을 끝낸 뒤 나가고 있었다. 길로 나와서 리뿌찐은 그에게 종이를 돌려주었다.

「가지고 있게, 나중에 말해 줄 테니. 그런데 자네는 어떻게 생각하나?」

리뿌찐은 온몸을 부들부들 떨었다.

「내 생각에…… 이런 격문은…… 그냥 우스꽝스러운 헛소리입니다.」

적의가 터지고 말았다. 그는 잡혀서 끌려가는 것 같은 기분이 들었다.

「만약 우리가,」 그는 온몸에 오한을 느끼며 말했다. 「이런 격문들을 살포하기로 결심한다면, 우리의 어리석음과 과업에 대한 몰이해로 사람들의 경멸이나 불러일으킬 겁니다.」

「흠, 내 생각은 다른데.」 뾰뜨르 스쩨빠노비치는 단호한 걸음걸이로 걸어갔다.

「내 생각도 다릅니다. 이걸 정말 당신이 직접 작성했습니까?」

「그건 자네가 알 바 아니야.」

「나는 그 엉터리 시 〈빛나는 인격〉도 이 세상에 있는 것들 중 가장 너절한 시로, 절대로 게르쩬의 작품일 리가 없다고 생각합니다.」

「허튼소리 작작하게. 그 시는 훌륭한 작품이야.」

「내가 놀랐던 것은, 예를 들어,」 리뿌찐은 빠르게 걷기도 하고 뛰어오르기도 하면서 숨을 헐떡이며 말했다. 「우리에게 모든 것의 몰락을 위해 행동하라고 요구하고 있다는 것입니다. 유럽에서라면 모든 것의 몰락에 대한 희망이 자연스럽지요. 왜냐하면 그곳에는 프롤레타리아가 있으니까요. 하지만 이곳에는 기껏해야 아마추어들만 있으니, 내 생각에는 먼지만 일으키고 말 것 같단 말입니다.」

「나는 자네가 푸리에주의자라고 생각했는데.」

「푸리에주의에 이런 것은 없습니다, 전혀요.」

「헛소리라는 것은 나도 알고 있네.」

「아니요, 푸리에주의가 헛소리라는 말이 아닙니다……. 미안합니다만, 5월에 봉기가 일어난다는 것을 좀처럼 믿을 수가 없군요.」

리뿌찐은 단추까지 열었다. 그만큼 더웠던 것이다.

「아, 됐네. 그런데 잊지 않도록 지금 한마디 하자면,」 뾰뜨르 스쩨빠노비치는 무서울 만큼 냉정하게 화제를 바꿨다. 「이 전단을 자네가 직접 조판해서 인쇄해야 하네. 우리가 샤또프의 인쇄기를 파낼 테니, 내일 자네가 그걸 인수하도록 하게. 가능한 한 빠른 시간 내에 조판해서 될 수 있는 한 많은 부수를 인쇄해야 하네. 그러고 나서 겨울 내내 뿌리고 다니는 거지. 자금에 대해서도 지시가 내려올 걸세. 다른 곳에서도 주문이 들어올 테니 가능한 한 많은 부수를 준비해야 하네.」

「아니요, 미안하지만 나는 그런 걸 맡지 않겠습니다……. 거절하겠어요.」

「하지만 맡게 될 걸세. 나는 중앙위원회 지시에 따라 행동하고 있는 것이니, 자네는 복종해야만 해.」

「내 생각에 우리의 해외 중앙 본부는 러시아의 현실을 잊고 모든 연락을 끊어 버린 뒤, 그래서 헛소리만 하고 있는 것 같군요……. 심지어 러시아에는 수백 개의 5인조 대신 우리

5인조 하나만 있을 뿐, 다른 조직망은 전혀 없는 것 같기도 합니다.」리뿌찐은 결국 숨이 차서 헐떡거리기 시작했다.

「자네는 이 과업을 믿지도 않으면서 그 뒤를 열심히 뛰어 갔다니 더 경멸스럽군…… 지금도 더러운 개새끼처럼 내 뒤를 따라 뛰어오고 있잖은가?」

「아니요, 뛰고 있지 않습니다. 우리는 여기서 그만두고 새로운 단체를 결성할 충분한 권리가 있습니다.」

「이런 멍-청-이!」뾰뜨르 스쩨빠노비치는 눈을 번뜩이며 갑자기 위협적으로 으르렁거렸다.

두 사람은 한동안 서로 마주 보고 서 있었다. 뾰뜨르 스쩨빠노비치는 방향을 돌려 가던 길로 다시 자신만만하게 걸어가기 시작했다.

리뿌찐의 머릿속에서는 순간 〈되돌아가야겠다. 지금 돌아서지 않으면 결코 되돌아가지 못하겠구나〉라는 생각이 번개처럼 스쳐 지나갔다. 정확히 열 걸음 가는 동안 그런 생각이 들었지만, 열한 번째 걸음에서 절망적인 새로운 생각이 그의 머릿속에 타오르기 시작했다. 그는 돌아서지도 않았고 되돌아가지도 않았다.

필리뽀프 집에 거의 다 왔지만, 그들은 그곳에 채 도달하기도 전에 골목길, 아니 차라리 울타리를 따라 나 있는 눈에 띄지 않는 샛길이라고 해야만 할 것 같은 곳에 맞닥뜨려 한동안 도랑 곁의 가파른 비탈을 따라가야 했으며, 그곳에서는 두 다리가 자꾸만 미끄러져 울타리를 잡고 가야만 했다. 휘어진 울타리의 가장 어두운 한쪽 구석에서 뾰뜨르 스쩨빠노비치는 널빤지 한 장을 뽑았다. 그러자 구멍이 생겼고, 그는 그 안으로 기어 들어갔다. 리뿌찐은 좀 놀랐지만, 결국 그를 따라 기어서 들어갔다. 그런 다음 판자를 다시 원래대로 끼워 놓았다. 그곳은 페찌까가 끼릴로프의 집으로 기어 들어가던 바로 그 비밀 통로였다.

「우리가 이곳에 있다는 것을 샤또프가 알아선 안 되거든.」 뾰뜨르 스쩨빠노비치는 리뿌찐에게 엄격한 말투로 속삭였다.

3

끼릴로프는 이 시간이면 항상 그렇듯이 가죽 소파에 앉아 차를 마시고 있었다. 그는 그들을 맞으러 일어나지는 않았지만, 어쩐 일인지 온몸을 움찔하며 들어오는 사람들을 불안한 시선으로 쳐다보았다.

「자네 생각이 맞네.」 뾰뜨르 스쩨빠노비치가 말했다. 「바로 그 일 때문에 왔네.」

「오늘인가?」

「아니, 아니, 내일…… 대략 이 시간쯤.」 그는 허둥지둥하는 끼릴로프를 약간 불안하게 바라보며 서둘러 탁자 옆에 앉았다. 하지만 끼릴로프는 이미 안정을 되찾고 평상시 표정으로 쳐다보고 있었다.

「여기 이 사람들이 아무것도 믿지 않으려 해서 말이야. 리뿌찐을 데려왔다고 화내지는 않겠지?」

「오늘은 화내지 않겠지만, 내일은 혼자 있고 싶네.」

「그러나 내가 오기 전에는 안 되네. 내가 입회해야 하니까.」

「자네가 없을 때 했으면 하는데.」

「내가 불러 주는 대로 받아 적고 서명하기로 약속했던 것

166

기억할 텐데?」

「나는 상관없어. 오늘은 오래 머물 건가?」

「만날 사람이 있는데 30분 정도 남았네. 그러니 자네가 뭐라 해도 30분 동안은 여기 있을 걸세.」

끼릴로프는 아무 말도 하지 않았다. 그러는 사이 리뿌찐은 한쪽 옆의 주교 초상화 밑에 자리 잡고 앉았다. 조금 전의 절망적인 생각이 점점 더 그의 머릿속을 사로잡았다. 끼릴로프는 그에게 거의 주의를 기울이지 않았다. 리뿌찐은 이미 전부터 끼릴로프의 이론을 알고 있었고, 항상 그것을 비웃었지만, 지금은 조용히 음울한 표정으로 주위를 둘러볼 뿐이었다.

「차를 대접해 준다면 사양하지 않겠네.」 뾰뜨르 스쩨빠노비치가 몸을 움직였다. 「방금 비프스테이크를 먹었더니 자네 집에서 차 한잔 했으면 좋겠군.」

「마음대로 마시게.」

「전에는 자네가 대접해 주었는데.」 뾰뜨르 스쩨빠노비치는 떨떠름하게 말했다.

「이러나저러나 마찬가지지. 리뿌찐도 마시라고 하게.」

「아니요, 나는…… 그럴 수 없습니다.」

「마시고 싶지 않다는 건가, 마실 수 없다는 건가?」 뾰뜨르 스쩨빠노비치가 몸을 휙 돌렸다.

「이 댁에서는 마시지 않겠습니다.」 리뿌찐은 강하게 거절했다. 뾰뜨르 스쩨빠노비치는 양미간을 찌푸렸다.

「신비주의 냄새가 나는군. 젠장, 자네들은 대체 어떤 인간들인지!」

아무도 그에게 대답하지 않았다. 꼬박 1분 동안 침묵이 흘렀다.

「하지만 한 가지는 알고 있지.」그는 갑자기 날카롭게 덧붙였다. 「어떤 편견도 우리가 각자 자신의 임무를 수행하는 것을 막지는 못할 것이네.」

「스따브로긴은 떠났나?」끼릴로프가 물었다.

「떠났네.」

「그거 참 잘했군!」

뾰뜨르 스쩨빠노비치는 눈을 희번덕거리다가 꾹 참았다.

「각자 자기 약속을 지키기만 한다면, 자네가 어떤 생각을 하든 무슨 상관이겠나.」

「약속은 지킬 걸세.」

「하긴 나는 항상 자네가 독립적이고 진보적인 인간으로서 자신의 임무를 수행하리라 확신하고 있었네.」

「자네는 재미있는 사람이야.」

「그렇다고 해두지. 웃겼다니 나도 기쁘군. 나는 사람들에게 만족을 줄 수 있다면 항상 기쁘다네.」

「자네는 내가 꼭 자살해 주었으면 싶은데, 혹시 내가 갑자기 안 한다고 할까 봐 두렵나?」

「이보게, 자네 계획과 우리의 행동을 결합시킨 것은 자네였네. 자네 계획을 고려해서 우리도 나름 계획을 세웠던 것이니, 이제 자네는 결코 거절할 수 없다네. 왜냐하면 자네가 우리를 끌어들였기 때문이지.」

「자네에게 그럴 권리 같은 건 없어.」

「알고 있네, 알고 있어. 전적으로 자네의 자유 의지이고, 우리는 아무것도 아니지만, 다만 자네의 전적인 자유 의지가 실행되었으면 할 뿐이라네.」

「그러니까 자네들의 모든 추악한 행동을 내가 떠맡아야 한

단 말이지?」

「이보게, 끼릴로프, 혹시 겁내고 있는 건 아니겠지? 만약 거절하고 싶다면 지금 당장 분명히 말하게.」

「겁내고 있는 건 아닐세.」

「자네가 너무 많은 걸 물어보니까 그런 거지.」

「곧 갈 건가?」

「또 묻는 건가?」

끼릴로프는 경멸 어린 시선으로 그를 쳐다보았다.

「이보게,」 뾰뜨르 스쩨빠노비치는 점점 더 화도 나고 걱정도 되어, 어떻게 말해야 할지 적당한 어조도 찾지 못한 채 말을 이었다. 「자네는 집중하기 위해 혼자 있고 싶어서 내가 가기를 바라는군. 그러나 이것은 자네에게, 무엇보다 바로 자네에게 위험한 징조라네. 자네는 많은 생각을 하고 싶어 하는 것 같은데, 내가 보기엔 생각하지 말고 그냥 실행하는 게 더 좋을 것 같아. 그리고 사실, 자네는 나를 걱정시키고 있다네.」

「다만 한 가지 정말 끔찍한 것은, 그 순간 자네 같은 파충류가 내 옆에 있게 된다는 거야.」

「뭐, 그런 거라면 상관없지. 그 시간에 나는 밖에 나와서 현관에 서 있을 테니. 그런데 자네가 죽기로 했으면서 그렇게 관심을 두는 일이 많다면…… 그건 정말 위험한데. 나는 현관에 나가 있을 테니, 자네는 내가 아무것도 이해하지 못하고, 나는 자네보다 무한히 낮은 인간이라고 생각하게나.」

「아니, 자네는 무한히 낮은 인간은 아니야. 능력은 있는데, 그다지 많은 것을 이해하지 못하지. 왜냐하면 자네는 저열한 인간이기 때문이야.」

「아주 기쁘군, 아주 기뻐. 재미를 줄 수 있다면 아주 기쁘다고 이미 말했었지…… 그것도 이런 순간에 말일세.」

「자네는 아무것도 이해하지 못하는군.」

「그러니까 나는…… 어쨌든 나는 경의를 표하며 듣고 있네.」

「자네는 아무것도 할 수 없어. 자네는 지금 그 사소한 악의 조차 숨기지 못하고 있잖은가. 그런 걸 드러내면 자네한테 불리한데도 말이야. 자네가 나를 약오르게 하면, 나는 갑자기 반년 정도 미루고 싶어질 걸세.」

뾰뜨르 스쩨빠노비치는 시계를 보았다.

「나는 단 한 번도 자네 이론을 이해한 적이 없지만, 자네가 그것을 우리를 위해서 고안해 낸 것은 아니니 우리가 없어도 완수하리라는 건 알고 있네. 또한 자네가 관념을 집어삼킨 것이 아니라 관념이 자네를 집어삼킨 것이니, 연기하지 못하리라는 것도 알고 있네.」

「뭐라고? 관념이 나를 집어삼켰다고?」

「그래.」

「내가 관념을 집어삼킨 게 아니란 말이지? 그거 좋은데. 자네한테도 조금의 이성은 있군. 자네는 약만 올리고 있지만, 나는 자랑스러운걸.」

「그래, 멋지네, 정말 멋져. 자네가 자랑스러워한다니, 바로 그래야 마땅하지.」

「이제 그만하지. 다 마셨으면 이제 가게.」

「젠장, 그래야 한다면.」 뾰뜨르 스쩨빠노비치는 자리에서 일어났다. 「하지만 아직도 이른데. 이보게, 끼릴로프, 먀스니치하 집에 가면 그 인간을 만날 수 있을까? 무슨 말인지 알겠지? 아니면 그 여자가 거짓말했을까?」

「만나지 못할 걸세. 그는 그곳이 아니라 여기 있거든.」

「여기라니, 젠장, 어디 있는데?」

「부엌에 앉아서 먹고 마시고 있네.」

「어떻게 감히 이곳에 올 수 있지?」 뾰뜨르 스쩨빠노비치는 분노로 얼굴이 새빨개졌다. 「그놈은 기다리고 있어야 하는 데…… 말도 안 돼! 그놈한테는 여권도 돈도 없다고!」

「나야 모르지. 작별 인사 하러 왔더군. 옷도 입고 준비도 되어 있던걸. 떠나면 돌아오지 않겠다고 했네. 자네가 비열한 인간이라면서 자네 돈도 기대하지 않는다더군.」

「하! 내가 어떻게 할까 봐 겁이 났나 보군……. 뭐, 그렇다면 지금이라도 할 수 있지, 만약에……. 어디 있나, 부엌에?」

끼릴로프는 작고 어두운 방으로 통하는 옆문을 열어 주었다. 이 방에서 세 계단 아래로 내려가면 부엌으로 통했고, 그곳에서 곧장 보통 식모 침대가 놓여 있는 작은 칸막이 방으로 연결되었다. 바로 여기 한쪽 구석 성상 밑에서 페찌까가 식탁보도 덮지 않은 널빤지 식탁 앞에 앉아 있었다. 그의 앞 식탁 위에는 반병짜리 보드까와 빵이 담긴 접시, 차가운 쇠고기와 감자가 든 질그릇이 놓여 있었다. 그는 무뚝뚝하게 조금씩 먹으며, 이미 반쯤 취해 있었지만, 털외투를 입고 앉아 있는 것을 보니 언제든 떠날 준비가 된 것 같았다. 칸막이 뒤에서는 사모바르가 끓고 있었는데, 그것은 페찌까를 위한 것이 아니라, 페찌까 스스로 자신의 의무라도 되는 양 사모바르에 불을 지피고 물을 끓이고 있었던 것으로, 그는 이미 일주일 이상 매일 밤 〈알렉세이 닐리치를 위해, 왜냐하면 그는 밤마다 차를 마시는 습관이 있기 때문에〉 그렇게 하고 있었다. 식모는 없으니 쇠고기와 감자 요리는 끼릴로프 자신이 이미 아침에 페찌까를 위해 구워 주었을 것이라는 생각이 강하게 들었다.

「네가 생각해 낸 게 이거냐?」뾰뜨르 스쩨빠노비치는 아래로 뛰어 내려왔다. 「왜 지시한 곳에서 기다리지 않았지?」

그러면서 그는 주먹으로 힘껏 식탁을 내리쳤다.

뻬찌까는 몸을 꼿꼿이 했다.

「잠깐, 뾰뜨르 스쩨빠노비치, 잠깐만.」그는 단어 하나하나를 멋 부리듯 또박또박 발음하며 말하기 시작했다. 「당신은 우선 알렉세이 닐리치 끼릴로프 씨 댁에 점잖게 방문 중이라는 점을 이해해야 할 거야. 당신은 그의 구두나 닦아 주어야 마땅한데 말이야. 그는 당신에 비하면 교양 있고 지적이지만, 당신은 기껏해야, 쳇!」

그는 멋 부리듯 한쪽 옆으로 마른침을 뱉었다. 그의 태도에서는 거만함과 단호함, 그리고 폭발 직전에 이른, 아주 위험하며 평온함을 가장한 일장 연설의 기운이 엿보였다. 그러나 뾰뜨르 스쩨빠노비치는 이미 그런 위험을 알아차릴 겨를이 없었고, 게다가 그것은 그가 사물을 바라보는 관점과도 맞지 않았다. 그날 일어난 일과 실패는 그의 머리를 완전히 뒤흔들어 놓았던 것이다……. 리뿌찐은 호기심을 가지고 세 계단 위 어두운 골방에서 아래쪽을 엿보고 있었다.

「알려 준 곳까지 기차를 타고 가는 데 필요한 확실한 여권과 상당량의 돈을 가지고 싶지 않나? 그래, 안 그래?」

「이봐, 뾰뜨르 스쩨빠노비치, 당신은 아주 처음부터 나를 속이기만 했어. 왜냐하면 당신은 나에 비하면 진짜 비열한 인간이기 때문이지. 어쨌든 아주 불결한 인간의 탈을 쓴 이(蝨)와 같단 말이지. 그게 바로 내가 생각하는 당신의 모습이야. 당신은 나한테 죄 없는 사람의 피의 대가로 큰돈을 약속했고,

스따브로긴 씨를 대신해서 맹세도 했어. 결국은 당신이 제멋대로 한 행동이라는 게 밝혀졌지만 말이야. 나는 아무튼 눈곱만큼도 그 일에 관여하지 않았지만, 문제는 1천5백 루블이 아니라, 스따브로긴 씨가 얼마 전 당신 뺨을 후려갈겼다는 거야. 이미 당신들 사이에 소문이 파다하더군. 지금 당신은 또다시 나를 위협하면서 돈을 주겠다고 약속하지만, 무슨 일인지에 대해서는 침묵을 지키고 있군. 당신이 개인적 원한으로 니꼴라이 프세볼로도비치 스따브로긴 씨에게 어떤 식으로건 복수하기 위해 뭐든 잘 믿는 나한테 기대를 걸고 나를 뻬쩨르부르끄로 보내려는 것 아닌가 하는 의심이 든단 말이야. 그리고 이걸 볼 때 당신이야말로 제1의 살인자라 할 수 있지. 자신의 타락으로 인해 더 이상 하느님을, 진정한 창조주를 믿지 못하게 되었다는 그 한 가지 사실만으로 이미 당신이 어떤 인간이 되어 버렸는지 알고 있기나 해? 기껏해야 우상 숭배자에 불과하고, 타타르인이나 몰도바인과 같은 부류일 뿐이야. 알렉세이 닐리치는 철학자로서 당신에게 진정한 신, 창조주에 대해 여러 번 설명했고, 세상의 창조와 미래의 운명, 묵시록에 나오는 모든 생물과 모든 짐승의 변용에 대해서도 설명해 주었지. 그런데 당신은 우둔한 우상처럼 귀머거리에 벙어리가 되어 고집을 부렸고, 소위 무신론자나 다름없는 악당 유혹자로서 에르껠레프[38] 소위를 바로 그 일에 끌어들였단 말이야……」

「아, 이 주정뱅이 자식이! 성상을 털고 다니던 놈이 이제 와서 신에 대해 설교하려 들다니!」

「이봐, 뾰뜨르 스쩨빠노비치, 내가 성상을 털고 다닌 것은

38 독일식 이름 에르껠을 러시아식으로 부른 것이다.

173

맞아. 그러나 나는 거기서 진주만 떼어 냈을 뿐이야. 아마도 나의 눈물이 바로 그 순간 신의 용광로 안에서 내가 당한 모욕에 대한 보상으로 진주로 변용된 것일지 당신 같은 인간이 어찌 알겠어. 왜냐하면 나는 살아가는 데 필요한 은신처도 없던 고아나 마찬가지였으니 말이야. 당신도 책을 읽어서 알겠지만, 언젠가 옛날에 한 상인이 꼭 이렇게 눈물 젖은 한숨을 쉬고 기도를 드리며 성모마리아상의 후광에서 진주를 훔쳤다가, 그 후 모든 사람이 보는 앞에서 무릎을 꿇고 훔친 돈 전부를 성상의 발아래 돌려놓았어. 그러자 수호자 성모께서는 모든 사람 앞에서 그를 성상 덮개로 덮어 주셨지. 이로 인해 바로 그 순간 기적이 일어났고, 당국에서는 모든 내용을 사실 그대로 국서에 써 넣도록 명령을 내렸어. 하지만 당신은 생쥐를 풀어 놓았어. 즉 천명을 모욕한 거라고. 만약 당신이 내가 어린 시절 품에 안고 다니던, 태어날 때부터의 주인만 아니었다면, 이 자리에서 한 발짝도 물러서지 않고 그야말로 바로 당신을 끝장냈을 텐데.」

뾰뜨르 스쩨빠노비치는 극도의 분노를 느꼈다.

「말해, 너. 오늘 스따브로긴을 만났지?」

「당신이 그런 걸 물어볼 권리는 없어. 스따브로긴 씨는 당신이라면 아주 학을 떼더군. 하물며 그런 일에 명령을 내린다거나 돈을 낸다거나 해서 관여할 생각 같은 건 전혀 없으셨다고. 당신이 나를 끌어들인 거야.」

「너는 돈을 받게 될 거야, 2천 루블도 받게 될 거야. 뻬쩨르부르끄에 도착하면, 그 자리에서 바로, 전액을, 그리고 더 받게 될 거야.」

「이봐, 당신은 거짓말하고 있어. 당신을 보기만 해도 웃음이 나는군. 어쩌면 그렇게 생각이 짧은지. 스따브로긴 씨는 당신에 비하면 계단 위에 서 있는 것과 같고, 당신은 그 밑에서 어리석은 개새끼처럼 짖어 대기나 하는 거지. 그러면 그분은 위에서 당신을 내려다보며 침을 뱉는 것조차 대단히 명예로운 행동이라고 생각하실 거야.」

「뭘 모르나 본데,」 뾰뜨르 스쩨빠노비치는 격분해서 소리쳤다. 「너 같은 개자식은 여기서 한 발짝도 못 나가게 하고 바로 경찰에 넘겨 버릴 거야.」

페찌까는 벌떡 일어나더니 사납게 두 눈을 번뜩였다. 뾰뜨르 스쩨빠노비치는 권총을 뽑아 들었다. 이때 순식간에 끔찍한 장면이 벌어졌다. 뾰뜨르 스쩨빠노비치가 권총을 제대로 겨누기도 전에 페찌까가 순간적으로 몸을 돌려 있는 힘껏 그의 뺨을 후려쳤던 것이다. 바로 그 순간 또다시 뺨을 때리는 무서운 소리가 들려왔고, 뒤이어 세 번, 네 번 계속해서 뺨을 때리는 소리가 들려왔다. 뾰뜨르 스쩨빠노비치는 정신을 잃고 눈을 부라리면서 뭐라고 중얼거리더니 갑자기 선 자세 그대로 마룻바닥에 쾅 하고 쓰러졌다.

「자, 돌려드릴 테니, 데려가십시오!」 자신만만하게 몸을 돌리며 페찌까가 소리쳤다. 그는 순식간에 모자를 집어 들고 벤치 아래에서 꾸러미를 꺼내 들더니 그대로 사라져 버렸다. 뾰뜨르 스쩨빠노비치는 정신을 잃은 상태로 꺽꺽거리는 소리를 냈다. 리뿌찐은 살인 사건이 일어났다는 생각까지 들었다. 끼릴로프는 부리나케 부엌으로 달려갔다.

「그에게 물을 뿌려야 해!」 끼릴로프는 소리치며 쇠바가지로 양동이에서 물을 떠와 그의 머리에 부었다. 뾰뜨르 스쩨빠노비치는 몸을 좀 움직이더니 고개를 들고 일어나 앉아서 멍하게 앞을 바라보았다.

「그래, 기분이 어떤가?」 끼릴로프가 물었다.

그는 여전히 정신이 들지 않는지 뚫어지게 상대를 쳐다보았다. 그러다 부엌에서 고개를 내밀고 있는 리뿌찐을 보자 예의 그 역겨운 미소를 짓더니 갑자기 바닥에 있던 권총을 집어 들며 벌떡 일어섰다.

「만약 자네가 그 비열한 스따브로긴 자식처럼 내일이라도 도망갈 생각을 하고 있다면,」 그는 창백해진 얼굴로 미친 듯이 끼릴로프를 향해 달려들며 뭔가 불분명하게 더듬거렸다. 「지구 반대편까지라도 쫓아가서…… 파리처럼 매달아 놓고…… 눌러 죽일 거야. 알겠어?」

그러면서 그는 권총을 곧장 끼릴로프의 이마에 갖다 댔다. 그러나 거의 동시에 완전히 정신을 차리고는 손을 뒤로 빼며 권총을 주머니에 집어넣었고, 더 이상 한마디도 하지 않은 채 집에서 뛰어나갔다. 리뿌찐은 그를 따라갔다. 두 사람은 들어왔던 그 개구멍을 통과해서 다시 울타리를 붙잡고 경사진 길을 따라 걸어갔다. 뾰뜨르 스쩨빠노비치가 골목길을 따라 너무 빠르게 걸어가는 바람에 리뿌찐은 그를 따라잡기도 힘들 정도였다. 그는 첫 번째 사거리에서 갑자기 멈춰 섰다.

「자, 그래서?」 그는 리뿌찐을 향해 싸움이라도 걸듯 돌아섰다.

리뿌찐은 권총이 생각났고 조금 전의 그 장면이 떠올라서 온몸을 떨었다. 그러나 어찌 된 일인지 대답은 저절로 걷잡을 수 없이 갑자기 그의 혀에서 튀어나왔다.

「내 생각에는…… 내 생각에는 〈스몰렌스끄〉에서 따시껜뜨까지 그렇게 초조하게 대학생을 기다리고 있을 것 같지는 않은데요).[39]」

「페찌까가 부엌에서 뭘 마시고 있는지 봤나?」

「뭘 마셨냐고요? 보드까를 마시고 있었지요.」

「그렇다면 그가 인생에서 마지막 보드까를 마셨다는 걸 알아 둬. 앞으로의 판단을 위해 명심해 두라고 충고해 주는 거야. 이제 꺼져 버려, 내일까지는 필요 없으니……. 하지만 조심해야 할 거야. 어리석은 짓 하지 말고!」

리뿌찐은 부랴부랴 집으로 뛰어갔다.

4

리뿌찐은 이미 오래전부터 타인 명의로 된 여권을 준비해 두고 있었다. 주도면밀한 속물이자 가정에서는 하찮은 폭군이고, 어쨌든 관리이며(비록 푸리에주의자이긴 하지만), 무엇보다 자본가이자 고리대금업자인 이 인간이 이미 아주 오래전부터 만일의 경우를 대비해 이런 여권을 준비해 둘 황당한 생각을 품고 있었다니, 생각만 해도 기이하다. **만약**의 경우 그 여권의 도움으로 외국으로 몰래 떠나기 위한 것으로, 물론 이 **만약**이 정확히 뭘 의미하는지 그 자신도 결코 명료하게 표현할 수는 없었지만, 그래도 그는 이 **만약**의 가능성을 염두에 두고 있었던 것이다.

그런데 지금 그것이 갑자기, 그것도 가장 예기치 않은 형태로 명료화되었던 것이다. 그가 조금 전 보도에서 뾰뜨르 스

---

39 중권에 등장한 시 「빛나는 인격」에 나온 내용(《스몰렌스끄에서 따시껜뜨까지 초조하게 대학생을 기다렸다》)이다.

쩨빠노비치에게 〈멍청이〉라는 소리를 듣고 끼릴로프의 집으로 들어가면서 들었던 그 자포자기 심정은 다름 아니라, 내일 날이 밝기 전에 모든 것을 버리고 외국으로 망명하겠다는 것이었다! 그런 황당한 일들이 지금도 우리의 평범한 일상에서 일어나고 있다는 것을 믿지 못하겠는 사람들은 해외에 나가 있는 진짜 러시아 망명객들의 전기를 한번 조사해 보아도 좋을 것이다. 단 한 사람도 이보다 더 영리하고 더 실제적인 방법으로 도망간 적은 없었다. 모든 것이 항상 제멋대로 구는 환영들의 왕국일 뿐, 그 이상 아무것도 아니다.

그는 집으로 달려가서 제일 먼저 문을 잠그고 여행 가방을 꺼낸 뒤 떨리는 손으로 짐을 꾸리기 시작했다. 그의 주요 걱정거리는 돈에 관한 것으로, 얼마나 어떻게 구할 수 있을까 하는 것이었다. 말 그대로 구해야만 하는데, 왜냐하면 그가 이해하기로 이미 한 시간도 더 지체할 수 없었으며, 해가 뜨기 전에 큰길에 나가 있어야만 했기 때문이다. 그는 또한 어떻게 기차를 타야 할지도 몰랐다. 그냥 막연하게 도시에서 두 번째나 세 번째 떨어진 큰 역 어딘가에서 타야겠다고, 거기까지는 걸어서라도 가야겠다고 결심했다. 그런 식으로 그는 머릿속으로 회오리 같은 생각을 하며 본능적으로 그리고 기계적으로 가방 싸기에 매달렸다. 그러다가 갑자기 동작을 멈추더니 모든 것을 내팽개쳐 두고 깊은 한숨을 쉬며 소파에 길게 늘어졌다.

그는 한 가지 분명한 느낌을 가지고 있다가, 갑자기 자각을 하게 되었는데, 그것은 자기는 분명 도망갈 것이지만, 한 가지 문제를 해결해야 한다는 것이었다. 즉, 샤또프를 처리하기 **전에** 도망갈 것인가, **후에** 도망갈 것인가 하는 문제였다.

현재로서는 그것을 전혀 해결할 능력이 없었다. 지금 그는 그냥 조잡하고 무감각한 육체, 관성적으로 움직이는 덩어리에 불과했다. 무서운 외부의 힘이 그를 조종하고 있었다. 그에게 외국으로 나갈 수 있는 여권이 있다 하더라도, 그가 샤또프 사건에서 도망갈 수 있다 하더라도(그것이 아니라면 무엇 때문에 이렇게 서두르겠는가?) 그는 샤또프 사건 이전에는 도망가지 못할 것이고, 샤또프에게서도 도망가지 못할 것이며, 바로 샤또프 사건 **이후**에나 가능할 것이다. 이미 그렇게 결정되어 서명도 하고 봉인되었던 것이다. 참을 수 없는 우울함으로 끊임없이 몸을 떨고 스스로에게 놀라면서, 또 신음 소리를 냈다가 마비되거나 하기를 반복하면서, 그는 방문을 걸어 잠그고 소파에 누워 다음 날 오전 11시까지 어떻게든 간신히 시간을 보냈다. 그런데 바로 이때 갑자기 그가 기대하고 있던 충격적인 사건이 이어졌고, 그의 결정에 방향을 제시해 주었다. 11시에 문을 열고 가족들이 있는 곳으로 나가자마자, 그는 갑자기 식구들에게서 모든 사람을 공포에 떨게 만들었던 강도이자 탈주범인 페찌까가, 교회를 약탈하고 최근에 살인을 저지른 자이며 우리 경찰이 그렇게 추적해도 잡을 수 없었던 방화범인 그가, 오늘 새벽 도시로부터 7베르스따 떨어진 곳, 큰길에서 자하리나 방향으로 이어지는 샛길 모퉁이에서 살해당한 채 발견되었으며, 이미 온 도시가 그 이야기를 하고 있다는 것을 알게 되었다. 그는 자세한 내용을 알고 싶어 곧바로 부리나케 집에서 뛰어나왔다. 그는 우선, 머리가 깨진 채 발견된 페찌까는 모든 정황상 강도를 당했다는 것과, 둘째로 경찰은 이미 그의 살인자가 시뻐굴린 공장 노동자인 폼까라고 강하게 의심하고 있고 몇 가지 확실한 증거도 확보

했다는 것을 알게 되었다. 폼까는 의심할 바 없이 레뱟긴 남매를 죽이고 불을 낸 페찌까의 공범으로, 페찌까가 레뱟긴 집에서 훔친 거액의 돈을 숨기려 하는 바람에 길을 가던 도중 두 사람 사이에 싸움이 일어났다는 것이다……. 리뿌찐은 뾰뜨르 스쩨빠노비치의 집으로도 달려갔고, 거기 뒤쪽 현관에서 은밀하게, 뾰뜨르 스쩨빠노비치가 어제 새벽 1시쯤 집에 돌아왔지만, 그 후 아침 8시까지 밤새 자기 집에서 아주 조용히 자기만 했다는 것을 알아낼 수 있었다. 물론 강도 페찌까의 죽음에 유별난 점이라고는 전혀 없었으며, 페찌까와 같은 경력을 가진 경우 그런 식의 결말이 훨씬 더 자주 일어난다는 것은 의심의 여지가 없었지만, 〈페찌까는 이날 저녁 마지막 보드까를 마셨다〉는 숙명적인 말의 우연의 일치, 그러한 예언의 즉각적인 실현이 너무나 의미심장해서, 리뿌찐은 갑자기 망설이던 것을 중지하고 말았다. 그는 충격을 받았던 것이다. 마치 돌덩어리가 그에게로 떨어져 영원히 짓누르는 것만 같았다. 그는 집으로 돌아와 말없이 여행 가방을 발로 차서 침대 밑으로 밀어 넣었고, 저녁이 되자 정해진 시간에 샤또프를 만나기로 약속된 장소에 그 누구보다 먼저 나타났다. 하지만 사실 그의 주머니에는 여전히 여권이 들어 있었다…….

제5장
나그네 여인

1

리자에게 일어난 재앙과 마리야 찌모페예브나의 죽음은 샤또프에게 압도적인 인상을 불러일으켰다. 앞에서 언급했듯이 이날 아침에 나는 잠깐 그를 만났는데, 그는 완전히 제정신이 아닌 것 같았다. 아무튼 그는 전날 밤 9시경에(즉, 불이 나기 세 시간 전에) 마리야 찌모페예브나를 방문했었다는 것도 말해 주었다. 그는 아침 일찍 시체를 보러 갔다 왔지만, 내가 아는 한 그날 아침에는 어디에서도 아무런 증언을 하지 않았다. 그러다 저녁 무렵이 되자 그의 마음속에 폭풍이 휘몰아치기 시작했다……. 확실히 말할 수 있지만, 그가 자리에서 일어나 모든 것을 알리러 가야겠다고 생각한 것은 바로 그 황혼 무렵이었던 것 같다. **모든 것**이 무엇을 말하는지는 그만이 알고 있었다. 물론 아무 성과도 없이 오직 자기 자신을 배신하는 결과가 될 뿐이었을 것이다. 그에게는 이번에 발생한 악행을 폭로할 만한 어떠한 증거도 없었으며, 게다가 막연한 추측만 하고 있을 뿐이어서, 그 자신에게만 완전히 확실한 것으로 받아들여졌다. 그러나 그는 그의 말대로 〈불한당들을 짓밟을 수만 있다면〉 스스로 파멸할 준비가 되어 있었다. 뾰뜨르 스쩨빠노비치는 그에게 어느 정도 이런 발작이 일어나리라고 정확히 예측하고 있었으며, 따라서 자신의 무시무시한 새 계획의 실행을 내일까지 연기한 것은 심한 모험이라는 것도 알고 있었다. 그의 입장에서 보면 여기에는 그의 평상시의 강한 자만심과 이런 〈인간들〉, 특히 샤또프에 대한 경멸이 작용하고 있었다. 그는 이미 해외에 있을 때부터 샤또프에게 이런 표현을 사용했지만, 오래전부터 그를 〈징징대는 멍청이〉라고 경멸해 왔으며, 그런 단순한 인간을 확실하게 조종할 수 있으리라고, 즉 이날 하루만 그를 시야에서 놓치지 않고 있다가 위험해 보이는 순간 바로 그의 길을 막아 버릴 수 있으리라고 굳게 믿고 있었다. 그런데 그들이 전혀 예견하지 못했던 뜻밖의 상황이 잠시 동안이나마 〈불한당들〉을 구해 주었다…….

저녁 7시를 지날 무렵(이것은 **우리 일당**이 에르껠의 집에 모여 뾰뜨르 스쩨빠노비치를 기다리며 분개하고 흥분하고 있던 바로 그 시간이었다) 샤또프는 두통과 가벼운 오한으로 어두운 방 안에 촛불도 켜지 않고 침대에 길게 늘어져 있었다. 그는 의혹으로 괴로워했고, 화도 났고, 마음의 결정을 내리려 했지만 좀처럼 최종적인 결단을 내리지 못했으며, 어쨌거나 이 모든 것이 아무런 결과를 가져오지 못하리라는 예감에 스스로가 저주스럽기만 했다. 그는 조금씩 잠에 빠져들다가 깜빡 잠이 들었는데, 자다가 뭔가 악몽에 가까운 꿈을 꾸었다. 그는 꿈속에서 자기 침대에 묶여 있었는데, 온몸이 꽁꽁 묶여서 조금도 움직일 수가 없었고, 그사이 울타리와 대문, 끼릴로프 집 곁채에 있는 그의 집 문을 무섭게 두드리는 소리가 온 집 안에 울려 퍼졌고, 그 때문에 집 전체가 마구 흔들렸으며, 어딘가 멀리서 귀에 익지만 그에게는 고통스러운 목소리가 애타게 그의 이름을 부르고 있었다. 그는 갑자기 정신이 들어 침대에서 몸을 일으켰다. 놀랍게도 문 두드리는 소리는 계속 들려왔는데, 비록 꿈에서 들었던 것처럼 그렇게 강하지는 않았지만, 계속해서 끈질기게 이어졌다. 이상하고 〈고통스러운〉 그 목소리는 애처롭기보다는 오히려 초조하고 화가 난 것처럼 아래쪽 문에서 계속 들려왔고, 그 소리와 뒤섞여 훨씬 더 절제되고 평범한 누군가 다른 사람의 목소리도 들려왔다. 그는 벌떡 일어나서 환기창을 열고 고개를 내밀었다.

「거기 누구요?」 그는 문자 그대로 놀라움에 몸이 얼어붙어서 소리쳤다.

「만약 당신이 샤또프라면,」 아래쪽에서 날카롭고 단호한 소리가 들려왔다. 「제발 직접적으로 솔직하게 말해 주세요. 나를 집 안으로 들여보내 줄 거예요, 말 거예요?」

그럼 그렇지. 그는 이 목소리를 알고 있었다!

「마리…… 당신이오?」

「네, 나예요, 마리야 샤또바, 정말이지 단 1분도 더 이상 마부를 기다리게 할 수가 없어요.」

「지금 당장…… 양초만 찾고…….」 샤또프는 힘없이 소리쳤다. 그러고는 성냥을 찾으러 뛰어갔다. 이런 경우 보통 그렇듯이 좀처럼 성냥을 찾을 수가 없었다. 그는 촛대에 있던 양초를 바닥에 떨어뜨렸지만, 아래에서 다시 조급해하는 목소리가 들리자 모든 것을 내팽개치고 쪽문을 열기 위해 경사가 급한 계단을 따라 헐레벌떡 아래로 날아 내려갔다.

「부탁이니, 이 얼간이하고 결판을 짓는 동안 이 가방을 좀 들어 주세요.」 마리야 샤또바 부인은 아래층에서 그와 만나자 캔버스 천에 청동 못을 박은 가벼운 드레스덴제 싸구려 손가방을 그의 손에 찔러 넣었다. 그러고는 짜증을 내며 마부에게 달려들었다.

「분명히 말하지만, 당신은 지나치게 많이 받으려고 하네요. 당신이 나를 꼬박 한 시간 동안이나 여기 진흙탕 길에서 끌고 다녔다면, 그건 당신 잘못이죠. 당신이 이 멍청한 거리와 바보 같은 집이 어디 있는지 몰랐던 거잖아요. 여기 30꼬뻬이까를 받고, 더 이상은 받을 수 없다는 점을 인정하세요.」

「에이, 부인, 당신이 계속 보즈네센스까 거리라고 말씀하셨잖아요. 그런데 여기는 보고야블렌스까 거리라고요. 보즈네센스꼬이 골목길은 여기서 한참 저쪽에 있단 말입니다.⁴⁰ 제 거세마들만 땀을 뻘뻘 흘리고 있네요.」

「보즈네센스까야든 보고야블렌스까야든, 그런 멍청한 이름들은 당신이 나보다 더 잘 알아야 하잖아요. 당신은 여기 주민이니까요. 게다가 당신은 정당하지 못해요. 내가 맨 처음 필리뽀프의 집이라고 말했을 때, 당신은 바로 그 집을 안다고 분명히 말했다고요. 어쨌건 내일 조정재판소에 가서 나한테 손해배상을 청구하는 건 상관없는데, 지금은 제발 나를 가만히 좀 내버려 두세요.」

「자, 여기 5꼬뻬이까 더 주겠소!」 샤또프는 신속하게 주머니에서 5꼬뻬이까 동전을 꺼내 마부에게 쥐여 주었다.

「제발 부탁인데, 그런 식으로 행동하지 좀 마세요!」 샤또바 부인은 발끈했지만 마부는 이미 〈거세마〉를 타고 떠나 버렸

40 마부는 도로 이름을 모두 불명확하게 말하고 있다.

고, 샤또프는 그녀의 손을 잡고 문 안으로 이끌었다.

「빨리, 마리, 빨리……. 그건 별것 아니오. 이런, 완전히 젖었군! 조용히, 이리로 올라가야 해요. 불이 없어서 정말 유감이오. 계단이 가파르니 더 단단히 잡아요, 더 단단히. 자, 여기가 내 방이오. 미안하오, 불도 없어서…… 지금 바로!」

그는 촛대를 집어 올렸지만 성냥은 이번에도 오랫동안 찾지 못했다. 샤또바 부인은 방 한가운데서 조금도 움직이지 않고 한마디 말도 없이 기다리고 서 있었다.

「다행이군, 마침내 찾았어!」 그는 방에 불을 밝히며 기쁘게 소리쳤다. 마리야 샤또바는 재빨리 방 안을 둘러보았다.

「당신이 형편없이 산다는 말은 들었지만, 그래도 이럴 줄은 생각도 못했어요.」 그녀는 까다롭게 한마디하며 침대 쪽으로 걸어갔다.

「아, 피곤해!」 그녀는 힘없는 표정으로 딱딱한 침대에 앉았다. 「제발, 가방을 내려놓고 당신도 의자에 앉으세요. 아니, 마음대로 하세요. 그런데 당신은 계속 눈에 거슬리네요. 일자리를 찾는 동안만 잠시 당신 집에 머물게요. 이곳에 대해 아는 것도 없고, 돈도 없거든요. 그러나 내가 당신을 곤란하게 하고 있다면, 제발 부탁이니 지금 바로 이야기해 주세요. 당신이 정직한 사람이라면 그렇게 해야 마땅해요. 어쨌건 내일 뭐라도 팔면 여관에 머물 돈을 마련할 수 있을 거예요. 하지만 여관까지는 당신이 좀 데려다주세요……. 아, 지금은 너무 피곤하네요!」

샤또프는 온몸을 심하게 떨었다.

「그럴 필요 없어, 마리. 여관은 필요 없소! 여관이라니? 아니, 왜? 무엇 때문에?」

그는 애원하듯 두 손을 꽉 잡았다.

「글쎄요, 여관에 가지 않아도 된다 하더라도 어쨌든 상황을 설명해야 할 것 같아요. 샤또프, 기억하겠죠, 우리가 제네바에서 2주 남짓 결혼 생활을 하고 특별한 언쟁 없이 헤어진 지도 벌써 3년이 되었네요. 그렇다고 과거의 어리석은 짓을 되풀이하기 위해 돌아왔다고는 생각하지 마세요. 나는 일자리를 찾아서 돌아온 건데, 이 도시로 곧장 온 것은 나한테 아무런 상관이 없기 때문이지요. 후회가 되어 온 것이 아니니, 그런 바보 같은 생각은 하지도 말아 주세요.」

「오, 마리! 그런 건 다 쓸데없는 소리요, 전혀 쓸데없는 소리란 말이오!」 샤또프는 어물어물 중얼거렸다.

「만약 그렇다면, 만약 당신이 이것도 이해할 수 있을 정도로 깬 사람이라면, 한 가지 더 덧붙여 말하겠어요. 내가 지금 곧장 당신에게 의지하려고 당신 집을 찾아온 것은, 어느 정도 당신이 전혀 비열한 인간은 아니라고, 아마도 다른…… 불한당들보다…… 훨씬 더 좋은 사람이라고 항상 생각하고 있었기 때문일 거예요!」

그녀의 눈이 반짝거렸다. 아마도 그녀는 〈불한당들〉에게 여러 가지 일을 당했음에 틀림없었다.

「그러니 제발 지금 내가 당신이 좋은 사람이라고 말한다고 해서 그것이 당신을 비웃는 것은 전혀 아니라는 점을 확실히 알아줬으면 해요. 솔직하게 말하는 것일 뿐, 듣기 좋으라고 하는 말도 아니고, 더욱이 그런 건 참을 수도 없어요. 하지만 다 쓸데없는 소리예요. 나는 항상 당신이 사람을 귀찮게 하지 않을 만큼의 지혜는 가지고 있기를 바랐는데…… 아, 그만하죠. 정말 피곤하네요!」

그러면서 그녀는 아주 지치고 피곤한 시선으로 그를 쳐다 보았다. 샤또프는 그녀 앞에, 방을 가로질러 다섯 걸음쯤 떨어진 곳에 서서, 소심하지만 생기를 되찾은 모습으로, 전에 없이 빛나는 얼굴로 그녀의 이야기를 듣고 있었다. 항상 털을 곤두세우고 있던 억세고 거친 이 사람이 갑자기 완전히 부드러워지고 밝아져 있던 것이다. 그의 마음속에서는 뭔가 예외적이고 전혀 예기치 않던 것이 전율하기 시작했다. 이별 후 3년, 결혼 생활이 깨진 후 3년이라는 기간은 그의 마음속에서 아무것도 몰아내지 못했다. 아마도 그는 지난 3년 동안 하루도 빠짐없이 그녀에 대해, 언젠가 그에게 〈사랑해요〉라고 말했던 그 소중한 존재에 대해 꿈꾸고 있었을 것이다. 나는 샤또프를 알고 있기에 이런 말을 할 수 있지만, 그는 어떤 여성이 그에게 〈사랑해요〉라고 말해 주는 꿈을 꾸는 것조차 결코 용납할 수 없었을 것이다. 그는 기이할 정도로 숫기가 없고 수치심이 많았으며, 자신을 용모가 추한 불구자로 생각했고, 자신의 얼굴이나 성격을 증오했으며, 스스로를 시장에나 끌고 다니며 보여 줄 수 있는 괴물과 같다고 여겼다. 이런 까닭에 그는 무엇보다 정직함을 높게 평가했고, 자기 신념에 광적으로 몰두해 항상 음울하고 거만하고 화가 난 표정을 지었으며, 말수가 적었다. 그런데 지금 2주 동안 그를 사랑해 주었던(그는 항상, 항상 그렇게 믿고 있었다!) 바로 그 유일한 존재가, 즉 그녀의 잘못을 완전히 냉철하게 파악하고 있음에도 불구하고 그가 언제나 자기보다 비교도 안 될 정도로 높은 곳에 있다고 생각했던 그 존재가, 그로서는 모든 것, 정말 **모든 것**을 완전히 용서해 줄 수 있는(그런 것은 문제도 될 수 없었으며, 오히려 그 반대로 자기 자신이 그녀에게 죄를 짓고 있는 것처럼 되어 버렸다) 존재인 마리야 샤또바가 갑자기 다시 그의 집에, 다시 그의 앞에 나타나다니…… 이것은 거의 이해할 수 없는 상황이었다! 그는 너무나 놀라고 말았는데, 이 사건은 그만큼 그에게 무언가 두려우면서도 더불어 엄청 난 행복이었으며, 그래서 당연히 정신을 차릴 수 없었고, 어 쩌면 제정신을 차리고 싶지도 않았고, 오히려 그렇게 될까 봐 두려워하는 것 같았다. 이것은 꿈이었다. 그러나 그녀가 지친 시선으로 그를 바라보자, 그는 갑자기 이렇게 사랑하는 존재 가 고통스러워하고 있고, 아마도 모욕을 당한 것 같다는 생각 이 들었다. 심장이 얼어붙는 것 같았다. 그는 고통스럽게 그 녀의 모습을 살펴보았다. 이미 오래전, 피곤에 지친 그녀의 얼굴에서는 젊은 시절 초기의 눈부신 빛은 사라지고 없었다. 물론 그녀는 여전히 아름다웠고, 그의 눈에는 전과 다름없이 미인이었다(사실 그녀는 아직 스물다섯 살로 상당히 튼튼한 체격에 평균 이상의 키 ― 샤또프보다 컸다 ― 와 짙은 아마 색의 풍성한 머리카락, 창백한 타원형 얼굴, 지금은 열병을 앓는 것처럼 번뜩이는 커다란 검은색 눈을 하고 있었다). 그 러나 그가 잘 알고 있는 과거 그녀의 경박하고 순진하고 천 진난만한 열정은 음울한 짜증과 환멸, 그리고 냉소주의 같은 것으로 바뀌어 있었는데, 이 냉소에는 아직 익숙해지지 않아 서 스스로도 압박감을 느끼고 있는 것 같았다. 그러나 중요한 것은 그녀가 병들었다는 것이며, 그는 그것을 분명히 알 수 있었다. 그는 그녀에 대한 온갖 공포에도 불구하고 갑자기 그 녀에게 다가가 두 손을 잡았다.

「마리…… 이봐…… 당신 아주 피곤한 것 같은데, 제발 화내 지 말아요……. 괜찮다면 혹시 차라도 한잔하겠소? 차를 마시면 기운이 날 텐데, 응? 만약 괜찮다면……!」

「여기에 괜찮고 말고 할 게 뭐 있어요. 물론 괜찮지요. 당신은 정말 여전히 어린아이 같군요. 줄 수 있으면 주세요. 그런데 당신 방은 정말 좁네요! 여기는 정말 추워요!」

「오, 지금 당장 장작을, 장작을 가져오지……. 나한테 장작이 있소!」 샤또프는 허둥지둥하기 시작했다. 「장작이…… 그러니까, 그러나…… 어쨌거나, 이제 곧 차를……」 그는 필사적으로 결심을 한 듯 손을 휘젓고는 모자를 집어 들었다.

「대체 어딜 가세요? 그럼 집에 차가 없는 거예요?」

「있소, 있소, 있소, 이제 곧 다 있을 거요……. 나는……」 그는 선반에서 권총을 집어 들었다.

「이 권총을 팔 거요……. 아니면 저당을 잡히든가……」

「무슨 바보 같은 짓이에요, 게다가 얼마나 오래 걸릴지! 당신한테 한 푼도 없다면, 자, 여기 내 돈을 받으세요. 8그리브나[41] 정도 될 텐데, 그게 전부예요. 당신 집은 꼭 정신 병원 같군요.」

「필요 없소, 당신 돈은 필요 없어요. 내가 지금, 금방, 이 권총은 없어도 되니까……」

그리고 그는 곧장 끼릴로프의 집으로 달려갔다. 이것은 아마도 뾰뜨르 스쩨빠노비치와 리뿌찐이 끼릴로프를 방문하기 두 시간 정도 전이었던 것 같다. 샤또프와 끼릴로프는 한 마당을 사이에 두고 살고 있었지만, 서로 거의 만난 적이 없었으며, 만나더라도 인사도 하지 않고 말도 하지 않았다. 그들은 이미 너무 오랫동안 미국에서 함께 〈누워 지냈던〉 것이다.

「끼릴로프, 자네 집에는 항상 차가 있던데, 지금 차와 사모

41 러시아의 화폐 단위. 1그리브나는 10꼬뻬이까 은화이다.

바르가 있나?」

　방 안을 돌아다니던(밤새 방 안 구석구석을 돌아다니는 자신의 습관대로) 끼릴로프는 갑자기 멈춰 서서 뛰어 들어온 사람을 뚫어지게 쳐다보았지만 별달리 놀라지는 않았다.

　「차도 있고, 설탕도 있고, 사모바르도 있네. 그러나 사모바르는 필요 없을 거야, 차가 뜨거우니. 앉아서 그냥 마시게.」

　「끼릴로프, 우리는 미국에서 함께 지냈지……. 지금 아내가 왔네……. 나는…… 차 좀 주게……. 사모바르도 필요하고.」

　「아내가 왔다면 사모바르도 필요하겠군. 그러나 사모바르는 나중에 가져가게. 나한테 두 개 있으니. 지금은 탁자 위에 있는 찻주전자를 가져가게. 뜨겁다네, 아주 뜨거워. 다 가져가게. 설탕도 가져가고, 전부 다. 빵도…… 빵도 많으니, 다 가져가게. 송아지 고기도 있다네. 돈도 1루블 있고.」

　「빌려주게, 친구. 내일 갚겠네! 아, 끼릴로프!」

　「그런데 스위스에 있던 그 아내인가? 잘됐군. 자네가 이렇게 뛰어 들어오다니, 그것도 좋은 일이야…….」

　「끼릴로프!」 샤또프는 팔꿈치 밑으로 찻주전자를 꽉 잡아 누르고 양손으로 설탕과 빵을 들면서 소리쳤다. 「끼릴로프! 만일…… 만일 자네가 그 무서운 공상을 포기하고 무신론의 헛소리를 버릴 수만 있다면…… 오, 자네는 얼마나 아름다운 사람이 될까, 끼릴로프!」

　「자세는 스위스 사건 이후에도 아내를 사랑하고 있는 것 같군. 스위스 사건 이후에도 그렇다면 그건 좋은 일이네. 차가 필요하면 또 오게. 밤새 언제든 오게나. 나는 전혀 잠을 안 자니까. 사모바르도 준비해 두겠네. 1루블도 가져가게, 자, 여기. 이제 아내에게 가보게. 나는 여기 있으면서 자네와 자네 아내에 관해 생각하고 있을 테니.」

마리야 샤또바는 그가 서둘러 준 것에 만족한 듯 보였으며, 게걸스러울 정도로 차를 마시기 시작했다. 그러나 사모바르를 가지러 달려갈 필요는 없었다. 그녀는 기껏해야 반 잔 정도 마셨고, 빵도 아주 작은 조각만 삼켰을 뿐이었다. 송아지 고기는 혐오스럽고 짜증 난다는 듯이 거절했다.

「당신 아프군, 마리. 이런 건 전부 당신이 병이 나서 그런 것 같은데…….」샤또프는 그녀 주위를 소심하게 맴돌면서 소심하게 말했다.

「물론 나는 아파요. 제발 좀 앉으세요. 차가 없다더니 어디서 가져왔지요?」

샤또프는 끼릴로프에 관해 간단하게 이야기해 주었다. 그녀도 그에 대해 어느 정도 들은 바가 있었다.

「미친 사람이라는 건 나도 알아요. 제발 그만하세요. 세상에 바보들이 좀 많아요? 그래서 당신은 미국에 있었단 말이죠? 들었어요, 당신이 편지를 보냈잖아요.」

「그래, 나는…… 파리 주소로 편지를 보냈지.」

「그만해요, 제발. 이제 다른 이야기를 하지요. 당신은 슬라브주의 신봉자인가요?」

「나는…… 나는…… 그런 게 아니라…… 러시아인이 될 수 없어서 슬라브주의자가 된 것이오.」그는 상황에 맞지 않게 지나치게 말재주를 부린 사람처럼 힘겹게 일그러진 미소를 지었다.

「그럼 당신은 러시아인이 아닌가요?」

「그렇소, 러시아인이 아니오.」

「아, 그런 건 다 바보 같은 소리예요. 앉으세요, 제발, 부탁하고 있잖아요. 왜 자꾸 이리저리 돌아다니는 거죠? 내가 헛소리하고 있다고 생각하세요? 어쩌면 곧 헛소리를 하게 될지도 모르죠. 그런데 이 집엔 당신들 두 사람만 있는 건가요?」

「둘뿐이오……. 아래층에…….」

「그러니까 똑똑한 사람들 둘이서 말이군요. 아래층에, 뭐라고요? 아래층이라고 했나요?」

「아니, 아무것도 아니오.」

「뭐가 아무것도 아니에요? 난 알고 싶은데요.」

「지금 여기 이 집에는 우리 두 사람이 살고 있지만, 전에는 아래층에 레밧긴 남매가 살고 있었다고 말하려고…….」

「지난밤에 살해된 그 여자 말인가요?」 그녀는 갑자기 벌떡 일어났다. 「나도 들었어요. 여기 도착하자마자 들었다고요. 이곳에 불도 났다면서요?」

「그래요, 마리, 나는 지금 이 순간 그런 나쁜 놈들을 용서해 줌으로써 굉장히 비열한 행동을 하고 있는 것인지도 모르오…….」 그는 갑자기 자리에서 일어나더니 극도의 흥분 상태로 팔을 들어 올리고 방 안을 돌아다녔다.

그러나 마리는 그의 말을 완전히 이해하지는 못했다. 그녀는 그의 대답을 멍하니 듣고 있었다. 질문을 해놓고 대답은 제대로 듣지 않았던 것이다.

「여기서는 대단한 일들이 벌어지고 있군요. 오, 어쩜 그렇게 역겨운 일들이! 다들 어찌나 비열한 인간들인지! 자, 좀 앉으세요. 제발 이렇게 부탁하고 있잖아요. 오, 당신은 정말 나를 짜증 나게 하는군요!」 그러면서 그녀는 기진맥진해 고개를 베개에 떨구었다.

「마리, 이제 그만하겠소……. 당신은 아무래도 좀 누워야 할 것 같은데, 마리?」

그녀는 대답도 하지 않고 힘없이 눈을 감았다. 얼굴이 너무 창백해 꼭 죽은 사람 같았다. 그녀는 거의 눈 깜짝할 사이에 잠이 들었다. 샤또프는 주위를 둘러보고 촛불을 바로잡은 다음 다시 한번 그녀의 얼굴을 걱정스럽게 바라보고는, 두 손을 앞으로 꽉 쥔 채 발뒤꿈치를 들고 방에서 현관으로 나왔다. 그는 계단 꼭대기에서 벽 한쪽 구석에 얼굴을 기대고 10분 정도 그대로 말없이 꼼짝 않고 서 있었다. 좀 더 오래 서 있을 수도 있었지만, 갑자기 아래층에서 조용하고 조심스러운 발소리가 들려왔다. 누군가 위로 올라오고 있었다. 샤또프는 쪽문 잠그는 것을 잊은 것이 생각났다.

「거기 누구요?」 그는 낮은 소리로 물었다.

미지의 방문객은 서두르지도 않고 대답도 없이 올라왔다. 그는 꼭대기에 도착하자 멈춰 섰다. 어둠 속이라 그를 알아볼 수가 없었다. 갑자기 그의 조심스러운 목소리가 들려왔다.

「이반 샤또프입니까?」

샤또프는 그렇다고 대답했지만, 상대를 멈춰 세우려고 즉시 팔을 뻗었다. 그러나 상대가 그 손을 잡자 샤또프는 무서운 파충류에 닿기라도 한 것처럼 부르르 몸을 떨었다.

「거기 서요.」 그는 재빨리 속삭였다. 「들어오지 마시오. 나는 지금 당신을 맞아들일 수가 없소. 아내가 돌아왔단 말이오. 촛불을 가지고 나오겠소.」

그가 촛불을 들고 돌아와 보니, 젊은 장교가 한 사람 서 있었다. 이름은 모르지만 어디선가 본 적 있는 사람이었다.

「에르켈입니다.」 그가 자기소개를 했다. 「비르긴스끼 집에서 만난 적이 있지요.」

「기억하고 있소. 당신은 앉아서 무언가 쓰고 있었지. 이봐요.」샤또프는 벌컥 화를 내며 극도의 흥분 상태로 그에게 다가갔지만, 여전히 속삭이는 소리로 말했다. 「방금 전 내 손을 잡았을 때 당신은 그 손으로 내게 신호를 보냈소. 하지만 알아 두시오. 난 그 모든 신호에 침이나 뱉고 무시해 버리면 그만이오! 나는 인정하지도 않고…… 원하지도 않소……. 지금 당신을 계단에서 밀어 버릴 수도 있단 말이오, 알겠소?」

「아니요, 아무것도 모르겠습니다. 당신이 무엇 때문에 그렇게 화를 내는지도 전혀 모르겠는데요.」손님은 악의 없이, 거의 순진하다 싶을 정도로 이렇게 대답했다. 「저는 그냥 당신께 전해 드릴 말이 있는데, 무엇보다 시간을 허비하고 싶지 않아서 이렇게 왔습니다. 당신한테는 당신 소유가 아닌 인쇄기가 있을 텐데, 아시다시피 그것을 보고해야 할 의무가 있습니다. 저는 당신이 그것을 내일 저녁 정각 7시에 리뿌찐에게 전해 주도록 요청하라는 지시를 받았습니다. 그뿐만 아니라, 당신에게는 더 이상 아무것도 요구하지 않는다는 말을 전하라는 지시도 받았습니다.」

「아무것도?」

「정말 아무것도요. 당신의 요청은 수리되었고, 이제 당신은 영원히 제명되었습니다. 저는 그 사실을 당신께 전하라는 지시를 받았습니다.」

「누가 전하라고 지시했소?」

「나한테 신호를 준 그 사람들이지요.」

「당신은 외국에서 왔소?」

「그건…… 그건, 당신이 상관할 바 아니라고 생각합니다만.」

「에이, 빌어먹을! 그런 지시를 받았다면 왜 좀 더 일찍 오지 않은 거요?」

「나는 어떤 지령을 수행하는 중이었고, 또 혼자가 아니었습니다.」

「알겠어, 알겠다고, 혼자가 아니었겠지. 에이…… 빌어먹을! 왜 리뿌찐이 직접 오지 않은 거요?」

「그럼 내일 저녁 정각 6시에 당신을 데리러 오겠습니다. 우리는 걸어서 그곳까지 갈 겁니다. 우리 세 사람 말고는 아무도 없을 거예요.」

「베르호벤스끼도 오는 거요?」

「아니요, 그는 오지 않습니다. 베르호벤스끼는 내일 아침 11시에 도시를 떠날 겁니다.」

「내 그럴 줄 알았지.」샤또프는 미친 듯이 속삭이며 주먹으로 자기 무릎을 쳤다. 「도망치겠다 이거지, 사기꾼 자식!」

그는 흥분한 채 생각에 잠겼다. 에르껠은 그를 뚫어지게 쳐다보며 말없이 기다렸다.

「당신들은 그것을 어떻게 가져갈 거요? 한 번에 들고 갈 수는 없을 텐데.」

「그렇게 할 필요는 없습니다. 당신은 장소만 알려 주면 되고, 우리는 실제로 그곳에 묻혀 있는지 확인만 할 겁니다. 우리는 그곳이 어디쯤인지만 알고 있을 뿐 정확한 장소는 모르거든요. 그런데 혹시 그 장소를 누군가에게 알려 준 적 있으십니까?」

샤또프는 그를 쳐다보았다.

「당신은, 당신은, 당신 같은 소년이 — 이렇게 어리석은 소년이 — 양처럼 그 일에 머리를 들이민 거요? 에이, 그래, 그놈들에겐 이런 혈기왕성한 젊은이들이 필요할 테지! 이제 가

시오! 에이! 그 비열한 놈은 당신들 모두에게 사기를 치고 도
망쳐 버렸군.」

에르껠은 맑고 차분한 시선으로 그를 쳐다보고 있었지만,
무슨 말인지 이해하지 못하는 것 같았다.

「베르호벤스끼가 도망쳤다고. 베르호벤스끼가!」샤또프는
사납게 이를 갈았다.

「그는 아직 이곳에 있어요. 떠나지 않았습니다. 내일까지
는 떠나지 않을 겁니다.」에르껠은 부드럽고 설득력 있게 말
했다. 「저는 그에게 특별히 증인으로 참석해 달라고 부탁했
습니다. 제가 받은 지시는 모두 그에게서 온 것이니까요. (그
는 경험이 없는 젊은이로서 모든 것을 털어놓고 말았다.) 그
러나 그는 유감스럽게도 출발을 이유로 승낙하지 않았습니
다. 게다가 실제로 무슨 일인지 서두르고 계셨습니다.」

샤또프는 또다시 이 얼뜨기에게 연민의 시선을 던지더니,
갑자기 〈동정할 만하군〉이라고 생각한 듯 손을 내저었다.

「좋아, 가겠소.」그는 갑자기 말을 끊었다. 「자, 이제 가시
오, 당장!」

「그럼 정각 6시에 오겠습니다.」에르껠은 정중하게 인사하
고 유유히 계단을 내려갔다.

「이 멍청이!」샤또프는 참지 못하고 계단 위에서 그의 뒤
에 대고 소리쳤다.

「뭐라고요?」아래쪽에서 그가 대꾸했다.

「아무것도 아니오, 그냥 가시오.」

「무슨 말씀을 하신 줄 알았습니다.」

2

에르껠은 머릿속에 황제의 분별력과 같은 주요한 분별력은 갖추지 못한 그런 〈멍청이〉였지만, 하찮은 부하의 분별력은 꽤 가지고 있었으며 교활하기까지 했다. 〈공동의 과업〉에, 하지만 사실은 뾰뜨르 스쩨빠노비치에게 광적으로 어린아이처럼 충성을 바치고 있는 그는, **우리 일당**의 회의에서 내일에 대비하여 약속을 하고 역할을 정할 때 그에게 부여된 뾰뜨르 스쩨빠노비치의 지시대로 행동했던 것이다. 뾰뜨르 스쩨빠노비치는 그에게 전령 역할을 맡기면서 10분 정도 짬을 내어 한쪽에서 그와 이야기를 나누었을 뿐이었다. 이처럼 지시를 이행하는 역할이, 하찮고 이성적이지도 않으며 영원히 타인의 의지에 복종하기를 갈망하는 본성을 가진 그에게는 잘 맞았다. 오, 물론, 〈공동의〉 혹은 〈위대한〉 과업을 위해서라는 뻔한 핑계는 있어야 했지만. 그러나 이것 역시 아무래도 상관없는 것이었다. 왜냐하면 에르껠처럼 보잘것없는 광신도들은 자신들이 이해하기에 이념과 그 이념을 표현하는 인물 사이에 동일시가 이루어지지 않는다면, 그러한 이념에 봉사한다는 것을 좀처럼 이해할 수 없기 때문이다. 감수성이 예민하고 다정하고 선량한 에르껠은 아마도 샤또프를 목표로 모여들었던 살인자들 중에서 가장 냉혹한 사람이었을 것이며, 아무런 개인적 원한도 없으면서 눈도 깜박하지 않고 그의 살해에 동참했을 것이다. 예를 들자면, 그는 자신의 임무를 수행하는 동안 샤또프의 동향을 잘 살펴보라는 지시를 받고 있었는데, 샤또프가 그를 계단에서 맞이하며 분명 자기 자신도 모르게 흥분 상태로 아내가 돌아왔다는 말을 불쑥 꺼냈을때, 에르껠은 그 말을 듣는 순간 그의 아내가 돌아왔다는 사실이 자기들 계획의 성공에 큰 의미를 지닌다는 생각이 얼핏 떠올랐음에도 불구하고, 더 이상 조금의 호기심도 보이지 않을 만큼 본능적인 교활함을 갖추고 있었다…….

실제로도 그러했다. 이 사실 하나가 샤또프의 의도에서 〈불한당들〉을 구해 주었고, 또한 그들이 그에게서 〈벗어날 수 있도록〉 도와주었다……. 첫째, 이 사건은 샤또프를 흥분하게 만들었고, 그를 정상 궤도에서 벗어나게 했으며, 그에게서 평상시의 통찰력이나 신중함을 빼앗아 버렸다. 자신의 안전에 관한 생각 같은 건 지금 완전히 다른 생각에 사로잡혀 있는 그의 머릿속에서 가장 나중에 떠오를 수밖에 없었다. 오히려 그는 뾰뜨르 베르호벤스끼가 내일 도망간다는 것을 놀라울 정도로 믿고 있었다. 이것은 그만큼 그의 의심에 맞아떨어졌던 것이다! 그는 방으로 돌아와서 다시 구석에 자리 잡고 앉아 팔꿈치를 무릎에 대고 두 손으로 얼굴을 감쌌다. 고통스러운 생각이 자꾸 그를 괴롭혔다…….

그는 곧 다시 고개를 들고 일어나더니 발뒤꿈치를 들고 그녀를 보러 걸어갔다. 〈맙소사! 내일 아침이면 열병이 심해질 것 같은데, 아니 이미 시작되었을지도 모르겠군! 감기에 걸린 게 분명해. 이런 지독한 날씨에 익숙하지도 않은데, 기차를, 그것도 3등칸을 타고 왔으니, 주위에는 회오리바람에 비도 오고, 다른 옷 없이 저렇게 얇은 외투 하나만 입고……. 그런데 이렇게 그녀를 내버려 두어야 하다니, 아무런 도움도 주지 못하고 버려두어야 하다니! 가방은, 가방은 또 얼마나 작고 가볍고 구겨져 있는지, 10푼뜨[42]도 안 되겠군! 불쌍한 사

42 러시아의 무게 단위. 1푼뜨는 0.41킬로그램이다.

람, 얼마나 지친 거야, 얼마나 고생을 했을까! 자존심이 강한 여자라 불평도 하지 못하고. 하지만 짜증을 내긴 했어, 짜증을! 그건 병 때문이야. 천사라도 병에 걸리면 짜증이 나겠지. 틀림없이 이마는 건조하고 뜨거울 텐데, 눈 밑은 또 왜 저렇게 검은지……. 하지만 저 타원형 얼굴과 풍성한 머리카락은 얼마나 아름다운가, 얼마나…….〉

그는 서둘러 시선을 돌렸고, 그녀의 모습에서 도움이 필요한 불행하고 지친 존재라는 것 말고 뭔가 다른 것을 찾아보려는 생각을 하고 있다가, 깜짝 놀란 것처럼 서둘러 그 자리를 떠났다. 〈여기에 대체 어떤 **희망**이 있단 말인가! 오, 인간은 얼마나 천박하고 얼마나 비열한가!〉 그는 다시 구석 자리로 돌아가서 자리를 잡고 앉아 두 손으로 얼굴을 감싼 채 다시 꿈을 꾸고, 다시 회상에 잠겼다……. 그러자 다시 그에게 희망이 어렴풋이 떠올랐다.

〈아, 피곤하다, 아, 피곤해!〉 그는 그녀의 외침 소리, 그녀의 허약하고 병적인 목소리를 떠올렸다. 〈맙소사! 지금 그녀를 내팽개친다면 그녀에겐 8그리브나밖에 없는데, 자기의 낡고 작은 지갑을 나한테 내주려고 하다니! 일자리를 찾아서 왔다고 했지만, 그녀가 일자리에 대해 뭘 알겠어, 아니, 그네들이 러시아에 대해 뭘 알겠냐고? 정말이지 그들은 변덕스러운 아이들 같아서, 그들이 가진 모든 것은 자기들이 만든 자기들만의 환상이란 말이야. 불쌍한 사람 같으니, 그녀는 러시아가 왜 외국에서 상상하던 것과 다르냐며 화가 나 있어! 오, 불행한 사람들, 오, 죄 없는 사람들……! 그런데 여기는 정말 춥군.〉

그는 그녀가 불평했던 것과 자기가 난로를 피워 주겠다고 약속했던 일이 생각났다. 〈장작은 이 집에 있으니 가져오면 되지만, 그녀를 깨우지 말아야 하는데. 하지만 할 수 있을 거야. 그런데 송아지 고기는 어떻게 하지? 일어나면 먹고 싶다고 할지도 모르는데……. 아, 그건 나중에 생각하자. 끼릴로프는 밤새 안 자고 있을 테니. 그녀에게 뭘 좀 덮어 줘야겠는데. 아주 깊이 잠들긴 했지만, 추울 거야. 아, 정말 춥군!〉

그는 다시 한번 그녀를 보러 다가갔다. 드레스가 약간 말려 올라가서 오른쪽 다리가 절반쯤 무릎까지 드러나 있었다. 그는 기겁을 하며 갑자기 돌아서서 자기의 따뜻한 외투를 벗었다. 그리고 낡은 프록코트만 입은 채 그녀의 드러난 다리를 보지 않으려 애쓰면서 외투를 덮어 주었다.

장작에 불을 붙이고, 발뒤꿈치를 들고 돌아다니고, 잠든 그녀의 얼굴을 한 번 보고, 구석에 앉아 공상에 잠기고, 그 후 다시 잠든 그녀의 얼굴을 보는 사이 두세 시간 정도 지나갔다. 그리고 바로 이 시간 동안 베르호벤스끼와 리뿌찐은 끼릴로프의 집을 다녀갔다. 마침내 그도 구석에서 잠시 졸기 시작했다. 그녀의 신음 소리가 들렸고, 그녀는 잠에서 깨어 그를 불렀다. 그는 죄를 지은 사람처럼 벌떡 일어났다.

「마리! 내가 깜박 잠이 들었었군……. 아, 나는 왜 이리 비열한 놈일까, 마리!」

그녀는 자리에서 일어나 자기가 지금 어디에 있는지 모르는 것처럼 놀라서 두리번거리다가, 갑자기 몹시 당황스러워하며 분노를 참지 못하고 화를 냈다.

「내가 당신 침대를 차지했군요. 피곤해서 나도 모르게 잠이 들었나 봐요. 왜 깨우지 않았어요? 일부러 당신을 곤란하게 하려 했다고 생각하면 어쩌죠?」

「어떻게 당신을 깨울 수 있었겠소, 마리?」

「깨워도 됐어요. 그렇게 했어야 해요! 당신에게는 다른 침대도 없는 것 같은데, 내가 당신 침대를 차지해 버렸잖아요. 아니면 내가 당신의 선행을 이용하러 왔다고 생각하는 건가요? 이제 당신이 침대로 오세요. 나는 구석에 의자를 붙여 놓고 누울 테니…….」

「마리, 그만큼의 의자도 없고, 게다가 그 위에 깔 것도 없어요.」

「그럼 그냥 바닥에 눕죠, 뭐. 안 그러면 당신이 바닥에서 자야 하잖아요. 내가 바닥에 누울래요. 지금, 지금 당장요!」

그녀는 일어나서 한 걸음 옮기려 했지만, 갑자기 극심한 경련이 모든 힘과 결의를 빼앗아 버린 것처럼 큰 신음 소리를 내며 다시 침대에 쓰러졌다. 샤또프가 달려가자 그녀는 얼굴을 베개에 파묻고 그의 손을 잡더니 온 힘을 다해 으스러지도록 꽉 쥐었다. 그런 상태가 1분 정도 계속되었다.

「마리, 혹시 필요하다면, 이곳에 프렌쩰이라고 내가 아주 잘 아는 의사가 있는데…… 그를 부르러 갈 수도 있소.」

「말도 안 돼요!」

「말도 안 된다니? 말해 봐요, 마리. 어디가 아픈 거요? 아니면 찜질을 해볼까……. 배라도 말이오……. 그거라면 의사가 없어도 할 수 있는데…… 아니면 겨자 연고라도.」

「그게 대체 뭐예요?」 그녀는 고개를 들고 겁에 질려 그를 쳐다보며 이상하다는 듯 물었다.

「뭐냐니? 무슨 말이오, 마리?」 샤또프는 이해가 되지 않았다. 「뭘 묻고 있는 거지? 오 맙소사, 나는 어찌해야 할지 전혀 모르겠소, 마리, 아무것도 이해하지 못해 미안하오.」

「아휴, 그만하세요. 당신이 이해할 문제가 아니에요. 이해한다 해도 아주 웃길 거예요…….」 그녀는 씁쓸한 미소를 지었다. 「아무 이야기든 해주세요. 방 안을 돌아다니면서 이야기를 해주세요. 내 옆에 서 있지도 말고 나를 그렇게 쳐다보지도 말아요. 이건 특히 5백 번이라도 부탁할게요!」

샤또프는 바닥만 쳐다보며 그녀를 보지 않으려 안간힘을 쓰면서 방 안을 돌아다니기 시작했다.

「여기…… 마리, 제발 부탁인데 화내지 말고 들어요……. 여기 가까운 곳에 송아지 고기하고 차가 있는데…… 당신은 조금 전 거의 먹지 않아서 말이오…….」

그녀는 혐오스럽다는 듯 사나운 표정을 지으며 손을 저었다. 샤또프는 절망에 차서 입을 다물었다.

「들어 보세요, 나는 여기서 합리적인 조합 원칙에 기반한 제본소를 열 계획이에요. 당신은 여기 살고 있으니, 어떻게 생각하세요? 성공할까요, 못할까요?」

「이런, 마리, 이곳 사람들은 책 같은 건 읽지 않소. 게다가 책은 전혀 있지도 않고. 그런데 그가 책 제본을 하려 할까?」

「그가 누구예요?」

「이곳의 독자나 이곳 주민들 대부분 말이오, 마리.」

「그럼 그렇게 분명히 말하지, 그라고 하면 누군지 알 수가 없잖아요. 문법도 모르나 봐요.」

「내가 말하는 방식이 그렇다 보니, 마리.」 샤또프는 중얼거렸다.

「아, 그런 방식이라면 그만두세요, 짜증 나니까. 그런데 왜 이곳 주민이나 독자는 제본을 하지 않으려 할까요?」

「왜냐하면 책을 읽는 것과 책을 제본하는 것은 총체적인 발전의 서로 다른 두 시기, 그것도 거대한 두 개의 시기를 나타내기 때문이오. 우선 인간은 수 세기에 걸쳐 조금씩 읽는 법을 배우지만, 책을 별로 진지하지 않은 것으로 여기고 망가뜨리거나 이리저리 굴리기만 할 뿐이지. 그런데 제본을 한다는 것은 이미 책에 대한 존경을 의미하고, 책 읽는 것을 좋아할 뿐만 아니라 그것을 하나의 일로 인정한다는 것을 의미해. 그런데 러시아는 아직 이 시기까지 도달하지 못했소. 유럽은 오래전부터 제본을 해오고 있지만 말이오.」

「그런 말은 약간 현학적이긴 하지만, 적어도 어리석게 들리진 않네요. 3년 전을 떠올리게 하기도 하고요. 3년 전 당신은 가끔씩 상당히 기지가 넘쳤죠.」

그녀는 이런 말을 할 때도 이전의 다른 변덕스러운 이야기를 할 때처럼 뭔가 까다로운 말투였다.

「마리, 마리,」 샤또프는 감격에 휩싸여 그녀에게 말했다. 「오, 마리! 지난 3년간 내가 어떤 일을 겪었는지 당신이 알아준다면! 내가 변절했다고 당신이 경멸하는 것 같다는 이야기를 나중에 들었소. 하지만 내가 버린 사람들은 누구였을까? 그들은 살아 있는 삶의 적들이었소. 자신들의 독립을 두려워하는 시대에 뒤떨어진 자유주의자들, 사상의 하수인들, 개성과 자유의 적들, 썩은 고깃덩어리와 썩은 음식을 선전하는 노쇠한 설교자들이었단 말이오! 그들은 무엇을 가지고 있었을까? 고령의 나이, 중용, 가장 속물적이고 비열한 무능함, 질투에 찬 평등, 자존심을 갖추지 못한 평등, 하인들이 이해하는 수준의 평등, 혹은 93년[43] 프랑스인들이 이해했던 평등이었소…… 중요한 것은 사방에 비열한 놈들, 또 비열한 놈들, 또

43 프랑스 혁명기인 1793년을 말한다.

203

비열한 놈들뿐이었다는 것이오!」

「그래요, 비열한 인간들이 너무 많지요.」그녀는 딱딱 끊어지는 말투로 고통스럽게 말했다. 그녀는 고개를 약간 비스듬히 베개에 기댄 채 피곤하지만 타오르는 눈초리로 천장을 바라보며, 움직이는 것이 두렵기라도 한 듯 꼼짝 않고 몸을 쭉 펴고 누워 있었다. 그녀의 얼굴은 창백했고, 입술은 물기 하나 없이 말라붙어 있었다.

「당신도 인정하는군, 마리, 인정하고 있어!」샤또프는 소리쳤다. 그녀는 고개를 저어 부정의 표시를 하고 싶었지만, 갑자기 조금 전과 같은 경련이 일어나 또다시 얼굴을 베개에 파묻었고, 공포에 질려 정신없이 달려온 샤또프의 손을 아까처럼 있는 힘껏 1분 동안이나 아프도록 잡았다.

「마리, 마리! 이건 어쩌면 정말 심각한 걸 수도 있소, 마리!」

「그만하세요……. 내가 싫어요, 싫다고요.」그녀는 다시 얼굴을 위로 하면서 광란에 가까울 정도로 소리쳤다. 「그런 동정의 눈길로 나를 쳐다보지 말아요! 방 안을 돌아다니면서 무슨 이야기라도 해주세요, 이야기를 해주세요…….」

샤또프는 어찌할 바를 모르겠다는 듯 다시 뭐라고 중얼거리기 시작했다.

「당신은 여기서 무슨 일을 하고 계세요?」그녀는 까다롭고 초조하게 그의 말을 끊으며 이렇게 물었다.

「한 상인의 사무실에 다니고 있소. 난 말이오, 마리, 내가 정말 원한다면 여기서 아주 많은 돈을 벌 수도 있소.」

「그렇다니 잘됐네요…….」

「아, 오해는 말아요, 마리, 그러니까 내 말은…….」

「그 밖에 또 무슨 일을 하고 있죠? 뭘 설교하고 있나요? 당신은 설교하지 않고는 못 견디는 사람이잖아요. 그게 당신의 성격이죠!」

「신을 설교하고 있소, 마리.」

「스스로도 믿지 않는 신을요? 그런 사상을 나는 좀처럼 이해할 수가 없네요.」

「그만합시다, 마리, 그 이야기는 나중에.」

「여기에 있었다던 마리야 찌모페예브나는 어떤 사람이었나요?」

「그 이야기도 나중에 합시다, 마리.」

「나한테 그런 식으로 말하지 마세요! 그녀의 죽음이 그 사람들의…… 못된 짓과 관련이 있다고 하던데, 정말인가요?」

「틀림없이 그럴 거요.」 샤또프는 이를 부득부득 갈았다.

마리는 갑자기 고개를 들고 고통스럽게 소리쳤다.

「감히 그 이야기는 더 이상 내게 하지 마세요, 절대로 하지 마세요, 절대로!」

그리고 그녀는 또다시 고통스러운 경련의 발작을 일으키며 침대에 쓰러졌다. 벌써 세 번째였는데, 이번에는 신음 소리가 훨씬 더 커서 비명 소리에 가까웠다.

「오, 진절머리 나는 사람 같으니! 오, 참을 수 없는 사람 같으니!」 그녀는 자기를 내려다보고 있는 샤또프를 밀어내면서 더 이상 자기 몸에 신경도 쓰지 못하고 이리저리 몸부림쳤다.

「마리, 당신이 원하는 대로 하겠소……. 걸어다니면서 이야기하겠소…….」

「정말이지 당신은 무슨 일이 시작되었는지 모르겠어요?」

「무슨 일이 시작되었는데, 마리?」

「내가 어떻게 알아요? 이 상황에서 나라고 뭘 알겠어요? 오, 저주받을 여자! 오, 모든 것에 미리 저주가 내리기를!」

「마리, 무슨 일이 시작되고 있는지 말이라도 해주면⋯⋯. 그렇지 않으면 내가⋯⋯ 그렇지 않으면 내가 어찌 알겠소?」

「당신은 추상적이고 쓸모없는 수다쟁이예요. 오, 이 세상의 모든 것에 저주가 내리기를!」

「마리! 마리!」

그는 그녀가 미쳐 가고 있다는 생각이 심각하게 들었다.

「당신은 끝끝내 내가 산통으로 고생하는 게 정말 안 보이나요?」 그녀는 화가 잔뜩 나 일그러진 얼굴로 무섭고 고통스럽게 그를 쳐다보며 몸을 약간 일으켰다. 「미리 저주가 내리기를, 이 아이에게!」

「마리,」 샤또프는 마침내 무슨 일인지 알아차리고 소리쳤다. 「마리⋯⋯ 대체 왜 미리 말하지 않은 거요?」 그는 갑자기 정신을 차리고 단호한 결심이라도 한 듯 모자를 집어 들었다.

「여기 들어올 때 내가 어떻게 알았겠어요? 알았다면 내가 당신에게 왔겠어요? 아직 열흘이나 남았다고 했는데! 어디 가세요? 어디 가세요? 그러지 마세요!」

「산파를 데리러 가는 거요! 권총을 팔겠소. 무엇보다 지금은 돈이 필요하니!」

「아무것도 하지 말고, 산파도 부르지 마세요. 그냥 아낙네나 노파나 한 명만 불러 주세요. 내 지갑에 8그리브나가 들어 있으니까⋯⋯. 시골 여자들은 산파 없이도 아이를 낳잖아요⋯⋯. 그러다 죽어 버리면, 그게 더 낫겠네요⋯⋯.」

「산파도 데려오고, 노파도 데려오겠소. 다만 어떻게, 어떻게 당신을 혼자 두고 떠나지, 마리?」

그러나 그녀의 미친 듯한 흥분 상태에도 불구하고 나중에 의지할 데 없이 그녀를 혼자 두는 것보다는 지금 혼자 두는 것이 낫겠다는 생각을 하고, 그는 그녀의 신음 소리나 분노의 고함 소리도 듣지 않고 자기의 두 다리에 희망을 걸고서 헐레벌떡 계단을 뛰어 내려갔다.

3

무엇보다 그는 먼저 끼릴로프를 찾아갔다. 이미 새벽 1시경이었다. 끼릴로프는 방 한가운데 서 있었다.

「끼릴로프, 아내가 아이를 낳고 있네!」

「그게 무슨 소린가?」

「아이를 낳고 있다고, 아이를!」

「자네…… 잘못 알고 있는 것 아닌가?」

「오, 아니야, 아니야. 이미 진통이 시작됐네……! 지금 당장 아낙네나 아무 노파라도 필요하네. 지금 구할 수 있을까? 자네 집에는 노파들이 많지 않나…….」

「정말 유감이지만, 나는 아이를 낳을 줄 모르네.」 끼릴로프는 생각에 잠겨 대답했다. 「그러니까 내 말은 내가 아이를 낳을 줄 모른다는 게 아니라, 아이를 어떻게 낳게 해야 하는지 모른다는 걸세……. 아니면…… 아니, 어떻게 말해야 할지 모르겠군.」

「그러니까 자네는 직접 해산을 도울 수 없다는 거겠지. 그러나 내 말은 그게 아니네. 나는 노파를, 농부 아낙을, 간병인이나 하녀를 부탁하는 거네!」

「노파를 부를 수는 있지만, 지금은 안 될 것 같은데. 괜찮다면, 내가 대신…….」

「오, 그건 안 돼. 지금 비르긴스까야, 그 산파에게 가야겠어.」

「그 사악한 여자한테!」

「오, 그래, 끼릴로프. 하지만 그녀가 가장 잘하니까! 오, 이 모든 일이 경건함도 없고 기쁨도 없이 혐오와 욕설과 신성모독과 함께 행해질 거야. 새로운 존재의 출현이라는 그 위대한 비밀의 순간에 말일세……! 오, 그녀는 이미 아이에게 저주를 퍼붓고 있다네……!」

「괜찮다면, 나라도…….」

「안 돼, 안 돼. 내가 뛰어갔다 오는 동안(오, 나는 비르긴스까야를 데려올 거야!) 자네는 가끔씩 계단에 다가가서 조용히 귀를 기울여 봐주게. 그러나 절대 들어가서는 안 되네, 그녀가 놀랄 수 있으니, 무슨 일이 있어도 들어가지 말고, 그냥 들어 보기만 해주게……. 혹시 끔찍한 일이 일어날 경우를 대비해서 말일세. 하지만 만약 위급한 일이 생기면 그때는 들어가 주게.」

「알겠네. 돈은 1루블이 더 있어. 자, 여기. 내일 닭을 사려고 했던 거지만, 지금은 그러고 싶지 않군. 빨리 가보게. 있는 힘껏 뛰어가게나. 사모바르는 밤새 끓고 있을 걸세.」

끼릴로프는 샤또프와 관련된 음모에 대해서는 아무것도 모르고 있었으며, 무엇보다 그에 대한 위협이 어느 정도인지 전혀 알지 못하고 있었다. 그가 알고 있는 것이라고는 샤또프에게 〈그 사람들〉과 해결해야 할 뭔가 해묵은 계산이 남아 있다는 것과, 샤또프 본인은 외국에서 그에게 내려진 지시에 의해 일정 부분 이 과업에 연루되긴 했지만(하지만 그는 이 일에 어떤 식으로건 가까이 참여한 적이 없었기 때문에 아주 표면적이었을 뿐이다) 최근 들어 모든 것을, 모든 임무를 내던졌고, 모든 과업에서, 무엇보다 〈공동의 과업〉에서 완전히 벗어나 관조적인 삶에 전념하고 있다는 것이었다. 뾰뜨르 베르호벤스끼는 끼릴로프가 정해진 순간에 〈샤또프 일〉을 책임지고 수행할지 확인하기 위해 회의에서 리뿌찐을 데리고 끼릴로프의 집으로 갔지만, 끼릴로프와 이야기하는 도중 샤또프에 관해서는 한마디도 하지 않았으며, 암시조차 하지 않았다. 아마도 그건 눈치 없는 짓인 데다, 끼릴로프를 좀처럼 신뢰할 수 없는 인간이라고 생각했기 때문이었을 것이고, 그래서 모든 일이 완료되고, 끼릴로프 쪽에서 결국 〈어떻게 되든 상관없다〉고 여기게 될 다음 날까지 그대로 내버려 두려고 했던 것 같다. 적어도 끼릴로프에 대해 뾰뜨르 스쩨빠노비치는 그렇게 판단했던 것이다. 리뿌찐 역시 약속이 있었음에도 불구하고 샤또프에 관해 한마디도 나오지 않는 것을 분명 눈치채긴 했지만, 자신이 너무 흥분하고 있어서 항의할 생각도 하지 못했다.

샤또프는 무라비이나야 거리까지 끝도 보이지 않는 그 먼 거리를 저주하며 회오리바람처럼 뛰어갔다.

비르긴스끼 집에서는 문을 한참 두드려야 했다. 모두들 이미 오래전에 잠들어 버렸던 것이다. 그러나 샤또프는 예의를 차릴 겨를도 없이 있는 힘을 다해 덧창을 두드려 댔다. 마당에 묶여 있던 개가 달려들며 사나운 소리로 짖기 시작했다. 그러자 온 동네 개들이 따라서 짖어 댔으며, 개 짖는 소리가 사방에 울려 퍼졌다.

「왜 두들기는 거요? 뭐가 필요한 거요?」 마침내 창가에서 이런 〈모욕적 언사〉에 어울리지 않는 부드러운 비르긴스끼의 목소리가 들려왔다. 덧창이 조금 열리고 환기창도 열렸다.

「거기 누구요? 대체 어떤 놈이야?」 이번에는 모욕적인 언사에 꼭 맞는 새된 여자의 목소리, 비르긴스끼의 친척인 노처녀의 목소리가 사납게 들려왔다.

「나는 샤또프입니다만, 아내가 돌아와서, 지금 아이를 낳고 있어서…….」

「그럼 낳으라고 하고, 당장 꺼져요!」

「아리나 쁘로호로브나를 모시러 왔어요. 아리나 쁘로호로브나 없이는 가지 않겠어요!」

「그분은 아무 데나 가지 않아요. 밤에는 특별 진료만 한다고요……. 막셰예바에게 가봐요, 더 이상 소란 피우지 말고!」 화가 난 여자가 주절거리는 소리가 들려왔다. 비르긴스끼가 말리는 소리도 들려왔지만, 노처녀는 그를 밀쳐 내고 물러나려 하지 않았다.

「나는 가지 않겠소!」 샤또프는 다시 소리쳤다.

「기다려요, 잠깐만 기다려요!」 마침내 비르긴스끼가 노처녀를 가로막고 이렇게 소리쳤다. 「샤또프, 부탁이니 5분만 기다려 주시오. 아리나 쁘로호로브나를 깨울 테니, 제발 문을 두드리거나 소리 지르지 말아요……. 오, 정말 끔찍하군!」

끝이 없을 것 같던 5분이 지나고 아리나 쁘로호로브나가 모습을 나타냈다.

「당신 아내가 왔다고요?」 환기창 너머로 그녀의 목소리가 들려왔다. 그런데 놀랍게도 전혀 화난 목소리가 아니라, 그냥 평상시의 명령적인 말투였다. 아리나 쁘로호로브나는 다른 식으로는 말할 줄을 몰랐다.

「네, 아내가요, 지금 아이를 낳고 있습니다.」

「마리야 이그나찌예브나가요?」

「네, 마리야 이그나찌예브나요. 물론 마리야 이그나찌예브나지요!」

침묵이 흘렀다. 샤또프는 기다렸다. 집 안에서 수군거리는 소리가 들려왔다.

「그녀가 온 지 오래되었나요?」 마담 비르긴스까야가 다시 물었다.

「오늘 저녁 8시에 왔습니다. 제발 서둘러 주십시오.」

다시 수군대는 것을 보니 또다시 상의 중인 모양이었다.

「이봐요, 당신 지금 잘못하고 있는 것 아니에요? 그녀가 직접 나를 부르러 보냈나요?」

「아니요, 그녀가 당신을 불러 달라고 보낸 게 아닙니다. 그녀는 내게 비용 부담을 주지 않으려고 노파를, 그냥 노파를 원했어요. 그렇지만 걱정 마십시오. 내가 지불하겠습니다.」

「좋아요, 당신이 지불하건 말건 가겠어요. 나는 항상 마리야 이그나찌예브나의 독립적인 정신을 높게 평가해 왔지요. 아마도 그녀는 나를 기억하지 못하겠지만요. 당신한테 꼭 필요한 물건들은 있나요?」

「아무것도 없지만, 다 준비하겠습니다. 다 준비하겠습니다……..」

〈이런 인간들에게도 관대함은 있구나!〉 샤또프는 람신의 집을 찾아가면서 이렇게 생각했다. 〈신념과 인간, 이 두 가지는 많은 점에서 서로 다른 것 같군. 나는 그들에게 많은 죄를 지었는지도 몰라……! 모두가 죄를 지었지, 모두가 죄를 지은 거라고……. 모두가 이 사실을 확실히 알기만 한다면……!〉

램신의 집에서는 그렇게 오랫동안 문을 두드리지 않아도 되었다. 놀랍게도 그는 맨발에 속옷만 입은 채 침대에서 뛰어 일어나 감기에 걸릴 위험도 무릅쓰고 순식간에 환기창을 열었다. 그는 건강 염려증이 아주 심하고 끊임없이 자기 건강을 걱정하는 사람이었다. 그러나 그가 그렇게 예민하고 서두른 데는 특별한 이유가 있었다. 그는 **우리 일당**의 회의 이후 저녁 내내 불안에 떨며 아직까지 흥분으로 잠들지 못하고 있었는데, 부르지도 않고 전혀 원하지도 않는 손님 몇 명이 방문할 것 같다는 생각에 계속 시달리고 있었던 것이다. 샤또프가 밀고자라는 소식은 무엇보다 더 그를 괴롭혔다…… 그런데 이때 갑자기, 일부러 그런 듯 무섭게 큰 소리로 창문을 두드리는 소리가 들려왔던 것이다……!

그는 샤또프를 본 순간 너무 겁이 나서 곧바로 환기창을 닫고 침대로 뛰어가 버렸다. 샤또프는 미친 듯이 문을 두드리며 소리치기 시작했다.

「자네는 한밤중에 왜 그렇게 문을 두드려 대나?」 램신은 2분 정도 지난 뒤 환기창을 다시 열기로 결심하고, 샤또프가 혼자 왔다는 것을 마침내 확인한 뒤 위협적이면서도 두려움 때문에 떨리는 목소리로 소리쳤다.

「여기 자네 권총이 있네. 이걸 도로 가져가고 15루블만 주게나.」

「이게 무슨 일인가, 자네 취했나? 이건 강도나 마찬가지인걸. 감기에 걸리겠군. 잠깐만, 담요라도 덮어써야겠어.」

「당장 15루블만 주게. 자네가 안 주면 날이 샐 때까지 문을 두드리고 소리를 지를 테니. 자네 집 창틀을 다 부숴 버리고 말겠어.」

「그럼 나는 경찰을 불러 자네를 감옥으로 보내 버릴 거야.」

「그럼 나는 벙어리란 말인가? 나라고 경찰을 부르지 못할까? 누가 경찰을 두려워할까? 자네인가, 나인가?」

「자네가 그런 비열한 생각을 마음속에 가질 수 있다니……. 자네가 뭘 암시하려는지 알겠네……. 잠깐만, 잠깐만, 제발 두드리지 말게! 천만에, 한밤중에 누가 돈을 가지고 있겠나? 자네가 취한 게 아니라면, 돈은 대체 왜 필요한가?」

「아내가 돌아왔네. 한 번도 쏘지 않은 건데도 자네한테 10루블을 깎아 주는 거야. 자, 권총을 받게, 지금 당장.」

럄신은 기계적으로 환기창에서 손을 뻗어 권총을 받았다. 그는 잠시 그대로 있다가 갑자기 고개를 환기창 밖으로 내밀고, 자기도 무슨 말을 하고 있는지 모르는 것처럼 등에 한기를 느끼며 중얼거렸다.

「자네는 거짓말을 하고 있군. 자네 아내는 돌아오지 않았어. 그건…… 그건 그냥 자네가 어딘가로 도망가고 싶어서 그러는 거라고.」

「이런 멍청이, 내가 어디로 도망간단 말인가? 자네들의 뾰뜨르 베르호벤스끼나 도망가는 거지, 나는 아니야. 나는 방금 산파 비르긴스까야에게 다녀오는 길이네. 그녀는 바로 우리 집으로 와주기로 했어. 그녀한테 물어보게. 아내가 괴로워하고 있단 말이야. 돈이 필요하니 좀 주게!」

럄신의 약삭빠른 머릿속에서 여러 가지 생각이 불꽃처럼 번뜩였다. 모든 상황이 갑자기 다른 쪽으로 방향을 틀었지만, 여전히 공포 때문에 제대로 된 판단을 할 수가 없었다.

「그런데 대체 어떻게……. 자네는 아내와 함께 살고 있지 않았잖은가?」

「그런 질문을 하면 자네 머리에 구멍을 내주겠어.」

「아, 이런, 미안하군. 알겠네, 너무 놀라서 말이야…… 하지만 알겠네, 알겠어. 그런데…… 그런데 정말 아리나 쁘로호로브나가 올까? 그녀가 출발했다고 방금 말했지? 이보게, 그건 사실일 리가 없어. 이것 봐, 이것 봐, 이것 봐, 자네는 한 걸음 옮길 때마다 거짓말을 하고 있어.」

「그녀는 아마 지금쯤 아내 곁에 앉아 있을 거야. 나를 더 이상 기다리게 하지 말게. 자네가 어리석은 것이 내 잘못은 아니니까.」

「틀렸어, 나는 멍청이가 아니야. 미안하지만, 나는 아무래도 안 될 것 같네…….」

그러면서 그는 정말 어찌해야 할지 몰라 세 번째로 다시 문을 닫으려 했다. 그러나 샤또프가 울부짖기 시작하자 그는 다시 불쑥 머리를 내밀었다.

「하지만 이건 완전한 인권 침해야! 자넨 나한테 뭘 요구하는 건가? 대체 뭘, 뭘? 구체적으로 말해 보게. 그리고 지금은 한밤중이라는 걸 명심하게, 명심하라고!」

「15루블을 요구하고 있는 거다, 이 얼간아!」

「하지만 나는 전혀 권총을 되돌려 받고 싶지 않아. 자네는 그럴 권리가 없어. 자네는 물건을 샀고, 그걸로 끝난 것이니 자네한테 권리 같은 건 없어. 나는 이 한밤중에 도저히 그런 돈을 마련할 수가 없네. 그런 돈을 대체 어디서 구해 올 수 있겠나?」

「너한테는 항상 돈이 있잖아. 나는 10루블이나 깎아 줬다고, 이 잘난 유대인 같은 놈아.」

「모레 오게나, 알겠지, 모레 낮 12시 정각에 오면 전부 주겠네, 전부 다. 그러면 되겠지?」

샤또프는 세 번째로 미친 듯이 창틀을 두드렸다.

「그럼 10루블만 내놔, 내일 아침 날이 밝자마자 나머지 5루블을 내놓고.」

「아니, 모레 아침에 5루블 주겠네. 내일은 맹세코 한 푼도 못 줘. 그러니 오지 않는 게 좋아, 오지 않는 게 좋다고.」

「그럼 10루블 내놔, 이 비열한 놈!」

「대체 왜 그렇게 욕을 하는 건가? 잠깐만, 불을 켜야겠네. 자네가 여기 창문을 부숴 버렸군……. 누가 밤중에 그렇게 욕을 하나? 자, 여기!」 그는 창문 너머로 지폐를 내밀었다.

샤또프는 돈을 덥석 쥐었다. 그런데 지폐는 5루블짜리였다.

「맹세코, 더는 안 되네. 찔러 죽여도 할 수 없어. 모레는 다 준비되겠지만, 지금은 더 이상 할 수 없네.」

「그럼 갈 수 없어!」 샤또프는 으르렁거렸다.

「자, 받게, 여기 한 장 더. 자, 보게, 한 장 더. 하지만 더 이상은 안 돼. 목청이 터져라 외쳐도 안 되네. 무슨 일이 있어도 안 돼, 안 돼, 안 된다고!」

그는 극도로 흥분과 절망에 빠진 채 땀을 뻘뻘 흘리고 있었다. 그가 나중에 건네준 지폐 두 장은 1루블짜리였다. 그렇게 해서 샤또프에게는 모두 7루블의 돈이 모였다.

「이런, 젠장, 내일 또 오지. 만약 8루블을 준비해 두지 않으면, 람신, 네놈을 흠씬 패줄 거다.」

〈하지만 나는 집에 없을 거다, 이 멍청아!〉 람신은 재빨리 속으로 이렇게 생각했다.

「잠깐만, 잠깐만!」 그는 이미 뛰어가기 시작한 샤또프의 뒤에 대고 미친 듯이 소리쳤다. 「잠깐만, 돌아오게. 자네 아내가 돌아왔다고 말했는데, 그게 사실인가? 제발 말해 주게.」

「멍청한 놈!」 샤또프는 침을 뱉고는 있는 힘을 다해 집으로 달려갔다.

4

한 가지 언급하자면, 아리나 쁘로호로브나는 전날 회의에서 통과된 결정에 대해서 아무것도 모르고 있었다. 비르긴스끼는 충격을 받고 힘이 빠져 집에 돌아왔지만, 통과된 결의 사항에 대해서는 아내에게 알릴 엄두가 나지 않았던 것이다. 그럼에도 불구하고 견딜 수가 없어서 반 정도는, 즉 샤또프는 반드시 밀고할 계획을 가지고 있다고 뾰뜨르 베르호벤스끼가 알려 준 소식에 대해서는 전부 털어놓았다. 그러나 그 소식을 완전히 신뢰하지는 못하겠다는 생각도 덧붙여 밝혔다. 아리나 쁘로호로브나는 무섭게 놀랐다. 바로 그런 이유로, 샤또프가 데리러 왔을 때 그녀는 지난밤 내내 한 산모 때문에 시달려 녹초가 되었음에도 불구하고 즉시 가보기로 결심한 것이었다. 그녀는 항상 〈샤또프 같은 쓰레기는 반시민적인 비열한 행동을 할 인간〉이라고 확신하고 있었다. 그러나 마리야 이그나찌예브나의 도착은 사건을 새로운 관점으로 이끌었다. 샤또프의 경악, 부탁할 때의 그 절망에 찬 어조, 도움을 청하는 애원의 목소리는 배신자의 감정에 일대 변화가 생겼다는 것을 의미했다. 단지 다른 사람들을 파멸시키기 위해 자기 자신까지 배반하기로 결심한 인간이라면, 지금 실제로 보이는 그의 모습이나 어조와는 달라야 할 것 같다는 생각이 들었다. 한마디로, 아리나 쁘로호로브나는 모든 것을 자기 눈으로 직접 살펴보기로 결심했다. 비르긴스끼는 아내의 결정에 아주 만족했으니, 5뿌드나 되는 무거운 짐을 내려놓은 것 같았다! 그의 마음속에는 심지어 희망까지 생겨났다. 그가 보기에 샤또프의 모습은 베르호벤스끼의 추측과 전혀 일치하지 않는 것 같았다…….

샤또프의 예상이 맞았다. 그는 돌아와서 아리나 쁘로호로브나가 이미 마리 곁에 있는 것을 보았다. 그녀는 도착하자마자 계단 아래에서 얼쩡거리고 있던 끼릴로프를 멸시하듯 쫓아 버렸다. 그러고는 곧 자기를 과거의 지인으로 인정하지 않는 마리와 인사를 나누었다. 그녀는 마리가 〈아주 험악한 상태〉, 즉 악에 받쳐 있고 제정신이 아니며 〈가장 무기력한 절망〉에 빠져 있다는 것을 알아차렸으며, 겨우 5분 정도 만에 그녀의 저항을 완전히 눌러 버리고 확고한 우위를 점했다.

「비싼 산파를 원하지 않는다니, 왜 그런 마음을 먹었지요?」 샤또프가 방 안으로 들어가는 순간 그녀는 이런 말을 하고 있었다. 「완전 헛소리군요. 당신이 비정상적인 상태라 잘못된 생각을 하고 있는 거예요. 그냥 아무 노파나 동네 아낙네들의 도움으로는 당신이 잘못될 가능성이 반이나 된다고요. 그렇게 됐을 때 번거로움이나 지출은 비싼 산파를 쓰는 것보다 훨씬 많아질 테고요. 그런데 당신은 왜 내가 비싼 산파라고 생각하죠? 돈은 나중에 줘요, 필요 이상의 돈은 받지 않을 테니. 성공은 책임질게요. 나와 함께라면 당신은 죽지 않아요, 그런 일은 없었거든요. 게다가 아이는 내일이라도 당신이 원하면 보육원에 보냈다가 나중에 시골 어디에 양자로 보낼 수 있게 해줄게요. 그걸로 상황은 종료되는 거지요. 그

사이 당신은 건강을 회복한 뒤 이성적인 일을 시작하면, 아주 빠른 시간 내 샤또프에게 집값이나 그 밖의 지출을 갚을 수 있을 거예요. 그다지 큰 비용은 전혀 아닐 거예요⋯⋯.」

「그런 게 아니라⋯⋯ 나는 그에게 부담을 지울 권리가 없단 말이에요⋯⋯.」

「합리적이고 시민적인 감정이긴 합니다만, 내 말을 믿어요. 만약 샤또프 씨가 공상이나 하는 남자에서 아주 조금이라도 올바른 사상을 가진 사람으로 변하려고 한다면, 그는 거의 아무것도 손해 볼 게 없는 거예요. 그가 혀를 내밀고 온 도시를 뛰어다니면서 요란하게 북을 치는 바보짓만 하지 않으면 돼요. 그의 손을 붙잡고 있지 않으면, 아마도 아침 무렵에는 이곳 의사들을 몽땅 깨워 버릴걸요. 이미 우리 동네 개란 개는 다 깨워 놓았다니까요. 의사들은 필요 없어요. 이미 말했다시피 내가 다 책임질게요. 아마 노파 정도는 하녀로 고용해도 좋을 거예요, 그건 돈이 들지 않을 테니. 하지만 저 사람도 뭔가에 쓸모가 있을 수도 있겠군요. 늘 멍청한 짓만 하는 것은 아닐 테니까. 손도 있고 발도 있으니, 당신 감정에 전혀 모욕을 주지 않고 약국까지 뛰어갈 정도의 선행은 베풀겠네요. 빌어먹을, 선행은 무슨 놈의 선행이람! 사실 당신을 이런 상황으로 몰고 간 게 저 사람 아닌가요? 당신과 결혼하려는 이기적인 목적으로 당신이 가정 교사로 일하던 가족들과 싸우게 만든 것도 저 사람이잖아요? 그러니까, 우리도 들은 게 있어서⋯⋯. 하지만 그가 지금은 정신 나간 사람처럼 뛰어와서 온 거리가 울리라고 소리를 치더군요. 나는 누구에게도 강요받고 하진 않아요. 우리 모두는 연대해야 한다는 원칙으로 오직 당신을 위해 이렇게 온 것이지요. 나는 집에서 나서기 전에 이미 그에게 이렇게 밝혀 두었어요. 만약 당신 생각에 내가 필요 없을 것 같다면, 여기서 인사하고 가겠어요. 내가 있으면 쉽게 방지할 수 있는 그런 불행이 없기만을 바랄 뿐이에요.」

그러면서 그녀는 의자에서 일어나기까지 했다.

마리는 정말 의지할 데도 없고, 심하게 고통받고 있었으며, 솔직히 말해 임박한 상황에 너무 겁을 먹고 있었기 때문에 감히 그녀를 가라고 할 수가 없었다. 그러나 그 여자가 갑자기 너무도 미워졌다. 그녀가 한 말은 전혀 사실이 아니었으며, 마리의 마음속에는 그런 생각이 전혀 없었던 것이다! 그러나 경험 없는 산파의 손에 죽을 수도 있다는 예언은 그러한 혐오감을 눌러 버렸다. 반면에 샤또프에 대해서는 이 순간부터 훨씬 더 까다롭고 무자비하게 대하기 시작했다. 결국에는 자기를 바라보는 것뿐만 아니라 자기 쪽으로 얼굴을 향하고 있는 것조차 금지할 지경에 이르렀다. 진통은 점점 더 심해졌다. 저주하는 소리와 심지어 욕설까지 더 미친 듯이 터져 나왔다.

「에이, 저 사람을 내쫓아 버립시다.」 아리나 쁘로호로브나가 딱 잘라 말했다. 「저 사람 얼굴이 말도 아닌 데다, 당신을 무섭게만 하고 있네요. 죽은 사람처럼 창백해졌어요! 말 좀 해봐요, 웃기는 괴짜 양반, 당신 무슨 일 있어요? 이거 코미디가 따로 없네!」

샤또프는 대답하지 않았다. 그는 아무 대답도 하지 않기로 결심했던 것이다.

「이런 경우 바보처럼 되는 애아버지들을 많이 보았지요. 다들 정신이 나가 버린답니다. 하지만 알다시피 그 사람들은 적어도……」

「그만하세요. 아니면 내가 죽어 버리도록 그냥 두거나요!
한마디도 하지 말라고요! 싫어요, 싫다고요!」 마리가 마구 소
리를 질렀다.

「당신이 정신이 나간 게 아니라면, 한마디도 하지 않을 수
는 없다는 걸 알텐데. 당신이 이런 상황에 처해 있으니, 이해
는 할 수 있어요. 적어도 용건에 대해서는 이야기를 해야죠.
말해 봐요, 당신 집에 뭐든 준비가 되어 있나요? 샤또프, 당신
이 대답해 보세요. 그녀는 지금 말할 상태가 아닌 것 같으니.」

「정확히 뭐가 필요한지 말씀해 주십시오.」

「그럼 아무것도 준비가 안 되어 있다는 말이군요.」

그녀는 꼭 필요한 것들을 나열했는데, 그녀의 요구가 극빈
자 산모라도 반드시 필요로 하는 필수품들에 제한되어 있었
다는 점은 인정해 주어야겠다. 몇 가지는 샤또프에게 있었다.
마리는 열쇠를 꺼내 샤또프에게 주면서 자기 여행용 가방에
서 찾아 달라고 했다. 손이 너무 떨리는 바람에 그는 익숙하
지 않은 자물쇠를 여느라 예상보다 더 오래 씨름했다. 마리는
자제력을 잃었지만, 아리나 쁘로호로브나가 그에게서 열쇠
를 뺏으려고 벌떡 일어나자, 무슨 일이 있어도 그녀가 자기
가방을 들여다보지 못하게 하려고 마리는 억지를 부리고 소
리를 지르고 눈물을 흘리면서 샤또프만이 가방을 열어야 한
다고 고집했다.

그 밖에 다른 것들은 끼릴로프의 집에 뛰어가서 가져와야
했다. 샤또프가 나가려고 몸을 돌리자마자 그녀는 바로 미친
듯이 그에게 돌아오라고 소리쳤다. 샤또프가 계단에서 허둥
지둥 되돌아와서 꼭 필요한 것들을 가지러 아주 잠깐만 자리

를 비우는 것이며 곧바로 돌아오겠다고 설명하자 그때야 그녀는 안심했다.

「이런, 당신의 비위를 맞추기가 정말 어렵군요, 부인.」아리나 쁘로호로브나가 큰 소리로 웃어 댔다. 「벽 쪽으로 돌아서서 당신을 보지도 말라고 했다가, 이제는 잠시도 자리를 비울 생각 말라며 울고 있으니 말이에요. 그러다 그가 뭔가 다른 생각을 하게 될지도 몰라요. 자, 자, 억지 부리지 말고, 기분 상해 하지 말아요. 그냥 농담이니까.」

「그는 감히 다른 생각 같은 건 하지 않을 거예요.」

「쯧쯧쯧, 그가 당신에게 양처럼 반하지 않았다면, 혀를 내밀고 온 거리를 뛰어다니지도, 동네 개들을 다 깨우지도 않았을 거예요. 우리 집 창틀을 다 부숴 버렸다니까요.」

5

샤또프가 찾아왔을 때 끼릴로프는 여전히 방 안을 이리저리 돌아다니고 있었다. 하지만 완전히 정신이 나가 있어 샤또프의 아내가 돌아왔다는 사실조차 잊었는지, 이야기를 들으면서도 이해하지 못했다.

「아, 그렇지.」그는 지금까지 몰두해 있던 어떤 생각에서 아주 잠깐 동안만 간신히 벗어난 것처럼 갑자기 기억을 떠올렸다. 「그래…… 노파…… 아내였나, 노파였나? 잠깐, 아내와 노파였지, 그렇지? 기억나는군. 찾아갔었네. 노파가 오기는 할 텐데, 지금은 못 올 거야. 베개를 가져가게. 그 밖에 또 뭐가 있더라? 그래…… 잠깐만, 샤또프, 자네는 영원한 조화의 순간을 경험해 본 적 있나?」

「이봐, 끼릴로프, 자네는 밤에 자지 않는 습관을 이제 버려야겠어.」

끼릴로프는 정신을 차렸다. 그런데 이상하게 평상시보다 훨씬 더 조리 있게 말하기 시작했다. 이미 오래전부터 이러한 생각을 구체화시켜 놓았던 것 같았으며, 어쩌면 써두었을지도 모르겠다.

「5초나 6초 정도 그 모든 것이 단번에 찾아오는 그런 순간이 있네. 그러면 갑자기 완전히 달성된 영원한 조화의 존재를 느끼게 된다네. 그것은 지상의 것이 아니야. 그렇다고 천상의 것이라는 의미가 아니라, 인간이 지상의 모습으로는 견뎌 낼 수 없는 그런 것이라네. 육체적인 변화를 겪거나 죽어야만 하지. 이 감정은 선명하고 논쟁의 여지가 없어. 그건 마치 전 자연을 갑자기 지각하고서, 갑자기 〈그래, 이것이 진실이다〉라고 말하는 것과 같아. 세상을 창조한 신은 창조의 날이 끝날 때마다 〈그래, 이것이 진실이며, 이것이 훌륭하다〉고 말씀하셨지.[44] 이것은…… 이것은 감격이 아니라, 그냥 기쁨일 뿐이야. 아무것도 용서하지 않게 돼. 왜냐하면 용서할 게 없기 때문이지. 사랑하는 것도 아니야. 오, 이것은 사랑 이상의 것이거든! 무엇보다 두려운 것은, 이것이 무서울 정도로 선명하고 너무나 큰 기쁨이라는 거야. 만약 5초 이상 지속된다면, 영혼은 견디지 못하고 사라질 것이 틀림없어. 나는 이 5초 동안에 삶을 사는 거야. 그것을 위해서라면 내 모든 인생을 내줄 수도 있어. 그럴 만한 가치가 있으니까. 10초를 견뎌 내려면 육체적으로 변화를 겪어야만 해. 나는 인간이 아이를 낳는

44 「창세기」 1장 천지 창조의 내용을 말한다.

222

것을 중지해야 한다고 생각하네. 목적이 달성되고 나면 아이들은 무슨 소용이고, 발전은 무슨 소용이 있겠나? 복음서에도 부활의 날에 사람들은 아이를 낳지 않게 될 것이고, 모두들 하느님의 천사가 될 것이라고 씌어 있다네.[45] 그건 암시야. 자네 아내는 출산 중이지?」

「끼릴로프, 그런 증상이 자주 있나?」

「사흘에 한 번도 있고, 일주일에 한 번도 있고 그렇네.」

「자네 혹시 뇌전증 증상이 있는 것 아닌가?」

「아니.」

「그렇다면 곧 있을 거야. 조심하게. 끼릴로프, 나는 뇌전증이 바로 그렇게 시작된다는 말을 들은 적이 있네. 한 뇌전증 환자가 발작 직전의 전조 증상에 대해 나에게 자세히 묘사한 적이 있는데, 지금 자네가 말한 그대로야. 그도 5초라고 꼭 집어 말했는데, 더 이상은 견딜 수 없다고 하더군. 마호메트가 주전자에서 물이 흐르기도 전에 말을 타고 천국을 일주했다는 이야기를 기억해 보게.[46] 주전자, 그것이 바로 그 5초란 말일세. 자네의 그 조화라는 것과 너무도 닮았군. 마호메트도 뇌전증 환자였어. 조심하게, 끼릴로프, 뇌전증이야!」

「이미 늦었네.」 끼릴로프는 조용히 미소 지었다.

45 복음서에 나오는 〈부활한 다음에는 장가드는 일도, 시집가는 일도 없이 하늘에 있는 천사들처럼 된다〉는 내용의 인용이다. (「마태오의 복음서」 22장 30절, 「마르코의 복음서」 12장 25절)

46 이슬람 전설에 따르면, 예언자 마호메트는 어느 날 대천사 가브리엘에 의해 잠에서 깬 뒤 기적의 말을 타고 메카에서 예루살렘으로 여행을 하게 된다. 이 과정에서 천국을 방문하여 하느님, 천사들, 예언자들과 대화를 나누는데, 이 모든 일은 가브리엘의 날개에 부딪힌 주전자가 넘어지면서 물 한 방울을 채 흘리기도 전 짧은 순간에 일어났다고 한다.

6

밤이 끝나가고 있었다. 샤또프는 심부름을 가기도 했고, 욕을 먹기도 했고, 다시 불려 가기도 했다. 마리가 자신의 목숨에 대해 느끼는 공포는 이제 최고조에 달했다. 그녀는 〈반드시, 반드시〉 살고 싶다고, 죽는 것은 두렵다고 소리쳤다. 그러다가 〈그럴 필요 없어, 그럴 필요 없어!〉라고 반복하기도 했다. 아리나 쁘로호로브나가 없었다면 상황이 매우 악화되었을지도 모른다. 그녀는 조금씩 조금씩 환자를 완전히 장악해 갔다. 마리는 어린아이처럼 그녀의 말 한 마디 한 마디, 외침 하나하나에 따르기 시작했다. 아리나 쁘로호로브나는 상냥하기보다는 엄격한 태도를 취했지만, 일을 능숙하게 처리했다. 날이 밝기 시작했다. 아리나 쁘로호로브나는 갑자기 샤또프가 지금쯤 계단으로 뛰어가서 하느님께 기도하고 있을지도 모른다는 생각이 들자 웃음이 나왔다. 마리 역시 악에 받쳐 심술궂게 웃기 시작했는데, 이 웃음으로 그녀는 분명 기분이 좀 가벼워진 것 같았다. 마침내 샤또프는 완전히 쫓겨났다. 축축하고 차가운 아침이 찾아왔다. 그는 어젯밤 에르껠이 찾아왔을 때와 똑같이 한쪽 구석 벽에 얼굴을 갖다 댔다. 그는 나뭇잎처럼 몸을 떨고 있었고, 생각하는 것을 두려워했지만, 정신은 마치 꿈속에서처럼 떠오르는 모든 상념에 매달려 있었다. 꿈들은 끊임없이 그를 사로잡았다가 썩은 실처럼 계속해서 끊어졌다. 방 안에서는 마침내 이제 신음 소리가 아니라 견딜 수도 없고 믿을 수도 없을 만큼 무시무시한, 진짜 짐승의 울부짖음 같은 소리가 들려왔다. 그는 귀를 막고 싶었지만 그럴 수도 없어서, 무릎을 꿇고 무의식적으로 〈마리, 마리〉만 되풀이했다. 그리고 바로 이때 드디어 울음소리, 새로운 울음소리가 들려왔으며, 그 때문에 샤또프는 흠칫 놀라 자리에서 벌떡 일어났는데, 그것은 약하고 가늘게 떨리는 갓난아이의 울음소리였다. 그는 성호를 긋고 방 안으로 뛰어들어갔다. 아리나 쁘로호로브나의 손 안에서 작고 빨갛고 주름투성이의 생명체가 아주 작은 손과 발을 버둥거리며 울고 있었다. 그것은 무서울 정도로 무기력해 보이고 티끌처럼 한 줄기 바람에도 흔들릴 것 같았지만, 또한 삶에 대한 완전한 권리를 가지기라도 한 듯 큰 소리로 울어 대며 자기를 주장하고 있었…… 마리는 정신을 잃은 것처럼 누워 있다가 1분쯤 지난 뒤 눈을 뜨고 이상한, 정말 이상한 시선으로 샤또프를 쳐다보았다. 그것은 뭔가 완전히 새로운 시선으로, 그는 아무리 해도 그것을 이해할 수 없었고, 이전에는 결코 알지 못했으며, 그녀에게 그런 시선이 있었는지도 기억나지 않았다.

「사내아이인가요? 사내아이예요?」 그녀는 힘없는 목소리로 아리나 쁘로호로브나에게 물었다.

「사내아이예요.」 그녀는 아이를 포대기로 감싸면서 큰 소리로 대답해 주었다.

그녀는 아이를 포대기로 다 감싼 다음, 침대 위에 베개 두 개를 놓고 그사이에 가로로 눕힐 준비를 하면서 잠깐 동안 샤또프에게 아이를 안고 있으라고 건네주었다. 마리는 아리나 쁘로호로브나가 무서운 듯 그에게 몰래 고개를 끄덕였다. 그러자 그는 바로 아이를 안고 그녀에게 보여 주려고 다가갔다.

「어쩜 이렇게…… 귀여울 수가…….」 그녀는 미소를 띠며 가냘프게 중얼거렸다.

「저런, 그의 표정을 한번 봐요!」 샤또프의 얼굴을 보고 의

기양양해진 아리나 쁘로호로브나는 유쾌하게 큰 소리로 웃었다. 「얼굴이 왜 저 모양이죠?」

「즐거워하세요, 아리나 쁘로호로브나…… 이건 정말 위대한 기쁨이니까요…….」 아이에 관한 마리의 두 마디 말을 듣고 얼굴이 환해진 샤또프는 백치와 같은 표정을 지으며 중얼거렸다.

「당신의 그 위대한 기쁨이란 게 대체 어떤 거예요?」 아리나 쁘로호로브나는 유형수처럼 분주하게 돌아다니며 뒤치다꺼리를 하고 일을 하면서도 즐거워했다.

「새로운 존재의 출현이라는 신비는 말로 설명할 수 없는 위대한 비밀입니다, 아리나 쁘로호로브나. 당신이 이것을 이해하지 못하다니 정말 유감이군요!」

샤또프는 얼떨떨하기도 하고 신나기도 하는 듯 두서없이 중얼거렸다. 뭔가가 그의 머릿속에서 흔들리다가 그의 의지와 상관없이 그의 영혼 속에서 흘러나오는 것 같았다.

「두 사람뿐이었는데, 갑자기 세 번째 사람, 온전하고 완전무결하며 인간의 손에서 생겨난 것 같지 않은 새로운 영혼이 나타난 것입니다. 새로운 사상이며 새로운 사랑이라, 두렵기까지 합니다…… 이 세상에 이보다 더 위대한 것은 없습니다!」

「에고, 황당한 소리만 떠들어 대고 있군요! 그냥 유기체의 발전일 뿐, 여기에는 아무것도, 아무런 신비도 없다고요.」 아리나 쁘로호로브나는 진심으로 재미있다는 듯 깔깔거리며 웃었다. 「그런 식이면 파리들도 모두 신비하겠네요. 하지만 저는 잉여의 인간들은 태어날 필요가 없다고 봐요. 먼저 그들이 잉여 인간이 되지 않도록 모든 것을 개조한 다음, 그 후에 그들이 태어나게 해야 해요. 그렇지 않으면 이 아이도 모레쯤

226

에는 보육원으로 데려가야 할 거예요……. 하기야 이 경우엔 그렇게 할 수밖에 없겠지만요.」

「이 아이가 보육원에 가는 일은 절대 없을 겁니다!」샤또프는 바닥을 응시하면서 단호하게 말했다.

「양자로 삼을 건가요?」

「이 아이는 내 아들이 맞습니다.」

「물론 이 아이는 샤또프가 맞지요. 법적으로는 샤또프지만, 당신이 인류의 은인처럼 행동할 필요는 없어요. 다들 이런 상황에선 그런 아름다운 소리를 늘어놓지 않을 수 없겠지만요. 자, 자, 좋아요, 그건 그렇고, 여러분.」그녀는 마침내 정리를 끝냈다. 「이제 가봐야겠어요. 나는 아침에 다시 오겠지만, 필요하면 저녁에도 올게요. 지금은 모든 일이 너무나 무사히 끝났으니, 이제 다른 집으로 서둘러 가봐야 해요. 오래 전부터 기다리고 있거든요. 샤또프 씨, 불러올 만한 노파가 어딘가 있겠지요? 하지만 노파는 노파고, 당신도 자리를 떠나면 안 돼요, 남편 양반. 혹시 쓸모가 있을 수도 있으니 옆에 있도록 하세요. 마리야 이그나찌예브나도 이제 당신을 쫓아내지는 않을 것 같네요……. 이런, 이런, 그냥 농담이에요…….」

샤또프가 배웅하러 문까지 가자 그녀는 그에게만 이렇게 덧붙였다.

「당신은 나를 평생 웃을 수 있도록 만들었어요. 돈은 받지 않겠어요. 꿈속에서도 웃음이 나올 것 같거든요. 지난밤의 당신보다 더 우스운 건 본 적이 없어요.」

그녀는 완전히 만족해하며 떠나갔다. 샤또프의 모습이나 그와의 대화로 볼 때, 이 인간은 〈아버지가 될 준비가 되어 있는 완전한 멍청이〉라는 것이 대낮처럼 분명하게 드러났던 것이다. 그녀는 바로 다른 환자에게 가는 것이 더 가깝고 곧장 갈 수 있는 길이었지만, 비르긴스끼에게 이 소식을 알려 주기 위해 일부러 집에 잠시 들렀다.

「마리, 내 생각에 아주 어려운 일 같긴 하지만, 그 여자가 당신한테 얼마 동안 자지 말고 기다리라고 말했어.」 샤또프는 소심하게 말을 꺼냈다. 「내가 저기 창가에 앉아서 당신을 지켜봐도 되겠지, 응?」

그는 소파 뒤 창가에 자리 잡고 앉았기 때문에 그녀는 아무리 해도 그를 볼 수 없었다. 그러나 1분도 채 지나지 않아 그녀는 그를 불러 짜증을 내며 베개를 바로 해달라고 했다. 그는 베개를 바로 하기 시작했다. 그녀는 화가 난 듯 벽을 쳐다보고 있었다.

「그렇게 하는 게 아니에요. 오, 그게 아니라고요……. 무슨 솜씨가 그 모양이에요!」

샤또프는 다시 한번 베개를 바로 했다.

「내 쪽으로 몸을 굽혀 봐요.」 그녀는 가능한 한 그를 쳐다보지 않으려 하면서 갑자기 사납게 말했다.

그는 몸이 떨렸지만 시키는 대로 굽혔다.

「좀 더요……. 그렇게가 아니라…… 더 가까이.」 그러더니 갑자기 그녀의 왼팔이 그의 목을 재빠르게 감싸 안았고, 그는 이마에서 그녀의 단단하면서도 촉촉한 입맞춤을 느꼈다.

「마리!」

그녀의 입술이 떨렸지만, 그녀는 참고 있다가 갑자기 몸을 일으킨 뒤 눈을 반짝이며 말했다.

「니꼴라이 프세볼로도비치는 비열한 인간이에요!」

그리고 몸이 잘린 것처럼 힘없이 베개에 얼굴을 떨어뜨리고는, 히스테릭하게 흐느껴 울기 시작하며 샤또프의 손을 꽉 잡았다.

이 순간부터 그녀는 그를 더 이상 자기 옆에서 놓아주려 하지 않았으며, 그에게 자기 머리맡에 앉아 있어 달라고 요구했다. 그녀는 거의 말을 할 수 없는 상황이었지만, 계속해서 그를 바라보며 행복한 미소를 지었다. 그녀는 갑자기 꼭 무슨 바보가 된 것 같았다. 완전히 새로 태어난 것 같았다. 샤또프는 어린 소년처럼 눈물을 흘리기도 했고, 얼떨떨하기도 하고 감격스럽기도 한지 아무도 알아듣지 못할 말을 신나게 떠들어 대기도 했다. 그러다가 그녀의 손에 키스를 하기도 했다. 그녀는 무슨 말인지 이해를 못했을 수도 있지만 어쨌든 도취되어 그의 이야기를 들었고, 힘이 빠진 손으로 그의 머리카락을 부드럽게 어루만지기도 하고 쓰다듬기도 하면서 황홀하게 바라보고 있었다. 그는 끼릴로프에 관한 이야기, 이제 둘이서 〈새롭게 영원히〉 삶을 시작하자는 이야기, 신의 존재나 그 밖의 모든 좋은 것들에 관한 이야기를 했다……. 그러고는 또다시 환희에 싸여 갓난아이를 안고 들여다보았다.

「마리,」 그는 갓난아이를 팔에 안고 소리쳤다. 「낡은 헛소리, 수치, 썩어 버린 것들과는 이제 끝이오! 이제 우리 셋이서 새로운 길을 향해 노력합시다, 그래, 그거야! 아, 그렇지. 이 아이의 이름을 뭐라고 부를까, 마리?」

「이 아이의 이름요? 뭐라고 부를까요?」 그녀는 놀라서 되물었고, 그녀의 얼굴에 갑자기 무섭게 슬픈 표정이 떠올랐다.

그녀는 양손을 움켜쥐고 샤또프를 책망하듯 바라보다가 얼굴을 베개에 파묻었다.

「마리, 무슨 일이오?」 그는 슬픔과 놀라움으로 이렇게 소리쳤다.

「당신이 그럴 수가, 그럴 수가…… 오, 몰인정한 사람 같으니!」

「마리, 용서해 줘, 마리…… 나는 그냥 이름을 뭐라고 할까 물어본 것뿐인데. 나는 잘 모르겠소…….」

「이반이죠, 이반요.」 그녀는 활활 타오르는 눈물에 젖은 얼굴을 들었다. 「당신은 뭔가 다른 **끔찍한** 이름을 생각한 건 아니겠지요?」

「마리, 진정해요. 오, 당신은 너무 신경이 쇠약해졌어!」

「또다시 무례하게 그러네요. 어떻게 신경 쇠약 탓이라고 할 수 있지요? 확실히 말할 수 있지만, 만약 내가 이 아이를…… 그 끔찍한 이름으로 부르겠다고 하면, 당신은 아마 바로 동의했을 거예요. 심지어 눈치도 못 챌걸요! 오, 정말 하나같이 몰인정하고 비열한 사람들뿐이네요, 전부 다!」

물론 1분 뒤 그들은 화해했다. 샤또프는 그녀에게 잠시 잠을 자라고 설득했다. 그녀는 잠이 들었지만, 여전히 그의 손을 놓지 않으려 했고, 자주 잠에서 깨어 그가 혹시 가버리지나 않을까 두려운 듯 그를 쳐다보다가 다시 잠들곤 했다.

끼릴로프는 〈축하〉하기 위해 노파 한 사람을 보내 주었고, 그 밖에도 〈마리야 이그나찌예브나〉를 위해 뜨거운 차와 방금 구운 커틀릿, 흰 빵과 수프를 보내왔다. 산모가 수프를 게걸스럽게 마시는 동안 노파는 갓난아이의 기저귀를 갈아 주었다. 마리는 샤또프에게도 커틀릿을 먹으라고 권했다.

시간이 흘러가고 있었다. 샤또프는 기진맥진해서 의자에 앉은 채 마리의 베개에 머리를 기대고 잠이 들었다. 약속대로 다시 찾아왔던 아리나 쁘로호로브나가 그런 그들을 발견하고는 유쾌하게 깨웠다. 그녀는 마리와 무엇이 필요한지 이야기를 나눈 후 갓난아이를 들여다보고, 또다시 샤또프에게 그녀 곁을 떠나지 말라고 지시했다. 그리고 약간의 경멸과 거만함의 빛을 띠며 이 〈부부〉를 놀려 주고는 아까처럼 만족해하며 떠나갔다.

샤또프가 잠에서 깼을 때는 이미 완전히 어두워져 있었다. 그는 서둘러 촛불을 켜고 노파를 부르러 뛰어갔다. 그러나 계단을 내려가자마자 그를 향해 올라오는 누군가의 조용하고 서두르지 않는 발소리가 들려 깜짝 놀라고 말았다. 에르껠이 들어왔던 것이다.

「들어오지 말아요!」 샤또프는 이렇게 속삭이며 신속하게 그의 팔을 잡고 문 쪽으로 끌고 나갔다. 「여기서 기다려요. 곧 나오겠소. 나는 당신에 관해 완전히, 완전히 잊고 있었어요! 오, 당신을 보니 생각나는군!」

그는 너무 서두르느라 끼릴로프에게는 들르지도 못하고 노파만 불러왔다. 마리는 그가 그녀를 〈혼자 내버려 둘 생각을 하다니 그럴 수 있느냐고〉 하며 절망과 분노에 빠졌다.

「하지만,」 그는 열광적으로 소리쳤다. 「이것은 마지막 한 걸음이오! 그다음에는 새로운 길이 나타날 거고, 우리는 결코, 결코 과거의 공포에 대해 기억하지 않게 될 거요.」

그는 간신히 그녀를 설득하고 정각 9시에는 돌아오겠다고 약속했다. 그녀에게 강하게 키스를 하고 갓난아이에게도 키스를 한 뒤 그는 서둘러 에르껠에게로 뛰어갔다.

두 사람은 스끄보레시니끼에 있는 스따브로긴 공원으로 출발했다. 그 공원 맨 끝, 소나무 숲이 시작되는 곳의 한 외딴 장소에 1년 반 전 그가 그들에게 위탁받은 인쇄기가 묻혀 있

었다. 그 장소는 황량한 황무지로, 스77보레시니끼 저택에서
도 상당히 멀리 떨어져 있어 전혀 눈에 띄지 않는 곳이었다.
필리뽀프의 집에서도 3베르스따 반 내지 4베르스따 정도는
걸어가야 했다.

「설마 계속 걸어가는 거요? 마차를 불러야겠소.」

「제발 부르지 말아 주십시오.」에르껠이 반대했다. 「그들
이 특히 이 점을 강하게 주장했습니다. 마부도 증인이 될 수
있으니까요.」

「이런…… 젠장! 뭐, 상관없소. 끝내 버리면, 끝내 버리기만
하면 되니!」

두 사람은 매우 빠르게 걸어갔다.

「에르껠, 이봐요, 어린 소년!」샤또프가 소리쳤다. 「당신은
행복했던 적이 있소?」

「당신은 지금 아주 행복한 것 같군요.」에르껠이 호기심을
보이며 말했다.

제6장

분주한 밤

1

비르긴스끼는 이날 두 시간이나 꼬박 **우리 일당**을 찾아다니며, 샤또프는 아내가 돌아오고 아이가 태어났으니 아마 밀고할 것 같지 않다는 소식을 그들에게 알리려 했다. 〈인지상정으로 보면〉 그가 이런 순간에 위험한 인물이 되리라고는 생각할 수 없다는 것이었다. 그러나 당혹스럽게도 에르껠과 람신 말고는 아무도 집에 없었다. 에르껠은 분명하게 그의 눈을 바라보며 조용히 경청했다. 〈그가 과연 6시에 출발할까?〉하는 직설적인 질문에 대해서는 역시 분명한 미소를 지으며 〈물론 갈 겁니다〉하고 대답했다.

람신은 보아하니 중병에라도 걸린 듯 머리끝까지 담요를 뒤집어쓰고 누워 있었다. 방 안으로 들어서는 비르긴스끼를 보며 깜짝 놀라더니 그가 말을 시작하자마자 갑자기 담요 밑에서 손을 저으며 가만히 내버려 달라고 애원했다. 하지만 샤또프에 관한 이야기는 다 듣고 있다가, 모두들 집에 없다는 소식을 듣고는 웬일인지 굉장히 충격을 받은 것 같았다. 그는 이미 뻬찌까의 죽음에 대해(리뿌찐을 통해) 알고 있었으며, 자진해서 비르긴스끼에게 두서없이 급하게 이야기해 주었다. 그러자 이번에는 비르긴스끼가 깜짝 놀랐다. 〈가야 하나, 말 아야 하나?〉라는 비르긴스끼의 직설적인 질문에 그는 또다시 손을 내저으며 자기는 〈관계없는 사람이고, 아무것도 모르니 가만히 좀 내버려 달라고〉 갑자기 애원하기 시작했다.

비르긴스끼는 괴롭고 매우 불안한 상태로 집에 돌아왔다. 가족에게도 숨겨야 한다는 것이 그에게는 힘들었다. 그는 뭐든 아내에게 털어놓는 것이 습관이 되어 있었기 때문이다. 만약 이 순간 열에 들뜬 그의 머릿속에 한 가지 새로운 생각이, 앞으로의 행동에 대한 어떤 타협적인 새로운 계획이 떠오르지 않았다면, 그도 람신처럼 침대에 누워 버리고 말았을 것이다. 그러나 이 새로운 생각은 그에게 힘을 주었으며, 뿐만 아니라 그는 약속된 시간을 초조하게 기다리기 시작하다가, 심지어 예정보다 일찍 모임 장소로 출발했다.

그곳은 드넓은 스따브로긴 공원의 한쪽 끝에 있는 매우 음침한 장소였다. 나는 나중에 일부러 그곳에 가보았다. 그 혹독한 가을밤에 그곳은 얼마나 음울해 보였겠는가. 바로 그곳에서 오래된 보호림이 시작되고 있었고, 몇백 년이나 된 거대한 소나무들이 어두컴컴하고 불분명한 반점처럼 어둠 속에서 어렴풋이 모습을 드러내고 있었다. 너무나 어두워서 두 걸음 정도만 떨어져도 서로를 알아볼 수 없을 정도였지만, 뾰뜨르 스쩨빠노비치와 리뿌찐, 그리고 뒤늦게 온 에르껠은 각자 등불을 들고 왔다. 언제 무엇 때문에 생겨난 것인지는 모르겠지만, 아득한 옛날부터 이곳에는 깎지 않은 야생의 바위로 만든 상당히 우스꽝스러운 암굴이 하나 있었다. 굴속에 있는 탁자나 벤치는 이미 썩어서 부서진 상태였다. 오른쪽으로 2백 보쯤 떨어진 곳에서 이 공원의 세 번째 연못이 끝났다. 세 개의 연못은 저택 바로 앞에서 시작해 서로 연결되며 공원 끝까지 1베르스따 이상 이어져 있었다. 여기서는 무슨 소음이나 비명 소리, 심지어 총소리조차 주인이 떠나 버린 스따브로긴 저택의 하인들 귀에까지 들리리라고는 도저히 상상할 수 없었다. 어제 니꼴라이 프세볼로도비치가 떠나고 알렉세이 예고리치도 출발한 뒤, 이 저택에는 장애인이라고 할 정도로 거동이 힘든 하인 대여섯 명밖에 남아 있지 않았다. 어쨌든 이렇게 외따로 떨어져 살고 있는 하인들 중 누군가의 귀에 비명이나 도와달라는 외침 소리가 들린다고 해도, 그것은 그들의 공포심만 불러일으킬 뿐이지, 단 한 사람도 도움을 주기 위해 따뜻한 난로나 데워진 잠자리를 떠날 생각 같은 건 하지도 않을 것이라고 충분히 짐작할 수 있었다.

6시 20분에 샤또프를 데리러 간 에르껠을 제외하고 이미 거의 모두가 집합 장소에 모여 있었다. 뾰뜨르 스쩨빠노비치도 이번에는 늦지 않았다. 그는 똘까첸꼬와 함께 왔다. 똘까첸꼬는 얼굴을 찌푸리고 걱정스러운 표정을 하고 있었다. 거드름을 피우고 뻔뻔할 정도로 오만하던 단호함은 완전히 사라지고 없었다. 그는 뾰뜨르 스쩨빠노비치 곁을 거의 떠나지 않았으며, 갑자기 그를 무한히 신뢰하기 시작한 것 같았다. 뾰뜨르 옆에 붙어 서서 자주 뭐라고 분주하게 속삭였다. 그러나 뾰뜨르는 그에게 거의 대답하지 않거나, 그에게서 벗어나려고 짜증을 내며 뭐라고 중얼거렸다.

시갈료프와 비르긴스끼는 뾰뜨르 스쩨빠노비치보다 좀 더 일찍 도착했지만, 그가 나타나자 분명 의도적으로 깊은 침묵을 지키며 즉시 옆으로 약간 물러섰다. 뾰뜨르 스쩨빠노비치는 등불을 들고 그들을 건방지고 무례할 정도로 주의 깊게 훑어보았다. 〈할 말이 있는 것 같은데〉 하는 생각이 그의 머릿속에 퍼뜩 떠올랐다.

「람신은 안 왔나요?」 그가 비르긴스끼에게 물었다. 「그가 병이 났다고 말한 건 누구죠?」

「나는 여기 있어요.」 람신이 갑자기 나무 뒤에서 걸어 나오며 대답했다. 그는 따뜻한 외투를 입고 모포로 몸을 빈틈없이 감싸고 있어서 등불을 들고서도 얼굴을 알아보기 어려웠다.

「그럼 리뿌찐만 없는 건가?」

그러자 리뿌찐이 조용히 굴속에서 걸어 나왔다. 뾰뜨르 스쩨빠노비치는 다시 등불을 들어 올렸다.

「무엇 때문에 거기 틀어박혀 있었나? 왜 나오지 않았지?」

「나는 우리 모두가 행동에 있어…… 자유로운 권리를 가지고 있다고 생각합니다만.」 리뿌찐은 이렇게 중얼거렸지만, 무슨 말을 하려고 했는지 자신도 거의 모르는 것 같았다.

「여러분,」 뾰뜨르 스쩨빠노비치는 처음으로 속삭임을 깨뜨리고 목소리를 높였는데, 그것은 효과가 있었다. 「이제 와서 이런저런 이야기를 늘어놓을 필요 없다는 것은 당신들도 잘 알고 있으리라 생각합니다. 어제 모든 이야기를 했고, 직접적으로 확실하게 되짚어 보기도 했죠. 그런데 얼굴 표정을 보니, 누군가 자기 생각을 밝히고 싶어 하는 것 같군요. 그렇다면 서둘러 주시죠. 젠장, 시간은 촉박하고, 에르껠은 아마 곧 그를 데려올 테니…….」

「에르껠은 반드시 그를 데려올 거요.」 무엇 때문인지 똘까첸꼬가 말참견했다.

「내 생각이 틀리지 않다면, 인쇄기를 먼저 인계하는 거지요?」리뿌찐은 또다시 뭣 때문에 질문하는지도 모르는 것처럼 이렇게 물어보았다.

「그야 물론, 물건을 잃어서는 안 되지.」뾰뜨르 스쩨빠노비치는 그의 얼굴을 향해 등불을 들어 올렸다. 「그러나 어제 우리는 그걸 진짜로 인수할 필요는 없다는 데 동의하지 않았나? 그가 여기 어디에 묻어 두었는지 그 지점만 알려 주도록 하면 돼. 그다음에는 우리가 직접 파내는 거지. 이 굴 한쪽 구석에서 열 걸음 떨어진 곳 어디라고 했는데…… 그런데 젠장, 어떻게 이걸 잊어버릴 수 있지, 리뿌찐? 자네 혼자 그를 먼저 만나고, 그다음에 우리가 나타나기로 되어 있었는데 말이야…… 자네가 그걸 물어보다니 이상하군. 아니면 그냥 한번 그래 보는 건가?」

리뿌찐은 침울한 표정으로 아무 말도 하지 않았다. 모두 침묵을 지켰다. 바람이 소나무 꼭대기를 흔들고 있었다.

「어쨌든 여러분, 나는 각자가 자기 임무를 잘 수행해 주기를 바랍니다.」뾰뜨르 스쩨빠노비치가 초조한 듯 침묵을 깼다.

「난, 샤또프의 아내가 돌아와서 아이를 낳았다는 걸 알고 있소.」비르긴스끼는 갑자기 흥분해서 말도 제대로 못하고 연신 손짓을 해가며 서둘러 말하기 시작했다. 「인지상정으로 보면…… 지금 그가 밀고할 리는 없다는 것을 확신할 수 있어요……. 왜냐하면 그는 행복하기 때문에……. 그래서 오늘 아침에 당신들을 찾아갔지만 아무도 만나지 못했소……. 그러니 이제 정말 아무 일도 할 필요가 없지 않을까 싶은데…….」

그는 말을 멈췄다. 숨이 막혔던 것이다.

「비르긴스끼 씨, 만약 당신이 갑자기 행복해졌다면,」뾰뜨르 스쩨빠노비치는 그에게 한 걸음 다가갔다. 「그러면 당신은, 밀고나 뭐 그런 것에 관한 이야기가 아니라, 뭔가 위험을 무릅쓰는 시민적인 행위, 즉 당신이 행복해지기 전에 계획했던 것이며, 어떤 위험에도, 어떤 행복의 상실에도 불구하고 자신의 임무이자 의무로서 간주했던 그런 일을 연기할 수 있겠소?」

「아니, 연기하지 않을 거요! 무슨 일이 있어도 연기하지 않을 거요!」 비르긴스끼는 왠지 터무니없을 정도로 열을 내고 온몸을 뒤흔들면서 말했다.

「당신은 비열한 인간이 되기보다는 차라리 다시 불행한 사람이 되는 걸 원하겠지요?」

「그럼요, 그럼요……. 나는 완전히 반대로…… 전적으로 비열한 인간이 되기를…… 아니, 그게 아니라…… 비열한 인간이 아니라, 비열한 인간이 되기보다는 오히려 완전히 불행한 사람이 되기를 바랄 겁니다.」

「그럼 이걸 알아 두시죠. 샤또프는 밀고를 자신의 시민적 행위, 최고의 신념으로 생각하고 있어요. 그 증거로는 밀고의 대가로 자신이 많은 점에서 용서받긴 하겠지만, 어쨌든 정부에 대해 일정 부분 위험을 무릅쓰고 있다는 것이죠. 그런 사람이니 무슨 일이 있어도 물러서지 않을 겁니다. 어떤 행복도 그를 이기지 못할 것이란 말입니다. 하루만 지나면 정신을 차리고 스스로를 질책하면서 임무를 수행하러 갈 겁니다. 게다가 아내가 3년 만에 돌아와서 그에게 스따브로긴의 아이를 낳아 주었는데, 그것이 결코 행복이라고는 볼 수 없죠.」

「그러나 아무도 밀고장을 본 적은 없지 않소?」 시갈료프가 갑자기 완강하게 말했다.

「밀고장은 내가 봤어요.」 뾰뜨르 스쩨빠노비치는 소리를 질렀다. 「밀고장은 있어요. 이 모든 것은 정말 바보 같은 짓이오, 여러분!」

「하지만 나는,」 비르긴스끼가 갑자기 발끈했다. 「나는 반대입니다……. 나는 온 힘을 다해 반대하겠습니다……. 내 생각에는…… 나는 이랬으면 좋겠어요. 그가 오면, 우리 모두 나가서 그에게 물어보는 겁니다. 만약 그것이 사실이라면 그에게 참회를 받아 내고, 그가 맹세한다면 그를 풀어 주는 겁니다. 어쨌든 재판이 있어야 합니다. 재판 과정이 있어야 해요. 모두 숨어 있다가 갑자기 달려들 것이 아니라.」

「맹세만 믿고 공동의 과업을 위험에 빠뜨리다니, 그것은 가장 어리석은 짓이오! 젠장, 이제 와서 이 무슨 어리석은 짓이오, 여러분! 그러면 위험한 순간에 당신들은 어떤 역할을 맡을 거요?」

「나는 반대예요, 나는 반대예요.」 비르긴스끼는 같은 말만 되풀이했다.

「소리 지르는 건 좀 그만두시오. 그러다 신호를 못 듣겠군. 여러분, 샤또프는……(젠장, 지금 이게 무슨 어리석은 상황인가!) 내가 이미 말했듯이, 샤또프는 슬라브주의자요. 즉, 가장 어리석은 인간들 중 하나란 말이오……. 하지만, 젠장, 그게 무슨 상관이야, 될 대로 되라지. 당신들 때문에 혼란스럽기만 하군……! 여러분, 샤또프는 악의에 찬 인간이오. 하지만 어쨌든 우리 조직에 속해 있으므로, 그가 원하건 원하지 않건 나는 마지막 순간까지 공동의 과업을 위해 그를 이용하고, 악의에 찬 인간으로서 그를 이용할 가치가 있을 것으로 기대했소. 나는 아주 정확한 지시를 받았음에도 불구하고 그를 보살피고 자비를 베풀어 주고 있었던 거요……. 나는 그의 실제 가치보다 백배 이상은 소중히 대했단 말이오! 그런데 그는 결국 밀고로 끝내 버린 거요. 이런, 젠장, 그게 무슨 상관이야……! 자, 이제 누구든지 몰래 빠져나가려고 시도만 해 봐! 당신들 중 단 한 사람도 이 과업을 떠날 권리는 없어! 당신들이 원한다면 그와 입을 맞출 수는 있겠지. 하지만 맹세 같은 것에 우리 과업을 넘길 권리는 없어! 돼지 새끼나 정부에 매수된 놈들만 그런 짓을 할 뿐이라고!」

「여기서 대체 누가 정부에 매수되었다는 거요?」 리뿌찐은 또다시 걸고넘어졌다.

「자네일지도 모르지. 자네는 차라리 입을 다물고 있는 게 좋을 거야, 리뿌찐. 그냥 습관적으로 말하는 것 같은데. 여러분, 정부에 매수된 인간들이란 위험한 순간에 겁을 내는 인간들을 말하는 거요. 공포심 때문에 마지막 순간에 도망가면서 〈아, 용서해 주십시오. 모두를 팔아넘기겠습니다!〉 하고 소리치는 바보들은 항상 있는 법이니까. 하지만 여러분, 당신들은 이제 어떤 밀고를 하더라도 용서받지 못한다는 것을 알아 두시오. 만약 당신들이 법률적으로 2등급의 감형을 받는다 하더라도 어쨌든 모두 시베리아 유형을 선고받을 것이고, 그 외 또 다른 칼날로부터도 도망가지 못할 거요. 그 다른 칼날은 정부의 것보다 더 날카롭소.」

뾰뜨르 스쩨빠노비치는 분노에 사로잡혀 쓸데없는 말까지 지껄이고 말았다. 시갈료프는 그를 향해 단호하게 세 걸음 정도 나아갔다.

「어제저녁부터 나는 이 문제를 숙고해 보았소.」 그는 항상 그렇듯이 확신을 가지고 조리 있게 말하기 시작했다(내가 보기에 그는 발밑의 땅이 꺼진다 해도 말의 억양을 높이지도 않고, 자신의 조리 있는 서술도 전혀 바꾸지 않을 것 같았다). 「이 문제를 숙고해 보고 나는 결론을 내렸소. 우선 지금 기도하고 있는 살인은 훨씬 더 본질적이고 직접적으로 사용될 수도 있는 귀중한 시간을 낭비하는 것일 뿐만 아니라, 무엇보다 정상적인 길로부터의 파멸적인 이탈이라는 거요. 이런 것은 항상 과업에 해를 끼쳐 왔고, 순수한 사회주의자들 대신 경박하고 특히 정치적인 사람들의 영향에 종속되어 버림으로써 과업의 성공을 몇십 년을 지연시켰소. 내가 여기 온 것은 오직 현재 기도하고 있는 이 일에 반대함으로써 모두를 각성시키고, 그다음에 당신이 무슨 이유에서인지는 모르겠지만 위험한 순간이라고 부르는 이 순간으로부터 나를 떼어 놓기 위해서요. 내가 떠나는 것은 이 위험을 두려워해서도 아니고, 샤또프에 대한 동정심 때문도 아니오. 나는 그와 전혀 입맞춤 같은 걸 하고 싶지 않소. 다만 이 모든 일이 처음부터 끝까지 말 그대로 나의 강령과 모순되기 때문에 떠나는 거요. 밀고나 정부에 매수되는 문제와 관련해서는 나에 대해 전적으로 안심해도 될 거요. 밀고 같은 건 하지 않을 테니까.」

그는 돌아서서 걸어가기 시작했다.

「젠장, 저놈은 도중에 그들을 만나면 샤또프에게 경고할 거야!」 뾰뜨르 스쩨빠노비치는 이렇게 소리치며 권총을 꺼내 들었다. 철컥 하고 방아쇠를 올리는 소리가 들려왔다.

「그건 안심해도 좋소.」 시갈료프는 다시 돌아섰다. 「가는 길에 샤또프를 만나면 아마 인사 정도는 하겠지만, 경고를 하지는 않을 테니.」

「이런 짓을 하면 대가를 치를 수도 있다는 걸 알고 있겠지,

푸리에 씨?」

「나는 푸리에가 아니니 그런 식으로 부르지 마시오. 나를 그런 달콤하고 추상적인 것만 중얼거리는 사람과 혼동하는 것은 내 원고가 당신 손 안에 들어 있다 해도 당신은 아무것도 이해하지 못한다는 것을 증명할 따름이오. 당신의 복수에 대해서도 한마디 하자면, 당신이 방아쇠를 올린 것은 쓸데없는 짓이오. 이 순간 그런 짓은 당신에게 전적으로 불리할 뿐이니 말이오. 당신이 내일이나 모레 두고 보자고 날 위협한다 해도, 나를 죽여 봤자 쓸데없이 소란만 일으키는 것 말고는 아무런 이득을 보지 못할 거요. 당신이 나를 죽일 수는 있겠지만, 어쨌든 조만간 당신은 나의 체계에 이르게 될 것이오. 그럼 이만.」

바로 이 순간 2백 보쯤 떨어진 공원 연못 쪽에서 휘파람 소리가 들려왔다. 그러자 리뿌찐이 즉시 어제 약속한 대로 역시 휘파람 소리를 냈다(그는 이가 빠진 입으로 휘파람 소리를 내기 어려울 것 같다는 생각에 일부러 이날 아침 시장에서 1꼬뻬이까를 주고 찰흙으로 만든 장난감 호루라기를 사 왔다). 에르껠이 오는 도중에 샤또프에게 휘파람 소리가 들릴 것이라고 미리 알려 주었기 때문에, 샤또프는 아무런 의심도 품지 않았다.

「걱정하지 마시오. 나는 저들을 피해 한쪽 옆으로 갈 테니, 나에 대해 전혀 눈치채지 못할 거요.」 시갈료프는 인상적인 말투로 속삭이듯 선수를 치고는 서두르지도 않고 발걸음을 재촉하지도 않으며 결국 어두운 공원을 통해 집으로 향했다.

이제는 이 끔찍한 사건이 어떻게 일어났는지에 대해서 아주 세부적인 것까지 완전히 다 알려져 있다. 먼저 리뿌찐이 굴 바로 앞에서 에르껠과 샤또프를 맞았다. 샤또프는 그와 인사도 하지 않고 손을 내밀지도 않고 곧바로 서두르며 큰 소리로 말했다.

「그런데 당신들 삽은 어디 있소? 다른 등불은 없는 거요? 이곳에는 정말 아무도 없으니, 걱정하지 마시오. 스끄보레시니끼에서는 지금 대포를 쏜다 해도 아무도 듣지 못할 거요. 그건 바로 여기, 바로 이곳에, 정확히 이 장소에 있소…….」

그러면서 그는 굴 뒤쪽 구석에서 숲으로 열 걸음 떨어진 곳에서 실제로 발을 굴러 보이기도 했다. 바로 이 순간 나무 뒤에서 나타난 똘까첸꼬가 그의 뒤를 덮쳤고, 에르껠은 뒤에서 그의 팔꿈치를 잡았다. 리뿌찐은 앞에서 달려들었다. 세 사람은 바로 그의 다리를 걸어 넘어뜨리며 땅에 대고 힘껏 눌렀다. 이때 뾰뜨르 스쩨빠노비치가 권총을 들고 뛰어나왔다. 듣기로는 샤또프가 그쪽으로 고개를 돌려 그를 알아볼 정도의 시간은 있었다고 한다. 세 개의 등불이 이 장면을 비추고 있었다. 샤또프는 갑자기 짧고 절망적으로 고함을 질렀다. 그러나 그가 소리 지르도록 내버려 두지는 않았다. 뾰뜨르 스쩨빠노비치는 정확하고 단호하게 권총을 곧장 그의 이마에 겨누며 총구를 바싹 접근시키더니 그대로 방아쇠를 당겼다. 총소리는 그다지 크지 않았던지 적어도 스끄보레시니끼에서는 아무도 듣지 못했다. 물론 시갈료프는 3백 보 정도도 채 가지 못했기 때문에 그 소리를 들었다. 고함 소리도 들었고, 총소리도 들었지만, 나중에 그의 증언에 따르면, 그는 돌아보지도 않았고, 심지어 멈춰 서지도 않았다. 죽음은 거의 순간적으로 일어났다. 완전한 처리 능력을 가진 사람은 — 나는 그가 침착했다고 생각하지는 않는다 — 뾰뜨르 스쩨빠노비치뿐이었다. 그는 무릎을 구부리고 앉아 서두르면서도 단호한 손놀림으로 살해된 자의 주머니를 뒤지기 시작했다. 돈은 없었다 (지갑은 마리야 이그나찌예브나의 베개 밑에 두고 왔던 것이다). 쓸데없는 종이쪽지가 두세 장 나왔을 뿐으로, 사무실 메모지 한 장과 어떤 책의 목차, 그리고 어째서 그런 것들이 2년 동안 그의 주머니 안에 들어 있었는지 알 수 없는 오래된 외국 술집 계산서였다. 뾰뜨르 스쩨빠노비치는 종이들을 자기 주머니에 집어넣다가, 문득 모두가 모여 선 채 시체를 바라보며 아무것도 하지 않고 있는 것을 알아채고는 화를 내며 마구잡이로 욕하고 다그치기 시작했다. 똘까첸꼬와 에르껠은 정신을 차리고 얼른 굴속으로 뛰어가서 순식간에 아침에 미리 마련해 둔 돌 두 개를 들고 왔는데, 돌의 무게는 각각 20푼뜨 정도 되는 것으로 이미 준비되어 단단하고 견고하게 밧줄로 묶여 있었다. 시체를 가까이 있는 (세 번째) 연못까지 끌고 가서 가라앉히기로 했기 때문에 이 돌들을 다리와 목에 묶기 시작했다. 그것을 묶는 일은 뾰뜨르 스쩨빠노비치가 했고, 똘까첸꼬와 에르껠은 돌을 들고 있다가 순서대로 건네주기만 했다. 에르껠이 먼저 돌을 건네주었고, 뾰뜨르 스쩨빠노비치가 투덜투덜 욕하면서 밧줄로 시체의 다리를 묶고 거기에 첫 번째 돌을 매다는 동안, 똘까첸꼬는 요구를 받자마자 지체 없이 건네줄 수 있도록 온몸을 앞으로 깊이 공손하게 숙인 채 상당히 오랜 시간 동안 자기 돌을 추처럼 들고 있었는데, 자신의 짐을 잠시나마 땅에 내려놓을 생각 같은 건 한 번도 하지 않았다. 마침내 두 개의 돌을 다 묶고 뾰뜨르 스쩨빠노비치가 땅바닥에서 몸을 일으키며 그 자리에 있던 사람들의 얼굴을 쳐다보려 할 때, 갑자기 전혀 예상치 못했던, 거의 모두를 놀라게 만든 이상한 사건 하나가 벌어졌다.

이미 언급했듯이 똘까첸꼬와 에르껠이 일정 부분 참여한 것 외에 나머지 사람들은 대부분 아무것도 하지 않고 서 있었다. 비르긴스끼는 모두가 샤또프에게 달려들 때 뛰어나오긴 했지만, 샤또프를 잡으려고 하지도 않았고, 그를 잡고 있는 것을 도와주지도 않았다. 럄신은 총이 발사된 이후에야 갑자기 무리 속에 모습을 나타냈다. 그 후 일동은 아마도 10분 동안 시체를 처리하느라 소동을 벌이는 가운데 의식의 일부를 잃어버린 것 같았다. 그들은 무리를 지어 둘러서 있었지만, 걱정이나 불안에 앞서 단지 놀라움만을 느끼는 것 같았다. 리뿌찐은 앞쪽 시체 옆에 서 있었다. 비르긴스끼는 그의 뒤에서 어깨 너머로 뭔가 특이한, 마치 관계없는 사람인 것 같은 호기심을 보이며, 심지어 더 잘 보려고 까치발까지 들었다. 럄신은 비르긴스끼 뒤에 숨어서 가끔씩만 조심스럽게 고개를 내밀고 쳐다보다가 곧바로 다시 숨어 버렸다. 돌을 다 묶고 뾰뜨르 스쩨빠노비치가 몸을 일으키자, 비르긴스끼는 갑자기 온몸을 부들부들 떨며 양손을 탁 치더니 비통한 목소리로 고래고래 소리를 질렀다.

「이건 틀렸어, 틀렸다고! 안 돼, 이건 완전히 틀렸어!」

그는 너무 뒤늦은 이 고함 소리에 뭔가 더 덧붙이려고 했던 것 같은데, 럄신이 그가 끝까지 말하도록 내버려 두지 않았다. 럄신은 갑자기 뒤에서 있는 힘껏 그를 잡아 온몸을 옥죄면서 도저히 믿을 수 없는 비명을 지르기 시작했다. 예를 들어 사람이 심하게 경악할 때는 전 같으면 상상도 할 수 없을 정도로 자기 목소리 같지 않은 무서운 소리를 지르는 경우가 있는데, 그럴 때면 가끔은 매우 섬뜩하기까지 하다. 럄신은 인간의 소리가 아니라 뭔가 짐승 같은 소리를 내며 울부짖었다. 그는 경련과 같은 발작을 일으키며 비르긴스끼를 뒤에서 점점 더 심하게 팔로 옥죄었고, 모두를 향해 눈을 부릅뜨고 입을 엄청 크게 벌린 채 한순간도 쉬지 않고 끊임없이 비명을 질러 댔다. 발은 땅바닥 위에서 마치 북을 치듯 계속 동동거렸다. 비르긴스끼는 너무 놀라 그 자신도 미친 사람처럼, 그가 그러리라고는 생각도 못할 정도로 악의에 가득 차서 분노하며 소리를 지르기 시작했다. 그는 뒤로 손이 닿는 한도까지 럄신을 할퀴고 때리면서 그의 손에서 벗어나려고 몸부림치기 시작했다. 에르껠의 도움으로 마침내 그에게서 럄신을 떼어 낼 수 있었다. 그러나 비르긴스끼가 깜짝 놀라서 열 걸음 정도 옆으로 급히 물러나자, 럄신은 갑자기 뾰뜨르 스쩨빠노비치를 보고 다시 울부짖으며 이번에는 그를 향해 달려들었다. 시체에 발이 걸린 그는 그대로 시체를 넘어 뾰뜨르 스쩨빠노비치 위로 넘어졌고, 그 상태로 상대를 꼭 끌어안으며 자기 머리를 그의 가슴에 대고 마구 눌렀기 때문에 뾰뜨르 스쩨빠노비치도 똘까첸꼬도 리뿌찐도 처음 당장은 거의 어떻게 할 수가 없었다. 뾰뜨르 스쩨빠노비치는 소리를 지르고 욕을 하면서 그의 머리를 주먹으로 마구 때렸다. 뾰뜨르는 간신히 그에게서 빠져나오자 바로 권총을 꺼내 들더니 여전히 울부짖는 럄신의 벌어진 입을 향해 곧장 총을 겨누었다. 럄신은 이미 똘까첸꼬, 에르껠, 리뿌찐에게 팔이 단단히 붙잡혀 있는 상태였다. 그러나 럄신은 권총에도 불구하고 계속해서 비명을 질러 댔다. 결국 에르껠은 자신의 명주 손수건을 마구 구겨서 능숙하게 럄신의 입을 틀어막았고, 그렇게 해서 고함 소리는 중단되었다. 그사이 똘까첸꼬는 남은 밧줄 끄트 머리로 그의 손을 묶어 버렸다.

「정말 이상하군.」 뾰뜨르 스쩨빠노비치는 불안함과 놀라움 속에서 미친 사람을 바라보며 말했다.

그는 충격을 받은 것이 분명했다.

「나는 이 인간에 대해 완전히 다르게 생각하고 있었는데.」 그는 생각에 잠겨 이렇게 덧붙였다.

잠시 동안 그의 곁에 에르껠을 남겨 두기로 했다. 죽은 사람을 빨리 처리해야만 했다. 그렇게 고함을 질러 댔으니 어딘가에서 소리를 들었을 수도 있기 때문이었다. 똘까첸꼬와 뾰뜨르 스쩨빠노비치는 등불을 들고 시체의 머리 밑을 받쳐 들었다. 리뿌찐과 비르긴스끼는 다리를 붙잡고 함께 옮기기 시작했다. 돌을 두 개 매달아 무겁고, 거리는 2백 보 이상이나 되었다. 일행 중에서 가장 힘이 센 사람은 똘까첸꼬였다. 그는 보조를 맞추어 걸어야 한다고 충고했지만, 아무도 그에게 대답하지 않고 되는대로 걸어갔다. 뾰뜨르 스쩨빠노비치는 오른쪽에서 걸어갔는데, 몸을 완전히 구부린 채 어깨에는 시체의 머리를 얹고 왼손은 내려서 돌을 받쳐 들고 있었다. 길을 반 정도 걸어갈 때까지도 똘까첸꼬가 돌 드는 것을 도와줄 생각을 하지 않자, 뾰뜨르 스쩨빠노비치는 결국 욕을 하며 그에게 소리쳤다. 고함 소리는 갑작스럽게 나 홀로 울려 퍼졌다. 그들은 말없이 계속 시체를 운반해 갔다. 그러다 연못 바로 옆에 도착하자마자 비르긴스끼는 무거운 짐 때문에 몸을 구부리고는, 피곤해졌는지 갑자기 조금 전과 똑같이 크고 울먹이는 목소리로 또다시 외치기 시작했다.

「이건 틀렸어, 안 돼, 안 돼, 이건 완전히 틀렸어!」

그들이 시체를 옮겨 온, 규모가 상당히 큰 세 번째 스끄보레시니끼 연못이 끝나는 지점은 공원에서 가장 황량하고, 특히 이런 늦가을에는 사람들이 찾지 않는 장소 중 하나였다. 연못 이쪽 끝 물가는 잡초로 뒤덮여 있었다. 그들은 등불을 내려놓고, 시체를 앞뒤로 흔들다가 물속으로 집어 던졌다. 둔탁한 소리가 길게 이어졌다. 뾰뜨르 스쩨빠노비치는 등불을 들어 올렸고, 나머지는 모두 그의 뒤에서 몸을 내밀며 호기심을 가지고 시체가 가라앉는 것을 바라보았다. 그러나 이미 아무것도 보이지 않았으니, 두 개의 돌을 매단 시체는 곧장 가라앉았던 것이다. 물의 표면을 따라 퍼져 나가던 커다란 파문은 빠르게 잦아들었다. 상황은 끝이 났다.

「여러분,」 뾰뜨르 스쩨빠노비치가 모두를 향해 말했다. 「이제 우리 헤어집시다. 의심할 바 없이 당신들은 자유로운 임무 수행에 따르는 자유로운 자부심을 느껴야 합니다. 만약 유감스럽게도 지금 그런 감정을 느끼기에 너무 불안한 상태라면, 틀림없이 내일 그것을 느끼게 될 것입니다. 그때도 느끼지 못한다면 그것은 수치입니다. 럄신의 너무나 수치스러운 저 흥분 상태는 그냥 헛소리 같은 것으로 간주하겠습니다. 더욱이 그는 실제로 오늘 아침부터 이미 병이 나 있었다고 하더군요. 그리고 비르긴스끼 당신은 한순간만이라도 자유로운 상태에서 숙고해 보면, 공동 과업의 이익을 고려할 때 결코 맹세에 의존해서는 안 되며, 바로 우리가 한 것과 같이 해야 한다는 것을 알게 될 것입니다. 밀고가 있었다는 것은 이후 결과가 당신에게 보여 줄 겁니다. 당신의 절규는 잊어 드리죠. 위험하다든가 하는 일은 전혀 없을 겁니다. 특히 당신들이 제대로만 처신한다면, 아무도 우리 중 누군가를 의심할 생각 같은 건 하지 않을 겁니다. 그러니 중요한 것은 어쨌든 당신들과 당신들의 완전한 신념, 즉 당신들이 내일이라도 확신을 가졌으면 하는 그 신념에 달려 있습니다. 당신들이 같은 생각을 가진 사람들이 자유롭게 모여 만든 이 개별 조직에 가입한 것은, 공동의 과업을 수행하면서 주어진 순간 힘을 모아 함께하기 위한 것이며, 필요하다면 서로를 감시하고 주의를 기울이기 위해서입니다. 당신들 각자는 최고의 보고를 해야 할 의무를 가지고 있습니다. 당신들은 정체되어 고약한 냄새를 풍기는 낡아 빠진 것들을 쇄신해야 할 소명을 가지고 있는 것입니다. 용기를 북돋기 위해 항상 이 점을 명심해야 합니다. 현재 당신들이 나아갈 길은 일체의 파괴, 즉 국가도, 국가의 도덕성도 모두 파괴하는 것입니다. 권력을 인수하도록 미리 예정되어 있던 우리만이 남을 것입니다. 영리한 사람들은 우리 쪽으로 끌어들이고, 어리석은 사람들은 그들을 올라타고 나아갑시다. 당신들은 이것에 당황할 필요가 없습니다. 자유를 누릴 가치가 있게 하려면 한 세대 전체를 재교육해야 합니다. 아직도 수천 명의 샤또프가 앞을 가로막을 겁니다. 우리는 나아갈 방향의 주도권을 잡기 위해 결성된 것입니다. 하는 일 없이 누워서 우리를 보며 입이나 벌리고 있는 자들을 끌어내지 않는다면, 그건 수치스러운 일입니다. 나는 이제 끼릴로프의 집으로 출발할 건데, 아침이면 그가 죽으면서 정부를 향해 모든 일이 자신의 책임이라고 설명하는 문서를 얻어 낼 수 있을 겁니다. 이것보다 더 그럴듯한 조합은 있을 수 없지요. 첫째, 그는 샤또프와 반목하고 있었습니다. 그들은 미국에서 함께 살았고, 그로 인해 싸울 시간도 많았던 거지요. 샤또프가 변절한 것은 잘 알려져 있습니다. 이 말은 신념과 밀고에 대한 공포 때문에 그들 사이에 반목이, 즉 절대

서로 용서할 수 없는 반목이 있었다는 의미가 됩니다. 그런 식으로 모든 내용이 유서에 담길 겁니다. 마지막으로 그가 거주하고 있던 필리쁘프의 집에 페찌까가 방을 얻어 살고 있었다는 내용도 언급될 겁니다. 그렇게 해서 당신들은 모든 의심으로부터 완전히 멀어지게 될 텐데, 왜냐하면 그 멍청이들은 완전히 혼란에 빠질 테니까요. 여러분, 내일은 우리가 만나지 못할 겁니다. 나는 잠깐 시골에 가 있을 예정이라서요. 그러나 모레는 내 연락을 받게 될 겁니다. 한 가지 충고를 하자면, 내일 하루는 집에 머물러 있는 게 좋을 겁니다. 이제 두 명씩 서로 다른 길로 출발하도록 합시다. 똘까첸꼬, 당신은 럄신을 책임지고 집까지 데려다주십시오. 당신은 그에게 영향력을 행사할 수 있고, 무엇보다 그의 소심함이 자신에게 가장 먼저 해가 될 것이라고 설명해 줄 수 있으니 말입니다. 비르긴스끼 씨, 당신의 친척인 시갈료프에 대해서는 나도 당신과 마찬가지로 의심하고 싶지 않습니다. 그는 밀고하지 않을 겁니다. 그의 행동이 유감스러울 따름이죠. 그러나 그가 아직 조직을 떠나겠다고 선언하지는 않았으니 매장하는 것은 시기상조일 것 같군요. 그럼, 여러분, 좀 더 서두르십시오. 멍청한 인간들만 있는 곳이라 하더라도 어쨌든 조심해서 나쁠 것은 없으니…….」

비르긴스끼는 에르껠과 함께 출발했다. 에르껠은 럄신을 똘까첸꼬에게 인계하기에 앞서 뾰뜨르 스쩨빠노비치에게 데리고 가서, 그가 정신을 차린 뒤 후회하고 용서를 빌고 있으며 자기에게 무슨 일이 일어났는지 기억조차 하지 못하고 있다고 보고했다. 뾰뜨르는 혼자서 연못 반대편 쪽 공원 옆을 빙 돌아가는 길을 따라 출발했다. 가장 오래 걸리는 길이었다. 그런데 놀랍게도 거의 절반쯤 왔을 때 리뿌찐이 그를 따라잡았다.

「뾰뜨르 스쩨빠노비치, 럄신은 정말 밀고할 겁니다!」

「아니, 그는 정신을 차리면 밀고할 경우 자기가 제일 먼저 시베리아로 가게 된다는 걸 알아차릴 걸세. 지금으로선 아무도 밀고하지 않을 거야. 자네도 하지 않을 테고.」

「그럼 당신은요?」

「틀림없이 배신하려는 기미만 보여도 자네들 모두를 제거해 버리고 말 거야. 그건 알고 있겠지만. 하지만 자네는 배신하지 않겠지. 그런데 그걸 물어보려고 내 뒤를 2베르스따나 뛰어왔단 말인가?」

「뾰뜨르 스쩨빠노비치, 뾰뜨르 스쩨빠노비치, 우리는 더 이상 만나지 못하겠지요?」

「무엇 때문에 그런 말을 하는 거지?」

「한 가지만 말해 주십시오.」

「대체 뭔가? 어쨌든 나는 자네가 가버렸으면 싶군.」

「꼭 한 가지, 하지만 정확한 대답을 해주십시오. 우리 5인조는 세상에서 단 하나입니까, 아니면 수백 개의 5인조가 있다는 게 사실입니까? 나는 정말 심각하게 묻는 겁니다, 뾰뜨르 스쩨빠노비치.」

「자네가 극도로 흥분한 걸 보니 심각성을 알겠군. 그런데 리뿌찐, 자네는 럄신보다 더 위험하다는 걸 알고 있나?」

「알고 있습니다, 알고 있습니다. 하지만 대답을, 당신의 대답을!」

「이런 멍청한 인간! 정말이지 5인조가 하나건 1천 개건 이제 와서 자네한테는 마찬가지 아닌가.」

「그럼 하나라는 말이군요! 그럴 줄 알았습니다.」 리뿌쩐이 소리쳤다. 「나는 항상 하나일 거라고 생각해 왔어요. 바로 이 순간까지도…….」

그는 다른 대답은 기다리지도 않고 몸을 돌려 어둠 속으로 빠르게 사라졌다.

뾰뜨르 스쩨빠노비치는 잠시 생각에 잠겼다.

「아니, 아무도 밀고하지 않을 거야.」 그는 단호하게 말했다. 「그러나 무리는 무리로 남아서 시키는 대로만 해야지. 그렇지 않으면 내가 그놈들을……. 그런데 이런 쓰레기 같은 놈들이라니!」

2

그는 우선 집에 들러 서두르지 않고 꼼꼼하게 짐을 싸기 시작했다. 아침 6시에 급행열차가 출발하기로 되어 있었다. 이렇게 이른 급행열차는 1주일에 한 번만 운행되었으며, 그것도 아주 최근에 시험 운행으로만 배차되고 있었다. 그는 **우리 일당**에게 당분간 군(郡)에 가 있을 것 같다고 미리 알려 주었지만, 나중에 밝혀진 바에 따르면 그의 의도는 전혀 달랐다. 그는 가방을 다 싸고 나자 미리 출발을 알려 두었던 집주인과 계산을 끝낸 뒤 마차를 타고 역 근처에 살고 있던 에르껠의 집으로 이동했다. 그 후 대략 자정이 끝나 갈 무렵 끼릴로프의 집으로 향했는데, 이번에도 또다시 페찌까가 숨겨 놓은 통로를 통해 집 안으로 잠입했다. 뾰뜨르 스쩨빠노비치는 지금 끔찍한 정신 상태였다. 그에게 굉장히 중요한 다른 불만들 말고도(그는 여전히 스따브로 긴에 대해서 아무것도 알아낼 수 없었다), 그는 — 확실히 말할 수는 없지만 — 하루 사이 어딘가에서(뻬쩨르부르끄일 가능성이 제일 높다) 조만간 그를 기다리고 있을 어떤 위험을 알리는 비밀 통지를 받았던 것 같다. 물론 이 무렵에 대해서는 지금도 우리 도시에서 아주 많은 전설이 돌아다니고 있지만, 뭔가 확실하게 알려진 것이 있다면, 그것은 물론 그 사실을 당연히 알고 있어야만 하는 사람을 통해서였을 것이다. 그러니 나는 다만 내 개인적 의견으로 뾰뜨르 스쩨빠노비치가 우리 도시 말고도 다른 곳에서 하는 일이 있었을 수 있고, 실제로 통지를 받았을 수도 있다고 추측할 따름이다. 나는 심지어 리뿟찐의 냉소적이고 절망적인 의심과 반대로 그가 실제로 우리 도시 말고도, 예를 들어 수도 같은 곳에 두세 개의 5인조를 더 가지고 있었을지 모른다고 확신한다. 5인조는 아니더라도 교류나 연락 정도는 있었을 것이며, 어쩌면 매우 기이한 것이었을지도 모르겠다. 그가 떠난 지 3일도 되지 않아 우리 도시는 수도로부터 그를 즉각 체포하라는 명령을 받았다. 그러나 사실 무슨 일 때문인지, 우리 일 때문인지 다른 일 때문인지는 모르겠다. 이 명령은 마침 기이하면서도 의미심장한 대학생 샤또프 살인 사건 — 즉, 우리 도시의 모든 불합리한 사건들의 정점을 이루는 살인 사건 — 과 그 사건에 수반된 굉장히 수수께끼 같은 상황들이 드러난 뒤 우리 당국과 그때까지 줄곧 경박한 태도만 유지하고 있던 사교계를 갑자기 사로잡은 거의 신비에 가까운 충격적인 공포의 인상을 때맞춰 한층 더 강화시켜 주었다. 그러나 명령은 너무 늦게 내려왔다. 뾰뜨르 스쩨빠노비치는 이미 그때 다른 이름으로 뻬

253

쩨르부르끄[77]에 머물고 있었는데, 무슨 일이 일어나고 있다는 냄새를 맡자 바로 외국으로 몰래 빠져나가 버렸다. 그런데 내가 이야기를 지나치게 앞서 나간 것 같다.

뽀뜨르 스쩨빠노비치는 악의에 가득 찬 도전적인 표정을 지으며 끼릴로프의 방으로 들어섰다. 그는 중요한 용무 외에 개인적으로 끼릴로프와 싸움을 하고, 그에게 분풀이를 하고 싶어 하는 것 같았다. 끼릴로프는 그의 방문을 기뻐하는 것 같았다. 그는 굉장히 오랫동안, 병적일 정도로 초조하게 그를 기다리고 있던 것이 분명했다. 얼굴은 평소보다 더 창백했고, 검은 눈동자는 무겁게 움직이지도 않았다.

「자네가 오지 않을 거라고 생각하고 있었네.」그는 소파 구석에 앉아서 무겁게 입을 열었지만, 상대를 맞이하려고 몸을 움직이지는 않았다. 뽀뜨르 스쩨빠노비치는 그의 앞에 서서 말을 꺼내기 전에 상대의 얼굴을 찬찬히 들여다보았다.

「모든 것이 정상적이라는 말이니, 우리 계획에서 물러서는 일은 없겠군. 아주 훌륭해!」그는 보호자라도 되는 양 무례한 미소를 지으며 말했다. 「자, 그럼,」그는 기분 나쁜 농담 투의 어조로 덧붙였다. 「좀 늦었다고 자네가 불평할 건 없겠지. 세 시간이나 선물로 주었으니 말일세.」

「나는 자네한테 시간을 선물로 받고 싶지 않네. 자네가 나한테 그런 걸 선물할 수도 없고 말이야…… 이 멍청한 인간아!」

「뭐라고?」뽀뜨르 스쩨빠노비치는 부르르 몸을 떨다가 곧바로 자제했다. 「이런, 너무 과민한걸! 에이, 그래, 지금 화가 나 있는 거지?」그는 예의 그 모욕적이고 거만한 표정을 지으며 또박또박 말했다. 「이런 때일수록 오히려 침착할 필요가 있네. 무엇보다 스스로를 콜럼버스라 생각하도록 하고 나를 쥐새끼 정도로 생각해서 내 말에 모욕을 느끼지 말게나. 내가 어제 이미 충고했잖은가.」

「자넬 쥐새끼라고 생각하고 싶지는 않아.」

「이건 또 뭔가, 칭찬인가? 하지만 차도 다 식어 버렸군. 즉, 모든 게 뒤죽박죽이란 말이지. 아니, 지금 여기서 뭔가 바람 직하지 못한 일이 일어난 것 같단 말이야. 아니! 저기 창가 접시 위에 뭐가 보이는데. (그는 창가로 다가갔다.) 오호, 쌀을 넣어 끓인 닭고기군……! 그런데 어째서 아직 손도 안 댔나? 그러니까 우리는 지금 닭고기조차 먹지 못하는 그런 정신 상태에 있다는 말이지…….」

「나는 먹었네, 그리고 자네가 상관할 바 아니니 입 다물게!」

「오, 물론, 게다가 어떻든 마찬가지지. 그런데 내게는 지금 마찬가지가 아니라네. 내가 식사를 전혀 하지 못했다는 걸 좀 생각해 주게나. 그러니 내 생각에, 이 닭고기가 더 이상 필요 없다면…… 응?」

「먹을 수 있다면 먹게.」

「이런, 고맙군. 그리고 나중에 차도 한 잔 부탁하네.」

그는 순식간에 식탁 앞에 있는 소파의 다른 쪽 끝에 앉아 엄청 게걸스럽게 먹기 시작했다. 그러면서 동시에 자신의 희생물을 계속해서 관찰했다. 끼릴로프는 그에게서 눈을 뗄 힘도 없는 듯 움직이지도 않고 악의에 찬 혐오스러운 시선으로 그를 바라보고 있었다.

「그런데,」 뾰뜨르 스쩨빠노비치가 계속 먹어 대면서 갑자기 큰 소리로 말했다. 「그런데 그 일은 어떻게 됐나? 물리거나 하지는 않겠지? 유서는 어떻게 됐나?」

「나한테는 상관없는 일이라고 오늘 밤 결론 내렸네. 쓰겠네. 격문에 대해 쓰라는 거지?」

「그래, 격문에 관한 것이기도 하고. 하지만 내가 불러 주겠네. 자네한테는 상관없는 일 아닌가? 자네는 이런 순간에도 정말 그 내용이 걱정된단 말인가?」

「그건 자네가 상관할 바 아니야.」

「물론 내가 상관할 바는 아니지. 하지만 기껏해야 몇 줄이라네. 자네와 샤또프가 격문을 뿌리고 다녔다는 것과, 자네 집에 숨어 있던 페찌까의 도움을 받았다는 정도일세. 페찌까와 자네 집에 대한 이 마지막 문구가 아주 중요하다네. 가장 중요하다고도 할 수 있지. 자, 이보게, 나는 자네한테 완전히 털어놓았네.」

「샤또프? 샤또프는 왜? 샤또프에 대해서라면 절대 안 돼.」

「이런, 또 이러네. 자네한테 무슨 상관인가? 이미 그에게 해를 끼칠 일은 더 이상 하고 싶어도 할 수 없네.」

「그의 아내가 돌아왔어. 그녀는 자다 일어나서 그가 어디 있는지 물어보러 나한테 사람을 보냈더군.」

「그가 어디 있는지 물어보려고 자네한테 사람을 보냈다고? 흠, 이건 곤란한데. 아마 또다시 보내겠지. 내가 여기 있다는 걸 아무도 알아선 안 되는데…….」

뾰뜨르 스쩨빠노비치는 불안해지기 시작했다.

「그녀는 알지 못할 거야. 다시 잠들었거든. 지금 산파 아리나 비르긴스까야가 함께 있네.」

「그럼 그래야지……. 아무 소리도 못 듣겠지? 이보게, 현관문을 잠그는 게 좋을 것 같은데.」

「아무 소리도 들리지 않을 거야. 샤또프가 돌아오면 자네를 저 방에 숨겨 주지.」

「샤또프는 오지 않을 거야. 자네는 그의 배신과 밀고로 인해…… 오늘 저녁에 싸움을 벌였고…… 그것이 그의 죽음의 원인이 되었다고 써주면 되네.」

「그가 죽었다고!」 끼릴로프는 소파에서 벌떡 일어나며 소리쳤다.

「오늘 저녁 7시 지나서, 아니 어제 저녁 7시 지나서라고 해야겠군. 지금은 이미 밤 12시가 지났으니.」

「네놈이 그를 죽였구나……! 나는 이미 어제 그걸 예견하고 있었어!」

「물론 예견 못했을 리가 없지. 여기 이 총으로 해치웠네. (그는 보란 듯이 총을 꺼내 들더니 더 이상 숨기려고도 하지 않고, 이미 총 쏠 준비가 된 것처럼 오른손으로 계속 들고 있었다.) 그런데 자네는 이상한 사람이군, 끼릴로프. 그 어리석은 인간이 틀림없이 그렇게 끝나리라는 것을 자네도 알고 있지 않았나? 여기서 더 예견할 게 뭐 있겠나? 나는 자네한테 이미 여러 번 상세하게 설명해 주었네. 샤또프는 밀고를 계획하고 있었고, 나는 그를 감시하고 있었네. 아무래도 그대로 둘 수는 없었거든. 그래서 자네한테도 감시하라는 지시가 내려진 거지. 자네 스스로 3주 전에 나한테 직접 보고했고…….」

「닥쳐! 너는 그가 제네바에서 네 얼굴에 침을 뱉었다고 죽인 거야!」

「그것 때문이기도 하고, 다른 이유도 있지. 다른 이유도 많이 있네. 하지만 악의는 전혀 없었어. 왜 그렇게 벌떡 일어나는 건가? 왜 그렇게 인상을 쓰는 거지? 아니, 이런! 우리가 이렇게까지……!」

257

그는 벌떡 일어나서 권총을 앞으로 들어 올렸다. 상황은 이러했으니, 끼릴로프가 갑자기, 아침에 이미 준비해서 장전까지 해둔 자기 권총을 창가에서 집어 들었던 것이다. 뾰뜨르 스쩨빠노비치는 자세를 잡고 자신의 무기로 끼릴로프를 겨누었다. 끼릴로프는 악에 받쳐 큰 소리로 웃어 댔다.

　「자백해라, 이 비열한 놈아. 내가 너를 쏠까 봐 총을 든 거지……? 하지만 나는 너를 쏘지 않아…… 비록…… 비록…….」

　그러면서 그는 상대에게 총 쏘는 것을 상상하며 그 즐거움을 거부할 힘이 없어서 한번 겨냥해 보는 듯, 다시 권총을 뾰뜨르 스쩨빠노비치를 향해 겨누었다. 뾰뜨르 스쩨빠노비치는 여전히 같은 자세로 서서, 자기 이마에 먼저 총알이 박힐 수도 있는 위험을 무릅쓰며 방아쇠를 당기지 않고 마지막 순간까지 기다리고 또 기다렸다. 〈미치광이〉는 어떤 짓이든 저지를 수 있는 법이다. 그러나 〈미치광이〉는 결국 숨을 헐떡이고 몸을 떨며 팔을 내렸다. 말할 힘도 없는 것 같았다.

　「잠시 장난친 거라면 이제 그만하게.」 뾰뜨르 스쩨빠노비치도 자기 무기를 내렸다. 「장난이라는 건 이미 알고 있었네. 다만 자네도 위험했다는 건 알아 두게. 난 쏠 수도 있었어.」

　그는 꽤 차분하게 소파에 자리 잡고 앉아 자기 잔에 차를 따랐다. 하지만 손은 약간 떨고 있었다. 끼릴로프는 총을 탁자 위에 올려놓고 방 안을 이리저리 걸어다니기 시작했다.

　「샤또프를 죽였다고는 쓰지 않겠어……. 지금은 아무것도 쓰지 않을 거야. 유서 같은 건 없을 거라고!」

　「없다고?」

　「그래, 없어.」

　「이 무슨 비열한 짓이고, 이 무슨 어리석은 짓이란 말인가!」뾰뜨르 스쩨빠노비치는 악에 받쳐 얼굴이 새파래졌다. 「하지만 나는 미리 짐작하고 있었지. 자네는 나를 당황하게 만들지 못한다는 걸 알아 두게. 어쨌든 마음대로 하게. 자네에게 억지로 하도록 강요할 수 있었다면 그렇게 했겠지. 하지만 자네는 어쨌든 비열한 자식이야.」뾰뜨르 스쩨빠노비치는 점점 더 참을 수가 없었다. 「자네는 그때 우리한테 돈을 달라고 부탁하면서 아주 많은 것을 약속했어……. 나는 어쨌듯 결과가 없이는 나가지 않겠네. 적어도 자네가 이마를 깨뜨리는 것은 봐야겠어.」

「지금 당장 여기서 나가 줬으면 좋겠군.」끼릴로프는 그의 맞은편에 단호하게 멈춰 섰다.

「아니, 도저히 그렇게는 안 되겠는데.」뾰뜨르 스쩨빠노비치는 다시 총을 잡았다. 「자네는 아마 지금 화도 나고 겁도 나서 모든 일을 제쳐 두고 다시 돈이나 좀 벌어 볼까 하고 내일 밀고하러 갈 생각을 하고 있을 거야. 이런 일에는 사례를 받을 테니 말이야. 젠장, 자네 같은 소인배들은 무슨 일이든 할 놈들이지! 걱정 말게. 나는 이미 모든 걸 예상하고 있었거든. 만약 자네가 겁을 집어먹고 계획을 미루려고 하면, 비열한 샤또프 놈과 마찬가지로 자네 머리통을 이 권총으로 깨버리기 전에는 가지 않을 거야, 제길!」

「반드시 내 피도 봐야겠단 말이지?」

「악의로 그러는 게 아니니, 이해해 주게. 나는 아무래도 상관없으니까. 우리의 과업에 대해 안심하고 싶어서 그러는 거라네. 보다시피 인간은 신뢰할 수가 없단 말이야. 자네가 어쩌다 자살하겠다는 망상을 가지게 되었는지 나는 좀처럼 이해가 안 되네. 그건 내가 자네에게 불어넣어 준 것이 아니라,

259

자네 스스로 나를 만나기 전에 이미 생각해 두었던 것이고, 해외에 있는 동안 그에 관해 나보다도 회원들에게 먼저 공표했잖은가. 그리고 한 가지 지적하자면, 그들 중 누가 자네한테 억지로 따져서 알아낸 것도 아니고, 다들 자네를 거의 알지도 못했는데 자네 스스로 감상에 젖어 찾아와서 털어놓은 거란 말일세. 당시 바로 자네의 동의와 제안에 근거해(이 점에 유의하게. 바로 자네의 제안이었어!) 이곳의 몇 가지 활동 계획이 만들어졌고, 이제는 결코 변경할 수도 없는데, 이제 와서 어떻게 해야 한단 말인가? 자네는 지금 그런 상황에 처해 있으면서도 이제 쓸데없는 것까지 너무 많은 것을 알아 버렸어. 그러니 만약 자네가 머저리 같은 생각이 들어 내일 밀고하러 간다면, 아마도 우리한테 굉장히 불리할 것 같은데, 자네는 이 문제를 어떻게 생각하나? 안 될 말이지. 자네한테는 의무가 있어. 맹세도 하고 돈도 받았으니 말일세. 이 사실은 결코 부인하지 못할 거야…….」

뾰뜨르 스쩨빠노비치는 심하게 흥분했지만, 끼릴로프는 이미 오래전부터 듣지 않고 있었다. 그는 다시 생각에 잠겨 방 안을 돌아다니기만 했다.

「샤또프가 안됐어.」 그는 또다시 뾰뜨르 스쩨빠노비치 앞에 서서 이렇게 말했다.

「그래, 나도 유감인 것 같긴 한데, 하지만 정말로…….」

「닥쳐, 비열한 자식!」 끼릴로프는 무시무시하고 분명한 의도를 가진 움직임을 보이며 울부짖기 시작했다. 「죽여 버리겠어!」

「그래, 그래, 거짓말했네. 동의하지. 전혀 유감스럽지 않네. 자, 이제 그만하지, 그만해!」 뾰뜨르 스쩨빠노비치는 손을 앞으로 내밀며 조심스럽게 일어났다.

끼릴로프는 갑자기 조용해지며 다시 걸어다니기 시작했다.

「나는 미루지 않을 거야. 지금 당장 자살하고 싶어. 하나같이 비열한 놈들뿐이니!」

「그거 괜찮은 생각이군. 물론 죄다 비열한 놈들뿐이지. 그러니 제대로 된 사람이 이 세상에서 사는 것은 혐오스러울 수밖에…….」

「멍청한 자식, 나도 너나 다른 인간들과 마찬가지로 비열한 놈이야, 제대로 된 사람이 아니라.」

「마침내 알아차렸군. 끼릴로프, 정말 그런 똑똑한 머리를 가지고 아직까지 깨닫지 못하고 있었단 말인가? 모든 사람은 다 거기서 거기라서 더 좋은 사람도 없고 더 나쁜 사람도 없으며, 단지 더 영리하거나 더 어리석을 뿐이고, 만약 모두가 비열한 인간이라면(이런 건 다 헛소리이긴 하지만) 결국 비열하지 않은 인간이 되어서는 안 된다는 걸 말일세」

「아! 설마, 농담으로 하는 소리는 아니겠지?」 끼릴로프는 약간 놀라며 쳐다보았다. 「네가 열의를 가지고 단순하게 말하다니…… 너 같은 인간에게도 정말 신념이 있나?」

「끼릴로프, 나는 자네가 왜 자살하고 싶어 하는지 결코 이해할 수가 없었네. 그냥 신념…… 확고한 신념 때문이라고만 알고 있었지. 그러나 만약 자네가, 그러니까 털어놓고 싶은 욕구를 느낀다면, 기꺼이 들어 주겠네……. 다만 시간은 좀 염두에 두어야 하네…….」

「몇 시지?」

「오, 정각 2시네.」 뾰뜨르 스쩨빠노비치는 시계를 들여다보고 담배를 피우기 시작했다.

〈아직 타협을 해볼 수는 있겠군.〉 그는 속으로 생각했다.

「너한테 할 말은 없어.」 끼릴로프가 중얼거렸다.

「여기엔 신에 관한 뭔가가 있었던 것으로 기억하는데……. 자네가 나한테 한 번 설명해 주지 않았나? 아니, 두 번이었지. 권총으로 자살하면 나는 신이 될 것이다, 그렇게 말한 것 같은데?」

「그래, 나는 신이 될 거야.」

뾰뜨르 스쩨빠노비치는 미소조차 짓지 않았다. 그는 기다리고 있었다. 끼릴로프는 그를 미묘한 시선으로 쳐다보았다.

「너는 정치적 사기꾼이고 음모가지. 철학과 희열에 관한 것으로 화제를 돌려 화해를 이끌어 내려 하고 있군. 분노를 가라앉히고 내가 화해를 받아들이면, 샤또프를 죽인 사람이 나라는 유서를 쓰게 하려고 말이야.」

뾰뜨르 스쩨빠노비치는 자못 자연스럽고 순진한 태도로 대답했다.

「뭐, 내가 그런 비열한 놈이라 해도, 마지막 순간에 자네한테는 전혀 상관없는 일 아닌가, 끼릴로프? 우리가 무슨 일로 다투는지 제발 이야기 좀 해주게. 자네는 그런 인간이고, 나는 이런 인간인데, 그래서 뭐 어떻단 말인가? 게다가 우리는 둘 다…….」

「비열한 놈들이지.」

「그래, 비열한 놈들일지도 몰라. 하지만 자네도 알다시피 그건 그냥 말에 지나지 않는 거지.」

「나는 평생 동안 이것이 그냥 말로만 그치는 것이 아니기를 원했네. 그랬기 때문에 계속 살아온 거야. 지금도 매일같이 그냥 말로만 그치는 것이 아니기를 바라고 있어.」

「뭐 좋아, 누구든지 더 좋은 곳을 찾는 법이니까. 물고기는…… 즉, 사람들은 각자 자기 나름의 안락함을 찾는 거지. 그게 전부야. 굉장히 오래전부터 잘 알려진 내용이라고.」

「이봐, 안락함이라고 말했나?」

「이런, 말 때문에 싸워야 하다니.」

「아니야, 말 잘했어. 안락함이라고 해두지. 신은 필요해. 그러니 존재해야만 해.」

「그래, 아주 훌륭하군.」

「그러나 나는 신은 존재하지 않으며, 존재할 수 없다는 것도 알고 있어.」

「그게 더 그럴듯하군.」

「너는 정말 인간은 그런 두 가지 생각을 가지고는 도저히 살아 있을 수 없다는 걸 이해하지 못하겠나?」

「그러니 자살해야 된다, 그런 건가?」

「너는 정말 그 이유만으로도 자살할 수 있다는 걸 이해하지 못하겠어? 너와 같은 수억 명의 인간 중 단 한 사람, 그런 것을 원하지도 않고 견디지도 못하는 단 한 사람이 있을 수 있다는 걸 이해하지 못하는군.」

「자네가 동요하는 것 같다는 건 알겠네. 이건 아주 나쁜 일이야.」

「스따브로긴 역시 관념에 먹혀 버렸어.」 끼릴로프는 상대의 언급에 주의를 기울이지 않고 음울한 표정으로 방 안을 돌아다녔다.

「뭐라고?」 뾰뜨르 스쩨빠노비치는 귀를 기울였다. 「무슨 관념? 그가 자네한테 무슨 말이라도 했나?」

「아니, 그냥 추측한 거야. 스따브로긴은 신을 믿는다 해도 자기가 믿는다는 것을 믿지 못할 거야. 만약 신을 믿지 않는다 해도 역시 자기가 믿지 않는다는 것을 믿지 못할 테고.」

「글쎄, 스따브로긴에게는 다른 점이 있네, 그것보다는 좀 더 영리한 면이⋯⋯.」 뾰뜨르 스쩨빠노비치는 대화의 전환과 창백해진 끼릴로프를 걱정스럽게 주시하며 언짢은 듯이 중얼거렸다.

〈젠장, 자살하지 않겠는걸〉 하고 그는 생각했다. 〈항상 예감은 하고 있었어. 머리만 빙빙 돌릴 뿐 그 이상은 아무것도 아니었군. 이런 무용지물 같으니!〉

「너는 나와 함께하는 마지막 인간이야. 그러니 불쾌하게 헤어지고 싶지는 않군.」 끼릴로프는 선물하듯 갑자기 이런 말을 했다.

뾰뜨르 스쩨빠노비치는 바로 대답하지 않았다. 〈젠장, 이번에는 또 무슨 말을 하려고?〉 그는 또다시 생각했다.

「믿어 주게, 끼릴로프, 나는 인간으로서 자네한테 개인적으로 나쁜 감정은 없네. 그리고 항상⋯⋯.」

「너는 비열한 인간이고, 거짓 지성이야. 그러나 나 역시 너와 마찬가지지만, 나는 자살하고 너는 살아남는 거지.」

「그러니까 자네는 내가 천박하기 때문에 살아남고 싶어 한다고 말하려는 거군.」

그는 이 순간 이런 대화를 계속하는 것이 유리한지 불리한지 여전히 판단할 수 없어서 〈상황에 맡기기로〉 결심했다. 끼릴로프의 우월한 어조와 평소 숨기지 않는 그에 대한 경멸이 이전에도 항상 그를 짜증 나게 만들었지만, 지금은 무엇 때문인지 전보다 훨씬 더 심하게 느껴졌다. 그것은 아마도 한 시간 정도 지나면 죽음을 맞이할(뾰뜨르 스쩨빠노비치는 여전히 이것을 염두에 두고 있었다) 끼릴로프가 그의 눈에는 이미 뭔가 반편이 같은 인간으로, 이제는 그의 거만함이 결코 용납될 수 없는 것으로 느껴졌기 때문이다.

「자살한다고 내 앞에서 잘난 척하는 것 같은데?」

「나는 모든 인간이 계속 살아가는 것이 항상 놀라웠어.」 끼릴로프는 그의 말을 듣고 있지 않았다.

「흠, 그것도 관념이라고 해두지. 그러나…….」

「원숭이 같은 자식. 너는 나를 고분고분하게 만들려고 맞장구를 치고 있는 거야. 입 닥쳐, 너는 아무것도 이해하지 못해. 만약 신이 없다면, 내가 신이다.」

「바로 자네 생각의 그 지점을 나는 결코 이해할 수가 없었네. 대체 자네가 왜 신인가?」

「만약 신이 있다면, 모든 것은 신의 의지이고, 나는 신의 의지에서 벗어날 수 없어. 만약 신이 없다면, 모든 의지는 나의 것이니, 나는 자의지를 표명할 의무가 있는 거야.」

「자의지라고? 왜 그런 의무가 있는 거지?」

「왜냐하면 모든 의지는 나의 것이니까. 정말로 이 지구 상에는 신을 끝장내고 자의지를 확신한 후, 그것이 완전한 지점에 도달했을 때 자의지를 선언할 만한 용기를 가진 사람이 단 한 명도 없단 말인가? 이것은 마치 가난한 사람이 유산을 받고 너무 놀라서 스스로 그것을 소유할 힘이 없다고 생각해 돈 자루에 감히 다가가지 못하는 것과 같은 거야. 나는 자의지를 표명하고 싶어. 나 혼자라 하더라도 나는 할 거야.」

「그럼 하게.」

「나는 자살할 의무가 있어. 왜냐하면 내 자의지의 가장 완전한 지점은 내가 나를 죽이는 것이기 때문이지.」

「그렇지만 자살하는 사람은 자네 혼자만이 아니잖은가. 자살자들은 굉장히 많다네.」

「다들 동기가 있지. 그러나 아무런 동기 없이 단지 자의지를 위해 자살하는 사람은 오직 나 하나야.」

〈자살하지 않겠는데.〉 뾰뜨르 스쩨빠노비치의 머릿속에 또다시 이런 생각이 떠올랐다.

「그런데 말이지,」 그는 초조해하며 말했다. 「내가 만약 자네 입장이라면, 자의지를 증명하기 위해 나 자신이 아닌 다른 사람을 죽일 것 같은데. 그러는 편이 유용할 것 같네. 자네가 놀라지 않는다면, 누굴 죽여야 할지 내가 알려 주지. 그러면 아마 오늘 자살하지 않아도 될지 몰라. 타협을 해볼 수 있을 것 같은데.」

「다른 사람을 죽이는 것은 나의 자의지에서 가장 낮은 지점이야. 그 말 속에 너의 진면목이 드러나는군. 나는 네가 아니야. 나는 최고 지점을 원하고, 그래서 자살하는 거야.」

〈갈 데까지 갔군.〉 뾰뜨르 스쩨빠노비치는 악에 받쳐서 웅얼거렸다.

「나는 무신앙을 천명할 의무가 있어.」 끼릴로프는 계속 방안을 돌아다녔다. 「내게 신은 없다는 것보다 더 고매한 이상은 없어. 인간의 역사는 내 편이야. 인간이 한 일이라고는 자살하지 않고 살기 위해 신을 고안해 낸 것뿐이지. 지금까지 전 세계 역사가 그랬어. 나는 전 세계 역사에서 신을 고안하기를 원치 않는 유일한 사람이야. 사람들이 이것을 처음이자 마지막으로 알게 해야만 해.」

〈자살하지 않겠는데.〉 뾰뜨르는 불안해졌다.

「누가 알아야 한단 말인가?」 그는 상대를 부추겼다. 「여기는 나와 자네뿐인데. 혹시 리뿌찐을 말하는 건가?」

「모두가 알아야 해. 모두가 알게 될 거야. 분명하게 밝혀지지 않을 비밀이란 결코 없으니까.[47] 바로 **그가** 한 말이지.」

그러면서 그는 열병에 걸린 것 같은 희열에 휩싸여 앞에 현수등이 타고 있는 구세주 성상을 가리켰다. 뾰뜨르 스쩨빠노비치는 완전히 울화통이 터졌다.

「그러니까 여전히 **그를** 믿고 있어서 현수등을 켜놓았군. 혹시 〈만일의 경우에 대비해서〉 아닌가?」

상대는 아무 말도 하지 않았다.

「그런데 말이야, 내 생각엔 어쩌면 자네는 사제보다 훨씬 더 많은 믿음을 가지고 있는 것 같군.」

「누구를 믿는다고? **그를**? 이보게,」 끼릴로프는 조금도 움직이지 않고 극도로 흥분된 시선으로 자기 앞을 바라보며 멈춰 섰다. 「위대한 관념 하나를 들려주지. 이 땅에 어느 하루가 있었고, 그 땅 한가운데에 세 개의 십자가가 있었어. 한 십자가 위에 있던 사람은 믿음이 굉장히 강해서 다른 사람에게 〈오늘 네가 정녕 나와 함께 낙원에 들어갈 것이다〉[48]라고 말했어. 그날이 끝나고 두 사람은 죽어서 함께 떠났지만 천국도 부활도 발견하지 못했지. 예언은 실현되지 못한 거야. 들어 봐, **이 사람**은 전 지구상에서 최고의 인간으로, 지구가 존재해야 하는 이유도 바로 그 때문이었어. 전 행성과 그 위에 존재하는 모든 것은 **이 사람**이 없으면 광기에 불과해. 그 이전

47 복음서에 나오는 내용(〈감추어 둔 것은 드러나게 마련이고 비밀은 알려지게 마련이다〉)이다(「마르코의 복음서」 4장 22절, 「마태오의 복음서」 10장 26절, 「루가의 복음서」 8장 17절).

48 복음서에 따르면 그리스도는 십자가에 못 박혔을 때 옆에서 함께 책형을 당한 강도 중 한 명에게 이 말을 했다(「루가의 복음서」 23장 43절).

에도 이후에도 **그**와 같은 존재는 없었어. 거의 기적이라고 할 정도지. 그런 사람이 존재한 적 없었고 앞으로도 없으리라는 것, 그게 바로 기적인 거야. 만약 그렇다면, 만약 자연법칙이 **이 사람**마저 동정하지 않고 자신의 기적조차 안타까워하지 않으며, **그**를 거짓 속에 살게 하고 거짓 때문에 죽게 만든다면, 결국 전 행성은 거짓이고, 거짓과 어리석은 조소 위에 서 있는 거지. 따라서 행성의 법칙들 자체가 거짓이고 악마의 희극인 거지. 대체 무엇을 위해 살아가야 된단 말인가? 네가 인간이라면 대답해 봐.」

「이거 이야기가 다른 곳으로 흘러갔군. 지금 자네는 두 가지 서로 다른 원인을 혼동하고 있는 것 같네. 이거 아주 위험한걸. 그런데 잠깐만, 만약 자네가 신이라고 한다면 어떻게 되는 건가? 만약 거짓이 끝나고, 자네가 모든 거짓은 과거의 신이 있었기 때문이라는 것을 깨닫게 되었다면 말일세.」

「마침내 너도 이해하게 되었군!」 끼릴로프는 열광적으로 소리쳤다. 「너 같은 인간조차 이해하게 되었다면 결국 누구나 이해할 수 있다는 거지! 만인을 위한 유일한 구원은 모두에게 이 사상을 증명하는 데 있다는 걸 너도 이제 이해했을 거야. 누가 증명하냐고? 바로 나야! 나는 지금까지 어떻게 무신론자가 신이 없다는 것을 알면서도 곧바로 자살할 생각을 하지 못했는지 이해가 안 됐어. 신이 없다는 걸 자각하고서도 바로 그 순간 스스로 신이 되었다는 걸 자각하지 못하는 것은 한마디로 부조리야. 그렇지 않다면 반드시 자살했겠지. 만약 자각한다면, 그 사람은 이미 왕이니 이제 자살 같은 건 하지 않고 최고의 영광을 누리며 살게 될 거야. 그러나 그것을 처음 자각한 단 한 사람은 스스로 반드시 자신을 죽여야만

해. 그렇지 않으면 대체 누가 그것을 처음으로 증명할 수 있겠어? 바로 내가 처음으로 증명하기 위해서 반드시 자살할 거야. 나는 아직 어쩔 수 없이 신이 되었을 뿐, 불행함을 느끼고 있어. 왜냐하면 자의지를 천명해야 할 **의무가 있기** 때문이지. 모든 사람은 불행해, 왜냐하면 자의지를 천명하는 것을 두려워하기 때문이야. 인간은 자의지의 가장 중요한 지점을 천명하는 것이 두려워서 어린 학생처럼 한쪽 구석에서 제 마음대로 행동하고 있다 보니 지금까지 불행하고 비참했던 거야. 나는 지독하게 두렵기 때문에 지독히도 불행해. 공포는 인간에게 저주야……. 그러나 나는 자의지를 천명하겠어. 나는 내가 믿고 있지 않다는 것을 믿어야 할 의무가 있는 거지. 내가 시작하고, 내가 끝맺고, 내가 문을 열어 주겠어. 그리고 구원해 주겠어. 오직 이것만이 전 인류를 구원하고 다음 세대에서 육체적인 변화를 가져올 거야. 왜냐하면 내가 생각하는 한, 현재의 육체적인 모습으로는 이전의 신 없이는 결코 인간이 될 수 없기 때문이지. 나는 3년 동안 내 안에 있는 신의 속성을 탐색해 왔고, 결국 찾아냈어. 내 안에 있는 신의 속성 ─ 그것은 바로 자의지야! 이것이 바로 주요 지점에서 나의 불복종과 나의 새롭고 무시무시한 자유를 보여 줄 수 있는 전부야. 왜냐하면 그것은 정말 무서운 것이거든. 나는 나의 불복종과 나의 새롭고 무시무시한 자유를 보여 주기 위해 자살할 거야.」

그의 얼굴은 부자연스러울 정도로 창백했고 시선은 참을 수 없을 만큼 무거웠다. 그는 열병을 앓고 있는 것 같았다. 뾰뜨르 스쩨빠노비치는 그가 당장이라도 쓰러지겠구나 하는 생각이 들었다.

「펜을 줘봐!」 끼릴로프는 결정적으로 영감을 받은 것처럼 전혀 예기치 않게 갑자기 소리쳤다. 「불러 보게. 뭐든 써줄 테니. 샤또프를 죽였다고 써주지. 내가 아직 재미있다고 생각하는 동안 불러 보라고. 거만한 노예들의 생각 따윈 두렵지 않아! 모든 비밀들은 얼마 안 가 분명하게 드러난다는 것을 너도 알게 될 거야! 그러면 넌 짓밟혀 뭉개지겠지……. 나는 믿고 있어! 믿고 있다고!」

뾰뜨르 스쩨빠노비치는 자리에서 벌떡 일어나더니 순식간에 잉크병과 종이를 건네주고는 기회를 놓치지 않기 위해, 또한 성공할 수 있을지 불안해하면서 불러 주기 시작했다.

「〈나, 알렉세이 끼릴로프는 선언한다…….〉」

「잠깐! 나는 싫은데! 누구에게 선언하는 거지?」

끼릴로프는 열병에 걸린 것처럼 몸을 떨었다. 이 선언이라는 것과 그것에 관한 뭔가 특별하고 돌발적인 생각이 갑자기 그를 완전히 집어삼킨 것 같았다. 그것은 기진맥진한 그의 정신이 잠시나마 격렬하게 찾아 헤매던 출구와 같았다.

「누구에게 선언하는 거지? 알고 싶군, 대체 누구야?」

「어떤 누구가 아니라 모두에게, 이것을 읽는 첫 번째 사람에게지. 무엇 때문에 정확히 해두어야 하는 건가? 온 세상이라고 하지!」

「온 세상이라고? 브라보! 참회 같은 건 필요 없어. 나는 참회 따윈 하고 싶진 않아. 당국을 상대로 선언하는 것도 싫어.」

「물론 아니지. 그럴 필요는 없어. 당국 따윈 꺼져 버리라고 해! 자네가 그 정도로 진심이라면, 이제 받아 적게……!」 뾰뜨르 스쩨빠노비치는 신경질적으로 흥분하며 소리쳤다.

「잠깐! 나는 상단에 혀를 내민 면상을 그려 넣고 싶은걸.」

「에이, 쓸데없는 소리!」 뾰뜨르 스쩨빠노비치는 울화통을 터뜨렸다. 「그림 없이도 글의 어조만으로 모든 걸 표현할 수 있네.」

「어조만으로? 그거 좋군. 그래, 어조만으로, 어조만으로! 그럼 어조만으로 불러 봐.」

「〈나, 알렉세이 끼릴로프는,〉」 뾰뜨르 스쩨빠노비치는 끼릴로프의 어깨 위로 몸을 숙이고 상대가 흥분해서 떨리는 손으로 또박또박 쓰고 있는 글자들을 한 자 한 자 따라가면서 단호하게 명령조로 불러 주었다. 「〈나, 끼릴로프는 다음의 사실을 선언한다. 오늘, 10월, 저녁 7시 넘어, 격문에 대해 밀고하고, 필리뽀프 소유의 내 셋방에 몰래 거주하며 나와 함께 열흘 밤을 묵고 있던 페찌까를 밀고한 배신의 대가로 대학생 샤또프를 공원에서 살해했다. 나는 후회되거나 당신들을 두려워해서가 아니라, 해외에 있을 때부터 나 자신의 삶을 끝내려는 의도를 가지고 있었기 때문에 오늘 권총으로 자살하고자 한다.〉」

「겨우 이건가?」 끼릴로프는 놀라움과 분노로 소리 질렀다.

「더 이상 다른 말은 안 되네!」 뾰뜨르 스쩨빠노비치는 손을 휘저으며 그에게서 서류를 낚아챌 기회를 노렸다.

「잠깐!」 끼릴로프는 자기 손을 종이 위에 단호하게 올려놓았다. 「잠깐, 이 무슨 헛소리야! 나는 누구와 함께 살인했는지 말하고 싶은데. 갑자기 페찌까는 왜? 그리고 화재는? 나는 모든 것을 다 쓰고 싶어, 욕도 퍼붓고 싶다고, 어조로, 어조라는 걸로 말이야!」

「충분하네, 끼릴로프, 분명히 말하지만, 이걸로 충분해!」 뾰뜨르 스쩨빠노비치는 그가 종이를 찢어 버릴까 봐 떨려서 거의 간청하다시피 했다. 「사람들이 믿게 하려면 가능한 한 어렴풋하게 써야만 하네. 이렇게 암시 정도로만 말일세. 진실이란 사람들을 정확히 약 올릴 수 있을 정도로 한쪽 귀퉁이만 보여 주면 되거든. 사람들은 항상 우리보다 더 많이 스스로를 기만하면서도, 우리보다는 물론 자신들을 훨씬 더 많이 믿지. 이거야말로 가장 좋은 일이야, 가장 좋은 일이라고! 이리 주게. 그것으로도 훌륭하니까. 이리 주게, 이리 줘!」

그러면서 그는 계속 종이를 낚아채려 했다. 끼릴로프는 눈을 부릅뜨고 이야기를 들으면서 어떻게든 판단해 보려고 노력했다. 그러나 결국 이해하지 못한 것 같았다.

「에이, 젠장!」 뾰뜨르 스쩨빠노비치는 갑자기 울화통을 터뜨렸다. 「아직 서명도 하지 않았군! 왜 그렇게 눈을 부릅뜨고 있나? 서명하게!」

「나는 욕을 퍼붓고 싶은데……」 끼릴로프는 이렇게 중얼거리면서도 펜을 들어 서명했다. 「욕을 퍼붓고 싶어……」

「〈Vive la république(공화국 만세)〉라고 쓰게. 이제, 됐어.」

「브라보!」 끼릴로프는 기쁜 나머지 거의 울부짖다시피 했다. 〈Vive la république démocratique, sociale et universelle ou la mort(전 세계 민주 사회주의 공화국 만세, 아니면 죽음을)!〉 아니, 아니, 그게 아니지. 〈Liberté, égalité, fraternité ou la mort(자유, 평등, 박애, 아니면 죽음을)!〉 이게 더 낫군, 더 나아.」 그는 재미있어하며 자기 서명 아래에 이렇게 적어 넣었다.

「충분하네, 충분해.」 뾰뜨르 스쩨빠노비치는 계속 같은 말을 했다.

「잠깐만, 조금만 더…… 프랑스어로 한 번 더 서명해야겠어. 〈*De Kiriloff, gentilhomme russe et citoyen du monde*(러시아 귀족이자 세계 시민 끼릴로프.)〉 하-하-하!」 그는 요란한 웃음을 터뜨렸다. 「아니, 아니, 아니, 기다려. 더 좋은 걸 발견했어. 유레카. 〈*Gentilhomme-séminariste russe et citoyen du monde civilisé*(러시아 귀족이자 신학생이며 문명 세계의 시민)!〉 이게 무엇보다 낫군…….」 그는 소파에서 뛰어 일어나서 갑자기 빠른 동작으로 창가에 있던 권총을 집어 들더니, 다른 방으로 뛰어들어 가서 문을 단단히 닫아 버렸다. 뾰뜨르 스쩨빠노비치는 문을 바라보며 1분 정도 생각에 잠긴 채 서 있었다.

〈지금이라면 쏠지도 모르지만, 생각하기 시작하면 아무 일도 일어나지 않겠군.〉

그러는 사이 그는 종이를 집어 들고 자리에 앉아 다시 한번 들여다보았다. 선언문 같은 표현 형식은 역시나 마음에 들었다.

〈당분간 뭐가 또 필요할까? 얼마 동안은 완전히 혼란에 빠뜨려서 사람들의 주의를 좀 돌려 놔야겠어. 그럼 공원은? 시내에는 공원이 없으니까 결국 스끄보레시니끼에 있는 공원이라고 알아차리겠지. 그들이 눈치채기까지 시간이 흘러갈 테고, 시체를 찾느라 또 시간이 흘러가겠지. 그러다가 시체를 발견하면 결국 유서의 내용이 사실이었음이 판명되는 거야. 즉, 모든 것이 사실이고, 페찌까와 관련해서도 사실이라고 말이야. 그런데 페찌까는 또 어떤 놈인가? 페찌까는 화재를 일으키고 레뱟낀 남매를 살해한 놈이란 말이야. 결국 모든 것은 여기서부터, 필리쁘프의 집에서부터 시작된 것이지. 그런데 자기들은 아무것도 보지 못하고 모든 걸 간과하고 있었으니

273

완전히 머리가 빙글빙글 돌아 버릴 거야! **우리 일당**에 대해서는 생각도 못할걸. 샤또프와 끼릴로프와 페찌까, 그리고 레뱟낀, 그들은 무엇 때문에 서로를 죽였을까, 바로 이것이 그들에게는 또다시 의문이 되는 거야. 에이, 젠장, 총소리가 들리지 않잖아……!〉

그는 읽어 내려가면서 표현 형식에 감탄하면서도 매 순간 괴롭고 걱정스러운 마음에 귀를 기울였다. 그러다가 갑자기 화가 치밀었다. 그는 불안한 시선으로 시계를 쳐다보았다. 늦어지고 있었다. 그가 들어간 지 이미 10분 정도 지났는데……. 뾰뜨르 스쩨빠노비치는 촛불을 들고 끼릴로프가 틀어박혀 있는 방문 쪽으로 향했다. 방문 바로 앞에서 그는 이 촛불이 거의 다 타서 20분쯤 지나면 완전히 꺼져 버릴 것 같은데, 다른 초가 없다는 생각을 했다. 그는 문의 손잡이 자물쇠를 붙잡고 조심스럽게 귀를 기울여 보았지만, 아무 소리도 들리지 않았다. 그래서 벌컥 문을 열고 촛불을 들어 올렸다. 뭔가가 울부짖으며 그를 향해 달려들었다. 그는 있는 힘을 다해 문을 쾅 닫고 어깨로 힘껏 눌렀다. 그러나 이미 모든 것이 조용해졌고 다시 죽음과 같은 정적이 찾아왔다.

오랫동안 그는 손에 촛불을 들고 결정을 내리지 못한 채 서 있었다. 문을 열었던 그 순간에는 거의 분간할 수 없었지만, 어쨌든 방 한쪽 구석 창문 옆에 서 있던 끼릴로프의 어슴푸레한 얼굴과 갑자기 그에게로 달려들던 때의 짐승 같은 분노는 보았다. 뾰뜨르 스쩨빠노비치는 몸을 부르르 떨며 재빨리 촛불을 탁자 위에 내려놓고는, 권총을 준비해서 방 반대쪽 구석까지 발뒤꿈치를 들고 뛰어갔다. 그렇게 하면 끼릴로프가 문을 열고 권총을 들고 탁자 앞으로 나온다 하더라도 바로 총을 겨누어 끼릴로프보다 먼저 방아쇠를 당길 수 있을 것이었다.

자살에 대해 뾰뜨르 스쩨빠노비치는 이제 전혀 믿지 않게 되었다! 〈방 한가운데 서서 생각에 잠겼더군.〉 뾰뜨르 스쩨빠노비치의 머릿속에 이런 생각이 회오리바람처럼 지나갔다. 〈게다가 어둡고 무서운 방이었어……. 그는 울부짖으며 달려들었지. 여기에는 두 가지 가능성이 있어. 그가 방아쇠를 당기려던 순간 내가 방해했거나…… 아니면 가만히 서서 나를 어떻게 죽일지 생각하고 있었을 거야. 그래, 바로 그거야, 그는 생각하고 있었어……. 만약 그가 겁을 집어먹기라도 하면 내가 직접 그를 죽이기 전에는 떠나지 않으리라는 것을 그는 알고 있었어. 그러니 내가 자기를 죽이기 전에 자기가 먼저 나를 죽여야 한다는 거겠지……. 그런데 저기는 또다시 정적이군! 무섭기까지 한걸. 갑자기 문이라도 열면……. 무엇보다 구역질 나는 것은 저놈이 사제보다 더 심하게 신을 믿고 있다는 거야……. 무슨 일이 있어도 총을 쏘지 않겠는데……! 저놈처럼 〈갈 때까지 간〉 인간들이 요즈음 정말 많이 늘어나고 있단 말이야. 개자식! 휴우, 젠장, 촛불, 촛불이! 15분쯤 뒤면 완전히 타버리겠는데……. 이제 끝장내야겠어. 무슨 일이 있어도 끝장내야겠어……. 좋아, 지금 당장 죽여도 되겠어……. 이 종이만 있으면 아무도 내가 죽였다고 생각하지 못할 거야. 여기 마룻바닥에 눕혀 놓고 손에 탄환을 뺀 총을 쥐어 주기만 하면 틀림없이 그가 자살했다고 생각할 거야……. 아, 젠장, 그런데 어떻게 죽이지? 내가 문을 열면 다시 달려들어서 먼저 총을 쏠 텐데. 에이, 젠장, 물론 실패하겠지만!〉

그는 자기 계략을 피해 갈 수도 없고, 결정을 내리지도 못한 채 괴로움에 몸을 떨고 있었다. 마침내 그는 촛불을 들고 권총을 집어 들어 쏠 준비를 하고 다시 문 앞으로 다가갔다. 촛불을 들고 있던 왼손으로 손잡이 자물쇠를 돌려 밀어 보았다. 그러나 문을 열기가 불편했다. 손잡이가 찰칵 하며 삐걱거리는 소리를 냈다. 〈이제 곧 쏘겠지!〉 뾰뜨르 스쩨빠노비치의 머릿속에 이런 생각이 얼핏 떠올랐다. 그는 있는 힘껏 발로 문을 밀어 열고 촛불을 들어 올리며 총을 겨누었다. 그러나 총소리도 고함 소리도 나지 않았다……. 방 안에는 아무도 없었다.

그는 몸을 떨었다. 그 방은 빠져나갈 수 없는 꽉 막힌 방이어서 어디로도 도망갈 곳이 없었다. 그는 촛불을 좀 더 높이 들고 주의 깊게 들여다보았다. 아무도 없었다. 그는 작은 소리로 끼릴로프를 불러 본 뒤 다시 한번 좀 더 크게 불러 보았다. 아무도 대답하지 않았다.

〈정말 창문으로 도망간 건가?〉

실제로 창문 한 군데 환기창이 열려 있었다. 〈말도 안 돼, 환기창을 통해 도망갈 리는 없지.〉 뾰뜨르 스쩨빠노비치는 방을 가로질러 곧장 창문 쪽으로 다가갔다. 〈결코 그럴 리 없어.〉 갑자기 그는 빠르게 몸을 돌렸다. 뭔가 예사롭지 않은 것이 그를 전율케 했다. 창문 맞은편 벽에 문에서 오른쪽으로 찬장이 하나 서 있었다. 이 찬장 오른쪽으로 찬장과 벽 사이에 만들어진 구석 공간에 끼릴로프가 서 있었는데, 소름 끼치게 이상한 모습으로 구석에서 꼼짝도 않고 몸을 쭉 편 채, 손은 바지 옆 솔기를 따라 늘어뜨리고, 고개는 들고 뒤통수는 벽에 단단히 밀착시키고 있는 것이, 마치 그대로 몸을 숨기고 사라지려고 하는 것 같았다. 모든 징후로 볼 때 그는 몸을 숨

긴 것이 분명했지만, 어쩐지 믿을 수가 없었다. 뾰뜨르 스쩨
빠노비치는 그 구석에서 약간 비스듬히 서 있었기 때문에 튀
어나와 있는 형체의 일부분만 살펴볼 수 있었다. 그는 여전
히, 몸을 왼쪽으로 조금 옮겨서 끼릴로프를 전체적으로 들여
다보고 수수께끼를 풀 결심을 하지 못하고 있었다. 그의 심장
이 심하게 두근거리기 시작했다……. 그러다가 갑자기 완전
히 미친 듯한 분노에 사로잡혔다. 그는 자리에서 뛰어나와 마
구 소리를 지르고 발을 구르면서 맹렬하게 그 공포의 장소로
달려들었다.

　그러나 거의 다가갔을 무렵 훨씬 더 큰 공포에 충격을 받
고 그 자리에 못 박힌 듯이 다시 멈춰 섰다. 그에게 충격을 준
주된 이유는 이 형상이 그의 외침이나 미친 듯한 돌진에도
불구하고 움직임조차 없었고 몸 어디 한 군데 살짝 흔들리지
도 않았다는 것이다. 마치 화석이 되었거나 밀랍 인형이 된
것 같았다. 창백한 얼굴은 부자연스러웠고, 검은 눈은 전혀
움직임 없이 어딘가 허공의 한 점에 고정되어 있었다. 뾰뜨르
스쩨빠노비치는 촛불을 들고 위에서 아래로, 다시 위로 옮기
면서 구석구석 비춰 보고 그의 얼굴을 자세히 살펴보았다. 그
는 갑자기 끼릴로프가 비록 자기 앞의 어딘가를 보고 있긴
하지만 곁눈질로 그를 바라보고 있으며, 심지어 관찰을 하고
있는지도 모르겠다는 것을 눈치챘다. 그때 촛불을 곧장 〈이
비열한 인간〉의 얼굴에 비추고 무슨 일이 일어나는지 봐야겠
다는 생각이 떠올랐다. 갑자기 그는 끼릴로프의 턱이 살짝 움
직이고 입술에는 그의 생각을 정확히 읽은 것 같은 조소가
담겨 있다는 생각이 들었다. 그는 부르르 몸을 떨며 자신도
모르게 끼릴로프의 어깨를 단단히 움켜쥐었다.

그다음에는 추악하다고 할 정도로 무슨 일이 빠르게 벌어졌는데, 뾰뜨르 스쩨빠노비치는 나중에 자신의 기억들을 좀처럼 순서대로 정리할 수가 없었다. 그가 끼릴로프에게 손을 댄 순간, 상대는 재빨리 고개를 숙이고 머리로 그의 손에 있는 촛불을 떨쳐 버렸다. 촛대는 쨍그랑하며 바닥에 떨어졌고, 촛불은 꺼졌다. 그 순간 그는 왼쪽 새끼손가락에 엄청난 고통을 느꼈다. 그는 비명을 지르기 시작했으며, 그가 유일하게 기억하고 있는 것은 자기 쪽으로 고개를 숙이고 손가락을 물고 있는 끼릴로프의 머리를 권총으로 서너 번 있는 힘껏 정신없이 내리쳤다는 것뿐이었다. 마침내 그는 손가락을 잡아 빼고는 어둠 속에서 길을 찾아 더듬거리며 그 집에서 부랴부랴 도망쳐 나왔다. 그의 뒤로 방 안에서 무시무시한 고함 소리가 들려왔다.

  「지금, 지금, 지금, 지금……」

  이런 소리가 열 번은 들렸다. 그러나 그는 계속 달렸고, 이미 현관까지 달려왔을 때쯤 갑자기 커다란 총성이 들려왔다. 그는 현관의 어둠 속에 서서 5분 정도 생각해 보았다. 그리고 결국 다시 방으로 돌아갔다. 그러나 초를 손에 넣어야만 했다. 찬장 오른쪽 바닥에서 손에서 떨어진 촛대를 찾기만 하면 되는데, 그러나 타다 꺼진 양초는 뭘로 불을 붙이지? 갑자기 희미한 기억이 하나 떠올랐다. 어제 페찌까에게 덤벼들기 위해 부엌으로 달려갔을 때 한쪽 구석에 있던 선반 위에서 얼핏 커다란 빨간색 성냥갑을 본 것 같았다. 그는 부엌문이 있는 왼쪽으로 더듬더듬 나아가다가 문을 발견하고는 층계참을 지나 계단 아래로 내려갔다. 방금 기억에 떠올랐던 선반 위 바로 그 장소에서 그는 아직 뜯지도 않은 꽉 찬 성냥갑을 어둠 속에서 더듬어 찾아냈다. 그는 불을 붙이지 않고 서둘러 위로 다시 올라왔다. 그리고 끼릴로프를 권총으로 후려갈긴 찬장 근처 바로 그 장소에 오자마자 갑자기 물린 손가락이 생각나면서, 동시에 그 자리에서 거의 참을 수 없는 고통이 느껴지기 시작했다. 그는 이를 악물고 간신히 남은 양초에 불을 붙여 다시 촛대 위에 세우고 주위를 둘러보았다. 환기창이 열려 있는 창문 근처에 끼릴로프의 시체가 다리를 방의 오른쪽 구석으로 향한 채 누워 있었다. 총은 그의 오른쪽 관자놀이에 발사되었고, 총알이 두개골을 뚫고 왼쪽 위로 빠져나갔다. 피와 뇌수가 사방으로 튀어 있는 것이 보였다. 권총은 바닥에 늘어져 있는 자살자의 손에 들려 있었다. 죽음은 순식간에 일어난 것이 분명했다. 뾰뜨르 스쩨빠노비치는 모든 것을 꼼꼼하게 살펴본 뒤 몸을 일으켜 발뒤꿈치를 들고 방에서 나와 문을 닫았다. 촛불을 오른쪽 방 탁자에 내려놓고 잠시 생각하다가 그것이 화재를 일으킬 리는 없다고 판단되자 끄지 않기로 결정했다. 그는 탁자 위에 놓여 있는 유서를 다시 한 번 쳐다보고는 기계적으로 미소를 지었고, 그런 다음 무슨 이유에서인지 여전히 발뒤꿈치를 들고 방에서 나갔다. 그는 다시 뻬찌까의 통로를 통해 기어 나온 뒤 그것을 꼼꼼하게 막아 놓았다.

3

정확히 6시 10분 전, 뾰뜨르 스쩨빠노비치와 에르껠은 기차역에서 상당히 길게 늘어서 있는 객차들을 따라 걸어가고

있었다. 뾰뜨르 스쩨빠노비치는 길을 떠나는 중이었고, 에르
껠은 그를 배웅하러 나온 것이었다. 수하물은 이미 맡겨 놓았
고, 손가방도 2등 칸의 예약된 좌석으로 옮겨 놓았다. 첫 번
째 출발 신호는 이미 울렸고, 두 번째 신호를 기다리는 중이
었다. 뾰뜨르 스쩨빠노비치는 객차 안으로 들어오는 승객들
을 관찰하며 노골적인 시선으로 주변을 둘러보았다. 그러나
가까운 지인들은 보이지 않았다. 기껏해야 두 번 정도 고개를
끄덕거리기만 하면 되었다. 한 사람은 간접적으로 알고 있는
상인이었고, 또 한 사람은 두 정거장 지나서 있는 자기 교구
로 돌아가던 젊은 시골 사제였다. 에르껠은 이 마지막 순간에
뭔가 좀 더 중요한 이야기를 하고 싶어 하는 것 같았다. 아마
그 자신도 그게 정확히 무엇인지 모르는 것 같긴 했지만 말
이다. 그러나 아무리 해도 먼저 말을 꺼낼 용기는 없었다. 그
는 뾰뜨르 스쩨빠노비치가 자기와 함께 있는 것이 부담스러
운 듯 초조하게 마지막 신호를 기다리고 있는 것 같다는 생
각이 계속 들었다.

　「사람들을 너무 노골적으로 쳐다보고 계시는군요.」 그는
주의를 주려는 것처럼 약간 소심하게 말했다.

　「왜 그러면 안 되나? 나는 아직 숨을 때가 아니네. 아직 일
러. 걱정 말게. 다만 악마가 리뿌찐을 이쪽으로 보낼까 봐 걱
정될 뿐이네. 냄새를 맡으면 뛰어올 놈이거든.」

　「뾰뜨르 스쩨빠노비치, 그들은 믿을 수가 없습니다.」에르
껠이 단호하게 말했다.

　「리뿌찐 말인가?」

　「모두 다요, 뾰뜨르 스쩨빠노비치.」

　「말도 안 되는 소리! 지금 그들은 모두 어제 일로 서로 엮

여 있네. 단 한 사람도 배신하지 않을 거야. 이성을 상실하지 않는 한 누가 파멸이 분명해 보이는데 뛰어들겠나?」

「뾰뜨르 스쩨빠노비치, 하지만 그들이 이성을 잃을 수도 있지 않겠습니까?」

이런 생각이 뾰뜨르 스쩨빠노비치의 머릿속에도 떠올랐던지, 에르껠의 언급에 그는 한층 더 화를 냈다.

「자네도 겁먹은 것 아닌가, 에르껠? 나는 그들 모두보다 자네 한 사람한테 더 많은 기대를 하고 있다네. 나는 이제 자네들 각자가 어떤 가치를 가지고 있는지 알게 되었네. 오늘 당장 그들에게 모든 걸 구두로 전달해 주게. 자네에게 그들을 전적으로 위임하겠네. 아침부터 서둘러 그들에게 들러 주게나. 내 지령서는 내일이나 모레쯤, 그들이 들을 만한 상태가 되면 다들 모아 놓고 읽어 주게⋯⋯. 그러나 장담하건대, 그들은 내일이라도 준비가 될 걸세. 무섭게 겁을 집어먹으면 밀랍 인형처럼 고분고분해지거든⋯⋯. 중요한 것은 자네가 기운을 잃어서는 안 된다는 거야.」

「아, 뾰뜨르 스쩨빠노비치, 당신이 떠나지 않으시면 더 좋겠습니다!」

「하지만 단 며칠뿐이지 않은가. 곧 돌아오겠네.」

「뾰뜨르 스쩨빠노비치,」 에르껠은 조심스럽지만 단호하게 말했다. 「당신이 뻬쩨르부르끄에 가시는 것은 좋습니다. 당신은 공동의 과업을 위해 필요한 일들만 하신다는 걸 제가 이해 못할 리 있겠습니까.」

「나는 자네가 그 정도 이해는 하리라 기대하고 있었네, 에르껠. 만약 자네가 내가 뻬쩨르부르끄로 가는 것을 눈치챘다면, 내가 어제 그 순간 그들을 놀라게 하지 않으려고 멀리 떠난다는 말을 하지 않은 것을 이해해 주리라 생각하네. 그들이 어떤 놈들인지 자네도 봤잖은가. 그러나 자네는 내가 과업을 위해서, 주요하고 중대한 과업, 공동의 과업을 위해 가는 것이지, 리뿌찐 같은 놈들이 추측한 대로 몰래 달아나려는 것이 아니라는 사실도 이해할 것이네.」

「뾰뜨르 스쩨빠노비치, 당신이 외국에 가신다 해도 충분히 이해합니다. 당신이 스스로를 지켜야 할 필요가 있다는 점도 이해합니다. 왜냐하면 당신은 모든 것이지만, 우리는 아무것도 아니니까요. 저는 이해합니다, 뾰뜨르 스쩨빠노비치.」

불쌍한 소년은 목소리마저 떨렸다.

「고맙네, 에르껠……. 아야, 자네 내 아픈 손가락을 건드렸네(에르껠이 그의 손을 서툴게 잡았던 것이다. 아픈 손가락은 검은색 실크로 보기 좋게 감겨 있었다). 그러나 자네한테 다시 한번 명확하게 말해 두지만, 내가 뻬쩨르부르끄로 가는 것은 단지 정보를 캐내려는 것이니, 아마 기껏해야 하루 정도 머물고 바로 돌아올 걸세. 돌아와서는 보는 눈이 있으니 시골에 있는 가가노프의 집에 머물 예정이야. 만약 그들이 무슨 위험이라도 느끼게 되면 나는 제일 먼저 앞장서서 그들과 함께할 걸세. 내가 뻬쩨르부르끄에서 지체하게 되면, 곧바로 자네에게 알려 주지……. 우리가 알고 있는 그 경로를 통해서 말일세. 그러면 자네가 그들에게 알려 주게.」

두 번째 벨소리가 울렸다.

「이제 출발까지 5분 남았군. 이보게, 나는 이곳에 있는 5인조가 흩어지지 않았으면 하네. 나는 두렵지 않으니, 날 걱정하지는 말게. 나한테는 이런 공동 조직망의 매듭들이 충분히 많기 때문에 특별히 아까울 것도 없거든. 그러나 여분의 매듭이 있다고 해서 방해될 것은 없지. 자네를 그런 머저리들하고만 남겨 두고 떠나지만, 난 자네에 대해서는 안심하고 있네. 걱정하지 말게. 그들은 밀고하지 않을 것이고, 그럴 용기도 없을 테니……. 아아, 당신도 오늘 가십니까?」그는 갑자기 전혀 다른 쾌활한 목소리로 그에게 인사하려고 유쾌하게 다가오는 매우 젊은 한 청년을 보며 소리쳤다. 「당신도 급행열차를 타고 가시는지 전혀 몰랐습니다. 어디, 어머님께 가십니까?」

이 젊은이의 어머니는 이웃 현에서 가장 부유한 지주였고, 이 젊은이는 율리야 미하일로브나의 먼 친척으로 2주 정도 우리 도시에서 머물고 있었다.

「아닙니다, 저는 좀 더 멀리, R시까지 가는 중입니다……. 여덟 시간을 기차 안에 머물러 있어야 하네요. 뻬쩨르부르끄로 가십니까?」젊은이가 웃으며 답했다.

「당신은 왜 제가, 그러니까 뻬쩨르부르끄로 간다고 생각하셨습니까?」뾰뜨르 스쩨빠노비치도 더 드러내놓고 웃으며 말했다.

젊은이는 장갑 낀 손가락을 위협적으로 흔들었다.

「이런, 그래요, 당신이 추측하신 대로입니다.」뾰뜨르 스쩨빠노비치는 비밀이라도 되는 듯이 그에게 속삭였다. 「나는 율리아 미하일로브나의 편지를 가지고 그곳에서 당신도 알 만한 서너 분을 찾아봬야 합니다. 솔직히 말해, 욕이 나오네요. 이런 빌어먹을 임무라니!」

「그런데 그분은 왜 그렇게 벌벌 떨고 계신 걸까요?」젊은이도 작은 소리로 속삭였다. 「어제는 저조차 받아들여 주시지 않더군요. 제 생각에는 남편에 대해선 걱정할 필요가 전혀 없을 것 같은데 말입니다. 오히려 그는 화재 현장에서, 그러니까 자기 목숨까지 희생해 가면서 보기 좋게 쓰러지지 않았습니까?」

「이거 참, 할 수 없군요.」뾰뜨르 스쩨빠노비치는 웃으면서 말했다.「그분은 말이지요, 여기서 누가 이미 편지를 써 보냈을까 봐 걱정하고 있는 겁니다……. 그러니까 몇몇 사람들이…… 한마디로, 여기서 핵심은 스따브로긴입니다. 즉, K 공작이……. 아아, 이런, 너무 복잡한 이야기네요. 아마 가는 길에 몇 가지 알려 드릴 수 있을 겁니다. 기사도적인 정신이 허용하는 한에서 말이지요……. 여긴 다른 소도시에서 온 제 친척 에르껠 소위입니다.」

에르껠을 곁눈질하고 있던 젊은이는 모자에 살짝 손을 댔다. 에르껠은 경례했다.

「그런데요, 베르호벤스끼 씨, 기차 안에서 여덟 시간이라니, 지독한 운명입니다. 이 기차 1등 칸에 베레스또프라고 제이웃 영지에 살고 있는 아주 재미있는 대령 한 분이 타고 있습니다. 가리나(가리나 집안 출신입니다)라는 분과 결혼했고, 아시겠지만, 상류층 출신이기도 합니다. 본인의 사상도 가지고 있고요. 이곳에선 고작 이틀 동안 머물렀습니다. 예랄라시 카드놀이의 광적인 애호가인데, 한번 해보지 않겠습니까? 네 번째 멤버가 될 사람도 이미 유심히 봐두었습니다. 쁘리뿌홀로프라고 턱수염을 기른 T 거리 상인인데, 백만장자, 즉 진짜 백만장자입니다. 그 점은 제가 보증하지요……. 당신께 소개시켜 드리겠습니다. 아주 재미있는 돈 자루라서 우린 크게 웃게 될 겁니다.」

「예랄라시라면 저도 굉장히 좋아하는 데다, 특히 열차 안에서 하는 걸 엄청 좋아합니다. 그런데 저는 2등 칸에 타고 있어서요.」

「에이, 그런 말 마십시오. 그건 절대로 안 되지요! 우리와 함께 갑시다. 당신이 지금 당장 1등 칸으로 옮겨 갈 수 있도록 지시하겠습니다. 수석 차장은 제 말을 잘 듣거든요. 당신 짐은 어떤 겁니까? 이 손가방인가요? 담요는요?」

「아주 좋습니다, 갑시다!」

뾰뜨르 스쩨빠노비치는 가방과 담요, 책을 들고 기다렸다는 듯이 곧바로 1등 칸으로 자리를 옮겼다. 에르껠이 도와주었다. 세 번째 벨소리가 들려왔다.

「그럼, 에르껠,」 뾰뜨르 스쩨빠노비치는 분주한 티를 내며 서둘러 마지막으로 열차 창밖으로 손을 내밀었다. 「나는 여기 앉아서 그들과 카드놀이를 해야 할 것 같네.」

「제게 설명하실 이유가 뭐 있습니까, 뾰뜨르 스쩨빠노비치? 저도 이해합니다. 전부 이해합니다, 뾰뜨르 스쩨빠노비치!」

「자, 그럼, 잘 가게.」 그러더니 그는 자기를 카드놀이 상대자들과 인사시키기 위해 부르는 젊은이의 외침 소리에 갑자기 몸을 돌려 버렸다. 에르껠은 자신의 뾰뜨르 스쩨빠노비치를 더 이상 보지 못했다!

에르껠은 매우 슬픔에 잠겨 집으로 돌아왔다. 뾰뜨르 스쩨빠노비치가 갑자기 그들을 버리고 떠나 버렸다는 것이 걱정되어서 그런 것은 아니었다. 그보다…… 그보다 그 멋쟁이 청년이 부르자 뾰뜨르가 너무 빨리 그에게서 돌아서 버렸기 때문이었다……. 뾰뜨르는 그에게 〈잘 가게〉라는 말이 아니라 뭔가 다른 말을 해줄 수도 있었고…… 손이라도 좀 더 세게 잡아 줄 수 있었는데 말이다.

바로 이 마지막이 사실은 핵심이었다. 뭔가 다른 것이, 그 자신은 아직 이해하지 못하고 있었지만, 어젯밤 사건과 관련된 무언가가 그의 불쌍한 심장을 할퀴기 시작했다.

제7장
스쩨빤 뜨로피모비치의 최후의 방랑

1

나는 스쩨빤 뜨로피모비치가 자신의 정신 나간 계획을 실행할 시기가 다가옴을 느끼면서 매우 불안해지기 시작했을 것이라고 확신한다. 나는 그가 특히 실행 전날 밤, 바로 그 무서운 밤에 공포로 매우 괴로워했을 것이라고 확신한다. 나스따시야는 나중에 그가 아주 늦게 잠자리에 들었지만 바로 잠들었다고 말해 주었다. 그러나 이것은 아무것도 증명해 주지 못한다. 사형 선고를 받은 사람들은 사형 집행 전날 밤에도 아주 깊이 잠든다고 하니 말이다. 신경과민인 사람도 항상 어느 정도 기운이 난다는 새벽녘이 되어서야(비르긴스끼의 친척인 소령은 날이 새면 신에 대한 믿음도 잃어버리게 된다고 하지 않았던가) 그 역시 길을 나섰지만, 나는 그가 이전 같으면 그런 상황에서 그렇게 넓은 도로에 혼자 있다는 것을 결코 두려움 없이는 상상하지 못했을 것이라고 확신한다. 그는 스타시와 자신이 지난 20년간 지냈던 따뜻한 집을 버리고 떠나오는 순간 갑자기 외로움을 느꼈겠지만, 그의 상념 속에 깃든 어떤 절망이 처음에는 그에게서 갑작스러운 고독의 무서운 감정을 틀림없이 완화시켜 주었을 것이다. 그러나 아무려나 상관없다. 그는 자신을 기다리고 있는 모든 공포를 분명히 인식하고 있었더라도 어쨌든 큰길로 나와서 그 길을 따라갔으리라! 여기에는 그 무엇에도 불구하고 그를 매혹시키는 어떤 자부심 같은 것이 들어 있었다. 오, 그는 바르바라 뻬뜨로브나의 풍족한 조건을 받아들이고 그녀의 호의 아래 〈평범한 식객으로서〉 지낼 수도 있었을 것이다! 그러나 그는 호의를 받아들이지도 않았고, 머물러 있지도 않았다. 이렇게 그는 그녀를 떠나 〈위대한 이념의 깃발〉을 들고 그것을 위해 죽을 각오를 한 채 큰길로 나섰던 것이다! 그는 바로 그렇게 느꼈음에 틀림없고, 그에게는 자기 행동이 바로 그렇게 생각되었음에 틀림없다.

내게는 다른 의문이 여러 번 떠올랐다. 왜 그는 그런 식으로 달아났을까? 즉, 왜 그냥 말을 타지 않고, 문자 그대로 제 발로 걸어서 달아났을까? 나는 처음에는 이것을 50년간에 걸쳐 형성된 비실제성으로, 강력한 감정의 영향 아래 사상이 환상적인 경향을 띠게 된 것이라고 해석했다. 내가 볼 때 역마권을 사용한다거나 말을 탄다는 생각은(방울이 달린 말이라 하더라도) 그에게 너무 단순하고 산문적으로 여겨졌음에 틀림없다. 반대로 순례는, 비록 우산을 들고 간다 하더라도, 훨씬 더 아름다운 것으로, 복수와 사랑의 표현으로 생각되었을 것이다. 그러나 이미 모든 상황이 종료된 지금 와서 보면 이 모든 것이 당시 훨씬 더 단순하게 일어났다는 생각이 든다. 첫째, 그는 말을 빌리는 것을 두려워했는데, 그렇게 하면 바르바라 뻬뜨로브나가 소식을 듣고 억지로 그를 만류할 수도 있었고, 그녀라면 틀림없이 그렇게 했을 텐데, 그러면 그는 틀림없이 그 말에 굴복했을 것이기 때문이다. 그렇게 되면 위대한 사상과는 영원히 안녕이다. 둘째, 역마권을 받으려면 적어도 어디로 가는지는 알고 있어야 한다. 그러나 바로 그것을 아는 것이 그 순간 그에게는 가장 주된 고통이었다. 목적지를 말하거나 정하는 것을 그는 도저히 할 수 없었던 것이다. 왜냐하면 어느 도시로 간다고 결정하면 그 순간 그의 계획은 그의 눈에도 황당하고 불가능해 보일 것이었기 때문이다. 그는 이 점을 강하게 예감하고 있었다. 그 도시에서 그는 무엇을 할 것이며, 왜 다른 도시는 안 된단 말인가? *Ce marchand*(그 상인)을 찾기 위해? 그러나 어떤 *marchand*(상인)이란 말인가? 여기서 또다시 두 번째 그 가장 무서운 문제가 튀어나왔다. 사실 그에게 *ce marchand*(그 상인)보다 더 무서운 것은 없었으니, 그는 갑자기 그 상인을 찾겠다고 무작정 길을 나서긴 했지만, 내심 그를 실제로 찾게 될까 봐 무엇보다 두려워하고 있었다. 아니, 그렇다면 큰길로 가는 것이 낫다. 그냥 큰길로 나서서 생각하지 않아도 되는 동안은 아무것도 생각하지 않고 걸어가기만 하면 된다. 큰길, 이것은 끝이 보이지 않는 길고도 긴 어떤 것으로, 인간의 삶이나 인간의 꿈과 같은 것이다. 큰길에는 관념이 내포되어 있다. 하지만 역마권에 무슨 관념이 있는가? 역마권에는 관념의 종말이 내포되어 있다⋯⋯. *Vive la grande route*(큰길 만세)! 그다음 일은 신의 소관이다.

내가 앞서 이야기했던 리자와의 갑작스럽고 예기치 않은 만남 이후, 그는 한층 더 심한 망각 상태에 빠져 계속 걸어갔다. 큰길은 스끄보레시니끼에서 반 베르스따쯤 떨어진 곳을 지나가고 있었지만, 이상하게도 그는 어떻게 그 길로 들어섰는지 처음에는 알아차리지도 못했다. 근원부터 따져서 판단을 한다거나 명확한 인식을 하는 것이 이 순간 그에게는 견딜 수 없는 일이었다. 가느다란 빗줄기는 그쳤다가 다시 내리기를 반복했다. 그러나 그는 비가 오는 것도 알아차리지 못했다. 또한 가방을 어깨 뒤로 던져 메고 나서 걷는 것이 훨씬 편해졌다는 것도 알아차리지 못했다. 1베르스따나 1베르스따 반 정도 왔을 때쯤 그는 갑자기 멈춰 서서 주위를 둘러보았다. 바퀴 자국이 여기저기 파여 있고 양쪽에는 버드나무가 늘어서 있는 오래된 검은색 길이 끝없는 실처럼 그의 앞에 뻗어 있었다. 오른쪽은 오래전에 추수가 끝난 텅 빈 밭이었고, 왼쪽으로는 관목 숲과 그 뒤로 산림이 펼쳐져 있었다. 그리고 저기 저 멀리 비스듬히 지나가는 철로가 언뜻 보였으며, 그 위로 기차 연기가 솟아오르고 있었다. 그러나 기차 소리는 들리지 않았다. 스쩨빤 뜨로피모비치는 약간 겁이 났지만, 그것도 한순간이었다. 그는 막연히 한숨을 내쉬며 가방을 버드나무 옆에 내려놓고 쉬려고 잠시 앉았다. 앉으려고 몸을 움직이다가 오한을 느끼고 담요를 둘러썼다. 이때서야 비가 오는 것을 알아차리고 우산을 펼쳐 들었다. 그는 가끔 웅얼거리며 손으로 우산 손잡이를 꽉 잡고 꽤 오랫동안 그렇게 앉아 있었다. 열병에 걸린 듯한 여러 가지 상념이 머릿속에서 빠르게 이어지며 주마등처럼 스쳐 지나갔다. 〈리즈, 리즈〉 하고 그는 생각했다. 〈그녀 옆에 그 모리스란 젊은이가 있었지……. 이상한 사람들이야……. 그런데 그 이상한 화재라는 건 대체 뭐였지? 그들이 또 뭐라고 했는데. 누가 살해당했다는 걸까……? 스따시는 아직 아무것도 알지 못한 채 커피를 준비해 놓고 나를 기다리고 있을 것 같은데……. 카드놀이라고? 내가 정말 카드놀이에서 지는 바람에 사람을 팔았던가? 흠…… 루시에서 소위 농노제 시대에는…… 아, 맙소사, 페찌까는?〉

그는 너무 놀라 온몸을 부르르 떨며 주위를 둘러보았다. 〈저기 관목 숲 뒤에 페찌까가 숨어 있으면 어쩌지. 여기 큰길 어딘가에 강도단을 데리고 있다고 하지 않았나? 오, 맙소사! 그놈을 만나면…… 그놈을 만나면 모든 진실을 말해 주어야 겠다. 내가 잘못했다고…… **그 10년 동안** 그가 군대에서 받은 고통 이상으로 그를 생각하며 고통스러워했다고, 그리고…… 내 지갑을 그에게 줘야겠다. 흠, *j'ai en tout quarante roubles; il prendra les roubles et il me tuera tout de même*(전부 다 해 봤자 40루블이군. 그놈은 이 돈을 받고서도 어쨌든 나를 죽이고 말 거야).〉

그는 어떤 이유에서인지 공포에 질려 우산을 접은 뒤 옆에 내려놓았다. 저 멀리 시내 쪽에서 이어지는 길목에 짐마차 같은 것이 나타났다. 그는 걱정스럽게 쳐다보기 시작했다.

〈*Grâce à Dieu*(다행히) 저건 짐마차군. 천천히 오는 걸 보니 위험할 리는 없겠어. 이곳에서 흔한 지쳐 **빠진** 말들이네……. 나는 항상 말의 품종 이야기를 했었지……. 하지만 뾰뜨르 일리치도 클럽에서 말 품종 이야기를 하긴 했는데, 내가 카드놀이에서 그를 완전히 눌러 주었지, *et puis*(그러고 나서), 그런데 저기 뒤쪽에 뭔가…… 농부 아낙네가 마차를 타고 있는 것 같은데. 아낙네와 농부라, *cela commence à être rassurant*(이제 좀 안심이 되는군)! 아낙네는 뒤에, 농부는 앞에 앉아 있다니, *c'est très rassurant*(정말로 안심이야). 그들 뒤로 암소의 뿔이 마차에 매여 있는 걸 보니 이거야말로

291

c'est rassurant au plus haut degré(최고로 안심이 되는군).〉

　짐마차가 옆에까지 왔는데, 그것은 꽤 견고하고 제법 괜찮은 농부의 마차였다. 아낙네는 뭔가로 가득 채워진 자루 위에 앉아 있었고, 농부는 마부석에 앉아 스쩨빤 뜨로피모비치 쪽으로 다리를 늘어뜨리고 있었다. 뒤에서는 실제로 붉은색 암소가 마차에 뿔이 묶인 채 느릿느릿 걷고 있었다. 농부와 아낙네는 눈을 휘둥그렇게 뜨고 스쩨빤 뜨로피모비치를 쳐다보았고, 스쩨빤 뜨로피모비치 역시 똑같이 그들을 쳐다보았다. 그러다가 그들이 옆을 지나쳐 스무 걸음 정도 더 갔을 때쯤 그는 갑자기 서둘러 일어나더니 그들을 뒤따라가기 시작했다. 마차와 가까이 있으면 당연히 좀 더 안심되리라 생각했기 때문인데, 그러나 마차를 따라잡고 나서는 바로 다시 그 모든 걸 잊고 자신의 단편적인 생각과 상념에 빠지고 말았다. 그는 걸어가면서도 자기가 당연히 농부와 아낙네에게 이 순간 이렇게 큰길에서 만날 수 있는 가장 수수께끼 같고 신기한 인물로 생각되리라고는 전혀 생각지 못했다.

　「이런 질문이 실례가 아니라면, 당신은 대체 뭐 하는 분이신가요?」 스쩨빤 뜨로피모비치가 갑자기 멍청한 시선으로 젊은 아낙을 쳐다보자, 그녀는 결국 참지 못하고 이렇게 물었다. 젊은 아낙은 스물일곱 정도의 나이에 체격이 좋고 눈썹은 짙고 뺨은 홍조를 띠고 있었다. 상냥하게 미소 짓는 붉은색 입술 아래로 하얗고 고른 이가 반짝거렸다.

　「당신은…… 당신은, 나한테 하는 말이오?」 스쩨빤 뜨로피모비치는 애처로울 정도로 놀라며 중얼거렸다.

　「아마도 상인이신 것 같은데.」 농부는 자신만만하게 말했다. 그는 마흔 살 정도의 키가 큰 농부로, 넓적하고 꽤 영리해 보이는 얼굴에 불그스레하고 숱이 많은 수염을 기르고 있었다.

「아니, 나는 상인이 아니라, 나는…… 나는…… *moi, c'est autre chose*(나는 전혀 다른 사람이오).」 스쩨빤 뜨로피모비치는 질문을 어물쩍 피하며 만일의 경우에 대비해 마차 뒤로 약간 물러섰고, 그 바람에 암소와 나란히 걷게 되었다.

「신사 양반이신가 보군요.」 농부는 러시아어가 아닌 말을 듣고 이렇게 단정 지으며 말을 잡아당겼다.

「나리의 모습을 보아하니, 분명 산책을 나오신 거겠지요?」 젊은 아낙은 또다시 호기심을 보였다.

「그건…… 그건 나한테 물어보는 거요?」

「외국인들이 가끔씩 기차를 타고 이곳으로 오곤 하는데, 나리의 부츠를 보니 이곳 신발이 아닌 것 같네요…….」

「군인 부츠야.」 농부가 잘난 체하며 무게를 잡고 말참견을 했다.

「아니, 나는 군인이 아니라, 나는…….」

〈정말 호기심이 많은 아낙이군.〉 스쩨빤 뜨로피모비치는 속으로 울화가 치밀었다. 〈왜 저렇게 쳐다보는 거야……. *Mais enfin*(하지만 어쨌든)……. 한마디로, 이상하게도 내가 저들 앞에서 죄를 지은 것 같은 생각이 드는군. 나는 저들에게 아무런 잘못도 없다고.〉

젊은 아낙은 남편과 소곤대기 시작했다.

「실례지만, 나리만 괜찮으시다면 나리를 태워다 드릴 수도 있는데요.」

스쩨빤 뜨로피모비치는 갑자기 정신이 들었다.

「그래요, 그래요, 친구들, 아주 기꺼이요, 지금 너무 피곤해서. 그런데 어떻게 올라타지요?」

〈정말 놀라운걸.〉 그는 속으로 생각했다. 〈그렇게 오랫동안 이 암소와 나란히 걸어가면서도 이 사람들한테 태워 달라고 부탁할 생각은 하지도 못했으니…….《현실 생활》에는 뭔가 굉장히 특이한 것이 있는 것 같군…….〉

그러나 농부는 여전히 말을 세우지 않았다.

「그런데 어디로 가십니까?」 그는 약간 미심쩍다는 듯이 물었다.

스쩨빤 뜨로피모비치는 질문을 바로 이해하지 못했다.

「하또보까지겠지요, 아마도?」

「하또보라니? 아니, 하또보에게 가는 게 아니오……. 그런 사람은 잘 모르는데, 들어 본 적은 있지만요.」

「하또보 마을이요, 여기서 9베르스따쯤 떨어진 농촌 마을입니다.」

「마을이라고요? C'est charmant(이거 아주 멋지군). 그러고 보니 들어 본 것도 같군요…….」

스쩨빤 뜨로피모비치는 계속 걸어갔으며, 그들은 여전히 그를 태워 주지 않았다. 그의 머릿속에 아주 멋진 생각이 하나 떠올랐다.

「아마도 당신들 생각엔 내가…… 나는 신분증을 가지고 있소. 나는 교수요, 그러니까 선생이라는 거지……. 주임 선생, 나는 주임 선생이오. Oui, c'est comme ça qu'on peut traduire(그래, 바로 이렇게 번역할 수 있겠군). 나는 정말 타고 갔으면 싶은데. 그러면 내가 뭔가 사겠소……. 사례로 술 반병을 사겠소.」

「50꼬뻬이까는 받아야지요, 나리. 길도 험한데.」

「그렇지 않으면 굉장히 섭섭할 거예요.」 젊은 아낙이 한마

294

디 거들었다.

「50꼬뻬이까라고? 뭐, 좋소, 50꼬뻬이까를 드리지. *C'est encore mieux, j'ai en tout quarante roubles, mais*(그게 더 낫겠군. 나한테는 다 해봐야 40루블뿐이긴 하지만)……」

농부는 말을 세웠고, 두 사람은 힘을 합쳐 스쩨빤 뜨로피모비치를 마차 위로 끌어 올린 뒤, 그를 자루 위 아낙네 옆에 앉게 해주었다. 상념의 회오리가 그를 떠나지 않았다. 그는 때때로 자기가 너무 정신이 산만해져서 전혀 필요하지 않은 것들만 생각하고 있음을 지각하고 굉장히 놀라곤 했다. 머리가 병적으로 쇠약해졌다는 것을 인식하면 그는 순간적으로 마음이 정말 견디기 힘들고 화가 나기까지 했다.

「저기…… 저기 어째서 암소가 뒤에 있는 거요?」그가 갑자기 젊은 아낙에게 물었다.

「뭐라고요, 나리, 본 적이 없으신가 봐요.」아낙네가 웃음을 터뜨렸다.

「시내에서 사 오는 겁니다.」농부가 끼어들었다. 「아니 글쎄, 저희 집 가축들이 봄에 다 죽어 버렸지 뭡니까. 역병이 돌았습죠. 주변의 모든 집이 다 그런 상황이라, 가축이 반도 남지 않았습니다. 울고불고해도 소용없더라고요.」

그러면서 그는 바퀴 자국에 발이 빠진 말에 다시 채찍질을 했다.

「그래, 우리 루시에서는 그런 일이 흔하지요……. 대체로 우리 러시아인들은……. 아무튼 흔한 일이라……」스쩨빤 뜨로피모비치는 말을 마무리 짓지 못했다.

「선생님이시라면, 대체 하또보에 가서 뭘 하시려고요? 아니면 더 멀리까지 가십니까?」

「나는…… 그러니까 더 멀리까지 가려는 건 아니고……
C'est à dire(그러니까) 상인을 찾아가는 중이오.」

「그럼 아마 스빠소프로 가시는 거겠지요?」

「그래요, 그래, 바로 스빠소프요. 하지만 아무래도 상관없소.」

「그런데 만약 스빠소프까지, 그것도 걸어서 가신다면, 그런 부츠를 신고서는 일주일 정도는 걸릴 거예요.」젊은 아낙이 웃기 시작했다.

「그렇겠지요, 그렇겠지, 그래도 상관없소, *mes amis*(친구들), 상관없다고.」스쩨빤 뜨로피모비치는 조바심 내며 말을 끊었다.

〈지독하게 호기심이 많은 사람들이군. 그래도 젊은 아낙이 남편보다는 말을 잘하네. 2월 19일[49] 이후 이들의 말투가 약간 변한 게 느껴지는군……. 그런데 내가 스빠소프로 가건 말건 무슨 상관이야? 내 돈 내고 탔는데, 왜 저렇게 성가시게 구는 거야.〉

「스빠소프로 가시려면 증기선을 타야 합니다.」농부는 그칠 줄 몰랐다.

「그건 정말 그래요.」여자가 활기 있게 한마디 참견했다. 「말을 타고 강변을 따라서 가면 30베르스따 정도 돌아갈 테니까요.」

「40베르스따 정도 될걸.」

「내일 2시쯤 우스찌예보에 가시면 바로 증기선을 타실 수 있을 거예요.」젊은 아낙은 이야기를 딱 마무리 지었다. 그러나 스쩨빤 뜨로피모비치는 고집스럽게 침묵을 지키고 있었

49 농노 해방 선포일인 1861년 2월 19일을 말한다.

다. 질문하던 사람들도 입을 다물었다. 농부는 이따금 말고삐를 잡아당겼고, 아낙네는 가끔 남편과 짧게 이야기를 주고받았다. 스쩨빤 뜨로피모비치는 졸기 시작했다. 그는 아낙네가 웃으면서 그를 흔들어 깨우자 무섭게 놀랐는데, 그러다가 자신이 제법 큰 시골 마을의 창문 세 개짜리 농가 현관 앞에 도착했음을 알게 되었다.

「잠시 조셨나 봐요, 나리?」

「이게 어떻게 된 거요? 내가 어디에 있는 거지? 아, 이런! 이런…… 아무래도 상관없지만.」 스쩨빤 뜨로피모비치는 한숨을 쉬며 마차에서 내렸다.

그는 쓸쓸한 표정으로 둘러보았다. 시골 마을의 풍경이 어딘가 이상하고 뭔가 굉장히 낯설어 보였다.

「아, 50꼬뻬이까, 잊을 뻔했군!」 그는 어쩐지 지나치게 서두르는 몸짓을 하며 농부를 향해 말했다. 그는 분명 그들과 헤어지는 것이 두려운 것 같았다.

「안에 들어가서 계산해 주시지요.」 농부가 그를 안으로 초대했다.

「그게 좋겠네요.」 젊은 아낙도 거들었다.

스쩨빤 뜨로피모비치는 삐걱거리는 계단을 올라갔다.

〈그런데 어쩌다 이렇게 되었을까?〉 그는 심하게 겁을 집어먹고 당황해 이렇게 중얼거리면서도 농가 안으로 들어갔다. 〈*Elle l'a voulu*(그녀는 이것을 원했던 거야).〉 무언가가 그의 심장을 찔렀고, 그는 또다시 갑자기 모든 것을, 심지어 농가 안에 들어섰다는 것조차 잊어버렸다.

이곳은 창문 세 개, 방 두 개가 있는 밝고 제법 깨끗한 농가였다. 여인숙 같은 것은 아니었고, 오래된 관습에 따라 친분이 있는 여행자들이 머물다 갈 수 있는 그런 농가였다. 스쩨빤 뜨로피모비치는 당황하지 않고 입구 맞은편 상석으로 가더니, 인사하는 것도 잊고 그 자리에 앉아 다시 생각에 잠기기 시작했다. 그러는 사이, 길에서 세 시간 동안 비에 젖은 뒤라 그런지 굉장히 기분 좋은 온기가 갑자기 온몸으로 퍼져 나갔다. 특히 신경이 예민한 사람이 열병에 걸려 있을 때 차가운 곳에서 따뜻한 곳으로 갑작스럽게 자리를 옮기면 항상 있는 일이지만, 짧고 단속적으로 등을 타고 흘러내리는 심한 오한조차 지금은 갑자기 이상할 정도로 기분 좋게 느껴졌다. 그가 고개를 들자 여주인이 난로 앞에서 열심히 굽고 있는 뜨거운 블린의 달콤한 냄새가 후각을 간지럽혔다. 그는 어린애 같은 미소를 지으며 여주인을 향해 몸을 내밀고 갑자기 중얼거리기 시작했다.

「그건 뭔가요? 블린이오? *Mais*······ *c'est charmant*(그런데······ 거 참 근사하군요).」

「좀 드시겠어요, 나리?」여주인은 곧바로 공손하게 권했다.

「그러고 싶군요, 정말 그러고 싶소······. 차 한 잔도 부탁하고 싶은데.」스쩨빤 뜨로피모비치는 기운이 되살아났다.

「사모바르를 준비해 드릴까요? 기꺼이 해드릴게요.」

큼직한 푸른 무늬가 그려져 있는 큰 접시 위에 블린이 담겨 나왔다. 밀가루가 반쯤 섞인 반죽에 두께가 얇고 위에는 뜨겁고 신선한 버터를 끼얹은, 가장 맛있기로 유명한 시골식 블린이었다. 스쩨빤 뜨로피모비치는 크게 기뻐하며 맛을 보았다.

「이렇게 기름지고 맛있다니! 그런데 *un doigt d'eau de vie*(보드까를 약간) 마실 수 있다면 좋겠는데.」

「혹시 보드까를 드시고 싶으신가요, 나리?」

「바로 그거요, 바로 그거, 약간, *un tout petit rien*(아주 조금만).」

「5꼬뻬이까어치 정도면 되겠지요?」

「그래요, 5꼬뻬이까, 5꼬뻬이까, 5꼬뻬이까, 5꼬뻬이까어치, *un tout petit rien*(아주 조금이면 돼요).」 스쩨빤 뜨로피모비치는 행복한 미소를 지으며 맞장구쳤다.

평민에게 당신을 위해 뭔가 해달라고 부탁해 보라, 그러면 그는 자기가 할 수 있고 원한다면 열심히 정성을 다해 봉사할 것이다. 그런데 그에게 보드까를 사다 달라고 부탁하면, 평소 차분하던 거의 친절은 거의 친척이라도 대접하듯이 갑자기 조급하고 기쁨에 찬 봉사로 바뀔 것이다. 보드까를 사러 가면서 — 술을 마시는 사람은 당신이지 그가 아니고, 그도 이 사실을 잘 알고 있지만 — 그는 어쨌든 당신이 장차 느낄 만족감의 일부를 함께하는 것처럼 느낄 것이다…… 3~4분도 채 지나지 않아(술집은 바로 옆에 있었다) 스쩨빤 뜨로피모비치 앞 식탁 위에 술 반병과 커다란 녹색 술잔이 나타났다.

「이게 다 내 거라니!」 그는 엄청 놀랐다. 「우리 집에는 항상 보드까가 있었지만, 5꼬뻬이까가 이렇게 많은 양일 줄은 전혀 몰랐소.」

그는 잔에 술을 따라서 들고 일어나더니 제법 엄숙한 태도로 방을 가로질러 반대편 구석으로 걸어갔다. 그곳에는 그와 자루 위에 함께 앉았던 동반자, 오는 길에 여러 가지 질문으로 그를 귀찮게 했던 검은 눈썹의 젊은 아낙이 앉아 있었다. 젊은 아낙은 약간 당황하며 사양하다가 예의상 필요한 거절의 말을 다 하자 마침내 일어나서 여자들이 술 마실 때 하듯이 세 모금으로 나누어 정중하게 마셨다. 그리고 얼굴에 굉장히 괴로운 표정을 지으면서 스쩨빤 뜨로삐모비치에게 술잔을 돌려주고 인사했다. 그 역시 근엄하게 인사하고 자랑스러워하는 표정을 지으며 식탁으로 돌아왔다.

이 모든 것은 그의 내부에서 어떤 영감에 따라 일어난 것으로, 그 자신도 1초 전까지는 자신이 젊은 아낙에게 대접하러 갈 줄 몰랐다.

〈나는 민중을 완벽하게, 진짜 완벽하게 대할 줄 알아, 그리고 그들에게 항상 그렇게 말해 왔지.〉 그는 술병에 남아 있는 술을 따르면서 스스로 만족해 이렇게 생각했다. 술은 잔에 다 차지 않았지만, 그의 몸을 덥혀서 생기 있게 해주었고, 머리로까지 약간 술기운이 올라왔다.

〈*Je suis malade tout à fait, mais ce n'est pas trop mauvais d'être malade*(나는 완전히 병이 들고 말았지만, 병든 것도 그다지 나쁘지는 않군).〉

「혹시 이걸 사지 않으시겠어요?」 옆에서 조용한 여자 목소리가 들려왔다.

눈을 들어서 보니 놀랍게도 그의 앞에 한 부인이 서 있었다. *Une dame et elle en avait l'air*(그녀는 정말 숙녀의 풍모를 하고 있었는데), 이미 서른은 넘어 보였으며, 매우 겸손한 모습에 도시 여성들처럼 어두운색 드레스를 입고 어깨에는 커다란 회색 숄을 두르고 있었다. 그녀의 얼굴에는 뭔가 매우 상냥한 데가 있어 스쩨빤 뜨로피모비치는 그것에 곧바로 마음이 끌렸다. 그녀는 지금 막 농가로 돌아온 참이었는데, 그녀의 짐은 지금 스쩨빤 뜨로피모비치가 차지하고 있는 바로 그 장소 가까이에 있는 벤치 위에 놓여 있었다. 그러고 보니 그가 방 안으로 들어오면서 호기심을 가지고 쳐다보았던 기억이 나는 서류 가방과 그다지 크지 않은 유포(油布) 자루가 있었다. 그녀는 자루 속에서 표지에 십자가가 찍힌, 아름답게 제본된 책 두 권을 꺼내 들고 스쩨빤 뜨로피모비치에게 다가왔다.

「*Eh…mais je crois que c'est l'Evangile*(어…… 그러니까 이것은 복음서 같군요). 물론 기꺼이 사겠습니다……. 아, 이제 알겠네요……. *Vous êtes ce qu'on appelle*(당신은 사람들이 말하는) 서적 행상인이군요. 기사를 여러 번 읽은 적 있습니다……. 50꼬뻬이까인가요?」

「35꼬뻬이까예요.」 서적 행상인이 말했다.

「아주 기꺼이 사지요. *Je n'ai rien contre l'Evangile, et*(저는 복음서에 전혀 반대하지 않습니다, 그리고)…… 이미 오래전부터 다시 읽어 보고 싶다는 생각을 하고 있었지요…….」

그 순간 그는 자신이 적어도 30년 정도는 복음서를 읽지 않았으며, 다만 7년쯤 전에 르낭의 『*Vie de Jésus*(예수의 생애)』[50] 중 아주 일부만을 읽었다는 사실이 떠올랐다. 그는 잔돈이 없었기 때문에 10루블짜리 지폐 네 장을 꺼냈다. 이 돈이 그가 가진 전부였다. 여주인이 잔돈으로 교환해 주는 사이 그는 그제야 주위를 살펴보다가 농가 안에 제법 많은 사람들이 모여 있으며, 그들이 이미 오래전부터 그를 관찰하고 있고, 그에 관해 이야기하고 있는 것 같다는 사실을 알아차렸다. 그들은 시내에서 일어난 화재에 대해서도 이야기하고 있

---

50 프랑스 역사가 르낭J. E. Renan의 책 『예수의 생애』를 말한다. 도스또예프스끼는 『작가 일기』에서 르낭의 책을 〈완전한 불신앙〉이라고 언급하며, 그가 그리스도의 도덕적 개성만을 높게 평가했다고 지적했다.

었는데, 누구보다 암소를 끌고 왔던 그 짐마차 주인이 방금 도시에서 돌아온 탓에 말을 가장 많이 했다. 방화니, 시삐굴린 놈들이니 하는 말들도 들렸다.

〈저 친구는 나를 태워 오는 동안 별 이야기를 다 하면서도 화재에 대해서는 한마디도 하지 않더니만〉 하는 이상한 생각이 스쩨빤 뜨로피모비치의 머릿속에 떠올랐다.

「스쩨빤 뜨로피모비치 선생님, 제가 뵙고 있는 분이 정말 나리십니까? 여기서 뵙게 되리라고는 생각도 못했네요……! 저를 몰라보시겠습니까?」 턱수염을 깎고 기다란 외투 깃을 뒤로 젖힌, 옛 농노처럼 보이는 나이 지긋한 한 남자가 반갑게 소리쳤다. 스쩨빤 뜨로피모비치는 자기 이름을 듣고 깜짝 놀랐다.

「미안하오만,」 그는 중얼거렸다. 「전혀 기억이 나지 않는데…….」

「까먹으시다니! 저는 아니심, 아니심 이바노프가 아닙니까. 고인이 되신 가가노프 씨 댁에서 일했습니다만, 나리, 나리께서 바르바라 뻬뜨로브나 부인과 함께 여러 번 고인이 되신 아브도찌야 세르게예브나를 방문하셨을 때 뵈었습죠. 저는 부인 심부름으로 책을 가지고 나리 댁을 찾아가기도 했고, 두 번은 뻬쩨르부르그에서 온 사탕을 들고 간 적도 있는데…….」

「아, 그래, 기억나네, 아니심.」 스쩨빤 뜨로피모비치는 미소를 지었다. 「자네는 이곳에 살고 있나?」

「스빠소프 근방 V 수도원 가까이의 교외에 있는, 아브도찌야 세르게예브나의 여동생이신 마르파 세르게예브나 댁에 머물고 있습니다. 아마 기억하실 겁니다. 무도회에 가시면서 마차에서 뛰어내리다 다리가 부러지신 분요. 지금은 수도원 근처에 살고 계시는데, 저도 그분 댁에 있습죠. 지금은 보시다시피 친척을 방문하려고 현으로 가는 중이고요…….」

「아, 그렇군, 그래.」

「이렇게 뵙다니 정말 기쁩니다, 제게 항상 친절하게 대해 주셨지요.」아니심은 기쁘게 미소 지으며 말했다.「그런데 대체 어디를 가시는 건가요, 나리? 혼자이신 것 같군요……. 한번도 혼자서 나가신 적이 없는 것 같은데 말입니다요.」

스쩨빤 뜨로피모비치는 겁을 먹고 그를 쳐다보았다.

「혹시 저희가 있는 스빠소프로 오시는 길은 아니십니까?」

「그래, 스빠소프로 가는 길이라네. *Il me semble que tout le monde va à Spassof* (세상 사람들 모두가 스빠소프로 가는 것 같군)…….」

「혹시 표도르 마뜨베예비치 댁에 가시는 길인가요? 그럼 나리를 뵙고 아주 기뻐하실 겁니다. 옛날에 나리를 얼마나 존경하셨던지. 지금도 자주 말씀하신다니까요…….」

「그래, 그래, 표도르 마뜨베예비치에게 가는 중이네.」

「그럼요, 그러시겠지요. 여기 이 농부들은 나리께서 큰길을 걸어서 가시는 모습을 보았다면서 놀라고들 있습니다. 정말 멍청한 인간들입죠.」

「나는…… 나는 그게…… 아니심, 나는 영국인들처럼 내기를 한 거라네, 걸어서 가겠다고. 그래서 나는…….」

그의 이마와 관자놀이에서 땀이 흘러내렸다.

「그럼요, 그러시겠지요…….」아니심은 사정없이 호기심을 보이며 듣고 있었다. 그러나 스쩨빤 뜨로피모비치는 더 이상 견딜 수가 없었다. 그는 너무 당황해서 그냥 자리에서 일어나 농가를 나가 버리고 싶었다. 그러나 사모바르가 나왔고, 그 순간 어딘가로 나갔던 서적 행상인도 돌아왔다. 그는 이런 자리를 모면하려는 사람처럼 그녀를 향해 돌아서며 차를 권했다. 아니심은 뒤로 물러나더니 자리를 떠났다.

실제로 농부들 사이에서는 의심이 일어나고 있었다.

〈대체 뭐 하는 사람이지? 큰길을 걸어가는 것을 발견했는데, 자기 말로는 선생이라는 거야. 옷은 외국인처럼 입고, 생각하는 건 마치 어린애 같아서 엉뚱한 대답만 하고, 누군가에게서 도망 나온 것 같단 말이야. 돈도 가지고 있더라고!〉 그러면서 당국에 알려야겠다는 생각까지 하게 되었다. 〈그러잖아도 시내가 뒤숭숭한 상태이니〉말이다. 그러나 아니심이 이 문제를 순식간에 다 정리해 주었다. 그는 현관으로 나와 이야기를 듣고 싶어 하는 모든 사람에게 이야기를 들려주었다. 스쩨빤 뜨로피모비치는 그냥 선생이 아니라 〈가장 위대한 학자로서 위대한 학문을 연구하고 계시며, 그분 자신도 이곳의 지주셨는데, 이미 22년 동안이나 스따브로기나 육군대장 부인 댁에서 지내면서 집안의 가장 중요한 인물 역할을 대신하고 계시고, 시내 전체 사람들로부터 굉장한 존경을 받고 계신다. 귀족 클럽에서는 회색 지폐나 무지갯빛 지폐[51]를 하룻밤에 잃기도 하신다. 관등은 고등문관으로서 군대 중령과 같은 계급이며 대령보다 한 등급 아래일 뿐이다. 돈과 관련해서 보자면 스따브로기나 육군대장 부인을 통해 대단히 많은 돈을 받고 계신다〉 등등.

〈*Mais c'est une dame, et très comme il faut*(그런데 이 부인은 아주 예의 바른 사람이군).〉 아니심의 공격에서 벗어나 한

---

51 회색 지폐는 50루블, 무지갯빛 지폐는 1백 루블을 말한다.

숨 돌린 스쩨빤 뜨로피모비치는 기분 좋은 호기심을 가지고 옆에 앉아 있는 서적 행상인이 차를 찻잔 받침에 따라 마시고 설탕을 갉아먹는 모습을 지켜보았다. 〈*Ce petit morceau de sucre ce n'est rien*(저런 설탕 덩어리, 저것은 아무것도 아니다)……. 그녀에게는 고상하고 독립적이면서도 동시에 조용한 뭔가가 있단 말이야. *Le comme il faut tout pur*(가장 높은 수준의 예의 바름)이지만, 약간 다른 종류라고나 할까.〉

그는 곧 그녀의 이름이 소피야 마뜨베예브나 울리찌나라는 것과, 본래는 K 댁에 살고 있으며, 그곳에 소시민 출신의 미망인 언니가 있다는 것을 알게 되었다. 그녀 역시 미망인으로, 남편은 상사에서 육군 소위로 승진한 뒤 세바스또뽈 전투에서 사망했다는 것도 알게 되었다.

「그러나 당신은 아직 젊군요, *vous n'avez pas trente ans*(서른도 안 된 것 같은데).」

「서른넷입니다.」 소피야 마뜨베예브나가 미소 지었다.

「이런, 당신은 프랑스어도 이해합니까?」

「약간요. 저는 그 일 이후 4년 동안 어느 귀족 댁에서 머물렀는데, 그때 자제분들에게서 배웠어요.」

그녀는 남편이 죽은 뒤 열여덟 살의 나이에 혼자가 되자, 얼마 동안 세바스또뽈에서 〈간호사〉로 있다가 그다음에는 여러 지역을 옮겨 다니며 살았고, 지금은 이렇게 복음서를 팔며 돌아다닌다는 것이었다.

「*Mais mon Dieu*(맙소사). 우리 도시에서 한 가지 이상한, 아주 이상한 사건이 벌어진 적이 있는데, 혹시 당신과 관련된 일 아니었습니까?」

그녀는 얼굴을 붉혔다. 그녀에게 일어난 일이 맞았다.

「*Ces vauriens, ces malheureux*(그 불한당 같은 놈들이, 그 비열한 놈들이)……!」 그는 분개한 나머지 떨리는 목소리로 말하기 시작했다. 고통스럽고 혐오스러운 기억이 그의 마음 속에서 고통스럽게 들고일어났다. 그는 한순간 정신이 나간 것 같았다.

〈이런, 그녀는 또다시 가버렸네.〉 그는 그녀가 또다시 자기 옆에 없다는 것을 알아채고 정신이 들었다. 〈자주 나가는 것을 보니 뭔가 바쁜 모양이군. 불안해 보이기까지 하던데……. *Bah, je deviens égoïste*(이런, 나는 이기주의자가 되어 가고 있어)…….〉

그가 눈을 들자 또다시 아니심이 보였다. 그러나 이번에는 매우 위협적인 상황에 처해 있었다. 농가 전체가 농부들로 가득 차 있었는데, 아니심이 그들을 데리고 온 것이 분명했다. 여기에는 이 농가의 주인과 암소를 끌고 왔던 그 농부, 그 밖에 두 명의 농부(그들은 마부로 밝혀졌다), 그리고 반쯤 취한 키 작은 남자가 한 명 있었다. 이 남자는 농부 같은 복장을 하고 있었지만 말끔하게 면도를 했고 술 때문에 파산한 소시민처럼 보였는데, 가장 말이 많았다. 그들은 전부 그, 즉 스쩨빤 뜨로피모비치에 관해 이야기하고 있었다. 암소를 끌고 온 농부는 강변을 따라가면 40베르스따는 돌아가는 것이니 반드시 증기선을 타야 한다고 단언하면서 자기 의견을 고수했다. 반쯤 취한 소시민과 주인은 열을 내며 반대했다.

「왜냐하면 말이야, 이보게, 물론 이 어르신께서 증기선을 타고 호수를 건너가시면 더 빠르겠지. 그건 정말이야. 그런데 지금 같은 땐 증기선이 가지 않을 거라고.」

「간단 말이야, 간다고. 아직 일주일은 더 다닐 거야.」 아니심이 누구보다 더 흥분해서 말했다.

「그럴 수도 있겠지! 하지만 늦은 계절이라 다니는 시간이 부정확해서 가끔은 우스찌예보에서 2~3일 정도 기다려야 한다고.」

「내일은 올 거야. 내일 2시까지는 정확히 올 거라고. 나리, 스빠소프에는 저녁때까지 정확히 도착할 겁니다.」 아니심은 기를 쓰며 우겨 댔다.

⟨*Mais qu'est ce qu'il a, cet homme*(그런데 이자는 대체 왜 이러는 거지)?⟩ 스쩨빤 뜨로피모비치는 자신의 운명이 어떻게 될까 생각하며 두려움에 몸을 떨었다.

마부들도 앞으로 나와서 차비를 흥정하기 시작했다. 그들은 우스찌예보까지 3루블을 받겠다고 했다. 나머지 사람들은 그 정도면 섭섭하지 않겠다, 적당한 가격이다, 여기서부터 우스찌예보까지 여름 내내 그 가격으로 태워다 주었다고 소리쳤다.

「그러나…… 여기도 좋은데…… 나는 가고 싶지 않소.」 스쩨빤 뜨로피모비치는 입속으로 중얼거렸다.

「여기도 좋지요, 나리, 옳은 말씀이세요. 하지만 우리 스빠소프는 지금 훨씬 더 좋습니다요. 표도르 마뜨베예비치도 나리를 보시면 엄청 기뻐하실 겁니다.」

「*Mon Dieu, mes amis*(맙소사, 친구들), 이 모든 것은 전혀 예상치 못했던 일이라.」

마침내 소피야 마뜨베예브나가 돌아왔다. 그러나 그녀는 매우 낙담하고 슬픈 표정으로 벤치에 앉았다.

「나는 스빠소프에 갈 수 없게 되었어요!」 그녀는 여주인에게 말했다.

「아니 이런, 당신도 스빠소프로 가려고 했나요?」스쩨빤 뜨로피모비치는 깜짝 놀라 몸을 부르르 떨었다.

알고 보니 나제즈다 예고로브나 스베뜰리찌나라는 한 여지주가 어제까지만 해도 자기를 하또보에서 기다리고 있으라면서 스빠소프까지 데려가겠다고 약속해 놓고 정작 나타나지 않았다는 것이다.

「나는 이제 어떻게 해야 하죠?」소피야 마뜨베예브나는 같은 말을 되풀이했다.

「*Mais, ma chère et nouvelle amie*(친애하는 나의 새 친구여), 나도 당신을 그 여지주처럼 그곳으로, 그 뭐라더라, 아무튼 그 시골까지 데려다줄 수 있습니다. 내가 마차를 빌렸거든요. 내일, 그러니까 내일 우리 함께 스빠소프로 갑시다.」

「정말 선생님도 스빠소프까지 가세요?」

「*Mais que faire, et je suis enchanté*(달리 어쩔 도리도 없고, 게다가 나로서는 무척 기쁘군요)! 대단히 기쁜 마음으로 모시겠습니다. 저기 저들도 원하고, 이미 마차를 빌렸거든요……. 내가 당신들 중 누구한테 마차를 빌렸지요……?」스쩨빤 뜨로피모비치는 갑자기 스빠소프로 엄청 가고 싶어졌다.

15분쯤 뒤 그들은 이미 덮개를 씌운 반개 사륜마차에 자리를 잡았다. 그는 매우 생기 넘치고 완전히 만족한 표정이었으며, 그녀는 그의 옆에서 자기 보따리를 들고 감사의 미소를 짓고 있었다. 아니심은 그들이 마차에 앉도록 도와주었다.

「안녕히 가십시오, 나리.」그는 마차 주변에서 온 힘을 다해 시중을 들었다. 「정말 이렇게 나리를 뵈어 얼마나 반가웠던지요!」

「잘 있게, 잘 있게, 친구, 잘 있게.」

「표도르 마뜨베이치를 만나시게 되겠지요, 나리…….」

「그래, 친구, 그래…… 표도르 뻬뜨로비치를……. 그럼 잘 있게.」

2

「이봐요, 친구. 나를 당신의 친구라 부르는 것을 허락해 주시겠지요, *n'est-ce pas*(네)?」 스쩨빤 뜨로피모비치는 마차가 움직이자마자 서둘러 말을 걸기 시작했다. 「이봐요, 나는…… *j'amie le peuple, c'est indispensable, mais il me semble que je ne l'avais jamais vu de près. Stasie……cela va sans dire qu'elle est aussi du peuple…… mais le vrais peuple*(나는 민중을 사랑합니다. 그건 필연적이에요. 그러나 그들을 결코 가까이에서 본 적은 없는 것 같아요. 스타시는…… 말할 것도 없이, 그 아이 역시 민중 출신이긴 하지만…… 그러나 진짜 민중은), 그러니까 큰길에서 만나게 되는 진짜 민중 말입니다, 그들에게는 사실 내가 어디로 가느냐만 상관있는 것 같더군요……. 이런 기분 나쁜 이야기는 그만둡시다. 내가 좀 횡설수설한 것 같은데, 그건 내 성급함 때문인 것 같아요.」

「선생님께선 건강이 좋지 않으신 것 같습니다.」 소피야 마뜨베예브나는 예리하면서도 공손한 시선으로 그를 주의 깊게 쳐다보았다.

「아니, 아니오. 뭐 좀 덮어쓰고 있으면 돼요. 대체로 바람이 좀 선선하네요. 지나치게 선선하군요. 하지만 그런 이야기는 그만둡시다. 내가 정말 하고 싶었던 이야기는 그런 게 아닙니다. *Chère et incomparable amie*(세상에 둘도 없는 친애하는 친구), 나는 이제 거의 행복해진 것 같아요. 그 이유는 바로 당신 때문입니다. 나에게 행복은 이로울 게 없답니다. 그렇게 되면 나는 모든 적들을 곧바로 용서해 버릴 테니까요……」

「그렇다면 그건 정말 좋은 게 아니겠습니까?」

「항상 그런 것은 아니오, *chère innocente*(순진한 친구여). *L'Evangile*(복음서를)……. *Voyez vous, désormais nous le prêcherons ensemble*(이봐요, 이제부터 우리 같이 전도하러 다닙시다). 나도 기꺼이 당신의 그 아름다운 책들을 팔아 보겠소. 정말 나는 이것이 아무래도 좋은 생각이라는, *quelque chose de très nouveau dans ce genre*(뭔가 완전히 새로운 종류의 것)이라는 느낌이 듭니다. 민중은 신앙심이 깊고, *c'est admis*(그것은 이미 인정받고 있지요). 그러나 그들은 아직 복음서를 모르고 있습니다. 내가 그들에게 설명해 줘야겠어요……. 말로 설명하면 이 뛰어난 책의 실수를 바로잡을 수도 있을 겁니다. 물론 나는 대단한 존경심을 가지고 그 책을 대할 준비가 되어 있지만요. 나는 큰길에서도 쓸모가 있을 겁니다. 나는 항상 쓸모있는 사람이었고, 나는 항상 **그들**에게, *et à cette chère ingrate*(그리고 그 친애하는 배은망덕한 여자에게) 그렇게 말해 왔습니다……. 오, 용서해 줍시다, 용서해 줍시다. 무엇보다 모든 사람을 항상 용서해 줍시다……. 우리도 용서받을 수 있기를 기대해 봅시다. 결국 모든 사람은 서로가 서로에게 죄가 있으니까요. 모두가 죄인입니다……!」

「그런 말씀을 하시다니, 정말 좋은 말씀이십니다.」

「그래요, 그래…… 나도 내가 아주 좋은 말을 했다고 생각합니다. 그들에게도 아주 좋은 말을 해주어야겠는데, 그런데 내가 대체 무슨 말을 하려고 했지요? 이야기가 계속 옆으로 새어 기억이 나지 않는군요……. 당신과 헤어지고 싶지 않은데, 허락해 주시겠습니까? 내가 느끼기에 당신의 눈빛은 마치…… 게다가 당신의 태도는 내게 매우 놀랍기까지 합니다. 당신은 소박하고, 나한테는 극존칭을 사용하고, 차를 찻잔 받침 위에 흘리기도 하고…… 그리고 그런 보기 흉한 설탕 덩어리까지 말이죠. 그러나 당신에겐 뭔가 매혹적인 것이 있습니다. 당신 모습을 보면 알 수 있어요……. 오, 얼굴 붉히지 말고, 나를 남자라고 두려워하지 말아요. *Chère et incomparable, pour moi une femme, c'est tout*(세상에 둘도 없는 친애하는 친구, 내게 있어 여자란 모든 것입니다). 나는 옆에 여자가 없으면 살 수가 없습니다만, 단지 옆에 있기만 하면 됩니다……. 나는 끔찍하게, 끔찍하게 혼란스럽군요……. 무슨 말을 하고 싶었는지 좀처럼 기억이 나지 않아요. 오, 신이 항상 여자를 보내 주는 남자는 축복받은 사람입니다. 그리고…… 그리고 나는 약간의 환희까지 느끼고 있는 것 같습니다. 큰길에도 위대한 사상은 있습니다! 바로 이것이, 바로 이것이 내가 이야기하려던 것입니다. 그 사상에 관해서요. 이제야 기억이 나네요, 계속 떠오르지 않더니. 그런데 그들은 왜 우리를 이렇게 멀리까지 데려왔을까요? 그곳도 좋았는데, 이곳은 *cela devient trop froid*(너무 추워지고 있군요). *A propos, j'ai en tout quarante roubles et voilà cet argent*(그건 그렇고, 나한테는 다해서 40루블이 있습니다. 자, 여기 돈이요). 받아요, 받아. 나는 어떻게 해야 할지도 모르겠고, 잃어버리거나 빼앗길 수도 있으니……. 나는 잠을 좀 자고 싶군요. 머릿속이 왠지 빙빙 돌고 있어요. 계속해서 빙글빙글 돌고 있어요. 오, 당신은 얼마나 친절한지, 나한테 뭘 덮어 주는 겁니까?」

「선생님은 틀림없이 열병에 걸리신 것 같습니다. 그래서 제 담요를 덮어 드렸습니다. 다만 돈은 제가 좀…….」

「오, 제발, *n'en parlons plus, parce que cela me fait mal*(그 이야기는 더 이상 하지 맙시다, 너무 괴롭군요). 오, 당신은 얼마나 친절한지!」

그는 갑작스럽게 말을 중단하는가 싶더니 열병에 걸려 오한에 시달리며 굉장히 빨리 잠이 들었다. 그들이 지금 가고 있는 17베르스따나 되는 시골길은 평탄한 길이 아니라서 마차는 심하게 덜컹거렸다. 스쩨빤 뜨로피모비치는 자주 잠에서 깨어, 소피야 마뜨베예브나가 받쳐 준 작은 베개에서 재빨리 고개를 들고 그녀의 손을 잡으며 〈당신 여기 있는 거지요?〉라고 물었다. 그녀가 곁에서 떠날까 봐 두려워하는 것 같았다. 그는 꿈속에서 이를 드러내고 턱을 크게 벌리고 있는 무언가를 보았는데, 그것은 매우 역겨웠다고 말했다. 소피야 마뜨베예브나는 그가 많이 걱정되었다.

마부는 그들을 창문 네 개에 마당에는 몇 개의 별채가 있는 커다란 농가로 데려갔다. 잠에서 깬 스쩨빤 뜨로피모비치는 서둘러 집 안으로 들어가더니 곧장 제일 넓고 깨끗한 두 번째 방으로 들어갔다. 잠에서 덜 깬 그의 얼굴은 매우 분주한 표정을 띠기 시작했다. 그는 곧장 여주인에게 설명하기 시작했다. 그녀는 키가 크고 건강한 체격에 마흔 정도 돼 보였으며, 새카만 머리카락과 거의 콧수염까지 난 아낙네였는데, 그는 그녀에게 혼자서 방을 쓰겠다며 〈문을 닫아걸고 더 이상 아무도 들이지 말아 달라, 왜냐하면 *parce que nous avons à parler*(우리는 할 이야기가 있기 때문이다)〉라고 말했다.

「*Oui, j'ai beaucoup à vous dire, chère amie*(그래요, 나는 당신한테 할 말이 많아요, 친애하는 친구). 가격은 지불하겠소. 지불할 거요.」 그는 여주인에게 손을 내저었다.

그는 서두르고 있었으나 어쩐지 혀가 잘 돌지 않는 것 같았다. 여주인은 무뚝뚝하게 듣고 있었지만 승낙의 표시로 침묵을 지켰다. 그러나 그 침묵에서는 무언가 위협 같은 것이 느껴졌다. 하지만 그는 아무것도 눈치채지 못하고 서두르며(그는 엄청 서둘렀다) 그녀에게 나가서 지금 당장 〈조금도 지체하지 말고〉 가능한 한 빨리 식사를 준비해 달라고 요구했다.

그러자 콧수염 난 여자는 더 이상 참지 못했다.

「이곳은 당신의 여관이 아니에요, 나리. 우리는 투숙객들에게 식사는 제공하지 않아요. 가재를 삶거나 사모바르를 제공하는 정도지, 그 이상은 아무것도 없어요. 신선한 생선은 내일이나 준비될 거예요.」

그러나 스쩨빤 뜨로피모비치는 화를 참지 못하고 조급하게 〈돈은 낼 테니 서둘러만 주시오, 빨리〉라며 같은 말을 되풀이하고 손을 마구 내저었다. 식사는 생선 수프와 닭고기 구이로 결정 났다. 여주인은 온 동네를 뒤져도 닭고기를 구할 수 없다고 큰소리쳤다. 하지만 어쨌든 찾으러 나가기로 승낙을 하면서 예외적인 친절을 베푸는 것 같은 표정을 지었다.

그녀가 나가자마자 스쩨빤 뜨로피모비치는 곧 소파에 앉으며 소피야 마뜨베예브나도 자기 옆에 앉혔다. 방 안에는 소파와 안락의자가 있었지만, 심각한 상태였다. 방은 제법 넓은 편이었지만(침대가 있는 곳은 칸막이로 분리되어 있었다), 누리끼리하고 오래되어 찢어진 벽지와 형편없이 조악하게 신화의 내용을 묘사해 놓은 벽에 걸린 석판화, 앞쪽 구석에 길게 늘어서 있는 성상들과 청동의 접이식 성상들, 그리고 이 상할 정도로 잡다한 가구들은 도시적인 것과 예로부터 내려오는 농민적인 것을 뒤죽박죽 섞어 놓은 모습이었다. 그러나 그는 이 모든 것에 눈길도 주지 않았으며, 창밖으로 농가에서 10사젠 떨어진 곳에서부터 펼쳐져 있는 거대한 호수도 쳐다보지 않았다.

「마침내 우리 둘만 남게 되었군요. 아무도 들이지 맙시다! 나는 당신한테 모든 것을, 처음부터 시작해 모든 것을 이야기하고 싶어요.」

소피야 마뜨베예브나는 심하게 불안해하며 그의 말을 가로막았다.

「아시는지 모르겠지만, 스쩨빤 뜨로피모비치…….」

「*Comment, vous savez déjà mon nom*(아니, 어떻게 내 이름을 벌써 알고 있나요)?」 그는 기뻐하며 미소 지었다.

「조금 전 아니심 이바노비치와 말씀 나누실 때 들었어요. 그런데 감히 제 입장에서 말씀드리고 싶은 것은…….」

그녀는 누가 듣고 있지는 않은 지 닫힌 문 쪽을 바라보며 여기 이 마을에는 곤란한 문제가 있다고 빠르게 속삭였다. 이곳 남자들은 모두 어부이고, 사실 그것을 생업으로 삼고 있지만, 매년 여름이면 숙박인들에게서 자기들 마음대로 사용료를 거두어들인다는 것이었다. 이 마을은 지나가는 길이 없는 막다른 곳이라 사람들은 증기선이 이곳에 서기 때문에 찾아오는 것일 뿐이며, 날씨가 조금이라도 나쁘면 배는 절대 오지 않는데, 배가 오지 않으면 며칠 동안 이곳은 사람들로 바글거리고 마을 전체 농가들이 모두 꽉 찬다고 했다. 집주인들은 이때만을 기다리고 있는데, 모든 물건 값을 세 배나 비싸게 받을 수 있기 때문이다. 그리고 이 집 주인은 이곳에서도 매우 부자라서 그런지 거만하고 건방지며, 그가 가지고 있는 그물만 하더라도 1천 루블이나 한다는 것이었다.

스쩨빤 뜨로피모비치는 굉장히 상기되어 있는 소피야 마뜨베예브나의 얼굴을 못마땅한 눈초리로 쳐다보며 몇 번이나 그녀를 멈추려는 몸짓을 했다. 그러나 그녀는 고집스럽게 자기 할 말을 다 했다. 그녀의 말에 따르면, 이미 여름에 도시에서 온 〈매우 지체 높은 부인〉과 함께 이곳에 왔다가 증기선이 올 때까지 꼬박 이틀을 머물렀는데, 기억하기도 무서울 만큼 너무 힘든 일을 겪었다는 것이다.「그런데 스쩨빤 뜨로피모비치, 당신께서는 이 방을 혼자서 다 쓰시겠다고 요구하셨지만…… 저는 다만 미리 말씀드려야 할 것 같아서……. 저 옆방에는 이미 여행자들이 와 있습니다. 나이 지긋한 한 사람과 젊은 사람 하나, 아이들을 데리고 있는 한 부인이지요. 내일 2시쯤 되면 농가 전체가 꽉 찰 겁니다. 지난 이틀 동안 배가 오지 않은 데다, 아마 내일쯤 올 것 같거든요. 그러니 선생님께서 방을 혼자 쓰시겠다고 한 것이나 식사 준비를 요구하신 것, 다른 여행객들에게 손해를 끼친 것에 대해 수도에서는 들어 보지도 못하셨을 금액을 요구할 겁니다…….」

그러나 그는 괴로웠다. 진심으로 괴로웠다.

「*Assez, mon enfant*(그만해요, 이 사람아)! 제발 부탁입니다. *Nous avons notre argent, et après-et après le bon Dieu*(우리에겐 돈이 있고, 그다음엔 신이 도와주실 거요). 그런데 정말 놀랍군요. 당신같이 고결하고 분별력을 가진 사람이……. *Assez, assez, vous me tourmentez*(그만합시다, 그만해요. 당신은 나를 괴롭히고 있어요)!」그는 신경질적으로 말했다.

「우리 앞에는 무궁한 미래가 열려 있어요. 그런데 당신은……
미래를 가지고 나를 무섭게 하고 있군요…….」

그는 곧 자신의 인생 이야기를 하기 시작했다. 그런데 너
무 서두르는 바람에 처음에는 이해하기도 어려웠다. 이야기
는 아주 오랫동안 계속되었다. 생선 수프가 나오고, 닭고기가
나오고, 마침내 사모바르도 나왔지만 그의 이야기는 계속되
었다……. 그의 이야기는 약간 이상하고 병적인 인상을 주었
는데, 그는 실제로 병이 났던 것이다. 이것은 지력의 갑작스
러운 긴장 상태로, 그것은 물론 ─ 소피야 마뜨베예브나는
그가 이야기하는 내내 수심에 잠겨 이것을 예감하고 있었는
데 ─ 이미 손상된 그의 유기체 내에서 곧장 엄청난 기력의
쇠퇴를 야기할 것이 틀림없었다. 그는 〈풋풋한 가슴으로 들
판을 뛰어다니던〉 어린 시절 이야기부터 시작했다. 한 시간
후에는 두 번의 결혼과 베를린 생활에 대한 이야기에 도달했
을 뿐이었다. 하지만 나는 감히 그를 비웃지 않겠다. 여기에
는 사실 그에게 뭔가 고매한 것, 새로운 언어로 표현하자면,
거의 생존을 위한 투쟁과 같은 것이 들어 있었다. 그는 미래
의 삶을 위해 선택한 여인을 눈앞에 두고 있었기 때문에, 말
하자면 그녀에게 자세히 이야기해 주고 싶어서 서두르고 있
었다. 그의 천재성을 더 이상 그녀에게 비밀로 해서는 안 되
었던 것이다……. 어쩌면 그는 소피야 마뜨베예브나에 대해
서 과대평가했을지도 모르지만, 그는 이미 그녀를 선택했다.
그는 여자 없이는 살 수가 없었던 것이다. 그는 그녀의 얼굴
표정에서 그녀가 자기를 거의 완전히, 아니 근본적으로 이해
하지 못한다는 것을 분명히 알 수 있었다.

〈Ce n'est rien, nous attendrons(이건 상관없어, 기다려 봐야

지). 당분간 그녀는 직감으로 이해할 수 있을 거야······.〉

「나의 친구, 나는 다만 당신의 마음만 있으면 됩니다!」그는 이야기를 중단하고 이렇게 외쳤다. 「그리고 지금 나를 바라보는, 바로 그 사랑스럽고 매력적인 시선요. 오, 얼굴 붉히지 말아요! 당신에게 이미 말했지만······.」

특히 이야기의 흐름이, 그 누구도 결코 스쩨빤 뜨로피모비치를 이해할 수 없었다거나, 〈우리 러시아에서 재능 있는 사람들이 파멸하고 있다〉는 거의 한 편의 논문 같은 내용으로 넘어가자, 불쌍하게 잡혀 있던 소피야 마뜨베예브나는 더욱 정신이 몽롱해졌다. 이건 정말로 〈모든 것이 너무도 똑똑하신 말씀〉이었다고 그녀는 훗날 의기소침하게 전해 주곤 했다. 그녀는 눈을 약간 부릅뜨고 고통스러운 표정으로 듣고 있었다. 스쩨빤 뜨로피모비치가 우리의 〈주도권을 잡고 있는 진보적인 인물들〉에 대해 우스갯소리를 하고 재치 넘치는 신랄한 조소를 보내기 시작하자, 그녀는 그의 웃음에 대한 대답으로 두 번 정도 웃어 보려고 절망에 찬 시도를 했다. 그러나 그것은 울음보다 더 나쁜 결과를 가져왔고, 스쩨빤 뜨로피모비치도 결국 당황해서 더 심하게 안절부절못하며 허무주의자들과 〈새로운 인간들〉에 대한 악의적인 공격을 가하기 시작했다. 이것으로 그는 그녀를 완전히 겁에 질리게 만들었다. 그러다가 그의 연애 이야기가 시작되자, 그녀는 잠깐이긴 하지만, 어느 정도 숨을 돌릴 여유를 얻었다. 여자는 설령 수녀라고 하더라도 어쨌든 여자인 것이다. 그녀는 미소 지으며 고개를 끄덕이다가 곧 얼굴이 빨개져서 눈을 아래로 내리깔았으며, 그 모습에 스쩨빤 뜨로피모비치는 완전히 매혹되고 깊은 감흥을 받아 많은 부분 거짓말을 섞어 가며 이야기했다.

그의 이야기 속에서 바르바라 뻬뜨로브나는 (〈뻬쩨르부르끄와 유럽의 상당수 수도를 열광시킨〉) 가장 매력적인 갈색 머리 여인이 되어 있었고, 그녀의 남편은 〈세바스또뽈 전투에서 총에 맞아〉 전사했지만, 그것은 다만 자기가 그녀의 사랑을 받을 자격이 충분치 않다고 느끼고 자신의 경쟁자, 즉 다름 아닌 스쩨빤 뜨로피모비치에게 그녀를 양보하기 위해서였다는 것이다……〈당황하지 말아요, 조용한 친구, 나의 친애하는 그리스도교도여!〉 그는 스스로도 자기가 말한 것을 거의 다 믿는 것처럼 소피야 마뜨베예브나에게 소리 높여 말했다. 「그것은 뭔가 고상하고 미묘하기까지 한 것이라서, 우리 두 사람은 평생 동안 단 한 번도 그 이야기를 하지 않았습니다.」 사정이 이렇게 된 이유는 이후 이야기를 들어 보면 한 금발 여인 때문이었다(그 여인이 다리야 빠블로브나가 아니라면, 스쩨빤 뜨로피모비치가 다른 누구를 염두에 두고 있었는지 나로서는 알 수가 없다). 금발 여인은 갈색 머리 여인에게 모든 점에서 은혜를 입고 있었으며, 먼 친척으로서 그녀의 집에서 자라났다. 갈색 머리 여인은 결국 금발 여인이 스쩨빤 뜨로피모비치를 사랑한다는 것을 눈치채고 자기 속마음을 감추었다. 금발 여인 쪽에서도 갈색 머리 여인이 스쩨빤 뜨로피모비치를 사랑한다는 것을 눈치채고 역시 자기 속마음을 감추었다. 이렇게 세 사람은 서로 간에 의리를 지키느라 힘이 빠진 상태로 20년 동안 그렇게 자기 속마음을 감춘 채 침묵을 지키며 지내 왔다. 「오, 이 얼마나 대단한 열정이란 말인가, 얼마나 대단한 열정이란 말인가!」 그는 진심 어린 희열 속에서 흐느껴 울며 외쳤다. 「나는 그녀(갈색 머리 여인)의 아름다움의 절정기를 보았고, 그녀가 자신의 아름다움을 부끄러워하듯(그는 한번은 〈자신의 뚱뚱함을 부끄러워하듯〉이라고 말하기도 했다) 내 옆을 지나가는 것을 매일 〈가슴이 찢어지는 심정으로〉 지켜보았어요.」 그리고 마침내 그는 이렇게 열에 들뜬 20년간의 꿈을 모두 버리고 달아났다. *Vingt ans*(20년을 말이다)! 그리고 지금은 큰길에 서 있다……. 그러다가 머리에 염증이라도 난 것처럼 그는 소피야 마뜨베예브나에게 오늘의 〈이토록 우연적이고, 이토록 숙명적인 그들의 영원히 지속될 이 만남이〉 무엇을 의미하는지 설명하기 시작했다. 소피야 마뜨베예브나는 결국 굉장히 당혹스러운 표정으로 소파에서 일어났다. 그는 심지어 그녀 앞에서 무릎을 꿇으려고까지 했기 때문에 그녀는 울기 시작했다. 황혼이 짙어졌다. 두 사람은 이미 몇 시간을 문 닫힌 방 안에 함께 있었다…….

「아니요, 이제 저를 저 방으로 보내 주셨으면 합니다.」 그녀가 중얼거렸다. 「그러지 않으면, 정말이지, 사람들이 뭐라고 생각할지.」

그녀는 마침내 그에게서 벗어났다. 그는 곧 잠자리에 들겠다고 약속한 뒤 그녀를 놓아주었다. 그러나 헤어지면서 그는 머리가 굉장히 아프다고 불평했다. 소피야 마뜨베예브나는 이 집에 들어올 때 이미 주인들과 함께 자기로 작정하고 자기 가방과 물건을 첫 번째 방에 두었었다. 그러나 그녀는 쉴 수가 없었다.

한밤중에 스쩨빤 뜨로피모비치에게는 나와 그의 친구들이 익히 잘 알고 있는 유사 콜레라 발작이 일어났다. 신경과민이나 정신적 충격 뒤에 흔히 나타나는 증상이었다. 불쌍한 소피야 마뜨베예브나는 밤새 한숨도 자지 못했다. 그녀는 환자를 돌보느라 상당히 자주 주인의 방을 통해 농가를 드나들어야 했기 때문에, 그곳에서 자던 여행객들과 여주인은 계속 불평을 해댔으며, 그녀가 아침 일찍 사모바르를 준비하려고 하자 결국 욕을 하기 시작했다. 스쩨빤 뜨로피모비치는 발작을 일으키는 동안 거의 의식이 없었다. 가끔씩 사모바르를 준비하고 있다는 것이라든지 그에게 뭔가를 마시게 하거나(나무딸기 차였을 것이다), 뭔가로 그의 배와 가슴을 따뜻하게 해주고 있다는 것 정도만 어렴풋이 느끼고 있었다. 그러나 그는 거의 매 순간 **그녀**가 바로 자기 옆에 있다는 것, 즉 그녀가 들어오고 나가는 것이나, 자기를 침대에서 일으켰다가 다시 눕히는 것을 분명히 느끼고 있었다. 새벽 3시쯤 되어서야 그는 좀 편안해졌다. 그는 자리에서 일어나 다리를 침대 밑으로 내리더니 아무런 생각도 하지 않고 그녀 앞 마룻바닥에 몸을 던졌다. 조금 전에 무릎 꿇으려고 했던 것과는 전혀 달랐다. 그는 그야말로 그녀의 발아래 쓰러져서 그녀의 옷자락에 입을 맞췄다…….

「그만하십시오, 저는 전혀 그럴 가치가 없는 사람입니다.」 그녀는 그를 침대 위로 올리려고 애쓰면서 중얼거렸다.

「나의 구세주여,」 그는 그녀 앞에서 경건하게 두 손을 모았다. 「*Vous êtes noble comme une marquise*(당신은 후작 부인처럼 고귀합니다)! 나는, 나는 파렴치한 인간입니다! 오, 나는 평생 동안 불명예스럽게 살아왔습니다…….」

「진정하세요.」 소피야 마뜨베예브나가 간청했다.

「나는 조금 전 당신에게 거짓말만 했어요. 영예를 위해, 화려한 겉치레를 위해, 허영심 때문에, 마지막 한마디까지 전부다, 전부 다요. 오, 이 파렴치한 인간, 파렴치한 인간!」

콜레라 증상은 이런 식으로 히스테릭한 자기비판의 또 다른 발작으로 이어졌다. 나는 그가 바르바라 뻬뜨로브나에게 보낸 편지 이야기를 하면서 이미 이 발작에 관해 언급한 적이 있다. 그는 갑자기 리즈에 대해, 어제 아침의 만남에 대해 기억을 떠올렸다. 「그건 정말 끔찍했어요. 그러고 보니 안 좋은 일이 일어난 것 같던데, 물어보지도 않고 알아보지도 않았다니! 나는 내 생각만 하고 있었어요! 오, 그녀에게 무슨 일이 생겼는지 혹시 모릅니까? 그녀에게 무슨 일이 생겼나요?」 그는 소피야 마뜨베예브나에게 애걸했다.

그러더니 자기는 〈배신하지 않겠다〉, **그녀에게**(즉, 바르바라 뻬뜨로브나에게) 돌아가겠다고 맹세하는 것이었다. 「우리는 매일 그 사람 집 현관에 가서(즉, 항상 소피야 마뜨베예브나와 함께) 그녀가 아침 산책을 하기 위해 마차에 오르는 것을 조용히 지켜보는 겁니다……. 오, 그녀가 나의 다른 쪽 뺨도 때려 주었으면 좋겠습니다. 기쁜 마음으로 바라고 있습니다! *Comme dans votre livre*(당신 책에 써 있듯이) 내 다른 쪽 뺨도 대줄 겁니다! 나는 이제야, 이제야말로 다른 쪽…… 〈뺨〉을 대준다는 것이 무슨 의미인지 이해하게 되었습니다.[52] 이전에는 결코 이해하지 못했었지요!」

소피야 마뜨베예브나의 인생에서 가장 두려운 이틀이 닥쳐왔다. 그녀는 지금도 몸서리치며 그날을 기억한다. 스쩨빤 뜨로피모비치는 너무도 심하게 병에 걸려서 이번에는 정확하게 오후 2시에 도착한 증기선을 타고 출발할 수 없었다. 그

52 〈누가 뺨을 치거든 다른 뺨마저 돌려 대주고 누가 겉옷을 빼앗거든 속옷마저 내어 주어라〉는 그리스도의 가르침을 인용한 것이다(「마태오의 복음서」 5장 38절, 「루가의 복음서」 6장 29절).

녀도 그를 혼자 남겨 둘 수가 없어 역시 스빠소프로 가지 못했다. 그녀의 말에 따르면, 그는 배가 떠나자 무척 기뻐하기까지 했다.

「이런, 잘됐군, 아주 훌륭해.」그는 침대에서 중얼거렸다. 「그러잖아도 우리가 가게 될까 봐 계속 걱정하고 있었어요. 이곳은 정말 좋군요. 더할 나위 없이 좋아요……. 당신은 나를 두고 떠나지 않겠지요? 오, 당신은 나를 떠나지 않았군요!」

하지만 〈이곳〉은 전혀 그렇게 좋은 곳이 아니었다. 그는 그녀의 곤란함에 대해서는 아무것도 알고 싶어 하지 않았다. 그의 머릿속은 한 가지 공상으로 꽉 차 있었던 것이다. 자신의 병에 대해서는 뭔가 일시적이고 하찮은 것으로 여기고 전혀 신경도 쓰지 않았으며, 다만 두 사람이 어떻게 길을 떠나 〈이 책들을〉 팔기 시작할까 하는 생각만 하고 있었다. 그는 그녀에게 복음서를 읽어 달라고 부탁했다.

「읽어 본 지가 너무 오래되어서요……. 원전으로 말입니다. 누군가 물어보면 잘못 대답할 것 같군요. 어쨌든 준비를 해둬야겠어요.」

그녀는 그 옆에 앉아 책을 펼쳤다.

「당신은 아주 멋지게 읽는군요.」그녀가 첫 문장을 읽자 그는 그녀의 말을 끊었다. 「내가 틀리지 않았다는 것을 이제 확실히 알겠어요!」그는 불분명한 말투지만 열광적으로 이렇게 덧붙였다. 대체로 그는 계속 흥분 상태에 빠져 있었다. 그녀는 산상수훈[53]을 읽어 주었다.

「*Assez, assez, mon enfant*(그만, 그만, 친구), 그만해요……. 당신 생각엔 **이것**으로도 충분치 않은가 보군요!」

53 「마태오의 복음서」5~7장, 「루가의 복음서」6장에 실린 그리스도의 설교.

그러면서 그는 무기력하게 눈을 감았다. 그는 매우 약해져 있었지만, 아직 의식을 잃지는 않았다. 소피야 마뜨베예브나는 그가 자고 싶어 하는 것 같아 자리에서 일어났다. 그러나 그는 그녀를 멈춰 세웠다.

「이봐요, 친구, 나는 한평생을 거짓말만 했어요. 진실을 말할 때조차 말입니다. 나는 단 한 번도 진리를 위해 말한 적이 없고, 나 자신을 위해서만 말해 왔어요. 이전에도 이것을 알고 있었지만, 지금은 확실히 보이는군요……. 오, 내가 평생 동안 우정으로 모욕해 왔던 그 친구들은 지금 어디 있을까요? 모두, 모두 말입니다! *Savez-vous*(그런데 말이지요), 나는 지금도 거짓말을 하고 있는지 몰라요. 지금도 틀림없이 거짓말하고 있을 겁니다. 문제는 내가 거짓말을 하면서 나도 그것을 믿는다는 겁니다. 삶에서 가장 어려운 일은 살아가는 동안 거짓말을 하지 않는 것입니다……. 그리고…… 그리고 자신의 거짓말을 믿지 않는 것, 그래요, 그래, 바로 그겁니다! 그러나 잠깐만, 이 이야기는 나중에……. 우리 둘만 있도록 합시다. 우리 둘만!」그는 열정적으로 이렇게 덧붙였다.

「스쩨빤 뜨로피모비치,」소피야 마뜨베예브나가 조심스럽게 물었다.「〈현〉에 의사를 부르러 보내야 하지 않을까요?」

그는 깜짝 놀랐다.

「아니, 왜요? *Est-ce que je suis si malade*(내가 정말 그렇게 많이 아픈가요)? *Mais rien de sérieux*(하지만 심각할 건 없습니다). 게다가 관계없는 사람들이 왜 필요합니까? 그들이 알게라도 되면…… 그때는 어떻게 되겠어요? 안 됩니다, 안 돼요. 관계없는 사람은 절대 안 돼요. 우리 둘만 있도록 합시다, 우리 둘만!」

「이봐요.」 그는 잠시 입을 다물고 있다가 말했다. 「나한테 뭐든 좀 더 읽어 줘요, 아무 곳이나 눈에 띄는 대로 골라서.」

소피야 마뜨베예브나는 책을 펼쳐서 읽기 시작했다.

「펼쳐진 곳, 우연히 펼쳐진 곳 아무 데나 말이오.」 그는 되풀이해서 말했다.

「〈라오디게이아 교회의 천사에게 이 글을 써서 보내어라…….〉[54]

「그건 뭡니까? 뭐지요? 어디서 나온 건가요?」

「이건 묵시록입니다.」

「*O, je m'en souviens, oui, l'Apocalypse. Lisez, lisez* (오, 기억이 나는군요. 그래요, 묵시록이지. 읽어 주시오, 읽어 줘요). 나는 그 책으로 우리의 미래를 점치고 있었어요. 어떤 결과가 나올지 알고 싶군요. 천사부터, 그 천사 대목부터 읽어 주시오…….」

「라오디게이아 교회의 천사에게 이 글을 써서 보내어라. 아멘이시며 진실하시고 참되신 증인이시며 하느님의 창조의 시작이신 분이 말씀하신다. 나는 네가 한 일을 잘 알고 있다. 너는 차지도 않고 뜨겁지도 않다. 차라리 네가 차든지, 아니면 뜨겁든지 하다면 얼마나 좋겠느냐! 그러나 너는 이렇게 뜨겁지도 차지도 않고 미지근하기만 하니 나는 너를 입에서 뱉어 버리겠다. 너는 스스로 부자라고 하며 풍족하여 부족한 것이 조금도 없다고 말하지만, 사실은 네 자신이 비참하고 불쌍하고 가난하고 눈멀고 벌거벗었다는 것을 깨닫지 못하고 있다.」[55]

54 「요한의 묵시록」 3장 14절.
55 「요한의 묵시록」 3장 14~17절.

「이런 것도…… 이런 것도 당신 책에 있군요!」 그는 베개에서 고개를 들고 두 눈을 반짝거리며 외쳤다. 「그런 위대한 부분이 있는 줄은 전혀 몰랐습니다! 알겠죠, 미지근한 것보다는, **그냥** 미지근한 것보다는 차라리 차가운 것이, 차가운 것이 더 낫겠지요. 오, 내가 증명해 보이겠습니다. 다만 나를 떠나지 말아 줘요. 나를 혼자 남겨 두고 떠나지 말아 줘요! 우리가 같이 증명할 겁니다, 우리가요!」

「네, 저는 당신을 떠나지 않겠습니다, 스쩨빤 뜨로피모비치. 결코 떠나지 않겠습니다!」 그녀는 눈물 어린 시선으로 그를 바라보며 그의 손을 잡아 자기 가슴에 대고 꽉 눌렀다(〈그 순간 그분이 너무 불쌍해 보였어요〉라고 그녀는 나중에 말했다). 그의 입술이 경련이라도 일어난 듯 떨리기 시작했다.

「하지만 스쩨빤 뜨로피모비치, 그럼 이제 어떻게 해야 할까요? 선생님의 지인이나, 아니면 친척께 알려야 하지 않겠습니까?」

그러나 이때 그가 너무도 깜짝 놀랐기 때문에 그녀는 이 말을 다시 꺼낸 것을 후회했다. 그는 온몸을 부들부들 떨며 아무도 부르지 말고 아무런 계획도 세우지 말아 달라고 간청했다. 그는 약속을 받아 내고도 또 설득했다. 「아무도, 아무도 안 됩니다! 우리 둘만, 단지 우리 둘만, *nous partirons ensemble*(우리 함께 출발합시다).」

한 가지 매우 곤란한 점은, 주인 부부 역시 걱정이 되기 시작했는지 투덜거리며 소피야 마뜨베예브나를 귀찮게 했다는 것이다. 그녀는 계산을 해주었고, 돈이 있다는 것을 확실히 보여 주려 애썼다. 이로 인해 상황은 잠시 진정되었다. 그러나 주인은 스쩨빤 뜨로피모비치의 〈신분증명서〉를 요구했다.

환자는 거만한 미소를 지으며 자신의 작은 가방을 가리켰다. 그 안에서 소피야 마뜨베예브나는 그가 평생 동안 그 한 장에 의지해서 살아온 퇴직증명서인지 뭔지 그 비슷한 종류의 서류를 찾아냈다. 주인은 그래도 진정하지 못하고 〈저분을 어디로든 데려가야 할 것 같소. 우리 마을에는 병원도 없는데, 죽기라도 하면 결국 우리가 곤란해질 거요〉라고 말했다. 소피야 마뜨베예브나는 주인에게 의사를 부르면 어떻겠냐고 말해 보았지만, 〈현〉의 의사를 부르러 보내면 비용이 비싸게 들 것이기 때문에 결국 의사에 관한 생각은 단념해야만 했다. 그녀는 근심에 잠겨 환자에게 돌아왔다. 스쩨빤 뜨로피모비치는 점점 더 쇠약해져 갔다.

「이제 한 부분 더…… 그 돼지에 관한 대목을 읽어 줘요.」 그가 갑자기 말했다.

「뭐라고 말씀하셨나요?」 그녀는 깜짝 놀랐다.

「돼지 떼에 관한 것…… 그러니까 그 부분…… ces cochons (그 돼지들)…… 악령들이 돼지 떼 속으로 들어간 후 모두 물에 빠져 버린 걸로 기억하는데. 꼭 그 부분을 읽어 줘요. 무엇 때문인지는 나중에 말해 주겠소. 나는 문자 그대로 기억하고 싶군요.」

소피야 마뜨베예브나는 복음서를 잘 알고 있었기 때문에 곧바로 루가의 복음서에서 내가 이 기록 맨 앞부분에서 제사(題詞)로 사용했던 그 구절을 찾아냈다. 그것을 여기서 다시 한번 인용하겠다.

〈마침 그곳 산기슭에는 놓아기르는 돼지 떼가 우글거리고 있었는데 악령들은 자기들을 그 돼지들 속으로나 들어가게 해달라고 간청하였다. 예수께서 허락하시자 악령들은 그 사람에게서 나와 돼지들 속으로 들어갔다. 그러자 돼지 떼는 비탈을 내리달려 모두 호수에 빠져 죽고 말았다. 돼지 치던 사람들이 이 일을 보고 읍내와 촌락으로 도망쳐 가서 사람들에게 알려 주었다. 사람들은 무슨 일이 일어났는가 하고 보러 나왔다가 예수께서 계신 곳에 이르러 악령 들렸던 사람이 옷을 입고 멀쩡한 정신으로 예수 앞에 앉아 있는 것을 보고는 그만 겁이 났다. 이 일을 처음부터 지켜본 사람들이 악령 들렸던 사람이 낫게 된 경위를 알려 주었다.〉

「내 친구여,」 스쩨빤 뜨로피모비치는 대단히 흥분해서 말했다. 「*Savez-vous*(그런데 말이지요), 이 기적적이고…… 비범한 대목은 일생 동안 내게 장애물과 같았어요……. 그러니까 *dans ce livre*(이 책 안에서)……. 그래서 나는 이 대목을 어린 시절부터 기억하고 있었지요. 지금 내게는 한 가지 생각이, *une comparaison*(한 가지 비유가) 떠오르는군요. 지금 엄청나게 많은 생각이 떠오르고 있어요. 그러니까 이것은 우리 러시아와 똑같은 상황이라는 겁니다. 환자에게서 나와 돼지들 속으로 들어간 이 악령들, 이것들은 지난 수 세기 동안 위대하고 사랑스러운 우리의 환자, 즉 우리 러시아에 쌓인 모든 궤양, 모든 독기, 모든 불결함이며, 크고 작은 모든 악마입니다! *Oui, cette Russe, que j'aimais toujours*(그래요, 내가 항상 사랑해 왔던 그 러시아입니다). 그러나 위대한 사상과 위대한 의지는 악령 들린 미치광이와 같은 러시아를 위로부터 감싸 줄 것이며, 그러면 모든 악령과 모든 불결함, 표면이 곪아 터진 모든 혐오스러운 것들은 밖으로 나와…… 스스로 돼지 속으로 들어가게 해달라고 애걸할 겁니다. 어쩌면 그 안에 이미 들어가 있을지도 모르지요! 그것이 바로 우리들, 우리와 그들, 그리고 뻬뜨루샤이며…… *et les autres avec lui*(그와 함께하는 사람들 모두입니다). 그리고 어쩌면 나는 그들의 선두에 서 있겠지요. 우리는 모두 악령에 사로잡혀 미쳐 날뛰면서 절벽에서 바다로 몸을 던져 빠져 죽을 겁니다. 그렇게 되는 것은 당연합니다, 우리는 그 정도밖에 안 되는 인간들이니까요. 그러나 환자는 치유되어 〈예수의 발아래 앉게 될 것입니다〉……. 그러면 모두 놀라서 쳐다보겠지요……. 사랑스러운 이여, *vous comprendez après*(당신도 나중에 이해하게 되겠지만)…… 지금은 그것이 나를 너무 흥분시키는군요……. *Vous comprenez après*(당신도 나중에 이해하게 될 거예요)……. *Nous comprendrons ensemble*(우리는 다같이 이해하게 될 겁니다).」

헛소리 증상이 나타나더니, 그는 결국 의식을 잃고 말았다. 그다음 날도 하루 종일 그런 상태가 계속되었다. 소피야 마뜨베예브나는 그의 옆에 앉아 눈물만 흘리며 이미 사흘 밤이나 거의 잠을 자지 못했고, 그녀의 직감상 이미 뭔가 계획을 세우기 시작한 주인들 눈에 띄는 것도 피하고 있었다. 사흘째 되어서야 구원의 손길이 찾아왔다. 그날 아침 스쩨빤 뜨로피모비치는 정신이 들자 그녀를 알아보고 손을 내밀었다. 그녀는 희망을 품고 성호를 그었다. 그는 창밖을 보고 싶어 했다. 「*Tiens, un lac*(아니 이런, 호수가 있네).」 그가 말했다. 「아, 맙소사, 아직까지 이걸 모르고 있었다니…….」 이 순간 농가 입구에서 마차 소리가 울려 퍼졌고, 집 안에서는 엄청난 소란이 일어났다.

3

    그것은 다름 아니라 하인 두 명과 다리야 빠블로브나를 데리고 4인승 사두마차를 타고 도착한 바르바라 뻬뜨로브나였다. 이 기적은 아주 단순하게 일어났다. 호기심에 참을 수 없었던 아니심은 도시에 도착하자마자 바로 그다음 날 바르바라 뻬뜨로브나의 집으로 찾아가서, 그 집 하인에게 시골에서 혼자 있던 스쩨빤 뜨로피모비치를 만났다는 것과 그곳 농부들이 혼자 큰길을 걸어가고 있는 그를 보았다는 것, 지금은 소피야 마뜨베예브나와 함께 둘이서 스빠소프로 가기 위해 우스찌예보로 떠났다는 등의 이야기를 떠들어 댔다. 한편 바르바라 뻬뜨로브나 쪽에서도 도망간 친구가 너무 걱정되어 백방으로 찾고 있던 터였기 때문에, 아니심의 이야기는 곧바로 그녀에게 보고되었다. 그의 이야기를 다 듣고 나서, 무엇보다 스쩨빤 선생이 소피야 마뜨베예브나라는 여자와 우스찌예보로 떠났다는 이야기를 상세히 듣고 나서, 그녀는 순식간에 출발 준비를 하고는 아직 남아 있는 그의 발자취를 따라 직접 우스찌예보로 들이닥쳤다. 물론 그의 병에 대해서는 아직 전혀 모르고 있었다.

    그녀의 엄격하고 명령하는 듯한 목소리가 쩌렁쩌렁 울려 퍼졌다. 주인 부부조차 몸을 벌벌 떨었다. 그녀는 스쩨빤 뜨로피모비치가 이미 오래전에 스빠소프로 떠났다고 확신하고 있었기 때문에, 다만 소식을 듣고 물어보기 위해 이 집에 멈춘 것이었다. 그러나 그가 병이 나서 이곳에 있다는 것을 알게 되자 잔뜩 흥분해서 농가 안으로 들어섰다.

    「그런데 그는 여기 어디 있지? 아, 네가 그 여자로군!」 바르바라 뻬뜨로브나는 바로 그 순간 옆방 문지방 앞에 나타난 소피야 마뜨베예브나를 보고 소리쳤다. 「그 뻔뻔한 얼굴을 보고 바로 너라는 것을 알아차렸다. 저리 꺼져, 이 나쁜 계집 같으니! 저 여자를 당장 이 집에 얼씬도 못하게 해! 저 여자를 내쫓아 버려, 그러지 않으면, 이봐, 나는 너를 영원히 감옥에 처넣어 버릴 거야. 당분간 저 여자를 다른 집에 보내 감시하도록. 저 여자는 이미 도시에서 감옥에 들어간 적이 있는데, 또 들어가야 되겠군. 그리고 주인장, 내가 여기 있는 동안 아무도 감히 들어오지 못하도록 해주게. 나는 스따브로기나 장군 부인이고, 이 집 전체를 빌리겠네. 그리고 이봐, 넌 모든 사실을 나한테 보고하도록 해라.」

익숙한 목소리를 듣자 스쩨빤 뜨로피모비치는 몸서리를 쳤다. 그는 온몸을 부들부들 떨기 시작했다. 그러나 그녀는 이미 칸막이 뒤로 들어서고 있었다. 그녀는 눈을 번뜩이며 의자를 발로 밀쳐 내 등을 기대고 앉더니 다샤에게 소리쳤다.

「잠깐 좀 나가서 주인 방에라도 가 있거라. 대체 뭐가 그리 궁금한 게냐? 나간 뒤엔 문을 단단히 닫고.」

그녀는 한동안 말없이 잡아먹을 것 같은 시선으로 그의 겁먹은 얼굴을 들여다보았다.

「그래, 어떻게 지내세요, 스쩨빤 뜨로피모비치? 즐거운 시간을 보내셨나요?」 그녀에게서 갑자기 화가 치밀어 비꼬는 듯한 말이 튀어나왔다.

「*Chère*(친구),」 스쩨빤 뜨로피모비치는 자기도 모르게 중얼거렸다. 「나는 러시아의 실제 삶을 알게 되었어요⋯⋯. *Et je prêcherai l'Evangile*(그리고 나는 복음을 전할 겁니다)⋯⋯.」

「오, 정말 뻔뻔하고 은혜를 모르는 사람 같으니!」 그녀는 갑자기 양손을 치며 절규했다. 「내게 모멸감을 준 것으로도 모자라 저런 여자와…… 오, 이런 파렴치한 늙은 난봉꾼!」

「*Chère*(친구)……」

그는 목이 막혀 아무 말도 할 수가 없었고, 그저 공포에 질려 눈을 크게 뜨고 쳐다보기만 했다.

「저 여자는 대체 누구예요?」

「*C'est un ange*(그녀는 천사입니다)……. *C'était plus qu'un ange pour moi*(내게는 천사 이상이었지요). 밤새…… 오, 소리 지르지 말아요. 그녀를 놀라게 하지 말아요, *chère*(친구), *chère*(친구)……」

바르바라 뻬뜨로브나는 갑자기 요란한 소리를 내며 의자에서 벌떡 일어났다. 〈물, 물!〉이라고 외치는 그녀의 겁에 질린 비명 소리가 울려 퍼졌다. 그는 정신을 차렸지만, 그녀는 여전히 두려움에 몸을 떨었으며, 창백한 얼굴로 그의 일그러진 얼굴을 쳐다보았다. 이때야 처음으로 그녀는 그의 병이 얼마나 깊은지 알아차렸다.

「다리야,」 그녀는 갑자기 속삭이는 소리로 다리야 빠블로브나를 불렀다. 「당장 의사를, 잘쯔피시를 모셔 와야겠다. 지금 곧 예고리치를 보내거라. 말은 이곳에서 빌리고 도시에서 마차 한 대를 더 가져오게 해. 오늘 밤 안으로 이곳에 돌아와야 한다.」

다샤는 부인의 지시를 이행하기 위해 달려갔다. 스쩨빤 뜨로피모비치는 여전히 겁에 질린 표정으로 눈을 크게 뜨고 쳐다보고 있었다. 파랗게 질린 그의 입술이 부들부들 떨렸다.

「잠깐만 기다려요, 스쩨빤 뜨로피모비치. 잠깐만요, 이 양반아!」 그녀는 마치 어린아이를 달래듯 그를 설득했다. 「조금만 기다리면 돼요, 조금만. 곧 다리야가 돌아올 거예요……. 아, 맙소사, 주인, 주인, 자네라도 이리로 오게!」

그녀는 참지 못하고 직접 여주인에게 달려갔다.

「지금 당장 **그 여자**를 다시 데려오게. 그녀를 돌아오게 하게, 돌아오게 하라고!」

다행히도 소피야 마뜨베예브나는 아직 집을 나가기 전으로, 자기 가방과 보따리를 들고 막 문을 나서려던 참이었다. 그녀는 다시 이끌려 들어왔다. 그녀는 너무 놀란 나머지 손발까지 부들부들 떨고 있었다. 바르바라 뻬뜨로브나는 솔개가 병아리를 낚아채듯 그녀의 손을 잡아 스쩨빤 뜨로피모비치 쪽으로 마구 끌고 갔다.

「자, 여기 이 여자를 돌려드리지요. 잡아먹지 않았다고요. 당신은 내가 이 여자를 잡아먹었다고 생각했겠지만요.」

스쩨빤 뜨로피모비치는 바르바라 뻬뜨로브나의 손을 잡고 자기 눈에 갖다 대더니 고통스러운 듯 발작적으로 목 놓아 울기 시작했다.

「자, 진정해요, 진정해, 이 양반아, 이봐요! 아, 맙소사, 진-정-해-요, 제발!」 그녀는 미친 듯이 소리쳤다. 「오, 나를 이리도 괴롭히다니, 평생 나를 괴롭히는군요!」

「사랑스러운 이여,」 스쩨빤 뜨로피모비치는 마침내 소피야 마뜨베예브나를 향해 중얼거렸다. 「잠시만 저쪽으로 좀 가줘요, 내가 여기서 할 말이 좀 있어서…….」

소피야 마뜨베예브나는 곧장 서둘러 밖으로 나갔다.

「*Chérie, chérie*(친구여, 친구여)…….」 그가 헐떡거리며 말했다.

「잠깐만 말하지 말고 기다리세요, 스쩨빤 뜨로피모비치.

잠깐 기다리면서 심호흡을 하세요. 자, 여기 물이 있어요.
기-다-리-라-니까요!」

그녀는 다시 의자에 앉았다. 스쩨빤 뜨로피모비치는 그녀
의 손을 꽉 잡았다. 그녀는 오랫동안 그가 말하지 못하게 했
다. 그는 그녀의 손을 입술로 가져다 입을 맞추기 시작했다.
그녀는 방 한쪽 구석을 바라보며 입술을 꽉 다물고 있었다.

「*Je vous aimais*(나는 당신을 사랑했습니다)!」마침내 그
에게서 이런 말이 튀어나왔다. 그녀는 지금까지 단 한 번도
그에게서 그런 말을 들어 본 적이 없었다.

「흠…….」그녀는 이렇게 웅얼거렸다.

「*Je vous aimais toute ma vie … vingt ans*(나는 평생 동안 당
신을 사랑했어요……. 20년 동안이나)!」

그녀는 여전히 입을 다물고 있었다. 2, 3분 정도.

「하지만 다샤에게 갈 준비를 할 때는 어쩜 향수까지 뿌리
고서…….」그녀는 갑자기 무섭게 속삭였다. 스쩨빤 뜨로피모
비치는 완전히 어리둥절해졌다.

「새 넥타이까지 매고…….」

다시 2분 정도 침묵이 흘렀다.

「시가는 기억하고 있나요?」

「친구…….」그는 겁에 질려 입속말로 중얼거렸다.

「그 시가 말이에요, 저녁에 창가에서 피우던…… 달이 비칠
때…… 정자에서 헤어진 다음에…… 스끄보레시니끼에서요.
기억나세요, 기억나세요?」그녀는 그의 베개 양 끝을 잡고 그
의 머리와 함께 마구 흔들어 대며 자리에서 벌떡 일어났다.
「기억나세요? 이 속은 텅 빌 대로 비고, 명예롭지 못하고, 소
심하고, 영원히, 영원히 멍청한 사람 같으니!」그녀는 비명을

간신히 참고 분노로 씩씩거리면서 속삭였다. 그러다가 결국 그를 던져 버리고 의자에 앉아 두 손으로 얼굴을 감쌌다. 「이제 그만해요!」 그녀는 몸을 똑바로 하며 잘라 말했다. 「20년이나 지났고, 돌이킬 수도 없어요. 나도 바보였어요.」

「*Je vous aimais*(나는 당신을 사랑했어요).」 그는 또다시 두 손을 모았다.

「당신은 대체 왜 계속 *aimais, aimais*(사랑했다, 사랑했다)라는 말만 하나요? 이제 그만해요!」 그녀는 다시 자리에서 벌떡 일어났다. 「당신이 지금 곧 잠들지 않으면, 나는……. 당신은 안정이 필요해요. 잠을 자야 해요. 지금 곧 잠을 자야 해요. 눈을 감으세요. 아, 맙소사, 어쩌면 아침 식사를 하고 싶을지도 몰라! 뭘 좀 드실래요? 이분은 뭘 드셨지? 맙소사, 그 여자는 어디 있는 거야? 그 여자는 어디 있지?」

소동이 벌어지기 시작했다. 그러나 스쩨빤 뜨로피모비치는 힘없는 목소리로 자기는 사실 *une heure*(한 시간) 정도 잠을 좀 자고, 그다음에 *un bouillon, un thé … enfin il est si heureux*(수프와 차를 마시고 싶다……. 끝으로 자기는 정말 행복하다)라고 중얼거렸다. 그는 자리에 눕더니 정말로 잠이 든 것 같았다(아마 그런 척했을 것이다). 바르바라 뻬뜨로브나는 잠시 기다려 보다가 발뒤꿈치를 들고 칸막이 밖으로 나왔다.

그녀는 주인 부부를 내보내고 그들 방에 자리 잡고 앉아 다샤에게 **그 여자**를 데려오라고 지시했다. 진지한 심문이 시작되었다.

「이제 모든 것을 상세하게 말해 보거라. 여기 옆에 앉아라, 그래, 그렇게. 자, 어떻게 된 거지?」

「제가 스쩨빤 뜨로피모비치를 만난 것은…….」

「잠깐, 조용히. 미리 경고하겠는데, 만약 거짓말을 하거나 뭔가 숨긴다면, 나는 너를 지하에서라도 찾아낼 거다. 자, 그래서?」

「저는 스쩨빤 뜨로피모비치와 함께…… 제가 하또보에 도착하자마자……」 소피야 마뜨베예브나는 거의 숨이 넘어갈 것 같았다…….

「잠깐, 조용히, 기다리거라. 왜 그렇게 횡설수설하는 게냐? 우선, 너는 대체 뭐 하는 여자냐?」

그녀는 세바스또뿔부터 시작해서 자기 자신에 관해 간신히, 그래도 아주 간명하게 이야기했다. 바르바라 뻬뜨로브나는 의자에 꼿꼿이 앉아 엄격하고 집요한 시선으로 상대를 똑바로 쳐다보며 조용히 듣고 있었다.

「왜 그렇게 겁을 내고 있지? 왜 땅만 쳐다보고 있는 거냐? 나는 나를 똑바로 쳐다보며 논쟁하는 사람을 좋아한단 말이다. 계속하거라.」

그녀는 두 사람의 만남과 책에 관해, 그리고 스쩨빤 뜨로피모비치가 농민 아낙에게 보드까를 대접한 것까지 다 이야기했다…….

「그래, 그렇게 아주 사소한 것까지도 잊지 말도록 해라.」 바르바라 뻬뜨로브나는 그녀를 격려해 주었다. 마침내 그들이 길을 떠난 것과, 스쩨빤 뜨로피모비치가 〈이미 완전히 병이 난 상태에서도〉 자신의 전 생애를 아주 처음부터 몇 시간 동안이나 계속 이야기했다는 것에까지 이르렀다.

「그의 생애 이야기를 해보아라.」

소피야 마뜨베예브나는 완전히 당황해서 말을 더듬기 시작했다.

「저는 아무 말씀도 드릴 수가 없습니다.」그녀는 거의 울먹이면서 말했다. 「더욱이 저는 거의 아무것도 이해하지 못했습니다.」

「거짓말하고 있구나. 아무것도 이해하지 못할 리 없다.」

「검은 머리의 한 귀부인에 관해서 오랫동안 말씀하셨습니다.」하지만 소피야 마뜨베예브나는 바르바라 뻬뜨로브나의 옅은 금발 머리카락을 보며 그녀가 〈검은 머리 여인〉과는 전혀 닮은 점이 없다는 것을 알아채고는 얼굴이 새빨개졌다.

「검은 머리 여자? 정확히 뭐라고 했지? 어서 말해 보아라!」

「이 귀부인이 평생 동안, 20년을 꼬박 그분을 굉장히 사랑하고 있었다는 말씀이셨습니다. 그러나 부인께서는 너무 뚱뚱해서 여전히 고백할 용기도 못 내고, 그분 앞에서 부끄러워하셨다고……」

「바보 같은 인간!」바르바라 뻬뜨로브나는 생각에 잠겨, 하지만 단호하게 잘라 말했다.

소피야 마뜨베예브나는 이제 진짜로 울고 있었다.

「저는 이제 아무것도 제대로 말씀드릴 수가 없습니다. 왜냐하면 그분 때문에 굉장히 겁에 질렸고, 또 그분은 너무 똑똑하신 분이라 말씀을 이해할 수가 없었습니다……」

「그분의 지성은 너 같은 멍청이가 판단할 수 있는 게 아니다. 너한테 청혼했느냐?」

여자는 온몸을 부들부들 떨기 시작했다.

「그분이 너와 사랑에 빠졌느냐? 말해 보거라! 너한테 청혼했느냐?」바르바라 뻬뜨로브나가 호통을 쳤다.

「거의 그렇다고 할 수 있습니다.」그녀는 울음을 터뜨렸다. 「다만 그분이 병이 나서 그런 것이라 저는 심각하게 받아들이지 않았습니다.」 그녀는 눈을 들며 단호하게 이렇게 덧붙였다.

「네 이름이 뭐지? 이름과 부칭 말이다.」

「소피야 마뜨베예브나입니다.」

「자, 그럼 너에게 한 가지 알려 주겠다, 소피야 마뜨베예브나. 그는 가장 쓸모없고, 가장 속이 텅텅 빈 인간이다……. 맙소사, 맙소사! 내가 못된 여자라고 생각하느냐?」

그녀는 눈을 휘둥그레 떴다.

「못된 여자라고, 폭군이라고 생각하느냐? 그의 인생을 망친 여자라고 생각하느냔 말이다.」

「부인께서도 눈물을 흘리고 계신데 어떻게 그럴 수 있겠습니까?」

바르바라 뻬뜨로브나의 눈엔 진짜로 눈물이 맺혀 있었다.

「자, 앉아라, 앉아, 겁내지 말고. 다시 한번 내 눈을 똑바로 보아라. 왜 얼굴을 붉히는 게냐? 다샤, 잠깐 이리 와서 이 여자를 한번 봐라. 너는 어떻게 생각하지? 그녀가 순수한 마음을 가지고 있는 것 같니……?」

그런데 놀랍게도, 아마 소피야 마뜨베예브나에게는 더욱 공포스러운 일이었겠지만, 부인은 갑자기 그녀의 뺨을 가볍게 두드렸다.

「다만 어리석다는 게 유감이구나. 나이에 맞지 않게 어리석단 말이야. 좋아, 내가 너를 돌봐 주겠다. 보아하니 그 모든 건 헛소리일 뿐이다. 당분간 근처에서 지내도록 해라. 네가 머물 집도 마련해 주고, 먹을 것까지 모든 것을 제공받을 수 있도록…… 말해 놓으마.」

소피야 마뜨베예브나는 깜짝 놀라서 자기는 서둘러 길을

떠나야 한다고 더듬거리며 말했다.

「서둘러 갈 곳도 없지 않으냐? 네 책을 다 사줄 테니 여기 머물도록 해라. 입 다물고, 변명 같은 건 하지 마라. 내가 여기 오지 않았더라도 어쨌건 그분을 버려두고 가지는 않았을 것 아니냐?」

「결코 그분을 버려두고 가지는 않았을 겁니다.」 소피야 마뜨베예브나는 눈물을 닦으면서 조용하고 단호하게 말했다.

의사 잘쯔피시는 밤늦게 도착했다. 그는 매우 존경받는 노인으로 실무 경험이 풍부한 의사였지만, 최근 자기 상관과 자존심이 걸린 논쟁을 한 결과 우리 도시에서 일자리를 잃고 말았다. 그때부터 바르바라 뻬뜨로브나는 온 힘을 다해 그를 〈비호해 주기〉 시작했다. 그는 환자를 주의 깊게 살펴보고 이것저것 물어보더니 바르바라 뻬뜨로브나에게 〈앓고 있는 사람〉의 상태는 합병증이 발생해 매우 불확실한 상황이며, 〈최악의 경우까지〉 준비하고 있어야 한다고 신중하게 설명했다. 바르바라 뻬뜨로브나는 지난 20년 동안 스쩨빤 뜨로피모비치에게서 개인적으로 나타나는 모든 문제에 대해 뭔가 심각하다거나 중대하다는 생각 같은 건 하지 않았기에 상당히 동요했고 창백해지기까지 했다.

「정말 아무런 희망이 없는 건가요?」

「전혀 희망이 없다고 말씀드릴 수는 없지만…….」

그녀는 밤새 잠자리에 들지도 않고 아침이 오기를 간신히 기다렸다. 그러다가 환자가 눈을 뜨고 의식을 회복하자마자 (그는 시시각각 쇠약해져 갔지만, 여전히 의식을 잃지는 않고 있었다) 매우 단호한 표정으로 그에게 다가갔다.

「스쩨빤 뜨로피모비치, 모든 상황을 염두에 두어야 해요.

신부님을 모시러 사람을 보냈어요. 당신은 의무를 이행해야 하니…….」

그의 평소 신념을 알기에, 그녀는 그가 거절할까 봐 굉장히 걱정하고 있었다. 그는 깜짝 놀라며 쳐다보았다.

「쓸데없는 소리, 쓸데없는 소리!」 그가 이미 거절하고 있다고 생각한 부인은 소리를 질렀다. 「지금은 농담할 때가 아니에요. 바보짓은 이제 그만해요.」

「하지만…… 내 병세가 그렇게 나쁜가요?」

그는 생각에 잠겨 동의했다. 나는 나중에 바르바라 뻬뜨로브나로부터 그가 죽음을 전혀 두려워하지 않았다는 말을 듣고 대단히 놀랐다. 아마도 그 사실을 믿지 못하고 계속 자기 병을 대수롭지 않게 여기고 있었을지도 모르겠다.

그는 고해성사도 하고 성찬도 기꺼이 받아들였다. 소피야 마뜨베예브나와 하인들까지 모두 와서 그의 성찬식을 축원했다. 수척해지고 피로에 지친 그의 얼굴과 부들부들 떨고 있는 창백한 입술을 보고 모두들 예외 없이 숨죽여 눈물을 흘렸다.

「*Qui, mes amis*(친구들), 당신들이 그렇게…… 걱정하다니 놀랍군요. 내일이면 나는 일어날 테고, 우리는…… 출발할 겁니다……. *Toute cette cérémonie*(이 모든 건 의식일 뿐이에요)……. 물론 나는 이 모든 것을 인정하고 있습니다만…… 전에는…….」

「신부님, 꼭 환자 옆에 계셔 주시기를 바랍니다.」 바르바라 뻬뜨로브나는 이미 법의를 벗고 있던 신부를 서둘러 만류했다. 「차가 나오면, 곧바로 그가 신앙심을 유지할 수 있도록 신의 말씀을 해주셨으면 합니다.」

신부는 설교를 시작했다. 사람들은 환자의 침대 주변에 앉거나 서 있었다.

　「우리의 죄 많은 시대에는,」신부는 양손으로 찻잔을 들고 부드럽게 말하기 시작했다. 「하느님에 대한 믿음만이, 독실한 사람에게 약속된 영원한 지복에 대한 희망 속에서와 마찬가지로, 삶의 온갖 슬픔과 시련 속에서도 모든 사람에게 유일한 안식처이니…….」

　완전히 생기를 되찾은 듯 스쩨빤 뜨로피모비치의 입가에 미묘한 웃음이 스치고 지나갔다.

　「*Mon père, je vous remercie, et vous êtes bien bon, mais*(신부님, 감사드립니다, 신부님은 정말로 좋은 분이십니다. 그러나)…….」

　「*Mais*(그러나)는 절대 안 돼요. *Mais*(그러나) 같은 건 결코 안 된다고요!」바르바라 뻬뜨로브나가 의자에서 벌떡 일어나며 소리쳤다. 「신부님,」그녀가 신부에게 말했다. 「이 사람은, 이 사람은 그런 사람입니다. 그런 사람이에요……. 한 시간만 지나면 또다시 고해성사를 해야 할 겁니다! 그는 바로 그런 사람이에요!」

　스쩨빤 뜨로피모비치는 참을성 있게 미소 지었다.

　「친구들이여,」그가 말했다. 「하느님은 영원히 사랑할 수 있는 유일한 존재라는 이유만으로도 내게 꼭 필요한 분입니다…….」

　실제로 그가 신앙을 가지게 되었는지, 장엄한 성찬 의식이 그에게 감동을 주고 그의 예술적 감수성을 자극했는지는 모르겠지만, 사람들 말에 따르면 그는 단호하면서도 굉장히 감동적으로 이전의 신념에 어긋나는 많은 이야기를 했다고 한다.

「하느님은 거짓을 행하시지 않으며, 내 마음속에 한번 타오르기 시작한 그에 대한 사랑을 끄시지 않을 테니, 그 이유만으로 나의 불멸은 불가피한 것이지요. 사랑보다 더 귀중한 것이 뭐 있겠습니까? 사랑은 존재보다 더 높은 곳에 있으며, 사랑은 존재의 왕관이니, 어찌 존재가 사랑 앞에 무릎을 꿇지 않을 수 있겠습니까? 내가 하느님을 사랑하고 내 사랑에 기쁨을 느낀다면, 하느님께서 나와 나의 기쁨을 소멸시키고 우리를 무로 만들어 버리는 일이 과연 가능할까요? 만약 하느님이 존재한다면, 나는 죽지 않을 것입니다! *Voilà ma profession de foi*(바로 이것이 나의 신앙 고백입니다).」

「하느님은 계세요, 스쩨빤 뜨로피모비치. 그것은 제가 보증하지요.」 바르바라 뻬뜨로브나가 간절하게 말했다. 「일생에 단 한 번이라도 그런 어리석은 생각을 그만두세요, 버리란 말이에요!」 (그녀는 그의 *profession de foi*(신앙 고백)를 전혀 이해하지 못한 것 같았다.)

「친구,」 목소리가 자주 끊어지긴 했지만, 그는 점점 더 열의에 가득 찼다. 「친구, 내가 다른 쪽 뺨을 내놓는다는 말을…… 이해했을 때, 나는 바로 뭔가 다른 의미도 있다는 것을 이해했어요……. *J'ai menti toute ma vie*(나는 평생 동안 거짓말을 해왔어요). 평생, 평생 동안 말입니다! 하지만…… 할 수만 있다면, 내일…… 내일 우리 모두 출발합시다.」

바르바라 뻬뜨로브나는 눈물을 흘리기 시작했다. 그는 눈으로 누군가를 찾고 있었다.

「자, 여기, 그녀는 여기 있어요!」 바르바라 부인은 소피야 마뜨베예브나의 손을 잡고 그의 옆으로 끌고 왔다. 그는 감격의 미소를 지었다.

「오, 정말 다시 한번 살아 보고 싶군요!」 그는 넘쳐흐르는 열정으로 이렇게 소리쳤다. 「매 분, 매 순간 삶은 인간에게 더 없는 행복이 되어야 합니다……. 그래요, 반드시 그래야만 합니다! 그렇게 만들어 나가는 것이 바로 인간의 의무입니다. 이것은 법칙입니다. 숨겨져 있지만, 틀림없이 존재하는 것이지요……. 오, 뻬뜨루샤를 보고 싶군요……. 그들 모두를…… 그리고 샤또프도요!」

한 가지 언급해 두자면, 다리야 빠블로브나도, 바르바라 뻬뜨로브나도, 마지막으로 도시에서 이곳으로 온 의사 잘쯔피시까지도 샤또프에 대해서 아직 아무것도 모르고 있었다.

스쩨빤 뜨로피모비치는 병 때문에 자기 힘으로 감당할 수 없을 만큼 점점 더 흥분했다.

「나보다 무한히 정당하고 행복한 무언가가 존재한다는 변함없는 생각이 무한의 감동과 영광으로 이미 나를 가득 채우고 있습니다. 오, 내가 누구든, 내가 무슨 일을 했든 말입니다! 모두를 위한, 그리고 모든 것을 위한 이미 완전하고 평온한 행복이 어딘가에 있다는 것을 알고, 매 순간 그것을 믿는 것이 인간에게는 자신의 행복보다 훨씬 더 필요합니다……. 인간 존재의 전체 법칙은 인간이 언제나 무한히 위대한 존재 앞에 무릎을 꿇을 수 있게 하는 것으로 귀착됩니다. 만약 사람들에게서 무한히 위대한 존재를 빼앗아 버린다면, 그들은 살지 못하고 결국 절망 속에서 죽게 될 것입니다. 무한하면서도 영원한 존재는 인간이 거주하고 있는 이 작은 행성만큼이나 그들에게 필요합니다……. 나의 친구들, 나의 모든 친구들이여, 위대한 사상 만세! 영원하고 무한한 사상이여! 인간이라면 누구든지 이 위대한 사상 앞에 무릎을 꿇어야 합니다. 가장 어리석은 인간에게도 뭔가 위대한 것은 필요합니다. 뻬뜨루샤…… 오, 나는 정말 그들 모두를 다시 보고 싶군요! 그들은 모르고 있어요, 자기들 안에도 바로 그 영원하고 위대한 사상이 들어 있다는 것을 모르고 있습니다!」

의사 잘쯔피시는 이 의식 때는 그 자리에 없었다. 갑자기 방으로 들어온 그는 대경실색하며 환자를 흥분시키지 말라면서 모여 있던 사람들을 내쫓았다.

스쩨빤 뜨로피모비치는 사흘 뒤 사망했지만, 이미 완전히 의식을 잃은 상태였다. 그는 다 타버린 촛불처럼 그렇게 조용히 꺼져 버렸다. 바르바라 뻬뜨로브나는 그곳에서 장례를 치른 후 불쌍한 친구의 시신을 스끄보레시니끼로 옮겼다. 교회 묘지 안에 마련된 그의 무덤은 이미 대리석 판으로 덮였다. 비명을 쓰고 울타리를 세우는 것은 봄까지 연기하기로 했다.

바르바라 뻬뜨로브나가 도시를 떠나 있던 기간은 8일 정도였다. 소피야 마뜨베예브나도 그녀와 함께 나란히 마차를 타고 이곳으로 왔으며, 영원히 부인의 집에 머물게 될 듯했다. 한 가지 말해 두자면, 스쩨빤 뜨로피모비치가 의식을 잃자마자(바로 그날 아침) 바르바라 뻬뜨로브나는 지체 없이 소피야 마뜨베예브나를 다시 농가에서 완전히 내보내고 자기 혼자 마지막까지 환자를 돌봤다. 하지만 스쩨빤 선생이 숨을 거두자마자 곧바로 그녀를 다시 불러들였다. 영원히 스끄보레시니끼에 머물라는 놀라운 제안(더 정확히는 명령)에 대해 그녀는 거절하려 했지만, 부인은 그 어떤 거절의 말도 들으려 하지 않았다.

「다 쓸데없는 소리! 나도 너와 함께 돌아다니며 복음서나 팔아야겠다. 나한테는 이제 이 세상에 아무도 없단 말이다.」

　「하지만 부인께는 아드님이 계시지 않습니까?」 잘쯔피시가 한마디 했다.

　「아니요, 나는 아들이 없어요!」 바르바라 뻬뜨로브나는 잘라 말했다. 그리고 그 말은 마치 예언처럼 되어 버렸다.

제8장

결말

지금까지 벌어진 모든 만행과 범죄는 놀라울 정도로 빨리, 뾰뜨르 스쩨빠노비치가 예상했던 것보다 훨씬 더 빠르게 드러나고 말았다. 그것은 불행한 마리야 이그나쩨예브나가 남편이 살해된 날 밤 새벽녘에 잠에서 깨어, 남편이 옆에 보이지 않자 그가 없어진 것을 알아차리고 말할 수 없을 정도로 흥분하면서 시작되었다. 그녀 옆에는 아리나 쁘로호로브나가 고용한 하녀가 함께 묵고 있었다. 하녀는 마리야를 좀처럼 진정시킬 수 없어서, 아리나 쁘로호로브나라면 그녀의 남편이 어디에 있고, 언제 돌아올 것인지 알고 있을 것이라고 확신시키고서 날이 밝자마자 아리나 쁘로호로브나를 부르러 달려갔다. 한편 아리나 쁘로호로브나 역시 근심에 빠져 있었다. 그녀는 이미 남편에게서 지난밤 스끄보레시니끼에서의 악행을 들어 알고 있었던 것이다. 남편은 밤 10시가 지나 심신이 끔찍한 상태로 집에 돌아왔다. 그는 가슴을 쥐어뜯으며 침대에 엎드려 눕더니 발작적으로 흐느끼면서 자꾸만 〈그건 아니야, 아니라고. 그건 정말 아니야!〉라고 말했다. 물론 결국에는 달라붙는 아리나 쁘로호로브나에게 모든 일을 고백하고 말았다. 그러나 집안을 통틀어 그녀 한 사람에게만 말했을 뿐이었다. 그녀는 남편에게 〈흐느껴 울고 싶다면 들리지 않도록 베개에 얼굴을 파묻고 우세요. 만약 내일 이상한 태도를 보인다면 정말 바보가 되고 말 거예요〉라고 엄격하게 주지시킨 뒤 그를 혼자 두고 나갔다. 그녀는 잠시 생각에 잠겼다가 곧바로 만일의 경우에 대비해 정리를 하기 시작했다. 쓸데없는 종이나 책들, 격문 같은 것들까지 모두 숨기거나 남김없이 없애 버렸다. 그러면서도 사실 자기 자신이나 언니, 친척 아주머니, 여대생 시누이, 그리고 어쩌면 귀가 처진 오빠까지도 그다지 걱정할 필요는 없다고 생각하고 있었다. 아침 무렵 간병인이 달려왔을 때, 그녀는 주저하지 않고 마리야 이그나찌예브나에게 찾아갔다. 그녀는 어젯밤 남편이 헛소리하듯 겁에 질려 미친 듯이 속삭이던, 공동의 이익을 위해 끼릴로프를 이용하여 꾸며진 뾰뜨르 스쩨빠노비치의 계획이 정말인지 좀 더 빨리 확인하고 싶은 생각이 간절했다.

그러나 그녀가 마리야 이그나찌예브나에게 왔을 때는 이미 너무 늦고 말았다. 하녀를 보내고 혼자 남게 된 그녀는 참지 못하고 침대에서 일어나 손에 잡히는 대로 아무 옷이나, 계절에 맞지 않는 아주 얇은 옷을 걸쳐 입고 직접 끼릴로프가 머물고 있는 곁채로 향했다. 그러면 아마도 남편에 대해 다른 누구보다 더 믿을 만한 소식을 전해 줄 것이라고 생각했던 모양이다. 그곳에서 본 광경이 산모에게 어떤 영향을 미쳤을지는 충분히 상상할 수 있다. 주목할 점은 그녀가 탁자 위 눈에 띄는 곳에 놓여 있던 끼릴로프의 유서를 읽지는 않았다는 것이다. 물론 너무 놀란 나머지 그것이 거기 있는 줄 알아채지 못했으리라. 그녀는 자기 방으로 달려와서 갓난아이를 안아 들고 거리로 뛰쳐나갔다. 축축한 아침 날씨에 안개도 끼어 있었다. 인적 없는 도로에는 통행인 하나 보이지 않았다. 그녀는 숨을 헐떡이며 차갑고 질척한 진흙탕 길을 따라 달려가다가 마침내 이 집 저 집 대문을 두드리기 시작했다. 한 집은 아예 문도 열어 주지 않았고, 다른 집은 문을 여는 데 오랜 시간이 걸렸다. 그녀는 참지 못하고 그 집을 포기하고 세 번째 집 문을 두드리기 시작했다. 그곳은 상인 찌또프의 집이었다. 이곳에서 그녀는 울부짖으며 〈남편이 살해당했다〉고 두서없이 주장하는 바람에 큰 혼란을 야기했다. 찌또프 집 사람들도 샤또프와 그의 경력에 대해서는 어느 정도 알고 있었다. 그녀의 말에 따르면 그녀는 아이를 낳고 겨우 하루가 지났을 뿐인데, 그런 옷을 입고 이렇게 추운 날씨에 아이를 대충 감싸 안고 거리를 뛰어다녔다는 것에 그들은 공포에 가까운 충격을 받았다. 처음에는 그녀가 그냥 헛소리를 한다고 생각했고, 더구나 누가 살해당했다는 것인지, 끼릴로프인지, 아니면 그녀의 남편인지도 분명히 알 수가 없었다. 사람들이 자기 말을 믿어 주지 않는다고 판단되자 그녀는 다음 집으로 달려가려고 했지만, 사람들이 그녀를 강제로 제지했다. 그러자 그녀는 무섭게 소리치며 마구 몸부림을 쳤다고 한다. 사람들은 필리쁘프의 집으로 찾아갔고, 두 시간 뒤 끼릴로프의 자살과 그의 유언장은 온 도시에 알려지게 되었다. 경찰은 아직 정신을 잃지 않고 있던 산모를 찾아갔다. 이때야 그녀가 끼릴로프의 유언장을 읽지 않은 것이 밝혀졌지만, 그녀가 왜 자기 남편이 살해되었다고 단정했는지에 대해서는 아무것도 알아낼 수 없었다. 그녀는 다만 〈만약 그가 살해당했다면, 제 남편도 살해당했을 거예요. 그들은 함께 있었으니까요!〉라고 소리 지를 뿐이었다. 정오 무렵 그녀는 의식 불명 상태에 빠졌고, 결국 그 상태에서 회복되지 못한 채 사흘 후쯤 사망하고 말았다. 감기에 걸렸던 갓난아이는 그녀보다 훨씬 먼저 죽었다. 아리나 쁘로호로브나는 마리야 이그나찌예브나와 갓난아이가 자리에 없는 것을 보고 상황이 좋지 않음을 짐작하고 집으로 달아나고 싶었지만, 문 앞에 멈춰 서서 하녀에게 〈곁채에 살고 있는 신사에게 가서 혹 마리야 이그나찌예브나가 그곳에 있는지, 혹시 그가 그녀에 대해 뭔가 알고 있지는 않은지 알아보라고〉 했다. 심부름 갔던 여자는 온 동네가 떠나가라고 미친 듯이 소리를 지르며 돌아왔다. 그녀는 하녀에게 〈그러다 혐의를 받는다〉는 그 유명한 논거를 들이대며, 소리도 지르지 말고 누구에게 알리지도 말라고 단단히 주의를 주고는 그 집 마당을 빠져나갔다.

그녀가 그날 아침 산모의 산파로서 귀찮은 일을 당했음은 물론이다. 그러나 그녀로부터는 많은 것을 알아낼 수 없었다. 그녀는 샤또프의 집에서 보고 들은 것을 매우 능숙하고 냉정하게 다 이야기했지만, 사건 자체에 대해서는 아무것도 알지 못하고 이해하지 못한다고 대답했다.

시내에 어떤 소동이 벌어졌을지 충분히 상상할 수 있을 것이다. 새로운 〈사건〉과 또다시 살인이라니! 그러나 이번에는 사정이 달랐다. 살인자, 혁명주의 방화범, 폭도들로 이루어진 비밀 조직이 실제로 존재한다는 것이 명확해졌던 것이다. 리자의 끔찍한 죽음, 스따브로긴 아내 살해 사건, 당사자인 스따브로긴, 방화, 가정 교사들을 위한 무도회, 율리야 미하일로브나 주변의 방탕한 무리들…… 심지어 스쩨빤 뜨로피모비치의 실종에도 무슨 수수께끼가 숨어 있는지 알아내려고 야단이었다. 니꼴라이 프세볼로도비치에 대해서는 대단히 많은 소문이 떠돌았다. 그날 저녁 무렵에는 뾰뜨르 스쩨빠노비치의 부재도 알게 되었지만, 이상하게도 그에 대해서는 그다지 이야기들을 하지 않았다. 그날 무엇보다 많이 화제에 오른 것은 〈원로원 의원〉이었다. 필리뽀프의 집 앞에는 아침 내내 사람들이 들끓었다. 실제로 당국에서는 끼릴로프의 유서 때문에 상황을 잘못 파악하고 있었다. 그들은 끼릴로프의 샤또프 살해와 〈살인자〉의 자살을 사실로 믿었다. 하지만 당국이 혼란에 빠져 있었다 해도 완전히 그런 것은 아니었다. 예를 들어 끼릴로프의 유서에 막연하게 적혀 있던 〈공원〉이라는 단어는 뾰뜨르 스쩨빠노비치가 예상했던 것만큼 사람들을 혼란에 빠뜨리지 않았다. 경찰은 바로 스끄보레시니끼로 달려갔는데, 우리 도시에서 공원은 거기에만 있으며 다른 곳에는 없다는 이유 때문만이 아니라, 일종의 본능 같은 것이었다. 최근에 벌어진 끔찍한 사건들이 모두 직접적으로나 부분적으로 스끄보레시니끼와 관계되어 있었기 때문이다. 적어도 나는 그렇게 추측하고 있다(한 가지 언급하자면, 바르바라 뻬뜨로브나는 이날 아침 일찍 아무것도 모른 채 스쩨빤 뜨로피모비치를 붙잡기 위해 도시를 떠나고 없었다). 시체는 그날 저녁 몇 가지 단서를 근거로 연못에서 발견되었다. 바로 그 살인 장소에서 살인자들이 너무도 경솔하게 잊고 있던 샤또프의 모자가 발견되었던 것이다. 시체를 외견상으로나 의학적으로 조사하고 몇 가지 추측해 본 결과, 처음부터 끼릴로프에게는 공범이 있었을 수밖에 없다는 의심이 들었다. 격문과 관련된 샤또프 — 끼릴로프 비밀 단체의 존재도 명백히 드러났다. 그렇다면 이 공범들은 과연 누구인가? 그러나 **우리**

일당 중 그 누구에 대해서도 그날은 생각조차 하지 못했다. 끼릴로프는 은둔자처럼 살고 있었고 너무 외따로 떨어져 지냈기 때문에, 그가 유서에서 밝힌 대로 폐찌까가 경찰들이 사방으로 찾아다니는 동안에도 그의 집에 머무를 수 있었다는 사실만이 알려졌다……. 무엇보다 모두를 괴롭힌 것은, 이렇게 드러난 모든 혼란 속에서 그 어떤 공통점이나 연결점도 도출해 낼 수가 없었다는 점이다. 만약 럄신 덕분에 그다음 날 갑자기 모든 상황이 단번에 밝혀지지 않았더라면, 공황 상태에 빠졌던 우리 사회가 어떤 결론과 얼마나 제멋대로의 생각에 도달했을지는 상상하기도 어려운 일이다.

그는 견뎌 내지 못했다. 뾰뜨르 스쩨빠노비치조차 마지막에 예감했던 바로 그 일이 일어나고 말았다. 먼저 똘까첸꼬에게, 그다음에는 에르껠에게 맡겨진 럄신은 다음 날 하루 종일 벽을 향해 드러누워 한마디도 하지 않고, 누가 말을 걸어도 대답도 하지 않으며 겉보기엔 얌전하게 침대에 누워 있었다. 그러다 보니 그는 하루 종일 시내에서 일어난 일을 전혀 알지 못했다. 그러나 무슨 일이 일어나고 있는지 아주 잘 알고 있던 똘까첸꼬의 머릿속에는 저녁 무렵 뾰뜨르 스쩨빠노비치가 자기에게 위임한 럄신과 관련된 임무를 포기하고 도시를 떠나 군(郡)으로 가야겠다는, 즉 그냥 도망가야겠다는 생각이 떠올랐다. 에르껠이 그들 모두에 관해 예언한 대로 실제로 모두 이성을 잃고 말았다. 한 가지 말해 두자면, 리뿌찐도 그날 정오가 되기 전에 도시에서 사라졌다. 이쪽은 어떻게 된 일인가 하면, 그의 실종에 대해서는 당국이 실종 다음 날 저녁, 그가 사라진 것에 몹시 놀랐지만 공포 때문에 아무 말 않고 있던 그의 가족들을 심문하기 시작하면서 밝혀졌다. 그러나 럄신 이야기를 계속하겠다. 그는 혼자 남게 되자마자(똘까첸꼬를 믿고 있던 에르껠은 그보다 먼저 자기 집으로 떠났다) 곧장 집을 뛰쳐나왔고, 물론 아주 금방 사태를 파악했다. 그는 집에는 들르지도 않고 눈길 닿는 대로 내달리기 시작했다. 그러나 밤은 너무 어두웠고, 자신의 계획은 너무나 무섭고 힘겨운 것이어서, 거리 두세 군데를 돌아다니다가 집으로 돌아와 밤새 방에 틀어박혀 있었다. 아침 무렵에는 자살을 시도했던 것도 같은데, 성공하지는 못했다. 하지만 그는 거의 정오까지 방에 틀어박혀 있다가 갑자기 경찰서로 달려갔다. 사람들의 말에 따르면 그는 무릎으로 기어다니며 흐느껴 울고 새된 소리를 지르기도 하고, 자기는 앞에 서 있는 고관들의 구두에조차 입을 맞출 자격이 없다고 소리 지르며 바닥에 입을 맞추기도 했다는 것이다. 사람들은 그를 진정시키고 위로까지 했다. 심문은 세 시간이나 걸렸다고 한다. 그는 모든 것을 밝혔으며, 모든 은폐된 진실과 자기가 알고 있는 모든 것, 세부적인 내용을 다 말했다. 그는 너무 앞질러 가기도 했고, 서둘러 자백하다 보니 불필요한 내용이나 질문을 받지 않은 내용까지 늘어놓았다. 알고 보니 그는 상당히 많이 알고 있었고, 그래서 사건의 진상을 제법 잘 설명할 수 있었다. 샤또프와 끼릴로프의 비극, 화재, 레뱟낀 남매의 죽음 등은 부차적인 차원으로 밀려났다. 대신 뾰뜨르 스쩨빠노비치, 비밀 단체, 조직, 조직망이 전면으로 드러났다. 왜 그렇게 많은 살인과 추악하고 혐오스러운 사건들을 저질렀는가 하는 질문에 대해서는 열을 내며 서둘러 이렇게 대답했다.「그것은 사회 기반의 조직적인 동요, 사회와 모든 원칙의 조직적인 해체를 위해서였습니다. 모든 사람들의 사기를 떨어뜨리고 모든 것을 혼란에 빠뜨리며, 그렇게 해서 병적이며 우울하고, 냉소적이며 신을 믿지 않는 사회, 그러나 그럼에도 뭔가 지도적인 사상과 자기보존에 대한 무한한 갈망을 가지고 있는 불안정한 사회를 단숨에 손아귀에 넣기 위해서였습니다. 그동안 활동을 이어 가며 조직원을 모집하고, 자기들이 동원할 수 있는 모든 방법과 파고들 수 있는 모든 취약한 부분을 실질적으로 찾아온, 5인조의 총체적인 그물망에 의지하여 폭동의 깃발을 들어 올림으로써 말입니다.」 그러면서 그는 뾰뜨르 스쩨빠노비치가 여기 우리 도시에서 꾸민 일들은 그런 조직적인 무질서, 즉 앞으로 진행될 활동과 모든 5인조들에 대한 계획의 첫번째 시도에 불과하다고 결론을 내렸다. 또한 이것은 그 자신(럄신)의 생각이자 추측이며, 〈자신이 이렇게까지 솔직하고 만족스럽게 상황을 설명했으니, 앞으로도 당국의 업무에 매우 쓸모가 있을 것이라는 점을 반드시 기억하고 주의를 기울여 달라〉고 덧붙였다. 5인조가 많이 있는가라는 결정적인 질문에 대해서는 셀 수 없이 많으며, 전 러시아가 5인조 망으로 덮여 있다고 대답했는데, 그가 증거를 제시하지는 못했지만 나는 그 대답이 진심이었을 것이라고 생각한다. 그가 제출한 것이라고는 해외에서 인쇄된 협회 강령과, 비록 초고이긴 하지만 뾰뜨르 스쩨빠노비치가 직접 손으로 쓴 향후 활동 체계의 발전 기획뿐이었다. 〈사회 기반의 동요〉라는 럄신의 말은, 비록 그가 그것을 자신의 생각일 뿐이라고 단언했지만, 실은 이 종이에서 마침표와 쉼표 하나 놓치지 않고 문자 그대로 인용한 것임이 드러났다. 율리야 미하일로브나에 대한 이야기가 나오자 그는 놀라울 정도로 우스꽝스럽게, 묻지도 않았는데 앞서 나가면서 〈부인은 죄가 없으며, 그냥 조롱을 당한 것뿐〉이라고 말했다. 한 가지 주목할 만한 것은 그가 니꼴라이 스따브로긴에 대해서는 그가 어떤 비밀 협회에도 참여한 적이 없으며, 뾰뜨르 스쩨빠노비치와도 아무런 협정을 맺은 적이 없다고 전적으로 그를 비호해 주었다는 사실이다(뾰뜨르 스쩨빠노비치가 스따브로긴에게 품고 있던 은밀하면서도 우스꽝스러운 희망에 대해서 람신은 아무것도 모르고 있었다). 레뱟낀 남매의 죽음도 그의 말에 따르면 니꼴라이 프세볼로도비치와는 전혀 상관이 없고 뾰뜨르 스쩨빠노비치 혼자 꾸민 짓으로, 니꼴라이를 범죄에 끌어들여 결국 자기를 따르게 하려는 교활한 목적으로 그랬다는 것이었다. 그러나 뾰뜨르 스쩨빠노비치가 조금의 의심도 없이 경솔하게 기대했던 감사의 마음 대신에 그 행동은 〈고결한〉 니꼴라이 프세볼로도치에게 격분과 절망을 불러일으켰을 뿐이라고 했다. 그는 스따브로긴에 대해서 질문을 받지 않았는데도 역시 서두르며, 분명 일부러 암시를 하려는 듯 그는 엄청 대단한 인물인 것 같지만 그에게는 뭔가 비밀이 있다, 그는 우리 도시에서, 말하자면 *incognito*(정체를 숨기고) 지내 왔다, 그는 어떤 임무를 띠고 있다, 뻬쩨르부르끄에서 우리 도시로 다시 올 것이 분명하지만(람신은 스따브로긴이 뻬쩨르부르끄에 있다고 확신했다), 이제 완전히 다른 모습으로, 다른 상황에서, 수행원들과 함께 올 것이다, 그들에 대해서는 아마 우리도 곧 듣게 될 것이다, 이 모든 것은 〈니꼴라이 프세볼로도비치의 비밀의 적〉인 뾰뜨르 스쩨빠노비치로부터 들은 것이다라고 말했다.

한 가지 덧붙이고자 한다. 두 달이 지난 후 람신은 그 당시 스따브로긴이 그를 보호해 주기를 바라고, 또 뻬쩨르부르끄에서 그의 형량 완화를 위해 애써 주거나 유형을 가게 될 경우 돈과 추천서를 제공해 주기를 바라면서 일부러 스따브로긴을 변호했다고 자백했다. 이런 자백으로 볼 때 그는 실제로 니꼴라이 스따브로긴을 굉장히 과대평가하고 있었음이 분명하다.

물론 이날 비르긴스끼도 체포되었는데, 정신없는 상황에서 집안사람들 모두가 체포되었다(아리나 쁘로호로브나, 그녀의 여동생, 숙모, 여대생까지 이제는 벌써 오래전에 풀려나긴 했다. 시갈료프조차 단 하나의 유죄 범주에도 포함되지 않기 때문에 빠른 시일 내 곧 풀려날 것 같다는 말이 있다. 하지만 아직까지는 소문일 뿐이다). 비르긴스끼는 곧 모든 죄를 인정했다. 그는 체포될 당시 열병을 앓으며 자리에 누워 있었다. 그는 체포되는 것을 기뻐할 정도였다고 한다. 〈이제 마음이 가벼워졌다〉고 말한 모양이었다. 그에 관해 들리는 말로는 그는 지금 솔직하게 증언하고 있지만, 어느 정도 위엄을 지키고 있으며, 〈회오리처럼 들이닥친 상황〉에 무심코 경박하게 이끌려 갔던 정치적 길(사회적 길과 반대 의미에서)을 저주하고 있지만, 그러면서도 자신의 〈빛나는 희망〉은 단 하나도 버리려 하지 않는다는 것이다. 살인이 벌어지는 동안 그가 보였던 행동은 그에게 유리한 방향으로 해석되었으며, 따라서 그 역시 어느 정도 감형을 기대할 수 있을 것 같다. 적어도 우리는 그렇게 확신하고 있다.

그러나 에르껠의 운명을 완화하는 것은 거의 불가능할 것 같다. 그는 체포된 순간부터 계속 침묵을 지키거나 가능한 한 진실을 왜곡하려 했다. 그에게서는 지금까지 단 한마디도 후회한다는 말을 얻어 낼 수 없었다. 그럼에도 불구하고 그는 가장 엄격한 판사들에게조차 동정심을 불러일으켰다. 그의 어린 나이와 고립무원의 처지, 정치적 유혹자의 광신도적인 희생자라는 명백한 증거, 무엇보다 박봉의 거의 절반을 어머니에게 보낸 그의 행동이 드러났기 때문이다. 그의 어머니는 지금 우리 도시에 와 있다. 그녀는 허약하고 병이 든 여인으로, 나이보다 훨씬 늙어 보였다. 그녀는 울면서, 문자 그대로 사람들의 발아래를 기어다니며 아들을 살려 달라고 간청했다. 어찌 되었든 간에 우리 도시의 많은 사람들이 에르껠을 불쌍하게 생각하고 있었다.

리뿌찐은 뻬쩨르부르끄에서 꼬박 2주를 머물다가 체포되었다. 그에게는 설명하기도 어려운, 믿을 수 없는 일이 일어났다. 사람들 말에 따르면 그는 타인 명의의 여권을 가지고 있었기 때문에 외국으로 몰래 빠져나갈 기회가 충분했으며, 상당히 많은 돈도 가지고 있었다고 한다. 그럼에도 불구하고 그는 어디로도 떠나지 않고 뻬쩨르부르끄에 남아 있었다. 한동안 그는 스따브로긴과 뾰뜨르 스쩨빠노비치를 찾아다니다가 갑자기 술에 빠지기 시작하더니, 상식이나 자신의 현재 상황에 대한 이해력을 완전히 잃어버린 사람처럼 극도로 방탕한 생활을 하기 시작했다. 그는 뻬쩨르부르끄의 어느 사창가에서 술에 취한 채 체포되었다. 들리는 소문에 따르면 그는 지금 전혀 낙담하지 않고 있으며, 진술을 할 때도 거짓말을 늘어놓고, 임박한 재판에 대해서도 어느 정도 당당하게 희망(?)을 품고 준비하고 있다고 한다. 그는 심지어 재판정에서 한바탕 연설을 늘어놓을 모양인 듯하다. 도망친 뒤 열흘쯤 지나 한 군(郡)에서 체포된 똘까첸꼬는 비할 바 없이 예의 바르게 행동하며 거짓말도 하지 않고 발뺌하지도 않았으며, 알고 있는 것을 모두 이야기했다. 그는 자신을 정당화하지도 않고 겸허하게 스스로의 잘못을 인정했지만, 역시 미사여구를 사용하려는 경향이 있었다. 그는 기꺼이 많은 이야기를 하다가, 내용이 민중과 그들의 혁명적(?) 요소에 이르자 거드름을 피우며 효과를 불러일으키려고 안달했다. 그 역시 재판정에서 한마디 할 작정이라는 이야기가 들려왔다. 대체로 그와 리뿌찐은 그다지 겁을 내지 않았는데, 이것은 이상할 정도였다.

다시 한번 말하지만 이 사건은 아직 끝난 것이 아니다. 3개월이 지난 현재 우리 사회는 휴식을 취한 뒤 회복되었고 즐길 만큼 즐긴 뒤라, 이제 일부에서는 뾰뜨르 스쩨빠노비치를 거의 천재로, 적어도 〈천재적인 능력을 가진〉 사람으로 간주할 정도로 자기 나름의 의견을 가지게 되었다. 「대단한 조직입니다!」 클럽에서는 손가락을 위로 들어 올리며 이렇게 말하는 사람들도 있다. 하지만 이것은 아주 순진한 발상으로, 사실 그런 말을 하는 사람들은 많지 않았다. 반면 다른 사람들은 그의 예리한 재능을 부인하지는 않았지만, 그의 현실에 대한 완전한 무지, 가공할 만한 추상적 경향, 한쪽으로 편중된 기형적이고 둔한 발달, 그로 인해 생긴 극단적인 경박함에 대해 이야기했다. 그의 도덕적 측면에 대해서는 비교적 모두가 동의했다. 이 점에서는 누구도 논쟁하지 않았다.

사실 이제는 누구를 잊지 말고 더 언급해야 할지 모르겠다. 마브리끼 니꼴라예비치는 어딘가로 완전히 사라지고 말았다. 드로즈도바 노부인은 어린애가 되고 있었다……. 하지만 아직 매우 음울한 이야기가 하나 남아 있다. 그것은 사실 전달에만 그치도록 하겠다.

바르바라 뻬뜨로브나는 돌아와서 시내에 있는 자기 집에 머물렀다. 쌓여 있던 모든 소식이 한꺼번에 밀려들어 그녀를 무섭게 뒤흔들었다. 그녀는 방 안에서 두문불출했다. 저녁이 되자 모두 피곤해서 일찍 잠자리에 들었다.

다음 날 아침 일찍 하녀가 비밀스러운 표정으로 다리야 빠블로브나에게 편지를 한 통 건네주었다. 그러면서 그녀는 편지가 어제저녁 늦게 이미 모두 잠드신 다음에 와서 감히 깨울 수 없었다고 말했다. 편지는 우편이 아니라 낯선 사람을 통해 스끄보레시니끼에 있는 알렉세이 예고리치에게 온 것이었다. 알렉세이 예고리치는 어제저녁 직접 그 편지를 가지고 와서 그녀 손에 전해 주고 바로 스끄보레시니끼로 돌아갔다.

다리야 빠블로브나는 두근거리는 가슴으로 한참 동안 편지를 바라보면서 감히 열어 볼 엄두를 내지 못했다. 그녀는 누구에게서 온 것인지 알고 있었다. 니꼴라이 스따브로긴의 편지였던 것이다. 그녀는 편지 봉투에 〈알렉세이 예고리치에게, 다리야 빠블로브나에게 비밀리에 전달하도록〉이라고 씌어 있는 것을 읽었다.

바로 이것이, 줄곧 유럽식 교육을 받았음에도 러시아어 읽기와 쓰기는 충분히 배우지 못한 러시아 귀족 자제의 철자 오류를 조금도 수정하지 않고 단어 하나하나 그대로 옮긴 편지이다.

사랑하는 다리야 빠블로브나,

당신은 언젠가 나의 〈간병인〉이 되기를 희망하며 내가 필요할 때 당신을 부르러 보내겠다는 약속을 하게 했소. 나는 이틀 후 이곳을 떠나 돌아오지 않을 거요. 나와 함께 가겠소?

작년에 나는 게르첸처럼 스위스의 우리[56]주 시민권을 얻었소만, 그 사실은 아무도 모르고 있소. 그곳에 이미 작은 집도 사두었소. 내게는 아직 1만 2천 루블의 돈도 있으니 그곳에서 함께 일생을 보내도록 합시다. 이제는 어디로도 가고 싶지 않소.

그곳은 계곡으로, 아주 지루한 곳이오. 산들이 시야나 생각을 가로막고 있지. 아주 음울하오. 작은 집을 판다고 해서 사두었소. 하지만 당신 마음에 들지 않는다면. 그걸 팔고 다른 곳의 집을 사도록 하겠소.

나는 건강이 좋지 않지만, 그곳의 공기로 이 환각에서 벗어나길 바라고 있소. 이것은 육체적 문제이고, 도덕적인 측면은 당신이 잘 알고 있겠지. 다만 과연 다 알고 있을까?

나는 당신에게 내 삶의 많은 이야기를 해주었소. 하지만 전부는 아니오. 당신에게조차 다 말하지는 않았소! 그런데 확인차 말하지만, 나는 아내의 죽음에 양심상 책임이 있소. 그 사건 이후 당신을 만나지 못했기 때문에 확인해 두려는 거요. 리자베따 니꼴라예브나에 대해서도 책임이 있소. 하지만 이건 당신도 알고 있을 거요. 이것은 거의 다 당신이 예언을 했으니까.

당신은 이곳에 오지 않는 것이 더 좋을 것 같군. 내가 당신을 이곳으로 부르는 것은 지독히도 비열한 행동이오. 당신이 자신의 인생을 나와 함께 묻어 버릴 이유가 뭐 있겠소? 당신은 내게 소중한 사람이고, 난 우울할 때 당신 옆에 있으면 기분이 좋아졌소. 당신과 있을 때, 오직 당신하고

---

56 Uri. 스위스의 연방주이다. 게르첸은 1851년 5월 우리주가 아니라 프라이부르크주의 시민이 되었다.

만 내 이야기를 할 수 있었소. 그러나 이것은 아무것도 증명하지 못하오. 당신은 〈간병인〉을 자처했지. 이 말은 당신 표현이오. 무엇 때문에 그토록 희생하려는 거요? 또한 내가 당신을 부른 이상 당신을 불쌍하게 여기지 않으며, 당신을 기다리고 있는 이상 당신을 존중하지 않는다는 점을 명심해 두시오. 그러면서도 나는 당신을 부르고 기다리고 있소. 어쨌든 나는 곧 서둘러 떠나야 하니 당신의 대답이 필요하오. 그렇다면 나 혼자 가겠소.

내가 우리주에서 기대하는 것은 아무것도 없소. 그냥 가는 거요. 일부러 침울한 장소를 고른 것도 아니오. 러시아에서 나는 아무것에도 매여 있지 않고, 러시아에 있는 모든 것은 다른 곳에서와 마찬가지로 내게 낯설 뿐이오. 사실 나는 다른 곳보다 러시아에 사는 것을 더 싫어했지만, 그곳에서조차 아무것도 증오할 수가 없었소!

나는 가는 곳마다 내 힘을 시험해 보았소. 당신이 내게 〈자기 자신을 알아보라〉고 충고해 주어서 그랬던 거요. 나를 위해, 그리고 남에게 보여 주기 위해 시도해 본 결과 이전 나의 삶에서와 마찬가지로 내 힘은 무한한 것으로 드러났소. 당신이 보는 앞에서 당신 오빠에게 뺨을 맞은 것도 참아 냈고, 결혼 사실도 공개적으로 인정했소. 그러나 이 힘을 어디에 쓰면 좋을까? 나는 이것만은 알 수가 없었고, 지금도 알지 못하고 있소. 당신이 스위스에서 격려해 주었고 나도 그 말을 믿었음에도 말이오. 나는 과거에 항상 그랬듯이 지금도 여전히 선한 행동을 하고 싶고, 그것으로부터 만족을 느끼오. 하지만 그와 더불어 악한 행동도 하고 싶고, 거기에서도 만족을 느낀다오. 그러나 이것이든 저것이든 그 느낌은 전과 마찬가지로 항상 너무 하찮은 데다가, 한 번도 대단했던 적이 없소. 나의 희망은 너무 힘이 약해서 나 자신을 이끌 역량이 안 되오. 통나무로는 강을 건널 수 있지만, 나무토막으로는 불가능한 법이지. 당신이 내가 무슨 희망이라도 있어서 우리주로 가는 건 아닐까 생각할까 봐 이런 말을 하는 거요.

나는 여전히 아무도 비난하지 않아요. 나는 대단한 방탕을 시도해 보았고, 그러느라 힘을 다 소모해 버렸소. 그러나 나는 방탕함을 좋아하지 않았고 원하지도 않았소. 당신은 최근에 나를 지켜보고 있었을 거요. 당신은 내가 매사에 부정적인 우리 일당들마저, 그들이 가진 희망 때문에 질투하며 악의를 가지고 쳐다보고 있었다는 걸 알고 있었을까? 그러나 당신의 걱정은 쓸데없는 것이었소. 나는 그들과 동료가 될 수 없었소. 아무것도 함께할 수 없었기 때문이오. 웃음을 위해서건, 악의가 있어서건, 나는 어쨌든 할 수 없었소. 우스꽝스러워지는 것을 두려워해서가 아니라 — 나는 우스꽝스러워진다고 해서 놀라지는 않소 — 어쨌든 점잖은 사람의 습관을 가지고 있는 나로서는 그런 행동에 구역질이 났기 때문이오. 그러나 만일 그들에게 더 많은 악의와 질투심을 가졌더라면, 그들과 함께했을지도 모르지. 그것이 내게는 얼마나 쉬웠을지, 내가 얼마나 휩쓸려 다녔을지 한번 생각해 보시오!

사랑하는 친구, 내가 알아본 상냥하고 관대한 사람이여! 아마도 당신은 내게 많은 사랑을 주고, 당신의 아름다운 영혼 중에서도 아름다운 것을 쏟아부으며, 내 앞에 결국 어떤 목적을 제시할 꿈을 꾸고 있겠지? 아니, 당신은 좀 더 신중해져야 하오. 나의 사랑은 나와 마찬가지로 하찮은 것이라서 당신은 불행해질 거요. 당신 오빠는 내게 자신의 대지와의 관계를 잃어버린 사람은 자신의 신, 즉 자신의 모든 목적을 잃어버리게 된다고 말한 적이 있소. 어떤 문제건 끝없이 논쟁할 수 있지만, 내게서는 그 어떤 관대함도, 그 어떤 힘도 없는 부정만이 넘쳐흘렀소. 아니, 부정조차 흘러나오지 않았다오. 모든 것은 언제나 하찮고 생기가 없소. 관대한 끼릴로프는 관념을 견디지 못하고 자살했지만, 정말이지 내가 보기에 그는 건강한 정신 상태가 아니었기 때문에 관대했던 거요. 나는 결코 이성을 잃지도 못하고 그 정도로 관념을 믿지도 못하오. 심지어 나는 그 정도로 관념에 몰두할 수도 없소. 나는 결코, 결코 자살하지 못할 거요!

나는 내가 자살해야만 한다는 것을, 혐오스러운 곤충처럼 나 자신을 이 지상에서 쓸어버려야 한다는 것을 알고 있소. 그러나 나는 자살이 두렵소, 관대함을 보여 주는 것이 두렵기 때문이오. 나는 이것이 기만이 되리라는 것을, 끝없이 늘어서 있는 기만들 중에서도 마지막 기만이 되리라는 것을 알고 있소. 단지 관대함을 즐기기 위해 스스로를 기만한다면 그것이 무슨 소용이오? 나는 분노나 수치심 같은 것을 결코 느끼지 못하오. 따라서 절망도 느끼지 못하오.

이렇게 길게 써서 미안하오. 나는 이제 정신을 차렸지만, 그냥 우연히 그렇게 된 것이오. 이런 식이라면 1백 페이지로도 모자랄 수 있고, 열 줄로도 충분할 수 있겠지. 〈간병인〉으로 와달라는 요청은 열 줄이면 충분할 거요.

나는 그곳을 떠난 뒤 여섯 번째 역의 역장 집에서 머물고 있소. 그와는 5년 전 뻬쩨르부르끄에서 술판을 벌이던 시절 만났소. 내가 이곳에 머물고 있다는 것은 아무도 모르오. 그의 이름으로 답장을 주시오. 주소를 첨부하겠소.

니꼴라이 스따브로긴

다리야 빠블로브나는 곧 바르바라 뻬뜨로브나에게 가서 편지를 보여 주었다. 부인은 편지를 읽고 나서 한 번 더 읽어 보려고 다샤에게 방에서 나가 있으라고 했다. 그러나 무슨 일인지 금방 그녀를 다시 불러들였다.

「가겠느냐?」 그녀는 간신히 소심하게 물어보았다.

「가겠습니다.」 다샤가 대답했다.

「그럼 준비해라! 같이 가도록 하자!」

다샤는 의아한 표정으로 쳐다보았다.

「내가 지금 여기서 할 일이 뭐가 있겠느냐? 상관없지 않느냐? 나도 우리주의 시민권을 얻어서 그 계곡에서 살아야겠다……. 걱정하지 말거라, 방해하지 않을 테니.」

그들은 정오 기차 시간에 맞추려고 급하게 짐을 꾸리기 시작했다. 그러나 30분도 지나지 않아 스끄보레시니끼에서 알렉세이 예고리치가 찾아왔다. 그는 니꼴라이 프세볼로도비치가 〈갑자기〉 이른 아침 새벽 기차를 타고 오셔서 지금 스끄보레시니끼에 머물고 계신다고 보고했다. 그러나 〈질문에 대답하실 상태가 아닌 채로 방마다 돌아다니시다 본인의 거처에서 두문불출하고 계십니다……〉라고 했다.

「저는 나리의 지시를 어기고 이곳에 와서 알려 드려야겠다고 결심했습니다.」 알렉세이 예고리치는 매우 의미심장한 표정으로 이렇게 덧붙였다.

바르바라 뻬뜨로브나는 날카롭게 그를 쳐다보았지만 꼬치꼬치 캐묻지는 않았다. 순식간에 마차가 준비되었다. 그녀는 다샤와 함께 출발했다. 마차를 타고 가는 동안에는 자주 성호를 그었다고 한다.

〈그의 거처〉의 문이란 문은 다 열려 있었지만, 니꼴라이 프세볼로도비치는 어디에도 보이지 않았다.

「혹시 2층에 계시는 건 아닐까요?」 포무시까가 조심스럽게 말했다.

주목할 만한 것은 바르바라 뻬뜨로브나의 뒤를 따라 하인 몇 명이 〈그의 거처〉로 들어왔다는 것이다. 나머지 하인들은 여전히 홀에서 기다리고 있었지만 말이다. 전 같으면 감히 그런 식으로 집안의 예법을 깨는 일이 없었을 것이다. 바르바라 뻬뜨로브나는 그들을 보았지만 아무 말 하지 않았다.

그들은 다락에도 올라가 보았다. 그곳에는 세 개의 방이 있었지만, 단 한 군데에서도 아무도 발견하지 못했다.

「혹시 저기로 올라가신 건 아닐까요?」 누군가 고미다락 문을 가리켰다. 실제로 항상 닫혀 있던 다락문이 활짝 열려 있었다. 그곳은 지붕 바로 아래로 길고 아주 좁고 엄청나게 가파른 나무 계단을 타고 올라가야만 했다. 그 끝에도 또 하나의 작은 방이 있었다.

「나는 저곳으론 가지 않겠다. 무슨 까닭으로 그 아이가 저기까지 올라가겠느냐?」 바르바라 뻬뜨로브나는 무섭게 창백해진 얼굴로 하인들을 둘러보았다. 그들은 그녀를 바라보면서 아무 말도 하지 않았다. 다샤는 부들부들 떨고 있었다.

바르바라 뻬뜨로브나는 나는 듯이 계단을 올라갔다. 다샤가 그녀 뒤를 따랐다. 그러나 다락방 안으로 들어서자마자 그녀는 비명을 지르며 정신을 잃고 쓰러졌다.

우리주의 시민이 바로 여기, 방문 뒤쪽에 매달려 있었다. 작은 탁자 위에 연필로 몇 마디 적어 놓은 종이쪽지가 놓여 있었다. 거기에는 〈아무도 비난하지 마라. 나 스스로 한 것이다〉라고 적혀 있었다. 또한 탁자 위에는 망치와 비누 조각, 만일의 경우에 대비해 여분으로 준비해 둔 것이 분명한 커다란 못이 놓여 있었다. 니꼴라이 프세볼로도비치가 목을 매는 데 사용한 단단한 비단 끈은 분명 미리 골라서 준비해 두었던 듯 비누칠이 되어 있었다. 이 모든 것은 마지막 순간까지 계획적이고 그가 의식이 있었음을 보여 주는 증거였다.

우리의 의사들은 시체를 해부한 뒤 정신 착란일 가능성이 절대 없다고 완강하게 부인했다.

찌혼의 암자에서[57]

1

니꼴라이 프세볼로도비치는 이날 밤 한숨도 자지 않고 계속 소파에 앉아 한쪽 구석에 있는 서랍장의 한 지점을 자주 뚫어져라 쳐다보곤 했다. 그의 방에서는 밤새 등불이 타오르고 있었다. 그는 아침 7시쯤 앉은 채로 깜빡 잠이 들었다가 알렉세이 예고로비치가 이제는 완전히 굳어 버린 습관에 따라 정확히 9시 반에 아침 커피를 들고 오는 소리에 잠에서 깼다. 그는 눈을 뜨자 너무 오래 잠들어 이미 많이 늦었다는 사실에 불쾌한 놀라움을 느낀 것 같았다. 그는 급하게 커피를 마시고 재빨리 옷을 입은 뒤 서둘러 집에서 나왔다. 〈지시하실 말씀은 없으십니까?〉라는 알렉세이 예고로비치의 조심스러운 질문에 아무런 대답도 하지 않았다. 깊은 생각에 잠겨

---

57 이 장은 제2부 8장 다음에 이어져야 한다. 그러나 이 소설을 연재하던 『러시아 통보』의 편집장 깟꼬프M. H. Katkov가 이 장의 게재를 거절했다. 도스또예프스끼 역시 1873년 『악령』 단행본을 처음 출간하면서 이 장을 제외시켰다. 그러나 1921년 도스또예프스끼의 미망인이 남편의 원고에서 이 부분을 발견해 1922년 따로 출간하였다.

땅만 보고 걸어가다가 순간적으로 고개를 들고 갑자기 막연하지만 심하게 불안한 표정을 짓곤 할 뿐이었다. 집에서 그다지 멀지 않은 한 교차로에서 50명 이상 되어 보이는 한 무리의 남자들이 그의 앞을 가로질러 갔다. 그들은 거의 말없이 보란 듯이 질서를 지키며 침착하게 걷고 있었다. 그는 1분 정도 상점 옆에서 기다려야 했는데, 그때 누군가가 옆에서 〈시뻬굴린 직공들이다〉라고 말했다. 그는 그들에게 거의 주의를 기울이지 않았다. 마침내 10시 반쯤 그는 도시 한쪽 끝 강가에 서 있는 스빠소예피미예쁘스끼 보고로뜨스끼 수도원 정문에 도착했다. 그때야 비로소 갑자기 뭔가 생각난 듯 자리에 멈춰 서서 불안한 표정으로 급히 자기 옆 주머니를 뒤지기 시작하더니 가볍게 미소 지었다. 그는 수도원 경내로 들어서자 처음 마주친 수도원 심부름꾼에게 은퇴 후 이 수도원에서 머물고 계신 찌혼 주교님을 뵈려면 어디로 가야 하는지 물어보았다. 수도원 심부름꾼은 연신 절을 하면서 곧바로 그를 안내해 주었다. 2층으로 된 기다란 수도원 건물의 한쪽 끝 계단앞에서 마중 나온 백발의 뚱뚱한 수도사가 수도원 심부름꾼에게서 권위적인 태도로 민첩하게 그를 인계받아 길고 좁은복도로 인도했다. 그 역시 계속 절을 하면서(뚱뚱해서 몸을낮게 숙이지는 못하고 고개만 자주 끄덕거릴 뿐이긴 했지만), 그러잖아도 뒤를 따라가고 있는 스따브로긴에게 연신이리 오시라고 말했다. 수도사는 이런저런 질문도 하고 수도원장에 관한 이야기도 했다. 그러나 대답이 없자 더 공손한태도를 취했다. 스따브로긴은 자기가 기억하는 한 어린 시절에나 이곳에 와봤을 뿐이었는데, 여기 있는 모든 사람이 그를알고 있다는 사실을 알게 되었다. 복도 맨 끝에 있는 문 앞에 도착하자 수도사는 권위 있는 태도로 문을 열더니, 자리에서 벌떡 일어선 수도원장 시중꾼에게 들어가도 좋은지 친근하게 묻고는 대답도 기다리지 않고 단숨에 문을 열고 허리를 굽히며 〈친애하는〉 방문객이 안으로 들어가도록 했다. 그는 감사 인사를 듣고 나서 도망치듯 급하게 사라졌다. 니꼴라이 프세볼로도비치가 크지 않은 방으로 들어서자 거의 동시에 옆방 문 앞에 키 크고 여윈 사람이 나타났는데, 그는 쉰다섯 살 정도 나이에 평범한 일상 사제복을 입고 있었으며, 겉보기에 조금 아픈 듯했고 애매한 미소를 지으며 왠지 수줍어하는 듯한 이상한 시선을 하고 있었다. 이 사람이 바로 니꼴라이 프세볼로도비치가 샤또프에게서 처음 들어 알게 된 후 그때부터 어느 정도 정보를 수집해 둔 바로 그 찌혼 신부였다.

그 정보들은 각기 다른 내용이었고 서로 모순되기도 했지만, 뭔가 공통점이 있었다. 그것은 바로 찌혼 신부를 좋아하는 사람이건 싫어하는 사람이건(그런 사람들도 있었다) 그에 관해서는 모두들 어쩐지 입을 다물고 있다는 것이었다. 싫어하는 사람들은 필시 경멸의 표시로, 지지자들, 그것도 열정적인 지지자들은 뭔가 겸손의 마음에서 그에 대해 무언가를, 일종의 약점, 아마 백치성자 같은 모습을 숨기고 싶어서 그러는 것 같았다. 니꼴라이 프세볼로도비치는 그가 이미 6년째 이 수도원에 거주하고 있으며, 그를 찾아오는 사람들 중에는 하층 계급의 민중도 있고 신분이 높은 고관도 있다는 것을 알게 되었다. 심지어 멀리 뻬쩨르부르끄에도 그의 열성적인 숭배자들, 특히 여성 숭배자들이 있다는 것이었다. 그런가 하면 우리 〈클럽〉의 한 위풍당당한 노인, 신앙심 깊은 한 노인으로부터 〈찌혼 신부는 거의 미쳤거나, 아니면 적어도 완전히 재능이 없는 존재이며, 틀림없이 술도 마시고 있을 것〉이라는 말도 들었다. 미리 한 가지 덧붙여 두자면 마지막 말은 완전한 헛소리이며, 다만 다리에 고질적인 류머티즘을 앓고 있어 가끔 신경성 발작이 있는 정도였다. 니꼴라이 프세볼로도비치는 또한 은퇴 생활을 하고 있는 이 주교가 그의 나약한 성격이나 〈지위에 어울리지 않고 용납되지도 않는 부주의함〉 때문에 수도원 안에서 특별한 존경을 불러일으키지 못한다는 사실도 알게 되었다. 들리는 말에 따르면 대수도원장은 자신의 수도원장 직무에 있어 냉혹하고 엄격하며 무엇보다 학식으로 유명한 사람으로, 그에 대해 적대에 가까운 감정을 가지고 있었고, 그의 무성의한 생활 태도나, 거의 이단에 가까운 사상에 대해 질책을 (대놓고 하지는 않고 간접적으로) 했다고 한다. 수도원 형제들 역시 병든 주교에게 제멋대로까진 아니지만, 말하자면 허물없는 태도로 대하는 것 같았다. 찌혼의 암자를 이루고 있는 두 개의 방 역시 어딘가 이상하게 정리되어 있었다. 닳아 빠진 가죽을 씌운 오래된 떡갈나무 가구들과 나란히 서너 개의 우아한 물건이 놓여 있었다. 아주 값비싼 안락의자, 훌륭하게 잘 만들어진 커다란 책상, 조각으로 장식된 우아한 책장, 작은 탁자 몇 개, 책꽂이 등 모든 것이 선물로 받은 것들이었다. 귀중한 부하라산 양탄자가 깔려 있고, 그 옆에 돗자리도 있었다. 〈세속적〉인 내용이나 신화 시대의 주제를 담은 판화가 있는가 하면, 한쪽 구석에는 금으로 빛나는 성상을 담은 커다란 성상갑이 있었는데, 그중 하나는 아주 오래된 것으로 유골이 담겨 있었다. 그의 장서들 역시 너무나 다양하고 모순된 것들로 채워져 있었다고 하는데, 위대한 기독교 성자나 고행자들의 저술과 나란히 연극 작품이나 〈어쩌면 그보다 더 심한 것들〉도 있었다는 것이다.

양쪽이 다 무슨 이유에서인지 굉장히 거북하게 첫인사를 나눈 뒤, 찌혼은 서두르면서도 왠지 우물쭈물하는 태도로 손님을 자기 서재로 데려가서 탁자 앞에 있는 소파에 앉혔고 자신은 그 옆 등나무 의자에 앉았다. 니꼴라이 프세볼로도비치는 그를 짓누르는 어떤 내적 흥분 때문에 여전히 크게 정신이 없는 상태였다. 뭔가 굉장하고 반박할 수 없을 정도로 자명하면서도, 동시에 그로서는 불가능한 일을 결심한 것 같았다. 그는 잠시 서재를 둘러보았지만, 자기가 뭘 보고 있는지도 모르는 게 분명했다. 물론 그는 생각을 하고 있었지만, 무엇에 대한 생각인지는 자신도 몰랐다. 주변의 정적이 그를 일깨워 주었는데, 그에게는 갑자기 찌혼이 마치 수줍은 듯 눈을 내리뜨고 뭔가 불필요하게 우스꽝스러운 미소까지 띠고 있는 것처럼 보였다. 이것은 순간적으로 그에게 혐오감을 불러일으켰다. 그는 일어나서 나가고 싶었으며, 더욱이 찌혼은 그가 보기에 확실히 술에 취한 것 같았다. 그러나 상대는 갑자기 눈을 들더니 확고하고 생각에 가득 찬 시선으로, 그와 더불어 예기치 않은 수수께끼 같은 표정을 지으며 그를 쳐다보았기 때문에, 그는 갑자기 몸을 떨었다. 그러다가 무엇 때문인지 그는 찌혼이 자기가 왜 왔는지 알고 있으며, 이미 그에 대해 예고를 받았고(비록 이 세상 누구도 그 이유를 알 수 없겠지만), 또한 그가 먼저 말을 건네지 않고 있다면, 그것은 상대에게 모욕이 될까봐 두려워서 배려를 하고 있는 것이라는 생각이 들었다.

「저를 알고 계십니까?」 니꼴라이가 갑자기 딱딱 끊어지는 말투로 물었다. 「제가 들어와서 제 소개를 했던가요? 너무 정신이 없어서요…….」

「소개를 하지는 않았지만, 4년 전쯤 이곳 수도원에서 당신을 한 번 만난 기쁨을 가졌었지요……. 우연히요.」

찌혼은 부드러운 목소리로 단어들을 분명하고 또렷하게 발음하면서 천천히 차분하게 말했다.

「4년 전에는 이 수도원에 와본 적이 없는데요.」 니꼴라이 프세볼로도비치는 무례하다 싶을 정도로 반박했다. 「저는 신부님께서 아직 이곳에 오시기 훨씬 전인 어린 시절에 와봤을 뿐입니다.」

「아마 잊은 모양이지요?」 찌혼 신부는 조심스럽게, 그러나 강요하는 기색 없이 말했다.

「아니요, 잊지 않았습니다. 그런 걸 기억하지 못한다면 우스운 일이지요.」 스따브로긴은 웬일인지 지나치게 고집을 부렸다. 「신부님께선 아마도 저에 관한 말을 듣고 머릿속에 어떤 관념들이 생겨서 저를 봤다고 착각하시는 것 같습니다.」

찌혼은 아무 말도 하지 않았다. 이때 니꼴라이 프세볼로도비치는 그의 얼굴에 이따금 오래된 신경 쇠약의 징후로 보이는 신경질적인 경련이 스치는 것을 알아차렸다.

「신부님께서는 오늘 건강이 좋지 않아 보이시는군요.」 그가 말했다. 「제가 가는 게 더 나을 것 같습니다.」

그는 자리에서 일어나려고까지 했다.

「네, 저는 오늘, 그리고 어제 다리에 극심한 통증이 느껴져서 밤에 잠을 거의 못 잤습니다…….」

찌혼은 말을 멈췄다. 손님이 또다시 갑작스럽게 조금 전처럼 불분명한 생각에 빠져들었던 것이다. 침묵은 꽤 오래, 2분 정도 계속되었다.

「저를 관찰하고 계셨나요?」 니꼴라이는 갑자기 불안해하며 의심스러운 듯 물었다.

「당신의 얼굴을 보고 있으니 당신 어머님 얼굴이 떠올랐습니다. 겉으로는 닮은 점이 없지만, 내면적으로나 정신적으로는 아주 많이 닮았군요.」

「닮은 점이라고는 전혀 없습니다, 특히 정신적으로는요. 절대로 없습니다!」 니꼴라이 프세볼로도비치는 자신도 이유를 모른 채 필요 이상으로 지나치게 고집을 부리며 다시 불안해하기 시작했다. 「신부님께서 그렇게 말씀하시다니…… 제 처지를 동정해서 그러나 본데, 쓸데없는 소리입니다.」 그가 불쑥 말을 내뱉었다. 「이런! 제 어머니가 정말 신부님을 찾아오신단 말입니까?」

「찾아오십니다.」

「몰랐군요. 어머니께 한 번도 들은 적이 없습니다. 자주 오십니까?」

「거의 매달, 아니면 더 자주요.」

「한 번도, 한 번도 들어 본 적이 없습니다. 금시초문이군요. 신부님은 물론 어머니께 제가 미쳤다는 이야기를 들으셨겠군요.」 그는 갑자기 이렇게 덧붙였다.

「아닙니다. 미쳤다는 말씀 같은 건 없으셨습니다. 하지만 그런 이야기를 들은 적이 있긴 한데, 다른 사람을 통해서였지요.」

「그런 사소한 것까지 기억하고 계시다니, 기억력이 아주 좋으시군요. 그럼 따귀 사건도 들으셨나요?」

「들어 본 것 같습니다.」

「결국 다 들으셨군요. 신부님은 남는 시간이 굉장히 많으신가 봅니다. 그러면 결투에 관해서는요?」

「결투에 대해서도요.」

「신부님은 이곳에 앉아서 정말 많은 이야기를 들으셨네요. 여기는 신문도 필요 없는 곳이군요. 샤또프가 저에 관해 경고를 해두었나요, 네?」

「아닙니다. 샤또프 씨를 알고는 있습니다만, 이미 오랫동안 만나지 못했습니다.」

「흠…… 저기 저 지도는 대체 뭡니까? 이런, 최근 전쟁 지도군요! 신부님께 저런 게 왜 있는 겁니까?」

「지도를 책 내용과 대조해 보고 있었습니다. 아주 흥미있는 기록이더군요.」

「한번 보여 주십시오. 네, 나쁘지 않은 저술이군요. 하지만 신부님이 읽기에는 이상한 책이네요.」

그는 책을 자기 쪽으로 끌어당겨서 슬쩍 들여다보았다. 최근의 전쟁 정황을 방대하고 재치 있게 기술한 그 책은, 군사적이라기보다는 순수하게 문학적 태도를 취하고 있었다. 그는 책을 빙글빙글 돌리다가 갑자기 참지 못하고 집어 던졌다.

「내가 왜 여기 왔는지 전혀 모르겠군요.」그는 찌혼 신부의 대답을 기다리기라도 하는 듯 그의 눈을 똑바로 쳐다보면서 짜증을 내며 말했다.

「당신도 건강이 좋지 않은 것 같은데요?」

「네, 좋지 않습니다.」

그러더니 그는 갑자기 아주 짧고 딱딱 끊어지는 말투라서 어떤 것은 이해하기도 어렵게 말하기 시작했다. 그는 특히 밤마다 일종의 환각 증상을 겪고 있는데, 가끔씩 자기 옆에서 조소를 보내는 〈이성적〉인 사악한 존재를 보고 느끼고 있으며, 그것들은 〈여러 가지 얼굴과 여러 가지 인격을 띠고 있지만 결국은 같은 것으로, 그것 때문에 항상 화가 납니다……〉라고 말했다.

그 고백은 기괴하고 앞뒤가 맞지 않아서, 정말로 미친 사람의 말 같았다. 그러나 이때 니꼴라이 프세볼로도비치는 그에게서 한 번도 볼 수 없었던 이상할 정도의 솔직함과 전혀 그답지 않은 순진한 태도로 이야기를 했기 때문에, 그에게서 과거의 인간은 뜻하지 않게 갑자기 완전히 사라진 것 같았다. 그는 자신의 환영을 이야기하면서 그 공포를 드러내는 것에 전혀 부끄러워하지 않았다. 그러나 이 모든 것은 순간적이었으며, 나타났을 때와 마찬가지로 갑자기 사라지고 말았다.

「이건 다 헛소리입니다.」그는 문득 제정신이 들자, 어색하게 짜증을 내며 재빨리 이렇게 말했다. 「의사에게 가보겠습니다.」

「꼭 가보십시오.」찌혼도 그 말에 동의해 주었다.

「신부님이 그토록 확신에 차서 말씀하시다니……. 저처럼 이런 환영에 사로잡힌 사람을 보신 적 있습니까?」

「본 적은 있지만, 아주 드물지요. 살면서 단 한 사람 그런 경우를 본 기억이 나는군요. 군인 장교 출신이었는데, 그 무엇과도 바꿀 수 없는 인생의 동반자인 아내를 잃고 난 후였지요. 다른 사람에 대해서는 듣기만 했습니다. 두 사람 다 외국에서 치료를 받았다고 합니다……. 그런데 그런 증상이 오래되었나요?」

「1년쯤 되었습니다만, 이건 다 헛소리입니다. 의사에게 가보겠습니다. 다 헛소리예요. 지독한 헛소리입니다. 그것은 여러 가지 모습을 한 저 자신일 뿐, 더 이상 아무것도 아닙니다.

제가 지금 이…… 말을 덧붙였다고 해서, 신부님은 아마도 제가 이것은 나일 뿐 악령 같은 것이 아니라고 정말로 확신하지도 못하고 여전히 의심하고 있다고 생각하시겠지요?」

찌혼은 의아한 표정으로 쳐다보았다.

「그럼…… 당신은 그것을 정말로 보는 겁니까?」 그는 이렇게 물었는데, 말하자면 그것은 니꼴라이의 말이 틀림없이 기만적이고 병적인 환각 때문이라는 지금까지의 모든 의심을 떨쳐 버리는 말투였다. 「정말로 어떤 형상이 보인단 말입니까?」

「보인다고 이미 말씀드렸는데, 신부님께서 자꾸 되풀이하시니 이상하군요.」 스따브로긴은 다시 말끝마다 짜증을 내기 시작했다. 「물론 보입니다, 보여요. 지금 신부님을 보고 있는 것처럼……. 가끔 보이지만, 보고 있으면서도 정말 보이는 것인지 확신이 들지 않습니다……. 또 가끔은 내가 뭘 보고 있는지도 확실하지가 않고, 나와 그것 중 어떤 것이 진짜인지도 모르겠습니다……. 이런 건 다 헛소리입니다. 하지만 신부님께서는 이것이 실제 악령이라고는 도저히 상상하실 수 없는 겁니까?」 그는 비웃기 시작하더니 너무도 급격하게 냉소적인 어조로 이렇게 덧붙였다. 「그것이 신부님의 직업에 더 적합하지 않겠습니까?」

「병이라고 하는 것이 좀 더 그럴듯하겠지요, 비록…….」

「비록 뭡니까?」

「악령은 틀림없이 존재합니다만, 그에 대한 이해는 정말로 다양하겠지요.」

「신부님이 지금 또다시 시선을 떨구신 것은,」 스따브로긴은 짜증 섞인 비웃음을 지으며 말꼬리를 잡았다. 「내가 악령을 믿고 있으면서도 믿지 않는다는 표정으로 신부님께 〈과연 악령은 실제로 존재하는 겁니까, 아닙니까?〉라고 교활한 질문을 하는 것이 수치스러워서겠지요.」

찌혼은 애매한 미소를 지었다.

「그런데 말이지요, 시선을 떨구는 것은 신부님께 전혀 어울리지 않습니다. 부자연스럽고 우스꽝스러운 데다 억지로 꾸민 것이 보입니다. 하지만 저의 무례함에 대한 보상으로 진지하고 뻔뻔하게 한 말씀 드리지요. 저는 악령을 믿습니다. 비유로서가 아니라 개체로서의 악령을 규범적으로 믿고 있습니다. 제가 누군가에게서 알아낼 필요 같은 건 전혀 없습니다. 이것이 말씀드리고 싶은 전부입니다. 신부님은 틀림없이 굉장히 기쁘시겠지요…….」

그는 신경질적으로 부자연스럽게 웃기 시작했다. 찌혼은 호기심을 가지고 그를 부드러우면서도 약간 소심해 보이는 시선으로 쳐다보았다.

「신을 믿으십니까?」 스따브로긴은 갑자기 이런 질문을 던졌다.

「믿습니다.」

「너희가 만일 믿음이 있어 산을 향해 움직이라고 명하면 움직일 것이라는 말이 있지 않습니까…….[58] 그러나 헛소리지요. 그건 그렇고, 호기심에 하나 물어보겠습니다. 신부님은 산을 옮기실 수 있습니까, 없습니까?」

「하느님이 명하신다면 그렇게 하겠습니다.」 찌혼은 다시 시선을 떨구면서 조용하고 침착하게 말했다.

---

58 복음서에 나오는 그리스도의 말을 인용한 것이다(「마태오의 복음서」 17장 20절, 「마르코의 복음서」 11장 23절).

「아니, 그것은 하느님이 직접 옮기는 것과 마찬가지지요. 그게 아니라 신부님이, 신부님이 하느님을 믿는 것에 대한 보상으로서 그렇게 할 수 있느냐 하는 겁니다.」

「아마도 움직이지 못할 것 같습니다.」

「〈아마도〉라고요? 그건 나쁘지 않군요. 그런데 왜 의심하시는 거지요?」

「완전히 믿지는 못하기 때문입니다.」

「뭐라고요? 신부님이 완전히 믿지는 못한다고요? 전적으로는 아니라는 건가요?」

「그렇습니다…… 아마도 완전히는 아닌 것 같습니다.」

「이런! 어쨌든 적어도 하느님의 도움으로 산을 움직일 수 있다는 믿음은 가지고 계시니, 그것만으로도 적은 건 아니라고 할 수 있지 않겠습니까? 어쨌든 한 대주교의 *très peu*(아주 적은) 믿음, 즉 검 앞의 진실[59]보다는 조금 많겠네요. 신부님은 물론 그리스도교인이겠지요?」

「주여, 당신의 십자가를 부끄러워하지 않게 하소서.」 찌혼은 고개를 점점 더 아래로 숙이며 거의 속삭이는 소리로, 뭔가 열정적인 속삭임으로 이렇게 말했다. 그의 양쪽 입꼬리가 갑자기 신경질적으로 빠르게 움직이기 시작했다.

---

59 도스또예프스끼가 『닐라 신부 이야기』(1873)에 적어 놓은 프랑스 대혁명 당시의 에피소드. 프랑스 혁명 초기 대주교는 광장에 나와 민중에게 다 들리도록 지금까지 자신과 자신의 수행원들은 해로운 편견에 사로잡혀 있었지만, 이제 *la Raison*(이성)이 도래했으니 자신의 권력과 그것의 모든 힘의 징표를 내려놓는 것이 자신의 의무라고 생각한다고 선언했다. 그러면서 그는 실제로 법의와 십자가, 술잔, 복음서 들을 내려놓았다. 한 노동자가 손에 검을 들고 〈너는 하느님을 믿느냐?〉라고 질문하자, 대주교는 성난 군중을 달래기 위해 〈*Très peu*(아주 조금)〉이라고 대답했다. 그러자 노동자는 〈그렇다면 너는 지금까지 우리를 속인 비열한이다〉라고 외치며 검으로 대주교의 목을 내리쳤다.

「신을 완전히 믿지도 않으면서 악령을 믿는 일이 가능할까요?」스따브로긴은 웃기 시작했다.

「오, 가능하다마다요. 대단히 자주 있는 일입니다.」찌혼은 시선을 들며 역시 미소 지었다.

「확실히 알겠습니다만, 신부님은 완전한 불신보다는 그런 믿음이라도 있는 것을 더 존중하시는군요…… 오, 신부님!」스따브로긴은 큰 소리로 웃기 시작했다. 찌혼은 그에게 다시 미소를 지어 보였다.

「반면, 완전한 무신론이 세속적인 무관심보다 더 존중할 만하지요.」그는 유쾌하고 순진하게 이렇게 덧붙였다.

「오호, 신부님이 그런 생각을 하시다니.」

「완전한 무신론자는 완전한 신앙에 도달하기 직전 그 마지막 계단 하나 아래에 서 있는 것입니다만(그곳에서 넘어가느냐 마느냐의 문제지요), 무관심한 사람은 기분 나쁜 공포 외에는 아무런 믿음도 갖고 있지 못합니다.」

「그런데 신부님은…… 신부님은 묵시록을 읽어 보셨습니까?」

「읽어 봤습니다.」

「혹시 〈라오디게이아 교회의 천사에게 이 글을 써서 보내어라……〉를 기억하십니까?」

「기억합니다. 아주 아름다운 구절이지요.」

「아름답다고요? 주교님의 표현치고는 이상하군요. 아무튼 신부님은 기이한 분입니다…… 그 책은 어디 있습니까?」스따브로긴은 책상 위 책을 찾아 두리번거리면서 어쩐지 좀 이상하게 서두르고 불안해했다. 「신부님께 읽어 드리고 싶은데…… 러시아어 번역본이 있습니까?」

「나는 알고 있습니다, 그 부분을 알고 있어요, 아주 잘 기억하고 있지요.」찌혼이 말했다.

「암송하고 계십니까? 그럼 들려주십시오……!」

그는 서둘러 눈을 내리뜨고 양 손바닥을 무릎에 고정한 채 초조하게 들을 준비를 했다. 찌혼은 단어 하나하나를 기억해 가며 암송하기 시작했다.

「라오디게이아 교회의 천사에게 이 글을 써서 보내어라. 아멘이시며 진실하시고 참되신 증인이시며 하느님의 창조의 시작이신 분이 말씀하신다. 나는 네가 한 일을 잘 알고 있다. 너는 차지도 않고 뜨겁지도 않다. 차라리 네가 차든지, 아니면 뜨겁든지 하다면 얼마나 좋겠느냐! 그러나 너는 이렇게 뜨겁지도 차지도 않고 미지근하기만 하니 나는 너를 입에서 뱉어 버리겠다. 너는 스스로 부자라고 하며 풍족하여 부족한 것이 조금도 없다고 말하지만, 사실은 네 자신이 비참하고 불쌍하고 가난하고 눈멀고 벌거벗었다는 것을 깨닫지 못하고 있다…….」[60]

「됐습니다.」스따브로긴은 그를 중단시켰다. 「이것은 어중간한 사람, 무관심한 사람들을 위한 것이지요. 그렇지 않습니까? 그런데 저는 신부님을 무척 사랑합니다.」

「저도 당신을…….」찌혼 신부가 작은 소리로 대답했다.

스따브로긴은 입을 다물더니 갑자기 조금 전처럼 또다시 깊은 생각에 잠겼다. 이런 상태는 발작적으로 일어났으며, 이미 세 번째였다. 게다가 찌혼에게 〈사랑합니다〉라고 한 것 역시 거의 발작 상태에서 한 말로, 하다못해 자기 자신도 예기

---

60 「요한의 묵시록」 3장 14~17절. 이 구절은 3부 7장에서 소피야 마뜨베예브나가 스쩨빤에게 읽어 준 내용이기도 하다.

치 못한 것이었다. 1분 이상 시간이 흘렀다.

「화내지 마세요.」찌혼은 겁먹은 것처럼 손가락으로 그의 팔꿈치를 건드릴 듯 말 듯 하면서 속삭였다. 상대는 몸을 부르르 떨며 화가 난 듯 눈썹을 찌푸렸다.

「제가 화난 것을 어떻게 아셨습니까?」그가 서둘러 물었다. 찌혼은 뭐라고 말하려 했지만, 상대방은 갑자기 설명할 수 없는 불안을 느끼며 그의 말을 가로막았다.

「신부님은 왜 제가 틀림없이 화를 내고 있을 것이라고 추정하셨는지요? 그래요, 저는 몹시 화가 났습니다. 신부님이 맞습니다. 그것은 바로 당신께 〈사랑합니다〉라고 말했기 때문입니다. 신부님이 맞습니다. 그러나 신부님은 무례한 냉소주의자이며, 인간의 본성을 업신여기고 있습니다. 만약 내가 아니라 다른 사람이었다면 화를 내는 일은 없었을 겁니다…… 하지만 문제는 인간 일반이 아니라 바로 저입니다. 하여간 신부님은 기인이고 백치 성자 같군요…….」

그는 점점 더 짜증을 내기 시작했고, 이상하게 말도 함부로 했다.

「그런데요, 저는 스파이나 심리학자들, 적어도 내 영혼으로 기어들어 오려고 하는 그런 자들을 좋아하지 않습니다. 나는 아무도 내 영혼 속으로 불러들이지 않습니다. 아무도 필요 없고, 나 스스로 해낼 수 있습니다. 제가 신부님을 두려워한다고 생각하십니까?」그는 목소리를 높이며 도전적으로 얼굴을 들었다.「신부님은 분명 내가 한 가지 〈무서운〉 비밀을 털어놓으러 왔다고 확신하고, 신부님이 잘하는 수도자다운 호기심으로 그것을 기다리고 계시겠지요? 그렇다면 알아 두십시오. 저는 당신께 아무것도, 어떤 비밀도 털어놓지 않을 겁니다. 왜냐하면 당신은 제게 전혀 필요 없으니까요.」

찌혼은 그를 단호한 시선으로 쳐다보았다.

「당신은 하느님의 어린양이 그냥 미지근한 것보다는 차가운 것을 더 좋아한다는 사실에 충격을 받으셨군요.」그가 말했다. 「당신은 **그냥** 미지근한 것이 되고 싶지는 않으시겠지요. 당신이 뭔가 엄청난 계획에, 아마도 무서운 계획에 사로잡혀 있다는 예감이 듭니다. 그렇다면 제발 간청하건대, 자신을 괴롭히지 말고 무엇 때문에 찾아왔는지 모두 이야기해 주시기 바랍니다.」

「신부님은 제가 무슨 이유가 있어 찾아왔다는 걸 알고 계셨군요?」

「저는…… 얼굴을 보고 그렇게 추측했습니다.」찌혼은 눈을 내리뜨면서 조용히 속삭였다.

니꼴라이 프세볼로도비치는 얼굴이 약간 창백해졌고 손도 조금 떨기 시작했다. 그는 몇 초 동안 움직이지도 않고 최후의 결심을 하려는 것처럼 찌혼을 조용히 쳐다보았다. 그러다가 마침내 프록코트 옆 주머니에서 인쇄된 무슨 종이들을 꺼내더니 탁자 위에 내려놓았다.

「이것은 유포하려고 준비해 둔 인쇄물입니다.」그는 약간 더듬거리는 말투로 말했다. 「만일 단 한 사람이라도 이걸 읽는다면, 저는 더 이상 숨기지 않겠습니다. 모두가 읽도록 할 겁니다. 그렇게 하기로 했습니다. 저는 당신을 전혀 필요로 하지 않습니다. 왜냐하면 제가 모든 걸 결정했으니까요. 그러나 읽어 보십시오…… 읽는 동안에는 아무 말도 마시고, 다 읽고 나서, 그때 모든 것을 말해 주십시오…….」

「그럼 읽을까요?」찌혼은 주저하며 말했다.

「읽으십시오, 저는 이미 상관없습니다.」

「아니, 안경 없이는 알아볼 수가 없군요. 글씨도 작고 해외에서 인쇄한 것이라서요.」

「여기 안경요.」 스따브로긴은 그에게 탁자에 있던 안경을 건네주고 소파 등받이에 몸을 기댔다. 찌혼은 몰두하여 읽기 시작했다.

2

인쇄물은 실제로 외국에서 만든 것으로, 흔한 소형 편지지 세 장에 인쇄해서 제본을 한 상태였다. 틀림없이 외국의 어느 러시아 인쇄소에서 비밀리에 인쇄한 것으로, 종이들은 언뜻 보기에 분명 격문 같았다. 제목은 〈스따브로긴으로부터〉라고 되어 있었다.

나의 이 연대기에 그 문서를 문자 그대로 포함시키고자 한다. 이제는 틀림없이 이미 많은 사람이 그 내용을 알고 있을 것이다. 다만 철자상의 실수만 수정해 보았는데, 그 양이 상당히 많아서 약간 놀랐을 정도였다. 어쨌든 필자는 교육받은 사람이며, 심지어 독서광(물론 상대적인 판단이지만)이었기 때문이다. 문체는 부정확하거나 심지어 불분명한 것도 있었지만, 나는 아무런 수정을 하지 않았다. 여하튼 무엇보다 필자가 문학가가 아니라는 점은 분명했다.

스따브로긴으로부터,

나, 퇴역 장교 니꼴라이 스따브로긴은 186×년 뻬쩨르부르끄에 사는 동안, 만족을 느끼지 못하면서도 방탕한 생활에 몸을 맡기고 있었다. 당시 나는 얼마 동안 세 군데에 집을 두고 있었다. 〈그곳들〉 중 한 곳인 식사와 하녀가 제공되는 숙소에서 나는 거주하고 있었는데, 현재 나의 합법적 아내인 마리야 레뱟끼나도 함께 머물렀다. 다른 두 숙소는 밀회를 위해 월세로 빌리고 있었다. 한 곳에서는 나를 사랑하던 한 귀부인을 만났고, 다른 곳에서는 그녀의 하녀를 만나고 있었는데, 한동안 이 마님과 하녀가 내 집에서 나의 친구들과 귀부인의 남편이 보는 앞에서 마주치게 하려고, 그들 두 사람을 함께 데려올 계획을 세우느라 아주 바쁘게 보내기도 했다. 두 사람의 성격을 잘 알고 있었기에, 나는 대단한 만족감을 느끼며 이 어리석은 장난의 결과를 기다리고 있었다.
　이 만남을 차근차근 준비하는 동안 나는 두 곳 중 고로호바야 거리에 있는 대가옥의 숙소에 더 자주 들러야 했는데, 그곳으로 하녀가 찾아오고 있었기 때문이다. 나는 이 가옥 4층에 있는 한 러시아 소시민 집의 방 하나를 빌려 두고 있었다. 그들 가족은 옆에 붙은 다른 방에 거주하고 있었는데, 그 방은 좀 더 협소했기 때문에 두 방 사이의 문은 항상 열려 있었으며, 나도 그러기를 원했다. 남편은 한 사무실에서 근무하고 있었으며 아침부터 밤까지 집을 비웠다. 마흔 살가량 된 아내는 헌 옷을 자르고 꿰매어 새 옷으로 만드는 일을 하고 있었고, 수선한 옷을 전달해 주느라 역시 꽤 자주 집을 비웠다. 나는 그들의 딸과 단둘이 집에 남곤 했는데, 그녀는 내 생각으론 열네 살 정도 된, 겉보기엔 영락없는 어린양이었다. 이름은 마뜨료샤였다. 어머니는 딸을 사랑했지만 자주 매질을 했고, 그런 사람들의 습관에 따라 무식한 여편네처럼 딸에게 무섭게 소리를 지르곤 했다. 이 소녀는 내 시중을 들어 주기도 하고 칸막이 뒤의 내 방을 곧잘 청소해 주기도 했다. 한 가지 알려 두자면, 나는 이 집 주소를 잊어버렸다. 이번에 조사해 보니 옛 건물은 팔려서 허물어지고, 전에 두세 건물이 있던 장소에는 아주 큰 새 건물 한 채가 세워져 있다는 것을 알게 되었다. 그 소시민 부부의 이름도 잊어버렸다(그러고 보니 아마 당시에도 몰랐던 것 같다). 내 기억에 아내의 이름이 스쩨빠니다이고 부칭은 미하일로브나였던 것 같다. 남편 이름은 기억나지 않는다. 그들이 누구인지, 어디에서 왔고 지금은 어디로 사라졌는지 전혀 모르겠다. 내 생각에 만약 그들을 열심히 찾기 시작하고 뻬쩨르부르끄 경찰에 최대한 문의해 본다면 그들의 흔적을 발견할 수 있을 것 같기는 하다. 그들의 집은 마당 한쪽 구석에 있었다. 모든 사건은 6월에 일어났다. 그 집은 밝은 하늘색으로 칠해져 있었다.

어느 날 나한테 전혀 필요 없어서 그냥 탁자 위에 굴러다니던 주머니칼이 갑자기 사라졌다. 나는 그것 때문에 딸이 매질을 당할 것이라고는 생각도 못하고 여주인에게 말했다. 마침 그녀는 무슨 헝겊 조각이 없어지자 자기 딸이 훔쳐 갔다고 의심하면서, 아이에게 마구 소리를 지르며(나는 편하게 지내고 있었기 때문에 그들도 나에게 격식을 차리지 않았다) 머리채까지 잡아당기고 있던 중이었다. 그 헝겊 조각이 식탁보 밑에서 발견되었을 때도 소녀는 불평 한마디 하지 않고 조용히 쳐다보기만 했다. 나는 그것을 눈여겨보았고, 이때 처음으로 그때까지는 어른거리기만 했던 그 아이의 얼굴을 제대로 보게 되었다. 그녀는 흰 속눈썹에 주근깨가 가득한 평범한 얼굴이었지만, 굉장히 어려 보였고, 표정은 너무나 조용했다. 어머니는 딸이 쓸데없이 맞고 있다는 사실에 불평하지 않자, 그것이 또 마음에 들지 않아 주먹을 번쩍 치켜들었지만, 그래도 때리지는 않았다. 바로 이때 나의 칼 사건이 때맞춰 등장한 것이다. 사실 우리 세 사람 외에는 집에 아무도 없었고, 내 칸막이 안으로 드나든 사람은 그 소녀 하나뿐이었다. 여자는 처음에 딸에게 부당하게 매질을 했기 때문에 이번에는 더욱 화를 내며 빗자루가 있는 곳으로 달려가서 회초리가 될 만한 것을 꺾어 오더니, 내가 보는 앞에서 상처가 생길 정도로 아이를 때리기 시작했다. 마뜨료샤는 매질에도 비명을 지르지 않았지만, 맞을 때마다 이상한 소리로 흐느껴 울긴 했다. 다 맞고 난 다음에는 꼬박 한 시간을 흐느껴 울었다.

그러나 그 전에 이런 일이 있었다. 여자가 회초리를 뽑으려고 빗자루 쪽으로 달려가던 바로 그 순간, 나는 어쩌다 탁자에서 내 침대 위로 떨어져 있던 칼을 발견했다. 내 머릿속에는 곧바로 그녀가 매질을 당하도록 그 사실을 밝히지 말아야겠다는 생각이 떠올랐다. 그것은 순간적인 결심이었다. 그런 순간이면 나는 항상 호흡이 가빠진다. 그러나 나는 더 이상 아무것도 숨길 것이 없기 때문에 모든 사실을 더 정확하게 말하고자 한다.

내 인생에서 일어나곤 했던 모든 종류의 지극히 수치스럽고, 극도로 굴욕적이며, 비열하고, 무엇보다 우스꽝스러운 상황은 내게 항상 극단적인 분노와 더불어 믿기 어려울 정도의 쾌감을 불러일으켰다. 범죄의 순간에도, 목숨에 위험을 느끼는 순간에도 마찬가지였다. 만약 내가 뭔가를 훔친다면, 절도를 행하면서 나의 깊은 비열함을 인식하고 환희를 느낄 것이다. 나는 비열함을 좋아하는 것이 아니라(이때 나의 이성은 전적으로 완전하다), 야비함에 대한 고통스러운 인식에서 야기된 환희가 마음에 드는 것이다. 결투선에 서서 상대의 일발을 기다릴 때면 매번 똑같이 가장 수치스럽고 광포한 느낌을 받곤 했는데, 한번은 그 느낌이 너무나 강렬했다. 고백하자면, 나는 그것을 자주 찾아다녔다. 왜냐하면 그것이 내게는 이런 종류의 느낌 중에서 가장 강렬했기 때문이다. 따귀를 맞을 때면(나는 인생에서 두 번 따귀를 맞았다), 지독한 분노에도 불구하고 바로 그런 것을 경험했다. 그러나 이때 분노를 참아 낸다면 쾌감은 상상 그 이상이 될 것이다. 나는 이것에 관해 결코 아무에게도 말한 적이 없고, 암시조차 하지 않았으며, 창피하고 수치스러운 일이어서 숨겨 오기만 했다. 한번은 뻬쩨르부르그[7]의 선술집에서 심하게 두들겨 맞고 머리카락을 잡혀 끌려간 적이 있는데, 그때는 이런 느낌이 들지 않았고, 믿기 어려울 정도의 분노만 느껴 술에 취하지 않은 상태에서 결국 싸움만 해버렸다. 그러나 내 뺨을 때려 그 대가로 내가 아래턱을 총으로 쏘아 버린 그 프랑스 자작이 외국에서 내 머리카락을 잡고 몸을 굽히게 만들었다면, 나는 쾌감을 느낄 뿐 아마 분노 같은 건 느끼지 못했을 것이다. 그때는 그런 생각이 들었다.

내가 이런 이야기를 하는 이유는, 누구든지 이 감정이 나를 완전히 정복한 적은 결코 없었으며, 의식은 항상 가장 완전한 상태였다는 것을(그렇다, 모든 것은 의식이 있는 상태에서 이루어졌다) 알아주었으면 하기 때문이다. 그 감정이 무모할 정도로 나를 사로잡았다 하더라도 스스로를 완전히 망각할 정도는 아니었다. 그것이 내 안에서 완벽한 불꽃에 도달해도 나는 그와 동시에 완전히 이겨 낼 수 있었으며, 심지어 정점의 순간에도 멈출 수 있었다. 단지 나 스스로 멈추고 싶지 않았을 뿐이다. 나는 짐승 같은 정욕을 타고났고, 항상 그것을 불러낼 수 있지만, 그럼에도 불구하고 일생을 수도사처럼 살 수도 있다고 확신한다. 나는 열여섯 살까지 장 자크 루소도 고백했던 그런 방탕함에 이상할 정도로 과도하게 몰두했지만, 열일곱 살이 되어 그러고 싶지 않다고 결정 내리자마자 바로 중단해 버렸다. 나는 내가 원할 때 언제든 나의 주인인 것이다. 그러므로 내 범죄의 책임을 환경이나 병에서 찾고 싶어 하지는 않는다는 것을 알아주었으면 한다.

체벌이 끝났을 때, 나는 칼을 조끼 주머니에 넣고 밖으로 나와 아무도 알아보지 못하도록 집에서 멀리 떨어진 길가에 던져 버렸다. 그 후 이틀 동안 기다려 보았다. 소녀는 좀 울고 나더니 더욱더 말이 없어졌다. 내가 확신하기로 그녀는 나에 대해 악감정을 가지지는 않았다. 그러나 내 앞에서 그런 모습으로 벌을 받았다는 것에, 물론 내가 거기 서서 모든 상황을 보고 있었기 때문에 얻어맞으면서 비명도 지르지 않고 흐느껴 울기만 했던 것에 약간의 수치심은 느꼈을 것이다. 그러나 이런 수치심 속에서도 그녀는 어린아이들이 그렇듯 아마 스스로를 책망했을 것이다. 이때까지 그녀는 나를 한 개인으로서보다는 하숙인이자 낯선 사람으로서 두려워하기만 했을 것이며, 굉장히 겁을 먹은 것 같았다.

바로 그때, 그 이틀 동안 나는 생각해 두었던 계획을 포기하고 떠날 수 있을까 자문해 보기도 했는데, 곧바로 나는 할 수 있다, 언제든, 이 순간에도 할 수 있다고 느꼈다. 나는 그 무렵 무관심병 때문에 자살을 하려 했다. 하지만 진짜 이유는 잘 모르겠다. 그 2~3일 동안(소녀가 모든 것을 잊을 때까지 확실히 기다려야 했기 때문에) 나는 아마도 끝없는 망상으로부터 스스로를 떼어 내기 위해, 혹은 그냥 재미 삼아 이 집 저 집에서 도둑질을 했다. 이것은 내 인생에서 유일한 도둑질이었다.

이 건물에는 많은 사람이 모여 살고 있었다. 그들 중 한 관리가 가족과 함께 가구가 딸린 방 두 개를 얻어 살고 있었다. 그는 마흔 살 정도에 그리 어리석지는 않았고 말쑥한 외모를 하고 있었지만 가난했다. 나는 그와 친하게 지내지는 않았으며, 그는 나를 둘러싸고 있는 무리를 두려워했다. 그에게는 마침 봉급으로 받은 35루블이 있었다. 그때 내 머릿속에 떠오른 주된 생각은 실제로 그 순간 돈이 필요하다는 것이었고(비록 나흘 뒤 우편으로 돈을 받긴 했지만), 그래서 나는 장난이 아니라 필요에 의해 돈을 훔친 것처럼 되어 버렸다. 방법은 뻔뻔하고 노골적이었다. 그와 그의 아내, 아이들이 비좁은 옆방에서 식사하는 동안, 나는 그냥 그의 방으로 들어갔다. 문 바로 옆 의자 위에 접어 놓은 제복이 놓여 있었다. 이 생각은 복도를 지나가다 문득 떠오른 것이었다. 나는 주머니 속에 손을 넣어 지갑을 꺼냈다. 관리는 바스락거리는 소리를 듣고 작은방에서 고개를 내밀었다. 그는 적어도 뭔가 보긴 한 것 같은데, 그러나 전부를 본 것이 아니기 때문에 물론 자기 눈을 믿지 못했다. 나는 복도를 지나가다 몇 시인지 그의 집 벽시계를 보려고 잠깐 들렀다고 말했다. 그는 시계가 〈멈춰 있습니다〉라고 대답했고, 나는 밖으로 나왔다.

그때 나는 술을 많이 마셨고, 내 방에는 한 무리의 패거리가 모여 있었으며, 그중에는 레뱟낀도 있었다. 나는 지갑은 잔돈과 함께 던져 버렸지만 지폐는 남겨 두었다. 전부 32루블로, 붉은 지폐가 세 장, 노란 지폐가 두 장이었다. 나는 곧장 붉은 지폐 한 장을 잔돈으로 바꾸어 샴페인을 사러 보냈다. 그다음에 또 한 장의 붉은 지폐를 사용했고, 세 번째 지폐도 사용했다. 네 시간쯤 지난 저녁 무렵에 관리가 복도에서 나를 기다리고 있었다.

「니꼴라이 프세볼로도비치, 조금 전 저희 집에 들르셨을 때 혹시 우연히 의자에서 제 제복을 떨어뜨리지 않으셨습니까? 문 옆에 있었습니다만…….」

「아니요, 기억나지 않는데요. 제복이 거기 있었나요?」

「네, 있었습니다.」

「마룻바닥 위에요?」

「처음에는 의자 위에 있었는데, 나중에는 바닥에 떨어져 있었습니다.」

「그래서 당신이 그것을 집어 올렸습니까?」

「네, 그랬습니다.」

「그럼, 달리 무슨 용무라도 있습니까?」

「만약 그렇다면, 아니 아무것도 아닙니다…….」

그는 감히 말을 끝맺지 못했고, 게다가 다른 집 사람들에게도 감히 말하지 못했다. 이런 사람들은 그 정도로 겁이 많은 것이다. 어쨌든 이 건물 사람들은 모두 나를 엄청 두려워하면서도 존경하고 있었다. 그 후 복도에서 두 번쯤 그와 눈이 마주쳤을 때 나는 그 상황을 즐겼다. 그러나 곧 싫증 났다.

사흘이 지나자마자 나는 고로호바야 거리로 돌아갔다. 소녀의 어머니는 보따리를 들고 어딘가로 갈 채비를 하고 있었다. 소시민 가장은 물론 집에 없었다. 나와 마뜨료샤만 집에 남았다. 창문은 열려 있었다. 그 건물에는 온통 직공들이 살고 있었기 때문에, 하루 종일 어느 층에서나 망치 소리나 노랫소리가 들려왔다. 우리는 벌써 한 시간가량을 그렇게 집에서 머무르고 있었다. 마뜨료샤는 자기 방에서 내게 등을 돌린 채 작은 걸상에 앉아 바늘로 뭔가를 만지작거리고 있었다. 그러더니 갑자기 조용하게, 아주 조용하게 노래를 부르기 시작했다. 이것은 그녀에게 가끔 있는 일이었다. 시계를 꺼내 몇 시인지 들여다보니 2시였다. 가슴이 두근거리기 시작했다. 이때 나는 문득 다시 자문해 보았다. 과연 멈출 수 있을까? 그리고 곧바로 그럴 수 있다고 스스로에게 대답했다. 나는 일어나서 몰래 그녀에게 다가가기 시작했다. 그 집 창가에는 제라늄이 가득했고, 태양은 지독하게도 밝게 빛나고 있었다. 나는 그녀 가까이 마룻바닥에 조용히 앉았다. 그녀는 몸을 부르르 떨며 처음에는 믿을 수 없다는 듯 겁을 먹고 자리에서 벌떡 일어났다. 나는 그녀의 손을 잡아 조용히 입을 맞춘 다음, 다시 걸상 위에 끌어 앉히고 그녀의 눈을 들여다보기 시작했다. 내가 그녀 손에 입을 맞추었다는 것이 그녀를 갑자기 어린아이처럼 즐겁게 만들었지만, 그것도 한순간에 불과했다. 그녀는 또 한 번 자리에서 벌떡 일어났고, 너무 놀라 얼굴에 경련이 일어났던 것이다. 그녀는 공포에 질려 움직이지 않는 시선으로 나를 쳐다보았다. 입술은 금방 울음이라도 터뜨릴 것처럼 바르르 떨고 있었지만, 어쨌든 소리를 지르지는 않았다. 나는 다시 그녀의 손에 입을 맞추었고, 그녀를 무릎 위에 앉히고 얼굴과 다리에도 입을 맞추었다. 내가 다리에 입을 맞추자 그녀는 온몸을 움츠리며 부끄러운 듯 미소를 지었지만, 그것은 왠지 일그러진 미소였다. 그녀의 얼굴이 온통 부끄러움으로 달아올랐다. 나는 그녀에게 연신 뭔가를 속삭였다. 그러다가 갑자기 내가 결코 잊을 수도 없고 나를 놀라게 만든 정말 이상한 일이 일어났다. 소녀가 팔로 내 목을 끌어안더니 갑자기 미친 듯이 키스를 하기 시작했다. 그녀의 얼굴에 완전한 환희가 나타났다. 나는 그녀가 불쌍해서 — 이렇게 작은 어린애가 그러는 것이 내게 불쾌하게 느껴졌던 것이다 — 하마터면 일어나서 나갈 뻔했다. 그러나 나는 갑작스럽게 든 두려운 감정을 극복하고 그 자리를 떠나지 않았다.

모든 일이 끝났을 때, 그녀는 당황한 듯 보였다. 나는 그녀를 설득하려고도 하지 않았고, 더 이상 애무해 주지도 않았다. 그녀는 겁먹은 미소를 지으며 나를 바라보았다. 그녀의 얼굴이 갑자기 내 눈에 어리석게 보였다. 시간이 지날수록 당황스러움이 점점 더 빠르게 그녀를 사로잡아 버렸다. 마침내 그녀는 두 손으로 얼굴을 가리고 한쪽 구석에서 벽을 향해 돌아서 가만히 서 있었다. 나는 그녀가 조금 전처럼 또다시 깜짝 놀랄까 두려워 조용히 그 집을 나왔다.

내 생각에 이 사건은 그녀에게 결국 한없이 추악하고 죽음과도 같은 공포로 받아들여졌을 것이 틀림없다. 그녀가 기저귀를 차고 있을 때부터 들어 봤을 러시아의 욕들과 모든 이상한 대화들에도 불구하고, 그녀는 아직 아무것도 모르고 있었던 것이 분명하다고 나는 확신한다. 아마도 그녀는 결국 자기가 믿을 수 없을 정도로 큰 죄를 저질렀고, 그로 인해 죽어 마땅한 죄, 즉 〈하느님을 죽인〉 죄를 지었다고 생각했을 것 같다.

그날 밤 나는 앞에서 잠깐 언급했듯이 선술집에서 싸움을 벌였다. 그러나 아침에 눈을 뜨니 내 방이었는데, 레뱟낀이 데려다 놓은 것이었다. 잠에서 깨자 제일 먼저 든 생각은 그녀가 과연 말했을까 하는 것이었다. 이것은 아직 그다지 강력하지는 않았지만 진정한 공포의 순간이었다. 그날 아침 나는 굉장히 즐거웠고, 모든 사람에게 엄청 친절했기 때문에 주변 패거리들은 모두 내게 대단히 만족해했다. 그러나 나는 그들을 내버려 두고 고로호바야 거리로 갔다. 나는 아래층 현관방에서 그녀와 마주쳤다. 그녀는 심부름으로 치커리를 사러 갔다가 돌아오는 길이었다. 나를 보자 그녀는 무섭게 겁을 먹고 쏜살같이 계단 위로 뛰어 올라갔다. 내가 들어갔을 때 그녀의 어머니는 딸이 〈미친 듯이〉 집 안으로 뛰어 들어왔다고 그녀의 뺨을 두 번이나 후려갈기고 있었는데, 그것으로 그녀가 가진 공포의 진짜 이유는 덮이고 말았다. 그리하여 모든 것이 아직은 평온했다. 소녀는 어딘가에 틀어박혀서 내가 있는 동안에는 계속 나오려 하지 않았다. 나는 한 시간 정도 머물다가 그 집을 나왔다.

　저녁 무렵 다시 공포를 느꼈는데, 이번에는 비교도 할 수 없을 정도로 강렬했다. 물론 나는 자백을 거부할 수 있겠지만, 내 죄는 폭로될 수도 있었다. 머릿속에 징역에 대한 생각이 어른거렸다. 나는 한 번도 공포를 느껴 본 적이 없었으며, 내 인생에서 이 경우를 제외하고는 그 전에도 후에도 아무것도 두려워하지 않았다. 따라서 이미 여러 번 유형당할 위기도 있었지만, 시베리아를 특별히 두려워하지도 않았다. 그러나 이번에는 겁을 집어먹었고, 이유는 모르겠지만 살면서 처음으로 두려움을 — 고통스러운 느낌을 실제로 경험했다. 게다가 저녁에 내 방에 앉아 있다가 그녀를 죽여야겠다고 결심할 정도로 증오심이 생기기도 했다. 내 증오의 주된 이유는 갑자기 생각난 그녀의 미소 때문이었다. 그녀가 모든 일이 끝난 다음 한쪽 구석으로 뛰어가 두 손으로 얼굴을 가렸다는 사실 때문에, 내 마음속에는 지나친 혐오감과 더불어 경멸의 감정이 생겨났다. 설명할 수 없는 광포함이 나를 사로잡았고, 그 후 오한이 닥쳐왔다. 아침 무렵 열이 오르기 시작하자 다시 공포에 사로잡혔는데, 그보다 더 심한 고통은 겪어 본 적이 없을 정도로 강력한 공포였다. 그러나 나는 더 이상 소녀를 증오하지 않았다. 적어도 어제와 같은 발작에까지 이르지는 않았다. 나는 강력한 공포가 증오와 복수심을 완전히 쫓아냈음을 알아차렸다.

정오쯤 나는 건강한 상태로 잠에서 깼으며, 어제의 감각 중 어떤 것에 대해서는 놀랍게 생각될 정도였다. 하지만 나는 불쾌한 정신 상태에서, 그 모든 혐오감에도 불구하고 다시 고로호바야 거리로 가봐야겠다는 생각이 들었다. 지금도 기억하지만, 그 순간 누군가와 싸우고 싶다는, 정말 진지하게 싸우고 싶다는 지독한 충동을 느꼈다. 그러나 고로호바야에 도착한 후 나는 뜻밖에 내 방에서 니나 사벨리예브나를, 이미 한 시간 정도 나를 기다리고 있던 그 하녀를 발견했다. 나는 이 여자를 전혀 사랑하지 않았으며, 그래서 그녀는 초대받지 않은 방문에 내가 화내지 않을까 약간 두려워하고 있었다. 그러나 갑자기 그녀를 보자 나는 아주 즐거워졌다. 그녀는 외모도 나쁘지 않고 겸손했으며, 소시민들이 좋아할 만한 예의도 갖추고 있었기 때문에, 주인집 여자는 이미 오래전부터 내게 그녀 칭찬을 많이 했다. 내가 들어갔을 때 그들 두 사람은 커피를 마시고 있었고, 주인 여자는 기분 좋은 대화에 대단히 만족한 듯 보였다. 그 작은방 한쪽 구석에서 나는 마뜨료샤를 발견했다. 그녀는 그 자리에 서서 어머니와 손님을 가만히 쳐다보고 있었다. 내가 안으로 들어섰을 때, 그녀는 전처럼 숨지도 않았고 도망가지도 않았다. 다만 그녀가 많이 여위고 열이 있는 것 같다는 생각이 들었다. 나는 니나에게 다정하게 굴며 주인 여자 방으로 이어지는 문을 닫았는데, 오랫동안 그런 일이 없었기 때문에 니나는 완전히 기쁨에 넘쳐서 집으로 돌아갔다. 나는 직접 그녀를 데려다주고, 이틀 동안 고로호바야에는 가지 않았다. 이미 싫증이 났던 것이다.

나는 모든 것을 끝내기로 하고 집도 내놓고 뻬쩨르부르끄를 떠나야겠다고 결심했다. 그러나 집을 내놓으려고 들렀다가 주인 여자가 불안과 슬픔에 싸여 있는 것을 보게 되었다. 마뜨료샤가 사흘째 병을 앓고 있으며, 밤마다 열이 오르고 헛소리를 한다는 것이었다. 물론 나는 그녀가 무슨 헛소리를 하는지 물어보았다(우리는 내 방에서 작은 소리로 이야기하고 있었다). 그녀는 딸이 〈무서워 죽겠어요〉, 〈나는 하느님을 죽였어요〉라고 헛소리를 한다고 속삭이듯 말했다. 내가 돈을 낼 테니 의사를 부르자고 했지만, 그녀는 원하지 않았다.《하느님의 도움으로 그냥 지나갈 거예요. 계속 누워 있는 것도 아니고, 낮에는 돌아다니거든요. 지금도 가게에 뛰어갔다 왔다니까요》라면서 말이다. 나는 마뜨료샤를 따로 만나야겠다고 마음먹고 있었는데, 마침 주인 여자가 5시쯤 뻬쩨르부릅스까야 거리에 가야 한다고 무심코 말하기에 저녁에 다시 오기로 했다.

나는 선술집에서 식사를 했다. 정확히 5시 15분에 그 집으로 돌아왔다. 나는 항상 내 열쇠로 방 안에 들어가곤 했다. 마뜨료샤 외에는 아무도 없었다. 그녀는 작은 방 칸막이 뒤 어머니 침대에 누워 있었고, 나는 그녀가 흘깃 내다보는 것을 보았다. 그러나 눈치채지 못한 것 같은 표정을 지었다. 창문이 전부 열려 있었다. 공기는 따뜻하다 못해 덥기까지 했다. 나는 방 안을 걸어다니다가 소파에 앉았다. 나는 최후의 순간까지 모든 것을 기억하고 있다. 마뜨료샤와 말을 하지 않는 것이 결정적으로 내게 만족감을 주었다. 꼬박 한 시간을 앉아서 기다렸더니, 그녀가 갑자기 칸막이 뒤에서 뛰어나왔다. 그녀가 침대에서 뛰어내릴 때 발이 마룻바닥에 부딪히는 소리와, 그다음에 상당히 빠르게 걸어오는 발소리가 들리더니, 그녀는 내 방 문턱 앞에 서 있었다. 그녀는 말없이 나를 쳐다보았다. 그 일이 있고 난 후 지난 4일이나 5일 동안 한 번도 그녀를 가까이에서 본 적이 없었는데, 실제로 너무 야위어 있었다. 얼굴은 바싹 말라 버린 듯했고, 머리에는 분명 열도 있는 것 같았다. 더 커진 눈은 깜박이지도 않고 둔한 호기심을 띠며 나를 주시하고 있었다. 처음에는 그렇게 보였다. 나는 소파 한쪽에 앉아 그녀를 보고 있었지만, 움직이지는 않았다. 이때 갑자기 또다시 증오의 감정이 밀려왔다. 그러나 곧 그녀는 나를 전혀 무서워하고 있는 것이 아니라, 오히려 의식이 혼미한 상태라는 것을 알아차렸다. 그러나 그녀는 의식이 혼미한 상태도 아니었다. 누군가를 질책할 때 보통 그러듯이 그녀는 갑자기 나를 보며 머리를 까딱거렸고, 그러더니 갑자기 나를 향해 작은 주먹을 들고 그 자리에서 위협하기 시작했다. 첫 순간에는 그 행동이 우스꽝스럽게 보였지만, 그러다가 더 이상 그걸 참을 수 없게 되었다. 나는 일어나서 그녀에게 다가갔다. 그녀의 얼굴에는 도저히 이런 아이들에게서는 볼 수 없는 절망의 표정이 드러나 있었다. 그녀는 계속 나를 향해 위협하듯 작은 주먹을 흔들었고, 질책하듯 고개를 까딱거렸다. 나는 가까이 다가가 조심스럽게 말을 걸어 보았지만, 그녀가 이해하지 못한다는 것을 알 수 있었다. 그러다가 갑자기 그녀는 다시 그때처럼 두 손으로 재빠르게 얼굴을 가리고 그 자리를 떠나 창가 쪽으로 가더니 내게 등을 돌리고 섰다. 나는 그녀를 남겨 두고 내 방으로 돌아와서 역시 창가에 앉았다. 그때 내가 왜 그 집을 떠나지 않고 뭔가 기다리듯이 남아 있었는지 좀처럼 이해가 되지 않는다. 그러다가 곧 다시 그녀의 서두르는 발소리를, 그녀가 계단을 따라 아래로 내려가도록 되어 있는 나무 복도 쪽 문으로 나가는 소리를 들었고, 그래서 나는 곧바로 내 방 문 쪽으로 달려가 문을 살짝 열고 마뜨료샤가 화장실 옆에 붙어 있는 닭장처럼 생긴 아주 작은 헛간으로 들어가는 것을 얼핏 볼 수 있었다. 순간 이상한 생각이 머릿속에 스쳐 갔다. 나는 문을 조금 열어 놓고 창가로 돌아갔다. 물론 머릿속에 어른거리던 그 생각을 여전히 믿을 수는 없었다. 〈하지만 그래도…….〉 (나는 모든 것을 기억하고 있다.)

1분쯤 지나 나는 시계를 보았고, 그 시간을 기억해 두었다. 저녁이 다가오고 있었다. 파리 한 마리가 주변에서 윙윙거리며 자꾸 내 얼굴에 앉으려고 했다. 나는 그것을 잡아 손가락으로 잡고 있다가 창밖으로 놓아주었다. 아래쪽에서 짐마차 한 대가 매우 큰 소리를 내며 마당 안으로 들어섰다. 마당 한쪽 구석의 창가에서는 한 재단사가 매우 큰 소리로 (이미 오래전부터) 노래를 부르고 있었다. 그는 앉아서 일을 하고 있었고, 나는 그를 볼 수 있었다. 내 머릿속에는 내가 대문으로 들어와서 계단으로 올라올 때 아무도 나를 보지 못했으므로,

지금 아래로 내려갈 때도 물론 사람들이 눈치채게 할 필요가 없다는 생각이 떠올랐고, 그래서 의자를 창가에서 떼어 놓았다. 그 후 책을 꺼내 들었다가 던져 버리고, 제라늄 잎에 매달려 있는 아주 작은 거미를 들여다보며 망각의 상태에 빠져들었다. 나는 최후의 순간까지 모든 것을 기억하고 있다.

나는 갑자기 시계를 꺼냈다. 그녀가 나간 지 20분이 지났다. 짐작이 확실해져 갔다. 하지만 나는 15분 정도 더 기다려 보기로 했다. 그녀가 돌아온 것 아닐까, 내가 혹시 소리를 듣지 못했나 하는 생각이 들기도 했다. 그러나 그런 일은 있을 수 없었다. 주변이 쥐 죽은 듯이 조용해서 파리가 윙윙거리는 소리조차 들을 수 있었기 때문이다. 갑자기 심장이 두근거리기 시작했다. 시계를 꺼내 보니 아직 3분이 남아 있었다. 고통스러울 정도로 심장이 떨렸지만, 3분을 앉아서 버텼다. 마침내 나는 일어나서 모자를 뒤집어쓰고, 외투 단추를 잠그고, 모든 것이 제자리에 있는지, 내가 이곳에 들렀다는 흔적을 남겨 놓지 않았는지 방 안을 둘러보았다. 의자도 전에 있었던 대로 창가 쪽으로 좀 더 가까이 옮겨 놓았다. 마침내 조용히 문을 열고 나와 내 열쇠로 잠근 다음 헛간으로 가보았다. 그곳의 문은 닫혀 있었지만 잠겨 있지는 않았다. 나는 그 문이 잠겨 있지 않다는 것을 알고 있었지만 열고 싶지 않아서 발뒤꿈치를 들고 틈을 통해 들여다보았다. 바로 그 순간 발뒤꿈치를 들다가, 나는 문득 조금 전 창가에 앉아서 붉은 거미를 바라보며 망각의 상태에 빠져 있을 때 내가 발뒤꿈치를 들고 이 구멍을 들여다보리라는 생각을 하고 있었던 것이 떠올랐다. 이런 세세한 이야기까지 다 적어 넣는 이유는 내가 어느 정도까지 분명하게 나의 지적 능력을 통제하고 있었는지 반드시 증명하고 싶어서다. 나는 오랫동안 틈을 통해 들여다보았는데, 그곳은 어두웠지만 전혀 보이지 않을 정도는 아니었다. 마침내 나는 필요한 것을…… 완전히 확인하고 싶었던 모든 것을 알아볼 수 있었다.

나는 마침내 이제는 떠나도 되겠다고 결심하고 계단을 내려갔다. 아무도 만난 사람은 없었다. 세 시간쯤 뒤 우리는 모두 프록코트도 입지 않고 방에서 차를 마시며 낡은 카드로 게임을 했고, 레뱟낀은 시를 낭독했다. 많은 이야기를 주고받았는데, 마치 일부러 그런 듯 모든 내용이 훌륭하고 재미있었으며, 여느 때처럼 어리석지는 않았다. 끼릴로프도 있었다. 럼주 병이 옆에 있었지만 아무도 마시지 않았고, 레뱟낀만이 조금 마시는 정도였다. 쁘로호르 말로프는 〈니꼴라이 프세볼로도비치가 만족감을 느끼고 우울해하지 않을 때 우리 모두는 유쾌해져서 재치 있는 이야기도 나누게 된다〉라고 말했다. 나는 그때 이 말을 기억해 두었다.

그러나 이미 11시가 되었을 무렵, 고로호바야 집의 관리인 딸이 주인 여자의 심부름으로 마뜨료샤가 목을 매어 자살했다는 소식을 가지고 달려왔다. 소녀와 함께 그곳에 갔더니 주인 여자 자신도 왜 나를 불러오라고 했는지 모르고 있었다. 그녀는 울부짖으며 몸부림치고 있었고, 완전히 난장판에 사람들도 모여들었고 경찰들도 와 있었다. 나는 현관방에 잠시 서 있다가 나와 버렸다.

나는 귀찮은 일을 당하지는 않았지만, 절차에 따라 몇 가지 질문을 받았다. 그러나 소녀가 병이 들어 최근에는 헛소리도 하고, 그래서 내 돈으로 의사를 부르자고 제안했다는 말 외에는 결정적으로 아무것도 진술할 것이 없었다. 칼에 대해서도 질문을 받았다. 나는 주인 여자가 딸에게 매질을 했지만 그건 별일 아니었다고 말했다. 내가 저녁에 그 집에 갔던 것은 아무도 모르고 있었다. 의학적 검사 결과에 대해서는 아무것도 듣지 못했다.

나는 일주일 정도 그곳을 찾아가지 않았다. 장례식이 끝나고 한참 뒤 집을 내놓기 위해 잠깐 들렀다. 주인 여자는 전처럼 천 조각이나 바느질에 매달려 있었지만, 그래도 여전히 눈물을 흘리고 있었다. 「내가 당신 칼 때문에 그 애를 괴롭혀서 그랬던 거예요.」 그녀는 내게 이렇게 말했지만, 더 이상 질책하는 기색은 없었다. 나는 그런 일이 있었던 집에서 니나 사벨리예브나를 만나기 위해 계속 지낼 수는 없을 것 같다는 핑계를 대고 계산을 마쳤다. 그녀는 작별 인사를 하면서 또 한 번 니나 사벨리예브나를 칭찬했다. 그 집을 나오면서 나는 집세 외에 5루블을 더 얹어 주었다.

그때는 살아간다는 것이 머리가 멍할 정도로 정말 지루하게 여겨졌다. 내가 고로호바야 거리에서의 사건에 대해 얼마나 겁을 먹고 있었는지 한동안 격렬한 분노를 느끼며 기억하고 있지 않았다면, 모든 위험이 지나간 뒤 당시 다른 일들과 마찬가지로 그 사건도 완전히 잊어버렸을 것이다. 나는 상대가 누구든 할 수만 있다면 분노를 터뜨렸다. 그 당시에는 전혀 이유도 없이 어떻게든, 가능하면 더 추악한 방법으로 내 인생을 망쳐야겠다는 생각만이 떠올랐다. 나는 이미 1년 전부터 권총 자살을 생각하고 있었다. 그런데 그보다 더 좋은 일이 나타났다. 한번은 여기저기 셋방을 돌아다니며 잔심부름을 하던, 당시 완전히 미친 상태는 아니었고 그냥 감격을 잘하는 백치로서 남몰래 나를 미친 듯이 사랑하고 있던(그 사실은 우리 패거리들이 알아냈다) 절름발이 여자 마리야 찌모페예브나 레뱟끼나를 보다가 갑자기 그녀와 결혼해야겠다는 결심을 했다. 스따브로긴이 이런 열등한 존재와 결혼한다는 생각이 내 신경을 자극했다. 더 추악한 일은 상상도 할 수 없을 정도였다. 그러나 마뜨료샤와의 일 이후 나를 사로잡았던 그 비열한 비겁함에 대한 증오가 혹시 무의식적으로(물론 무의식적으로 말이다!) 이런 결정에 관여한 것은 아닐지 판단을 내릴 수는 없다. 사실 생각은 나지 않는다. 그러나 어쨌든 〈주연 이후 술에 취해서 한 내기〉 때문에만 결혼한 것은 아니었다. 결혼식의 증인이 되어 준 사람은 끼릴로프와 그때 우연히 뻬쩨르부르끄에 와 있던 뾰뜨르 베르호벤스끼, 마지막으로 당사자인 레뱟낀과 쁘로호르 말로프(지금은 죽고 없다)였다. 더 이상 아무도 알지 못했으며, 그들은 침묵을 지키겠다고 약속했다. 내게는 항상 이 침묵이 비열하게 생각되었고, 비록 나는 그것을 공표할 의향을 가지고 있었지만, 어쨌든 지금까지 그 약속은 깨지지 않고 있다. 그래서 내가 지금 공표하려 한다.

결혼식이 끝난 후 나는 어머니가 계시는 현으로 갔다. 도저히 견딜 수가 없어서 기분 전환을 위해 간 것이었다. 우리 도시에서 나는 사람들이 내가 미쳤다는 생각을 — 아직까지도 근절되지 않고 남아 있어 내게 분명 해를 끼치고 있는 그 생각을 — 하게 만들고 떠났는데, 그것에 대해서는 나중에 설명하겠다. 그 후 나는 외국으로 갔고, 그곳에서 4년을 머물렀다.

나는 동양에도 가고, 아토스산에서 8일간의 철야 기도도 했다. 이집트에도 가보았고, 스위스에서 살기도 했으며, 심지어 아이슬란드에도 가보았다. 괴팅겐의 대학에서는 1년짜리 강의를 수강했다. 마지막 해에는 파리에서 한 러시아 명문가와 아주 가까이 지냈고, 스위스에서는 두 명의 러시아 아가씨와 친밀하게 지냈다. 2년 전쯤 프랑크푸르트에서 지물포 앞을 지나가다가, 판매용 사진들 속에서 우아한 아동복을 입고 있지만 마뜨료샤를 아주 많이 닮은 한 소녀의 작은 사진을 보았다. 나는 즉시 그 사진을 사서 호텔로 돌아와 벽난로 위에 올려놓았다. 사진은 그 자리에 일주일 정도 손도 대지 않은 채 놓여 있었고, 나는 한 번도 쳐다보지 않았다. 프랑크푸르트를 떠날 때는 가져가는 것도 잊어버렸다.

이런 것을 적어 넣는 이유는 바로 내가 어느 정도까지 나의 회상을 지배할 수 있고, 그것에 얼마나 무감각해질 수 있는지 증명하기 위해서다. 나는 그것들을 모두 한꺼번에 버려버렸고, 그것들은 매번 내가 원하기만 하면 고분고분 사라졌다. 나는 언제나 과거를 회상하는 것이 지루했으며, 거의 모든 사람이 그렇듯 과거에 관해 논하는 것도 할 수 없었다. 마뜨료샤와 관련해서는 그녀의 사진을 벽난로 위에 두고 잊어버리기까지 했던 것이다.

1년 전쯤 봄, 독일을 지나가다가 멍한 상태에서 기차를 갈아타야 할 역을 지나쳐 다른 지선으로 들어선 적이 있다. 나는 다음 역에서 내렸다. 오후 2시가 지나 있었고, 화창한 날이었다. 그곳은 아주 작은 독일의 소도시였다. 나는 호텔을 소개받았다. 다음 기차는 밤 11시에 지나가기 때문에 그때까지 기다려야 했다. 나는 아무 데도 서둘러 갈 곳이 없었기 때문에 이런 돌발적인 사건이 오히려 만족스러웠다. 호텔은 작고 보잘것없었지만, 온통 녹음으로 덮여 있고 주변은 화단으로 둘러싸여 있었다. 나는 아주 좁은 방을 얻었다. 기분 좋게 식사를 마치고, 밤새 기차를 타고 왔기 때문에 오후 4시쯤 깊은 잠에 빠져들었다.

그때 나는 정말로 뜻밖의 꿈을 꾸었는데, 그런 종류의 꿈은 전에는 한 번도 꾼 적이 없었다. 드레스덴의 한 화랑엔 클로드 로랭의 그림이 걸려 있다. 카탈로그에는 「아시스와 갈라테아」[61]라는 제목으로 되어 있던 것 같은데, 나는 무슨 이유에서인지 항상 그 그림을 「황금시대」라고 불렀다. 전에도 본 적이 있지만, 이번에는 3일 전쯤 지나가던 길에 다시 한번 들러 주의를 기울여 살펴보았다. 바로 이 그림이 꿈에 나타난 것인데, 그림으로서가 아니라 마치 실제 장면 같았다.

그곳은 그리스 다도해의 한 모퉁이로, 잔잔한 푸른 파도, 섬과 절벽들, 꽃이 만발한 해안, 멀리 마법같이 펼쳐진 전망, 유혹의 손길을 보내는 석양 등 — 말로는 표현할 수가 없다. 이곳에서 유럽의 인류는 자신들의 요람을 기억해 냈고, 이곳에 신화의 첫 장면이, 그들의 지상 낙원이 있는 것이다……. 이곳에는 아름다운 사람들이 살고 있었다! 그들은 행복하고 순수한 상태로 잠에서 깨고 잠이 들곤 했다. 숲은 그들의 즐거운 노래로 가득 찼고, 아직 손이 닿지 않은 그들의 위대한 힘은 사랑을 향해, 순진한 기쁨을 향해 뻗어 나갔다. 태양은 아름

61 프랑스 화가 클로드 로랭Claude Lorrain의 1657년 그림이다. 오비디우스의 『변신 이야기』에 따르면 바다의 님프 갈라테아는 아름다운 청년 아시스와 사랑에 빠진다. 그러자 그녀를 사랑하는 외눈박이 거인 폴리페모스는 그들의 사랑을 질투하여 아시스에게 거대한 바위를 던져 살해한다. 갈라테아는 자신이 가진 능력으로 아시스를 샘물로 변화시킨다. 이 신화를 모티프로 하고 있는 로랭의 그림에서 아시스와 갈라테아는 석양이 비치는 바닷가에서 바다와 산을 배경으로 그 앞에 천막을 치고 서로 다정한 포즈를 취하고 있다.

다운 자신의 아이들을 보고 기뻐하며 섬과 바다를 햇살로 가득 덮고 있었다. 경이로운 꿈이며 드높은 망상이로다! 지금까지 존재했던 모든 꿈들 중에서 가장 믿기 어려운 꿈으로, 전 인류는 평생 동안 그것에 온 힘을 바쳐 왔고, 그것을 위해 모든 것을 희생해 왔으며, 그것을 위해 예언자들은 십자가 위에서 죽기도 하고 죽임을 당하기도 했고, 그것이 없으면 민중은 살고 싶어 하지 않으며, 그렇다고 죽을 수도 없다. 이런 모든 느낌을 나는 꿈속에서 체험한 것 같다. 내가 정확하게 무슨 꿈을 꾸었는지는 잘 모르겠지만, 그러나 잠에서 깨어 생애 처음으로 문자 그대로 눈물에 젖은 눈을 떴을 때, 나는 절벽, 그리고 바다, 그리고 비스듬하게 기운 석양빛, 이 모든 것을 여전히 보고 있는 것 같았다. 경험해 보지 못한 행복감이 고통스럽게 가슴을 뚫고 지나갔다. 이미 완전히 날이 저물어 있었다. 작은 내 방 창문으로 비스듬하게 기운 눈부신 석양빛한 무더기가 창가에 놓인 화분의 푸르름을 뚫고 들어와 나를 빛으로 물들였다. 나는 간절한 마음으로 지나간 꿈을 되돌리려는 듯 서둘러 눈을 다시 감았지만, 그러다가 갑자기 번쩍번쩍 빛나는 햇빛 사이로 뭔가 아주 작은 점을 본 것 같은 생각이 들었다. 그 점은 어떤 형상을 띠기 시작하더니, 갑자기 아주 작은 붉은색 거미가 선명하게 모습을 드러냈다. 그러자 곧바로 지금처럼 비스듬한 석양빛이 쏟아지고 있던 그때, 제라늄 잎사귀 위에 있던 그 거미가 떠올랐다. 뭔가에 찔린 것처럼 나는 일어났다가 다시 침대에 앉았다……. (바로 이런 일들이 그때 일어났다!)

그러나 나는 보았다(오, 실제로 본 것은 아니다! 만약에, 만약에 그것이 진짜 환영이었더라면!). 나는 눈앞에서 마뜨료샤를, 내 방 문 앞에 서서 나를 향해 고개를 까딱거리며 작은 주먹을 들어 보이던, 그때와 똑같이 수척한 모습에 열에 들뜬 눈을 하고 있는 마뜨료샤를 보았다. 그 무엇도 결코 내게 그렇게까지 고통스러웠던 적은 없다! 나를 위협하면서도(대체 무엇으로? 그 아이가 내게 뭘 할 수 있었겠는가?) 결국 스스로를 책망했던, 아직 이성이 채 완성되지도 못한 의지할 데 없는 열 살짜리[62] 존재의 비참한 절망이라니! 아직까지 내게 그런 일은 한 번도 일어난 적이 없었다. 나는 한밤중까지 움직이지도 않고 시간도 잊은 채 앉아 있었다. 이것이 양심의 가책이나 후회라고 불리는 것인가? 나는 알지 못하며, 지금까지도 뭐라고 말할 수가 없다. 바로 지금까지도 내가 저지른 것에 대한 회상이 내게는 그다지 역겹게 느껴지지 않는 것 같다. 이 회상에는 지금도 내 정욕을 기분 좋게 해주는 무언가가 들어 있는지도 모른다. 아니, 내가 견딜 수 없는 것은 단지 문턱에 서서 작은 주먹을 들고 나를 위협하던 그 형상, 단지 그때 그녀의 모습, 단지 그 순간, 단지 그 까딱거리던 고갯짓뿐이다. 바로 그것을 나는 견딜 수가 없다. 왜냐하면 그때부터 내게는 거의 매일 그 모습이 떠오르기 때문이다. 그것이 스스로 나타나는 것이 아니라 내가 직접 그것을 불러내고 있으며, 그것과 함께 살 수 없음에도 불구하고 불러내지 않을 수가 없다. 오, 비록 환각이라도 좋으니 그녀를 실제로 한 번 볼 수만 있다면!

내게는 아마 이것보다는 좀 더 나을 법한, 또 다른 오래된 기억들이 있다. 한 여자에게 나는 더 나쁜 행동을 했고, 그녀는 그것 때문에 죽고 말았다. 나에 대해 전혀 죄가 없는 두 명

62 앞에서는 열네 살이라고 했지만, 여기서는 열 살이라 하고 있다.

의 목숨을 결투로 빼앗았다. 한번은 지독하게 모욕을 당했지만, 상대에게 복수하지는 않았다. 나는 한 독살 사건에도 연루되었는데, 의도적이었고 성공했지만 아무도 모르고 있다 (필요하다면 전부 알려 주겠다).

그런데 왜 이런 기억들 중에서 단 하나도 내게 그와 같은 감정을 전혀 불러일으키지 못하는 것일까? 그것들이 불러일으키는 것은 오직 증오의 감정뿐으로, 그것도 지금 상황이니까 소환된 감정이지, 이전에는 냉정하게 잊어버리거나 멀리했을 뿐이다.

그 후 나는 거의 1년 동안 방랑 생활을 하며 뭔가에 전념하려고 애썼다. 나는 지금이라도 마음만 먹으면 그 소녀를 떼어낼 수 있으리라는 것을 안다. 나는 전과 마찬가지로 나의 의지를 완전히 지배하고 있다. 그러나 문제는 나 자신이 결코 그러기를 원하지 않았고, 지금도 원하지 않고, 앞으로도 원하지 않을 것이라는 점이다. 나는 이미 이것을 알고 있다. 내가 광기에 이를 때까지 그런 상태는 계속될 것이다.

두 달이 지난 뒤 나는 스위스에서 한 아가씨와 사랑에 빠졌다. 아니, 더 정확히 말해 과거 초기에 나타나곤 했던 광포한 충동을 수반한 열정의 발작을 느꼈다. 나는 새로운 범죄, 즉 이중 결혼을 해야겠다는(나는 이미 결혼했으므로) 무서운 유혹을 느꼈다. 그러나 내가 거의 모든 사실을 털어놓았던 다른 아가씨의 충고 덕분에 도망갈 수 있었다. 이 새로운 범죄도 마뜨료샤에게서 나를 전혀 구해 주지 못했을 것이다.

그리하여 나는 이 기록을 인쇄해 3백 부를 러시아로 가져가기로 결심했다. 때가 되면 경찰과 지역 당국에 보낼 것이다. 동시에 모든 신문사 편집국에도 공개해 달라는 부탁과 함께 보낼 것이며, 뻬쩨르부르끄와 러시아에서 나를 알고 있는 많은 사람들에게도 보낼 것이다. 마찬가지로 외국에서는 번역본도 나올 것이다. 나는 아마도 법적으로는 걱정할 일이 없으리라는 것을, 적어도 심각한 의미에서는 없으리라는 것을 알고 있다. 나 혼자 스스로에게 선고를 내리는 것이지 고발자가 있는 것은 아니기 때문이다. 게다가 증거랄 것도 전혀 없거나, 있다 해도 극히 적다. 마지막으로 내가 정신 착란이라는 의견이 뿌리 깊게 박혀 있는데, 나의 친척들은 그 생각을 이용해서 나에게 위험한 모든 법적 문책을 저지하려 노력할 것이다. 그런데 내가 이것을 발표하는 이유는 나는 완전히 이성적이며 내 상황을 잘 이해하고 있다는 것을 증명하기 위해서다. 그러나 내게는 이 모든 것을 알고 나서 나를 바라볼 사람들이 남게 될 것이며, 나도 그들을 바라볼 것이다. 그런 사람들이 많으면 많을수록 더 좋다. 이것이 나의 마음을 가볍게 해줄지는 모르겠다. 하지만 최후의 수단에 호소해 보는 것이다.

한 가지 더 있다. 만약 뻬쩨르부르끄 경찰서에서 열심히 찾아본다면 어쩌면 뭐라도 발견될지 모르겠다. 그 소시민 부부는 아마 지금도 뻬쩨르부르끄에 살고 있을 것이다. 물론 그들은 집도 기억할 것이다. 그것은 밝은 하늘색으로 칠해진 집이었다. 나는 아무 데도 가지 않고, 당분간(1년이나 2년 정도) 어머니 영지인 스끄보레시니끼에 계속 머물 예정이다. 만약 소환당한다면 어디든 출두할 것이다.

니꼴라이 스따브로긴

3

이것을 읽는 데 거의 한 시간이 걸렸다. 찌혼은 천천히 읽었으며, 몇 군데는 아마도 두어 번 다시 읽는 것 같았다. 그동안 스따브로긴은 말없이 꼼짝 않고 앉아만 있었다. 이상하게도 이날 아침 내내 그의 얼굴에 어려 있던 초조함이나 산만함, 헛소리 증상은 거의 사라지고 대신 침착함이나 어떤 진실성 같은 것이 나타나 있었는데, 이것은 그의 모습에 위엄을 더해 주었다. 찌혼은 안경을 벗고 약간 조심스럽게 먼저 말하기 시작했다.

「이 기록에 약간의 수정을 할 수는 없을까요?」

「무엇 때문에요? 저는 진심을 담아서 썼는데요.」 스따브로긴이 대답했다.

「문체를 약간 수정했으면 해서요.」

「미리 경고해 두는 걸 잊었습니다만, 신부님 말씀은 다 소용없습니다. 저는 계획을 미루지 않을 겁니다. 설득하려 애쓰지 마십시오.」

「당신은 조금 전 내가 읽기 전에 잊지 않고 이미 경고했습니다.」

「상관없습니다. 다시 한번 말씀드리지요. 신부님의 반대가 아무리 강해도 저는 제 계획에서 물러서지 않을 겁니다. 제가 이런 서투른 문구로, 혹은 교묘한 문구로 — 마음대로 생각하십시오 — 신부님이 좀 더 빨리 제게 반대하게 하려거나 저를 설득하게 하려고 그러는 것은 아니라는 점을 알아주십시오.」 그는 참지 못하겠다는 듯 순식간에 다시 조금 전의 어조로 되돌아가 이렇게 덧붙였지만, 곧 자기 말에 슬픈 미소를 지었다.

「나는 당신에게 반대하거나, 특히 당신 계획을 그만두라고 설득하거나 할 수 없습니다. 이런 사상은 위대한 사상으로, 기독교 사상을 이보다 더 완전하게 표현할 수는 없습니다. 당신이 계획하고 있던 이 놀라운 위업보다 더 멀리 나갈 수 있는 참회는 없지요. 다만……」

「다만 뭡니까?」

「다만 그것이 정말로 참회이고, 정말로 기독교적 사상이라면 말입니다.」

「그건 너무 미묘한 문제 같군요. 상관없지 않습니까? 저는 진심을 담아서 썼는데요.」

「당신은 마음속으로 바라는 것보다 일부러 더 거칠게 자신을 내보이고 싶어 하시는 것 같습니다……」 찌혼은 점점 더 용기를 냈다. 이 〈기록〉이 그에게 강한 인상을 불러일으킨 것이 분명했다.

「〈내보인다고요?〉 다시 한번 말씀드리지만 저는 〈내보인〉 적도 없고, 특별히 〈꾸미지〉도 않았습니다.」

찌혼은 재빨리 시선을 내렸다.

「이 기록은 치명적으로 상처 입은 마음의 요구에서 직접 나온 것입니다. 제가 제대로 이해하고 있나요?」 그는 대단한 열정을 보이며 끈기 있게 말을 이었다. 「그렇습니다. 이것은 참회이자, 당신을 이겨 낸 참회의 당연한 요구이며, 당신은 위대한 길, 전대미문의 길로 들어선 것입니다. 그러나 당신은 이미 여기 쓰인 것을 읽을 모든 사람을 미리 증오하고, 그들에게 싸움을 걸려고 하는 것처럼 보입니다. 죄를 인정하는 것은 부끄러워하지 않으면서 왜 참회는 부끄러워하십니까? 모두가 당신을 실컷 쳐다볼 테면 쳐다보라고 당신은 말하고 있습니다. 그렇다면 당신 자신은 그들을 어떻게 보시겠습니까? 당신의 서술에서 몇몇 부분은 지나치게 강조되고 있습니다. 당신은 자신의 심리에 도취되어 있고, 세세한 것 하나하나에 매달리고 있는 것 같습니다. 당신에게는 존재하지도 않는 냉담함으로 독자들을 놀라게 하려고 말입니다. 이것이 재판관에 대한 죄인의 오만한 도전이 아니라면 무엇이겠습니까?」

「대체 어디에 도전이 있단 말입니까? 제 개인의 판단을 일체 배제했는데요.」

찌혼은 아무 말도 하지 않았다. 그의 창백한 뺨이 붉어지기까지 했다.

「그 이야기는 그만둡시다.」 스따브로긴은 단호하게 말을 끊었다. 「이제 제 쪽에서 질문을 하나 하겠습니다. 이것을(그는 종이를 턱으로 가리켰다) 읽고 나서 우리는 이미 5분을 이야기하고 있는데, 신부님 얼굴에 혐오감이나 수치심 같은 표정은 전혀 보이지 않네요……. 신부님은 혐오스럽지 않으신가 봅니다……!」

그는 말을 끝맺지 못하고 가볍게 웃었다.

「그러니까 당신은 제가 좀 더 빨리 당신에게 경멸을 표하기를 바라고 계시는군요.」 찌혼은 단호하게 말을 맺었다. 「저는 당신에게 아무것도 숨기지 않겠습니다. 저를 두렵게 했던 건, 일부러 혐오에 써버린 그 위대한 무위의 힘입니다. 범죄 자체와 관련해서 보자면, 많은 사람이 그런 죄를 저지르지만, 그들은 젊은 시절의 피할 수 없는 실수라 여기고 평온하고 편안한 마음으로 살아갑니다. 심지어 기분 전환이나 장난으로 그런 죄를 저지르는 노인들도 있지요. 온 세상이 이런 공포스러운 일로 가득 차 있습니다. 당신은 그 심연을 느꼈고, 그 정도까지 도달하기란 아주 드문 일이지요.」

「혹시 이 인쇄물을 읽고 저를 존경하게 되신 건 아니겠지요?」 스따브로긴은 비뚤어진 미소를 지었다.

「그에 대해 직접적으로 대답하진 않겠습니다. 그러나 당신이 그 소녀에게 저지른 행위보다 더 크고 더 무서운 범죄는 물론 없으며, 있을 수도 없습니다.」

「자를 들고 재는 일은 그만두시죠. 다른 사람들은 어떻다는 것이나 그런 범죄가 흔히 볼 수 있는 것이라는 신부님의 평가는 조금 놀랍군요. 어쩌면 저는 여기 쓴 것처럼 그렇게 고통스럽지 않은 것일지도 모르고, 또 실제로 지나치게 자기비방을 했는지도 모릅니다.」 그는 갑자기 이렇게 덧붙였다.

찌혼은 또다시 입을 다물었다. 스따브로긴은 떠날 생각도 하지 않고, 오히려 순간적으로 다시 깊은 생각에 빠져들기 시작했다.

「그 아가씨는,」 찌혼은 또다시 아주 소심하게 말하기 시작했다. 「이런 질문이 실례인 것은 알지만, 당신이 스위스에서 관계를 끊었다는 그 아가씨는…… 지금 어디에 계십니까?」

「이곳에 있습니다.」

또다시 침묵이 흘렀다.

「어쩌면 제가 지나치게 자기 비방을 했는지도 모르겠습니다.」 스따브로긴은 고집스럽게 이야기를 되풀이했다. 「하지만 신부님이 이미 도전이라는 것을 알아채셨으니 하는 말인데, 제가 이 거친 고백으로 사람들에게 도전한다고 해서 그게 어떻다는 겁니까? 저는 그들이 저를 훨씬 더 많이 증오하도록 만들 겁니다. 그뿐입니다. 그편이 제게는 더 쉬울 테니까요.」

「말하자면 그들의 증오가 당신의 증오를 불러오고, 그렇게 증오하는 것이 그들의 동정을 받는 것보다 더 마음이 편해진다는 것인가요?」

「맞습니다. 그런데,」 그는 갑자기 웃기 시작했다. 「어쩌면 사람들이 저를 예수회 신도니, 경건한 척하는 위선자니 하고 부를 수도 있겠지요? 하-하-하, 그렇지 않겠습니까?」

「물론 그런 평가도 있겠지요. 그런데 이 계획을 곧 실행에 옮기려 하십니까?」

「오늘일지, 내일일지, 모레일지, 어찌 알겠습니까? 다만 아주 금방일 겁니다. 신부님이 맞습니다. 무엇보다 더 그들을 증오하게 될 바로 그 복수심에 불타는 증오의 순간에 갑자기 발표를 하리라고, 그렇게 해야 한다고 생각하고 있습니다.」

「한 가지 질문이 있습니다만, 진심으로, 나 한 사람에게만, 오직 나에게만 대답해 주십시오. 만약 누군가 이 일에 대해 (찌혼은 인쇄물을 가리켰다) 당신을 용서한다면, 그러니까 당신이 존경하거나 아니면 두려워하는 사람들 중 누군가가 아니라, 낯선 사람이, 당신이 결코 알지 못할 어떤 사람이 조용히 혼자서 당신의 무서운 고백을 읽고 당신을 용서해 준다면, 그것을 생각하는 것만으로도 기분이 편해지시겠습니까, 아니면 상관없는 일이겠습니까?」

「편해질 겁니다.」 스따브로긴은 시선을 떨구며 작은 소리로 대답했다. 「만약 신부님이 용서해 주신다면 훨씬 더 편해질 것 같습니다.」 그는 뜻밖에 반쯤 속삭이는 소리로 이렇게 덧붙였다.

「당신도 저를 용서해 주신다면……」 찌혼은 감동에 찬 목소리로 말했다.

「무엇에 대해서요? 신부님이 제게 뭘 하셨는데요? 아, 그렇군요. 이건 수도원의 공식인가요?」

「자발적이거나 비자발적인 죄에 대해서 말입니다. 죄를 짓게 되면 사람은 누구나 이미 모든 사람들에게 죄를 지은 것이 되며, 사람은 누구나 타인의 죄에 대해 어떤 식으로든 죄가 있습니다. 혼자만의 죄는 없지요. 저 역시 크나큰 죄인으로, 어쩌면 당신보다 더 큰 죄인일지도 모릅니다.」

「신부님께 모든 진실을 말씀드리지요. 저는 신부님이 저를 용서해 주시기를, 신부님과 함께 다른 한 사람, 또 다른 한 사람이 용서해 주기를 바랍니다. 그러나 다른 사람들은 모두 저를 증오하게 놔두는 편이 더 좋습니다. 그 이유는 겸손한 마음으로 견뎌 내기 위해서입니다……」

「당신에 대한 일반 사람들의 동정을 그와 같은 겸손함으로 견뎌 낼 수는 없겠습니까?」

「아마도 못할 것 같습니다. 신부님은 아주 교묘하게 제 말꼬리를 잡으시네요. 그런데…… 왜 그러시는 겁니까?」

「당신의 진실함의 정도는 느끼고 있으며, 물론 제가 사람들에게 제대로 다가가지 못하는 것은 제 잘못이 크지요. 저는 항상 이 점에서 큰 부족함을 느끼고 있습니다.」 찌혼은 스따브로긴을 똑바로 쳐다보며 진심으로 다정하게 말했다. 「다만 당신 때문에 두려워서 이런 말을 하는 겁니다.」 그가 덧붙였다. 「당신 앞에는 거의 건너갈 수 없는 심연이 놓여 있습니다.」

「제가 견디지 못한다는 겁니까? 그들의 증오를 겸손한 마음으로 참아 내지 못할 거라고요?」

「증오만이 아닙니다.」

「그럼 또 뭐가 있습니까?」

「그들의 웃음입니다.」 찌혼에게서 힘겨운 듯 반쯤 속삭이는 소리로 이런 말이 튀어나왔다.

스따브로긴은 당황해했고, 그의 얼굴엔 불안함이 나타났다.

「저는 이걸 예감하고 있었습니다.」 그가 말했다. 「결국 저의 모든 비극에도 불구하고, 제 〈기록〉을 읽고 나니 신부님께는 제가 아주 우스꽝스러운 인물로 보이게 된 건가요? 걱정하지 마십시오. 당황하지 마세요……. 저 역시 그렇게 예감하고 있었으니까요.」

「공포는 어디에나 있을 것이며, 물론 진짜 공포보다는 거짓 공포가 훨씬 많겠지요. 사람들은 개인적 이해관계를 직접 위협하는 것들 앞에서만 겁을 내니까요. 저는 순수한 영혼들에 대해 말하는 것은 아닙니다. 그들은 공포를 느끼고 스스로를 책망하겠지만, 눈에 띄지 않을 겁니다. 하지만 웃음은 어디서나 터져 나올 것입니다.」

「타인의 불행에는 항상 우리를 즐겁게 하는 뭔가가 있다는 사상가의 언급도 덧붙여 보시지요.」

「맞는 생각입니다.」

「하지만 신부님이…… 신부님 자신이…… 사람들에 대해 그렇게 기분 나쁘게, 그렇게 혐오스럽게 생각하신다니 놀랍군요.」 스따브로긴은 약간 분노에 찬 표정으로 말했다.

「믿어 주십시오, 저는 다른 사람들에 대해서보다는 스스로를 판단해 보고 드린 말씀입니다!」 찌혼은 큰 소리로 말했다.

「정말인가요? 그렇다면 정말 신부님의 마음속에 그것이 뭐가 됐든 제 불행을 보며 즐거워하는 뭔가가 들어 있단 말입니까?」

「누가 알겠습니까? 있을 수도 있겠지요. 오, 있을 수도 있겠지요!」

「그만하십시오. 대체 제 수기에서 정확히 어떤 점이 우스꽝스러운지 알려 주십시오. 저는 알고 있습니다만, 신부님이 직접 손가락으로 지적해 주었으면 합니다. 좀 더 냉소적으로 말씀해 주십시오, 신부님이 할 수 있는 한 모든 진심을 담아 말씀해 주십시오. 그리고 다시 한번 말하지만, 신부님은 아주 지독한 기인입니다.」

「심지어 가장 위대한 이 참회의 방식 속에도 뭔가 우스꽝스러운 점이 포함되어 있습니다. 오, 당신이 승리하지 못하리라고 확신하지는 마십시오!」 그는 갑자기 거의 환호하듯 소리쳤다. 「만약 당신이 사람들이 뺨을 때리거나 침을 뱉는 모욕을 진심으로 받아들인다면, 이 형식조차(그는 인쇄물을 가리켰다) 승리하게 될 것입니다. 만약 그러한 행위의 겸손함이 진심이라면, 가장 수치스러운 십자가라도 마침내 위대한 영광, 위대한 힘이 될 것입니다. 심지어 당신이 살아 있는 동안 이미 위로받게 될지도 모릅니다……!」

「그러니까 신부님은 이 형식 속에서만, 문체에서만 우스꽝스러운 점을 발견하신 겁니까?」 스따브로긴은 계속 고집을 부렸다.

「본질적으로도요. 추함은 죽음을 가져오지요.」 찌혼은 눈을 내리뜨며 속삭였다.

「뭐라고요? 추함이라니요? 무슨 추함입니까?」

「범죄의 추함입니다. 진실로 추한 범죄가 있습니다. 범죄란 그것이 어떤 것이든 피가 많을수록, 공포가 많을수록 더 인상적입니다. 다시 말해 더 생생해 보인다는 것이지요. 그런데 온갖 공포심과는 별개로 수치스럽고 치욕적인 범죄가, 다시 말해 너무도 우아하지 못한 범죄가 있습니다……」

찌혼은 말을 맺지 못했다.

「말하자면,」스따브로긴은 흥분해서 말을 가로챘다. 「신부님은 제가 지저분한 소녀의 다리에 입을 맞추었을 때 그 모습이 아주 우스꽝스러웠다고 생각하시는군요……. 그리고 제 기질에 관해 말했던 모든 것과…… 그 밖의 모든 것도……. 알겠습니다, 신부님을 아주 잘 알겠습니다. 그러니까 신부님이 저에 대해 절망했던 이유는 바로 아름답지 못하고 추악하기 때문이군요. 아니, 추악한 것이 아니라 수치스럽고, 또한 우스꽝스럽기 때문이라고 해야겠군요. 신부님은 제가 무엇보다 바로 이것을 견디지 못할 거라고 생각하시는 건가요?」

찌혼은 아무 말도 하지 않았다.

「네, 신부님은 사람들에 대해 잘 아시지요. 즉 신부님은 제가, 정확히 제가 그것을 견디지 못하리라는 것을 잘 알고 계십니다……. 스위스에서 만났던 아가씨가 이곳에 있는지 물어보신 이유도 이제 알겠습니다.」

「당신은 준비가 되어 있지 않습니다, 단련되어 있지 않아요.」찌혼은 눈을 내리뜬 채 소심하게 속삭였다.

「들어 보세요, 찌혼 신부님. 저는 저 자신을 용서하고 싶습니다, 바로 그것이 주목적입니다, 제 목적의 전부입니다!」스따브로긴은 음울하면서도 환희에 찬 시선으로 갑자기 이렇게 말했다. 「바로 그때야 이 환영이 사라지리라는 것을 전 알고 있습니다. 바로 그런 이유로 저는 끝없는 수난을 구하고 있는 겁니다, 제 스스로 그것을 구하고 있습니다. 그러니 저를 위협하지 마십시오.」

「만약 당신이 스스로를 용서할 수 있다고 믿는다면, 그리고 그러한 용서를 이 세상에서 얻을 수 있다고 믿는다면, 당신은 모든 것을 믿고 있는 것입니다!」찌혼은 열광적으로 외쳤다. 「그런데 어떻게 하느님을 믿지 않는다는 말을 할 수가 있나요?」

스따브로긴은 대답하지 않았다.

「하느님은 당신의 불신을 용서해 주실 겁니다. 왜냐하면 당신은 성령을 모르면서도 그분을 숭배하고 있으니까요.」

「그런데 그리스도가 용서해 줄까요?」스따브로긴이 물었다. 그 질문의 어조에서는 가벼운 빈정거림이 느껴졌다. 「책에도 그런 말이 있지 않습니까? 〈이 보잘것없는 사람들 가운데 누구 하나라도 죄짓게 하는 사람은〉[63]이라고요. 기억하십니까? 복음서에 따르면 이보다 더 큰 죄는 없고, 〈있을〉 수도 없습니다. 바로 이 책에 적혀 있습니다!」

그는 복음서를 가리켰다.

「당신에게 그에 대해 기쁜 소식 한 가지를 말씀드리지요.」찌혼은 감동에 휩싸여 말했다. 「그리스도께서는 당신이 스스로를 용서하는 일을 이루어 내기만 한다면 당신을 용서해 주실 겁니다…… 오, 아닙니다, 아닙니다, 믿지 마십시오. 불경스러운 말을 했군요. 당신이 자신과의 화해나 자신에 대한 용서에 도달하지 못하더라도, 그분께서는 그 의도와 당신의 위대한 수난에 대해 용서해 주실 것입니다…… 왜냐하면 인간

---

63 복음서 내용 중 〈나를 믿는 이 보잘것없는 사람들 가운데 누구 하나라도 죄짓게 하는 사람은 그 목에 연자 맷돌을 달고 바다에 던져지는 편이 오히려 나을 것이다〉의 인용이다(「마르코의 복음서」 9장 42절, 「마태오의 복음서」 18장 6절).

의 언어에는 〈그분의 길이 우리에게 현실로 나타나기 전까지는〉 어린양의 모든 길과 동기를 표현할 수 있는 말이나 사상이 없기 때문입니다. 누가 무궁한 그분을 감싸 안을 수 있으며, 누가 무한한 **전체**를 이해할 수 있겠습니까!」

그의 입술 양 끝이 조금 전처럼 씰룩거리더니, 거의 눈에 띄지 않는 경련이 또다시 그의 얼굴 위로 지나갔다. 그는 순간 자제했지만 결국 참지 못하고 다시 재빨리 눈을 내리떴다.

스따브로긴은 소파에서 모자를 집어 들었다.

「언젠가 다시 한번 오겠습니다.」 그는 심하게 지친 표정으로 말했다. 「저와 신부님의…… 만족스러운 대화와 명예와…… 그리고 신부님의 감정을 저는 너무도 높게 평가합니다. 정말이지 왜 어떤 사람들은 신부님을 그렇게 사랑하는지 알게 되었습니다. 신부님께서 그토록 사랑하시는 그분께 저를 위해 기도해 주시길 부탁드리겠습니다.」

「벌써 가시려고요?」 찌혼은 이렇게 빠른 작별을 전혀 예상치 않았던 듯 빠르게 자리에서 일어났다. 「그런데 저는…….」 그는 당황한 것 같았다. 「당신께 한 가지 부탁을 하려고 했는데…… 어떻게 말씀드려야 할지…… 이제는 겁이 나는군요.」

「아, 해보십시오.」 스따브로긴은 모자를 손에 들고 자리에 앉았다. 찌혼은 그 모자와 그의 자세를, 갑자기 사교계의 행동을 취하고 있지만, 흥분 상태에 반쯤 미쳐 있으며, 일의 마무리를 위해 그에게 5분의 시간을 할애해 준 이 인간의 자세를 바라보다가 더 당황하기 시작했다.

「제 부탁이란 다만 당신이…… 당신도 이미 인정하셨다시피, 니꼴라이 프세볼로도비치(당신의 성함과 부칭이 이렇게 되시지요?), 만약 당신이 인쇄물을 공표한다면, 본인의 운명을 망가뜨리게 될 것입니다…… 이를테면 당신의 경력에 있어서나…… 나머지 모든 것들에 있어서 말입니다.」

「경력이라고요?」 니꼴라이 프세볼로도비치는 불쾌한 듯 얼굴을 찌푸렸다.

「대체 무엇 때문에 망가뜨려야겠습니까? 무엇 때문에 그렇게 강직할 필요가 있나요?」 찌혼은 자신의 난처함을 분명히 인식하면서도 거의 간청하다시피 이렇게 말을 맺었다. 니꼴라이 프세볼로도비치의 얼굴에 고통스러운 인상이 드리워졌다.

「저는 신부님께 이미 부탁드렸습니다만, 다시 한번 부탁드리지요. 신부님의 말씀은 전부 쓸데없는 것이 될 겁니다……. 게다가 우리의 이런 설명들이 이제 견디기 힘들어지는군요.」

그는 소파에서 보란 듯이 돌아앉았다.

「당신은 저를 이해 못하시는군요, 화내지 말고 들어 보세요. 당신은 제 의견을 알고 있습니다. 당신의 위업이 겸손에서 나온 것이라면 가장 위대한 기독교적 위업이 될 수도 있습니다. 당신이 그것을 견디기만 한다면요. 만약 견디지 못한다 하더라도 주님께서는 어쨌든 당신의 최초 희생물을 고려해 주실 것입니다. 모든 것은 고려될 것입니다. 단 하나의 말도, 단 하나의 영혼의 움직임도, 단 하나의 미완성의 생각도 헛되이 사라지지 않을 것입니다. 그러나 나는 당신에게 이 위업 대신에, 그보다 훨씬 더 위대한 다른 것, 의심할 바 없이 위대한 무언가를 제안하겠습니다…….」

니꼴라이 프세볼로도비치는 아무 말도 하지 않았다.

「순교와 자기희생의 염원이 당신을 짓누르고 있습니다. 이 염원을 정복하고, 당신의 인쇄물과 당신의 의도를 밀쳐 내십시오. 그러면 이미 모든 것을 이겨 내게 될 것입니다. 당신의 오만함과 당신의 악령에게 망신을 주십시오! 승리자가 되어 자유를 획득하십시오…….」

그의 눈이 타오르기 시작했다. 그는 애원하듯 두 손을 앞으로 모았다.

「당신은 그저 소동을 원치 않아서 제게 덫을 놓고 있군요, 친절하신 찌혼 신부님.」 스따브로긴은 자리에서 벌떡 일어나며 짜증 난다는 듯 되는대로 웅얼거렸다. 「요컨대 신부님은 제가 결혼이라도 해서 사람 구실을 하고, 이곳 클럽의 회원이되어 축일 때마다 당신의 수도원을 찾으면서 여생을 마감하길 바라고 있군요. 이런, 그것도 일종의 속죄의 고행이겠네요! 그런데 신부님은 통찰력이 있는 분이시니 틀림없이 그렇게 되리라 예감하고 있겠지요? 또한 지금 필요한 것은 예의상 나를 잘 설득하는 것이며, 그 이유는 나 자신이 바로 그것을 원하기 때문이라고 생각하고 있겠지요, 그렇지 않습니까?」

그는 쓴웃음을 지었다.

「아니요, 그것은 속죄의 고행이 아닙니다. 저는 다른 것을 준비하고 있습니다!」 찌혼은 스따브로긴의 냉소나 지적에는 조금도 주의를 기울이지 않고 열정적으로 이야기를 계속했다. 「저는 이곳은 아니지만 여기서 멀지 않은 곳에 계시는 나이 지긋한 한 수도승을 알고 있습니다만, 그분은 은자이자 고행자로서 그리스도교의 높은 지혜를 가지신 분인데, 당신이나 저는 그것을 이해할 수도 없지요. 그분은 제 부탁을 들어주실 겁니다. 당신에 관해 말씀드리겠습니다. 수행을 위해 그분을 찾아가서 그분의 지도하에 5년이건 7년이건 필요하다고 생각되는 만큼 지내 보십시오. 스스로 맹세를 하시고, 그 위대한 희생으로 갈망하던 모든 것과 심지어 기대하지 않았던 것까지 얻으십시오. 지금으로서는 무엇을 얻을지 알 수 없으니까요!」

스따브로긴은 그의 마지막 제안을 매우, 매우 진지하게 경청했다.

「신부님은 제게 그냥 수도사가 되어 수도원으로 들어가라고 권하시는 겁니까? 제가 아무리 신부님을 존경한다 해도, 이런 일이 있으리라고 분명 예상했어야 했는데. 그럼 저도 신부님께 한 가지 털어놓자면, 소심해진 순간 제 머릿속에 이 인쇄물을 공개적으로 발표하고 나서 잠깐 동안이나마 사람들을 피해 수도원에 들어가야겠다는 생각이 떠오른 적이 있었습니다. 그러나 곧바로 그 비겁함 때문에 얼굴을 붉히고 말았습니다. 하지만 머리를 깎고 수도사가 된다는 생각은 가장 소심한 두려움의 순간에도 떠오른 적이 없습니다.」

「당신은 수도원에 들어갈 필요도 없고, 머리를 깎을 필요도 없이, 드러나지 않는 비밀 평수도사가 되면 됩니다. 완전히 속세에 살면서 그렇게 할 수 있습니다……..」

「그만하세요, 찌혼 신부님.」 스따브로긴은 혐오스럽다는 듯 그의 말을 끊고 의자에서 일어났다. 찌혼도 일어났다.

「무슨 일이십니까?」 그는 놀라서 찌혼을 바라보며 갑자기 이렇게 소리쳤다. 상대는 그의 앞에 서서 두 손바닥을 앞으로 들어 올려 마주 잡고 있었는데, 뭔가 굉장히 충격을 받은 듯 고통스러운 경련이 순간적으로 그의 얼굴을 스쳐 지나갔다.

「무슨 일이십니까? 무슨 일이십니까?」 스따브로긴은 그를 부축하려고 달려가며 같은 말을 반복했다. 상대가 쓰러질 것처럼 보였던 것이다.

「나는 보입니다······. 실제로 보입니다.」 찌혼은 대단히 비통한 표정을 지으며 영혼을 꿰뚫는 것 같은 목소리로 외쳤다. 「파멸해 버린 불쌍한 젊은이여, 당신은 가장 두려운 범죄에 지금 이 순간처럼 그렇게 가까이 다가선 적이 없었습니다!」

「진정하세요!」 그 때문에 불안해진 스따브로긴은 다시 단호하게 말했다. 「저는 어쩌면 또다시 연기해 버릴지도 모르지요······. 신부님이 맞습니다. 아마 견디지 못하고 악의에 차서 새로운 범죄를 저지르게 될 겁니다······. 이 모든 것이 그렇게······. 신부님이 맞습니다. 저는 연기할 겁니다.」

「아니요, 이 인쇄물을 공표한 다음이 아니라 아직 공표하기도 전에, 아마 위대한 한 걸음을 내딛기 하루 전, 아니 한 시간 전에 당신은 단지 이 인쇄물의 공표를 **피하기** 위해, 그것을 벗어나기 위한 출구로서 새로운 범죄를 향해 돌진할 것입니다!」

스따브로긴은 분노와 거의 경악으로 온몸이 부들부들 떨렸다.

「저주받을 심리학자!」 그는 갑자기 미친 듯이 그의 말을 중단시키더니 뒤도 돌아보지 않고 암자에서 나왔다.

역자 해설

허무주의의 악령들과 스따브로긴의 비극

1. 집필 동기

『악령』(1872)은 도스또예프스끼의 장편소설들 중 문학적 평가가 가장 극단적으로 나누어지는 작품일 것이다. 이 소설의 예술적 성과를 높게 평가하는 비평가들은 『악령』을 〈세계 문학에서 가장 위대한 작품 중 하나〉[1] 혹은 〈시학이나 예술적 기법의 측면에서 도스또예프스끼의 가장 숙련되고 혁신적인 소설이자 가장 혁명적인 작품〉[2]이라고 극찬하는 반면, 이 작품을 도스또예프스끼의 실패작이라고 보는 입장에서는 도스또예프스끼가 〈자신만의 궤변〉에 빠져 있다거나, 〈작가 자신의 난해함으로 등장인물들을 혼란에 빠뜨리고 있다〉[3]고 비난한다. 『악령』이 창작 기획 단계에서 서구주의자와 허무주의자

---

1 콘스탄틴 모출스키, 『도스토예프스키』, 김현택 옮김(서울: 책세상, 2000), 640면.

2 L. Allen, *F. M. Dostoevsky. Poetika. Mirooschuschenie. Bogoiskatel'stvo* (Sankt-Peterburg: Logos, 1996), p. 44.

3 M. Gus, *Idei i obrazy F. M. Dostoevskogo* (Moskva: Khudozhestvennaia literatura, 1962), pp. 87~88.

들에 반대하는 정치 팸플릿으로 의도되었다는 것은 이미 잘 알려진 사실이다. 이 소설은 1869년 모스끄바에서 실제로 일어난 네차예프 사건을 바탕으로 구상되었다. 도스또예프스끼는 아내 안나 스닛끼나와 함께 드레스덴에 머물던 중 그들을 찾아온 아내의 남동생 이반 스닛낀으로부터 그가 다니던 모스끄바 농업 아카데미에서 벌어진 이바노프 살인 사건에 관해 듣게 된다. 그것은 이 대학 학생이었던 네차예프가 이바노프를 포함하여 몇몇 학생들을 모아서 급진적인 조직을 만들었는데, 이바노프가 이 조직을 탈퇴하려 하자 나머지 조직원들과 함께 그를 살해하고 대학 교내 연못에 던져 버린 사건이었다. 도스또예프스끼는 러시아의 빚쟁이들을 피해 1867년부터 유럽에 머물고 있었지만, 조국의 정치적 상황에 대해서는 관심을 가지고 항상 주의 깊게 지켜보고 있었다. 신을 잃고 부패해진 유럽에 대한 증오가 커지면서 진정한 구원은 러시아에서 이루어질 것이라는 믿음을 더욱 강하게 가지게 된 도스또예프스끼에게 모스끄바의 네차예프 사건은 서구의 허무주의와 급진주의의 영향을 받은 러시아의 과격한 젊은이들에 의해 벌어진 일이었기에 더욱 충격적이었다. 도스또예프스끼는 몰락해 가는 서구에서 전파된 급진주의가 러시아에서 혁명적 분위기를 고조시키고 있다는 점을 상기시키고, 사람들에게 그에 대한 경각심을 불러일으키기 위해 당시의 혁명적 움직임에 반대하는 경향성 있는 팸플릿을 쓰려는 의도를 가지게 되었다.

정치 팸플릿으로 기획된 『악령』은 1840년대 낭만적 자유주의자 스쩨빤 베르호벤스끼와 1860년대 허무주의적 급진주의자 뾰뜨르 베르호벤스끼 부자의 대립을 통해 시대의 문제에 접근하려 했다. 무엇보다 도스또예프스끼는 40년대 자유주의 지식인 스쩨빤을 60년대 과격한 젊은 세대 표뜨르의 아버지로 설정함으로써, 40년대 세대와 60년대 세대 간의 필연적 연관성을, 즉 60년대의 허무주의가 40년대 자유주의의 당연한 산물임을 암시하려 했다. 추상적이고 관념적 성향을 가진 스쩨빤과 구체적이고 실제적인 행동의 화신 뾰뜨르는 그들의 외면적인 상반성에도 불구하고 근원적으로는 스쩨빤의 자유주의를 공유하고 있으며, 뚜르게네프의 『아버지와 아들』에 맞서는 또 다른 〈아버지와 아들〉이 될 예정이었다. 그러나 소설을 집필하면서 작가의 의도와 구상은 전혀 다른 방향으로 전개되는데, 특히 주인공으로 계획되었던 뾰뜨르 베르호벤스끼는 새롭게 작가의 관심을 끌게 된 스따브로긴에게 주인공 자리를 내주게 된다. 네차예프의 문학적 구현체라 할 수 있는 뾰뜨르 베르호벤스끼를 주인공으로 구상했던 정치 팸플릿으로서의 『악령』은 니꼴라이 스따브로긴이라는 새로운 인물의 등장과 함께 경향주의 소설에서 종교적 색채를 지닌 형이상학적 소설로 의미가 확대된다. 작가 스스로도 예측하지 못했던 주인공과 플롯의 변화는 당시 도스또예프스끼의 집필 상황과 관련이 있다. 네차예프 사건을 접하기 전 도스또예프스끼는 이미 『위대한 죄인의 생애』라는 작품에 상당히 몰두해 있었는데, 그것은 신의 존재에 관한 이야기, 종교적 구원에 관한 이야기가 될 예정이었다. 이 소설에 상당한 열정을 쏟으면서도 러시아의 사회적 상황을 반영하는 에피소드에도 관심을 가지게 된 도스또예프스끼는 두 개의 이야기를 함께 집필하기로 결정한다. 그는 『위대한 죄인의 생애』에서는 철학적, 종교적 주제를 다루고, 『악령』에서는 정치적 경향성이 있는 주제를 다룬다면, 큰 어려움 없이 두 소설을 각각 마무리할 수 있을 것이라고 생각했다. 그러나 정치 팸플릿을 집필하기 시작하면서 위대한 죄인의 구원 과정을 담으려던 이야기는 도스또예프스끼의 처음 의도와는 달리 제대로 진행이 되지 않았고, 결국 그것은 완성되지 못한 채 주제와 소재의 상당 부분이 『악령』에 흡수되고 말았다. 이리하여 『악령』은 정치 소설에서 형이상학적 소설로 의미가 확장되었으며, 사회주의, 허무주의, 무신론 등에 몰두하여 러시아를 혁명적으로 변화시키려는 뾰뜨르 베르호벤스끼는 부차적인 인물로 물러나고, 그 자리를 신비하고 무한한 힘의 소유자인 스따브로긴이 차지하게 된다.

소설은 주제론적 변화만 겪은 것이 아니다. 도스또예프스끼는 『위대한 죄인의 생애』에서 구상했던 개심하는 인간의 테마를 스따브로긴과 찌혼 신부의 관계를 통해 발전시키려 했다. 그러나 작품이 발표되는 과정에서 이 내용을 담은 「찌혼의 암자에서」는 생략되었다. 스따브로긴의 정신적 위기, 혹은 내면적 갈등의 본질은 소설의 부록인 「찌혼의 암자에서」와 그 안에 수록되어 있는 〈스따브로긴의 고백〉을 통해 확인할 수 있는데, 이 부분은 소설이 『러시아 통보』를 통해 발표될 당시 편집장 깟꼬프의 반대로 결국 실리지 못했던 것이다. 이 부분이 생략되면서 도스또예프스끼는 스따브로긴의 행적과 관련하여 상당 부분 수정을 가할 수밖에 없었으며, 결국 나중에 단행본으로 출간할 때는 전체적인 이야기의 흐름상 적절치 않다는 판단 하에 작가 스스로 그것을 포함시키지 않았다. 「찌혼의 암자에서」는 1923년 판본부터 『악령』에 포함되어 발표되기 시작했다. 이처럼 외부적 요인으로, 혹은 작가 자신의 결정으로 소설의 주제와 주인공의 변화, 그에 따른 내용 수정 등의 우여곡절을 겪으며 발표되었기에 『악령』은 소설의 완성도라는 측면에서 불완전하다는 평가를 받기도 했고, 주제론적 측면에서 발표 당시부터 많은 찬반양론을 불러일으키기도 했다. 특히 러시아의 진보주의 그룹에서는 이 소설을 〈혁명주의자들에 대한 악의에 찬 팸플릿〉[4]이라고 주장하며 도스또예프스끼를 비난했다. 그러나 이 모든 외형적 약점에도 불구하고 『악령』이 가지고 있는 최대 매력이라면, 그것은 아마도 스따브로긴이라는 인물의 창조일 것이다. 이 소설에는 1840년대와 1860년대 사이의 세대 갈등, 자유주의와 허무주의의 대립, 무신론과 유신론의 대립, 학대받는 여성과 오만한 여성의 대비 등 다양한 주제, 인물들이 등장하지만, 그 모든 관계와 갈등의 중심에는 스따브로긴이라는 인물이 자리하고 있다. 주요 등장인물들은 모두 스따브로긴의 정신이나 외모에 매료되어 있으며, 자신들의 존재 근거를 그에게서 찾으려 하고 그에게서 삶의 의미를 추구한다. 스따브로긴이 없으면 그들은 한낱 허수아비에 불과하며, 그의 인정을 받지 못하는 것은 그들의 죽음을 의미할 뿐이다. 그들의 사상이나 성격, 지향점은 무엇 하나 공통점이 없음에도 불구하고, 그들은 그것이 모두 스따브로긴에게서 배운 것이라고 말하며 그에게 이 사실을 인정하라고 강요한다. 결국 『악령』은 스따브로긴과 그 주변 인물들의 역학 관계 속에서 이해되어야 한다. 특히 무신론자, 위대한 죄인, 〈허무주의의 이념적 영감을 제공하는 인물로 고안〉[5]된 스따브로긴을 중심으로 그의

---

4 N. Iakushin, *Zhizn' i tvorchestvo F. M. Dostoevskogo* (Moskva: Detskaia literatura, 1981), p. 42.

주변을 맴도는 인물들이 이념의 무게나 허위의 관념으로 좌절하고 파멸해 가는 과정은 대단히 비극적이다.

2. 스따브로긴의 관념론적 비극

스따브로긴은 도스또예프스끼가 창조한 인물들 중에서 가장 수수께끼 같은 존재이다. 그는 〈러시아 땅이나 민중 문화 전통과의 관계를 상실한 러시아 인쩰리겐짜의 한 전형〉으로, 모든 것을 의심하고 그 어떤 것도 믿지 않는 〈냉혹한 영혼의 소유자〉[6]이지만, 도스또예프스끼의 인물들 중에서 〈가장 강하고 위대한 예술적 창조물〉[7]이기도 하다. 스따브로긴이라는 이름은 십자가를 뜻하는 그리스어 〈스타브로스 $\sigma\tau\alpha\nu\rho\acute{o}\varsigma$〉에서 파생되었다. 비록 허위임이 밝혀지긴 했지만, 그는 그리스도의 수난의 삶을 모방하기도 하고, 무한한 힘의 실험으로 수많은 제자들을 끌어모으기도 한다. 그러나 그는 결코 그리스도가 될 수 없다. 그의 스타브로스는 그리스도의 수난을 의미하는 십자가라기보다는 서로 다른 방향을 향해 가는 정신적 방황의 의미를 내포하고 있다고 보아야 할 것이다. 십자가의 한가운데에서 그가 모든 관념과 사상의 주인으로 우뚝 솟아 있을 때, 그의 관념의 계승자들은 각자 십자가 한쪽 끝에 서서 그를 바라보며 자신과 스따브로긴의 관계를 절대화한다. 스따브로긴은 단 한 번도 자신의 신념을 강요하지 않았고, 구

5 위의 책, p 40.
6 위의 책, p 42.
7 모출스키, 앞의 책, 684면.

체적이거나 논리적으로 자신의 사상을 가르치지도 않았다. 그럼에도 불구하고 주변 인물들, 특히 슬라브주의자 샤또프, 무신론자 끼릴로프, 혁명적 허무주의자 뾰뜨르 베르호벤스끼는 자신들이 그의 사상의 계승자라고 주장하며, 스따브로긴을 스승이나 군주, 태양으로 부르고, 그에게 자신들의 존재를 인정해 달라고 호소하고 강요한다. 이처럼 스따브로긴 한 사람에게서 서로 다른 이념을 수용한 샤또프, 끼릴로프, 뾰뜨르는 스따브로긴의 분열된 자아를 상징하는 것이기도 하고, 19세기 중엽 러시아 젊은 지식인들의 비극적 운명을 상징하는 것이기도 하다.

그렇다면 스따브로긴은 어떤 존재이기에 이토록 많은 사람들이 그에게 집착하고 그의 관심을 갈구하는가? 사실 소설에서 스따브로긴은 단 한 번도 자신에 대해 구체적으로 말하는 법이 없다. 그가 소설 속 사건에 실제로 등장하는 것은 전체 3부 중 1부 마지막에 가서이며, 그 전까지는 화자의 기억 속에서 재구성되어 독자들에게 단편적으로 알려질 뿐이다. 그의 등장 자체도 대단히 극적이어서, 그를 추종하는 제자들과 그에게 집착하는 여인들이 모두 이 도시에 모인 이후, 독자들의 호기심이 극대화된 상황에서 마지막으로 무대 위에 모습을 드러낸다. 그는 25세가량의 나이에 옷차림이나 몸가짐이 단정하고 세련된 뛰어나게 아름다운 청년이며, 또한 놀랄 만큼 겸손하면서도 태도는 대담하고 자신감이 넘쳐흐르는 인물이다. 그러나 그런 훌륭한 외모에도 불구하고 그의 얼굴은 가면과 같은 인상 때문에 혐오감을 불러일으키기도 한다. 스따브로긴이 등장한 이후 화자는 물론이려니와 등장인물들은 모두 그에게 끊임없이 관심을 보이고, 그 한 사람 때문에 기뻐하기도 하고 고통스러워하기도 한다. 그러나 그가 직접 등장한 이후에도 그의 심리나 그가 추구하는 사상은 우리에게 직접 알려지지 않으며, 다만 다른 인물들과의 관계 속에서 간접적으로 확인할 수 있을 뿐이다. 더구나 그와 관계하고 있는 사람들은 모두 저마다의 스따브로긴을 가지고 있는데, 그 각각의 스따브로긴 사이에 공통점은 없다. 그들은 분열된 스따브로긴의 영혼의 어느 한 측면을 자신의 것으로 받아들여 그것에 절대성을 부여했던 것이며, 따라서 스따브로긴의 행동이나 관념을 이해하기 위해서는 그 자신보다는 이들 주변 인물들의 행동, 관념, 대화를 통해 접근해야 한다. 스따브로긴은 신비에 가득 차 있고 무한한 잠재적 힘을 지녔지만, 그 힘을 어디에 쏟아부어야 할지 몰라 끝없이 회의하는 인물이다. 그는 많은 것을 이해하고 있지만 아무것도 사랑하지 않으며, 엄청난 힘의 소유자임에도 불구하고 그 힘을 어떻게 사용해야 할지 몰라서 오히려 모든 것에 대해 무관심해하고 지루해한다. 그는 오만함, 삶에 대한 냉소적 태도, 사람들에 대한 경멸로 인해 현실로부터 분리되어 있으며, 결국 이러한 고립과 자기 폐쇄성, 내적 분열 때문에 파멸하고 만다. 스따브로긴 자신도 이 사실을 잘 알고 있다. 그는 다리야에게 보낸 마지막 편지에서 이렇게 고백하고 있다. 〈나는 가는 곳마다 내 힘을 시험해 보았소. 당신이 내게 《자기 자신을 알아보라》고 충고해 주어서 그랬던 거요. 나를 위해, 그리고 남에게 보여 주기 위해 시도해 본 결과, 이전 나의 삶에서와 마찬가지로 내 힘은 무한한 것으로 드러났소. 당신이 보는 앞에서 당신 오빠에게 뺨을 맞은 것도 참아냈고, 결혼 사실도 공개적으로 인정했소. 그러나 이 힘을 어디에 쓰면 좋을까? 나는 이것만은 알 수가 없었고, 지금도 알지 못하고 있소. 당신이 스위스에서 격려해 주었고 나도 그 말을 믿었음에도 말이오.〉

스따브로긴은 자신의 무한한 힘의 시험이 결국은 패배할 것임을 알고 있다. 왜냐하면 그의 힘은 적용할 만한 곳이 없는, 즉 목적이 없는 힘이기 때문이다. 목적이 없는 무한한 힘에 대한 실험은 결국 그를 내적으로 완전히 분열시키고, 그의 분열된 영혼은 서로 다른 모습으로 제자들을 통해 구현된다. 그들은 스따브로긴을 위해 살고, 그로 인해 삶의 의미를 얻지만, 스따브로긴 자신은 진실로 살고 있지 않다. 그는 그들 모두이기도 하고 그 누구도 아니기도 하다. 또한 사람들은 그를 필요로 하지만, 그는 아무도 필요로 하지 않는다. 그가 유일하게 자신의 범죄와 내면세계를 털어놓은 찌혼 신부에게조차 그는 자신은 아무도 필요로 하지 않으며, 그 이유는 자신의 영혼을 드러내지 않기 위해서라고 말한다. 〈저는 스파이나 심리학자들, 적어도 내 영혼으로 기어들어 오려고 하는 그런 자들을 좋아하지 않습니다. 나는 아무도 내 영혼 속으로 불러들이지 않습니다. 아무도 필요 없고, 나 스스로 해낼 수 있습니다. 제가 신부님을 두려워한다고 생각하십니까? 신부님은 분명 내가 한 가지《무서운》비밀을 털어놓으러 왔다고 확신하고, 신부님이 잘하는 수도자다운 호기심으로 그것을 기다리고 계시겠지요? 그렇다면 알아 두십시오. 저는 당신께 아무것도, 어떤 비밀도 털어놓지 않을 겁니다. 왜냐하면 당신은 제게 전혀 필요 없으니까요.〉 스따브로긴이 아무도 필요로 하지 않는 것과 달리, 그와 관계하고 있는 사람들은 그를 신과 같은 존재로서 숭배하고 사랑하며 자신들을 그의 제자로 인정해 줄 것을 간청한다. 특히 슬라브주의 관념론자 샤또프, 신에 대항하며 스스로 신이 되려 하는 끼릴로프, 허무주의적 급진주의자 뾰뜨르는 서로 다른 관념을 지향하고 있음에도 불구하고, 자신들이 스따브로긴의 영혼의 반영물임을 주장하며, 빛을 기다리듯, 태양을 기다리듯 스따브로긴의 부름을 기다린다.

  이미 지적했듯이 『악령』은 집필 과정에서 정치 팸플릿에서 시작하여 형이상학적 테마로 발전했다. 이러한 변화의 중심에는 물론 스따브로긴이 자리하고 있지만, 그에게서 직접 정치적 주제나 형이상학적 주제를 들을 수는 없다. 따라서 그를 이해하기 위해서는 정치 팸플릿의 주인공인 뾰뜨르와 형이상학적 플롯의 중심인 샤또프와 끼릴로프를 통해 간접적으로 접근해야 한다. 정치 팸플릿의 핵심을 이루는 인물들은 뾰뜨르와 그의 추종 세력으로 구성된 5인조 비밀조직이다. 그들은 사회를 혼란에 빠뜨리고 러시아를 혁명적으로 전복시키기 위한 목적으로 결합되어 있으며, 따라서 소설의 모든 추악한 사건들, 특히 마을 화재와 샤또프 살해는 이들에 의해 저질러진다. 허약하고 수동적인 사회를 파괴하려는 모든 행위는 뾰뜨르의 조종에 의한 것이고, 이런 까닭에 그는 『악령』의 정치 팸플릿 플롯의 핵심이 된다. 반면 『악령』의 형이상학적 플롯의 주인공인 샤또프와 끼릴로프는 정치 팸플릿 플롯의 인물들과 달리 행동이 거의 없으며, 감당하기 어려운 자신들의 관념 때문에 무섭게 고통받는다. 이들이 중요한 이유는 스따브로긴의 관념의 모순성, 영혼의 분열성이 이들을 통해 실체화되고 있기 때문이다.

2.1. 허무주의적 무신론의 실체

뾰뜨르는 무신론자로서, 혁명적 사회주의 이념에 사로잡혀 있다. 베르호벤스끼라는 성이 〈지배〉를 뜻하는 〈베르호벤스뜨보verkhovenstvo〉에서 유래된 것에서도 알 수 있듯이, 그는 자기를 따르는 무리들을 강제로 자신의 의지에 따르도록 강요한다. 자기기만과 저속함, 러시아에 대한 증오로 가득 차 있는 이 무리들은 뾰뜨르의 실체를 의심하면서도 그의 힘에 짓눌려 마지못해 따라간다. 왜냐하면 그들은 뾰뜨르가 도덕적으로 망설임이 없으며, 단호하고 교활하고 냉소적이기 때문에 그를 거부하는 것이 자신들에게 큰 위험이 될 수 있다는 것을 본능적으로 느끼고 있기 때문이다. 그의 추종자들은 그를 싫어하고 혐오하면서도 그의 힘에 어쩔 수 없이 끌려간다. 리뿌찐의 독백처럼 그들은 자신들의 신세를 망치지 않고 뾰뜨르를 죽일 수만 있다면 반드시 그를 죽이겠지만, 그들에게는 그럴 힘도, 방법도 없다. 뾰뜨르의 단호한 무관심, 모든 평범한 사람들과의 접촉이나 감정으로부터의 분리는 사람들로 하여금 그를 증오하고 피하도록 만들기도 하지만, 동시에 그에게 아첨하게 만들기도 한다. 그러나 그의 힘은 혼돈과 파괴에서만 위력을 발휘하는 부정적인 힘이다. 그는 자신의 계획에 방해되는 사람은 아무런 죄의식 없이 무참하게 살해할 정도로 사악하며, 또한 자신의 추종자들이 방해자를 살해하도록 교묘하게 조종할 수 있는 책략가이기도 하다.

그러나 이처럼 확신에 찬 행동과 단호한 신념을 보여 주며 다른 사람들을 지배하는 뾰뜨르도 스따브로긴의 힘 앞에서는 굴복하고 만다. 그가 다른 사람들을 지배하는 힘은 기만과 위협, 책략에 의한 것이지만, 스따브로긴의 힘은 자신의 의도와 상관없이 그의 개성으로부터 자연스럽게 생겨난 것이기 때문이다. 뾰뜨르는 자기 목적을 달성하기 위해 다른 사람들을 이용하려 하며, 따라서 그들의 눈에 자신이 강력한 힘의 소유자인 것처럼 비쳐지기를 원한다. 그리고 그의 추종자들은 이렇게 개발된 힘에 복종하도록 은연중에 강요받는다. 그들이 뾰뜨르에게 복종하는 이유는 단지 그의 힘 때문이며, 그의 영향력에서 벗어나기를 원하지만 그렇지 못하는 이유도 그의 힘 때문이다. 반면 스따브로긴의 힘은 자신이 개발한 것도 아니고, 그는 다른 사람들에게 자신을 따르도록 강요하지도 않는다. 그러나 사람들은 스따브로긴을 열렬히 숭배하고 사랑하며, 그의 관념을 자신의 것으로 받아들이고, 그것에 절대적 의미를 부여한다. 뾰뜨르의 추종자들과 달리 이들은 스스로 스따브로긴의 관념을 행동으로 옮기며, 그에게서 멀어지기를 원하지 않을 뿐만 아니라, 또한 그럴 수 없다는 것도 잘 알고 있다. 그들의 주인이 자신들의 존재를 인정하지 않을 때 더욱 깊은 절망에 빠지는 것도 이러한 이유 때문이다. 스따브로긴의 영혼 속에서 탄생한 이들은 자신들의 주인 없이는 존재 의의를 갖지 못하기 때문에 그에게 무조건적으로 복종한다. 그의 힘이 단지 자신들의 환상이었음이 밝혀진 순간에조차 그를 떠나지 못한다.

정치 팸플릿의 주인공 뾰뜨로도 이와 같은 스따브로긴의 영혼 속에서 창조된, 그리고 그의 힘에 매료된 추종자들 중 하나다. 다른 사람들이 그를 숭배하듯 그 역시 스따브로긴을 숭배하며, 스따브로긴이 새로운 혁명의 구원자라는 환상을 품고 그를 열정적으로 사랑한다. 그에게 스따브로긴은 지휘자이고 태양이며, 스따브로긴이 없다면 그는 〈아메리카 없는 콜럼버스〉나 마찬가지이다. 그가 스따브로긴을 자신의 우상으로서 사랑하는 이유는, 무엇보다 그가 가진 절대적인 힘 때문이다. 모두에게 무관심하고 아무도 모욕하지 않는데 사람들이 모두 그를 증오하고 두려워하게 만드는 힘, 자신의 인생이건 타인의 인생이건 희생하는 것에 아무런 의미를 두지 않는 그의 힘이야말로 뾰뜨르가 원했지만 자신은 갖지 못한 능력이었던 것이다. 뾰뜨르가 비굴할 정도로 스따브로긴에게 접근하는 것은 바로 이런 이유에서다. 그는 스따브로긴의 힘을 이용해서 미래 사회에 새로운 질서를 가져오겠다는 야망을 품고 있다. 그는 단지 힘만이, 절대적인 힘만이 미래 사회의 통합을 가져올 수 있다고 믿고 있으며, 따라서 새로운 사회를 조직하는 데 있어 두려움을 모르는 절대적인 힘의 소유자인 스따브로긴이 반드시 필요하다는 생각을 가지고 있다. 스따브로긴의 힘에 매료된 뾰뜨르는 그의 의사와 관계없이 그를 자신의 관념에 맞추어 발명해 낸 것이며, 그 결과 스따브로긴은 뾰뜨르의 관념 속에서 동류의 인간이 아니라 도달할 수 없는 곳에 있는 우상과 같은 존재로까지 격상된다. 뾰뜨르는 미래 사회에서는 힘이 최고의 가치를 획득하게 될 것이라 믿고 있지만, 자신의 힘으로는 그러한 이상에 도달할 수 없다. 그래서 자신의 이상을 대신 달성해 줄 수 있는 중개자로서 스따브로긴을 선택한 것이다.

그러나 그가 믿고 있는 스따브로긴의 힘이라는 것은 그의 환상에 지나지 않는다. 과거의 스따브로긴은 한때 신에 맞설수 있는 무제한의 힘을 추구했고, 이것이 허무주의적 무신론자인 뾰뜨르를 매혹시켰지만, 현재의 스따브로긴은 그 시험을 포기한 지 이미 오래다. 하지만 뾰뜨르는 그 사실을 인정하려 들지 않는다. 그는 절대적인 힘을 시험하던 과거의 스따브로긴의 영혼이 인격화되어 나타난 존재로서, 스따브로긴을 부인하는 순간 그의 역할도 사라지기 때문이다. 그러나 뾰뜨르는 스따브로긴의 저열한 반쪽에 불과하다. 뾰뜨르는 스따브로긴의 행동 분신으로서 그가 영혼 속에서 정복한 것을 실제 행위로 옮기고 있으며, 그 결과 전자의 내적 혼돈은 후자의 외적 혼돈으로 가시화되어 나타난다. 뾰뜨르는 스따브로긴의 영혼이 꺼리는 움직임들을 실제 행위로 전환시키고 있는데, 그는 스따브로긴이 거부하는 또 다른 분신 샤또프와 끼릴로프의 죽음에 책임이 있으며, 이중 결혼이라는 범죄를 저지르기를 망설이는 스따브로긴을 도와 리자와 하룻밤을 지낼 수 있도록 해주기도 하고, 그의 법적 아내인 레뱟끼나의 살해에 관여하기도 한다. 이처럼 스따브로긴과 관련된 모든 범죄는 뾰뜨르에 의해 행동으로 옮겨지고 있는 것이다. 그러나 스따브로긴은 결코 그를 인정하지 않는다. 뾰뜨르는 그가 이미 포기해 버린 과거 의식의 한 단면인 무신론적 자아를 반영하고 있을 뿐이며, 스따브로긴은 더 이상 과거와 같은 절대적 힘의 소유자가 아니기 때문이다. 스따브로긴의 본질이 기만적이라는 것을 알게 된 순간, 뾰뜨르는 그를 죽이고 싶어 할 만큼 환멸에 빠지지만, 그러면서도 스따브로긴을 떠나지 못한다. 스따브로긴을 부정하는 것은 자신의 신념, 나아가 자신의 존재 자체를 부정하는 것이기 때문이다. 결국 자신의 스승인 스따브로긴에 의해 인정받지도 못하고 그를 떠나지도 부정하지도 못하는 뾰뜨르는 파멸할 수밖에 없다. 러시아를 혁명적으로 전복시키려는 그의 계획은 성공하지 못하고, 그가 만든 5인조도 와해되며, 그는 결국 처음 이 도시에 등장했을 때의 당당함이라고는 찾아볼 수 없을 정도로 초라한 도망자 신세가 되어 서둘러 이곳을 떠나고 만다.

2.2. 슬라브주의와 인신 사상의 대립

스따브로긴이 뾰뜨르에게 두려움을 모르는 육체적 힘에 대한 환상을 심어 주었다면, 샤또프와 끼릴로프에게는 무한한 정신적 힘에 대한 관념을 심어 주었다. 신을 믿지 않는 샤또프는 스따브로긴을 통해 슬라브주의와 러시아 신에 대한 관념을 가지게 되었고, 감성적으로 신에 대한 확고한 믿음을 가지고 있는 끼릴로프는 무신론과 인신의 관념을 가지게 되었다. 그들은 뾰뜨르와 마찬가지로 스따브로긴을 숭배하고, 그가 자신들의 삶에서 절대적 의미를 가지고 있음을 공공연히 주장한다. 과거의 스따브로긴이 시험하던 정신적 힘은 현재 러시아의 종교적 도덕성의 설교자 샤또프와 무제한의 의지를 추구하는 끼릴로프 사이에 분열되어 나타난다. 그들의 관념에서 가장 근본적인 것은 신의 존재에 관한 문제이다. 두 사람 모두 신의 존재를 믿고 있지만, 샤또프는 자신이 신을 믿고 있다는 점을 확신하지 못하고, 끼릴로프는 신을 믿는 것이 무가치하다고 생각한다. 그러나 이처럼 전혀 상반되는 관념을 추구하며, 그로 인해 고통받으면서도, 이 두 사람은 상대가 없이는 의미를 갖지 못하는 상호 의존적 존재이다. 그들은 이 사회에서 가장 괴로운 계급에 속하는 미국 노동자들의 실태를 개인적 경험으로 검증하겠다는 목적을 가지고 둘이 함께 미국행을 결정했고, 미국에서는 같은 곳에서 일하고 같은 하숙집의 한 방에서 나란히 드러누워 지내기도 했다. 러시아로 돌아와서도 두 사람은 필리뽀프의 집을 빌려 서로 다른 방에서 지내고 있다. 이렇듯 그들은 물리적으로나 정신적으로 결코 분리될 수 없으며 상대가 없이는 의미를 갖지 못하면서도, 상반되는 관념을 지향하기 때문에 서로에게 적대적이다. 두 사람은 한 집에 살면서도 얼굴을 맞댄 적이 거의 없고, 우연히 만나더라도 알은척하지 않는다. 그들은 스따브로긴에게서 서로에게 적대적이면서도 동시에 자신들을 소멸시키는 관념을 부여받았다. 과거 한때 그들을 사로잡았던 급진적인 사상은, 스따브로긴의 내적으로 분열된 영혼의 상반되는 두 측면을 각자 받아들이면서 서로 정반대의 길로 나누어지게 되었던 것이다. 따라서 이들은 스따브로긴의 내적 모순을 밝히는 데 매우 중요한 단서가 된다.

도스또예프스끼가 살해당한 대학생 이바노프를 염두에 두고 창조한 샤또프는 모든 사상이나 관념에 대해 끊임없이 의심하고 회의하면서도, 한 가지 사상에 사로잡히면 그것에 완전히 사로잡혀 벗어나지 못하는 완고하고 고집스러운 성향의 인물이다. 그는 과거에는 학생 운동 때문에 대학에서 쫓겨날 정도로 급진적인 사회주의 신념의 소유자였지만, 현재는 러시아 메시아 사상의 신봉자가 되어 러시아 국민만이 참다운 신을 보유하고 있다는 강한 믿음을 전파하고 있다. 여러 민족들이 자신들만의 특별한 신을 가지고 있다 하더라도, 그들 중 단 하나의 민족만이 진정한 신을 가질 수 있는데, 그러한 신의 체득자가 될 수 있는 유일한 민족은 바로 러시아 국민이라는 것이다. 샤또프는 자신의 이러한 슬라브주의 관념론이 본래 스따브로긴의 것이었다고 말한다. 스따브로긴은

샤또프에게 무신론자는 러시아인이 될 수 없고, 정교도가 아
닌 사람은 러시아인이 될 수 없다고 가르쳤다. 유럽은 로마
가톨릭에 의해 파멸되었고, 현재 새로운 신을 찾지 못하고 사
회주의라는 무신론에 사로잡혀 있기 때문에 구원받을 가능
성이 전혀 없으며, 따라서 이제 러시아의 정교가 그 자리를
대체해야만 한다. 이성과 과학의 원칙 위에 세워진 사회주의
무신론을 택한 민족은 결국 파멸할 수밖에 없으니, 민족운동
의 목적은 오직 하나, 신에 대한 탐구, 반드시 자기 자신의 신
에 대한 탐구이며, 그 신을 유일한 진리로서 믿는 것이다. 모
든 민족은 항상 신을 가지고 있었지만, 하나의 공통된 신이
있었던 적은 없으며, 결국 민족이 강해질수록 그들의 신도 강
해진다. 이러한 스따브로긴의 가르침 속에서 샤또프는 슬라
브주의와 러시아 정교의 완벽한 조화가 인류를 구원할 것이
라는 믿음을 갖게 된 것이다. 그러나 스따브로긴은 그를 제자
로 인정하려 하지 않는다. 오히려 그는 자신의 과거 사상을
되풀이하는 샤또프를 보며 불쾌한 감정만을 느낄 뿐이다. 스
따브로긴은 이미 오래전에 그 관념을 포기했는데, 샤또프가
그것을 절대적 진리로 받아들이고 모든 삶의 의미를 부여하
고 있다는 사실이 스따브로긴으로서는 용납되지 않는 것이
다. 반면 샤또프에게 있어 슬라브주의의 관념을 심어 준 스따
브로긴은 신과 같은 존재, 상징적인 존재이며, 그렇기 때문에
스따브로긴이 타락했다고 생각되는 순간 샤또프는 자신의
타락 이상으로 깊은 절망에 빠진다. 그가 스따브로긴에게 가
한 일격은 이러한 절망의 표시였다. 그러나 샤또프는 환멸을
느낀 순간에조차 그를 잠재적인 지도자로 생각하며 그에 대
한 환상을 버리지 못한다. 스따브로긴을 경멸하기에는 그의

영혼이 자기 스승의 영혼에 너무 깊이 몰입되어 버린 것이다. 그러나 스따브로긴은 자신의 비열한 행동 분신인 뾰뜨르를 부정했던 것과 마찬가지로 형이상학적 분신의 한 측면인 샤또프 역시 부정하며, 자신에 대한 그의 환상을 깨뜨린다. 스따브로긴은 샤또프가 그를 태양과 같이 숭배하는 것을 알면서도, 그리고 그의 앞에서는 수치심도, 사상의 희화화도 두려워하지 않을 정도로 헌신적이라는 것을 알면서도, 자신은 자신의 제자인 그를 도저히 사랑할 수 없음을 고백한다.

그러나 샤또프의 파멸은 단지 그가 스따브로긴의 인정을 받지 못해서가 아니며, 보다 본질적인 이유는 그가 러시아를 구해 줄 신을 추구하면서도 자신은 신을 믿지 않기 때문이다. 그는 신을 믿느냐는 스따브로긴의 질문에 자신은 러시아와 러시아의 정교를 믿고, 새로운 강림이 러시아에서 이루어질 것이라고 중얼거리면서도 신은 〈믿게 될 것〉이라고 대답한다. 슬라브주의자로서의 강한 신념을 보여 주는 샤또프가 신을 믿지 못하는 것은 그것이 그의 관념이 아니기 때문이다. 신을 믿지 않는 그에게 신의 관념을 불어넣어 준 사람은 스따브로긴이었다. 〈흔들리다〉라는 뜻의 〈샤따짜schatat'sia〉에서 파생된 샤또프의 이름이 의미하는 바대로, 이전의 허무주의자였던 샤또프는 러시아라는 땅에 근거를 두고 난 후 신에 대한 믿음을 갈망하지만 여전히 계속 흔들리고 있다. 그러나 자신을 사랑하지 않는 스따브로긴을 자기 심장으로부터 떼어 내지도 못하고 영원히 믿어야 할 운명에 처해 있는 샤또프는 결국 믿음과 불신 사이에서 당황하고 혼란스러워하다가, 뾰뜨르 일당의 정치적 음모에 비극적으로 희생된다.

스따브로긴의 관념론적 시험의 영향을 받은 또 하나의 인물은 샤또프와 상반되는 입장을 견지하고 있는 무신론적 관념론자 끼릴로프이다. 스따브로긴이 샤또프의 가슴속에 신과 조국을 심어 주었던 시기에, 그는 끼릴로프의 가슴에 무신론이라는 독을 쏟아 넣었다. 끼릴로프는 본능적으로 신에 대한 믿음과 분리될 수 없는데도, 스따브로긴은 그가 무신론을 갖게 함으로써 그를 불행하게 만들었다. 샤또프는 스따브로긴이 끼릴로프에게 거짓과 비방을 심어 주고, 그의 이성을 광란의 상태로까지 끌고 갔다고 비난하며, 그 역시 스따브로긴의 창조물이라고 말한다. 끼릴로프의 비극의 핵심은 그가 신을 거부하고 스스로 신이 될 수 있음을 증명하기 위해 자살을 택한다는 것에 있다. 만약 신이 있다면 모든 것은 신의 의지이고, 인간은 신의 의지로부터 벗어날 수 없다. 그러나 신이 없다면 모든 의지는 인간의 것이니, 그것을 깨달은 사람은 곧 신이 된다. 신은 인간 세상의 모든 억압을 극복하고 자의지를 추구하는 인간의 노력에 가장 뿌리 깊은 장애가 되어 왔다. 인간은 그들의 자유로운 삶을 가장 크게 억압하는 죽음에 대한 공포 때문에 신을 창조했지만, 결코 신은 존재하지 않는다. 인류 역사를 살펴볼 때, 인간은 자살하지 않고 살기 위해 신을 고안해 냈을 뿐이다. 끼릴로프는 전 세계 역사에서 처음으로 신을 고안하기를 원치 않는 유일한 사람이 자신이며, 이것을 다른 사람들이 알게 하기 위해서 스스로를 죽여야 한다고 말한다. 죽음의 공포를 극복하고 자신의 불복종과 무시무시한 자유를 보여 줄 수 있을 때 그는 진정으로 신이 될 수 있기 때문이다. 본성적으로 인간에 대한 깊은 사랑을 가지고 있는 그는, 인간이 겪는 고통과 공포를 근절시키고 그들에게 행복한 삶을 보장하기 위해서 그리스도의 길을 가려고 한다. 그러나 그는 인간으로서 신이 되려 하는 것이기 때문에 신인(神人)이 아니라 인신(人神)이 될 것이며, 이것은 결국 그리스도의 신인에 대항하는 무신론의 관념이 될 수밖에 없다. 그러한 점에서 끼릴로프의 자살은 그리스도의 죽음에 비견될 수 없다. 인간에게 구원을 가져다주는 것이 아니라, 단지 자신의 의지를 성취하고 표시하기 위해 죽음을 택하는 것이기 때문에, 그가 스스로에게 가한 시련은 그리스도에 대한 기괴한 모방에 불과하다.

이러한 끼릴로프의 인신 관념 역시 스따브로긴의 관념에 영향을 받은 것이다. 그는 스따브로긴의 창조물이며, 결국 그를 파멸시키는 인신 관념은 스따브로긴으로부터 온 것이다. 신을 믿지 못하는 샤또프가 스따브로긴의 관념을 받아들여 러시아의 신과 신을 통한 구원이라는 믿음을 가지려 했기에 파멸한 것과 반대로, 끼릴로프는 감성적으로는 신의 존재를 믿지만 이성적으로는 스따브로긴의 자의지에 매혹되어 신을 인정할 수 없기 때문에 파멸하고 만다. 끼릴로프는 완전한 자의지를 획득한 사람을 인신으로 보았으며, 스스로 그렇게 되기를 원했다. 그러나 그는 모든 것에 대한 무관심을 강조하면서도 스스로는 삶을 사랑했고 타인을 사랑하며 경멸하기도 했다. 그는 유형수 페찌까를 숨겨 주기도 하고, 샤또프의 아내가 만삭의 몸으로 샤또프에게 돌아왔을 때는 기꺼이 두 사람을 도와주기도 한다. 이렇듯 사랑과 경멸의 인간적 감정을 가지고 있는 그의 본성과 자의지에 도달하기 위해 무관심을 달성해야 한다고 주장하는 그의 관념 사이의 모순 속에서 행해진 자살은 자신의 원리를 증명하기 위한 것일 뿐, 진정으로 인신의 단계에 도달한 것이 아니며, 따라서 그의 죽음은 샤또프의 죽음 못지않게 비극적이다. 그리고 샤또프와 끼릴로프의 죽음은 모두 뾰뜨르에 의해 조종된다. 스따브로긴의 힘을 추종하는 뾰뜨르는 샤또프를 살해하고 끼릴로프의 자살을 종용함으로써 스따브로긴의 영혼의 상반되는 두 측면을 함께 제거한다. 이리하여 스따브로긴의 육체적, 정신적 힘의 반영물로서의 세 사람은 함께 소설에서 사라지고, 이것은 스따브로긴의 파멸로 이어진다.

3. 스따브로긴의 미(美)와 여성들의 비극

스따브로긴 주변에는 그를 추종하는 남성 인물들 못지않게 그의 관심을 갈구하고 그의 생의 동반자가 되고자 하는 여성 인물들이 등장한다. 그들은 스따브로긴의 법적 아내인 마리야 레뱟끼나, 귀족 처녀 리자 뚜시나, 샤또프의 여동생 다리야(다샤)인데, 그들은 사회적 신분의 차이, 생활 수준이나 교육 수준의 차이, 성향의 차이에도 불구하고 모두 스따브로긴 주변을 맴돌며 그의 관심을 갈구하고, 그를 비난하면서도 그에게서 벗어나지 못한다. 무엇보다 그들로 하여금 스따브로긴에게 열광하게 만들고 결국 그의 비극적 운명의 일부가 되게 하는 것은, 스따브로긴의 아름다운 외모가 가지고 있는 치명적인 유혹의 힘이다. 그의 아름다움은 남성 인물들에게도 영향력을 발휘하여, 때로는 노골적으로 그들의 관심을 끌기도 하고 때로는 무의식적인 질투 혹은 혐오를 불러일으키기도 하는데, 이것은 스따브로긴과 다른 인물들 사이의 보이지 않는 긴장 관계를 이해하는 데 매우 의미심장한 역할을 한다. 물론 스따브로긴의 아름다움에 대한 관심이나 언급이 남성 인물들과 스따브로긴의 관계를 이해하는 데 절대적인 의미를 갖는 것은 아니다. 그러나 그들이 스따브로긴에게 집착하는 이유 중에서 그의 외모가 매우 중요한 역할을 하고 있음은 분명하다. 그의 정신적 방황과 육체적 방탕은 동전의 양면처럼 그와 주변 사람들을 비극으로 이끌고 있기 때문이다. 그러나 여성 인물들의 비극에 있어 스따브로긴의 외모가 가지는 의미는 그 파장이 훨씬 크다. 그들은 스따브로긴 사상의 계승자도 아니고, 그의 이념을 구체적 행동으로 옮기려는 사람들도 아니다. 그러나 이념과 사상의 무게에 가려져 수수께끼 같은 인물로 보였던 스따브로긴의 내면적 갈등이나 그의 악마적 본성, 그가 겪는 인간적 좌절감은 여성 인물들을 통해 보다 자세히 드러난다. 스따브로긴의 기이한 행동의 동기나 그의 비극적 결말, 공감 능력이 없는 인간적 허약함을 제대로 이해하기 위해서는 이들과의 관계를 통해 접근해 볼 필요가 있다.

미의 문제는 도스또예프스끼의 창작 세계를 이해하는 데 있어 가장 중요한 개념 중 하나로, 그는 『백치』에서 〈아름다움이 세상을 구할 것이다〉라는 상당히 도발적인 주장을 하기도 했다. 그러나 도스또예프스끼의 미의 관념을 단순히 외적 아름다움에 대한 찬미나 찬양으로 이해해서는 안 된다. 그것은 윤리적, 종교적 의미에서의 아름다움을 말하는 것이며, 〈신의 왕국에서 이루어지는 정신적 완성〉을 의미한다. 도스또예프스끼는 그리스도를 〈미의 영원한 이상〉이라고 불렀고, 『악령』에 관한 창작 노트에서도 〈성령은 아름다움에 대한 직접적 이해, 조화에 대한 예언적 인식, 조화에 대한 부단한 노력〉이라고 적었다. 『악령』에서는 도스또예프스끼의 다른 어떤 소설보다 미의 관념이 소설을 관통하는 주요 화두가 되고 있다. 주인공 스따브로긴의 이 세상 사람 같지 않은 아름다움은 두려움을 모르는 강인한 힘과 함께 상승 작용을 일으키며 주변의 모든 사람들을 그 앞에 굴복하게 만든다. 그러나 새까만 머리카락, 고요하고 밝게 빛나는 눈빛, 부드러운 얼굴색, 진주처럼 새하얀 이 등 경이로운 아름다움 이면에서는 설명할 수 없는 혐오스러움이 느껴지고, 한편으로는 가면과 같은 인상을 주기도 한다.

　『악령』에서는 미의 의미가 매우 복합적으로 작용하며, 주인공을 비롯하여 등장인물들의 운명에 깊이 관여하지만, 무엇보다 스따브로긴의 아름다움은 여성 인물들의 운명을 결정짓는 과정에서 보다 큰 의미를 가진다. 남성 인물들이 스따브로긴 주변에서 맴도는 것과 또 다른 의미에서 이들은 그의 주변을 떠나지 못하며, 결국에는 모두 비극적 운명을 맞이한다. 그들이 사로잡혔던 스따브로긴의 미는 세상을 구하는 미가 아니라 세상을 파멸시키는 허위의 미라는 것을 알지 못했기 때문이다. 스따브로긴의 법적 아내인 마리야는 그와 관련된 여성 인물들 중에서 가장 추한 외모를 가지고 있다. 병적으로 마른 모습에 절름발이이며 반쯤 정신이 나간 그녀는 완벽한 미모를 가진 스따브로긴과 가장 어울리지 않는 여성이다. 스따브로긴이 자신의 고백록에서 밝히고 있듯이 마리야와의 결혼은 그가 〈가능하면 더 추악한 방법으로 인생을 망쳐야겠다〉는 생각이 들었을 때 선택한 방법이었다. 자신에게 농락당한 하숙집 소녀 마뜨료샤의 자살 이후 생에서 처음으로 극도의 공포를 경험한 스따브로긴은 자신이 공포를 느낀다는 사실 자체에 분노하며 자신의 하찮은 비겁함을 증오한다. 죽음의 위협 앞에서도 공포를 느끼지 않던 자신이 어린 소녀의 무기력한 주먹질과 자살에 공포를 느낀다는 것은 스스로도 용납할 수 없었으며, 따라서 가장 열등한 존재와 결혼함으로써 추악함을 또 다른 추악함으로 덮어 버리려 했던 것이다. 반면 자신의 오빠를 비롯하여 주위 모든 사람들에게서 하찮은 물건 취급을 받던 마리야에게, 아름다운 스따브로긴은 그녀를 불행한 삶에서 구하기 위해 신이 내려 준 왕자님이었으며, 그녀의 구질구질한 인생에 다이아몬드 같은 존재였다.

그러나 스따브로긴이 그녀를 아내로 선택한 보다 깊은 의미는, 그녀가 학대받고 고통받는 어머니 러시아를 상징하기 때문일 것이다. 외적인 추악함과 내면적인 순수함은 그녀에게 백치 성자와 같은 이미지를 부여하고 있으며, 그녀가 수도원에서 머무는 동안 경험한 기이한 환영은 성스러운 느낌마저 갖게 만든다. 마리야는 석양이 지는 것을 바라보면서 설명할 수 없는 슬픔에 잠기고, 곧 태어난 적 없는 자기 아이를 생각하며 눈물을 흘린다. 그녀가 느끼는 슬픔과 두려움, 존재가 불확실한 아이를 위해 흘리는 눈물은 스따브로긴을 비롯해 그의 추종자들의 고통과 불행, 파멸을 예감하고 흘리는 어머니-러시아의 눈물이다. 스따브로긴의 실체, 즉 그가 진짜 왕자가 아니라 왕자를 사칭한 가짜, 그리시까 오뜨레뻬예프라는 것을 간파해 내는 것도 그녀이다. 마리야만이 영적인 투시력으로 스따브로긴의 악마적 본성을 알아챌 수 있으며, 그러한 이유로 그녀는 결국 스따브로으로 인해 죽음을 맞이하게 된다.

스따브로긴을 인간적으로 위로하고 치유하는 역할 역시 여성 인물들에게 부여되어 있다. 아름답고 매력적인 외모에 자존심 강하고 고집 센 리자는 스따브로긴과 대등한 힘을 가지고 그에게 맞설 수 있는 유일한 여성이다. 그녀는 타인을 자신의 의지대로 지배하려 하고, 정복자와 같은 그녀의 당당함은 항상 사람들에게 강한 인상을 심어 준다. 그러나 그녀 역시 스따브로긴의 부름 앞에 한순간에 무너지고 마는데, 이는 결국 그녀의 파멸로 이어진다. 스따브로긴과 하룻밤을 보내고 나서야 그녀는 그가 결코 자신을 사랑하지 않는다는 것을 알게 된다. 스따브로긴은 그녀에게 어제보다 오늘 더 많이 그녀를 사랑하게 되었다고, 그녀가 자신의 희망이라는 것을 믿게 되었다고 말한다. 그러나 스스로도 확신은 없다. 아마 지금도 믿고 있는 것 같다는 스따브로긴의 고백은 오히려 리자를 더 크게 모욕할 뿐이다. 스따브로긴은 결코 그 누구도 사랑할 수 없는 사람이며, 리자도 이 사실을 이미 알고 있었다. 다만 그녀의 자존심이 그것을 인정할 수 없었을 뿐이다. 리자는 스따브로긴이 자신을 사랑한 것이 아니라, 단지 관대함 때문에 그렇게 행동한 것임을 알게 된 순간, 자신이 그의 인생의 마지막 동반자가 될 수 없다는 것도 깨닫는다.

그러나 그녀가 무엇보다 참아 낼 수 없는 것은 스따브로긴의 완벽한 외모 뒤에 감추어진 그의 비열함과 어리석음, 그리고 공포이다. 그녀는 자신의 인생 전부를 그와의 한 시간에 쏟아부었고, 그것으로 그녀의 인생은 끝나 버린다. 그러나 스따브로긴에게 그녀는 다양한 시간과 순간들 중 하나일 뿐이었다. 스따브로긴과 하룻밤을 지낸 후 리자는 현실을 직시하게 되고, 자신에게 이제 시험은 충분하다고 말한다. 사랑하는 사람이 아니라 평생을 동정심 많은 간병인이 되어 함께해 주기를 바라는 스따브로긴의 제안은 그녀에게 모욕적일 수밖에 없으며, 스따브로긴의 마지막 구원자가 있다면 그것은 다리야뿐이라는 것도 그녀는 알고 있다. 그러나 그녀의 깨달음은 너무 늦었다. 스따브로긴의 거짓된 본질을 보지 못하고 그의 아름다운 외모와 우아한 기사도적인 태도에 대한 환상으로 자신의 생을 걸었던 리자에게는 이제 파멸만이 기다릴 뿐이다. 마리야가 유형수 폐찌까에게 잔인하게 살해당하듯이, 리자는 부인이 있는 남자를 유혹했다는, 자존심 강한 그녀에게는 가장 치명적인 비난을 받으며 사람들의 폭행에 의해 죽음을 맞이한다.

리자의 죽음으로 스따브로긴 옆에는 이제 다리야만이 남게 된다. 다리야는 샤또프의 누이동생이지만 바르바라 뻬뜨로브나의 양녀로서 스따브로긴에게도 누이동생과 같은 존재이며, 그와는 가장 오랜 시간을 함께한 여성이다. 그녀는 〈조용하고 온순하며 희생할 줄〉 알고, 〈성실하고 대단히 겸손한 데다 보기 드물 정도로 사려가 깊고〉, 〈감사할 줄〉 아는 성품의 소유자로, 어느 자리에서건 사람들의 주목을 끌지 않지만 자기만의 신념이 확고한 인물이다. 그녀는 스따브로긴 옆에 마지막까지 남을 사람은 자신이라는 것을 잘 알고 있으며, 조용히 그때가 오기를 기다리고 있다. 물론 그녀는 자신이 스따브로긴의 아내가 될 수 없다는 것도, 스따브로긴이 자신을 사랑하지 않는다는 것도 알고 있지만, 간병인이 되어서라도 그를 떠나지 않을 수만 있다면 그 길을 택하려 한다. 그러나 다른 여성 인물들과 마찬가지로, 그녀 역시 스따브로긴 옆에 남는 것이 결코 행복이 될 수는 없다. 스따브로긴은 그녀 역시 사랑하지 않으며, 따라서 그녀는 그의 마지막 간병인이 되지 못한다. 그녀의 자기희생과 위로가 그에게는 아무것도 증명해 주지 못하기 때문이다. 결국 신앙심 강한 그녀의 경건한 희생도 그를 구원해 줄 수는 없다. 스따브로긴은 다리야에게 보낸 마지막 편지에서 자신은 이성을 잃지도 못하고 관념을 믿지도 못하기 때문에, 관대함을 보여 주기 위해서 자살을 한다면 그것 자체가 기만이 될 것이며, 그렇기 때문에 자살을 할 수 없으니 함께 스위스로 떠나자고 먼저 제안한다. 그러나 그는 편지를 보낸 이후 스끄보레시니끼의 집으로 돌아와 자살로 생을 마감함으로써 마지막까지 자신의 말에 책임을 지지 않는다.

다리야의 삶은 파국으로 끝나지는 않지만, 그녀의 운명이 다른 여성 인물들 못지않게 비극적일 수밖에 없는 이유는, 종교적 희생과 헌신의 삶이라는 자신의 프레임에 갇혀 스따브로긴의 아름다움 뒤에 감추어진 악마적 본성을 제대로 보지 못하고, 결국 그를 구원해 내지도 못하기 때문이다. 기사도 이야기를 통해 환상을 키운 마리야, 오페라를 보며 상상의 인물을 만들어 온 리자, 신앙심과 자기희생으로 믿음을 상실한 인간을 구원하고자 한 다리야, 이들은 모두 자신의 사고 틀 안에서 스따브로긴을 우상화했을 뿐이며, 그에 대한 대가는 너무 참혹하다. 그들은 스따브로긴의 아름다움에 현혹되어 그의 추악함을 보지 못하고, 결국 불행과 좌절만을 겪을 수밖에 없게 된다. 그들은 각자 자기만의 방식으로 스따브로긴을 사랑하지만, 스스로를 사랑하지 못하는 스따브로긴은 그들 중 어느 누구도 사랑할 수가 없는 것이다. 이렇듯 여성 인물들과의 관계는 스따브로긴 자신이 그들의 사랑을 거부하고 구원의 가능성을 포기했기 때문에 결국 비극으로 끝나고 만다.

4. 스따브로긴의 고백과 찌혼 신부

　『악령』의 이중 구조, 즉 정치 팸플릿과 형이상학적 플롯은 스따브로긴을 통해 구조적 통일성을 얻는다. 정치적 플롯에서 발생한 여러 사건들과 형이상학적 플롯의 등장인물들이 고뇌하고 있는 다양한 관념들은 모두 스따브로긴의 영혼의 반영물이며, 그는 모든 사람들의 행동과 의식에 절대적인 지배력을 행사한다. 그들은 무제한의 힘을 추구하는 스따브로긴의 영혼의 희생물이며, 이들의 비극은 곧 스따브로긴의 비극이 된다. 그의 제자들은 스따브로긴의 가르침을 확신에 찬 것으로 받아들이며 그를 따르고 있지만, 그 자신은 지나간 관념에 대한 미련도 없을뿐더러 그들에 대한 동정도 연민도 공감도 보여 주지 않는다. 스따브로긴의 제자들은 모두 그의 관념이 독자적인 존재성을 획득하게 된 존재들로서, 스따브로긴 내부의 투쟁과 갈등은 이들에 의해 외부로 표출되며 정치적 음모, 폭동, 방화, 살인, 자살 등으로 구체화되고 있다. 그러나 자신의 추종자들에게 상반된 관념을 심어 준 스따브로긴은 그러한 사실을 부정하며, 자신을 중심인물로 간주하는 것도 거절한다. 현재의 그는 자기 힘을 시험하려는 시도가 실패한 이후 의지나 희망을 모두 잃어버린 상태에 놓여 있다. 무제한의 힘을 추구하는 노력이 모두 실패로 돌아간 후 현재의 스따브로긴에게는 무기력과 권태만이 남아 있을 뿐이다. 그리고 이러한 스따브로긴의 내적 본질을 유일하게 꿰뚫어 보고 있는 사람이 찌혼 신부이다. 「찌혼의 암자에서」는 소설 전체의 구조적 일관성으로부터 벗어나 있음에도 불구하고, 스따브로긴의 내적 본질, 그의 범죄적 본성을 이해하는 데 매우 중요한 역할을 한다. 찌혼 신부와의 대화 장면을 통해 우리는 스따브로긴의 과거와 그가 겪고 있는 심적 갈등을 그의 입을 통해 직접 들을 수 있기 때문이다.

스따브로긴은 다른 인물들과의 관계나 소설에서 벌어지는 사건들로부터 항상 냉정하고 무관심하게 거리를 두고 있지만, 찌혼 신부와 대면한 자리에서만은 지금까지와 사뭇 다른 태도를 보인다. 그는 찌혼 신부에게 자신의 수기를 읽게 하고 그의 평가에 직접적인 반응을 보이기도 하며, 자신의 거짓되고 기만적인 본질이 찌혼 신부에 의해 적나라하게 드러나자 분노하기도 한다. 그럼에도 불구하고 스따브로긴이 찌혼 신부에게 수기를 건넨 이유는, 단 한 사람이라도 그것을 읽는다면 더 이상 자신의 비열한 과거를 감출 필요가 없다고 생각했기 때문이다. 〈신부님께 모든 진실을 말씀드리지요. 저는 신부님이 저를 용서해 주시기를, 신부님과 함께 다른 한 사람, 또 다른 한 사람이 용서해 주기를 바랍니다. 그러나 다른 사람들은 모두 저를 증오하게 놔두는 것이 더 좋습니다. 그 이유는 겸손한 마음으로 견뎌 내기 위해서입니다……〉 스따브로긴은 수기에서 어린 소녀를 강간한 무서운 자신의 범죄를 고백하며 그에 대한 벌을 받고 싶다는 거짓 없는 마음의 욕구를 고백한다. 그러나 이것은 몹시 고통받고 괴로워하는 인간이 한순간이나마 현재의 고통을 다른 고통으로 바꾸어 보려는 몸부림에 불과한 것으로서, 자신의 행위에 대한 진정한 참회가 아니다. 수기를 읽는 사람들이 그를 동정해 주기보다는 오히려 미워해 주기를 바라는 것도, 그들의 박해를 견뎌 내려는, 즉 하나의 고통을 또 다른 고통으로 덮어 버리려는 행위에 다름 아니다. 찌혼 신부는 스따브로긴의 고백을 읽고 나서 그 내용의 솔직함을 인정하긴 하지만, 그가 계획하고 있는 고행이 또 하나의 기만임을 알아챈다. 스따브로긴은 자신의 죄를 인정하는 것은 부끄러워하지 않지만 참회하는 것은 부끄러워하고 있으며, 그래서 자신의 수기를 읽는 사람들을 증오하고 그들에게 싸움을 걸려는 것이다. 이것은 재판관에 대한 오만한 도전이다. 찌혼 신부는 스따브로긴이 수기가 발표되기 전에 궁지에서 벗어나기 위해 또 다른 범죄를 저지르리라는 것도 알고 있다. 그래서 찌혼 신부는 그에게 만약 그의 고백이 진정 자신의 죄악을 속죄하기 위한 것이라면, 그리고 그것에 대한 어떠한 비난도 감수할 마음의 자세가 되어 있다면 구원받을 수 있다는 믿음을 갖게 하려고 진정 어린 충고를 한다. 그러나 스따브로긴은 그의 자존심과 그를 괴롭히는 악마의 환영에게 망신을 주라는 찌혼 신부의 조언을 무시하고, 결국 레뱟낀 남매의 살해를 암묵적으로 동의함으로써 수기의 공표를 다른 범죄로 덮어 버리고 만다. 찌혼 신부는 스따브로긴이 가장 두려운 범죄에 다가가고 있음을 미리 꿰뚫어 보고 있었으며, 결국 자신의 속마음을 들킨 스따브로긴은 그에게 〈저주받을 심리학자!〉라 내뱉고 암자에서 도망쳐 나온다. 종교적 구원과 갱생 가능성을 제시한 수도사를 심리학자라는 말로 비난함으로써 스따브로긴은 신의 말씀의 전달자로서 그의 의미를 인정하지 않고 있으며, 결국 마지막까지 스스로 신이 되는 길을 택한다. 스따브로긴이 진정으로 자신의 죄악으로부터 구원을 받으려면 먼저 스스로를 용서해야 한다. 겸손과 순교, 자기희생의 정신으로 모든 사람들의 비난과 비웃음을 견뎌 낼 때 그는 구원받을 수 있기 때문이다. 그러나 그는 타인의 용서나 종교적 구원의 길 대신 자살을 택함으로써 스스로에게 벌을 내린다. 모든 것은 그의 의지에 따라 결정된 것이며, 그는 죽는 순간까지 자신의 무제한적인 힘을 증명하고 있는 것이다.

스따브로긴은 『악령』에서 벌어지는 〈모든 악행의 직접적인 원천이자 근원적인 죄인〉으로서 〈존재론적인 악의 원칙〉[8]이라고 불린다. 그에게서 선과 악의 경계는 무너지고, 추악함에 대한 혐오의 감정도 퇴화한다. 그는 자존심이 강하고 정신적으로도 풍부한 재능을 갖추었으며, 〈어떤 장애든 극복할 수 있는 무한한 힘의 소유자〉이지만, 〈오만한 자기 평가는 그를 신과 인간 모두로부터 고립〉[9]시킨다. 도스또예프스끼는 창작 노트에서 스따브로긴에 대해 〈자신만의 전형적인 힘 때문에 무의식적으로 불안해하며, 무엇에 정착해야 할지 모르는 토박이 유형 중의 하나〉라고 설명하고 있다. 그는 지루함과 공허함에서 벗어나기 위해 온갖 추악한 범죄를 저지르지만, 그로 인해 자신에 대한 공포와 혐오는 더욱더 커진다. 그런데 스따브로긴의 문제는 이러한 추악함과 혐오의 감정이 자신에게만 머물지 않고 주변의 모든 사람들을 파멸로 이끈다는 데 있다. 물론 스따브로긴은 자존심이 강한 사람으로서 〈자기 희열을 위한 아름다운 삶을 필요로 할 뿐, 다른 사람들의 열광을 불러일으키는 데는 관심이 없으며, 그들의 평가나 승인도 필요로 하지 않는다〉.[10] 오히려 사람들이 그를 숭배하고 우상화하며 그 앞에 기꺼이 몸을 던지는 것이다. 바로 여기에 그들의 비극이 있다. 십자가의 네 방향에 서서 한가운데

8 Allen, 앞의 책, p.67.

9 N. Losskii, *Tsennost' i bytie* (Moskva: AST, 2000), p. 704.

10 위의 책, p. 702.

우뚝 서 있는 스따브로긴을 바라보며 그들은 맹목적으로 자신만의 스따브로긴을 만들어 내고, 그 이미지를 절대화시켜 버린 것이다. 하지만 스따브로긴은 그 모두가 될 수도 있으며 그 어떤 것도 될 수가 없다. 스따브로긴은 그들에게 그 어떤 사상도 강요한 적이 없고, 그 어떤 여성도 직접적으로 유혹한 적이 없음에도 불구하고, 그들은 모두 각자의 이념과 시선으로 스따브로긴을 우상화했으며, 이런 점에서 그들 역시 자신들의 비극적 운명에서 책임을 피할 수 없다.

마지막으로 도스또예프스끼가 『악령』에서 일관되게 증명하려고 했던 주제로 되돌아가 보자. 그것은 소설의 에피그라프에서도 등장하고, 스쩨빤이 죽기 직전 다시 한번 듣고 싶어 했던 「루가의 복음서」 8장의 악령 들린 돼지 떼 이야기이다. 스쩨빤 베르호벤스끼는 스따브로긴의 가정 교사이면서 그의 정신적 아버지와 같은 인물이다. 그는 스따브로긴이 리자와 하룻밤을 보내기 위해 아내 마리야의 살해에 암묵적인 동의를 함으로써 모든 구원의 가능성을 버리고 완벽한 파멸을 향해 질주하고 있던 바로 그날 밤, 지금까지 자신이 누리고 있던 모든 삶의 편안함을 버리고 순례의 길을 떠난다. 그가 순례 여행을 시작한 것은 자유주의적 관념론자로서 지금까지 이해하지 못했던 진정한 러시아를 찾기 위한 것이었으며, 따라서 이 순례 여행은 그의 삶에 새로운 전환점이 되고 있다. 그는 『악령』의 기본적 관념, 즉 병든 러시아는 수 세기 동안 쌓여 온 질병으로부터 치료될 것이라는 관념을 표현하고 있다. 그는 러시아가 악령으로 수난받는 사람이라는 것을, 그 자신과 그의 아들들인 스따브로긴과 뾰뜨르, 그리고 다른 급진주의자들과 허무주의자들은 악령에 홀려 바다를 향해 언덕을 내달리는 돼지라는 것을, 그리고 그들이 굴욕적으로 사라지고 나서야 러시아는 예수의 발아래 치유되고 성스러워지리라는 것을 깨닫는다. 성경 말씀을 통해 스쩨빤은 지금까지 그를 괴롭혔던 모든 관념적인 자유주의, 허무주의 사상을 포기하고 신에게 귀의할 수 있었으며, 그러한 서구 이념의 악령들의 파괴 행위로 고통받고 수난받는 러시아는 악령들이 돼지 떼, 즉 스따브로긴과 그 분신들에게 들어가 스스로 파멸의 길을 택함으로써 구원받을 것이라는 믿음을 가질 수 있게 되었다. 서구의 무신론적 자유주의, 급진주의라는 악령에 사로잡힌 러시아는 신에 대한 믿음, 슬라브 민족으로서의 자부심을 회복함으로써 구원받을 수 있을 것이다.

끝으로, 이 책이 번역되기까지 오랜 시간 동안 묵묵히 기다려 주신 열린책들 편집진들께 깊이 감사드리고 싶다. 무엇보다 이 긴 소설을 여러 번 꼼꼼하게 읽어 가면서 역자가 놓친 부분까지 지적하고 수정하는 데 많은 도움을 주신 열린책들의 박지혜 님께 진심으로 감사드린다. 작품의 번역 대본으로는 F. M. Dostoevskii, *Besy* (Moskva: Khudozhestvennaia literatura, 1990)를 사용했음을 밝힌다.

2020년 1월
박혜경

악의 비극: 스따브로긴 형상의 철학적 의미
S. I. 게센[1] / 박혜경 옮김

1

도스또예프스끼의 모든 장편소설들 중에서 『악령』은 매우 독특한 위치를 차지한다. 작가 스스로 〈경향적인 작품〉으로 구상했다고 말한 이 소설에서 우리의 〈환상적인〉 작가는 무엇보다 경험적 현실에 접근하고 있다. 사실 이 소설을 쓰는 동안 도스또예프스끼는 처음의 구상을 변경했으며, 그 결과 〈팸플릿〉으로 의도되었던 소설은 시간을 뛰어넘는 의미와 깊은 형이상학적 내용을 가진 창작으로 자라났다. 도스또예프스끼는 항상 그렇듯이 그 당시 〈자신을 에워싸고 있던〉 수많은 이념과 형상을 제대로 다룰 능력이 없었다. 따라서 처음에 논쟁적인 작품으로 구상해 두었던 소설 속으로, 그는 좀

---

1 S. I. Gessen(1887~1950). 러시아의 신칸트주의 철학자, 교육학자, 법학자이며, 철학 잡지 『로고스』의 공동 편집인으로 활동했다. 1922년 프라하로 망명했으며, 제2차 세계 대전 이후에는 바르샤바의 로지 대학에서 교육사 교수로 학생들을 가르쳤다. 여기에 소개된 논문은 1930년 프라하에서 독일어로 먼저 발표되었으며, 러시아어로는 1932년 파리에서 출간된 잡지 『길』을 통해 처음으로 소개되었다.

더 〈기념비적인 작품〉을 쓰기 위해 준비해 두었던, 자신이 〈가장 좋아하는〉 일련의 사상들을 포함시켰다. 이때 그는 단지 자신의 예술적 창작의 법칙만을 따랐다. 경험적인 현실은 도스또예프스끼에게 항상 형이상학적 질서의 더 깊은 현실성, 관념의 현실성의 상징일 뿐이었다. 그 관념 안에서 그는 자신의 〈더욱 실제적인 이상주의〉의 특수성을 찾아내곤 했다. 『악령』이 시험했던 형이상학적 깊이에도 불구하고, 그것은 경향적이지는 않지만 어쨌건 논쟁적인 작품이며, 그 안에서 도스또예프스끼 동시대의 현실은 거의 사진처럼 정확하게 묘사되고 있다. 도스또예프스끼의 장편소설들에서 특징적인 경험적 행위와 형이상학적 행위라는 양면적인 측면은 『악령』에서 극단적일 정도로 심화되고 있다. 종종 정치적 희화화에 가까운 동시대의 경험적 현실에 대한 묘사는 관념 세계의 가장 실제적인 현실성을 묘사하는 깊은 상징성과 긴밀하게 뒤얽혀 있다. 소설의 모든 구조와 양식은 첨예하게 양극화되어 있는 이 두 가지 차원의 존재 — 그 안에서 소설의 긴장된 행위는 진행된다 — 를 고려할 때만 완전히 이해될 것이다.

『악령』의 외적 차원에서 묘사되고 있는 실제 이야기는 잘 알려져 있는 사건으로, 대학생 이바노프가 같은 대학 친구였던 네차예프와 그 일당에 의해 살해당한 사건이다. 베르호벤스끼 부자와 작가 까르마지노프의 형상에서도 실제 인물들, 즉 그라노프스끼, 네차예프, 뚜르게네프 등을 어렵지 않게 알아볼 수 있다. 이들 중 그라노프스끼와 네차예프는 도스또예프스끼가 소설에 대해 적어 놓은 메모 속에서 직접적으로 이름이 등장한다. A. 돌리닌이 최근에 밝혀낸 바에 따르면, 샤또프와 끼릴로프가 미국에서 겪은 모험의 세부적인 내용은 한 잡지에 실린 두 명의 러시아 대학생의 미국 여행 기사를 도스또예프스끼가 문자 그대로 차용한 것으로, 그것은 소설 속에서 풍자적으로 묘사되고 있다. 그러나 도스또예프스끼는 외적인 사실들을 차용하는 것에만 머물지 않았다. 그는 자신의 인물들에게 개인적인 경험에서 가져온 특성들을 부여하기도 했다. 그리하여 뾰뜨르 베르호벤스끼는 도스또예프스끼 자신의 말에 의하면 네차예프일 뿐만 아니라, 부분적으로는 그가 젊은 시절 속해 있던 혁명 서클의 지도자 뻬뜨라셰프스끼이기도 하다. 아버지 베르호벤스끼를 통해서 도스또예프스끼는 틀림없이 벨린스끼에게서 들었거나 들었을 법한 많은 것들을 말하게 하고 있다. 까르마지노프의 강연 내용 중 하나는 도스또예프스끼가 훗날 마이꼬프에게 보내는 편지에서 분개하며 쓰기도 했던, 그와 뚜르게네프의 대화를 직접적으로 패러디한 것이라는 사실 역시 잘 알려져 있다. 『악령』에서 베르호벤스끼의 혁명에 대한 이해는 네차예프의 〈혁명의 교리문답〉과 거의 문자 그대로 일치하고 있지만, 〈우리 일당〉(혁명가들)에 대한 묘사는 네차예프보다는 뻬뜨라셰프스끼 서클에 훨씬 더 가까운 특성들(예를 들어 푸리에 사상에의 몰두)로 가득 차 있다.

그러므로 도스또예프스끼 연구자들이 『악령』 주인공의 경험론적 원형에 관한 문제를 이미 오래전부터 제기하고 있었다는 것 역시 충분히 이해가 된다. 스따브로긴의 형상은 그에게서 아주 작은 희화화나 아이러니적인 특성조차 찾기 어렵다는 점에서, 소설의 다른 남성 형상들(샤또프와 끼릴로프를 포함하여)과 구별된다. 스따브로긴은 가끔씩 스스로에게만 〈우스울〉 뿐, 소설의 다른 인물들이나 독자들에게는 전혀 그렇지 않으며, 특히 독자들에게 그는 순수하게 비극적 주인공으로 비쳐진다. 바로 여기에서 그를 경험에 의거한 다른 인물들과 구별되게 하는 그의 〈수수께끼〉 같고, 심지어 〈환상적〉이기까지 한 성격이 드러난다. 하지만 도스또예프스끼는, 그가 언젠가 말했듯이, 자기 주인공을 〈자신의 심장에서〉뿐만 아니라, 개인적인 회상에서도 취했다는 것은 논쟁의 여지가 없다. 스따브로긴은 아마도 구체적인 역사적 인물에 대한 가장 정확한 묘사일 것이다. 스따브로긴의 원형이 M. 바꾸닌이라는 최초의 가정은 더 이상 사람들에 의해 언급되지 않고 있다. 이 가정을 제시했던 L. 그로스만 자신도 이미 마지막 저작들 속에서 사실상 그것을 포기했다. 니꼴라이 스따브로긴과 혁명가들의 관계가 바꾸닌과 네차예프 서클의 관계를 생각나게 하는 것이 맞고, 또한 바꾸닌의 슬라브주의적 속성이 스따브로긴의 형상 속에 재현되고 있기는 하지만, 그럼에도 스따브로긴의 경험론적 원형이 뻬뜨라셰프스끼 서클의 회원이었던 니꼴라이 스뻬시네프였다는 것은 이제 전혀 의심의 여지가 없다. 도스또예프스끼는 그를 〈나의 메피스토펠레스〉라고 부르며 개인적으로 긴밀한 관계를 맺고 있었다. 스따브로긴의 특징 묘사에서 경향성이 완전히 뒤로 밀려나게 되자, 그의 형상에서 개인적인 회상이 우위를 점하게 되었다. 〈그의 얼굴 역시 나를 놀라게 했는데, 머리카락은 진짜 새까맣고, 빛나는 시선은 아주 고요하고 밝았으며, 얼굴색은 정말 부드러운 백옥 같았고, 홍조는 너무 선명하고 깨끗했으며, 이는 진주 같고 입술은 산호빛을 띠고 있어서 그림 같은 미남이었지만, 동시에 왠지 혐오스러워 보였다. 사람들은 그의 얼굴이 가면처럼 보인다고 말했다.〉 소설 속 스따브로긴에 대한 이러한 묘사를 스뻬시네프의 초상화와 비교해 보기만 해도, 그가 스따브로긴의 경험론적 원형임을 바로 알 수 있을 것이다. 게다가 스뻬시네프의 동시대인들이 그에 관해 묘사했던 내용은 도스또예프스끼가 스따브로긴에 대해 말하는 것과 완전히 일치한다. 〈그는 영리하고 부유하고 교양 있고 잘생겼으며, 침착한 힘을 가진 사람이라면 항상 그렇듯이 차갑기는 하지만 신뢰감을 주며 전혀 혐오스럽지 않은 고결한 외모를 가지고 있는 사람으로, 한마디로 머리끝부터 발끝까지 완전한 신사였다. 남자들은 그에게 끌리지 않을 수 없었지만, 그는 너무도 냉담하고 자기만족적인 사람으로서 어느 누구의 사랑도 필요로 하지 않는 것 같았다. 그에 반해 여성들은, 젊거나 늙거나, 기혼이거나 미혼이거나, 만약 그가 원하기만 한다면 그 때문에 정신을 잃을 것이다……. 스뻬시네프는 대단히 인상적이다. 그는 생각이 많고, 침착하며, 속을 알 수 없는 망토로 잘 둘러싸여 있다.〉 바꾸닌에 따르면 스뻬시네프는 스따브로긴처럼 사람들의 신뢰를 불러일으킬 수 있었으며, 사람들은 외국에서의 그의 방종한 삶에 대한 소문이나 아내의 자살이 그 때문일지도 모른다는 소문에도 불구하고 〈그에 관해 공감을 하지는 않더라도, 대단한 존경심을 가지고 그를 평했다〉. 뻬뜨라셰프스끼 사건 심리위원회 판결문에 적혀 있는 스뻬시네프의 성향은 스따브로긴의 성향과 모든 세부적인 점에서 정확히 일치한다. 〈당당하고 부유한 스뻬시네프는 자신의 자존심이 만족되지 못하면 자신을 따르는 무리들 사이에서 역할을 하고자 했다(스따브로긴처럼 그도 리쩨이에서 교육을 받았다). 그는 깊은 정치적 신념도 가지고 있지 않았고, 사회적 체계들 중 어느 하나에도 특별히 몰두하지 않았으며, 뻬뜨라셰프스끼처럼 자신의 자유주의적 목표

달성을 위해 지속적으로 끈기 있게 노력하지도 않았다. 그는 할 일이 없었기 때문에 음모나 모반에 가담했다. 그는 변덕스러움과 게으름 때문에, 그의 견해에 따르면 젊고 교양도 부족한 자기 동료들에 대한 경멸 때문에 그러한 것들을 그만두었고, 그 후 다시 과거로 돌아갈 준비가 되어 있었다.〉 이러한 증거들로 볼 때 그는 사회적인 문제들보다는 무신론의 문제들에 훨씬 더 많은 관심을 가지고 있었다.

이렇게 해서 스따브로긴의 경험적 원형에 관한 문제는 현재 충분히 해명되었다고 볼 수 있지만, 반면 스따브로긴 형상의 철학적 내용들과 관련해서는 사정이 다르다. 『악령』의 주인공이 소설의 형이상학적 차원에서 차지하는 위치에 관한 문제는 아직까지 해결되지 않고 있으며, 최근에 발표된 〈스따브로긴의 고백〉은 이 수수께끼 같은 도스또예프스끼 주인공의 이데올로기적 의미에 관한 논쟁을 더욱 첨예화시켰다. 그럼에도 불구하고 도스또예프스끼에게 그의 주인공은 무엇보다 관념의 화신이었다. 〈관념이 그를 사로잡고 지배하고 있다〉고 도스또예프스끼는 자신의 메모에서 말하고 있다. 〈그러나 관념은 그의 머릿속에 있다기보다는 오히려 그의 모습으로 형상화되어 항상 고통이나 불안과 함께 본성으로 변하고, 본성 안에 한번 자리 잡은 후에는 곧바로 상황에 적응하기를 요구하며 그를 지배하는 그런 속성을 가지고 있다.〉 바로 이에 근거하여 도스또예프스끼는 스따브로긴에 대해 다음과 같이 말하고 있다. 〈나는 이 모든 특성을 인물의 사고가 아니라 장면이나 행위들로 적어 넣었다. 그렇게 해서 얼굴이 드러나리라고 기대할 수 있는 것이다.〉[2] 왜냐하면 도스또

2 Materialy k *Besam* v t. VIII *Sobraniia sochineii*, izd. 1906 g. str. 559, i

예프스끼에게 있어서 진정한 얼굴은 항상 해당 인물의 생각이나 말에서가 아니라, 그의 행위의 모든 양상 속에서 형이상학적 힘으로 나타나는 관념의 구현이기 때문이다.

2

스따브로긴은 『악령』의 주인공일 뿐만 아니라 소설 속의 중심인물, 즉 〈태양〉으로서, 소설의 다른 인물들은 모두 그의 주변을 맴돈다. 소설의 인물들이 모두 그에게서 자신의 최종적 해명을 찾고 있는 것과 마찬가지로, 우리는 그에 대한 인물들의 관계를 통해서만 그의 형상을 온전히 이해할 수 있다. 이것은 이미 그의 가정 교사인 베르호벤스끼에 대한 스따브로긴의 관계에서 드러나고 있다. 스따브로긴은 〈대지로부터 분리〉되어 있고, 민중과 유리되어 있으며, 민중의 삶 속에 뿌리를 내리고 있지 못하다는 점에서 스쩨빤 뜨로피모비치와 공통점이 있다. 그들은 일정 정도 민중과 인쩰리겐짜 사이에 비극적인 심연을 파놓은 뾰뜨르 대제의 개혁의 산물이다. 그들은 세상에서 자신의 자리를 찾을 수 없어 종종 〈잉여 인간〉으로 생을 마감하는 수많은 러시아 사람들과 관계되어 있다. 도스또예프스끼가 나중에 〈뿌시낀 연설〉에서 말한 대로, 뿌시낀은 뾰뜨르 대제 이후 러시아의 특징적인 〈편력자 세대〉를 분명히 이해하고 공개한 첫 번째 사람으로서, 그는 알레꼬와 오네긴[3]이라는 인물들 속에서 그것을 묘사하였다. 뿌시낀

Pis'ma, 11, 289.
  3 뿌시낀의 장편 서사시 『예브게니 오네긴』의 주인공들.

이후 이처럼 대지로부터 분리되고, 의지가 마비되고, 지식 계급 안에서 자신의 위치를 찾지 못한 유형의 인물들이 19세기 러시아 문학에서 특히 선호되기 시작했다. 도스또예프스끼는 스따브로긴 안에서 자신의 가장 비극적이고, 철학적으로 가장 깊이 있는 인물을 구현해 냈다. 베르실로프[4]는 이미 힘과 비극성에서 그에게 밀려나고 있으며, 〈편력자 세대〉의 마지막이라고 볼 수 있는 이반 까라마조프[5]는 이와 같은 순수하게 러시아적인 유형으로부터 벗어나 범인류적이고 형이상학적인 의미를 가진 형상으로 성장하였다.

자신의 정신적 아버지인 스쩨빤 뜨로피모비치와 마찬가지로 니꼴라이 스따브로긴은 추상적이고 이성적인 사람이다. 하지만 그는 이미 이런 유형의 사람들 중 두 번째 세대로서, 그의 안에서 이성은 처음의 순진함을 잃어버렸다. 이성은 반성과 자기비판의 대상이 됨으로써, 그에게는 불행, 지혜의 슬픔이 되어 버렸다. 베르호벤스끼의 우스꽝스러운 점이 스따브로긴에게서는 비극적인 것이 되어 버렸다. 노인 베르호벤스끼는 교육자의 순진함으로 선과 미의 이상을 믿고, 그것으로 활기를 얻고 있지만, 스따브로긴은 불신에 갉아 먹히고 있다. 전자의 흐릿하고 추상적인 이신론(理神論)은 스따브로긴에게서 무신론으로 변화되고 있다. 베르호벤스끼는 서구 문화의 활기찬 숭배자로서 진보를 믿고 있지만, 스따브로긴에게 유럽은 이미 〈값비싼 묘지〉에 다름 아니다. 베르호벤스끼가 러시아 민중의 희생으로, 또한 정신적으로는 서구의 덕으로 살아가는 자신의 식객으로서의 경박함을 전혀 의식하지

---

4 『미성년』의 주인공.
5 『까라마조프 씨네 형제들』에서 둘째 아들.

못하고 있다면, 스따브로긴에게 있어 〈러시아 귀족 자제의 지루함과 게으름〉은 범죄 앞에서도 멈추지 않는 방탕한 무위에까지 이르고 있다. 가정 교사의 순진하고 〈사소한 죄〉는 〈해리 왕자〉에게서는 죄 많은 자기 존재를 명백하게 자각하는 수수께끼 같고 음울한 〈위대한 죄인의 생애〉로 심화되고 있다. 순진하고, 거의 어린아이와 같은 전자의 낙관주의는 그로 하여금 언젠가 깊은 정신적 통찰의 순간에 〈친구, 나는 한 평생을 거짓말만 했어요, 진실을 말할 때조차 말입니다〉라고 혼잣말을 하게 만들고 있다면, 스따브로긴은 이미 자신의 모든 삶이 기만이고 거짓이며, 그의 참회조차 사람들에 대한 그의 경멸의 가면, 그의 소환된 자존심에 다름 아니라는 것을 정확하게 알고 있다. 금방 위안을 잘 받는 노인 베르호벤스끼는 자신이 매년 일상에 점점 더 많이 빨려 들어간다는 것을 알아차리지 못한다. 반대로 스따브로긴은 의식적인 고독이라는 특징을 띠고 있는 자신의 불행한 외로움 속에서 타협하려 들지 않는다. 그가 눈물을 흘리는 것은 좀처럼 상상할 수가 없다. 반면, 노인 베르호벤스끼는 눈물을 잘 흘리는 아낙네로 묘사되고 있다. 그것은 도스또예프스끼가 높게 평가했던 축복받은 〈눈물의 재능〉의 우스꽝스러운 변형이다. 추상적인 감흥 속에 머물고 있던 베르호벤스끼의 불임과 완전한 무기력함은 스따브로긴에게서는 이미 명백하게 〈순수한 부정〉으로, 〈그 어떤 관대함도, 그 어떤 힘도 없으며〉, 모든 사랑을 박탈당하고, 자기 자신의 비존재성을 완전히 의식하는 그러한 부정으로 퇴화되고 있다. 스따브로긴의 이성이 자신의 순진함을 잃고 자기반성의 대상이 됨으로써, 그는 스스로를 삶의 시작으로 펼쳐 놓았지만, 이미 죽음의 시작이 되고 말았다.

　자기 안에 고립되어 있던 이성이 상실되었다는 의식은 스따브로긴 성격의 본질적인 특성을 이루고 있다. 이것으로 그는 무엇보다 자신의 자유주의적-낙관적 아버지와 구별된다. 자신의 추상적 이성의 포로인 그는 이성으로부터 밀려나고 있다. 신앙심이 없는 그는 믿으려고 노력하고, 믿음을 원하지만, 불신과 신앙에 대한 희망 사이에서 끊임없이 동요한다. 이성은 여전히 그를 신앙의 필요성으로 이끌고 있기 때문에 그의 신앙에 대한 희망은 이성적이고 〈발작적인〉 성격을 띤다. 끼릴로프와 샤또프의 형상은 스따브로긴의 영혼의 이런 기본적인 모순을 구현하고 있다. 그들을 통해 스따브로긴은 〈마치 거울 속에서처럼 자신을 관조한다〉. 두 사람은 그를 믿고 있고, 〈자신들의 심장으로부터 그를 떼어 내지 못하며〉, 단지 그의 관념을 따르고 있다고 생각한다. 여기에 〈그의 관념을 집어 삼킨〉 끼릴로프가 있다. 그는 믿고 있거나, 아니면 좀 더 정확히는 〈자기가 믿고 있지 않다는 것을 믿어야 한다〉고 느끼고 있다. 그는 자신의 무신앙에 완전히 사로잡혀서 그에 따라 모든 결론을 도출하고 있으며, 무신론의 희열 속에서 그 무엇 앞에서도 멈추지 않는다. 그는 스따브로긴과는 정반대의 인물로서, 스따브로긴은 그에 대해 〈나는 결코 이성을 잃지도 못하고, 그 정도로 관념을 믿지도 못하오〉라고 말한다. 끼릴로프는 이성의 절대적인 위력을 믿고 있다. 〈인간은 자기가 행복하다는 것을 모르기 때문에 불행한 거야. 단지 그 때문이네. (……) 그들은 자신들이 좋은 사람이라는 걸 깨달아야만 하네. 그러면 그 즉시 한 사람도 남김없이 모두가 행복해질 거야. (……) 모두가 좋다는 것을 가르치는 사람, 그가 이 세상을 끝낼 것이네.〉 이것이 끼릴로프의 믿음이다. 그는 도스또예프스끼의 말에 따르면 〈인간 안에 있는 순수하게 인간적인 기원〉인 이성의 순수한 화신인 것 같다. 따라서 끼릴로프의 관념들은 인간의 절대화 이외에 아무것도 아니다. 그는 〈미래의 영원한 삶이 아니라, 이곳의 영원한 삶〉을 믿는다. 그에게 있어 인간은 자급자족적 존재이며, 그는 자신의 〈무시무시한 자유〉와 함께 이 세상에서 혼자임을 느낀다. 〈그에게 시간은 대상이 아니고, 관념은 이성 속에서 꺼져 버린다.〉 〈자의지〉가 그의 인신의 속성이 되고 있다. 그는 이런 절대적인 인간 고독의 상태로부터 〈자의지를 천명하기 위한〉 수단으로서, 짓밟힌 〈나〉의 실제적인 실현으로서 자살을 끄집어 낸다. 그러나 바로 여기서 우리는 이성과 무신앙의 한계에 부딪히게 된다. 끼릴로프 자신도 이 한계를 느꼈지만, 자신의 관념에 사로잡힌 그는 그것을 보고 싶어 하지 않는다. 〈나는 지금까지 어떻게 무신론자가 신이 없다는 것을 알면서도 곧바로 자살할 생각을 하지 못했는지 이해가 안 됐어. 신이 없다는 것을 자각하고서도 바로 그 순간 스스로 신이 되었다는 것을 자각하지 못하는 것은 한마디로 부조리야. 그렇지 않다면 반드시 자살했겠지. 만약 자각한다면, 그 사람은 이미 왕이니 이제 자살 같은 건 하지 않고 최고의 영광을 누리며 살게 될 거야. 그러나 그것을 처음 자각한 단 한 사람은 스스로 반드시 자신을 죽여야만 해. 그렇지 않으면 대체 누가 그것을 처음으로 증명할 수 있겠어? 바로 내가 처음으로 증명하기 위해서 반드시 자살할 거야. 나는 아직 어쩔 수 없이 신이 되었을 뿐, 불행함을 느끼고 있어. 왜냐하면 자의지를 천명해야 할 **의무가 있기** 때문이지.〉 그가 느끼는 이러한 의무감으로 인해 끼릴로프는 여전히 자신의 은둔 생활에도 불구하고 다른 사람들과 연결되어 있다. 스따브로긴은 끼릴로프의 내면에 있는 이러한 불일치와 모순을 분명하게 보고 있다. 〈관대하고〉, 〈좋은〉 사람인 끼릴로프는 자신을 여전히 세상과 신에게 묶어 두고 있는 두려움을 이성적 논증으로 극복해야 한다고 느끼고 있다. 바로 이러한 끼릴로프를 고무된 상태(그의 대상은 단지 이성일 뿐이지만, 고무된 그는 전혀 이성적이지 못하다), 바로 그것이 스따브로긴에게는 부족하다. 스따브로긴은 자신의 무신앙을 확신할 힘조차 없다. 〈순수한 부정〉으로써 그는 〈결코 관념에 의해 고무될 수는 없는〉 것이다. 그는 끼릴로프의 무신앙이 신에 대한 믿음과는 아주 얇은 칸막이로 나뉘어 있을 뿐이라는 것을 알고 있다. 따라서 그는 끼릴로프보다 더 무신론적이다. 그는 끼릴로프가 하듯이 단지 자신의 이성으로도 믿지 못할 뿐만 아니라, 끼릴로프와 달리 모든 사랑과 열광을 박탈당했기에 자신의 가슴과 의지로도 믿지 못한다. 그는 자신의 존재로는 믿지 않으면서도, 반대로 이성으로는 무신앙의 경계, 신앙의 필요성을 의식하고 있으며, 신조차도 이성으로 받아들이고 있다. 그러나 바로 그 때문에 그의 무신론, 마음의 무신론은 끼릴로프의 순전히 이성적인 무신론을 몇 배 더 능가한다.

이처럼 발작적이고, 이성에 의해 강요받은 신에 대한 믿음을 구현하고 있는 인물은 샤또프이다. 그는 자신의 스승에게 분개하고 있지만, 그 역시 스따브로긴의 숭배자이자 학생이다. 샤또프는 자신이 〈그를 죽은 자들 사이에서 부활시켜 준〉 스따브로긴의 말을 반복하고 있을 뿐이라고 단언한다. 〈이성은 단 한 번도 선과 악의 정의를 내리지 못했으며, 심지어 선과 악을 대략으로라도 구별해 내지 못했다〉고 그는 말한다. 바로 이런 이유로 그는 사회주의를 부인한다. 그에게 사회주의란 〈세상을 단지 이성과 과학의 원리 위에 세우려는〉 무신론적 시도에 다름 아니기 때문이다. 그는 무신론이 생겨난 것은 무신론자가 민중으로부터, 대지로부터 분리되었기 때문이라고 보고, 스따브로긴에게 〈땅에 키스하게…… 노동으로, 농민의 노동으로 신을 얻게〉라고 간청한다. 그가 〈신의 육체〉로 받아들이는 민중으로의 회귀 속에서 샤또프는 아직 스따브로긴에게 남아 있는 유일한 구원의 길을 본다. 러시아 민중은 유일한 신의 체득자이며, 샤또프는 죽은 유럽에 대한 증오 속에서 너무 멀리 길을 돌아간 나머지, 가톨릭에서 무신론과 사회주의의 선조를 본다. 이 점에서 그는 스따브로긴의 말에 따르면 그와 공통점이 있던 슬라브주의자들보다 훨씬 더 멀리 나아간 것이다. 그는 슬라브주의자들처럼 단지 믿음을 갈구하는 구신주의자로 있으면서 자신이 잃어버린 직접적인 믿음을 믿음에 대한 희망으로 바꾸었다. 그는 신을 민족의 속성으로까지 끌어내렸다는 스따브로긴의 말에 대해 〈오히려 민족을 신에게로 끌어올렸네〉라고 대답한다. 따라서 그에게서 민족에 대한 염려는 신에 대한 염려를 능가하고 있다. 그는 끼릴로프가 이성을 절대화한 것과 똑같이 민족을 절대화하고 있다. 그러나 어떤 관념에도 고무되지 못하는 스따브로긴은 민족에 대한 믿음이라는 샤또프의 감흥도 함께하지 못한다. 〈러시아에서 나는 아무것에도 매여 있지 않고, 러시아에 있는 모든 것은 다른 곳에서와 마찬가지로 내게 낯설 뿐이오.〉 그는 심지어 〈그곳에서 아무것도 증오할 수가 없었다〉. 따라서 믿음을 위하여 그 자신의 이성적 논증을 되돌려

주는 샤또프의 말들 속에서, 그는 샤또프의 열정적인 탐색에
도 불구하고 이러한 믿음의 발작만을 들을 뿐이다. 〈「내가 다
만 알고 싶은 건,」 그는 샤또프를 엄격하게 바라보면서 그에
게 물었다. 「자네는 신을 믿나?」 「나는 러시아를 믿네, 나는
러시아의 정교를 믿네…… . 나는 그리스도의 육체를 믿
네…… . 나는 새로운 강림이 러시아에서 이루어지리라고 믿
네…… . 나는 믿네.」 샤또프는 극도로 흥분해서 떠듬거렸다.
「그러면 신은? 신은?」 「나는…… 나는 신을 믿게 될 거야.」〉
샤또프와 관련하여 〈나를 찾고 있는 자, 이미 나를 손에 넣었
도다〉라는 파스칼의 유명한 말을 적용하자면, 스따브로긴은
자신이 신을 찾을 수 없다는 것을 알고서 이미 신을 찾지 않
고 있다. 끼릴로프의 무신앙은 순수하게 이성적인 무신앙으
로서, 그의 존재의 마지막 깊은 곳에서 신에 대한 믿음이 그
곳으로 뒤섞여 들었다. 반대로 샤또프의 믿음은 내적으로는
무신앙에 갉아 먹힌 너무도 이성적인 믿음이다. 그의 사랑과
증오는 그의 의심을 압도하고 있지만, 반대로 스따브로긴은
〈차갑지도 않고, 뜨겁지도 않다〉. 그는 아무것도 자신의 의심
에 대비시킬 수 없는데, 왜냐하면 그의 가슴은 무관심으로 가
득 차 있기 때문이다. 〈만약 내가 불충분하게 믿고 있다면, 그
것은 내가 전혀 믿지 않는다는 의미이다〉라고 그는 말하고
있다. 그의 관념을 집어 삼킨 끼릴로프와 달리, 스따브로긴은
관념에 먹혀 버렸다. 〈스따브로긴은 신을 믿는다 해도 자기
가 믿는다는 것을 믿지 못할 거야.〉 끼릴로프는 말한다. 〈만
약 신을 믿지 않는다 해도 역시 자기가 믿지 않는다는 것을
믿지 못할 테고.〉 그리하여 그는 끊임없이 무신앙과 믿음에
대한 희망 사이에서 흔들릴 운명에 처해 있다. 믿을 것인가

아니면 태워 버릴 것인가라는 〈두 개의 가능성〉 중에서 그는 두 번째를 선택할 힘도 없다.

그가 이러한 선택 앞에 서 있다는 것이나, 그의 무신앙이 종종 그에게 두 번째 가능성을 선택하도록 강요하고 있다는 것, 이에 대해서는 혁명가들에 대한, 그리고 그들의 지휘자인 뾰뜨르 베르호벤스끼에 대한 스따브로긴의 관계가 증명해 주고 있다. 뾰뜨르 베르호벤스끼는 자기 아버지로부터 더 이상의 고무도 필요 없는 확신과 가장 뻔뻔스러운 냉소주의를 물려받았다. 그에게서는 어떤 식의 고무이건 냉소주의로 퇴화하는 것과 마찬가지로, 그의 아버지의 무기력한 몽상성은 실제적인 광신주의로 강화되고 있다. 뾰뜨르 베르호벤스끼는 항상 움직이고 있다. 그는 항상 급하게 돌아다니지만, 어느 곳으로도 서둘러 가지는 않는다. 아무것도 그를 당황하게 만들지 못하는 것 같다. 어떤 상황에서건, 어떤 임의의 단체에서건 그는 항상 똑같은 자세를 유지한다. 그의 안에는 대단한 자기만족이 들어 있지만, 본인은 그것에 조금도 주의를 기울이지 않는다. 그는 빠르고 조급하게 말을 하지만, 동시에 자기 확신에 차 있고 재치가 있다. 조급한 모습에도 불구하고 사상은 조용하고 명확하며 결정적이다. 이 점은 특히나 뛰어나다. 그의 발음은 놀라울 정도로 명확하고, 단어들은 항상 상대의 마음에 들도록 선택되고 준비되었다는 듯 쏟아져 나온다. 그의 적극적 성향은 모든 사변과 정신적인 것들을 자기 안에 완전히 감금해 버린 것 같으며, 그는 도스또예프스끼에 의해 순수한 행동 기제로 묘사되고 있다. 그의 하찮은 특성에는 그의 짧은 생각들과 존재의 평면성이 잘 어울린다. 그에게는 비록 헛되기는 하지만 외경심을 불러일으키는 그의 아버지의 장점 같은 것은 없다. 그는 관념에 거의 관심이 없다. 그는 그것들을 단지 행동의 무기로서만 평가할 뿐, 자기만의 관념 같은 것은 없다. 그것들은 모두 타인의 관념이며, 스쩨빤 뜨로피모비치가 공포에 질려 소리 질렀듯이 〈모든 것은 훼손되고 왜곡되었다〉. 아버지의 자유주의가 그에게서는 모든 가치의 무분별한 부정으로 퇴화했다. 선, 미, 신성함, 진리마저도 그에게는 단지 이익의 산물일 뿐이다. 그의 무신론에는 끼릴로프와 같은 깊은 문제의식에서 비롯된 것은 아무것도 없다. 따라서 그것은 불가피하게 단순한 신성 모독으로 퇴화하고 만다. 자유는 이미 오래전부터 감상적인 환상에 다름 아니었으며, 그 때문에 그는 그것을 노예의 평등으로 바꾸었다. 인류에 대한 추상적 사랑은 민중에 대한 냉소적인 경멸로 퇴화함으로써 논리적 종결을 맞았다. 그는 민중들에게서 단순히 혁명의 비료를 보았을 뿐이다. 살인, 약탈, 방화, 이 모든 것은 그가 세워 놓은 목표를 위한 좋은 수단이다. 그러나 그들을 정화하는 목표 자체에 대해서는 뾰뜨르 베르호벤스끼는 생각하지 않으려 한다. 그는 미래의 체계를 숙고하며 시간을 허비하는 사람들을 모두 〈박애주의자〉라고 경멸적으로 부른다. 새로운 세상은 과거의 세상이 파괴된 후 어떻게든 저절로 세워질 것이다. 지금 모든 것은 파괴되고 있으니, 그것을 위해 모든 노력을 기울여야 한다. 아버지 세대의 근본 없는 합리주의를 배양한 추상적 부정은 여기서는 실제적인 부정, 파괴, 말살이라는 열매를 맺었다. 아버지 세대에게 세계관이라는 것이 있었다면, 아들 베르호벤스끼에게는 프로그램만 있을 뿐이다. 게다가 이 프로그램은 시간이 흐름에 따라 하나의 전술로 집중되었다. 그것을 위해서는 단 하나의 재능,

불손함이라는 재능만 있으면 된다. 이러한 〈재능 없음의 재능〉을 보유하고 있는 뾰뜨르 베르호벤스끼는 순수한 부정으로 퇴화한 추상적 이성의 순수한 구현체이다.

그럼에도 불구하고 부정의 변증법은 그에게 비록 그 자신에 의해 날조된 것이라 할지라도 어떤 권위에 복종해야 할 필요성을 제시하고 있다. 아들 베르호벤스끼는 시갈료프의 시스템을 받아들인다. 그것은 〈무한의 자유에서 시작하여 무한의 전제주의에 이르며〉, 그 안에서 〈모든 희망은 죽임을 당하고, 필요불가결한 것들만 허용〉되며, 〈슬픔과 의지는 10분의 1의 통치자〉에게만 허용된 시스템이다. 그렇게 허무주의자이자 무신론자는 우상 숭배를 갈망하게 되고, 신의 모독자는 우상 숭배자가 되지는 못한다 하더라도 우상 탐구자는 될 것이다. 스따브로긴의 이성이 스스로 신을 믿고 싶은 마음이 들도록 자극한다면, 뾰뜨르 베르호벤스끼의 억제할 수 없는 적극성은 우상을 숭배하도록 그를 끌어당긴다. 단순한 전술로 말라비틀어진 이성에 무엇보다 잘 어울리는 것은 거짓 신, 스스로를 사람들에게 드러내지 않고 은밀하게 활동하며, 기적에 의해 강제로 복종을 강요하는, 하지만 도덕적 이상의 정신적 힘만으로는 자유로운 존재인 사람들을 끌어당기지 못하는 숨은 신이다.

베르호벤스끼는 스따브로긴이 자신의 이반-왕자라도 되는 것처럼 그에게 끌리고 있는데, 왜냐하면 그는 스따브로긴에게서 자기가 필요로 하지만 스스로는 가지고 있지 못한 적그리스도의 재능을 느끼고 있기 때문이다. 〈나는 아름다움을 사랑하네.〉 그는 스따브로긴에게 말한다. 〈나는 허무주의자이지만 아름다움을 사랑한다네. 과연 허무주의자는 아름다움을 사랑하지 않을까? 그들은 단지 우상을 사랑하지 않을 뿐이지만, 나는 우상을 사랑하네! 자네는 나의 우상이야! 자네는 어느 누구도 모욕하지 않지만, 모두가 자네를 증오하지. 자네는 모두를 차별 없이 바라보지만, 모두들 자네를 두려워하고 있네. 이건 좋은 일이야. 어느 누구도 자네에게 다가가서 어깨를 두드리지 못할 걸세. 자네는 아주 무서운 귀족이라네. 귀족이 민주주의를 향해 나아갈 때 얼마나 매력적이겠는가! 자네에게는 자신의 인생이건 타인의 인생이건 그것을 희생하는 것이 아무런 의미가 없지. 자네는 꼭 필요한 바로 그런 사람일세. 내게는, 내게는 바로 자네 같은 사람이 필요하네. 나는 자네 외에는 그 누구도 알지 못하네. 자네는 지휘자이고, 자네는 태양이며, 나는 자네의 벌레에 불과하네…….〉 스따브로긴에게서 뾰뜨르 베르호벤스끼를 매혹시키는 것은 단지 그의 〈비범한 범죄 능력〉 ── 그것을 위해서는 선과 악에 대한 완전한 무관심이 요구되며, 그는 그것을 상당히 많이 소유하고 있다 ── 뿐만이 아니라, 스따브로긴에게 있는 이러한 훌륭한 재능, 즉 완전한 사심 없음, 스따브로긴에게서 발산되는 악마적 힘, 인간적 유용함의 전적인 부재 등이다. 뾰뜨르 베르호벤스끼는 어떤 범죄 앞에서도 멈춰 서지 않지만, 그는 이성적 이익을 고려하여 그것을 행한다. 반면 스따브로긴은, 칸트적 의미에서의 천재로서, 자신이 무엇을 행하는지 모르는 뭔가 자연의 힘처럼, 아무런 의도조차 없이 범죄를 저지른다. 하지만 스따브로긴은 자신의 범죄를 인식하고 있으며, 그의 비극적 형상은 그의 악마가 모든 이익보다 높은 곳에 서 있으며, 어떤 실용적인 고려도 그를 기만할 수 없고 자기 파멸에 대한 그의 인식을 억누를 수 없다는 데 있다. 스따브로긴은 영원히 이성에 의해 자기 가슴의 무신앙을 관조해야하는 운명에 처해 있으며, 그 때문에 이성은 그가 믿음을 갖고 싶어 하도록 그를 자극한다. 바로 여기에 그의 이름이 의미하는 바대로(σταυρός[6]) 십자가의 길이 포함되어 있다. 그에게는 진정한 믿음의 유일한 원천인 사랑이 부족하며, 그 스스로도 이러한 사랑의 완전한 부재를 인식하고 있다. 악이 뾰뜨르 베르호벤스끼 안에서 분열되어 작동한다면, 스따브로긴 안에서는 그 자체로 이미 내적으로 분열되어 있었다. 그 때문에 스따브로긴에게 있어 악은 활동적이라기보다는 관조적이며, 이용당하기보다는 끌어당기는 작용을 한다. 따라서 스따브로긴이 베르호벤스끼의 우상이라면, 베르호벤스끼는 스따브로긴의 〈원숭이〉에 다름 아니다. 뱌체슬라프 이바노프는 뾰뜨르 베르호벤스끼를 스따브로긴의 메피스토펠레스로, 스따브로긴은 부정적인 러시아 파우스트로 — 그에게서는 사랑이 고갈되었기 때문에 부정적이다 — 정확하게 정의 내리고 있다.[7] 스따브로긴이 자신의 메피스토펠레스에게 유혹당하고, 거울 속의 자신을 쳐다보듯 그를 쳐다보던 두 번의 〈밤〉이 『악령』에서 중심적인 위치를 차지하고 있다. 스따브로긴의 모든 성향과 그의 운명은 이미 여기서 완전히 정해졌다.

6 그리스어로 십자가(스따브로스)를 뜻한다.
7 이바노프의 논문 「도스또예프스끼와 소설-비극」(『고랑과 경계』. M., 1916)을 보라. 이 주목할 만한 논문은 최근에 뱌체슬라프 이바노프에 의해 독일어로 출판된 그의 책 『도스또예프스끼』(1932)에 포함되었으며, 아마도 도스또예프스끼에 대해 쓴 가장 의미 있는 논문일 것이다.

3

〈결코 그 누구도 나는 사랑할 수 없다〉고 스따브로긴은 자신의 〈고백〉에서 인정하고 있는데, 이처럼 사랑의 능력이 없다는 것은 소설 속 여성 인물들과의 관계에서 특히 분명하게 드러나고 있다. 그는 변덕스럽고 전제적인 스따브로기나 장군 부인의 아들이자, 미치광이 여자 마리야 레뱟끼나와 비밀 결혼을 한 그녀의 남편, 자존심 강하고 열정적인 리자의 연인이면서, 어머니의 피양육자이자 샤또프의 여동생인 〈상냥하고 관대한〉 다샤를 〈비할 바 없이 소중한 친구〉로 가지고 있다. 하지만 그와 동시에 그는 아들도, 남편도, 연인도, 친구도 아니다. 그에게는 자기 가까이 서 있는 여성들에 대한 외적인 관계를 구체적이고 살아 있는 관계로 만들기 위한 사랑이 부족하다. 그들에 대한 그의 관계는 추상적이고 죽어 있으며, 내적으로 양분되어 있을 뿐만 아니라, 기만과 거짓으로 점철되어 있다. 네 명의 여성들은 그에 의해 삶을 살고, 자신을 잊을 정도로 그를 사랑하지만, 그는 그녀들에게 사랑만큼이나 죽음의 공포도 불어넣어 주고 있다. 그들의 사랑은 그의 본성의 이중성을, 즉 신과의 분리와 그러한 이탈에 대한 그의 쓰디쓴 인식을 겉으로 드러낸다. 열정적이고 순진한 리자는 자신의 사랑으로 그를 구원하고, 자신의 열정으로 그에게 다시 삶을 불어넣어 줄 수 있기를 꿈꾼다. 그러나 그녀는 그의 무관심한 영혼과 마주치게 되고, 그녀의 꿈이 〈오페라의 환상〉처럼 산산이 부서지는 데는 하룻밤이면 충분했다. 그녀는 말한다. 〈나는 항상 당신이 나를 사람 키만 한 거대하고 사악한 거미가 살고 있는 곳으로 데려가고, 우린 둘이서 평생 그걸

474

쳐다보며 두려워하고 있을 것만 같다는 생각이 들었어요. 우리의 사랑도 그러면서 지나가 버리겠지요.〉 다샤의 사랑과 믿음은 그녀가 자신의 겸손과 참을성으로 결국 스따브로긴의 무관심을 이기게 될 것이고, 자신이 그에게 〈목적을 회복시켜 줄 수 있을 것〉이라는 희망을 갖게 해주었지만, 그럼에도 불구하고 그녀는 어떤 장래가 자신을 기다리고 있을지 완전히 인식하지는 못했다. 이번에는 스따브로긴 자신이 〈우리 Uri주에서의 삶〉이라는 전망을 견뎌 내지 못했던 것이다. 그는 다샤의 사랑이 아무리 아름답고 실제적이라 하더라도, 자신의 절대적인 고독 속에서 그녀에게 아무것도 줄 수 없을 뿐만 아니라, 아무것도 받을 수 없다는 것을 느끼고 있었다. 〈또한 내가 당신을 부른 이상 당신을 불쌍하게 여기지 않으며, 당신을 기다리고 있는 이상 당신을 존중하지 않는다는 점을 명심해 두시오. 그러면서도 나는 당신을 부르고 기다리고 있소.〉 그는 다샤에게 이렇게 쓰고 있다. 그는 동정이나 존중이 없는 그러한 사랑의 기만을 거부할 힘을 자기에게서 찾고 있다. 그리고 결국에는 자존심 때문에 역시 기만적인 두 번째 길, 즉 그에게는 사실 존재하지 않는 〈관대함을 보여 주는〉 길을 선택했다. 자존심은 그에게 여전히 이 두 번째 길, 즉 자살을 선택하도록 강요하고 있다. 그에게는 어쨌든 느리게 죽어 가는 것보다는 순간적인 죽음을 선호할 만한 힘은 충분했다.

이처럼 스따브로긴이 자신의 기만을 벗어날 힘이 없음은 절름발이 여인에 대한 그의 관계에서 깊은 상징적 의미를 띠게 된다. 스따브로긴의 비밀 아내의 처녀와 같은 영혼은 마치 감옥처럼 그녀의 병적인 육체 속에 갇혀 있다. 정신 나간 마리야 레뱟끼나는 그녀의 영혼을 어둠의 힘으로부터 구해 주고, 사랑으로 그녀의 알려지지 않은 죄악을 씻어 줄 자신의 연인, 하늘에서 내려온 왕자님을 그리워하고 있다.[8] 스따브로긴은 그녀에게 바로 이와 같은 왕자이기도 하지만, 그녀는 그의 존재에서 죽음의 죄를 느끼기도 한다. 스따브로긴이 그녀와의 결혼을 공표하겠다는 결심을 했을 때, 그가 그녀에게 제안할 수 있었던 모든 것, 그것은 느린 죽음과 아무런 차이가 없는 존재의 절망뿐이다. 자존심과 사람들에 대한 경멸로 스따브로긴은 자기 변덕의 무게를 짊어질 준비가 되어 있었다. 그는 자신을 벌할 준비가 되어 있었지만, 그러나 동정은 할 수 없었으며, 사랑의 짐도 짊어질 수 없었다. 따라서 삶의 짐 역시 짊어질 수 없었다. 그렇게 하기에는 그는 너무도 고립되어 있었고, 그의 무관심한 마음속에는 믿음도 없었던 것이다. 그는 속죄와 부활을 믿지 않을 뿐만 아니라, 자신의 모든 존재로 그것을 부인한다. 그는 자신의 가슴으로도, 자신의 의지로도 그것에 관여할 수 없다. 〈왕자〉와 〈매〉의 가면 뒤로 절름발이 여인은 스스로 왕이라 칭하는 자, 〈저주받은 그리시까 오뜨레삐예프〉를 분명하게 본다. 소설의 주인공들뿐만 아니라 해설자들 역시 스따브로긴의 가면에 기만당했다는 것은 주목할 만하다. 도스또예프스끼는 자신의 주인공에 대해 〈음울한 현상〉, 〈악당〉이라고 분명하게 말하고 있지만, 대다수의 도스또예프스끼 비평가들은 그에게서 부정적이 아니라 긍정적인 형상을 보고 있다. 악이 비극적으로 묘사된 것을

8 뱌체슬라프 이바노프는 앞에서 인용된 책에서 여기에 제시된 상징에 대해 깊이 있는 설명을 하고 있다. 절름발이 여인은 자신의 약혼자를 기다리지만, 거짓-왕자와 그의 악마들에 의해 학대당하는 러시아 어머니-대지를 상징한다는 것이다.

보는 것은 너무도 이상해서, 스따브로긴의 비극성(도스또예프스끼 스스로 스따브로긴을 〈비극적 인물〉이라고 불렀다)을 악과 운명의 손에 들어간 선으로 설명하려는 시도를 하기도 한다. 그러나 실제로 『악령』의 형이상학적 행위 속 주인공은 악에 유혹받은 선이 아니라, 악 그 자체이며, 그것의 비극성은 스따브로긴의 형상 속에서 상징화되고 있다. 이러한 점에서 『악령』은 선의 비극을 목표로 하는 『까라마조프가의 형제들』과는 직접적으로 대비된다. 『까라마조프가의 형제들』에서는 선이 상승하는 계단의 역동적인 도식 속에 묘사되고 있다면, 『악령』의 형이상학적 행위는 반대로 정적인 특성을 지니고 있다. 여기서 악은 비극의 주인공 주변을 맴도는 다른 인물들의 형상 속에 반영되어 있다. 그리고 형이상학적 행위의 이러한 정적인 성향은 경험적 행위의 긴장된 역동성과 대비됨으로써 더욱 강화되고 있다. 사랑할 능력이 없음과 연결된 완성되지 못한 사랑에 대한 인식, 여기에 스따브로긴의 지옥이 있다. 그는 자신의 이성으로뿐만 아니라 자신의 모든 존재로도 신을 믿지 못하며, 결국 모든 존재를 신과 연결시키고, 서로서로를 연결시키는 사랑의 관계를 끊어 버린 후 신으로부터 떨어져 나간다. 그는 자기 자신의 신으로부터의 이탈을 의식함으로써 스스로 무신앙의 경계를 극복하지만, 단지 이성에 의해서만 그렇게 한다. 그런데 그의 이성은 그가 믿음을 원하도록 자극하고, 그렇게 함으로써 자신의 사랑할 수 없음과, 결국 믿음을 가질 수 없음을 더 날카롭게 경험하도록 할 뿐이다. 러시아 지식인 계급의 기반 없음이 스따브로긴에게서는 신으로부터의 이탈로 강력해진 것과 같이, 러시아 지주 아들의 지루함은 그에게서 악마 루시퍼의 비극으로 확장

된다. 민중과 유리되고 자기 자신의 삶을 갖지 못한 식객이자 잉여 인간의 유형은 스따브로긴의 형상 속에서 순전히 환영과 같은 존재 ── 도스또예프스끼에게 그것은 악의 존재이기도 하다 ── 로 강화되고 있다. 도스또예프스끼가 생각하기에 악은 항상 식객처럼 타인의 돈으로, 또한 선, 즉 자신이 가면으로 쓰고 있고, 그것의 반사광으로 사람들을 기만하는 선의 비용으로 살아간다. 악에는 자신의 삶이 없으며, 단지 거짓된 삶, 삶의 외견만이 있을 뿐이다. 스따브로긴은 자신의 반영들 속에서, 혹은 자신의 〈악령들〉 속에서 살아간다. 아니면, 좀 더 정확히, 다른 사람들이 그에 의해, 그를 위해(소설의 여성 인물들을 생각해 보자), 그 때문에 살아가는 것이지, 그 자신은 사는 것이 아니며, 그는 비현실적이며, 실제로도 그렇고 그럴 가능성이 높은 참칭자, 〈이반-왕자〉, 〈그리시까 오뜨레피예프〉일 뿐이다. 그를 실제와 전혀 다른 무언가로 받아들이는 살아 있는 사람들이 그의 뒤를 따라 걸어간다. 왜냐하면 실제로 그는 〈사방에 흩어져 있고〉, 〈나뉘어 있으며〉, 얼굴이 없기도 하고, 얼굴이 많기도 한 모든 얼굴이기 때문이다. 정신 나간 마리야 레뱟끼나가 스따브로긴을 참칭자로 인지했을 때, 그의 운명은 최종적으로 결정되었다. 이전에 그는 자신에게 나타나는 악마가 단지 환영이며, 자신의 삶의 힘으로 그것을 쫓아낼 수 있다고 생각했다. 하지만 이제는 그것에 반대하여 아무것도 할 수 없는 현실이라는 것을 알게 되었다. 스따브로긴은 악마를 믿게 된 그 순간부터, 자신이 신을 믿을 수 없다는 것을 완전히 인식하고 믿음의 의지조차 잃어버렸다. 이때부터 그는 이미 죽을 운명에 처해 있었다. 도스또예프스끼에게 신이나 그리스도에 대한 믿음이 이성이 아니라 삶의 원천인 사랑의 문제인 것과 마찬가지로, 악마나 적그리스도에 대한 믿음은 사랑의 완전한 고갈이자 영혼의 죽음에 다름 아니다. 다샤는 이것을 대단히 명확하게 보고 있으며, 그래서 스따브로긴에게 〈당신이 그것을 믿는 순간, 당신은 파멸할 거예요〉라고 말한다.

4

잘 알려져 있다시피 다샤의 이 말은 스따브로긴이 자신의 환각에 대해 말한 다른 부분들처럼 『악령』 최종본에서는 삭제되어 있다. 그 이유는 분명 그가 이 내용은 그 뒤를 이어 나올 〈고백〉과 너무 밀접하게 연관되어 있으며, 그와 연관해서만 독자들에게 이해되리라고 생각했기 때문이었을 것이다. 사실 내가 보기에 〈스따브로긴의 고백〉은 완전히 삭제된 「찌혼의 암자에서」 장과 마찬가지로 『악령』의 유기적인 부분을 차지한다. 비록 그것이 A. 돌리닌이 생각한 대로 〈소설의 정점〉은 아니다 하더라도, 어쨌든 스따브로긴의 형상을 분명히 하고, 그의 성격 묘사를 완성시키고 있는 것은 분명하다. 도스또예프스끼가 자신의 의지에 반해 「찌혼의 암자에서」 장을 삭제한 것은 당시 『러시아 통보』지 편집장이었던 깟꼬프의 무조건적인 강한 요구 때문이었다는 것은 이론의 여지가 없는 사실이며, 마찬가지로 그가 나중에 이렇게 생략된 것을 인정하고 소설 단행본 출간 시에도 삭제된 장을 되살릴 생각을 하지 않았다는 것 역시 사실이다. 타의에 의한 〈고백〉의 생략이 소설 계획에도 반영되어 작가가 처음 의도했던 소설의 사건 전개를 바꾸었다는 것 역시 의심의 여지가 없다. 도스또예프스끼가 『악령』 1부를 발송하며 1870년 10월 8일 깟꼬프에게 보낸 편지를 통해 이러한 변경이 어떻게 일어났는지 자세히 알 수 있다. 도스또예프스끼는 소설의 마지막 부분에서 〈어두운 인물들〉에 일련의 긍정적 유형들을 대비시킬 생각이었다. 특히 긍정적 인물들 중에는 도스또예프스끼가 찌혼 자돈스끼[9] 신부를 원형으로 삼은 찌혼 주교가 주요한 역할을 해야만 했다. 『악령』 1부를 집필하는 동안 도스또예프스끼의 머릿속에는 10년 후 결국 『까라마조프가의 형제들』에서 구현될 고매한 〈러시아 수도승〉의 형상이 이미 떠올라 있었다. 『악령』의 삭제된 장에서는 이 형상이 피상적으로만 그려지고 있다. 찌혼은 소설의 사건에 참여하지 않고 묘사되고 있는 비극의 바깥에 서 있으며, 그의 역할은 자신과는 정반대인 소설 주인공의 특성들을 보다 더 날카롭게 드러내는 데 있다. 이상적인 러시아 수도승의 형상이 소설 사건의 적극적인 참여자가 되기엔 별로 적당하지 않다는 것은, 이후의 시도들에서 이러한 형상이 여전히 비극의 바깥에 머물고 있다는 점에서도 알 수 있다. 『미성년』의 마까르 알렉세예비치는 순례자로 묘사되고 있으며, 그의 등장은 매번 소설의 사건이나 인물들을 선명하게 비추고 있지만, 그는 그들에게 거

---

9 Tikhon Zadonskii(1724~1783). 18세기 러시아 정교 신부이자 가장 위대한 정교 신학자. 그는 주교직을 사퇴하고 자돈스끄 수도원에서 생을 마감하였다. 1846년 자돈스끄 성당을 새로 짓는 과정에서 찌혼 신부의 유물이 발견되었으며, 그 주변에서 많은 기적이 일어났다는 보고를 받은 러시아 정교회는 1861년 그를 성자로 추대하였다. 그의 생애와 저작은 도스또예프스끼에게 영감을 주어 『악령』의 찌혼 신부나 『까라마조프가의 형제들』의 조시마 장로의 인물 묘사에 반영되고 있다.

의 영향을 미치지 못한다. 이러한 형상에 대한 작가의 의도가 최종적으로 완성된 구현체를 얻은 조시마 장로조차, 그가 알료사의 성격과 운명에 미친 그 모든 영향력에도 불구하고 『까라마조프가의 형제들』에 묘사된 경험적 사건이나, 형이상학적 사건 모두에서 한쪽으로 물러나 있다. 도스또예프스끼가 소설의 사건에 찌혼을 포함시키려던 처음의 구상을 포기함으로써 『악령』에서는 〈고백〉이 생략될 수밖에 없었으며, 그리하여 『악령』은 악의 순수한 비극으로 남게 되었다. 『악령』에서 『까라마조프가의 형제들』에 이르는 10년 동안 도스또예프스끼의 마음속에서 〈러시아 수도승의 형상〉은 자라나고 성숙해져서 결국 조시마 장로의 모습으로 완전히 구현되었다. 다른 한편 〈고백〉의 생략이 V. 꼬마로비치나, A. 벰이 간주했던 것처럼[10] 스따브로긴의 성격이나 운명을 바꾸어 놓았다고 가정할 만한 근거는 전혀 없다. 상실된 것은 〈고백〉이 부득이하게 생략될 때까지 작가의 머릿속에 들어 있었을 〈스따브로긴의 성격과 운명에서의 가능성〉이 아니라, 실제로 작가의 최초 구상을 이루고 있던 〈일련의 긍정적 인물들〉을 『악령』의 줄거리 속에 포함시키려던 의도였다. 도스또예프스끼가 결국 이 장의 생략을 받아들이고, 그것을 소설의 개별 출판본에 다시 포함시키지 않았다면, 그것은 그가 〈러시아 수도승〉의 형상 속에서 표현하고자 했던 긍정적인 관념이 스스로도 인정하고 있듯이 자신에게 너무 소중해서, 그를 대충 묘

10 V. Komarovich, "Neizdannaia glava *Besov*", *Byloe*, 1922. No.18, s. 219-226; A. L. Bem, "Evoliutsia obraza Stavrogina (K sporu ob *Ispoved'* Stavrogina", *Trudy v S"ezda russkikh akademicheskikh organizatsii za granitsei. Sofiia*, 1931. T. 2. s.177-213.

사함으로써 그것을 손상시키거나 하고 싶지는 않기 때문이었을 것이다.[11] 이처럼 그는 이 장에서의 스따브로긴에 대한 묘사가 소설 속 스따브로긴의 형상과 대립되기 때문이 아니라, 자신을 만족시키지 못하는 찌혼의 형상 때문에 이 장을 되살리지 않았다. 즉 그는 찌혼 — 미래의 조시마 — 를 위해 스따브로긴을 희생했던 것이다.

사실 도스또예프스끼가 〈내적 근거〉로 〈고백〉을 생략했다는 가정은 〈고백〉에 대한 특정 해설과 밀접하게 관련되어 있다. 이러한 관점을 지지하는 해설가들은 〈고백〉에서 진정성 있는 참회와 신앙의 행위를 본다. 그것은 『악령』 때문에 중단된 도스또예프스끼의 미완성 소설 『위대한 죄인의 생애』에서 소설의 주인공 앞에 새로운 삶을 열어 준 바로 그러한 참회이자 신앙이다. 그러나 이런 해석보다 더 왜곡된 것도 없다. 이것은 무엇보다 『악령』에서 논쟁의 여지 없이 작가 자신의 견해를 표현하고 있는 화자의 말과 날카롭게 대립된다. 〈고백〉에 대해 화자는 말한다. 〈내 생각에 이 기록은 무익한 일이며, 이 신사를 사로잡고 있는 악령의 일이다. 이것은 마치 날카로운 아픔으로 고통받는 사람이 한순간만이라도 그것을 완화시킬 수 있는 자세를 찾고 싶어서 침대 위에서 몸부림치는 것과 유사했다. 완화시키지는 못해도 잠깐 동안이나마 이전의 고통을 다른 고통으로 바꿀 수 있기만 하면 된다. 물론 자세의 아름다움이나 합리성은 생각할 겨를도 없다. 이 기록의 기본적인 사상은 징벌에 대한 무섭고 거짓 없는 요구, 전 민중적 처형인 십자가형에 대한 요구이다. 그건 그렇고 이러한 십자가형에 대한 요구는, 언젠가 스쩨빤 뜨로피모비

11 1870년 10월 9일 마이꼬프에게 보내는 편지를 보라. (*Pis'ma*, II, 291.)

치가 다른 경우에 언급한 적이 있듯이, 어쨌든 십자가를 믿지 않는 사람에게서 나타난다. 다른 한편으로 기록 전체는, 비록 다른 목적으로 쓰여졌다 할지라도, 뭔가 난폭하고 흥분된 것이었다. 작가는 자신이 쓰지 《않을 수 없었으며》, 자신이 그렇게 하도록 《강요받았다》고 밝히고 있는데, 이것은 상당히 신빙성이 있다. 그는 할 수만 있다면 이 잔을 피해 가는 것이 기뻤을 테지만, 실제로 그럴 수 없었던 것 같으며, 결국 새로운 광포함으로 향하는 적절한 기회를 잡았을 뿐이다. 환자는 침대에서 몸부림치다가 하나의 고통을 다른 고통으로 대체하고자 했으며, 여기서 사회와의 투쟁은 그에게 고통을 완화시켜 주는 상황으로 보였고, 그래서 그것에 도전하고 있는 것이다. 사실 이러한 기록에서는 사회를 향한 새롭고 예기치 못한, 무례한 도전이 느껴진다. 이제 좀 더 빨리 적을 만나기만 하면 된다……〉[12]

〈스따브로긴의 고백〉에 대해 찌혼도 같은 생각을 하고 있다. 〈만약 이것이 정말로 참회이고, 정말로 기독교적 사상이

---

[12] 이 부분은 이 책의 본문에는 실려 있지 않은 내용이다. 도스또예프스끼가 『악령』의 2부 9장에 수록할 예정이었던 미발표 원고는 두 가지 판본이 존재하는데, 하나는 이 책에 수록된 「찌혼의 암자에서」(뻬쩨르부르끄 판본)이고, 다른 하나는 「스따브로긴의 고백」(모스끄바 판본)이다. 해당 부분은 모스끄바 판본인 「스따브로긴의 고백」에만 수록되어 있다. 「찌혼의 암자에서」는 도스또예프스키의 필사본을 그의 아내가 작가 사후 출판한 것으로, 작가의 의도가 거의 그대로 반영되어 있는 판본이다. 반면 「스따브로긴의 고백」은 여러 명의 편집자들에 의해 너무 많은 수정이 가해져서 작가의 본래 의도를 알아보기 어렵다는 평가를 받는다. 이러한 이유로 러시아에서는 도스또예프스끼 전집에 「찌혼의 암자에서」를 수록하고 있다. 그러나 이 평론을 쓸 당시 게셴은 주로 모스끄바 판본인 「스따브로긴의 고백」을 참조하였으며, 따라서 이 평론에 인용되고 있는 이 장의 내용들은 이 책의 본문과는 차이가 난다는 점을 밝혀 둔다 ― 옮긴이.

라면 말입니다.〉 그는 〈고백〉을 읽고 나서 이렇게 말한다. 〈당신에게 모욕받은 존재의 고통이 당신을 삶과 죽음의 문제에 이르도록 충격을 주었군요. 그렇다면 당신에게는 희망이 있으며, 당신은 위대한 길, 전대미문의 길에 들어선 것입니다. 전 세계 앞에서 당신이 받아 마땅한 치욕으로 자신을 벌하는 길 말입니다. 당신은 교회를 믿지 않으면서도 모든 교회의 재판을 청했습니다. 나는 그렇게 이해하는데, 아닙니까? 그러나 당신은 여기 쓰여진 것을 읽을 모든 사람들을 미리 증오하고 경멸하고 있으며, 우리에게 싸움을 거는 것 같습니다…… 오, 당신에게 필요한 것은 도전이 아니라, 극도의 겸손과 자기 비하입니다. 당신은 당신의 심판자를 경멸하지 말고, 마치 위대한 교회를 믿듯 그를 진심으로 믿어야 합니다. 그러할 때 당신은 그들에 대해 승리를 거두고, 그들을 당신 쪽으로 돌려놓을 수 있으며, 사랑으로 하나가 될 것입니다.〉 그러나 스따브로긴은 〈고백〉에서 어떤 사랑과도 거리가 멀다. 그의 고백은 겸손이 아니라 오만함의 행위이며, 자기 비하가 아니라 도전이다. 그는 자신의 고립 상황이나 그가 가까운 사람들과의 관계에서 경험했던 〈혐오감〉을 극복할 수 없다. 바로 여기서 찌혼 신부의 견해에 따르면 그를 〈죽이게 될〉 〈우스운 자의 병〉이 생겨난다. 그래서 그는 스따브로긴이 〈인쇄물〉을 출판하는 것을 막는다. 〈순교와 자기희생의 염원이 당신을 짓누르고 있습니다. 이 염원을 정복하고, 당신의 인쇄물과 당신의 의도를 밀쳐 내십시오. 그러면 이미 모든 것을 이겨 내게 될 것입니다. 당신의 오만함과 당신의 악령에게 망신을 주십시오! 승리자가 되어 자유를 획득하십시오……〉

마침내 스따브로긴도 자신의 진정한 존재 속에서 그의 고백이 무엇을 의미하는지 충분히 인식하게 된다. 〈「어쩌면 제가 지나치게 자기 비방을 했는지도 모르겠습니다.」 스따브로긴은 고집스럽게 이야기를 되풀이했다. 「나는 아직 잘 모르겠습니다…… 하지만 신부님이 이미 도전이라는 것을 알아채셨으니 하는 말인데, 제가 이 거친 고백으로 사람들에게 도전한다고 해서 그게 어떻다는 겁니까? 그래야 합니다. 그들은 그럴 필요가 있습니다.」 「즉, 그들의 동정을 받는 것 보다는 그들을 증오하는 것이 더 편해진다는 것인가요?」 찌혼 신부는 곧 강한 슬픔의 표현으로 절규하며 대답했다. 「나는 보입니다…… 실제로 보입니다. 파멸해 버린 불쌍한 젊은이여, 당신은 가장 두려운 범죄에 지금 이 순간처럼 그렇게 가까이 다가선 적이 없었습니다.」 스따브로긴은 분노와 거의 경악으로 온몸이 부들부들 떨렸다. 「저주받을 심리학자!」 그는 갑자기 미친 듯이 그의 말을 중단시키더니 뒤도 돌아보지 않고 암자에서 나왔다.〉

사실 스따브로긴은 찌혼 신부에게 자신의 고백록을 전해 줄 때, 바로 그 순간 그의 아내가 자신의 〈악령〉들 중 하나인 유형수 페찌까에 의해 살해당할 것이며, 그것도 바로 그 자신의 말에 따라 살해당하는 것임을 정확히 알고 있었다. 그는 또한 자기야말로 진짜 살인자이며, 어찌 됐든 살인을 피하기 위해 손가락 하나 까딱하지 않을 것임도 잘 알고 있었다. 이반 까라마조프에 의한 아버지 살해와 마찬가지로, 스따브로긴에 의한 절름발이 여인 살해 역시 오만함과 정신적 무관심함의 결과이다. 그러나 이반 까라마조프의 경우 악으로 넘어가 버린 선, 즉 가까운 사람들이나 그를 비난하는 사람들을 경멸하는 이성의 도덕적인 법칙으로서의 추상적 선이 치명적이었다면, 스따브로긴은 미래에서는 더 이상 아무것도 기대하지 못하면서도, 그럼에도 절망 속에서 불가능한 기적이라도 기다리는 도박자처럼 자기 아내를 살해한다. 이 마지막 범죄를 통해 스따브로긴은 순수한 악의 화신이 된다. 가까운 사람들에 대한 경멸, 고독한 영혼, 자기 자신에 대한 거짓, 절망으로 변해 버리는 우울함 등, 그의 영혼의 이 모든 치명적인 힘들은 같은 기원에서 흘러나오고 있으며, 신으로부터 떨어져 나가듯 마음속 무신앙으로 귀결된다.

스따브로긴의 고백의 진정한 의미를 이해하는 사람에게는, 스따브로긴이 자기가 묘사했던 소녀에 대한 범죄를 실제로 저질렀는가 하는 문제는 모두 의미를 잃고 만다. 사실 그에게는 〈사람들의 심판 앞에 서게 될 훨씬 더 나쁜 기억들이 많이 있으며,〉 따라서 마뜨료샤와의 에피소드와는 별개로 고백을 위한 근거 자료들은 충분하다. 또한 이러한 범죄를 저질렀는가, 혹은 저지르지 않았는가 하는 사실에 따라 스따브로긴의 구원의 가능성을 제시하는 것 역시 전혀 정당하지 못하다. 찌혼 신부를 통해 표현되는 도스또예프스끼의 신념에 따르면, 그리스도에게 용서받지 못할 무서운 범죄는 없다. 〈그리스도께서는 당신이 스스로를 용서하는 일을 이루어 내기만 한다면 당신을 용서해 주실 겁니다…… 오, 아닙니다, 아닙니다, 믿지 마십시오. 불경스러운 말을 했군요. 당신이 자신과의 화해나 자신에 대한 용서에 도달하지 못하더라도, 그분께서는 그 의도와 당신의 위대한 수난에 대해 용서해 주실 것입니다…… 왜냐하면 인간의 언어에는 《그분의 길이 우리에게 현실로 나타나기 전까지는》 어린양의 모든 길과 동기를 표현할 수 있는 말이나 사상이 없기 때문입니다. 누가 무궁한 그분을 감싸 안을 수 있으며, 누가 무한한 전체를 이해할 수 있겠습니까!〉도스또예프스끼에 따르면 신은 선이나 악보다 더 높은 곳에 있으며, 이러한 부정 신학의 기본적 관념은 여기서는 찌혼 신부에 의해 스따브로긴에게 여전히 구원의 가능성이 있음을 보여 주기 위해 언급되고 있다.[13] 신의 사랑은 무한하며, 그 사랑으로 속죄하지 못할 범죄는 없다. 스따브로긴은 그가 〈용서받지 못할〉 범죄를 저질렀기 때문이 아니라, 사랑의 완전한 부재와 그의 오만함이 야기한 고독의 극복 불가능성이 그가 신에게, 즉 모든 것을 용서하는 무한한 사랑에 이르는 길을 차단했기 때문에 파멸할 운명에 처해진 것이다. 사실 스따브로긴은 〈실행되지 못한 사랑에 대한 의식〉으로 고통받고 있으며, 그의 이성은 이론적으로는 신의 존재를 받아들이도록 그를 자극한다. 하지만 그는 마음속으로 신을 믿지 못하며, 자신이 가까운 사람들이나 신과 사랑으로 통합되어 있다고 느낄 만한 기관을 가지고 있지 못하다. 즉 그에게는 진정한 믿음이라고 할 수 있는 신에 대한 사실적(실제적) 믿음이 없다. 스따브로긴은 신과 연결되어 있음은 느끼지 못

13 따라서 A. 돌리닌이 주장했듯이 〈도스또예프스끼의 관점에서 어린아이에 대한 강간은 가장 높은 신적 질서에서조차 용서할 수 없는 범죄〉(A. Dolinin, p. 305)라고 가정하는 것은 완전히 잘못된 것이다. 신의 사랑은 무한한 것으로 선과 악의 대립을 넘어선다는 생각을 도스또예프스끼는 『까라마조프가의 형제들』에서 더욱 자세하게 발전시키고 있다. 도스또예프스끼가 선호하던 이러한 사랑과 〈부정 신학〉 사이의 밀접한 관계에 대해서는 앞에서 인용된 내 논문 외에도 다음의 내 논문을 참조하라: 「도스또예프스끼 유작에 관하여」, 「도스또예프스끼와 블라디미르 솔로비요프의 세계관에서 선의 유토피아와 자율성의 투쟁」(『동시대 통보』, 39, 45-46). 이런 사상은 N. A. 베르쟈예프의 뛰어난 책 『인간의 임무』(1932)의 근간을 이루고 있으며, 그보다 앞서 『도스또예프스끼의 세계관』(베를린, 1923)에서도 가까이 다가간 적이 있다.

하며, 악마의 힘에 사로잡혀 자신을 본다. 그의 이성은 악마가 환각이라고 설명하지만, 그는 악마의 존재를 생생하게 느끼며, 자기 앞에 있는 악마를 자기 눈으로 본다. 이렇게 스따브로긴의 악마에 대한 관계는 신에 대한 관계와 대비된다. 그의 이성은 악마의 실존을 인정하려 하지 않지만, 그는 자신의 온몸으로 악마와 연결되어 있음을 느낀다. 반대로 〈실행되지 못한 사랑에 대한 인식〉은 그의 이성에게 신의 존재를 인정하도록 강요하고 있지만, 그는 온몸으로 신을 거부한다. 그의 절망과 파멸할 운명에 처해 있다는 의식은 그가 사랑이나 삶과의 관계를 끊어 버리고 맞닥뜨린 죽음에 대한 느낌에 다름 아니다. 도스또예프스끼에 따르면 영혼의 부활은 〈새로운 신앙의 교리 문답〉이나 〈갑작스러운 고양〉, 혹은 개별적인 〈영웅적 공적〉에 의해서 성취되는 것이 아니다. 정신적으로 부활하기 위해서는 〈뭔가 좀 더 어려운 것, 즉 진지하고 긴 도덕적 작업, 사랑에 대한 확고함〉이 필요하다. 그렇지 않으면 〈천사의 과업은 악마의 과업이 되고 말 것이다〉.

스따브로긴은 찌혼처럼 이것을 너무나 잘 알고 있으며, 자신이 〈유죄로 인정받을 것〉이라는 것도 알고 있다. 따라서 신의 사랑을 바라는 대신 그는 자신의 고백이나 리자의 사랑, 자신에 대한 다샤의 동정으로부터 기적이 일어나기를 기대하면서 사방으로 내달린다. 그것은 마치 도박자의 마지막 희망이 자기 자신이나 신이 아니라, 〈휠의 회전〉에 달려 있는 것과 같다. 사랑을 원천으로 한 신에 대한 진정한 믿음이 삶인 것과 마찬가지로, 사랑의 완전한 고갈의 결과로서 악마에 대한 믿음은 인간의 정신적 해체, 그의 죽음이다. 그런 이유로 찌혼은 완전한 무신론자가 신에 대한 믿음 없이 악마를 믿는 사람보다는 높은 곳에 있다고 말한다. 왜냐하면 신에 대한 믿음 없이 악마를 믿는 것은 영혼의 무관심, 영혼의 죽음이기 때문이다. 〈완전한 무신론자는 완전한 신앙에 도달하기 직전 그 마지막 계단 하나 아래에 서 있는 것입니다만(그곳에서 넘어가느냐 마느냐의 문제지요), 무관심한 사람은 기분 나쁜 공포 외에는 아무런 믿음도 갖고 있지 못합니다.〉 바로 여기에 찌혼 신부가 스따브로긴의 간청으로 읽어 준 요한의 묵시록의 의미가 있다. 〈라오디게이아 교회의 천사에게 이 글을 써서 보내어라. 아멘이시며 진실하시고 참되신 증인이시며 하느님의 창조의 시작이신 분이 말씀하신다. 나는 네가 한 일을 잘 알고 있다. 너는 차지도 않고 뜨겁지도 않다. 차라리 네가 차든지, 아니면 뜨겁든지 하다면 얼마나 좋겠느냐! 그러나 너는 이렇게 뜨겁지도 차지도 않고 미지근하기만 하니 나는 너를 입에서 뱉어 버리겠다. 너는 스스로 부자라고 하며 풍족하여 부족한 것이 조금도 없다고 말하지만, 사실은 네 자신이 비참하고 불쌍하고 가난하고 눈멀고 벌거벗었다는 것을 깨닫지 못하고 있다……〉

『악령』 줄거리

결말을 미리 알고 싶지 않은 독자들은 나중에 읽어 주시기 바랍니다.

제1부

소설은 1860년대 후반 러시아의 한 지방 소도시에서 부유한 장군 미망인 바르바라 스따브로기나와 그녀의 집에서 식객으로 지내고 있는 스쩨빤 베르호벤스끼의 이야기로 시작된다. 스쩨빤은 20여 년 전 바르바라 부인의 아들 니꼴라이 스따브로긴의 가정 교사로 초빙되어 이 집에 머물기 시작했으며, 니꼴라이가 리쩨이에 입학한 이후에도 부인의 호의 아래 계속 이곳에 있다. 군대를 제대하고 3년 가까이 유럽을 여행하고 있는 아들 니꼴라이를 만나기 위해 바르바라 부인이 양녀 다리야를 데리고 스위스를 방문했다가 스끄보레시니끼 영지로 돌아오면서 소설의 사건은 본격적으로 시작된다. 그들의 뒤를 따라 바르바라 부인의 오랜 친구인 쁘라스꼬비야와 그녀의 딸 리자 뚜시나도 이 도시에 도착한다. 바르바라 부인은 스위스에서 니꼴라이와 리자, 다리야 사이에 모종의 사건이 있었음을 눈치채지만 그것이 정확히 무엇인지 알 수 없어 신경이 날카로워져 있다. 그녀는 니꼴라이와 리자를 결혼시켜야겠다는 결심과 함께, 다리야를 스쩨빤 선생에게 시집보낼 계획을 세운다. 스쩨빤 선생은 50대 초반의 나이에 이미 두 번 결혼한 경험이 있지만, 전제적인 성격의 바르바라 부인의 고집과 아들과의 재정적인 문제 때문에 그 결혼을 승낙할 수밖에 없게 된다. 그는 아들 뾰뜨르가 태어나자마자 시골 친척의 손에 넘겨주고 거의 만난 적도 없지만, 자신의 죽은 아내가 아들에게 남긴 재산을 아들의 허락 없이 사용했고, 그로 인해 뾰뜨르에게 갚아야 할 빚이 있었던 것이다. 바르바라 부인은 그 빚을 대신 갚아 주는 대신 그에게 다리야와의 결혼을 제안하고, 그는 그 제안을 받아들일 수밖에 없게 된다. 순종적이고 조용한 다리야 역시 자신을 키워 준 바르바라 부인의 지시를 말없이 받아들인다. 그러나 스쩨빤 선생은 익명의 편지를 받고 자신이 〈타인의 죄〉 때문에 결혼하는 것일지도 모른다는 의심을 하게 되고, 이러한 상황에서 이 도시에 갑자기 나타난 절름발이 여인은 상황을 더욱 복잡하게 만든다.

일요일 아침 도시 사람들이 예배를 드리기 위해 교회에 모여 있는 시간에 갑자기 교회 안으로 반쯤 미친 절름발이 여인이 찾아온다. 그녀는 퇴역 대위 레뱟낀의 여동생 마리야인데, 바르바라 부인은 그녀에게 호기심을 느껴 자기 집으로 데려간다. 이 집에 곧 여동생을 찾으러 레뱟낀 대위가 찾아오고, 뒤를 이어 유럽에서 돌아온 스따브로긴(니꼴라이)과 스쩨빤의 아들 뾰뜨르도 방 안으로 들어선다. 바르바라 부인은 아들에게 소문에서 들은 대로 절름발이 마리야가 그의 아내인지 묻지만, 스따브로긴은 어머니에게 대답하는 대신 마리야에게 다가가 정중한 태도로 자기가 그녀의 충실한 친구이긴 하지만 남편이나 약혼자는 아니라고 말한다. 그 후 그는 직접 마리야를 그녀의 집으로 데려다준다.

그들이 방을 떠난 뒤 사람들 사이에 일대 소란이 벌어지지만, 뾰뜨르가 나서서 소란을 가라앉히고 대화의 주도권을 잡는다. 그는 스따브로긴이 5년 전 뻬쩨르부르끄에서 하녀와 같은 생활을 하던 마리야를 알게 되었고, 그녀의 어려움에 도움을 주고자 돈을 주었는데, 오빠인 레뱟낀이 그 돈을 자기 마음대로 가져가 버렸다는 이야기를 해준다. 레뱟낀이 반박하지 못하고 방을 떠나려는 순간, 마리야를 배웅하고 돌아온 스따브로긴이 안으로 들어선다. 그는 다리야에게 결혼 소식을 들었다며 축하하고, 이것을 기회로 뾰뜨르는 사람들 앞에서 아버지에게 받은 결혼 관련 편지 이야기를 하기 시작한다. 그는 편지에서 자기 아버지가 〈누군가의 죄악〉 때문에 결혼하게 되었으니 와서 구해 달라는 말을 적어 보냈다고 떠들어대고, 이 말에 분노한 바르바라 부인은 스쩨빤 선생에게 당장 짐을 싸서 자기 집을 나가라고 명령한다.

이러한 소동 속에서 누구의 눈에도 띄지 않고 조용히 구석에 앉아 있던 대학생 샤또프가 갑자기 방을 가로질러 스따브로긴을 향해 다가가더니 있는 힘껏 주먹으로 그의 얼굴을 때린다. 스따브로긴은 그에 맞대응하지 않고 무서운 의지력으로 손을 뒤로 돌린 채 조용히 샤또프의 시선을 응시한다. 결국 샤또프가 먼저 눈을 내리뜨고 방을 떠나 버리는데, 그 순간 리자가 비명을 지르며 바닥에 쓰러지면서 기절하고 만다. 이것으로 일요일의 소동은 끝난다.

제2부

스끄보레시니끼의 사건이 발생한 지 8일 후 뾰뜨르는 저녁에 스따브로긴을 방문한다. 뾰뜨르는 스따브로긴에게 자신이 그를 위해 바보 역할을 자처했다고 말하며, 이제 〈우리 일당〉 앞에 모습을 드러내고 〈우리의 과업〉을 위해 명령을 내려 달라고 요구한다. 뾰뜨르는 극단적인 정치적 계획을 세워 놓았고, 그것의 성공을 위해 스따브로긴이 필요하다고 계속해서 주장하지만, 스따브로긴은 반응을 보이지 않는다.

뾰뜨르가 떠난 후 스따브로긴은 끼릴로프를 찾아가 자신과 가가노프 사이의 결투에 입회인이 되어 달라고 부탁한다. 가가노프는 스따브로긴이 몇 년 전 코를 잡아당기며 모욕했던 지주의 아들로서, 아버지의 명예를 지키려 그에게 결투를 신청한 것이다. 스따브로긴은 끼릴로프의 집을 나와 샤또프의 집을 방문한다. 뺨을 가격한 사건 이후 샤또프는 스따브로긴이 자신을 죽이러 올 것이라는 두려움을 가지고 있었지만, 스따브로긴은 그가 왜 자신의 뺨을 때렸는지를 더 궁금해한다. 그러면서 그는 자신이 4년 전에 마리야와 법적으로 결혼한 사이임을 밝힌다. 그와 더불어 스따브로긴은 샤또프가 한때 가담했던 뾰뜨르의 혁명 조직이 그가 탈퇴했다는 이유로 그를 살해할 계획을 세우고 있음도 알려 준다. 샤또프의 집을 나온 스따브로긴은 레뱟낀 남매의 집을 찾아간다. 그는 레뱟낀에게 조만간 결혼을 공표할 생각이며, 그에게는 더 이상 한 푼도 주지 않겠다고 말한다. 마리야의 방에 들어선 스따브로긴은 그들의 결혼을 사람들에게 공표할 예정이며, 그 후 둘이 스위스의 조용한 곳으로 가서 남은 생을 함께하자고 제안한다. 그러나 그에 대해 마리야는 경멸적인 태도를 취한다. 갑자기 그녀는 그가 칼을 들고 자신을 죽이러 찾아온 참칭자 그리시카 오뜨레피예프라고 소리치며 비난하기 시작하고, 이에 충격을 받은 스따브로긴은 마리야를 소파 위로 던지듯 밀어내고 그 집을 도망쳐 나온다. 분노를 참지 못하고 길을 가던 그에게 다리 위에서 탈주한 유형수 페찌까가 불쑥 나타나 레뱟낀 남매를 처리해 주겠다고 제안하자, 그는 가지고 있던 지폐를 전부 던져 주고 그 자리를 떠난다.

　다음 날 오후 스따브로긴과 가가노프 사이의 결투는 아무도 다친 사람 없이 끝나지만, 자신을 일부러 빗맞힌 스따브로긴으로 인해 가가노프는 더 큰 모욕감을 느낀다. 스끄보레시니끼로 돌아온 스따브로긴은 그를 기다리고 있던 다리야를 만난다. 그녀는 평생 그의 곁에서 간병인 역할을 하게 해달라고 말하지만, 스따브로긴은 페찌까에게 돈을 준 이야기를 하면서 그녀를 당황하게 만든다. 그러는 사이 뾰뜨르는 도시를 돌아다니며 자신의 정치적 목적을 수행하기 위한 작업을 시작하고, 특히 주지사 부인인 율리야 폰 렘브께의 환심을 사기 위해 온갖 노력을 기울인다. 뾰뜨르는 자신의 일당들과 함께 부인에게 아첨도 하고 그녀에게 자유주의적 야망을 심어 줌으로써 점점 더 그녀에 대한 지배력을 강화시켜 나가며, 마침내 그녀를 자극하여 도시의 가난한 여자 가정 교사들을 위한 기금 마련 문학 파티를 열 계획까지 세우게 만든다. 그사이 도시에서는 성물 모독이나 도박에 빠진 젊은이의 자살, 방화로 추정되는 화재 사건, 격문 살포, 시뻬굴린 공장 노동자들의 시위까지 여러 가지 혼란스러운 일들이 벌어지기 시작한다.

　한편 뾰뜨르는 끼릴로프를 방문해 그의 자살 계획과 함께 그가 자신과 했던 〈약속〉을 재확인하고자 한다. 인신 사상을 가지고 있는 끼릴로프는 오래전부터 권총 자살을 하려는 계획을 가지고 있었으며, 자살 전에 그가 속한 혁명 조직이 저지른 범죄 혐의를 자신이 대신 덮어쓰는 유서를 작성해두기로 약속했던 것이다. 뾰뜨르는 그날 저녁 일당의 모임에 그를 초대하고, 이 모임에는 샤또프와 스따브로긴도 초대된다. 비르긴스끼의 명명일을 빌미로 모여든 사람들 중에는 이들 외에도 뾰뜨르의 5인조를 비롯하여 교사, 중학생, 신학생, 전직 소령 등 다양한 유형의 사람들이 모인다. 그들의 산만하고 방향성 없는 대화 속에서도 시갈료프의 지상 천국에 대한 이야기는 특히 사람들의 주목을 끈다. 이때 뾰뜨르는 일당 모두에게 자신들이 벌일 정치적 살인 계획을 알게 되었을 때 그 사실을 경찰에게 밀고할 것이냐라는 질문을 던진다. 그러자 사람들은 모두 아니라고 대답하지만, 샤또프는 그에 대한 대답을 하지 않고 자리를 떠난다. 사람들의 의심과 혼란 속에서 끼릴로프와 스따브로긴도 그곳을 떠나고, 뾰뜨르 역시 남은 사람들의 혼란 수습을 포기하고 그들의 뒤를 따라나선다.

끼릴로프의 집에서 스따브로긴을 다시 만난 뾰뜨르는 레뱟낀 남매 문제를 처리해 주는 대가로 페찌까에게 지불할 돈을 요구하지만, 스따브로긴은 그것을 거부한다. 떠나려는 스따브로긴을 뒤따라 잡은 뾰뜨르는 그에게 자신들의 계획을 밝히고, 그가 그들의 지도자가 되어 주기를 부탁한다. 그러나 스따브로긴은 그에게 냉소적인 태도를 취하면서도 명확한 대답을 하지 않은 채 그 자리를 떠난다. 그사이 스쩨빤 선생은 경찰들에게 가택수색을 당해 가지고 있던 책들 대부분을 압수당한다. 스쩨빤 선생은 이에 대해 주지사에게 항의하기 위해 그를 찾아갔다가, 마침 지사에게 밀린 임금을 해결해 달라고 모여든 시뻬굴린 공장 노동자 시위대와 맞닥뜨린다. 시위대 소식을 들은 지사는 스끄보레시니끼로 가던 길을 되돌려 지사 관저로 돌아오고, 지사 부인과 바르바라, 리자도 스끄보레시니끼에서 돌아온다. 얼마 후 이 자리에 스따브로긴이 나타나고, 그를 본 리자는 레뱟낀이라는 사람이 자신이 스따브로긴의 친척이라면서 그녀에게 계속 무례한 편지를 보내고 있다고 말하며, 그의 불쾌한 행동을 멈추게 해달라고 요청한다. 그러자 스따브로긴은 조용한 목소리로 그의 여동생인 마리야가 자신의 합법적인 아내이며, 더 이상 레뱟낀이 그녀를 괴롭히지 못하게 하겠다고 대답하고 천천히 방을 나간다. 그가 떠난 뒤 리자도 조용히 방을 나간다.

제3부

시뻬굴린 시위대 사건이 있었음에도 불구하고 그다음 날 자선 파티는 예정대로 개최된다. 그러나 축제는 처음부터 계획대로 진행되지 않는다. 뾰뜨르의 5인조에 속해 있던 람신과 리뿌찐은 입장료를 받지도 않고 사람들을 마구 안으로 맞아들이는데, 그들은 대부분 문학 강연회보다는 음식과 술에 더 많은 관심을 가지고 있다. 또한 낭독회는 예정에도 없던 술에 취한 레뱟낀 대위의 갑작스러운 시 낭송으로 시작되는데, 그것은 뻔뻔하고 저속한 시로, 그곳에 있던 모든 사람들을 경악하게 만든다. 그 뒤를 이어 문학계 천재로 인정받고 있으며, 이 낭독회에 특별히 초빙되어 온 작가 까르마지노프의「메르시」낭송이 이어진다. 한 시간 이상이나 계속된 지루한 장광설은 〈이 무슨 헛소리야〉라는 한 청중의 말로 중단되고, 그 어수선한 상황에서 다음 낭독자로 스쩨빤 선생이 무대에 나선다. 그는 모든 가치들 중에서 아름다움이야말로 가장 위대한 가치이며, 이것이 없으면 과학도 인류 역사도 무가치하다고 단언한다. 사람들에게서 터져 나오는 조롱에 스쩨빤 선생은 점점 더 흥분하다가 마침내 신경질적으로 울음을 터뜨리고 저주를 퍼부으며 무대 뒤로 뛰어나간다.

화자는 스쩨빤 선생을 찾아가지만, 그가 만나 주지 않자 이번에는 율리야 부인을 찾아간다. 그곳에서는 축제 현장에 참석하지 않았던 뾰뜨르가 부인을 방문해 문학 낭독회가 나쁘지는 않았다고 위로하며, 저녁 무도회에는 반드시 참석해야 한다고 설득하고 있었다. 더불어 그는 리자가 집 앞에 약혼자를 버려두고 스따브로긴의 마차를 타고 그와 함께 스끄보레시니끼로 떠났다는 스캔들 소식을 그들에게 전해 준다.

낮에 벌어진 낭독회의 혼란과 대실패에도 불구하고 그날 저녁에 예정대로 무도회가 열리고, 이 자리에 지사 부부도 참석한다. 그러나 무도회에서 저속하고 괴상한 문학 카드리유가 공연되자 지사는 더 이상 참지 못하고 지사로서의 권위를 보여 주려 하는데, 그 순간 강 건너 마을에서 불이 나면서 모든 사람들이 혼란에 빠진다. 지사는 사람들의 만류에도 불구하고 화재 현장에 뛰어들었다가 떨어지는 대들보에 맞아 의식을 잃고 만다. 후에 그는 의식을 회복하지만 정신병적 증상이 심해져서 결국 지사직을 수행할 수 없게 된다. 밤새 계속되던 화재가 새벽 비로 진화되고 나서, 불이 나는 동안 마을 끝 오두막에 세 들어 살고 있던 레뱟낀 남매와 하녀가 칼에 찔려 잔인하게 살해되었다는 소식이 전해진다.

강 건너에 화재가 일어나는 동안 스따브로긴과 함께 하룻밤을 보낸 리자는 스따브로긴이 자신을 사랑하지 않는다는 것과 이제 자신의 인생은 끝났다는 것을 깨닫고 그를 떠날 준비를 한다. 그때 뾰뜨르가 그들을 방문하여 밤새 일어난 레뱟낀 남매의 살해 소식을 전해 준다. 리자는 경악과 절망 속에서 그 집을 뛰쳐나와 밖에서 밤새 기다리고 있던 약혼자 마브리끼와 함께 화재 현장으로 달려간다. 마침 그때 살해된 여자가 스따브로긴의 아내라는 것을 알게 된 그곳의 사람들은, 스따브로긴과 스캔들을 일으킨 리자가 나타나자 모두 흥분해서 그녀를 공격하기 시작하고, 결국 그녀는 분노한 사람들에게 맞아 죽음을 맞이한다.

다음 날 저녁 뾰뜨르는 5인조를 소집해서, 화재 사건과 관련하여 샤또프가 모든 것을 알고 있으며, 곧 자신들을 밀고할 것이니 그를 살해해야 한다고 사람들을 설득하기 시작한다. 그사이 샤또프의 집에는 오래전 그와 헤어진 아내가 갑자기 스따브로긴의 아이를 임신한 채로 그를 찾아오고, 그는 그녀를 도와주기 위해 매우 분주하게 돌아다닌다. 그는 산파를 불러와 아내의 출산을 도와주고, 아이가 태어났을 때는 마치 자기 아들인 것처럼 기뻐하고 행복해한다. 그러나 그날 밤 5인조가 파놓은 함정에 걸려들어 스끄보레시니끼 근처 공원으로 찾아간 샤또프는 그곳에서 기다리고 있던 뾰뜨르의 총에 살해당하고 만다. 5인조는 그의 몸에 돌을 묶어 연못 속에 집어 던지고, 그 후 뾰뜨르는 끼릴로프를 찾아간다. 그러나 끼릴로프는 샤또프가 죽었다는 것을 알게 되자 크게 분노하며 뾰뜨르가 불러 주는 대로 유서를 쓰고 자살하기로 했던 약속을 이행하지 않으려 한다. 그러나 두 사람의 대치 상황 속에 끼릴로프는 결국 유서를 쓰고 권총 자살을 한다. 그러는 사이 스쩨빤 선생은 바르바라 부인의 집을 떠나 마지막 순례 길에 오른다. 그러나 길을 가던 도중 머물게 된 한 농가에서 결국 병이 들어 순례를 떠나지 못하고, 서적 행상인인 소피야의 병 간호를 받는 신세가 된다. 그가 이곳에 머무는 동안 그의 행방을 알게 된 바르바라 부인이 곧 이곳에 들이닥쳐 스쩨판 선생의 병이 위중함을 알고 의사를 부르러 보내지만, 그는 회복되지 못하고 이곳에서 죽음을 맞이한다. 한편 도시에서는 샤또프의 아내인 마리가 돌아오지 않는 남편의 행방을 알아보기 위해 끼릴로프를 찾아갔다가 그의 시신을 발견하게 되는데, 이때 샤또프의 운명을 직감한 그녀는 그 충격으로 아이를 안고 추위에 헤매다가 결국 함께 죽음에 이르고 만다. 경찰은 끼릴로프의 유서를 발견하고, 얼마 후 샤또프의 시체도 연못에서 떠오른다. 그러나 곧 샤또프의 살해와 그동안의 사회적 혼란에 혁명 조직이 연루되어 있다는 소문이 떠돌기 시작하고, 5인조 중 한 사람인 럄신은 정신적 충격을 견디지 못해 결국 경찰에 모든 것을 자백한다. 그리하여 뻬쩨르부르끄로 도망친 뾰뜨르를 제외하고 모든 관계자들이 경찰에 체포된다.

스따브로긴은 이 도시를 떠나 스위스에 정착할 계획을 세우고, 다리야에게 편지를 보내 함께 가자고 제안한다. 다리야가 이 편지를 바르바라 부인에게 보여 주자, 그녀 역시 아들과 함께 스위스로 떠날 결심을 하고 여행 준비를 한다. 그러는 도중에 하인으로부터 스따브로긴이 스끄보레시니끼로 돌아와 있다는 소식을 듣는다. 그들은 서둘러 스따브로긴을 만

나기 위해 찾아가지만, 결국 다락방에서 목을 매 자살한 스따
브로긴을 발견하게 된다. 소설은 스따브로긴의 자살로 끝나
지만, 부록으로 첨부된 「찌혼의 암자에서」 장을 통해 스따브
로긴의 고백을 들을 수 있다. 그는 오래전 뻬쩨르부르끄에서
자신이 어린 소녀를 겁탈하고 그녀가 자살하게 만들었던 사
건을 이야기하며, 자신의 추악한 행위를 더 추악한 행위로 벌
주기 위해 절름발이 여자와 결혼했노라고 고백하고 있다.

요약 박혜경

도스또예프스끼 연보

1790년 아버지 미하일 안드레예비치 도스또예프스끼, 우니아뜨교 사제의 아들이며 뽀돌리야의 귀족 가문의 자손으로 태어남. 모스끄바의 내외과(內外科) 아카데미에 들어가 1812년 조국 전쟁 때 부상자들을 돌봄. 1819년에 마리야 네차예프와 결혼.

1820년 첫아들 미하일 태어남. 아버지 미하일 도스또예프스끼는 군대에서 제대한 후 모스끄바에 있는 자선 병원의 주치의 자리를 얻음.

1821년 출생 10월 30일(현재의 그레고리우스력으로는 11월 11일) 부모가 살고 있던 모스끄바의 마린스끼 자선 병원의 부속 건물에서 둘째 아들 표도르 미하일로비치 도스또예프스끼 태어남. 11월 4일 마린스끼 병원 근처, 상뜨뻬쩨르부르끄 뻬뜨로빠블로프스끼 성당에서 어린 표도르에게 세례를 줌. 표도르란 이름은 그의 대부이자 외조부인 표도르 네차예프에게서 물려받은 것으로 보임.

1822년 1세 12월 5일 여동생 바르바라 태어남.

1825년 4세 3월 15일 남동생 안드레이 태어남.

1829년 8세 7월 22일 쌍둥이 여동생이 태어났으나 그중 동생인 베라만 살아남음.

1831년 10세 여름 아버지 미하일 도스또예프스끼가 뚤라 지방의 다로

보예 영지를 사들임. 8월 농부 마레이 사건 발생(『작가 일기』 1876년 2월 호에 이 사건을 소재로 한 단편 「농부 마레이」 발표). 12월 13일 남동생 니꼴라이 태어남.

1832년 [11세] 4월 어머니 마리야 표도로브나, 세 아들을 데리고 다로보예 영지로 감. 6월 도스또예프스끼 부부, 다로보예 옆에 있는 주민 1백여 명의 체레모시냐 마을을 사들임. 9월 도스또예프스끼, 어머니와 형제들과 모스끄바로 돌아옴.

1833년 [12세] 1월 형 미하일과 드라슈소프가 운영하는 사설 학교에서 반(半)기숙사 생활. 4월 4일 부활절 주간에 소유지가 화재로 잿더미가 됨. 도스또예프스끼 부부, 여름 내내 피해 복구.

1834년 [13세] 여름 다로보예에서 지내면서 월터 스콧의 작품 탐독. 10월 도스또예프스끼와 형 미하일, 체르마끄가 경영하는 중등 과정의 기숙 학교에 들어감.

1835년 [14세] 7월 25일 여동생 알렉산드라 태어남.

1837년 [16세] 1월 29일 단테스 남작과의 결투로 뿌시낀 사망. 이 소식으로 온 러시아가 충격에 휩싸임. 2월 27일 도스또예프스끼의 어머니 마리야 사망. 봄 도스또예프스끼, 갑작스러운 후두염과 목소리 상실로 고생함. 이 병은 그를 평생 따라다님. 5월 아버지와 형 미하일 그리고 표도르 도스또예프스끼, 수도 뻬쩨르부르끄로 1주일간 마차 여행(모스끄바와 뻬쩨르부르끄 두 도시 간의 철도는 1851년에 개통됨). 두 형제는 뻬쩨르부르끄로 가서 중앙 공병 학교의 입학을 목표로 K. F. 꼬스또마로프가 경영하던 기숙 학교에 들어감. 아버지와 두 형제들 작별 이후 더 이상 만나지 못함. 7월 1일 도스또예프스끼의 아버지, 건강상의 이유로 퇴역한 후 아직 어린 두 딸과 시골로 들어감. 9월 두 형제가 공병 학교에 응시하나 표도르 혼자 합격(형 미하일은 신체검사 결과 불합격).

1838년 [17세] 1월 16일 공병 학교에 입학. 6월 뻬쩨르부르끄 근처에서 야영 생활. 돈이 떨어져서 아버지에게 서신으로 줄기차게 돈을 요구.

1839년 [18세] 6월 6일 도스또예프스끼의 아버지, 다로보예 농노들에게 살해당함.

1840년 [19세] 11월 29일 하사관으로 임명됨. 군 생활을 지겨워함. 호프만, 실러, 빅토르 위고, 셰익스피어, 라신, 괴테의 책을 읽음.

1841년 [20세] 8월 소위보로 진급됨. 미완성으로 남아 있는 두 편의 희곡, 「마리 스튜어트Marie Stuart」와 「보리스 고두노프Boris Godunov」를 씀. 알렉산드리야 극장을 자주 드나들며 발레와 음악회 감상.

1842년 [21세] 8월 육군 소위가 됨.

1843년 [22세] 8월 공병 학교를 졸업하고 공병국 제도실에서 근무. 9월 친구 리젠깜프 박사가 살고 있는 아파트에 자리 잡음. 박사의 환자들과 알게 됨. 돈이 떨어져 P. 까레삔에게 돈을 요구함. 12월 발자크의 소설 『외제니 그랑데*Eugénie Grandet*』(1834년판) 번역. 형 미하일에게 공병 학교 친구들과 더불어 번역 작업을 하라고 제의.

1844년 [23세] 2월 재정 상태가 극도로 안 좋아짐. 유산 관리인으로부터 일시금을 받고, 토지와 농노에 대한 상속권을 방기함. 8월 제대 신청. 10월 19일 제대함. 『가난한 사람들*Bednye liudi*』 집필 시작.

1845년 [24세] 1월 『가난한 사람들』 처음부터 다시 쓰기 시작. 3월 소설 『가난한 사람들』 끝냄. 4월 세 번째로 전체 수정. 5월 원고를 친구 그리고로비치에게 읽어 줌. 그리고로비치가 이 글을 가지고 네끄라소프에게 뛰어감. 열광한 네끄라소프는 그다음 날 바로 유명 평론가 벨린스끼에게 보임. 작품이 성공을 거둠. 여름 레벨에 있는 형의 집에서 기거하며 두 번째 중편소설 『분신*Dvoinik*』에 착수. 11월 하룻밤 만에 「아홉 통의 편지로 된 소설Roman v deviati pis'makh」을 씀. 벨린스끼와 뚜르게네프가 도스또예프스끼의 절도 없는 생활을 비난함. 12월 벨린스끼의 집에서 열린 문학 모임에서 『분신』을 낭독.

1846년 [25세] 1월 24일 『뻬쩨르부르끄 선집*Peterburgskii sbornik*』에 『가난한 사람들』을 발표. 2월 두 번째 작품인 『분신』을 잡지 『조국 수기

Otechestvennye zapiski』에 발표. 봄 뻬뜨라셰프스끼를 알게 됨. 여름 레벨에 있는 형 집에서 「쁘로하르친 씨Gospodin Prokharchin」 집필. 10월 5일 게르젠을 알게 됨. 『여주인*Khoziaika*』과 「네또치까 네즈바노바 *Netochka Nezvanova*』 쓰기 시작. 가벼운 간질 증세. 10월 「쁘로하르친 씨」를 잡지 『조국 수기』에 발표.

1847년 26세 1월 소설 「아홉 통의 편지로 된 소설」을 잡지 『동시대인 *Sovremennik*』에 발표. 1~3월 벨린스끼와 절연. 6월 「뻬쩨르부르끄 연대기Peterburgskaia letonisi」를 신문 『상뜨뻬쩨르부르끄 통보*Sankt-Peterburgskie vedomosti*』에 발표. 7월 7일 센나야 광장에서 갑작스러운 첫 번째 간질 발작. 7월 15일 뻬쩨르부르끄 근교에서 도스또예프스끼의 절친한 친구이자 시인인 B. 마이꼬프가 뇌졸중으로 익사. 가을 『가난한 사람들』이 단행본으로 나옴. 10~12월 『여주인』을 『조국 수기』지에 발표.

1848년 27세 5월 28일 비사리온 벨린스끼 사망. 가을 뻬뜨라셰프스끼, 스뻬시네프와 화해하고 그들의 사회주의 이론에 흥미를 느낌. 12월 뻬뜨라셰프스끼의 집에서 푸리에주의와 공산주의에 관한 강연을 들음.
• 『조국 수기』지에 발표한 작품들 : 「남의 아내Chuzhaia zhena」(1월) 「약한 마음Slavoe serdtse」(2월), 「뽈준꼬프」, 『닳고 닳은 사람 이야기』 (1장 「퇴역 군인」, 2장 「정직한 도둑」, 후에 1장은 완전히 삭제하고 제목도 〈정직한 도둑*Chestnyi vor*〉으로 바꿈), 「크리스마스트리와 결혼식 Iolka i svad'ba」, 「백야Belye nochi」(12월), 「질투하는 남편」(「질투하는 남편」을 12월 『조국 수기』에 발표하였으나, 1월에 발표한 「남의 아내」와 합쳐 「남의 아내와 침대 밑 남편」으로 개작).

1849년 28세 연초에 뻬뜨라셰프스끼 친구들 집에서 금요일마다 열리는 문학 모임에 참석. 1~2월 『조국 수기』지에 『네또치까 네즈바노바』 일부 발표(4월 체포되어 작업 중단). 4월 7일 푸리에 탄생일 기념으로 〈뻬뜨라셰프스끼 모임〉에서 점심 식사. 4월 15일 뻬뜨라셰프스끼 집에서 열린 한 모임에서 〈절대 왕정의 입장을 신봉했다는 이유로 고골을 비난하는 내용을 담은〉 벨린스끼의 편지를 두 번째로 읽음. 4월 23일 고발에 의해 새벽 5시에 체포됨. 9월 30일 재판 시작. 11월 13일 벨린스끼의 〈사악한〉 편지를 퍼뜨린 죄목으로 사형을 선고받음. 12월 22일 세묘노프스끼 광장에서 사형수들의 형을 집행하기 직전, 황제의 특사로 형 집행이 중단되고 강제 노동형으로 감형.

1850년 ^{29세} 1월 11일 또볼스끄에 도착하여 이곳에서 여러 명의 12월 당원(제까브리스뜨) 아내들의 방문을 받음. 그중 폰비진의 아내가 그에게 10루블짜리 지폐가 표지에 숨겨진 복음서를 몰래 건네줌. 1월 23일 옴스끄에 도착하여 4년을 지냄. 이 기간 동안 가족에게 편지 쓰기를 금지당한 채 혹독하고 비참한 수용소 생활을 견뎌 냄.

1854년 ^{33세} 2월 중순 출옥. 2월 22일 감옥 생활을 묘사한 편지를 형에게 보냄. 3월 2일 시베리아 전선 세미빨라찐스끄에 주둔 중인 제7대대에 배치됨. 봄에 세무관 이사예프와 알게 됨. 이사예프 부인에게 반함. 이 기간에 뚜르게네프, 똘스또이, 곤차로프, 칸트, 헤겔 등의 서적 탐독. 11월 21일 세미빨라찐스끄에 검찰관으로 임명된 브란겔 남작과 가까운 친구가 됨.

1855년 ^{34세} 2월 18일 니꼴라이 1세 사망. 8월 4일 세무관 이사예프 사망. 12월 브란겔, 세미빨라찐스끄를 떠남.
- 이해에 『죽음의 집의 기록Zapiski iz miortvogo doma』을 쓰기 시작.

1856년 ^{35세} 브란겔, 상뜨뻬쩨르부르끄에서 도스또예프스끼의 사면을 위해 활동. 11월 26일 마리야 드미뜨리예브나 이사예프가 오랜 망설임 끝에 도스또예프스끼의 청혼을 승낙.

1857년 ^{36세} 2월 6일 마리야 드미뜨리예브나 이사예프와 결혼. 4월 17일 이전의 권리(세습 귀족 신분)를 되찾음. 8월 감옥에서 구상하고 집필에 들어갔던 「꼬마 영웅Malenkii geroi」이 『조국 수기』지에 M이라는 익명으로 실림. 12월 간질 증세로 인해 군 복무를 계속할 수 없다는 진단을 받음.

1858년 ^{37세} 봄 깟꼬프에게 편지를 보내 『러시아 통보Russkii vestnik』지에 중편소설 게재를 요청. 깟꼬프가 받아들임. 6월 19일 형 미하일이 정치와 문학 잡지 『시대Vremia』지의 출판 허가를 요청. 9월 30일 미하일, 잡지 출판을 허가받음. 10월 31일 돈 떨어짐. 두 편의 중편과 한 편의 장편을 씀.

1859년 ^{38세} 3월 18일 하사관으로 제대. 3월『아저씨의 꿈*Diadiushkin son*』이『러시아 말*Russkoe slovo*』지에 실림. 4월 11일 소설『스쩨빤찌꼬보 마을 사람들*Selo stepantikovo*』을 깟꼬프에게 보냄. 7월 2일 세미빨라쩬스끄를 떠나 뜨베리로 감. 8월 19일 뜨베리 도착. 8월 28일 형 미하일이 도착하여 며칠 간 동생과 함께 지냄. 도스또예프스끼, 상뜨뻬쩨르부르끄에서 거주할 허가를 얻기 위해 교섭. 뜨베리에 싫증을 냄. 10월 6일 네끄라소프,『동시대인』지에서『스쩨빤찌꼬보 마을 사람들』출판에 동의. 도스또예프스끼는『죽음의 집의 기록』집필 구상. 11월 상뜨뻬쩨르부르끄 거주를 허가받음. 그러나 평생 비밀경찰의 감시를 받게 됨. 12월 상뜨뻬쩨르부르끄에 도착(10년 만의 귀환). 며칠 후 스뜨라호프와 알게 되고 친구가 됨. 후에 그는 도스또예프스끼의 공식 전기를 쓰게 됨. 11~12월『스쩨빤찌꼬보 마을 사람들』이『조국 수기』지에 실림.

1860년 ^{39세} 봄 여배우 A. I. 슈베르뜨의 집에 드나들고 그녀의 남동생 내외와도 알게 됨. 3~4월 〈문학 기금〉을 위한 두 편의 연극에 참여(고골의「검찰관*Revizor*」과「코*Nos*」). 9월『러시아 세계*Russkii mir*』지 (67호)에『죽음의 집의 기록』연재 시작. 11월 검열 당국은『죽음의 집의 기록』의 불온한 표현들을 삭제한다는 조건으로 이 책의 출판을 허가함. 가을 형과 함께 문학 서클 〈편집자들의 모임〉 결성. 당대의 유명 인사들이 대거 참여.

• 도스또예프스끼의 작품들이 두 권의 책으로 나옴.
1권:『가난한 사람들』,『네또치까 네즈바노바』,「백야」,「정직한 도둑」,「크리스마스트리와 결혼식」,「남의 아내와 침대 밑 남편」,「꼬마 영웅」.
2권:『아저씨의 꿈』,『스쩨빤찌꼬보 마을 사람들』.

1861년 ^{40세} 3월 3일(구력 2월 19일)의 농노 해방령이 시행됨. 7월『상처받은 사람들*Unizhennye i oskorblionnye*』마지막 손질.『시대』지에 기고. 9월『상처받은 사람들』출판 허가. 이해에 많은 작가와 관계를 맺음. 그중에는 곤차로프, 오스뜨로프스끼, 살띠꼬프셰드린도 있음.

•『상처받은 사람들』이 두 권의 단행본으로 출간.

1862년 [41세] 1월 『죽음의 집의 기록』의 두 번째 부분이 『시대』지에 실림. 1월 16일 『죽음의 집의 기록』의 단행본을 내기 위해 바주노프와 계약. 5월 온천에 가기 위해 통행증 신청. 5월 16일 상뜨뻬쩨르부르끄에서 화재 발생, 15일간 계속되어 1천여 개의 상점이 잿더미가 됨. 도스또예프스끼, 크게 놀람. 6월 7일 처음으로 외국 여행. 6월 8~26일 베를린, 드레스덴, 프랑크푸르트, 쾰른, 파리 등을 여행. 7월 초 런던에 가서 게르쩬 만남. 〈도스또예프스끼가 어제 나를 만나러 왔습니다. 그는 순수하고, 그다지 명석하지는 않지만 매력 있는 사람입니다. 그는 러시아 민족을 열광적으로 믿고 있습니다.〉(1862년 7월 17일 게르쩬이 오가례프에게 보낸 편지) 7월 7일 체르니셰프스끼가 체포되어 뻬뜨로빠블로프스끄 감옥에 감금됨. 7월 8일 도스또예프스끼, 파리로 돌아가기 전 게르쩬에게 자신의 서명이 든 사진 선물. 7월 15일 쾰른으로 갔다가 라인강을 거쳐 스위스로, 그 후엔 이탈리아로 감. 12월 『시대』지에 『악몽 같은 이야기*Skvernyi anekdot*』 발표.

1863년 [42세] 2월 『시대』지에 「여름 인상에 대한 겨울 메모*Zimnie zametki o letnikh vpechatleniakh*」 연재. 4월 『시대』지, 스뜨라호프가 1월에 발생한 폴란드인의 무장봉기 실패에 관해서 폴란드인에게 유리한 기사를 실었다는 이유로 4호로 발행 정지됨. 5월 『시대』지 출판 금지됨. 8월 외국으로 떠남. 8월 14일 파리에 도착하여 다음 날 먼저 와 있던 수슬로바와 만남. 둘의 관계가 악화되고 그는 노름판에서 돈을 잃음. 9월 수슬로바와 이탈리아로 출발. 바덴바덴에서 머물다가 뚜르게네프를 만남. 노름판에서 3천 프랑을 잃음. 바덴바덴을 떠나 토리노로 감. 그런 다음 제네바로 가서 도스또예프스끼는 시계를, 수슬로바는 반지를 저당 잡힘. 그 후 제네바, 로마, 리보르노로 여행. 9월 17일 로마의 성 베드로 성당 방문. 9월 18일 포럼 산책. 스뜨라호프에게 편지를 보내 『노름꾼*Igrok*』에 대한 이야기와 돈이 궁한 사정을 호소함. 스뜨라호프는 도스또예프스끼가 토리노로 가기 전, 그에게서 〈독서를 위한 총서〉의 편집자가 되겠다는 약속을 받아 냄. 10월 수슬로바와 나폴리 체류. 그곳에서 게르쩬 가족을 만남. 그 후 토리노로 돌아옴. 10월 8일 수슬로바와 헤어짐. 수슬로바는 파리로 떠남. 도스또예프스끼는 함부르크로 가서 도박으로 돈을 잃음. 수슬로바에게 편지를 보내 350프랑을 받음. 이 시기에『노름꾼』과『지하로부터의 수기Zapiski iz podpol'ia』를 쓰기 시작함. 10월의 마지막 10일 동안 러시아로 돌아감. 11월 형 미하일, 내무부 장관 발루예프에게『시대』지를 다른 이름으로 낼 수 있게 해달라고 요청.

1864년 ^{43세} 1월 발루예프, 형 미하일에게『세기Epokha』지 출판 허가 내줌. 3월 21일『세기』지 첫 호 나옴. 3~4월『지하로부터의 수기』를『세기』지에 발표. 4월 4일 〈오전 문학 모임〉에서『죽음의 집의 기록』의 일부 낭독. 4월 14~15일 아내 마리야 드미뜨리예브나의 건강 상태가 악화됨. 새벽 4시에 병자 성사. 낮 동안 각혈이 계속됨. 저녁 7시에 숨을 거둠. 4월 16일 죽은 아내의 머리맡에서 수첩에 자신의 반성을 적음. 〈아내 마샤는 탁자 위에서 쉬고 있다. 마샤를 다시 볼 수 있을까?〉 4월 말 뻬쩨르부르끄로 돌아감. 7월 10일 아침 7시, 빠블로프스끄에서 형 미하일 사망. 그의 아내가『세기』지 발간을 계속해 나갈 것을 허가받음. 9월 25일 친구 아뽈론 그리고리예프 사망.

• 『죽음의 집의 기록』이 두 권의 독일어 판으로 라이프치히 출판사에서 나옴.

1865년 ^{44세} 3월 31일 친구 브란겔에게 아내의 죽음을 알리는 편지를 씀. 〈그녀는 나를 무척이나 사랑했지. 그리고 나도 그녀를 한없이 사랑했네. 그런데 우린 이제 함께 행복을 나눌 수 없게 되었어……. 내 삶은 갑자기 둘로 나뉘어 버렸어.〉이 시기에 안나 꼬르빈끄루꼬프스까야 부인, 후에 유명한 수학자가 된 소피야 꼬발레프스까야와의 우정이 시작됨. 4~5월 꼬르빈끄루꼬프스까야 부인에게 청혼하나 거절당함. 5월 10일 외국 여행을 위해 여권 신청. 6월『세기』지 제2호에 「악어」연재 (〈기이한 사건 혹은 아케이드에서의 돌발적 사건〉이라는 제목으로 연재 시작).『세기』지, 재정난으로 발행 중단(통권 제13호). 여름에 출판업자 스쩰로프스끼와 계약을 맺어 자기의 모든 작품을 양도하고 1866년 11월 1일까지 일정 페이지의 새 소설을 탈고하겠다고 약속. 계약을 이행하지 못할 경우 스쩰로프스끼는 보조금 지급 없이 이후의 모든 작품에 대한 저작권을 가지기로 함. 도스또예프스끼, 3천 루블을 받고 모든 작품의 저작권을 팔아 버림. 7월 말 비스바덴에 도착. 8월 3일 뚜르게네프에게 편지를 보내 노름판에서 거액을 잃은 사실을 알리고

1백 달러를 보내 달라고 부탁. 수슬로바, 도스또예프스끼를 만나러 비스바덴으로 감. 8월 8일 50탈러를 부쳐 주어 고맙다는 편지를 뚜르게네프에게 씀. 9월 밀류꼬프에게 편지를 보내 어디든 상관없으니 중편소설을 팔아 당장 8백 루블을 보내 달라고 부탁하지만 허탕. 〈나는 호텔에 묵고 있습니다. 빚이 불어나서 위협을 받고 있습니다. 그리고 한 푼도 없는 실정입니다.〉 밀류꼬프는 〈독서를 위한 총서〉, 『동시대인』, 『조국수기』지에 요청하지만 모두 그가 요구하는 선불금 거절. 깟꼬프에게 『죄와 벌Prestuplenie i nakazanie』의 구상을 알리는 편지의 초안 작성. 편지에 소설의 줄거리 묘사. 10월 코펜하겐에 도착하여 친구 브란겔의 집에서 10일을 보냄. 15일 상뜨뻬쩨르부르끄로 돌아옴. 11월 2일 수슬로바를 만나 다시 청혼함. 11월 8일 브란겔에게 보낸 편지에서 돌아온 첫 주에 세 차례의 간질 발작이 있었음을 알림. 깟꼬프가 그에게 선불금 지급. 11월 말 『죄와 벌』 초고를 태워 버림. 〈새 형식, 새 플롯이 내 마음을 사로잡아 나는 모두 다시 시작했다.〉(1866년 2월 18일 브란겔에게 보낸 편지) 『죄와 벌』을 쓰는 동안 센나야 광장 근처로 자주 산책 나감. 어느 날 술 취한 군인이 다가와 목에 걸고 있던 십자가를 팔겠다고 해 그 십자가를 사서 목에 걸고 다님. 1867년 외국으로 떠날 때 그 십자가를 상뜨뻬쩨르부르끄에 놓고 갔으며 이후 없어짐.

• 도스또예프스끼의 전집이 작가의 검토와 보충을 거쳐 스쩰로프스끼 출판사에서 나옴.
1권 : 「여주인」, 「쁘로하르친 씨」, 「약한 마음」, 『죽음의 집의 기록』, 『가난한 사람들』, 「백야」, 「정직한 도둑」. 2권 : 『상처받은 사람들』, 『지하로부터의 수기』, 「악몽 같은 이야기」, 「여름 인상에 대한 겨울 메모」 등.
도스또예프스끼의 여러 단편들과 중편들이 같은 출판사에서 단행본으로 나옴. 『가난한 사람들』, 「백야」, 「약한 마음」, 「여주인」, 「쁘로하르친 씨」 등. 『죽음의 집의 기록』의 세 번째 판이 검토를 거치고 새 장들이 추가되어 나옴.

1866년 ^{45세} 1월 『죄와 벌』을 『러시아 통보』지에 연재 시작(12월 호로 완결). 1월 14일 고리대금업자 뽀뿌프와 그의 하녀 노르만이 대학생 다닐로프에게 살해되고 금품을 강탈당함. 도스또예프스끼는 『백치Idiot』를 쓰며 이 사건을 숙고함. 3~4월 『동시대인』지에 『죄와 벌』에 대한 비

호의적인 평이 실림. 4월 4일 러시아 황제 알렉산드르 2세에 대한 까라
꼬조프의 암살 계획. 도스또예프스끼는 이 사건에 깜짝 놀람. 6월 여름
을 여동생 가족이 사는 곳에서 가까운 모스끄바의 교외 지역인 류블리
노에서 보냄. 『노름꾼』의 줄거리와 『죄와 벌』 5부 작업. 『러시아 통보』
의 편집자 깟꼬프에게 부도덕한 장면이라고 지적당한 2부의 6장을 수
정(라스꼴리니꼬프와 소냐가 복음서를 읽는 장면). 9월 까라꼬조프에
대한 재판과 판결. 도스또예프스끼는 작가 노트와 『악령Besi』의 도입부
에서 이 재판에 대해 언급. 10월 스쩰로프스끼에게 약속한 소설을 제때
끝내기 위해 속기사를 고용하기로 결심. 10월 3일 저녁때 안나 그리고
리예브나 스닛끼나가 찾아와 속기사로 일하겠다고 함. 그다음 날 『노름
꾼』 구술 시작. 29일에 끝냄. 30~31일 원고 정서. 11월 『노름꾼』 원고를
스쩰로프스끼에게 가져감. 스쩰로프스끼는 자리에 없고 그의 서기가 원
고를 거절. 도스또예프스끼는 출판사 부근의 경찰서에 소설을 맡김.
11월 3일 어머니 집에 있는 안나 그리고리예브나를 방문해 『죄와 벌』
마지막 부분을 속기해 달라고 부탁. 11월 8일 안나 그리고리예브나에게
청혼. 그녀가 수락함. 이달 말, 도스또예프스끼는 하나뿐인 외투를 저당
잡혀 쪼들리는 친척들을 도움.
• 도스또예프스끼 전집 제3권 나옴(스쩰로프스끼 출판사).
수록 작품 : 『노름꾼』, 『분신』, 「크리스마스트리와 결혼식」, 「남의 아내
와 침대 밑 남편」, 「꼬마 영웅」, 『네또치까 네즈바노바』, 『아저씨의 꿈』,
『스쩨빤찌꼬보 마을 사람들』. 스쩰로프스끼 출판사에서 단편, 중단편들
이 단행본으로 나옴. 『분신』, 『지하로부터의 수기』, 『노름꾼』, 「크리스마
스트리와 결혼식」, 「악어Krokodil」, 「악몽 같은 이야기」 등.
『상처받은 사람들』 세 번째 개정판과 『스쩨빤찌꼬보 마을 사람들』의 세
번째 판이 같은 출판사에서 나옴.

1867년 46세 2월 15일 저녁 7시, 삼위일체 대성당에서 도스또예프스
끼와 안나 그리고리예브나의 결혼식. 3월 30일 도스또예프스끼와 그의
아내, 모스끄바에 도착. 듀소 호텔로 감. 모스끄바에서 보석상 까밀꼬프
가 양갓집 아들 마주린에게 살해당하는 사건 발생. 도스또예프스끼는
이 범죄 사건을 『백치』의 마지막에 이용. 4월 도스또예프스끼 부부, 외
국으로 갈 계획을 세움. 4월 12일 안나 그리고리예브나, 돈을 빌리기 위

해 개인 물품을 저당 잡힘. 빌린 돈의 일부를 도스또예프스끼 가족에게 줌. 4월 14일 도스또예프스끼 부부, 외국으로 떠나 4년 넘게 체류. 안나 그리고리예브나 일기 쓰기 시작. 4월 17~18일 베를린 체류. 4월 19일 드레스덴에 도착, 미술관에서 라파엘의 마돈나 감상. 책 사들임. 5월 4일 도스또예프스끼, 룰렛 게임을 하러 함부르크로 출발. 5월 5일 도박을 하여 처음엔 땄으나 그 후 거액을 잃고 아내에게 여러 차례 돈을 요구하지만 이 돈마저 잃음. 5월 15일 드레스덴으로 돌아옴. 5월 25일 알렉산드르 2세에 대한 폴란드 이민자 베레조프스끼의 암살 음모. 파리 체류. 6월 디킨스, 위고를 읽음. 베토벤, 바그너의 음악회 감상. 이달 여러 번의 간질 발작을 일으킴. 6월 21일 도스또예프스끼 부부, 바덴바덴으로 떠남. 이후 룰렛 게임을 계속함. 6월 28일 뚜르게네프를 만나러 감. 러시아와 서양의 관계에 대한 생각 차이로 말다툼. 7월 10일 도박으로 마지막 남은 돈을 잃음. 물건을 저당 잡힘. 7월 16일 도벨린스끼에 대한 기사를 쓰기 시작. 8월 11일 도스또예프스끼 부부, 제네바로 떠남. 바젤에 들러 미술관 방문. 8월 13일 제네바 도착. 8월 28일 가리발디와 바꾸닌의 협력으로 제네바에서 평화와 자유 연맹의 첫 번째 회의 열림. 도스또예프스끼, 여러 회의에 참석. 9월 도박으로 또 손해를 봄. 제네바에 싫증을 냄. 경제 사정 매우 악화. 10월 『백치』 집필. 도박으로 돈을 잃음. 물건을 저당 잡힘. 12월 6일 『백치』의 최종 원고 작업 돌입. 〈내 소설의 주요 생각은 지극히 완전한 사람을 그리는 데 있다.〉

• 『죄와 벌』 수정판이 두 권으로 바주노프 출판사에서 나옴.

1868년 ^{47세} 2월 22일 딸 소피야 태어남. 3월 10일 한 가족(6명)이 땀보프에서 살해되는 사건 발생. 16세의 고등학생이 용의자로 지목됨. 도스또예프스끼는 이 사건을 『백치』 2부에 이용. 도박을 계속함. 5월 12일 어린 딸 소피야 죽음. 9월 밀라노 도착. 성당에 감. 11월 피렌체로 출발. 그곳에서 겨울을 남.

• 『러시아 통보』지에 『백치』 게재.

1869년 ^{48세} 봄 러시아의 친구들과 활발한 서신 교환. 무신론에 관한 소설을 구상. 7월 프라하에서 사흘을 보낸 다음 베네치아, 볼로냐를 거쳐 드레스덴으로 돌아감. 9월 14일 딸 류보프 출생. 11월 21일 모스끄바에서 혁명 운동가 네차예프를 지도자로 하는 〈민중의 복수〉라는 혁명 단체가 불복종을 이유로 농학과 학생 이바노프를 암살(소위 네차예프 사건). 도스또예프스끼는 이 사건을 주의 깊게 연구하여 후에 『악령』에 이용.

1870년 **49세** 봄 니힐리즘에 대한 〈악의적인 것〉 작업(『악령』). 6~8월 프랑스-프로이센 전쟁. 도스또예프스끼, 자기 일기와 서신에서 유럽의 사건들에 대해 언급.
• 『오로라L'Aurore』지에 『영원한 남편Vechnyi muzh』 실림. 『죄와 벌』, 전집 제4권으로 나옴(스젤로프스끼 출판사).

1871년 **50세** 1월 『러시아 통보』지에 『악령』 연재 시작. 3~5월 파리 코뮌. 도스또예프스끼의 편지와 『미성년Podrostok』의 작가 노트에서 이 사건을 반영했음을 밝힘. 4월 비스바덴에 가서 룰렛 게임. 돈을 잃고 아내에게 편지를 써서 다시는 도박을 하지 않겠다고 약속. 러시아가 그리워져서 다시 돌아갈 생각을 함. 7월 1일 네차예프의 재판. 재판의 내용을 『악령』 2부와 3부에서 이용. 7월 5일 드레스덴을 떠나 뻬쩨르부르끄 도착. 7월 16일 뻬쩨르부르끄에서 아들 표도르 태어남.
• 바주노프 출판사에서 〈동시대 작가 총서〉의 하나로 『영원한 남편』이 단행본으로 나옴.

1872년 **51세** 4~5월 딸 류보프의 팔이 부러짐. 도스또예프스끼, 뜨레짜꼬프에게 주문받은 초상화를 그리기 위해 뻬로프의 모델이 됨. 5월 15일 여름을 지내기 위해 스따라야 루사로 떠남. 며칠 후 딸의 잘 낫지 않는 팔을 수술하기 위해 뻬쩨르부르끄로 다시 돌아옴. 10월 30일 『시민Grazhdanin』지에서 도스또예프스끼와 공동 작업을 할 것임을 알림. 11~12월 안나 그리고리예브나, 『악령』을 직접 출판하기 위해 교섭. 도스또예프스끼, 『시민』지의 편집 일을 맡음. 12월 말 도스또예프스끼, 『시민』지 제1호에 『작가 일기』 제1장 원고 조판 작업. 독감과 폐기종으로 고생하기 시작.

1873년 **52세** 1월 1일 『시민』지 제1호가 나옴. 편집장을 맡음. 1월 7일 끼르기스 대표단이 겨울 궁전으로 알렉산드르 2세를 접견하러 감. 검열 당국의 사전 허가를 받지 않은 점을 변명하기 위해 도스또예프스끼도 따라감. 뽀베도노스쩨프(성무권의 담당 검사관)가 왕위 계승자 알렉산드르 알렉산드로비치에게 편지와 『악령』 견본 보냄. 2월 26일 안나 그리고리예브나가 출판한 『악령』 판매 시작. 2월 27일 슬라브 자선 단체의 회원으로 뽑힘. 6월 11일 검열법 위반으로 25루블의 벌금형과 48시간의 구류(끼르기스 대표단 사건) 처분을 받음. 6월 15일 시인 쭈체프 사망. 그에 대한 글을 『시민』지에 기고.

• 『악령』이 세 권의 단행본으로 나옴. 정치적, 연대기적, 문학적 기사와 중편소설, 일상생활을 묘사한 『작가 일기』가 『시민』지에 연재됨. 『작가 일기』(『시민』지 제6호)에 단편 「보보끄」가 실림.

1874년 ⁵³ˢᵉ 1월 『백치』, 두 권의 단행본으로 나옴. 3월 11일 『시민』지 제10호에 기고한 글 〈러시아에 사는 독일인들에 대한 비스마르크 왕자의 생각과 관련된 두 단어〉로 잡지는 첫 번째 경고를 받음. 3월 21일과 22일 센나야 광장에서 체포됨. 이때 『레 미제라블 *Les Misérables*』을 다시 읽음. 4월 22일 건강상의 이유로 『시민』지의 편집장직 사퇴. 그러나 기고는 중단하지 않음. 6월 4일 스따라야 루사를 떠나 엠스로 온천 요법을 받으러 감. 6월 12일 엠스에 도착. 독감에 걸림. 엠스에 싫증을 냄. 뿌시낀을 다시 읽고 『미성년』 작업. 〈엠스가 너무 싫은 나머지 감옥이 더 나을 것 같다.〉 7~8월 제네바에 가서 딸 소피야의 무덤을 찾음. 8월 10일 스따라야 루사로 돌아옴. 이곳에서 겨울을 나기로 결심. 10월 12일 네끄라소프에게 보낸 편지에서 『조국 수기』지에 소설 『미성년』이 실릴 것이라고 알림.

1875년 ⁵⁴ˢᵉ 4월 9일 안나 그리고리예브나, 꾸르스끄 지방에 있는 남동생 아내의 땅을 소작하기로 남동생과 합의. 5월 26일 도스또예프스끼, 엠스로 떠남. 처음 왔을 때와 마찬가지로 참기 힘든 인상을 받음. 욥기를 읽음. 7월 7일 스따라야 루사로 돌아옴. 8월 10일 아들 알렉세이 태어남. 12월 길에서 일곱 살의 어린 거지와 자주 만나며 그의 생활에 관심을 가지고 질문을 함. 현대의 부모와 아이들에 관한 소설 구상. 12월 27일 비행 청소년을 위한 감화원 방문. 12월 31일 개인 잡지 『작가 일기』의 발행 허가를 받음.

• 『죽음의 집의 기록』 제4판이 두 권의 책으로 나옴. 『미성년』이 『조국 수기』(1~12월 호)지에 실림.

1876년 55세 1월 월간 『작가 일기』 제1호 발행. 단편 「예수의 크리스마스트리에 초대된 아이」 발표. 2월 『작가 일기』 2월 호에 단편 「농부 마레이」 발표. 3월 영적 경험. 『작가 일기』 3월 호에 단편 「백 살의 노파」 실림. 5월 18일 안나 그리고리예브나, 남동생에게 스따라야 루사에 집을 한 채 사놓으라고 시킴. 7월 도스또예프스끼, 엠스로 떠남. 그곳에서 의사는 〈죽으려면 아직도 멀었다〉고 안심시킴. 10월 도스또예프스끼가 『작가 일기』에서 말한 계모 꼬르닐로바의 재판이 열림. 죄수를 두 번 방문. 『작가 일기』는 점점 더 풍부한 통신란이나 다름없게 됨. 11월 도스또예프스끼는 뽀베도노스쩨프의 충고에 대해 『작가 일기』의 별책들을 유명해지게 할 것을 제안. 『온순한 여자 *Krotkaia*』 집필, 『작가 일기』 11월 호에 발표. 12월 6일 까잔 광장에서 대학생들의 시위와 난투극. 『작가 일기』에서 이 사건을 상세히 다룸.
• 『미성년』이 3권의 단행본으로 나옴. 『작가 일기』 계속 발간.

1877년 56세 봄 스따라야 루사에 안나 그리고리예브나의 동생 명의로 집을 사들임. 4월 러시아 황제의 성명. 러시아 군대가 터키 영토에 진입. 도스또예프스끼는 성명을 읽고 까잔 성당에 감. 4월 22일 꼬르닐로바의 두 번째 재판에 참석. 피고 무죄 석방. 검사는 처음 선고는 『작가 일기』의 기사에 따라 취소되었다고 말함. 『작가 일기』 4월 호에 단편 「우스운 사람의 꿈」 발표. 도스또예프스끼 가족, 여름을 안나 그리고리예브나의 남동생 소유지에서 보냄. 7월 『안나 까레니나 *Anna Karenina*』 8부가 단행본으로 나옴. 전쟁에 대한 똘스또이의 반체제적 견해 때문에 거부되었던 책으로 『러시아 통보』지의 편집부에서 펴냄. 도스또예프스끼, 그 책을 구입. 7월 19일 꾸르스끄 지방으로 떠남. 어린 시절을 보낸 다로보예로 감. 12월 27일 시인 네끄라소프 사망. 충격에 싸인 도스또예프스끼는 밤을 새워 죽은 시인의 시를 낭독. 12월 29일 연말 공식 회의에서 도스또예프스끼가 과학 아카데미 러시아 문헌 분과의 객원 회원으로 뽑혔음을 알려 옴. 12월 30일 네끄라소프 장례식에서 간단한 연설을 함.

• 『작가 일기』계속 발간. 『죄와 벌』4판이 두 권으로 나옴. 「우스운 사람의 꿈」이 『시민』지에 실림. 『온순한 여자』가 『상뜨뻬쩨르부르끄 신문』』에 프랑스어로 번역됨. 단행본으로도 나옴.

1878년 ^{57세} 연초 도스또예프스끼, 매달 문학인 협회가 주관하는 저녁 모임 참가. 3월 베라 자술리치의 재판. 베라는 정치범을 하찮은 이유로 채찍질한 뜨레뽀프 경찰국장을 저격. 도스또예프스끼, 재판 방청. 5월 16일 세 살의 어린 아들 알렉세이 도스또예프스끼, 갑작스러운 간질 발작으로 죽음. 아들이 죽은 후 그는 자주 블라지미르 솔로비요프를 만남. 6월 23일 솔로비요프와 함께 러시아 영성의 중심지 중 하나인 옵찌나 수도원에 감. 암브로시 장로와 두 번의 대화. 그로부터 『까라마조프 씨네 형제들*Brat'ia Karamazovy*』의 영감을 얻음. 12월 계획을 세우고 『까라마조프 씨네 형제들』의 첫 부분 씀. 12월 14일 『상처받은 사람들』의 넬리 이야기를 자선 문학의 밤 모임에서 낭독. 〈문학 기금〉의 저녁 모임에서 뿌시낀의 「예언자」를 읽음. 겨울 동안 문단에 자주 나옴.
• 『작가 일기』 1877년 12월 호가 1878년 1월에 나옴.

1879년 ^{58세} 3월 9일 〈문학 기금〉을 위한 연회에서 도스또예프스끼는 『까라마조프 씨네 형제들』의 일부분 낭독. 3월 13일 뚜르게네프 기념 오찬 모임에서 뚜르게네프와 도스또예프스끼 사이의 별로 좋지 않은 이야기들이 회자됨. 3월 20일 어린 딸을 괴롭힌 혐의로 고발당한 외국인 브룬스트의 재판. 도스또예프스끼는 이 사건에 매우 깊은 인상을 받아 『까라마조프 씨네 형제들』에 이용. 도스또예프스끼는 술 취한 남자 때문에 길에 넘어져 얼굴에 상처를 입음. 그의 항의에도 불구하고 가해자는 16루블의 벌금형을 받음. 빅토르 위고의 주재로 열리는 런던 문학 회의에 참여해 달라는 요청을 건강상의 이유로 거절. 7월 22일 엠스로 떠남. 베를린에서 이틀 머무름. 수족관, 박물관, 티어가르텐 구경. 7월 24일 엠스 도착. 그가 이곳에 머무는 동안 그의 아내는 아이들을 데리고 그녀의 친척인 꾸마닌 부인의 토지 분할 문제를 처리하기 위해 랴잔 지방에 감. 꾸마닌 부인은 2백 제곱미터의 산림과 1백 제곱미터의 경작지를 보유. 8월 6일 형수 죽음. 9월 러시아로 돌아옴. 『까라마조프 씨네 형제들』 작업. 10월 알렉세이 똘스또이의 미망인, 똘스또이 백작 부인이 도스또예프스끼에게 드레스덴 박물관에 있는 라파엘의 「시스티나의 마돈나」 사진을 보여 줌.

•『까라마조프 씨네 형제들』(소설 3부의 제4권까지) 『러시아 통보』에 연재. 1876년에 쓰인 『작가 일기』 단행본 제2판. 『상처받은 사람들』 제5판.

1880년 59세 1월 도스또예프스끼의 아내가 출판한 작품 판매. 1월 17일 도스또예프스끼와 프랑스 외교관이자 작가인 보귀에 사이에 논쟁 [보귀에는 후에 유명한 책, 『러시아 소설』(1886)을 씀]. 도스또예프스끼는 다음과 같이 말함. 〈우리는 모든 민족들이 가진 특징을 가지고 있습니다. 그 위에 모든 러시아의 특징도. 그 이유는 우리는 당신들을 이해할 수 있기 때문입니다. 그러나 당신들은 우리에 미치지 못합니다.〉 자선 문학의 밤 행사에 여러 번 참여, 자기 작품의 몇몇 부분을 읽음. 4월 6일 뻬쩨르부르끄 대학에서 열린 블라지미르 솔로비요프의 박사 논문 통과 심사에 참석. 5월 11일 모스끄바에서 열리는 뿌시낀 동상 제막식에서 슬라브 자선 단체 대표로 임명됨. 5월 23일 모스끄바 도착. 5월 24일 도스또예프스끼를 축하하는 오찬. 여러 작가들 참석. 6월 6일 뿌시낀 동상 제막식. 6월 7일 첫 번째 공개회의, 뚜르게네프 연설. 6월 8일 두 번째 공개회의. 도스또예프스끼, 대중의 열광을 불러일으킨 뿌시낀에 대한 연설을 함. 월계관을 받음. 저녁에 「예언자」 낭독. 밤에 그는 뿌시낀 동상에 가서 자기가 받은 월계관을 바침. 6월 10일 모스끄바를 떠나 스따라야 루사로 감. 『까라마조프 씨네 형제들』 쓰기 시작. 9월 26일 똘스또이가 스뜨라호프에게 편지를 보내 『죽음의 집의 기록』은 뿌시낀의 작품을 포함하여 새로운 모든 문학 작품들 중 가장 아름다운 책이라고 말함. 11월 8일 도스또예프스끼, 『러시아 통보』지에 『까라마조프 씨네 형제들』의 마지막 장들을 보냄. 〈내 소설은 끝났습니다. 이 소설에 바친 3년과 출판한 2년, 나에게는 의미 있는 순간입니다. 작별 인사를 하지 않은 것을 용서하시기 바랍니다. 나는 20년은 더 살면서 글을 쓸 작정입니다.〉 11월 29일 한 편지에서 나쁜 건강 상태에 대해 불평(폐기종으로 고생). 12월 10일 젊은 시인 메레시꼬프스끼의 방문을 허락. 15세의 젊은 시인은 도스또예프스끼에게 자신의 시를 읽어 줌. 〈제대로 쓰기 위해서는 고통을 감내해야 한다.〉

• 〈뿌시낀에 대한 연설〉이 『모스끄바 통보』지에 실림. 『까라마조프 씨네 형제들』, 『러시아 통보』지에 연재(11월 완결). 『작가 일기』 8월 호 간행. 『까라마조프 씨네 형제들』 단행본 며칠 만에 동이 남.

1881년 **60세** 1월 『작가 일기』 작업. 1월 19일 알렉세이 똘스또이의 미망인 집에서 열린 연극 『폭군 이반의 죽음 *Smert'Ioanna Groznogo*』에서 수도승 역을 맡음. 1월 26일 상속 문제로 여동생이 찾아와 다투고 간 후 도스또예프스끼 각혈, 5시 반에 의사 폰 브레첼 도착, 진찰 도중 다시 각혈, 의식을 잃음, 6시경 병자 성사를 받음, 7시경 아내와 아이들에게 작별 인사. 1월 27일 각혈 멈춤. 1월 28일 아침 7시 도스또예프스끼는 아내에게 오늘 틀림없이 죽을 것 같다고 말함. 그는 복음서를 아무 데나 펼쳐 「마태오의 복음서」 3장 14~15절을 읽음. 죽음의 전조가 보임. 오전 11시 또 각혈. 저녁 7시 자식들을 불러 아들에게 자신의 성서를 건네줌. 저녁 8시 38분 도스또예프스끼 사망. 1월 31일 알렉산드르 네프스끼 수도원 묘지에 묻힘, 많은 사람들이 긴 행렬을 이루며 그의 죽음을 애도함.

• 『죽음의 집의 기록』 제5판 나옴. 『상처받은 사람들』의 프랑스어 번역이 『상뜨뻬쩨르부르끄 신문』에 실림. 『죽음의 집의 기록』 영어로 번역. 『상처받은 사람들』 스웨덴어로 번역됨.

열린책들 세계문학 059 **악령** 하

옮긴이 박혜경 1965년에 태어나 서울대학교 노어노문학과를 졸업했으며, 동 대학원에서 석사 과정을 마치고 박사 학위를 받았다. 현재 한림대학교 러시아학과 교수로 재직 중이다. 논문으로 「도스또예프스끼의 『악령』에 나타난 분신 테마 분석」 등이 있다. 옮긴 책으로 표도르 도스또예프스끼의 『악어 외』(공역), 블라디미르 나보코프의 『사형장으로의 초대』, 빅토르 펠레빈의 『P세대』 등이 있다.

지은이 표도르 도스또예프스끼 **옮긴이** 박혜경 **발행인** 홍예빈·홍유진
발행처 주식회사 열린책들 **주소** 경기도 파주시 문발로 253 파주출판도시
전화 031-955-4000 **팩스** 031-955-4004 **홈페이지** www.openbooks.co.kr
Copyright (C) 주식회사 열린책들, 2020, *Printed in Korea.*
ISBN 978-89-329-2013-9 04890 **ISBN** 978-89-329-1499-2 (세트)
발행일 2020년 1월 30일 세계문학판 1쇄 2021년 5월 25일 세계문학판 3쇄

이 도서의 국립중앙도서관 출판예정도서목록(CIP)은 서지정보유통지원시스템 홈페이지(http://seoji.nl.go.kr)와 국가자료공동목록시스템(http://www.nl.go.kr/kolisnet)에서 이용하실 수 있습니다.(CIP제어번호 : CIP2020002221)

열린책들 세계문학
Open Books World Literature

001 **죄와 벌** 표도르 도스또예프스끼 장편소설 | 홍대화 옮김 | 전2권 | 각 408, 512면

003 **최초의 인간** 알베르 카뮈 장편소설 | 김화영 옮김 | 392면

004 **소설** 제임스 미치너 장편소설 | 윤희기 옮김 | 전2권 | 각 280, 368면

006 **개를 데리고 다니는 부인** 안똔 체호프 소설선집 | 오종우 옮김 | 368면

007 **우주 만화** 이탈로 칼비노 단편집 | 김운찬 옮김 | 416면

008 **댈러웨이 부인** 버지니아 울프 장편소설 | 최애리 옮김 | 296면

009 **어머니** 막심 고리끼 장편소설 | 최윤락 옮김 | 544면

010 **변신** 프란츠 카프카 중단편집 | 홍성광 옮김 | 464면

011 **전도서에 바치는 장미** 로저 젤라즈니 중단편집 | 김상훈 옮김 | 432면

012 **대위의 딸** 알렉산드르 뿌쉬낀 장편소설 | 석영중 옮김 | 240면

013 **바다의 침묵** 베르코르 소설선집 | 이상해 옮김 | 256면

014 **원수들, 사랑 이야기** 아이작 싱어 장편소설 | 김진준 옮김 | 320면

015 **백치** 표도르 도스또예프스끼 장편소설 | 김근식 옮김 | 전2권 | 각 504, 528면

017 **1984년** 조지 오웰 장편소설 | 박경서 옮김 | 392면

019 **이상한 나라의 앨리스** 루이스 캐럴 환상동화 | 머빈 피크 그림 | 최용준 옮김 | 336면

020 **베네치아에서의 죽음** 토마스 만 중단편집 | 홍성광 옮김 | 432면

021 **그리스인 조르바** 니코스 카잔차키스 장편소설 | 이윤기 옮김 | 488면

022 **벚꽃 동산** 안똔 체호프 희곡선집 | 오종우 옮김 | 336면

023 **연애 소설 읽는 노인** 루이스 세풀베다 장편소설 | 정창 옮김 | 192면

024 **젊은 사자들** 어윈 쇼 장편소설 | 정영문 옮김 | 전2권 | 각 416, 408면

026 **젊은 베르테르의 슬픔** 요한 볼프강 폰 괴테 장편소설 | 김인순 옮김 | 240면

027 **시라노** 에드몽 로스탕 희곡 | 이상해 옮김 | 256면

028 **전망 좋은 방** E. M. 포스터 장편소설 | 고정아 옮김 | 352면

029 **까라마조프 씨네 형제들** 표도르 도스또예프스끼 장편소설 | 이대우 옮김 | 전3권 | 각 496, 496, 460면

032 **프랑스 중위의 여자** 존 파울즈 장편소설 | 김석희 옮김 | 전2권 | 각 344면

034 **소립자** 미셸 우엘벡 장편소설 | 이세욱 옮김 | 448면

035 **영혼의 자서전** 니코스 카잔차키스 자서전 | 안정효 옮김 | 전2권 | 각 352, 408면

037 **우리들** 예브게니 자먀찐 장편소설 | 석영중 옮김 | 320면

038 **뉴욕 3부작** 폴 오스터 장편소설 | 황보석 옮김 | 480면

039 **닥터 지바고** 보리스 빠스쩨르나끄 장편소설 | 박형규 옮김 | 전2권 | 각 400, 512면

041 **고리오 영감** 오노레 드 발자크 장편소설 | 임희근 옮김 | 456면

042 **뿌리** 알렉스 헤일리 장편소설 | 안정효 옮김 | 전2권 | 각 400, 448면

044 **백년보다 긴 하루** 친기즈 아이뜨마또프 장편소설 | 황보석 옮김 | 560면

045 **최후의 세계** 크리스토프 란스마이어 장편소설 | 장희권 옮김 | 264면

046 **추운 나라에서 돌아온 스파이** 존 르카레 장편소설 | 김석희 옮김 | 368면

047 **산도칸 ─ 몸프라쳄의 호랑이** 에밀리오 살가리 장편소설 | 유향란 옮김 | 428면

048 **기적의 시대** 보리슬라프 페키치 장편소설 | 이윤기 옮김 | 560면

049 **그리고 죽음** 짐 크레이스 장편소설 | 김석희 옮김 | 224면

050 **세설** 다니자키 준이치로 장편소설 | 송태욱 옮김 | 전2권 | 각 480면

052 **세상이 끝날 때까지 아직 10억 년** 스뜨루가츠끼 형제 장편소설 | 석영중 옮김 | 224면

053 **동물 농장** 조지 오웰 장편소설 | 박경서 옮김 | 208면

054 **캉디드 혹은 낙관주의** 볼테르 장편소설 | 이봉지 옮김 | 232면

055 **도적 떼** 프리드리히 폰 실러 희곡 | 김인순 옮김 | 264면

056 **플로베르의 앵무새** 줄리언 반스 장편소설 | 신재실 옮김 | 320면

057 **악령** 표도르 도스또예프스끼 장편소설 | 박혜경 옮김 | 전3권 | 각 328, 408, 528면

060 **의심스러운 싸움** 존 스타인벡 장편소설 | 윤희기 옮김 | 340면

061 **몽유병자들** 헤르만 브로흐 장편소설 | 김경연 옮김 | 전2권 | 각 568, 544면

063 **몰타의 매** 대실 해밋 장편소설 | 고정아 옮김 | 304면

064 **마야꼬프스끼 선집** 블라지미르 마야꼬프스끼 선집 | 석영중 옮김 | 384면

065 **드라큘라** 브램 스토커 장편소설 | 이세욱 옮김 | 전2권 | 각 340, 344면

067 **서부 전선 이상 없다** 에리히 마리아 레마르크 장편소설 | 홍성광 옮김 | 336면

068 **적과 흑** 스탕달 장편소설 | 임미경 옮김 | 전2권 | 각 432, 368면

070 **지상에서 영원으로** 제임스 존스 장편소설 | 이종인 옮김 | 전3권 | 각 396, 380, 496면

073 **파우스트** 요한 볼프강 폰 괴테 희곡 | 김인순 옮김 | 568면

074 **쾌걸 조로** 존스턴 매컬리 장편소설 | 김훈 옮김 | 316면

075 **거장과 마르가리따** 미하일 불가꼬프 장편소설 | 홍대화 옮김 | 전2권 | 각 364, 328면

077 **순수의 시대** 이디스 워튼 장편소설 | 고정아 옮김 | 448면

078 **검의 대가** 아르투로 페레스 레베르테 장편소설 | 김수진 옮김 | 384면

079 **예브게니 오네긴** 알렉산드르 뿌쉬낀 운문소설 | 석영중 옮김 | 328면

080 **장미의 이름** 움베르토 에코 장편소설 | 이윤기 옮김 | 전2권 | 각 440, 448면

082 **향수** 파트리크 쥐스킨트 장편소설 | 강명순 옮김 | 384면

083 **여자를 안다는 것** 아모스 오즈 장편소설 | 최창모 옮김 | 280면

084 **나는 고양이로소이다** 나쓰메 소세키 장편소설 | 김난주 옮김 | 544면

085 **웃는 남자** 빅토르 위고 장편소설 | 이형식 옮김 | 전2권 | 각 472, 496면

087 **아웃 오브 아프리카** 카렌 블릭센 장편소설 | 민승남 옮김 | 480면

088 **무엇을 할 것인가** 니꼴라이 체르니셰프스끼 장편소설 | 서정록 옮김 | 전2권 | 각 360, 404면

090 **도나 플로르와 그녀의 두 남편** 조르지 아마두 장편소설 | 오숙은 옮김 | 전2권 | 각 408, 308면

092 **미사고의 숲** 로버트 홀드스톡 장편소설 | 김상훈 옮김 | 424면

093 **신곡** 단테 알리기에리 장편서사시 | 김운찬 옮김 | 전3권 | 각 292, 296, 328면

096 **교수** 샬럿 브론테 장편소설 | 배미영 옮김 | 368면

097 **노름꾼** 표도르 도스또예프스끼 장편소설 | 이재필 옮김 | 320면

098 **하워즈 엔드** E. M. 포스터 장편소설 | 고정아 옮김 | 512면

099 **최후의 유혹** 니코스 카잔차키스 장편소설 | 안정효 옮김 | 전2권 | 각 408면

101 **키리냐가** 마이크 레스닉 장편소설 | 최용준 옮김 | 464면

102 **바스커빌가의 개** 아서 코넌 도일 장편소설 | 조영학 옮김 | 264면

103 **버마 시절** 조지 오웰 장편소설 | 박경서 옮김 | 408면

104 **10 1/2장으로 쓴 세계 역사** 줄리언 반스 장편소설 | 신재실 옮김 | 464면

105 **죽음의 집의 기록** 표도르 도스또예프스끼 장편소설 | 이덕형 옮김 | 528면

106 **소유** 앤토니어 수전 바이어트 장편소설 | 윤희기 옮김 | 전2권 | 각 440, 488면

108 **미성년** 표도르 도스또예프스끼 장편소설 | 이상룡 옮김 | 전2권 | 각 512, 544면

110 **성 앙투안느의 유혹** 귀스타브 플로베르 희곡소설 | 김용은 옮김 | 584면

111 **밤으로의 긴 여로** 유진 오닐 희곡 | 강유나 옮김 | 240면

112 **마법사** 존 파울즈 장편소설 | 정영문 옮김 | 전2권 | 각 512, 552면

114 **스쩨빤치꼬보 마을 사람들** 표도르 도스또예프스끼 장편소설 | 변현태 옮김 | 416면

115 **플랑드르 거장의 그림** 아르투로 페레스 레베르테 장편소설 | 정창 옮김 | 512면

116 **분신** 표도르 도스또예프스끼 장편소설 | 석영중 옮김 | 288면

117 **가난한 사람들** 표도르 도스또예프스끼 장편소설 | 석영중 옮김 | 256면

118 **인형의 집** 헨리크 입센 희곡 | 김창화 옮김 | 272면

119 **영원한 남편** 표도르 도스또예프스끼 장편소설 | 정명자 외 옮김 | 448면

120 **알코올** 기욤 아폴리네르 시집 | 황현산 옮김 | 352면

121 **지하로부터의 수기** 표도르 도스또예프스끼 장편소설 | 계동준 옮김 | 256면

122 **어느 작가의 오후** 페터 한트케 중편소설 | 홍성광 옮김 | 160면

123 **아저씨의 꿈** 표도르 도스또예프스끼 장편소설 | 박종소 옮김 | 312면

124 **네또츠까 네즈바노바** 표도르 도스또예프스끼 장편소설 | 박재만 옮김 | 316면

125 **곤두박질** 마이클 프레인 장편소설 | 최용준 옮김 | 528면

126 **백야 외** 표도르 도스또예프스끼 소설선집 | 석영중 외 옮김 | 408면

127 **살라미나의 병사들** 하비에르 세르카스 장편소설 | 김창민 옮김 | 304면

128 **뻬쩨르부르그 연대기 외** 표도르 도스또예프스끼 소설선집 | 이항재 옮김 | 296면

129 **상처받은 사람들** 표도르 도스또예프스끼 장편소설 | 윤우섭 옮김 | 전2권 | 각 296, 392면

131 **악어 외** 표도르 도스또예프스끼 소설선집 | 박혜경 외 옮김 | 312면

132 **허클베리 핀의 모험** 마크 트웨인 장편소설 | 윤교찬 옮김 | 416면

133 **부활** 레프 똘스또이 장편소설 | 이대우 옮김 | 전2권 | 각 308, 416면

135 **보물섬** 로버트 루이스 스티븐슨 장편소설 | 머빈 피크 그림 | 최용준 옮김 | 360면

136 **천일야화** 앙투안 갈랑 엮음 | 임호경 옮김 | 전6권 | 각 336, 328, 372, 392, 344, 320면

142 **아버지와 아들** 이반 뚜르게네프 장편소설 | 이상원 옮김 | 328면

143 **오만과 편견** 제인 오스틴 장편소설 | 원유경 옮김 | 480면

144 **천로 역정** 존 버니언 우화소설 | 이동일 옮김 | 432면

145 **대주교에게 죽음이 오다** 윌라 캐더 장편소설 | 윤명옥 옮김 | 352면

146 **권력과 영광** 그레이엄 그린 장편소설 | 김연수 옮김 | 384면

147 **80일간의 세계 일주** 쥘 베른 장편소설 | 고정아 옮김 | 352면

148 **바람과 함께 사라지다** 마거릿 미첼 장편소설 | 안정효 옮김 | 전3권 | 각 616, 640, 640면

151 **기탄잘리** 라빈드라나트 타고르 시집 | 장경렬 옮김 | 224면

152 **도리언 그레이의 초상** 오스카 와일드 장편소설 | 윤희기 옮김 | 384면

153 **레우코와의 대화** 체사레 파베세 희곡소설 | 김운찬 옮김 | 280면

154 **햄릿** 윌리엄 셰익스피어 희곡 | 박우수 옮김 | 256면

155 **맥베스** 윌리엄 셰익스피어 희곡 | 권오숙 옮김 | 176면

156 **아들과 연인** 데이비드 허버트 로런스 장편소설 | 최희섭 옮김 | 전2권 | 각 464, 432면

158 **그리고 아무 말도 하지 않았다** 하인리히 뵐 장편소설 | 홍성광 옮김 | 272면

159 **미덕의 불운** 싸드 장편소설 | 이형식 옮김 | 248면

160 **프랑켄슈타인** 메리 W. 셸리 장편소설 | 오숙은 옮김 | 320면

161 **위대한 개츠비** 프랜시스 스콧 피츠제럴드 장편소설 | 한애경 옮김 | 280면

162 **아Q정전** 루쉰 중단편집 | 김태성 옮김 | 320면

163 **로빈슨 크루소** 대니얼 디포 장편소설 | 류경희 옮김 | 456면

164 **타임머신** 허버트 조지 웰스 소설선집 | 김석희 옮김 | 304면

165 **제인 에어** 샬럿 브론테 장편소설 | 이미선 옮김 | 전2권 | 각 392, 384면

167 **풀잎** 월트 휘트먼 시집 | 허현숙 옮김 | 280면

168 **표류자들의 집** 기예르모 로살레스 장편소설 | 최유정 옮김 | 216면

169 **배빗** 싱클레어 루이스 장편소설 | 이종인 옮김 | 520면

170 **이토록 긴 편지** 마리아마 바 장편소설 | 백선희 옮김 | 192면

171 **느릅나무 아래 욕망** 유진 오닐 희곡 | 손동호 옮김 | 168면

172 **이방인** 알베르 카뮈 장편소설 | 김예령 옮김 | 208면

173 **미라마르** 나기브 마푸즈 장편소설 | 허진 옮김 | 288면

174 **지킬 박사와 하이드 씨** 로버트 루이스 스티븐슨 소설선집 | 조영학 옮김 | 320면

175 **루진** 이반 뚜르게네프 장편소설 | 이항재 옮김 | 264면

176 **피그말리온** 조지 버나드 쇼 희곡 | 김소임 옮김 | 256면

177 **목로주점** 에밀 졸라 장편소설 | 유기환 옮김 | 전2권 | 각 336면

179 **엠마** 제인 오스틴 장편소설 | 이미애 옮김 | 전2권 | 각 336, 360면

181 **비숍 살인 사건** S. S. 밴 다인 장편소설 | 최인자 옮김 | 464면

182 **우신예찬** 에라스무스 풍자문 | 김남우 옮김 | 296면

183 **하자르 사전** 밀로라드 파비치 장편소설 | 신현철 옮김 | 488면

184 **테스** 토머스 하디 장편소설 | 김문숙 옮김 | 전2권 | 각 392, 336면

186 **투명 인간** 허버트 조지 웰스 장편소설 | 김석희 옮김 | 288면

187 **93년** 빅토르 위고 장편소설 | 이형식 옮김 | 전2권 | 각 288, 360면

189 **젊은 예술가의 초상** 제임스 조이스 장편소설 | 성은애 옮김 | 384면

190 **소네트집** 윌리엄 셰익스피어 연작시집 | 박우수 옮김 | 200면

191 **메뚜기의 날** 너새니얼 웨스트 장편소설 | 김진준 옮김 | 280면

192 **나사의 회전** 헨리 제임스 중편소설 | 이승은 옮김 | 256면

193 **오셀로** 윌리엄 셰익스피어 희곡 | 권오숙 옮김 | 216면

194 **소송** 프란츠 카프카 장편소설 | 김재혁 옮김 | 376면

195 **나의 안토니아** 윌라 캐더 장편소설 | 전경자 옮김 | 368면

196 **자성록** 마르쿠스 아우렐리우스 명상록 | 박민수 옮김 | 240면

197 **오레스테이아** 아이스킬로스 비극 ᅵ 두행숙 옮김 ᅵ 336면

198 **노인과 바다** 어니스트 헤밍웨이 소설선집 ᅵ 이종인 옮김 ᅵ 320면

199 **무기여 잘 있거라** 어니스트 헤밍웨이 장편소설 ᅵ 이종인 옮김 ᅵ 464면

200 **서푼짜리 오페라** 베르톨트 브레히트 희곡선집 ᅵ 이은희 옮김 ᅵ 320면

201 **리어 왕** 윌리엄 셰익스피어 희곡 ᅵ 박우수 옮김 ᅵ 224면

202 **주홍 글자** 너대니얼 호손 장편소설 ᅵ 곽영미 옮김 ᅵ 360면

203 **모히칸족의 최후** 제임스 페니모어 쿠퍼 장편소설 ᅵ 이나경 옮김 ᅵ 512면

204 **곤충 극장** 카렐 차페크 희곡선집 ᅵ 김선형 옮김 ᅵ 360면

205 **누구를 위하여 종은 울리나** 어니스트 헤밍웨이 장편소설 ᅵ 이종인 옮김 ᅵ 전2권 ᅵ 각 416, 400면

207 **타르튀프** 몰리에르 희곡선집 ᅵ 신은영 옮김 ᅵ 416면

208 **유토피아** 토머스 모어 소설 ᅵ 전경자 옮김 ᅵ 288면

209 **인간과 초인** 조지 버나드 쇼 희곡 ᅵ 이후지 옮김 ᅵ 320면

210 **페드르와 이폴리트** 장 라신 희곡 ᅵ 신정아 옮김 ᅵ 200면

211 **말테의 수기** 라이너 마리아 릴케 장편소설 ᅵ 안문영 옮김 ᅵ 320면

212 **등대로** 버지니아 울프 장편소설 ᅵ 최애리 옮김 ᅵ 328면

213 **개의 심장** 미하일 불가꼬프 중편소설집 ᅵ 정연호 옮김 ᅵ 352면

214 **모비 딕** 허먼 멜빌 장편소설 ᅵ 강수정 옮김 ᅵ 전2권 ᅵ 각 464, 488면

216 **더블린 사람들** 제임스 조이스 단편소설집 ᅵ 이강훈 옮김 ᅵ 336면

217 **마의 산** 토마스 만 장편소설 ᅵ 윤순식 옮김 ᅵ 전3권 ᅵ 각 496, 488, 512면

220 **비극의 탄생** 프리드리히 니체 ᅵ 김남우 옮김 ᅵ 320면

221 **위대한 유산** 찰스 디킨스 장편소설 ᅵ 류경희 옮김 ᅵ 전2권 ᅵ 각 432, 448면

223 **사람은 무엇으로 사는가** 레프 똘스또이 소설선집 ᅵ 윤새라 옮김 ᅵ 464면

224 **자살 클럽** 로버트 루이스 스티븐슨 소설선집 ᅵ 임종기 옮김 ᅵ 272면

225 **채털리 부인의 연인** 데이비드 허버트 로런스 장편소설 ᅵ 이미선 옮김 ᅵ 전2권 ᅵ 각 336, 328면

227 **데미안** 헤르만 헤세 장편소설 ᅵ 김인순 옮김 ᅵ 264면

228 **두이노의 비가** 라이너 마리아 릴케 시 선집 ᅵ 손재준 옮김 ᅵ 504면

229 **페스트** 알베르 카뮈 장편소설 ᅵ 최윤주 옮김 ᅵ 432면

230 **여인의 초상** 헨리 제임스 장편소설 ᅵ 정상준 옮김 ᅵ 전2권 ᅵ 각 520, 544면

232 **성** 프란츠 카프카 장편소설 ᅵ 이재황 옮김 ᅵ 560면

233 **차라투스트라는 이렇게 말했다** 프리드리히 니체 산문시 ᅵ 김인순 옮김 ᅵ 464면

234 **노래의 책** 하인리히 하이네 시집 ᅵ 이재영 옮김 ᅵ 384면

235 **변신 이야기** 오비디우스 서사시 | 이종인 옮김 | 632면

236 **안나 까레니나** 레프 똘스또이 장편소설 | 이명현 옮김 | 전2권 | 각 800, 736면

238 **이반 일리치의 죽음 · 광인의 수기** 레프 똘스또이 중단편집 | 석영중 · 정지원 옮김 | 232면

239 **수레바퀴 아래서** 헤르만 헤세 장편소설 | 강명순 옮김 | 272면

240 **피터 팬** J. M. 배리 장편소설 | 최용준 옮김 | 272면

241 **정글 북** 러디어드 키플링 중단편집 | 오숙은 옮김 | 272면

242 **한여름 밤의 꿈** 윌리엄 셰익스피어 희곡 | 박우수 옮김 | 160면

243 **좁은 문** 앙드레 지드 장편소설 | 김화영 옮김 | 264면

244 **모리스** E. M. 포스터 장편소설 | 고정아 옮김 | 408면

245 **브라운 신부의 순진** 길버트 키스 체스터턴 단편집 | 이상원 옮김 | 336면

246 **각성** 케이트 쇼팽 장편소설 | 한애경 옮김 | 272면

247 **뷔히너 전집** 게오르크 뷔히너 지음 | 박종대 옮김 | 400면

248 **디미트리오스의 가면** 에릭 앰블러 장편소설 | 최용준 옮김 | 424면

249 **베르가모의 페스트 외** 옌스 페테르 야콥센 중단편 전집 | 박종대 옮김 | 208면

250 **폭풍우** 윌리엄 셰익스피어 희곡 | 박우수 옮김 | 176면

251 **어셴든, 영국 정보부 요원** 서머싯 몸 연작 소설집 | 이민아 옮김 | 416면

252 **기나긴 이별** 레이먼드 챈들러 장편소설 | 김진준 옮김 | 600면

253 **인도로 가는 길** E. M. 포스터 장편소설 | 민승남 옮김 | 552면

254 **올랜도** 버지니아 울프 장편소설 | 이미애 옮김 | 376면

255 **시지프 신화** 알베르 카뮈 지음 | 박언주 옮김 | 264면

256 **조지 오웰 산문선** 조지 오웰 지음 | 허진 옮김 | 424면

257 **로미오와 줄리엣** 윌리엄 셰익스피어 희곡 | 도해자 옮김 | 200면

258 **수용소군도** 알렉산드르 솔제니찐 기록문학 | 김학수 옮김 | 전6권 | 각 460면 내외

264 **스웨덴 기사** 레오 페루츠 장편소설 | 강명순 옮김 | 336면

265 **유리 열쇠** 대실 해밋 장편소설 | 홍성영 옮김 | 328면

266 **로드 짐** 조지프 콘래드 장편소설 | 최용준 옮김 | 608면

267 **푸코의 진자** 움베르토 에코 장편소설 | 이윤기 옮김 | 전3권 | 각 392, 384, 416면

270 **공포로의 여행** 에릭 앰블러 장편소설 | 최용준 옮김 | 376면

271 **심판의 날의 거장** 레오 페루츠 장편소설 | 신동화 옮김 | 264면

각 권 8,800~15,800원